Der Kuschel-Krimi

Scherz Krimi
Spannung mit Niveau

Der Kuschel-Krimi

Eine kleine Mord-Musik für Individualisten mit gut gepolsterten Nerven

komponiert von
Joan Aiken · Robert Bloch
Agatha Christie · Stanley Ellin
William Faulkner · Fletcher Flora
Antonia Fraser · Ron Goulart
Ernest Hemingway · Mary Higgins-Clark
Edward D. Hoch · Kay Nolte Smith
Ruth Rendell · Georges Simenon
Julian Symons
Janwillem van de Wetering

Scherz
Bern – München – Wien

Ausgewählt von Gisela Eichhorn

Sonderausgabe 1993

Umschlag unter Verwendung eines Fotos
von Hubertus Mall, Stuttgart.

Inhalt

Das Mal

Julian Symons

Nicht selten hört man die Meinung, den Ärzten seien gewisse spurenlose Gifte sehr wohl bekannt, nur redeten sie nicht darüber und schon gar nicht in Gegenwart ihrer Patienten. Aber das sind stark verallgemeinernde Behauptungen, hinter denen im Grunde nichts steckt als die Tatsache, daß viele Arzneimittel bei falscher Anwendung eine tödliche Wirkung erzielen. Es sei nur daran erinnert, daß Insulininjektionen einem Diabetiker das Leben retten, dagegen beim gesunden Menschen zum Tode infolge Hypoglykämie führen können. In Forschungslabors werden bisweilen Gifte entdeckt, die tatsächlich keine Spuren im Körper hinterlassen, doch die Chemiker hüten ihre Geheimnisse hinter hermetisch verschlossenen Türen – oder sagen wir: es sollte so sein.

Daß Courtney Vance ein solches Gift anwandte, war ein Fehler, der sein Verderben besiegelte. Nachdem man ihm den Prozeß gemacht und ihn verurteilt hatte, bekannte er sich geradezu schamlos zu seiner Tat – ja, er jammerte sogar ständig den Mitgefangenen und dem Wachpersonal vor, wie übel ihm das Schicksal mitgespielt habe. »Wirklich, es war der perfekte Mord«, pflegte er zu beteuern, »es konnte gar nichts schiefgehen.« Woran sich regelmäßig detaillierte Schilderungen der Ereignisse anschlossen und nicht enden wollende Klagen darüber, daß das Ganze mißlungen sei. Courtney war zu lebenslanger Haft verurteilt, was in Großbritannien im allgemeinen darauf hinausläuft, daß nach neun verbüßten Jahren die Reststrafe erlassen wird. Courtney aber mußte nur drei Jahre absitzen, dann verlor ein Mitgefangener, der seine Frau und seine drei Kinder abgestochen hatte und seitdem unter schweren

Reuedepressionen litt, angesichts der geschwätzigen, gänzlich gefühllosen Manier, in der Courtney seine Geschichte immer und immer wieder wiederholte, die Nerven. Er erstach ihn während der gemeinsamen Arbeitszeit in der Gefängniswerkstatt mit einem selbstgefertigten Meißel, wurde hinter die Mauern von Broadmoor verbannt und langweilte fortan die dortigen Ärzte mit seinem Lamento ob des tiefen Kummers über den Verlust seiner Familie.

Courtney selbst hatte seinen Mord begangen, als er Ende Dreißig und regionaler Verkaufsrepräsentant bei der DPN war, einer Firma, die pharmazeutischen Bedarf und medizinische Geräte herstellte. Die schlichte Berufsbezeichnung »Vertreter« hatte man vermeiden wollen, aber in Wirklichkeit war er Vertreter, und zwar ein sehr guter. Mit den Ärzten und Arzneimittelgrossisten, die er aufsuchte, verband ihn ein vertrauensvolles Verhältnis, dennoch ließ er es nie an betont höflichem Benehmen fehlen. Er verstand es, Kenntnisse über medizinische Zusammenhänge durchblicken zu lassen, aber keineswegs den Eindruck zu erwecken, er wolle irgendein Produkt unangemessen hochloben. »Hier habe ich etwas, was nach Ansicht unserer Experten bei arthritischen Erkrankungen Linderung verspricht«, sagte er zum Beispiel, »aber daß man keine vollständige Heilung erwarten darf, räumen sie selbst ein. Und, um offen zu sein, ich persönlich befürchte, daß unter bestimmten Bedingungen mit Nebenwirkungen zu rechnen ist. Wobei ich natürlich zugebe, daß ich kein Arzt bin.«

Sein Lächeln deutete an, was viele seiner Kunden ohnehin ahnten, daß er nämlich durchaus das Zeug zum Arzt hatte und gewiß einer geworden wäre, hätten nicht widrige Entwicklungen in seiner Familie ihn kurz vor den letzten Examina aus der Bahn geworfen. In Wirklichkeit verhielt es sich so, daß er zweimal beim Schlußexamen durchgefallen war und dann aufgegeben hatte. Das heißt, eigentlich war sein Vater, ein mittlerer Bankangestellter, zu der Einsicht gekommen, daß jedes weitere Studienjahr nur Geldverschwendung sei. »Wie ich höre, mangelt es dir an Fleiß. Das ist nichts Neues, schon in

deinen Schulzeugnissen stand: Läßt Begabung und Fleiß vermissen. Ich weiß wirklich nicht, wozu du taugst, Bill, aber zum Straßenkehrer wird's wohl langen.«
Courtney wandte ein, daß das Medizinstudium eine Idee seines Vaters gewesen sei, hegte die Hoffnung, nicht tatsächlich eines Tages die Straße kehren zu müssen, und nahm im übrigen den Disput zum Anlaß, ernsthaft darüber nachzudenken, welcher Beruf ihm denn eigentlich liegen könnte. Irgendeine journalistische Tätigkeit wäre in Frage gekommen, auf jeden Fall etwas, was ihn nicht dem Zwang eines festgelegten Tagesablaufs im Büro oder in einer Arztpraxis unterwarf. Nachdem er das Studium abgebrochen hatte, versuchte er es innerhalb weniger Jahre erfolglos mit gut einem halben Dutzend Jobs und wurde schließlich – zunächst auf Probe – bei der DPN angestellt. Dort reüssierte er von Anfang an und galt zehn Jahre lang als As (so lange natürlich, bis er zum Mörder wurde). Er wohnte in Warners Green, einem der äußeren Londoner Vororte, abgesehen von acht Wochen im Jahr, von denen er vier im firmeneigenen Forschungs- und Testlabor bei Northampton, die anderen vier als Teilnehmer an Verkaufsschulungskursen zu verbringen hatte – beides willkommene Gelegenheiten, eine Probe seines sicheren, jedoch gegenüber Vorgesetzten zugleich respektvoll-bescheidenen Auftretens zu geben.
Kurz nachdem er bei der DPN fest angestellt worden war, heiratete er Evelyn Bridges, die er schon aus der Schulzeit kannte. Von ihrem Vater hieß es, er sei irgendein einflußreiches Tier in der Stadtverwaltung, und so mußte es wohl sein, denn er trug stets einen Bowler, und man sah ihn jeden Tag in seinem Mercedes von Warners Green in die Innenstadt fahren, ausgenommen die Tage, an denen die Nobelkarosse vor dem heimischen Golfclub parkte. Seine Frau besaß einen kleinen Lancia, was Mr. Vance sen., als Courtney ihm sagte, daß Evelyn und er sich einig seien, zu der Bemerkung veranlaßte: »Mein Sohn, das ist eine gute Verbindung, die Leute haben zwei Autos.« Mrs. Vance vergoß ein paar Tränen und meinte, ihr komme es wie ein Wink des Schicksals vor, daß Evelyn

(übrigens ein Einzelkind, genau wie Courtney, der zu jener Zeit seinen zweiten Vornamen »William« ablegte, weil der ohnehin nur zu »Bill« verhunzt wurde) einander nach so langer Zeit wiederbegegnet seien.
Genaugenommen hatte Courtney dem Schicksal ein wenig nachgeholfen. Kaum waren Evelyn und er sich beim Ball des Konservativen Clubs über den Weg gelaufen, sagte ihm eine innere Stimme, sie sei die Eroberung seines Lebens, und so machte er ihr eifrig den Hof. Er ging auf die Dreißig zu, seiner Meinung nach war es sowieso an der Zeit, allmählich an eine Heirat zu denken. Das traf ganz entschieden auch für Evelyn zu, die ein paar Jahre älter war und mollig, gutmütig und ein wenig unbedarft aussah. Dem Äußeren nach mochte sie keine besonders gute Partie sein, aber es gab ja noch den Mercedes, den Lancia, den Einfluß in der Stadtverwaltung und die Aura von Geld. Nach der kirchlichen Trauung wurde im teuersten Hotel der Stadt eine Party für einhundertfünfzig Gäste gefeiert, und die Hochzeitsreise nach Paris spendierte Mr. Bridges auch. Courtneys Dankesbezeugungen wischte er mit den Worten: »Mein Junge, du gehörst jetzt zur Familie«, beiseite.
Zur Familie zu gehören, brachte indessen nicht die Vorteile, auf die Courtney gehofft – ja, die er sich ausgerechnet hatte. Als Mr. Bridges ein paar Jahre später auf dem Golfplatz eine Herzattacke erlitt und verstarb, erwies sich der Bowler sozusagen als Vorspiegelung falscher Tatsachen. Was immer Mr. Bridges in der Stadtverwaltung gewesen sein mochte, einen bedeutenden Posten hatte er sicher nicht bekleidet und keinen besonders gut dotierten. Er hatte ständig über seine Verhältnisse gelebt, das Haus mußte verkauft werden, der Mercedes sowieso, der Lancia wurde durch einen Mini ersetzt, die Witwe zog in eine bescheidene Mietwohnung um, kurzum, für Evelyn und Courtney gab es nichts zu erben.
Natürlich hatte Evelyn recht, als sie sagte, sie hätten ja einander, und zu dieser Zeit war Courtney auch schon in der Hierarchie der DPN und auf der Gehaltsliste eins raufgerutscht. Sie wohnten in einer hübschen Doppelhaushälfte in einer langen Reihe exakt gleicher Häuser, alle mit einem handtuchschma-

len Vorgärtchen und einem etwas größeren Rasenviereck nach hinten hinaus. Die Ehe war immer noch kinderlos, ein Umstand, den Evelyn bedauerte, Courtney dagegen sehr begrüßte. Er war ein auf Korrektheit bedachter, vorsichtiger Mann, ein Kind hätte Ausgaben bedeutet, die sie sich nicht leisten konnten. Obwohl er solche Gedanken nur insgeheim hegte, wußte Evelyn darüber Bescheid; auf irgendeine unerklärliche Weise wußte sie einfach alles, was ihn betraf. Als sie vorschlug, er solle sich einer Vasektomie unterziehen, wertete er das als Zeichen ihres tiefen Verständnisses.

»Sei ehrlich zu dir selbst, du willst doch im Grunde gar keine Kinder«, sagte sie.

Er fühlte sich in die Enge getrieben. »Nun, man kann nicht sagen, daß ich keine will, es geht mehr um die damit verbundenen Kosten. Ich habe das mal ausgerechnet, die jährlichen Aufwendungen belaufen sich, wenn man alles berücksichtigt, auf . . .«

»Laß nur, es ist nicht wichtig. Ich will, daß wir beide glücklich sind, Court, sonst nichts.«

»Trotzdem wäre es mir recht, wenn du kurz einen Blick auf meine Aufstellung werfen würdest. Die Zahlen belegen eindeutig . . .«

Evelyn sah sich die Berechnung an, und er unterzog sich der Vasektomie, danach war ihm viel leichter ums Herz.

Sie führten ein reges gesellschaftliches Leben. Seine Eltern und ihre Mutter kamen von Zeit zu Zeit sonntags zum Lunch oder zum Supper. Sie waren beide nicht nur eingetragene Mitglieder bei den Konservativen, sondern galten darüber hinaus als Stützen des Ortsvereins der Partei, und das brachte Einladungen und Gegeneinladungen und verpflichtete zur Teilnahme an Wohltätigkeitsveranstaltungen und Teepartys, für die Evelyn Plätzchen und Kuchen backte und Marmelade kochte – wie sie überhaupt eine vorbildliche Hausfrau war, die stets mit dem Wirtschaftsgeld auskam. »Mein Sohn, du hast eine großartige kleine Frau«, äußerte sich auch der inzwischen pensionierte Mr. Vance sen. lobend nach einem Supper, bei dem es Rindfleischscheiben, Kartoffeln mit irgendeinem fran-

zösischen Namen und grünen Salat gegeben hatte, dazu einen Wein aus dem Supermarkt, preiswert, aber durchaus süffig. Courtney sah keinen Grund zu widersprechen, obwohl es ihm nicht ganz passend schien, Evelyn als »kleine Frau« zu apostrophieren, da sie dem, was sie auf den Tisch brachte, selbst mit großem Genuß zusprach und unübersehbar in die Breite ging. Evelyns Leibesfülle nahm Courtney auch als Rechtfertigung sich selbst gegenüber, wenn er hin und wieder kleinen Sünden frönte, wie er das zu nennen pflegte. Aufgrund seiner erfolgreichen Vertretertätigkeit für die DPN hatte man nämlich sein Vertriebsgebiet erheblich ausgedehnt, es kam nicht selten vor, daß er ein oder zwei Nächte auswärts logieren mußte. Bei solchen Gelegenheiten hielt er eifrig Ausschau nach Möglichkeiten für ein flüchtiges Abenteuer, und oft genug ergab sich eins. Diese kleinen Sünden hatten, davon war er überzeugt, mit seiner Ehe nicht das mindeste zu tun. Als er aber feststellen mußte, daß Evelyns mysteriöse Gabe, ihn immer durchschauen zu können, auch in diesem Punkt nicht versagte, brachte ihn das schon ein wenig außer Fassung.
»Würdest du eigentlich sagen, daß du mich wegen meines Geldes geheiratet hast?« fragte sie ihn eines Abends, worauf er erwiderte, das sei ja wohl absurd, er habe von ihrer Familie nie einen Pfennig erhalten. »Gut«, verbesserte sie sich, »ich hätte es vielleicht so formulieren sollen: in der Hoffnung, daß unsere Heirat dir ein paar nützliche Kontakte, möglicherweise auch mit Daddys Hilfe einen einträglichen Job und zu gegebener Zeit ein hübsches Erbe einbringen könnte?«
»Wenn du es so ausdrücken willst . . . Es trifft nicht genau den Punkt, aber der eine oder andere Gedanke dieser Art mag mich durchaus bewegt haben.«
»Trotzdem, du hast es gar nicht so schlecht getroffen, wie?«
Er küßte sie und behauptete, es sei immer wundervoll gewesen.
»Nein, wundervoll würde ich es nicht nennen, aber geordnet«, sagte sie. »Du hast Erfolg, wir haben eine Menge Freunde, über meine Art der Haushaltsführung kannst du auch nicht klagen . . .«

Er unterbrach sie, um ihr zu versichern, daß sie eine exzellente Hausfrau sei, was ja auch der Wahrheit entsprach.
»Das einzig Ärgerliche ist, daß du füllige Frauen nicht magst. Nein, widersprich nicht, du weißt, daß es wahr ist. Ich bin nun mal füllig und kann es nicht einmal ändern, es hat, ich habe das nachgelesen, etwas mit dem Stoffwechsel zu tun. Du erfüllst deine ehelichen Pflichten, aber es sind eben Pflichten für dich. Weißt du noch, wie du mir früher immer Blumen oder mal ein Parfüm mitgebracht hast? Das ist vorbei. Und wenn du über Nacht außer Haus bist, reagierst du einen Teil deiner überschüssigen Energie ab. Kein Grund zur Aufregung. Du sollst nur wissen, daß ich es weiß und daß ich nichts dagegen habe, das ist alles.«
Es war ein unbehagliches Gefühl, sich so gründlich von ihr durchschaut zu sehen. Aber er stellte nichts in Abrede, er fragte nur, wieso sie es denn überhaupt noch mit ihm aushielte. Und sie, mit einem kurzen Aufleuchten in ihren Augen, gab ihm zur Antwort: »Weil du der bestaussehende Mann bist, den ich kenne, darum.«
Damals sah Courtney Vance wirklich gut aus. In seiner Jugend hatte ihm etwas Unreifes, Halbfertiges angehaftet, aber die Jahre, der Erfolg und das wachsende Selbstvertrauen prägten auch seine äußere Erscheinung. Er hatte, wie er selbst meinte, etwas von einem Filmstar an sich, wobei er an jene Zeiten dachte, als Filmstars sich noch ordentlich anzogen, regelmäßig ein Bad nahmen, sich täglich rasierten und die Haare kämmten – Cary Grant, vielleicht mit einem Touch David Niven. Sah er deswegen etwa altmodisch aus? Nun, er gab ja nicht vor und verspürte auch nicht den Wunsch, einer von diesen langhaarigen, jeanstragenden Jünglingen zu sein. In sein dichtes dunkles Haar mischten sich über den Schläfen ein paar graue Strähnen, doch er war noch genauso schlank und seine Gesichtshaut genauso straff wie am Tage seiner Hochzeit. Um seinen Mund mochte ein allzu weicher, etwas verhuschter Zug liegen, und die Art, wie er sich bisweilen den kleinen Schnurrbart glattstrich, wirkte vielleicht etwas selbstgefällig, aber alles in allem konnte Courtney Vance ohne Zweifel als gutausse-

hender Mann gelten, und es gab genug Frauen, die ihn attraktiv fanden.
Bald nach dem abendlichen Gespräch kaufte Courtney für Evelyn Blumen und eine Woche später ein Fläschchen *Magical Night*, das Parfüm mit dem betörenden Duft, der ihre Flitterwochen beflügelt hatte. Evelyn lächelte, bedankte sich und tätschelte ihm die Wange. Er freute sich darüber, war aber auch ein wenig verärgert. Schließlich bringt man ja nicht ein aufregendes Parfüm mit nach Hause, um sich dafür wie ein Kind die Wange tätscheln zu lassen. Dennoch, er hätte die Frage, ob er ein zufriedener Mensch sei, vorbehaltlos mit ja beantwortet; sein Beruf machte ihm Freude, und zu seiner Frau empfand er, auch wenn es nicht die leidenschaftliche große Liebe war, eine gewisse Zuneigung.
Dann aber lernte er, ein Jahr vor dem Mord, eine verheiratete Frau kennen.
Thelma, gebürtige Amerikanerin, war die Frau eines Londoner Bauunternehmers namens George Hartley, eines großgewachsenen, stiernackigen Mannes, dessen Stimme sich anhörte, als spreche er durch ein Megaphon. Bei einem Dinner im Konservativen Club war sie Courtneys Tischdame. Sie verstanden sich auf Anhieb großartig, was nicht weiter verwundern muß, da sie schon vor dem ersten Bissen zu ihm sagte: »Gesehen habe ich Sie schon häufig bei Veranstaltungen, aber ... Wissen Sie, was ich immer gedacht habe? Nun, eines Tages werde ich direkt neben ihm sitzen, habe ich gedacht, und dann sage ich's ihm geradeheraus.«
»Was sagen Sie ihm?«
»Ich sag ihm, daß er der attraktivste Mann im Saal ist. So, nun habe ich's gesagt.« Dunkle Augen funkelten ihn an. »Evelyn und ich kennen uns gut von der gemeinsamen Arbeit in verschiedenen Komitees. Sie ist ein Schatz. Schade. Sie haben ja für Komitees und dergleichen keine Zeit. Evelyn hat mir gesagt, daß Sie ein vielbeschäftigter Mann sind.«
Er erzählte ihr, was er machte, und ließ durchblicken, daß es lediglich eine Frage der Zeit sei, bis er in die Chefetage der DPN aufrücken würde. »Und Ihr Mann?«

»Da drüben am Nachbartisch, der mit dem Fettwulst im Nakken und der schwammigen Haut. Er denkt immer nur an das eine.« Sie ließ einen Atemzug verstreichen, ehe sie fortfuhr: »An Geld. Er ist übrigens auch oft unterwegs.« Sie wandte sich Courtney zu, sah ihm in die Augen. Ihr Gesicht war schön geschnitten und mit dunklem Teint, ihre Nasenflügel hatten einen rassigen Schwung. Auf der Seite ihres Gesichts, die er erst jetzt sehen konnte, trug sie ein purpurrotes Mal, vom Wangenknochen bis zu den Schläfen. Ein Lächeln huschte schnell noch über ihre Lippen, dann wandte sie sich ab, um mit dem Nachbarn zur Rechten zu plaudern.

Was hatte sie mit ihren versteckten Andeutungen sagen wollen?

Beiläufig und sehr behutsam fragte er Evelyn über sie aus und erfuhr, daß Hartley sie während einer Tagung kennengelernt hatte, sie war als Public-Relations-Managerin für eine amerikanische Firma dort tätig. Es hatte nur wenige Monate gedauert, bis sie heirateten, für beide war es die zweite Ehe.

»Einige der Tory-Damen mögen sie nicht besonders. Sie glauben, sie hätte George Hartley nur wegen seines Geldes geheiratet. Nun, da mag was dran sein, schließlich ist sie ja erheblich jünger als er. Aber ich vermute, sie sind einfach nur eifersüchtig, sie haben immer etwas an ihr auszusetzen. Wenn sie zum Beispiel anbietet, dies oder jenes zu erledigen, heißt es gleich, sie dränge sich auf. Aber ich mag sie. Für wie alt hältst du sie? Dreißig?«

»Oh, darüber habe ich noch gar nicht nachgedacht.«

»Sie ist sehr direkt und sagt immer, was sie denkt. Wie hast du dich mit ihr verstanden?«

»Ziemlich gut. Für meinen Geschmack ist sie allerdings ein bißchen zu aggressiv.«

Sie schenkte ihm ein flüchtiges Lächeln. »Dir ist es lieber, wenn alles glatt läuft, du magst keine Stolpersteine, ich weiß.«

Zugegeben, damit hatte sie nicht unrecht. Aber daß sie auch das wieder wußte und es ihm noch dazu geradeheraus ins Gesicht sagte, behagte ihm gar nicht. Er fühlte sich zunehmend irritiert von Evelyns Art, seine Gedanken zu lesen, und zwar oft genug, bevor er sie zu Ende gebracht hatte.

Wie gesagt, Courtney Vance war ein vorsichtiger Mann. Nichts hätte er sich weniger gewünscht, als irgend etwas zu tun, was Auswirkungen haben konnte auf seine Ehe, auf seinen Beruf oder auf das, was er für seine soziale Stellung hielt. Die kleinen Sünden hatten sich jedesmal weit von zu Hause abgespielt. Und wenn ihm auch Thelma Hartley und der Blick, den sie ihm zugeworfen hatte, nicht mehr aus dem Sinn gingen, er hätte bestimmt nicht die Initiative ergriffen, jedenfalls nicht vor jenem Tag, als sie den Pub in Warners Green betrat, während er gerade seinen Lunch einnahm. Er konnte sich natürlich nicht weigern, mit ihr zusammen ein paar Sandwiches zu essen und ein Bier zu trinken, das wäre lächerlich gewesen. Beiläufig erkundigte er sich, was sie denn hergeführt habe.

»Wenn George nicht da ist, lohnt es sich nicht, für mich allein zu kochen. Dann gehe ich oft in den Pub. Und Sie, ich dachte, Sie wären immer unterwegs?«

»Heute habe ich hier in der Gegend zu tun, auf Tour gehe ich erst morgen wieder, nach Surrey und Sussex. Das wird wohl zwei oder drei Tage dauern.«

Und als sie sagte, darüber sei sie sehr glücklich, überstürzten sich seine Gedanken. Seine Termine für die nächste Zeit würden ihn, jedenfalls ließ sich das so einrichten, nur in die nähere Umgebung führen. Also fragte er sie, ob sie Lust hätte, sich mit ihm zum Dinner zu treffen, und schlug ihr ein Hotel vor, zu dem sie es nicht allzu weit hatte, immerhin jedoch weit genug, daß sie nicht befürchten mußten, dort auf Bekannte aus Warners Green zu treffen.

Sie trank ihr Bier aus und sagte: »Ich dachte schon, du würdest mich nie fragen.« Und das Mal auf ihrer Wange glühte vor Erregung. Er hätte es ihr nicht erklären können, aber irgendwie zog ihn gerade dieser Makel auf ihrer sonst so glatten Haut besonders an.

Am nächsten Abend verloren sie im Hotel nicht erst Zeit mit dem Dinner, sondern gingen geradewegs hoch ins Zimmer, das er, mehr vorsorglich als einfallsreich, unter dem Namen

Smith gebucht hatte. Bevor sie miteinander schliefen, redete sich Thelma dies und jenes von der Seele, zum Beispiel, daß der Stiernacken (so nannte sie ihren Mann) sie anöde, genau wie Warners Green und die ganze Kleinstadtpolitik mitsamt ihrem Klatsch und Tratsch. Und Courtney versicherte, ihm ginge es genauso, obwohl das nicht stimmte.
Sie stieg aus dem Bett, ging nackt ins Badezimmer, duschte, kam zurück und sagte: »Du hast das heute nicht zum erstenmal gemacht.«
»*Das* habe ich noch nie gemacht«, erwiderte er, und so empfand er es auch. Soviel Leidenschaft, soviel ungestüme Gier – das war neu für ihn gewesen. Wie viele Affären sie schon hinter sich gebracht habe, wagte er nicht zu fragen, er fürchtete sich vor ihrer Antwort. Was dann kam, war nicht gerade eine Nacht vollendeter Seligkeit, denn Thelmas schier zügelloses Temperament machte ihn nervös, aber es war sicher eine außergewöhnliche Nacht, eine, die er unbedingt wiederholen wollte.
Irgendwann hatte sie gefragt: »Was ist mit Evelyn? Wirst du's ihr sagen?«
Er reagierte schockiert. »Um Gottes willen, nein. Bestimmt nicht. Du hast doch nicht etwa vor . . .«
». . . es dem Stiernacken zu erzählen? Nein, da würde er rotsehen. Aber nicht, daß du denkst, du hättest irgend etwas zu befürchten. Er treibt's selber mit ein paar Flittchen, ich hab die Briefe in seinen Taschen gefunden. Wenn ich will, ist er die Hälfte seines Vermögens los.« Ihr Mund schnappte zu wie eine Falle, sie glühte vor Eifer, das Mal auf ihrer Wange leuchtete purpurrot.
Während der folgenden Monate fanden sie Gelegenheit, ein rundes Dutzend Nächte im Hotel zu verbringen, manchmal allerdings mußte sie ihm auch absagen, obwohl es bei ihm gerade gepaßt hätte. Er fühlte sich dann zutiefst niedergeschlagen, kam aber nicht auf die Idee, sich eine andere Frau zu suchen. Die früheren Abenteuer – das waren die kleinen Sünden gewesen. Jetzt dagegen erlebte er die wahre große Leidenschaft.

Daß Thelma und Evelyn sich immer mehr anfreundeten, berührte ihn peinlich. Zweimal traf er sie, als er von einer Geschäftsreise zurückkam, während der Thelma und er Zeit für eine gemeinsame Nacht gefunden hatten, bei sich zu Hause im Wohnzimmer an.
»Es ist wirklich interessant, sich mit ihr zu unterhalten«, sagte Evelyn. »Sie sieht viele Dinge ganz anders. Vielleicht, weil sie Amerikanerin ist.«
»Ich würde mich an deiner Stelle nicht so intensiv mit ihr einlassen«, meinte er und begründete das, weil ihm nichts Besseres einfiel, ebenso töricht wie unglaubwürdig damit, daß Thelma nicht gerade in gutem Ruf stünde.
Evelyn und er hatten sich nie ernsthaft gestritten, sie behauptete sogar, er lasse sich einfach durch nichts in Rage bringen, aber nun fielen doch ein paar scharfe Worte zwischen ihnen. Er brachte ihr am nächsten Tag Blumen mit, sie schenkte ihm ein Lächeln dafür und tätschelte ihm wieder die Wange.
Eines Nachts, in einem Hotel in Brighton, überraschte ihn Thelma mit der Neuigkeit, sie und George Hartley hätten sich getrennt. Als sie seine betroffene Miene sah, brach sie in helles Gelächter aus. »Schau nicht so verständnislos drein, so was kommt vor. Und du mußt auch nicht besorgt die Stirn runzeln, dein Name ist nicht erwähnt worden. Ich hab dir doch gesagt, daß ich genug von ihm habe. Es ist eine Trennung im gegenseitigen Einvernehmen. Er will eins von seinen Flittchen heiraten und ist deshalb an einer raschen Scheidung interessiert. Weißt du übrigens, daß ich nie einen so straffen Männerkörper wie deinen gesehen habe? Rutsch her, mal sehen, was passiert, wenn ich mit dem Daumen draufdrücke.«
Es dauerte eine Weile, bis er fragte: »Du wirst also Warners Green verlassen?«
»Ja, ich habe eine Wohnung in Kensington im Auge.«
»Das bedeutet, daß es zwischen uns aus ist.«
»Ich wüßte nicht, warum.«
Aber er wußte es. Wenn sie erst in Kensington wohnte und wieder ihre alten intellektuellen Freunde um sich hatte, Public-Relations-Leute und den ganzen blasierten Klüngel,

würde sie ihn schnell vergessen. Den Gedanken, ohne sie leben zu müssen, fand er bestürzend, und er gestand es ihr. Er gebrauchte sogar den Ausdruck »unerträglich«, was sie, ihrem Blick nach zu schließen, nachdenklich stimmte.

»Es scheint, als wären wir füreinander bestimmt. Nicht allzuoft passen zwei Menschen so gut zueinander wie wir. Ein Jammer, wenn das alles zu Ende wäre. Aber du kannst mich in der Stadt besuchen, und ich komme weiter in unser Hotel, ich mag solche kleinen Verruchtheiten.«

Da bestürmte er sie: Es müsse ja gar nicht alles zu Ende sein, sie könnten doch zusammenziehen.

»Und was wird aus Evelyn? Ihr Leben zu zerstören – nein, das kann ich ihr nicht antun. Sie ist meine Freundin.«

»Ich werde ein offenes Gespräch mit ihr führen, ihr alles erklären, Sie wird mir nichts in den Weg legen.«

»Jetzt redest du Unsinn, und das weißt du selbst, Courtney. Für mich bist du ein Liebhaber, für Evelyn aber der rechtmäßige Ehemann. Ich könnte nicht einmal schwören, daß ich dich liebe. Was ich mag, ist das, was wir tun. Und . . . du könntest dich irgendwann abgestoßen fühlen, wenn du das jeden Tag siehst.« Sie führte seine Hand zum Mal auf ihrer Wange. Er stammelte hastigen Widerspruch, behauptete, er habe es kaum wahrgenommen. »Ich hänge an dir. Du bist ein phantastischer Liebhaber. Wenn es Evelyn nicht gäbe, könnte es sein, daß ich dich für mich allein haben wollte. Aber es gibt sie eben.«

Sie hatte ihm die Wahrheit gesagt, das fühlte er. Und als er niedergeschlagen zu Hause ankam, fragte ihn Evelyn: »Es geht um Thelma, nicht wahr? Mir fehlt sie auch sehr.«

»Was meinst du damit?«

»Ich weiß natürlich über euch beide Bescheid. Oh, nicht von Thelma, sie hat nichts gesagt. Gleich nach dem Dinner, als du mir all diese Fragen gestellt hast, wußte ich, was los ist.«

»Und du hast nichts dagegen gehabt?«

»Natürlich hatte ich was dagegen.« Auf ihrem sanften, leeren Gesicht, durch nichts geprägt als durch das Doppelkinn, lag ein Lächeln. »Aber es schien dir eine Art Befriedigung zu geben, die ich dir nicht geben kann. Darum habe ich mich damit abgefunden. Sich abfinden ist der Lebensnerv vieler Ehen.«

Als der Zeitpunkt für Courtneys nächsten Besuch im Labor bei Northampton heranrückte, wohnte Thelma immer noch in Warners Green. Sie war inzwischen aus Hartleys pompöser neugotischer Villa ausgezogen, aber es gab irgendwelche Schwierigkeiten mit dem Mietvertrag für die Wohnung in Kensington. Evelyns Vorschlag, Thelma könne doch zu ihnen ins Gästezimmer ziehen, hatte Courtney entschieden, geradezu bestürzt abgelehnt. So wohnte Thelma jetzt bei einer Nichte ihres Mannes, nicht weit vom Haus der Vances; sie und Evelyn sahen einander fast täglich.

Die Fahrt nach Northampton empfand Courtney wie die erlösende Flucht aus einer peinlichen, um nicht zu sagen ridikülen Situation. Er war Thelma verfallen und sah dennoch keine Chance für eine dauerhafte Verbindung, solange es in seinem Leben Evelyn gab; und das, gestand er sich ein, würde wohl ein permanenter Zustand bleiben. Der Gedanke, daß Evelyn – vielleicht gar durch gewisse Bemühungen seinerseits – das Zeitliche segnen könne, war ihm zu jener Zeit noch nicht gekommen. Und wäre es anders gewesen, so hätte er ihn, kaum gehegt, als viel zu gefährlich verworfen. Es mag ein wenig weit hergeholt sein, aber man könnte sagen – und später wurde Courtney nicht müde, es immer wieder und mit beredten Worten zu sagen –, daß es Heinz Muller war, der aus Courtney Vance einen Mörder machte.

Heinz war Chemiker im Forschungslabor, ein Experte, dessen Arbeit – mit stillschweigender Duldung durch die Firmenleitung – nur selbstgesetzten Regeln unterlag. Er leitete eine Abteilung, die sich *Grenzbereiche potentieller Forschung* nannte, abgekürzt GREPOFO; man befaßte sich dort mit der praktischen Erprobung von Theorien, die in wissenschaftlichen Veröffentlichungen, wo auch immer in der Welt, publiziert wurden. Die meisten Tests wurden schon nach den ersten Versuchsanordnungen wegen mangelnder Erfolgsaussichten abgebrochen, wenn Heinz aber inmitten lauter rasch platzender Seifenblasen etwas aufspürte, was mit Recht als Variante zu bisherigen

Produkten oder Produktionstechniken gelten durfte, dann zahlte sich das für die DPN in barer Münze aus. Im übrigen bliebe über Heinz, einen kleinen, pickwickschen Typ mit stets vergnügten Augen hinter der Goldrandbrille, zu sagen, daß er Junggeselle, Säufer und Schürzenjäger war, eins so eingefleischt wie das andere. Er und Courtney verstanden sich prächtig, schon seit ihrer ersten Begegnung, und es gab ein paar gemeinsame Erinnerungen an das, was Courtney als kleine Sünden bezeichnete.

Wie gewöhnlich bei seinen Besuchen in Northampton ging Courtney auch diesmal von Tür zu Tür, schüttelte Chemikern und Technikern die Hand und erkundigte sich, was sie denn gerade zusammenbrauten. Im Labor der GREPOFO wurde er besonders herzlich begrüßt. Heinz führte ihn herum, zeigte ihm, was da und dort in den Retorten kochte, und demonstrierte, daß Mäuse und Ratten auf Präparate durchaus nicht immer so reagieren, wie die Beipackzettel es versprachen, sondern zum Beispiel mit manischer Depressivität nach Injektion eines Mittels, das angeblich bei Akne oder weiß Gott welchen Leiden helfen sollte.

Ganz hinten im Labor waren Glaskolben und Flaschen mit solchen Substanzen aufgereiht, bei denen es lohnend erschien, die Tests zu Ende zu führen. Meist stellten sich dennoch im Laufe der Versuchsreihen unerwünschte Nebeneffekte heraus. Falls es gelang, ein, zwei Mixturen bis zur Marktreife weiterzuentwickeln, galt das schon als Glücksfall. Heinz erklärte alles mit dem Feuereifer des besessenen Wissenschaftlers, seine fröhlichen kleinen Augen schienen Funken zu sprühen. Courtneys Interesse war ungeheuchelt, er verstand genug von der Materie, um fundierte Fragen zu stellen. Am Schluß zeigte Heinz ihm zwei Flaschen, die Flüssigkeit in der einen sah milchig-trübe aus, die in der kleineren gelblich-klar.

»Hier ist etwas Aufregendes«, sagte er und hob die größere Flasche hoch, die mit *Noscan* beschriftet war. »Wirklich vielversprechend, revolutionierend, könnte man sagen. Du weißt ja, schwangere Frauen lassen immer noch die Lage des Babys durch Röntgenuntersuchungen feststellen, aber die Ärzte warnen vor nachteiligen Folgen, vor allem bei häufiger Strahleneinwirkung. Nun, nach der Einnahme von Noscan erübrigt sich die Röntgenaufnahme. Es genügt, der Schwangeren die Kassette auf den Leib zu legen, und schon sieht man alles klar und deutlich wie auf einem Kupferstich.«

»Und wo ist der Haken?«

Heinz sah ihn mit gespielter Entrüstung an. »Habe ich etwas von einem Haken gesagt? Zugegeben, wir haben gegenwärtig noch ein kleines Problem. Ein Problem der Beimengung sozusagen.«

»Wie meinst du das?« fragte Courtney und wandte sich schon der kleineren Flasche zu, die nur mit den Buchstaben *NX* bezeichnet war. »Was ist denn da drin?«

Heinz lachte glucksend, er erinnerte ihn jetzt wirklich an Mr. Pickwick und Weihnachten und Dingley Dell. »Gift – ohne Beimengung. In einem Aufsatz eines deutschen Wissenschaftlers war die Wirkung des Saftes beschrieben, den man aus dem Beloastrauch gewinnt. Das Zeug wächst in den brasilianischen Regenwäldern, die Indianer benutzen den Saft, um Wunden und Verletzungen zu heilen. Sie sehen eine Art Wunderarznei darin, sprechen ihm sogar magische Kräfte zu. Farb- und geruchlos, aber reines Gift, mit dem man äußerst vorsichtig umgehen muß. Ein paar winzige Spritzer aufs Taschentuch gebracht und eingeatmet – oder drei, vier Tropfen auf die bloße Haut, und du bist tot. Ohne Schmerzen, ohne Symptome, spurenlos, einfach tot.« Herzliches Lachen schüttelte ihn.

»Dann ist es wahrscheinlich zu nichts nutze.«

»Tja, das ist das gegenwärtige kleine Problem, von dem ich sprach, die Frage der Beimengung. Der Beloasaft ist nämlich sozusagen die Entwicklerlösung, die wir brauchen, um ohne Strahlenbelastung ein Bild des ungeborenen Kindes auf die Röntgenkassette zu bekommen. Alles, was wir noch finden müssen, ist eine Substanz, durch die die tödliche Wirkung dauerhaft aufgehoben wird. Die Indianer erreichen das durch Beimengung von Schlamm, aber so können wir natürlich nicht vorgehen, wir brauchen eine Flüssigkeit. Wir haben schon ver-

schiedene Mixturen erprobt, das hier ist Noscan 7, die siebente Mischung. Die ersten sechs haben wir an Mäusen, Kaninchen und Guineaschweinen erprobt.«
»Mit welchem Effekt?«
»Sie sind alle gestorben. Wie gesagt, ein kleines Problem. Aber genug jetzt von Noscan. Hast du heute abend was vor, wollen wir zusammen ausgehen? Ich hab schon mal ganz unverbindlich ein bißchen was arrangiert.«
Heinz kam abends zu Courtney ins Hotel, sie nahmen an der Bar einen zur Brust und plauderten, bis zwei ansehnliche weibliche Wesen auftauchten, nach Heinz' Terminologie Profis mit Amateurstatus, schlicht gesagt: Hausfrauen, die nichts dagegen hatten, sich ein zusätzliches Taschengeld zu verdienen. Aber Courtney verspürte keine Neigung, wie in alten Zeiten den kleinen Sünden zu frönen. Es wäre ihm wie ein Treuebruch gegenüber Thelma vorgekommen, eine Empfindung, die ihm früher, solange es noch um Evelyn ging, fremd gewesen war. Muller nahm seine halbprofessionelle Dame mit nach Hause, Courtney drückte der ihm zugedachten Geld in die Hand und entschuldigte sich, er sei heute nicht in Stimmung.
Er fand in dieser Nacht keinen Schlaf. Vor kurzem noch hatte er sich in den Gedanken geschickt, daß er sein Leben an Evelyns Seite verbringen müsse, wobei sein Fatalismus allerdings aus der Not geboren war, weil er eine vernünftige Alternative einfach nicht erkennen konnte. Evelyn hatte über seine kleinen Sünden und über Thelma Bescheid gewußt und das eine wie das andere geduldet. »Sich abfinden«, hatte sie gesagt, »ist der Lebensnerv vieler Ehen.« In einer grausamen Zukunftsvision sah er, wie Evelyn sich auch künftig mit allem abfand, Jahr um Jahr, und dabei abscheulich fett wurde, aufgebläht wie ein riesiger Ballon, und wie sie (allerdings wieder nur, um sich damit abzufinden) immer schon im voraus ahnte, was er demnächst denken oder tun würde. Und in seinem Kopf hallten Thelmas Worte wider: »Wenn es Evelyn nicht gäbe, könnte es sein, daß ich dich für mich allein haben wollte.« Das heißt, meistens hörte er sie jetzt so, wie er sie schon damals lieber gehört hätte: »Ich sehne mich danach, dich für mich allein zu haben.«

All das wäre, wie er sich ehrlicherweise eingestehen mußte, tief in seinem Innersten verborgen geblieben, hätte nicht Heinz ihm von diesem Noscan und vom NX erzählt. Bevor die Amateurnuttchen an der Bar aufgetaucht waren, hatte Courtney noch ein paar Fragen zu diesem Thema gestellt, ganz beiläufig, versteht sich, und Heinz war sofort darauf angesprungen. Das Gift wirkte immer, ob man es nun einatmete oder trank oder auf die Haut sprühte. Und es wirkte schmerzlos (was Courtney besonders wichtig fand, weil ihm die Vorstellung eines qualvollen Todes zuwider gewesen wäre) und hinterließ keine Spuren (auch ein Umstand, dessen Bedeutung nicht unterschätzt werden durfte). Die Kaninchen und die Guineaschweinchen waren einfach infolge Herzversagens umgekippt (etwas, womit man bei Evelyns Übergewicht stets rechnen mußte).
Courtney grübelte lange darüber nach, denn er war ja ein vorsichtiger Mensch und hätte die keimende Idee sofort in sich erstickt, wäre auch nur die geringste Gefahr einer Entdeckung zu erkennen gewesen. Indessen, eine solche Möglichkeit gab es nicht. Selbst wenn Heinz übertrieben hatte und das Ganze sich als Schlag ins Wasser erwies – es hätte ja keiner je davon erfahren.
So blieb tatsächlich nur noch das Problem, an die Flasche heranzukommen, ohne daß Heinz etwas merkte. Aber auch da sagte er sich: Ergab sich keine Gelegenheit, so würde er das als Fingerzeig des Himmels nehmen und die Sache vergessen. Für alle Fälle traf er jedoch die nötigen Vorbereitungen und kaufte sich eine winzige Phiole, eine kleine Pipette und ein Paar Gummihandschuhe.
Schließlich löste sich, als hätte eine höhere Macht lenkend eingegriffen, das einzige Problem wie von selbst. Drei Tage dauerte Courtneys Rundgang durch die Laborhallen gewöhnlich, und an jedem dieser Tage verbrachte er einige Zeit bei Heinz im GREPOFO. Einmal ergab es sich, daß Heinz' Assistent in den oberen Stock ging, um in der Bibliothek verschiedene Unterlagen herauszusuchen, und daß Heinz just in diesen wenigen Minuten ans Telefon gerufen wurde; Courtney war allein im Labor.

Die kleine Flasche mit dem NX war dreiviertel voll. Courtney zog die Gummihandschuhe über, füllte ein wenig vom Gift in die Phiole – so wenig nur, daß der Flüssigkeitspegel höchstens um zwei, drei Zentimeter sank –, und stöpselte sein Apothekerfläschchen zu. Eine Sache von Sekunden, bei der, wie Courtney mit Befriedigung feststellte, seine Händen nicht einen Augenblick lang gezittert hatten.

Das Schicksal beließ es nicht bei den bisher schon erteilten Winken. Hätte er noch Zweifel gehabt, ob das Ganze denn unabänderlich notwendig sei, so wären sie spätestens bei seiner Rückkehr nach Hause verstummt, denn inzwischen hatte Thelma tatsächlich das Gästezimmer im Vanceschen Hause bezogen. Die Probleme wegen des Mietvertrages für Kensington waren immer noch nicht gelöst. Thelma hatte sich mit der Nichte überworfen, und Evelyn fand es selbstverständlich, daß eine so gute Freundin in dieser Lage zu ihnen zog und eine Weile blieb.

»Schließlich gehört sie ja fast zur Familie«, sagte Evelyn mit jener unerschütterlichen Milde, die Courtney einen Schock versetzte, ja ihn sogar mit Abscheu erfüllte, zumal Thelma dabeistand, ihn aus leuchtenden Augen ansah und recht amüsiert schien. Ein paar Tage später, spätabends, trieb Evelyn es auf die Spitze, indem sie ihn wissen ließ: »Falls du die Nacht mit Thelma verbringen willst – irgendwie könnte ich es schon verstehen.«

Er glaubte, einen Alptraum zu erleben. »Mit Sicherheit nicht! Wie kannst du so etwas vorschlagen – unter unserem eigenen Dach?«

»Spielt es denn eine Rolle, unter welchem Dach es geschieht?«

Er fand keine Worte. Mit einer anderen Frau zu schlafen, bei sich zu Hause, mit Evelyns Wissen und Duldung – das war nicht nur undenkbar, es zerstörte auch alles, was seine Beziehung zu Thelma so romantisch und so erregend gemacht hatte. Daß Evelyn ihm so etwas nahelegte, begrub all seine Skrupel unter der felsenfesten Gewißheit, daß es nun keine andere Möglichkeit mehr gäbe; Evelyn hatte das Unglück selbst herausgefordert.

Das Fläschchen mit *Magical Night* war aufgebraucht. Er kaufte eine neue Flasche, drehte den Schraubverschluß auf und träufelte mit äußerster Vorsicht den Inhalt seiner Phiole ins Parfüm. Als er Evelyn den Flakon schenkte, bedankte sie sich und lächelte ihr unerträglich sanftes Lächeln, während sie sagte, sie und er hätten in letzter Zeit nur sehr selten magische Nächte erlebt.

Ehe er am nächsten Morgen zu einer Geschäftsreise aufbrach, kam er noch einmal auf ihre Bemerkung zurück und riet ihr mit verlogener Herzlichkeit, sie brauche ja nur bei seiner Rückkehr oder rechtzeitig vorher ein paar Tropfen *Magical Night* aufzutragen – immer vorausgesetzt, ihr sei danach zumute und sie wolle gewisse Vorbereitungen treffen ... Wer weiß, ob dann nicht bisher nur im verborgenen gehegte Wünsche wahr würden? Er hoffte inständig, der Hinweis sei deutlich genug ausgefallen, um die Angelegenheit (wie er sein Vorhaben sogar vor sich selbst zu umschreiben pflegte) noch während seiner Abwesenheit zum erwarteten Ende zu bringen. Zur Zeit des Geschehens nicht zu Hause zu sein, erschien ihm nicht nur als Gebot der Klugheit, es mochte ihm auch unangemessene Seelenqualen ersparen, falls Heinz' Prognose hinsichtlich der schmerzlosen Wirkung des Giftes sich als falsch erweisen sollte.

So wunderte er sich nicht, als man ihm am dritten Abend seiner viertägigen Reise mitteilte, ein Inspektor Jezzard warte in der Hotelhalle auf ihn. Vorsorglich hatte er den Ausdruck tiefer Erschütterung und leidgeprüften Begreifens einstudiert und sich sogar ein paar passende Worte überlegt. »Mein Gott, Inspektor, ich kann es kaum glauben. Evelyn schien bei bester Gesundheit, als ich losfuhr. Das heißt, wenn ich darüber nachdenke ... Sie hat über Beschwerden geklagt, aber wir hielten das beide für eine Magenverstimmung.«

Er kam nicht dazu, seinen Sermon herzubeten, der Inspektor, ein Mann mit stechendem Blick und scharfgeschnittener Nase, begleitet von einem Sergeant, gab ihm keine Gelegenheit dazu, sondern sagte seinerseits: »Mr. Vance? Ich habe

einen Haftbefehl gegen Sie wegen vorsätzlichen Mordes an einer gewissen Thelma Hartley ... Mann, was ist denn mit Ihnen los?«
Aber da war Courtney Vance schon in Ohnmacht gesunken.

Seine Verwirrung war grenzenlos. Wie hatte es dazu kommen können? Zuerst versuchte er, durch ausweichende Antworten Zeit zu gewinnen, um herauszufinden, wieviel der Inspektor eigentlich wüßte und wieso man ausgerechnet ihn im Verdacht hätte, dieses ... nun, man mußte wohl sagen: angebliche Gift angewandt zu haben.
»Lassen wir die Spielchen, Mr. Vance. Sie wissen genau, daß es einer Parfümflasche der Marke *Magical Night* beigemischt war.«
»Ach, und Sie wollen in der Lage gewesen sein, eine solche Beimengung zweifelsfrei nachzuweisen?«
In Inspektor Jezzards Lächeln lag nichts Freundliches. »Wir wissen sogar, woher es stammt. Wir wissen, daß Sie eine kleine Menge hochwirksamen Pflanzengiftes NX im Forschungslabor Ihrer Firma in Ihren Besitz gebracht und später dem Parfüm zugesetzt haben.«
»Das weise ich entschieden zurück, und ich frage noch einmal: Waren Sie in der Lage, ein solches Gift im Parfümfläschchen nachzuweisen?« Keine Antwort. Also hatte Heinz recht gehabt, das Gift war spurenlos. »Wenn nicht, woher wollen Sie dann wissen, daß es beigemengt war?«
»Ganz einfach, durch praktischen Nachweis. Wir haben Mäusen und Ratten ein paar Tropfen ins Futter gemischt, und die Tiere waren innerhalb einer halben Stunde tot. Völlig schmerzlos, soweit ich weiß.«
Das war nun freilich doch ein Schock. Vielleicht hätte er besser daran getan, zur fraglichen Zeit zu Hause zu sein und den Flakon zu verstecken oder den Inhalt wegzukippen?
»Im Verlaufe unserer Recherchen hat Ihr Freund, Mr. Muller, bestätigt, daß die Wirkung exakt der des speziellen Giftes entspricht«, fuhr der Inspektor fort. »Dann hat er die Flasche mit den NX überprüft und, wenn es auch vorher niemandem auf-

gefallen war, einwandfrei festgestellt, daß der Flüssigkeitspegel niedriger ist, als er sein sollte.«
Wieso haben Sie überhaupt Verdacht geschöpft? hätte Courtney den Inspektor am liebsten angeschrien, aber er sagte nur: »Ich leugne ja nicht, daß ich Evelyn ein Fläschchen *Magical Night* geschenkt habe. Nur, Mrs. Hartley habe ich bestimmt keins gegeben.«
»Wir haben von Anfang an vermutet, daß der Mordanschlag nicht Mrs. Hartley, sondern Ihrer Frau galt.«
»Aber wie konnte das dann passieren . . .«
»Es sieht so aus, als habe Ihre Frau angenommen, daß Sie sich einen Scherz erlauben wollten. Einen grausamen Scherz, um ihre eigenen Worte wiederzugeben. Ihre Frau sagt aus, es habe intime Beziehungen zwischen Ihnen und Mrs. Hartley gegeben. Wollen Sie dazu Stellung nehmen? Sie können sich das auch sparen, wir sind bei unseren Untersuchungen bereits auf verschiedene Hotels gestoßen, in denen Sie beide gemeinsam logiert haben. Das Parfüm war zwar für Ihre Frau bestimmt, aber sie hat es Mrs. Hartley gezeigt – übrigens mit der Bemerkung, der Name verspreche mehr, als er gehalten habe, jedenfalls bei ihr. Mrs. Hartley hat gelacht, die Flasche geöffnet, daran geschnuppert und sich dann ein paar Tropfen davon auf die Haut getupft, erst auf die Hand, danach ins Gesicht. Sie ist Minuten später zusammengebrochen und war innerhalb der nächsten Stunde tot.«
Hatte Evelyn Verdacht geschöpft? Ging ihre unheimliche Fähigkeit, sein Tun und Trachten zu durchschauen, etwa so weit, daß sie sogar seine Absicht, ihr etwas anzutun, vorausgeahnt und Thelma absichtlich das Parfümfläschchen in die Hand gedrückt hatte? Lauter Fragen, auf die er nie eine Antwort erhalten sollte.
»Und was geschah dann?«
»Ihre Frau rief einen Arzt, aber Mrs. Hartley war schon tot, als er eintraf, offensichtlich hatte ihr Herz versagt. Der Arzt hätte eine natürliche Todesursache diagnostiziert, wenn da nicht etwas sehr Merkwürdiges gewesen wäre. Ihrer Frau ist es aufgefallen, und von da an lag auf der Hand, daß irgend etwas nicht

stimmte und weitere Nachforschungen erforderlich waren. Wir wurden an den Tatort gerufen und begannen mit unseren Untersuchungen.«

»Ja und?« drängte er. »Was war denn so merkwürdig?«

Der Inspektor gestattete sich wieder ein Lächeln. »Ich nehme an, Mr. Muller hat Ihnen nicht nur von der tödlichen Wirkung, sondern auch von der Heilkraft des NX erzählt?«

»Ja, hat er. Aber was hat das damit zu tun? Was hat Evelyn bemerkt?«

»Man müßte eigentlich davon sprechen, was sie nicht bemerkt hat. Mrs. Hartley trug auf einer Seite des Gesichts von Geburt an ein rotes Mal. Sie muß wohl gerade dort oder in unmittelbarer Nähe ein paar Tropfen auf die Haut getupft haben. Was nun Ihrer Frau auffiel, war die bemerkenswerte Tatsache, daß das Mal ein, zwei Minuten nach Gebrauch des Parfüms völlig verschwunden war.«

Das kurze glückliche Leben des Francis Macomber

Ernest Hemingway

Es war jetzt Essenszeit, und sie saßen alle unter dem doppelten grünen Sonnendach des Speisezeltes und taten, als sei nichts passiert.
»Was möchten Sie, Limonensaft oder Zitrone?« fragte Macomber.
»Ich trinke einen Gimlet«, sagte Robert Wilson zu ihm.
»Ich möchte auch einen Gimlet. Ich brauche irgend etwas«, sagte Macombers Frau.
»Das ist wohl das Gegebene«, stimmte Macomber zu. »Sagen Sie ihm, er soll drei Gimlets machen.«
Der Küchenboy hatte schon damit angefangen; er hob die Flaschen aus den leinenen Kühlsäcken, die Feuchtigkeit in dem Wind ausschwitzten, der durch die Bäume blies, die die Zelte beschatteten.
»Was soll ich ihnen wohl geben?« fragte Macomber.
»Ein Pfund ist reichlich«, sagte Wilson. »Sie wollen sie doch nicht verwöhnen?«
»Wird der Aufseher es verteilen?«
»Zweifellos.«
Francis Macomber war vor einer halben Stunde im Triumph auf den Armen und Schultern des Kochs, der Boys, des Abhäuters und der Träger vom Rand des Lagers zu seinem Zelt getragen worden. Die Gewehrträger hatten nicht an dieser Kundgebung teilgenommen. Als die eingeborenen Boys ihn am Eingang seines Zeltes niedersetzten, hatte er ihnen allen die Hand geschüttelt und ihre Glückwünsche entgegengenommen, war dann ins Zelt gegangen und hatte auf seinem Bett gesessen, bis seine Frau hereinkam. Sie sprach nicht mit

ihm, als sie hereinkam, und er verließ das Zelt, um sich draußen in dem tragbaren Waschgestell Gesicht und Hände zu waschen und um dann zum Speisezelt hinüberzugehen und sich auf einem bequemen Segeltuchstuhl in den leichten Wind und den Schatten zu setzen.

»Nun haben Sie Ihren Löwen«, sagte Robert Wilson zu ihm, »und einen verdammt guten dazu.«

Mrs. Macomber blickte rasch zu Wilson hinüber. Sie war eine außerordentlich hübsche und gepflegte Frau, deren Schönheit und gesellschaftliche Stellung vor fünf Jahren für die Anpreisung eines Schönheitsmittels, das sie nie benutzt hatte – versehen mit ihrer signierten Fotografie –, mit 5000 Dollar bewertet worden war. Sie war seit elf Jahren mit Francis Macomber verheiratet.

»Es ist ein guter Löwe, nicht wahr?« sagte Macomber. Seine Frau blickte jetzt ihn an. Sie blickte beide Männer an, als ob sie sie nie vorher gesehen hätte.

Einen, nämlich Wilson, den weißen Jäger, hatte sie bestimmt niemals zuvor richtig gesehen. Er war etwa mittelgroß, hatte aschblondes Haar, einen borstigen Schnurrbart, ein sehr rotes Gesicht und außerordentlich kalte blaue Augen mit weißlichen Fältchen in den Winkeln, die sich komisch vertieften, wenn er lächelte. Er lächelte sie jetzt an, und sie blickte von seinem Gesicht weg auf seine Schultern, die sich unter der losen Jacke, die er trug, rundeten, und auf die vier großen Patronen, die in Schlaufen steckten, wo die linke Brusttasche hätte sein sollen, auf seine großen braunen Hände, seine alte Hose, seine sehr schmutzigen Schaftstiefel und dann wieder auf sein rotes Gesicht. Ihr fiel auf, daß das Ziegelrot seines Gesichts an der weißen Linie haltmachte, die der Rand seines Tropenhelms, der jetzt an einem Haken der Zeltstange hing, hinterlassen hatte.

»Also auf den Löwen!« sagte Robert Wilson. Wieder lächelte er ihr zu, und ohne zu lächeln sah sie auf seltsame Art ihren Mann an.

Francis Macomber war sehr groß, sehr gut gewachsen – wenn man nichts gegen ein derartig langes Gestell einzuwenden

hatte –, dunkel, sein Haar war wie bei einem Seemann kurz geschoren; er war ziemlich schmallippig, und man fand ihn gutaussehend. Er hatte die gleichen Safarisachen an, wie Wilson sie trug, nur daß seine neu waren; er war fünfunddreißig Jahre alt, hielt sich sehr gut in Form, bewährte sich auf dem Sportplatz, hielt eine Reihe Großwild- und Angelrekorde und hatte sich eben in aller Öffentlichkeit als Feigling erwiesen.
»Auf den Löwen!« sagte er. »Ich kann Ihnen niemals genug danken für das, was Sie getan haben.«
Margaret, seine Frau, sah von ihm weg und wieder zu Wilson hin. »Reden wir nicht von dem Löwen«, sagte sie.
Wilson sah, ohne zu lächeln, zu ihr hinüber, und jetzt lächelte sie ihn an.
»Es war ein sehr merkwürdiger Tag«, sagte sie. »Sollten Sie nicht auch mittags unter dem Sonnendach Ihren Hut tragen? Sie haben mir das selbst gesagt.«
»Kann ihn ja aufsetzen«, sagte Wilson.
»Wissen Sie, daß Sie ein sehr rotes Gesicht haben, Mr. Wilson?« sagte sie zu ihm und lächelte wieder.
»Vom Trinken«, sagte Wilson.
»Das glaube ich nicht«, sagte sie. »Francis trinkt eine Menge, aber sein Gesicht ist niemals rot.«
»Heute ist es rot.« Macomber versuchte einen Scherz zu machen.
»Nein«, sagte Margaret. »Meines ist heute rot. Aber Mr. Wilsons ist immer rot.«
»Muß die Rasse sein«, sagte Wilson. »Hören Sie, können Sie nicht lieber meine Schönheit als Gesprächsstoff aus dem Spiel lassen?«
»Ich habe doch gerade erst damit angefangen.«
»Schluß damit, ja?« sagte Wilson.
»Es wird schwierig werden mit der Unterhaltung«, sagte Margaret.
»Sei nicht dumm, Margot«, sagte ihr Mann.
»Gar nicht schwierig«, sagte Wilson. »Er hat einen Mordskerl von einem Löwen gekriegt.«
Margaret sah sie beide an, und beide merkten, daß sie nahe am

Weinen war. Wilson hatte es schon eine ganze Weile kommen sehen, und er fürchtete sich davor. Macomber fürchtete sich längst nicht mehr davor.

»Ich wollte, es wäre nicht passiert. Ach, ich wollte, es wäre nicht passiert«, sagte sie, stand auf und ging auf ihr Zelt zu. Sie weinte lautlos, aber man konnte sehen, wie ihre Schultern unter dem rosafarbenen, lichtechten Hemd, das sie trug, bebten.

»Frauen verlieren leicht mal die Fassung«, sagte Wilson zu dem großen Mann. »Hat nichts auf sich. Überreizte Nerven und dies und jenes.«

»Nein«, sagte Macomber. »Das hängt mir jetzt für den Rest meines Lebens an.«

»Unsinn. Trinken wir 'n Schluck von dem Rattengift«, sagte Wilson. »Vergessen Sie die ganze Geschichte. Hat nichts auf sich.«

»Man kann's versuchen«, sagte Macomber. »Ich werde jedoch nicht vergessen, was Sie für mich getan haben.«

»Gar nichts«, sagte Wilson. »Was für ein Unsinn!«

So saßen sie da im Schatten, wo das Lager aufgeschlagen war, unter einigen breitkronigen Akazien, hinter ihnen eine geröllbedeckte Klippe und ein Grasstreifen, der bis zum Ufer eines geröllgefüllten Flußbettes vor ihnen reichte, und Wald jenseits davon – saßen bei ihrem gut temperierten Limonensaft und vermieden, einander anzusehen, während die Boys den Tisch zum Essen deckten. Wilson spürte, daß die Boys jetzt im Bilde waren, und als er Macombers Privatboy neugierig seinen Herrn anblicken sah, als er ein paar Schüsseln auf den Tisch stellte, fuhr er ihn auf Suaheli an. Der Bursche wandte sich mit ausdruckslosem Gesicht ab.

»Was haben Sie ihm gesagt?« fragte Macomber.

»Gar nichts. Sagte ihm, er solle sich sputen, sonst würde ich dafür sorgen, daß er fünfzehn von der besten Sorte kriegt.«

»Was heißt das, Schläge?«

»Es ist ganz gesetzwidrig«, sagte Wilson. »Man soll ihnen Geldstrafen aufbrummen.«

»Werden sie immer noch ausgepeitscht?«

»O ja. Es könnte Stunk geben, falls sie sich beklagen sollten, aber sie tun's nicht. Ist ihnen lieber als Geldstrafen.«
»Wie merkwürdig«, sagte Macomber.
»Gar nicht merkwürdig eigentlich«, sagte Wilson. »Was würden Sie lieber tun, 'ne Tracht Prügel einstecken oder Ihr Gehalt einbüßen?«
Dann war er verlegen, weil er das gefragt hatte, und ehe Macomber antworten konnte, fuhr er fort: »Wissen Sie, wir haben schließlich alle jeden Tag unsere Prügel einzustecken – so oder so.«
Das machte es nicht besser. Weiß Gott, dachte er, ich bin ein Diplomat, wahrhaftig.
»Ja, wir stecken unsere Prügel ein«, sagte Macomber und sah ihn immer noch nicht an. »Die Geschichte mit dem Löwen tut mir schrecklich leid. Es braucht doch nicht herauszukommen, wie? Ich meine, niemand wird davon erfahren, nicht wahr?«
»Sie meinen, ob ich es im Mathaiga Club erzählen werde?« Wilson sah ihn jetzt kalt an. Das hatte er nicht erwartet. Also ist er ein verdammter Scheißkerl und nicht nur ein verdammter Feigling, dachte er. Ich hatte ihn auch ganz gern bis heute. Aber wie soll man sich bei so 'nem Amerikaner auskennen?
»Nein«, sagte Wilson. »Ich bin Berufsjäger. Wir reden nie über unsere Kundschaft. Da können Sie ganz beruhigt sein. Es verstößt aber gegen den guten Ton, uns um Verschwiegenheit zu bitten.«
Es war ihm jetzt klar, daß es viel einfacher sein würde, glatt zu brechen. Er würde dann allein essen und konnte bei seinen Mahlzeiten ein Buch lesen. Sie würden allein essen. Er würde mit ihnen auf sehr förmlicher Basis die Safari durchführen – wie nannten es doch die Franzosen? – *considération distinguée* –, und es würde verdammt viel einfacher sein, als diesen ganzen Gefühlskitsch mitmachen zu müssen. Er würde ihn beleidigen und einen klaren Bruch herbeiführen. Dann konnte er beim Essen ein Buch lesen und immer noch ihren Whisky trinken. Das war die stehende Redensart, wenn eine Safari schiefging. Man traf einen anderen weißen Jäger und fragte: »Wie geht denn die Sache?« und der antwortete: »Hm, ich trinke immer

noch ihren Whisky«, und man wußte, daß alles in die Brüche gegangen war.

»Es tut mir leid«, sagte Macomber und sah ihn mit seinem amerikanischen Gesicht an, das jungenhaft bleiben würde, bis es ältlich wurde, und Wilson musterte sein seemännisch kurzgeschorenes Haar, seine schönen, ganz leicht ausweichenden Augen, seine gutgeschnittene Nase, die schmalen Lippen und die hübsche Mundpartie. »Es tut mir leid, daß ich das nicht wußte. Es gibt eine Menge Sachen, die ich nicht weiß.«

Was sollte man da machen? dachte Wilson. Er war fest entschlossen, rasch und sauber zu brechen, und da entschuldigte sich dieser Tölpel, nachdem er ihn gerade beleidigt hatte. Er machte noch einen Versuch. »Haben Sie keine Sorge, daß ich reden könnte«, sagte er. »Ich muß mein Brot verdienen. Sie wissen doch, in Afrika verfehlt keine Frau je ihren Löwen, und kein Weißer nimmt Reißaus.«

»Ich hab Reißaus genommen wie ein Hase«, sagte Macomber.

Tja, in drei Teufels Namen, was sollte man mit einem Mann anfangen, der so redete? überlegte Wilson.

Wilson sah Macomber mit seinen flachen blauen Augen an – den Augen eines Maschinengewehrschützen –, und der andere lächelte ihm zu. Er hatte ein nettes Lächeln, wenn man nicht bemerkte, wie sehr seine Augen verrieten, wenn er sich verletzt fühlte.

»Vielleicht kann ich's mit einem Büffel wieder wettmachen«, sagte er. »Das wird das nächste für uns sein, nicht wahr?«

»Morgen früh, wenn Sie wollen«, sagte Wilson zu ihm. Vielleicht hatte er sich geirrt. War anständig, es *so* zu nehmen! Man konnte wahrhaftig auch nicht das geringste bei so einem Amerikaner voraussagen. Er war wieder ganz für Macomber. Wenn man den Morgen vergessen könnte! Aber natürlich, das konnte man nicht. Der Morgen war ungefähr so scheußlich gewesen wie nur möglich.

»Da kommt die Memsahib«, sagte er. Sie kam von ihrem Zelt auf sie zu und sah erfrischt und vergnügt und ganz reizend aus. Sie hatte ein ebenmäßiges, ovales Gesicht, so ebenmä-

ßig, daß man sie leicht für dumm halten konnte. Aber sie war nicht dumm, dachte Wilson, nein, dumm war sie nicht.
»Wie geht es dem schönen rotgesichtigen Mr. Wilson? Fühlst du dich besser, Francis, meine Zierde?«
»Ja, danke«, antwortete Macomber.
»Ich bin mit der ganzen Geschichte fertig«, sagte sie und setzte sich an den Tisch. »Was macht es denn schon aus, ob Francis sich aufs Löwenschießen versteht oder nicht? Das ist nicht sein Geschäft; das ist Mr. Wilsons Geschäft. Mr. Wilson ist wirklich sehr eindrucksvoll beim Schießen. Nicht wahr, Sie schießen doch alles?«
»Aber ja, alles«, sagte Wilson, »einfach alles.« Die sind, dachte er, die Allerhärtesten auf der ganzen Welt, die Härtesten, die Grausamsten, die Raubtierhaftesten und die Reizvollsten, und während sie hart geworden sind, sind ihre Männer schlapp geworden oder ihre Nerven sind in die Brüche gegangen. Oder kommt es vielleicht daher, daß sie sich Männer aussuchen, die sie lenken können? In dem Alter, in dem sie heiraten, können sie aber noch nicht so viel wissen, dachte er. Er war dankbar, daß er seine Erfahrungen mit amerikanischen Frauen bereits hinter sich hatte, denn diese hier war sehr anziehend.
»Wir gehen morgen früh auf Büffel«, sagte er zu ihr.
»Ich komme mit«, sagte sie.
»Nein, das werden Sie nicht.«
»Doch, ich komme. Nicht wahr, ich kann, Francis?«
»Warum willst du nicht im Lager bleiben?«
»Um keinen Preis«, dachte sie. »So was wie heute möchte ich mir um keinen Preis entgehen lassen.«
Als sie fortging, dachte Wilson, als sie wegging, um zu weinen, da schien sie ein verdammt anständiges Frauenzimmer zu sein. Sie schien zu verstehen, zu begreifen, verletzt zu sein seinetwegen und auch um ihrer selbst willen und zu wissen, worum es eigentlich ging. Sie ist zwanzig Minuten weg, und jetzt ist sie wieder da, von Kopf bis Fuß emailliert mit jener amerikanischen Weibergrausamkeit. Es sind die verfluchtesten Weiber der Welt. Wahrhaftig die allerverfluchtesten.
»Morgen werden wir dir ein neues Schauspiel bieten.«

»Sie werden nicht mitkommen«, sagte Wilson.
»Sie irren sich«, antwortete sie ihm. »Und ich möchte *so* gern sehen, wie Sie sich wieder produzieren. Heute morgen waren Sie wunderbar. Das heißt, falls es wunderbar ist, Köpfe zu zerschießen.«
»Hier kommt das Essen«, sagte Wilson. »Sie sind sehr vergnügt, was?«
»Warum nicht; ich bin nicht hier herausgekommen, um mich zu langweilen.«
»Nun, langweilig war es nicht«, sagte Wilson. Er konnte das Geröll am Fluß sehen und jenseits das hohe Ufer mit den Bäumen, und er dachte an den Morgen zurück.
»O nein«, sagte sie, »es war entzückend. Und morgen – Sie können sich nicht vorstellen, wie ich mich auf morgen freue!«
»Das ist Elen, was er Ihnen serviert«, sagte Wilson.
»Das sind die großen, kuhartigen Dinger, die wie Hasen hüpfen, nicht wahr?«
»So kann man sie beschreiben«, sagte Wilson.
»Es ist sehr gutes Fleisch«, sagte Macomber.
»Hast du es geschossen, Francis?«
»Ja.«
»Die sind nicht gefährlich, nicht wahr?«
»Nur wenn sie auf einen rauffallen«, sagte Wilson.
»Was bin ich froh.«
»Warum nicht mit den Weibergemeinheiten ein bißchen aufhören, Margot?« sagte Macomber, während er das Antilopensteak schnitt und etwas Kartoffelbrei, Sauce und Karotten auf die nach unten zeigende Gabel häufte, die das Stück Fleisch aufspießte.
»Könnte ich wohl«, sagte sie, »da du es so hübsch ausgedrückt hast.«
»Heute abend wollen wir den Löwen mit Sekt begießen«, sagte Wilson. »Es ist mittags ein bißchen zu heiß.«
»Ach, der Löwe«, sagte Margaret. »Den Löwen hatte ich ganz vergessen.«
Na, sie nimmt ihn *tüchtig* hoch, und ob! dachte Robert Wilson bei sich, oder ist das vielleicht ihre Art, gute Miene zum bösen

Spiel zu machen? Wie soll sich eine Frau benehmen, wenn sie entdeckt, daß ihr Mann ein verdammter Feigling ist? Sie ist verflucht grausam, aber grausam sind sie alle. Sie haben das Kommando, natürlich, und um zu kommandieren, muß man manchmal grausam sein. Dennoch, ich hab ihren verdammten Terror satt.

»Nehmen Sie noch etwas Elenantilope?« sagte er höflich zu ihr.

Später an jenem Nachmittag fuhren Wilson und Macomber mit dem eingeborenen Chauffeur und den zwei Gewehrträgern im Auto hinaus. Mrs. Macomber blieb im Lager. Zum Ausgehen sei es zu heiß, sagte sie, und sie würde am frühen Morgen mit ihnen kommen. Als sie losfuhren, sah Wilson sie unter dem großen Baum stehen; sie war eher hübsch als schön in ihrem zart-rosigen Khaki, dem dunklen Haar, das sie nach hinten aus der Stirn gezogen und im Nacken in einem tiefen Knoten zusammengefaßt hatte, und einem Gesicht, das so frisch aussah, als ob sie in England wäre. Sie winkte ihnen zu, als sich das Auto durch das hohe Gras der Niederung zu den kleinen, mit Gebüsch bestandenen Hügeln hinaufwand.

Im Gebüsch fanden sie eine Herde Impalas, und sie verließen das Auto und pirschten einen alten Widder mit großen, weitgespreizten Hörnern an, und Macomber erlegte ihn mit einem sehr beachtlichen Schuß, der den Bock aus einer Entfernung von beinah zweihundert Metern umwarf und die Herde wild losjagen und sie mit hochgezogenen Läufen, in langen Sätzen eines über des anderen Rücken springen ließ – in Sätzen, unwahrscheinlich und schwebend, wie die, die man manchmal in Träumen macht.

»Das war ein anständiger Schuß«, sagte Wilson. »Sie sind nur ein kleines Ziel.«

»Taugt das Gehörn was?« fragte Macomber.

»Es ist hervorragend«, sagte Wilson zu ihm. »Wenn Sie so schießen, wird alles glattgehen.«

»Glauben Sie, daß wir morgen Büffel finden werden?«

»Die Aussichten sind gut. Sie äsen früh am Morgen, und mit ein bißchen Glück können wir sie im freien Gelände erwischen.«

»Ich möchte diese Löwengeschichte gern aus der Welt schaffen«, sagte Macomber. »Es ist nicht sehr angenehm, wenn die eigene Frau sieht, daß man so etwas macht.«
Ich würde meinen, es ist noch weit unangenehmer, so etwas zu tun, oder wenn man's getan hat, darüber zu reden, dachte Wilson, ob die Frau es sieht oder nicht sieht. Aber er sagte: »Ich würde nicht mehr daran denken. Jeden kann der erste Löwe umschmeißen. Das ist jetzt vorbei.«
Aber an jenem Abend, nach dem Essen und einem Whisky-Soda am Feuer vorm Schlafengehen, als Francis Macomber auf seinem Feldbett unter dem Moskitonetz lag und auf die nächtlichen Geräusche horchte, war es nicht vorbei. Es war weder vorbei, noch fing es an. Es war da, genauso, wie es sich zugetragen hatte, mit einigen unauslöschlich eingeprägten Einzelheiten, und er schämte sich hundserbärmlich darüber. Aber stärker noch als Scham fühlte er kalte, aushöhlende Angst in sich. Die Angst war noch da, wie ein kaltes, schleimiges Loch in all der Leere, wo früher einmal sein Selbstvertrauen gewesen war, und sie erregte ihm Übelkeit. Sie war jetzt immer noch da in ihm.
Es hatte die Nacht vorher angefangen, als er aufgewacht war und den Löwen brüllen hörte, irgendwo oben am Fluß. Es war ein tiefer Ton, und zum Schluß war so was wie ein hustendes Grunzen, und das klang, als ob er direkt vor dem Zelt war, und als Francis Macomber in der Nacht aufwachte und es hörte, hatte er Angst. Er konnte seine Frau ruhig im Schlaf atmen hören. Da war niemand, dem er sagen konnte, daß er Furcht hatte, niemand, der sich mit ihm fürchtete, und da lag er allein und kannte das Somali-Sprichwort nicht, das sagte, daß ein tapferer Mann immer dreimal vor einem Löwen Angst hat: wenn er zum erstenmal seine Spur sieht, wenn er ihn zum erstenmal brüllen hört und wenn er ihm zum erstenmal gegenübersteht. Dann, als sie, ehe die Sonne aufgegangen war, bei Laternenlicht draußen im Speisezelt Frühstück aßen, brüllte der Löwe wieder, und es kam Francis vor, als ob er dicht am Rand des Lagers sei.
»Scheint ein alter Knabe zu sein«, sagte Wilson und blickte

von seinen Bücklingen und seinem Kaffee auf. »Hören Sie, er hustet!«
»Ist er sehr nahe?«
»Eine Meile oder so stromaufwärts.«
»Werden wir ihn sehen?«
»Wir werden ihn sehen.«
»Daß sein Brüllen so weit trägt! Es klingt, als ob er mitten im Lager wäre.«
»Trägt verdammt weit«, sagte Robert Wilson. »Es ist merkwürdig, wie es trägt. Hoffentlich ist es eine jagdbare Katze. Die Boys sagen, es gäbe hier herum einen sehr großen.«
»Falls ich zum Schuß komme«, fragte Macomber, »wo soll ich hintreffen, um ihn zu stoppen?«
»Aufs Blatt«, sagte Wilson. »Ins Genick, wenn's geht. Schießen Sie aufs Rückgrat. Schießen Sie ihn nieder.«
»Hoffentlich kann ich den Schuß richtig anbringen«, sagte Macomber.
»Sie schießen sehr gut«, sagte Wilson zu ihm. »Lassen Sie sich Zeit. Nehmen Sie ihn genau aufs Korn. Der erste Treffer zählt.«
»Wie weit wird es sein?«
»Kann man nicht sagen. Der Löwe hat da mitzureden. Würde nicht schießen, wenn er nicht nah genug ist, so daß Sie ihn sicher haben.«
»Auf weniger als neunzig Meter?« fragte Macomber.
Wilson blickte ihn kurz an.
»Neunzig ist ungefähr richtig. Kann sein, daß Sie ihn ein wenig näher angehen müssen. Würde keinen Schuß von viel weiter weg riskieren. Neunzig ist 'ne anständige Schußweite. Da können Sie ihn treffen, wo immer Sie wollen. Da kommt die Memsahib.«
»Guten Morgen«, sagte sie. »Sie sind hinter dem Löwen her?«
»Sobald Sie mit Ihrem Frühstück fertig sind«, antwortete Wilson. »Wie fühlen Sie sich?«
»Großartig«, sagte sie. »Ich bin furchtbar aufgeregt.«
»Ich will nur mal gehen und sehen, ob alles fertig ist.« Wilson stand auf. Während er wegging, brüllte der Löwe wieder. »Al-

ter Krakeeler«, sagte Wilson. »Dem werden wir ein Ende machen.«
»Was ist los, Francis?« fragte ihn seine Frau.
»Nichts«, sagte Macomber.
»Doch, es ist etwas«, sagte sie. »Worüber regst du dich auf?«
»Über gar nichts«, sagte er.
»Sag mir . . .«, sie sah ihn an, »fühlst du dich nicht wohl?«
»Es ist dies verdammte Gebrüll«, sagte er. »Weißt du, es ging die ganze Nacht durch.«
»Warum hast du mich nicht geweckt?« sagte sie. »Ich hätte es zu gern gehört.«
»Ich muß das verdammte Biest schießen«, sagte Macomber jämmerlich.
»Na, deswegen bist du doch hier draußen, nicht?«
»Ja, aber ich bin nervös. Das Gebrüll von dem Biest fällt mir auf die Nerven.«
»Also dann schieß ihn tot, wie Wilson sagte, und mach dem Gebrüll ein Ende.«
»Jawohl, Liebling. Es klingt einfach, nicht wahr?«
»Du hast doch nicht Angst, oder doch?«
»Natürlich nicht. Aber ich bin nervös von dem Gebrüll die ganze Nacht über.«
»Du wirst ihn ganz fabelhaft erledigen«, sagte sie. »Ich weiß, du wirst. Ich bin schon wahnsinnig gespannt darauf, es zu sehen.«
»Frühstücke fertig und wir brechen auf.«
»Es ist noch nicht hell«, sagte sie. »Dies ist eine lächerliche Zeit.«
Gerade da brüllte der Löwe. Eine brusttiefe, stöhnende, plötzlich kehlige und anschwellende Schwingung schien die Luft zu erschüttern und endete in einem Seufzer und einem schweren, brusttiefen Grunzen.
»Es klingt, wie wenn er direkt hier im Lager wäre«, sagte Macombers Frau.
»Weiß Gott«, sagte Macomber. »Ich hasse diesen verdammten Lärm.«
»Es ist sehr eindrucksvoll.«

»Eindrucksvoll? Es ist grauenhaft.«

Eben da erschien Robert Wilson wieder; er trug seine kurze, häßliche, erschreckend großkalibrige .505 Gibbs und grinste.

»Kommen Sie«, sagte er. »Der Gewehrträger hat Ihre Springfield und die große Büchse. Es ist alles im Auto. Haben Sie Ihre Vollmantelgeschosse?«

»Ja.«

»Ich bin bereit«, sagte Mrs. Macomber.

»Müssen diesem Gebrüll ein Ende machen«, sagte Wilson. »Gehen Sie nach vorn. Die Memsahib kann hier hinten mit mir sitzen.«

Sie kletterten in das Auto, fuhren los und im ersten grauen Tageslicht zwischen den Bäumen hindurch, flußaufwärts. Macomber öffnete den Verschluß seiner Büchse und sah, daß er Vollmantelgeschosse darin hatte, schloß die Kammer und sicherte. Er sah, wie seine Hand zitterte. Er tastete in der Tasche nach weiteren Patronen und fuhr mit den Fingern über die Patronen in den Schlaufen vorn in seiner Jacke. Er drehte sich um, Wilson zu, der auf dem Rücksitz in dem türlosen kastenartigen Auto neben seiner Frau saß; beide grinsten vor Aufregung, und Wilson beugte sich vor und flüsterte:

»Sehen Sie die Vögel einfallen? Bedeutet, daß der alte Bursche seine Beute verlassen hat.«

Am jenseitigen Flußufer sah Macomber Geier über den Bäumen kreisen und plötzlich senkrecht niederstoßen.

»Gut möglich, daß er hier entlangkommen wird, um zu saufen, ehe er sich zur Ruhe legt«, flüsterte Wilson. »Halten Sie die Augen auf.«

Sie fuhren langsam an der hohen Böschung des Flusses entlang, die hier tief in sein geröllgefülltes Bett einschnitt, und sie wanden sich bei der Fahrt zwischen großen Bäumen hindurch. Macomber beobachtete das gegenüberliegende Ufer, als er fühlte, daß Wilson seinen Arm packte. Das Auto hielt.

»Da ist er«, hörte er flüstern. »Geradeaus und nach rechts. Steigen Sie aus, und schießen Sie. Es ist ein wunderbarer Löwe.«

Jetzt sah Macomber den Löwen. Er stand, fast in ganzer Länge

sichtbar, das mächtige Haupt erhoben und ihnen zugewandt. Der frühe Morgenwind, der ihnen entgegenwehte, bewegte gerade seine dunkle Mähne, und der Löwe sah riesenhaft aus, scharf umrissen im grauen Morgenlicht auf der Uferböschung mit seinem schweren Blatt und dem tonnenförmigen, ebenmäßig gewölbten Rumpf.
»Wie weit ist er?« fragte Macomber und hob die Büchse.
»Ungefähr siebzig. Steigen Sie aus, und schießen Sie.«
»Warum nicht von hier – wo ich bin – schießen?«
»Man schießt sie nicht vom Auto aus«, hörte er Wilson ihm ins Ohr sagen. »Steigen Sie aus. Der bleibt da nicht den ganzen Tag stehen.«
Macomber stieg über die geschwungene Öffnung neben dem Vordersitz auf das Trittbrett und hinunter auf den Boden. Der Löwe stand immer noch da und blickte majestätisch und kühl auf diesen Gegenstand hin, den seine Augen nur als Umriß wahrnahmen – massig ausladend wie ein Riesen-Rhino. Ihm wurde keine Menschenwitterung zugetragen, und er beobachtete den Gegenstand und bewegte sein mächtiges Haupt ein wenig von einer Seite zur andern. Dann, während er den Gegenstand furchtlos beobachtete, jedoch zögerte, mit diesem Gegenüber das Ufer hinabzugehen, um zu trinken, sah er, wie sich die Gestalt eines Mannes davon loslöste, und er wandte das schwere Haupt und setzte in Sprüngen der Deckung der Bäume zu, als er ein berstendes Krachen hörte und den Einschlag einer .30-06, 220-grain-kalibrigen, massiven Patrone fühlte, die sich in seine Flanke einbiß und mit jäher, heißer, siedender Übelkeit seinen Magen aufschlitzte. Er trabte schwerfällig, großpfotig, verwundet, prall-leibig, schwankend durch die Bäume dem hohen Gras und der Deckung zu, und das Krachen kam noch einmal, ging an ihm vorbei und zerriß die Luft. Dann krachte es noch einmal, und er fühlte den Schlag, als er seine unteren Rippen traf und weiter aufschlitzte, und Blut plötzlich heiß und schaumig im Maul, und er galoppierte dem hohen Gras zu, wo er sich niederkauern konnte und nicht gesehen wurde und wo sie das krachende Ding nahe genug heranbringen

mußten, daß er lossetzen und den Mann, der es hielt, erwischen konnte.

Als Macomber aus dem Auto stieg, hatte er nicht überlegt, wie dem Löwen zumute war. Er wußte nur, daß seine Hände zitterten, und als er sich vom Auto entfernte, war es ihm fast unmöglich, seine Beine in Bewegung zu setzen. Sie waren steif in den Oberschenkeln, aber er konnte fühlen, wie die Muskeln flogen. Er hob die Büchse, zielte auf die Stelle zwischen Kopf und Schultern des Löwen und drückte ab. Nichts geschah, obgleich er am Abzug zog und abdrückte, bis er glaubte, sein Finger würde zerbrechen. Dann wurde im klar, daß noch gesichert war, und während er die Büchse senkte, um die Sicherung vorzuschieben, bewegte er sich noch einen starren Schritt vorwärts, und der Löwe, der seine Silhouette jetzt von der Silhouette des Autos losgelöst sah, wandte sich um und setzte sich in Trab, und als Macomber Feuer gab, hörte er einen Aufschlag, der besagte, daß die Kugel gesessen hatte, aber der Löwe lief weiter. Macomber schoß wieder, und alle sahen die Kugel hinter dem trabenden Löwen Erde aufwerfen. Er schoß nochmals und dachte daran, tiefer zu zielen, und alle hörten die Kugel auftreffen, und der Löwe ging in Galopp über und war im hohen Gras, bevor er noch repetieren konnte.

Macomber stand da, und sein Magen drehte sich um; seine Hände, die noch die schußbereite Springfield hielten, bebten, und seine Frau und Robert Wilson standen bei ihm. Neben ihm standen auch die beiden Gewehrträger und plapperten auf Wakamba.

»Ich hab ihn getroffen«, sagte Macomber. »Ich hab ihn zweimal getroffen.«

»Sie haben ihn weidwund geschossen und dann noch irgendwo weiter vorn getroffen«, sagte Wilson ohne Begeisterung. Die Gewehrträger sahen sehr ernst aus. Sie schwiegen jetzt.

»Vielleicht haben Sie ihn getötet«, fuhr Wilson fort. »Wir müssen eine Weile warten, ehe wir hingehen, um es festzustellen.«

»Was meinen Sie damit?«

»Er soll sich erst ins Wundbett niedertun, bevor wir ihm nachspüren.«

»Hm«, sagte Macomber.
»Es ist ein verdammt starker Löwe«, sagte Wilson aufgeräumt, »er hat sich nur einen schlechten Platz ausgesucht.«
»Warum ist er schlecht?«
»Man sieht ihn erst, wenn man ganz dicht an ihm dran ist.«
»Hm«, sagte Macomber.
»Kommen Sie, los«, sagte Wilson. »Die Memsahib kann hier im Auto bleiben. Wir wollen gehen, uns die Schweißfährte besehen.«
»Bleib hier, Margot«, sagte Macomber zu seiner Frau. Sein Mund war ganz trocken, und es fiel ihm schwer zu reden.
»Warum?« fragte sie.
»Wilson sagt es.«
»Wir wollen es uns mal besehen«, sagte Wilson. »Bleiben Sie hier. Von hier aus können Sie sogar besser sehen.«
»Schön.«
Wilson sprach auf Suaheli mit dem Fahrer. Der nickte und sagte: »Jawohl, Bwana.«
Dann gingen sie das steile Ufer hinunter und durch den Fluß, kletterten über und um das Geröll herum und das andere Ufer hinauf, zogen sich an ein paar vorspringenden Wurzeln hoch und gingen dann daran entlang, bis sie die Stelle fanden, wo der Löwe getrabt war, als Macomber zum erstenmal gefeuert hatte. Die Gewehrträger zeigten mit Grashalmen im kurzen Gras auf den dunklen Schweiß, der sich zwischen den Uferbäumen verlief.
»Was werden wir tun?« fragte Macomber.
»Keine große Auswahl«, sagte Wilson. »Wir können das Auto nicht rüberbringen. Das Ufer ist zu steil. Wir wollen ihn ein bißchen steif werden lassen, dann werden Sie und ich hineingehen und nach ihm suchen.«
»Kann man nicht das Gras in Brand setzen?« fragte Macomber.
»Zu frisch.«
»Kann man nicht die Treiber schicken?«
Wilson sah ihn prüfend an. »Natürlich kann man«, sagte er. »Aber es riecht ein bißchen nach Mord. Wir wissen, daß der Löwe getroffen ist, nicht wahr? Man kann einen unverletzten

Löwen jagen – er wird sich vor einem Geräusch herbewegen –, aber ein krankgeschossener Löwe greift an. Man kann ihn erst sehen, wenn man direkt dran ist. Er wird sich völlig flach machen in einer Deckung, von der Sie nicht denken würden, daß sie einen Hasen verbergen könnte. In so 'nen Zirkus kann man nicht gut halbwüchsige Jungens hineinschicken. Irgendwer kriegt bestimmt was ab.«

»Und die Gewehrträger?«

»Oh, die gehen mit uns. Es ist ihre *shauri*. Verstehen Sie, sie haben sich dazu verpflichtet. Sehr glücklich sehen sie jedoch nicht aus, was?«

»Ich will da nicht hineingehen«, sagte Macomber. Es war heraus, bevor er wußte, daß er's gesagt hatte.

»Ich auch nicht«, sagte Wilson sehr munter. »Haben aber tatsächlich keine Wahl.« Dann, nachträglich, warf er einen flüchtigen Blick auf Macomber und sah auf einmal, wie er zitterte, und den jämmerlichen Ausdruck auf seinem Gesicht.

»Selbstverständlich brauchen Sie nicht hineinzugehen«, sagte er. »Dafür bin ich ja angeheuert, nicht wahr? Darum bin ich auch so teuer.«

»Wollen Sie sagen, daß Sie da allein reingehen würden? Warum ihn nicht dort lassen?«

Robert Wilson, der sich nur mit dem Löwen und dem Problem, das er bot, beschäftigt hatte und der gar nicht an Macomber gedacht hatte, außer um vielleicht zu bemerken, daß er ein Angsthase war, hatte plötzlich ein Gefühl, als ob er in einem Hotel die falsche Tür geöffnet und etwas Peinliches gesehen hätte.

»Was wollen Sie damit sagen?«

»Warum ihn nicht einfach dort lassen?«

»Sie meinen, uns selbst vormachen, daß er nicht getroffen ist?«

»Nein, einfach lassen.«

»Das tut man nicht.«

»Warum nicht?«

»Erstens hat er bestimmt Schmerzen. Zweitens könnte irgendwer anderes zufällig auf ihn stoßen.«

»Ach so.«
»Aber Sie brauchen gar nichts damit zu tun zu haben.«
»Ich möchte aber«, sagte Macomber. »Wissen Sie, ich hab's nur mit der Angst.«
»Ich werde vorangehen, wenn wir reingehen«, sagte Wilson, »und Kongoni wird der Spur folgen. Halten Sie sich hinter mir und ein bißchen seitwärts. Sehr gut möglich, daß wir ihn knurren hören. Wenn wir ihn sehen, schießen wir beide. Machen Sie sich keinerlei Sorgen. Ich decke Sie die ganze Zeit. Wissen Sie, tatsächlich sollten Sie vielleicht lieber nicht gehen. Es ist wahrscheinlich viel besser. Warum gehen Sie nicht hinüber zu der Memsahib, während ich die Sache eben erledige?«
»Nein, ich möchte gehen.«
»Schön«, sagte Wilson. »Aber gehen Sie nicht hinein, wenn Sie nicht wollen. Dies ist jetzt meine *shauri,* nicht wahr?«
»Ich möchte gehen«, sagte Macomber.
Sie saßen unter einem Baum und rauchten.
»Wollen Sie hinübergehen und sich mit der Memsahib unterhalten, während wir warten?« fragte Wilson.
»Nein.«
»Ich geh eben mal hinüber und sag ihr, sie soll Geduld haben.«
»Gut«, sagte Macomber. Er saß da mit trockenem Mund, ein hohles Gefühl im Magen, schwitzte unter den Armen und suchte den Mut aufzubringen, Wilson zu sagen, daß er allein hineingehen und den Löwen ohne ihn erledigen solle. Er konnte nicht wissen, daß Wilson wütend war, weil er den Zustand, in dem er sich befand, nicht eher bemerkt und ihn zu seiner Frau zurückgeschickt hatte. Während er so dasaß, kam Wilson zurück. »Hier ist Ihre große Büchse«, sagte er. »Nehmen Sie sie. Ich glaube, wir haben ihm genug Zeit gelassen. Kommen Sie.«
Macomber nahm die große Büchse, und Wilson sagte:
»Bleiben Sie hinter mir und ungefähr vier Meter rechts, und tun Sie genau, was ich Ihnen sage.« Dann sprach er auf Suaheli mit den beiden Gewehrträgern, die wie ein Bild des Trübsinns aussahen.
»Wir wollen gehen«, sagte er.

»Kann ich einen Schluck Wasser haben?« fragte Macomber. Wilson redete mit dem älteren Gewehrträger, der eine Wasserflasche am Gürtel trug, und der Mann hakte sie los, schraubte den Verschluß ab und reichte sie Macomber, der sie nahm und dem auffiel, wie schwer sie schien und wie haarig und abgenutzt der Filzüberzug in seiner Hand war. Er hob sie in die Höhe, um zu trinken, und blickte gerade vor sich hin, auf das hohe Gras mit den flachkronigen Bäumen dahinter. Eine Brise wehte ihnen entgegen, und das Gras wogte leise im Wind. Er blickte den Gewehrträger an, und er konnte sehen, daß der Gewehrträger auch Angst hatte.

Dreißig Meter tiefer im Gras lag der große Löwe flach hingestreckt am Boden. Seine Ohren waren angelegt, und seine einzige Bewegung war ein schwaches Auf- und Abzucken seines langen, schwarzquastigen Schwanzes. Er stellte sich, sobald er diese Deckung erreicht hatte, und die Wunde in der Lunge, die ihm jedesmal, wenn er atmete, ein dünnes, schaumiges Rot ins Maul trieb, schwächte ihn. Seine Weichen waren naß und heiß, und Fliegen waren auf den kleinen Öffnungen, die die Kugeln in sein lehmfarbenes Fell gemacht hatten, und seine großen gelben, von Haß verengten Augen blickten starr vor sich hin und zuckten nur, wenn der Schmerz beim Atmen kam und seine Pranken sich in die ausgedörrte Erde gruben. Alles in ihm, Schmerz, Übelkeit, Haß und alle ihm verbliebene Kraft, verdichteten sich zum Sprung. Er konnte die Männer sprechen hören, und er wartete und preßte sein ganzes Sein in diese Vorbereitung zum Angriff – die Männer sollten nur das Gras betreten. Als er ihre Stimmen hörte, steifte sich sein Schwanz und zuckte auf und nieder, und als sie den Rand des Grases betraten, gab er ein hustendes Grunzen von sich und griff an.

Kongoni, der alte Gewehrträger an der Spitze, hielt die Schweißspur im Auge. Wilson beobachtete das Gras auf irgendeine Bewegung hin, die große Büchse schußbereit. Der zweite Gewehrträger blickte vorwärts und lauschte; Macomber war dicht hinter Wilson mit schußbereiter Büchse; sie hatten gerade das Gras betreten, als Macomber das bluterstickte, hustende Grunzen hörte und den rauschenden Ansturm im

Gras sah. Das nächste, was er wußte, war, daß er rannte, wild rannte, in Panik, ins Freie, dem Fluß zu.

Er hörte das *ca-ra-wong!* von Wilsons großer Büchse und nochmals in einem zweiten Krachen *carawong!*, und sich umwendend, sah er den Löwen, der jetzt grausig aussah, als sei der halbe Kopf weg, am Saum des hohen Grases auf Wilson zukriechen, während der rotgesichtige Mann den Verschluß an der kurzen, häßlichen Büchse betätigte und sorgfältig zielte und noch ein vernichtendes *carawong!* aus der Mündung kam, und der kriechende, schwere gelbe Rumpf des Löwen erstarrte und das riesige, verstümmelte Haupt nach vorn glitt, und Macomber, der allein in der Lichtung, in die er gelaufen war, stand und ein geladenes Gewehr in der Hand hielt, wußte, während zwei schwarze Männer und ein weißer Mann voller Verachtung auf ihn zurückblickten, daß der Löwe tot war. Er ging auf Wilson zu, und seine Länge wirkte wie ein nackter Vorwurf, und Wilson sah ihn an und sagte:

»Wollen Sie Aufnahmen machen?«

»Nein«, sagte er.

Das war alles, was irgendwer gesagt hatte, bis sie beim Auto angelangt waren. Dann hatte Wilson gesagt:

»Prachtkerl von einem Löwen. Die Boys werden ihn abhäuten. Wir können genausogut hier im Schatten bleiben.«

Macombers Frau hatte ihn nicht gesehen noch er sie, und er hatte neben ihr auf dem Rücksitz gesessen, während Wilson auf dem Vordersitz saß. Einmal hatte er hinübergelangt und die Hand seiner Frau genommen, ohne sie anzublicken, und sie hatte ihre Hand weggezogen. Als er über den Fluß blickte, wo die Gewehrträger den Löwen abhäuteten, konnte er sehen, daß sie das Ganze hatte mit ansehen können. Während sie dasaßen, faßte seine Frau nach vorn und legte ihre Hand auf Wilsons Schulter. Er wandte sich um, und sie beugte sich über den niedrigen Sitz vornüber und küßte ihn auf den Mund.

»Aber was denn?« sagte Wilson und wurde röter als seine gewohnte Ziegelfarbe.

»Mr. Robert Wilson«, sagte sie. »Der schöne, rotgesichtige Mr. Robert Wilson.«

Dann setzte sie sich wieder neben Macomber und blickte hinweg über den Fluß dorthin, wo der Löwe lag mit hochstehenden, weißmuskeligen, sehnengezeichneten, nackten Vorderpranken und weißem, aufgetriebenem Bauch, als die Schwarzen ihm die Haut abschabten. Schließlich brachten die Gewehrträger das Fell herüber, naß und schwer, und kletterten mit ihm hinten hinein, nachdem sie es, bevor sie einstiegen, zusammengerollt hatten, und das Auto fuhr los. Niemand hatte irgend etwas gesagt, bis sie im Lager zurück waren.

Das war die Geschichte mit dem Löwen. Macomber hatte weder gewußt, wie dem Löwen zumute war, bevor er lossetzte, noch dabei, als ihm das unglaubliche Geschmetter der .505 mit einem Mündungsdruck von zwei Tonnen ins Maul geschlagen, noch was ihn danach weiter vorwärtsgetrieben hatte, als das zweite aufschlitzende Krachen ihm das Hinterteil zerschmetterte und er auf das krachende, explodierende Ding, das ihn vernichtet hatte, losgekrochen kam. Wilson wußte etwas davon und gab dem nur Ausdruck, indem er sagte: »Mordskerl von einem Löwen!« Aber Macomber wußte auch nicht, was Wilson den Dingen gegenüber empfand. Er wußte nicht, was seine Frau empfand; er wußte nur, daß er für sie erledigt war.

Er war schon häufiger für seine Frau erledigt gewesen, aber es dauerte nie an. Er war sehr wohlhabend und würde später noch viel wohlhabender sein, und er wußte, daß sie ihn jetzt nicht mehr verlassen würde. Das war eine von den wenigen Sachen, die er wirklich wußte. Das wußte er, und über Motorräder wußte er Bescheid – das war das Früheste –, über Autos, über Entenjagd, über Forellen-, Lachs- und Hochseefischerei, über Erotik in Büchern, in vielen, zu vielen Büchern, über alle Ballspiele, über Hunde, nicht viel über Pferde, über das Zusammenhalten seines Geldes, über die meisten anderen Dinge, mit denen man sich in seiner Welt abgab, und daß ihn seine Frau nicht verlassen würde. Seine Frau war eine große Schönheit gewesen, und in Afrika war sie immer noch eine große Schönheit, aber zu Hause war sie keine so große Schönheit mehr, daß sie ihn hätte verlassen und es hätte besser haben können, und sie wußte es, und er wußte es. Sie hatte die Chance, ihn zu verlassen, verpaßt, und er wußte es. Wenn er sich besser auf Frauen verstanden hätte, würde sie wahrscheinlich angefangen haben, sich Gedanken zu machen, daß er eine andere schöne Frau nehmen würde, aber sie wußte auch über ihn zu viel, um sich seinetwegen zu beunruhigen. Außerdem hatte er immer eine große Duldsamkeit gezeigt, was das Netteste an ihm zu sein schien, falls es nicht das Unheimlichste war.

Alles in allem galten sie für ein verhältnismäßig glückliches Ehepaar, eines von jenen, über dessen Auseinandergehen häufig Gerüchte umlaufen, die aber nie Wirklichkeit werden, und – wie der Berichterstatter im Gesellschaftsteil sich ausdrückte: Sie bereicherten ihre so viel beneidete und ewig anhaltende romantische Liebesgeschichte um mehr als die Würze des *Abenteuers* mit dieser *Safari* in dem, was als »dunkelstes Afrika« galt, bis die Martin Johnsons es auf der Filmleinwand in helles Licht gerückt hatten, wo sie *Old Simba,* den Löwen, dem Büffel und *Tembo,* dem Elefanten, nachjagten und außerdem Ausstellungsstücke für das Naturkunde-Museum sammelten. Derselbe Berichterstatter hatte mitgeteilt, daß es mit ihnen bereits dreimal *auf der Kippe* gestanden hatte, was auch stimmte. Aber sie vertrugen sich immer wieder. Ihre eheliche Verbindung hatte eine zuverlässige Grundlage: Margaret war zu schön, als daß Macomber sich von ihr hätte scheiden lassen, und Macomber hatte zu viel Geld, als daß Margaret ihn je verlassen würde.

Es war jetzt gegen drei Uhr morgens, und Francis Macomber, der eine kurze Zeit über geschlafen hatte, nachdem er aufgehört hatte, über den Löwen nachzudenken, wachte auf und schlief wieder ein und erwachte plötzlich, im Traum geängstigt von dem blutköpfigen Löwen, der über ihm stand, und als er hinhorchte, während sein Herz hämmerte, merkte er, daß seine Frau nicht auf dem anderen Feldbett im Zelt war. Er lag zwei Stunden mit diesem Wissen wach.

Nach Ablauf dieser Zeit kam seine Frau ins Zelt, hob ihr Moskitonetz hoch und kroch behaglich ins Bett.

»Wo bist du gewesen?« fragte Macomber in der Dunkelheit.
»Hallo«, sagte sie. »Bist du wach?«
»Wo bist du gewesen?«
»Ich war gerade draußen, um ein bißchen Luft zu schöpfen.«
»Den Teufel hast du das getan!«
»Was möchtest du denn, daß ich sage, Liebling?«
»Wo bist du gewesen?«
»Draußen, Luft schöpfen.«
»Das ist eine neue Bezeichnung dafür. Was für eine Hure du bist.«
»Na und du bist ein Feigling.«
»Gut«, sagte er, »und was macht's?«
»Macht gar nichts, was mich anlangt. Aber bitte, wir wollen nicht reden, Liebling; ich bin so schläfrig.«
»Du glaubst, daß ich alles einstecke.«
»Ich weiß, du tust es, mein Süßer.«
»Das werde ich nicht.«
»Bitte, Liebling, wir wollen nicht reden. Ich bin so furchtbar schläfrig.«
»Es sollte nichts dergleichen passieren; du hattest es versprochen.«
»Ja, aber nun ist es eben passiert«, sagte sie sanft.
»Du hast gesagt, daß, wenn wir die Reise machen würden, nichts dergleichen vorkommen würde. Du hattest es versprochen.«
»Ja, Liebling, so hatte ich's auch vor. Aber das gestern hat die Reise verdorben. Wir brauchen doch darüber nicht zu reden, nicht wahr?«
»Du wartest nicht lange, wenn du im Vorteil bist, was?«
»Bitte, wir wollen nicht sprechen. Ich bin so schläfrig, Liebling.«
»Ich werde aber sprechen.«
»Du brauchst keine Rücksicht auf mich zu nehmen, weil ich schlafen werde.« Und sie schlief.
Sie waren alle drei vor Tageslicht am Frühstückstisch, und Francis Macomber stellte fest, daß er von allen Männern, die er gehaßt hatte, Robert Wilson am meisten haßte.

»Gut geschlafen?« fragte Wilson mit seiner kehligen Stimme, während er sich eine Pfeife stopfte.
»Und Sie?«
»Großartig«, erwiderte der weiße Jäger.
Du Scheißkerl, dachte Macomber, du unverschämter Scheißkerl.
Also hat sie ihn geweckt, als sie reinkam, dachte Wilson und sah sie beide mit seinen flachen, kalten Augen an. Na, warum sieht er nicht zu, daß seine Frau bleibt, wo sie hingehört? Wofür hält er mich denn, für einen verdammten Gipsheiligen? Soll *er* sehen, daß sie bleibt, wo sie hingehört. Ist seine eigene Schuld.
»Glauben Sie, daß wir Büffel finden werden?« fragte Margaret und schob eine Schüssel mit Aprikosen beiseite.
»Möglich«, sagte Wilson und lächelte sie an. »Warum bleiben Sie nicht im Lager?«
»Für nichts in der Welt«, sagte sie.
»Warum bestimmen Sie nicht, daß sie im Lager bleibt?« sagte Wilson zu Macomber.
»Bestimmen Sie's doch«, sagte Macomber kalt.
»Lassen wir alles Bestimmen beiseite«, und zu Macomber gewandt, »auch alle Albernheiten, Francis«, sagte Margaret ganz freundlich.
»Sind Sie bereit, aufzubrechen?« fragte Macomber.
»Jederzeit«, sagte Wilson. »Wollen Sie, daß die Memsahib mitgeht?«
»Spielt es eine Rolle, ob ich will oder nicht?«
Scheiße, dachte Robert Wilson. Verdammte Scheiße. Also so wird's jetzt sein. Na, dann *wird* es eben so sein.
»Macht keinen Unterschied«, sagte er.
»Und Sie, Sie möchten bestimmt nicht lieber mit ihr im Lager bleiben und mich gehen und Büffel jagen lassen?« fragte Francis Macomber.
»Kann ich nicht tun«, sagte Wilson. »Würde nicht so 'n Unsinn reden, wenn ich Sie wäre.«
»Ich rede keinen Unsinn. Es kotzt mich an.«
»Häßliches Wort, ›ankotzen‹.«

»Francis, versuche bitte, vernünftig zu reden«, sagte seine Frau.
»Ich rede verdammt zu vernünftig«, sagte Macomber. »Hat man je solchen Saufraß gegessen?«
»Mit dem Essen was nicht in Ordnung?« fragte Wilson ruhig.
»Nicht mehr als mit allem übrigen.«
»Ich würde mich zusammenreißen, junger Mann«, sagte Wilson sehr ruhig. »Der eine Boy, der bei Tisch bedient, versteht ein bißchen Englisch.«
»Zum Teufel mit ihm.«
Wilson stand auf, paffte seine Pfeife, schlenderte davon und sprach ein paar Worte auf Suaheli mit dem einen Gewehrträger, der dastand und auf ihn wartete. Macomber und seine Frau blieben am Tisch sitzen. Er starrte auf seine Kaffeetasse.
»Wenn du eine Szene machst, verlasse ich dich, Liebling«, sagte Margaret ruhig.
»Nein, das wirst du nicht.«
»Du kannst es ja versuchen und sehen.«
»Du wirst mich nicht verlassen.«
»Nein«, sagte sie. »Ich werde dich nicht verlassen, und du wirst dich benehmen.«
»Mich benehmen? Feine Art zu reden. Ich mich benehmen!«
»Ja, dich benehmen!«
»Warum versuchst *du* nicht, dich zu benehmen?«
»Ich hab es so lange versucht, so sehr lange.«
»Ich hasse dieses rotgesichtige Schwein«, sagte Macomber. »Sein Anblick ekelt mich an.«
»Er ist wirklich *sehr* nett.«
»Halte den Mund!« Macomber brüllte beinahe. Gerade da fuhr das Auto vor und hielt vor dem Speisezelt, und der Fahrer und die beiden Gewehrträger stiegen aus. Wilson kam herüber und blickte auf die Eheleute, die am Tisch saßen.
»Wird auf Jagd gegangen?« fragte er.
»Ja«, sagte Macomber und stand auf. »Ja.«
»Lieber was Wollenes mitnehmen, wird kühl im Auto sein«, sagte Wilson.
»Ich werde meine Lederjacke holen«, sagte Margaret.

»Der Boy hat sie«, sagte Wilson zu ihr. Er kletterte vorne zu dem Fahrer, und Francis Macomber und seine Frau saßen, ohne zu sprechen, auf dem Rücksitz.

Hoffentlich kommt der alberne Kerl nicht auf den Gedanken, mir eine Kugel durch den Kopf zu jagen, dachte Wilson bei sich. Frauen sind eine wahre Pest auf Safari.

Das Auto knirschte beim Bergabfahren und überquerte im grauen Tageslicht den Fluß an einer steinigen Furt und kletterte dann im Zickzack das steile Ufer hinan, wo auf Wilsons Anordnung tags zuvor ein Weg geschaufelt worden war, so daß sie in das parkartige, bewaldete, wellige Gelände auf dem jenseitigen Ufer gelangen konnten.

Ein guter Morgen, dachte Wilson. Es lag starker Tau, und während sich die Räder durch das Gras und das Gebüsch bewegten, konnte er den Geruch der zermalmten Farnwedel riechen. Es war ein Duft wie von Verbenen, und er liebte diesen Frühmorgenduft von Tau und zermalmtem Farnkraut und das Aussehen der Baumstümpfe, die im Dunst des frühen Morgens schwarz hervortraten, als das Auto seinen Weg durch das ungebahnte, parkartige Gelände nahm. Er hatte sich die beiden auf dem Rücksitz jetzt aus dem Kopf geschlagen und dachte an Büffel. Die Büffel, hinter denen er her war, hielten sich tagsüber in einem dichten Sumpf auf, wo man unmöglich zum Schuß kommen konnte, aber nachts ästen sie draußen im offenen Gelände, und wenn er mit dem Auto zwischen sie und ihren Sumpf kommen konnte, würde Macomber im Freien eine gute Chance haben. Er wollte nicht mit Macomber in dichter Deckung Büffel jagen. Er wollte überhaupt nicht und nichts, weder Büffel noch irgend etwas anderes mit Macomber jagen, aber er war Berufsjäger und war schon mit allerhand Käuzen auf die Jagd gegangen. Wenn sie heute Büffel kriegten, dann kamen nur noch Rhinos dran, und der arme Kerl hatte sein gefährliches Wild hinter sich, und alles konnte wieder angenehmer werden. Er würde mit der Frau nichts mehr zu schaffen haben, und Macomber würde auch darüber hinwegkommen. Allem Anschein nach hatte er auf diesem Gebiet schon allerlei durchgemacht. Armer Teufel! Er wußte aber wohl, wie man darüber hinwegkam. Na, es war seine eigene Scheißschuld; so ein blöder Kerl!

Er, Robert Wilson, nahm auf Safari ein doppelt breites Feldbett mit, um alles, was der Zufall für ihn abwarf, beherbergen zu können. Er jagte mit einer bestimmten Sorte Kundschaft, einer internationalen, draufgängerischen Sportclique, wo die Frauen glaubten, daß sie nicht auf ihre Kosten gekommen waren, wenn sie jenes Feldbett nicht mit dem weißen Jäger geteilt hatten. Er verachtete sie, wenn er von ihnen weg war, obschon er manche von ihnen zur Zeit gern genug gemocht hatte, aber er verdiente durch sie seinen Lebensunterhalt, und ihre Maßstäbe waren seine Maßstäbe während der Zeit, für die sie ihn engagierten.

Es waren seine Maßstäbe, in allem, bis aufs Jagen. Er hatte seine eigenen Maßstäbe, wenn es ums Schießen ging, und sie hatten ihnen gerecht zu werden oder sich einen andern zum Jagen zu suchen. Er wußte auch, daß sie ihn alle deswegen respektierten. Dieser Macomber war jedoch ein Sonderling. Verflucht, und ob! Und die Frau. Tja, die Frau. Ja, die Frau. Hm, die Frau. Na, das war für ihn erledigt. Er sah sich nach ihnen um. Macomber saß wütend und finster da. Margaret lächelte ihm zu. Sie sah heute jünger aus, unschuldiger und frischer und nicht so berufsmäßig schön. Was in ihrem Herzen vorgeht, weiß Gott, dachte Wilson. Sie hatte vergangene Nacht nicht viel gesprochen. Dabei war es ein Vergnügen, sie anzusehen.

Das Auto kletterte eine leichte Anhöhe hinan und fuhr weiter zwischen den Bäumen hindurch und dann hinaus auf eine grasige, prärieartige Lichtung und hielt sich am Rande im Schatten der Bäume, und der Fahrer fuhr langsam, und Wilson blickte aufmerksam über die Prärie hin und den ganzen jenseitigen Saum entlang. Er ließ den Wagen halten und musterte die Lichtung mit seinem Jagdglas. Dann gab er dem Fahrer ein Zeichen, weiterzufahren, und das Auto bewegte sich langsam vorwärts; der Fahrer wich den Warzenschweinlöchern aus und umfuhr die von Ameisen erbauten Lehmburgen. Dann, als er über die Lichtung blickte, wandte sich Wilson plötzlich um und sagte: »Weiß Gott, da sind sie.«

Und als er dorthin blickte, wo Wilson hinzeigte, während das

Auto vorwärts setzte und Wilson in schnellem Suaheli mit dem Fahrer sprach, sah Macomber drei riesige schwarze Tiere, die in ihrer Länge und Schwerfälligkeit fast zylindrisch, wie große schwarze Tankwagen, aussahen, sich im Galopp am äußersten Rand der offenen Prärie entlang bewegen. Sie bewegten sich in steifnackigem, steifleibigem Galopp, und er konnte die hochgeschwungenen, breiten schwarzen Hörner auf ihren Köpfen sehen, als sie mit vorgestreckten Köpfen galoppierten, mit Köpfen, die sich nicht bewegten.

»Es sind drei alte Bullen«, sagte Wilson. »Wir schneiden ihnen den Weg ab, bevor sie den Sumpf erreichen.«

Das Auto fuhr mit toller Siebzig-Kilometer-Geschwindigkeit quer durch das freie Gelände, und während Macomber hinsah, wurden die Büffel größer und größer, bis er die graue, haarlose, räudige Erscheinung des einen Riesenbullen sehen konnte und wie sein Nacken ein Teil seiner Schultern war, und das glänzende Schwarz seiner Hörner, als er etwas hinter den anderen hergaloppierte, die in jener steten, stampfenden Gangart aneinandergereiht waren, und dann, während das Auto schwankte, als ob es gerade aus der Bahn geraten wäre, kamen sie ganz nahe, und er konnte die stampfende Riesenhaftigkeit des Bullen sehen und den Staub in seinem spärlich behaarten Fell, den breiten Buckel aus Horn und seine vorgestreckte breitnüstrige Schnauze; und er hob seine Büchse, als Wilson rief: »Nicht vom Auto aus, Sie Idiot!«, und er hatte keine Angst, nur Haß auf Wilson, während die Bremsen griffen und das Auto schleuderte und es seitwärts pflügend fast zum Stehen kam und Wilson auf der einen Seite und er auf der andern hinaussprangen, und er taumelte, als seine Füße die noch unter ihm wegsausende Erde berührten, und dann schoß er auf den Bullen, als der sich entfernte, hörte, wie die Kugeln in ihn einschlugen, und schoß seine Büchse leer auf ihn, während der Büffel sich stetig entfernte, und zum Schluß fiel es Macomber ein, seine Schüsse vorn aufs Blatt zu placieren, und als er herumfummelte, um nachzuladen, sah er den Bullen am Boden. Er sah ihn am Boden knien und den schweren Kopf hin und her werfen, und die beiden anderen sah er noch galoppie-

ren, und er schoß auf den Leitbüffel und traf ihn. Er feuerte noch einmal und fehlte, und er hörte das Krachen, als Wilson schoß, und sah, wie der Leitbulle vornüber aufs Maul rutschte.
»Nehmen Sie den andern«, sagte Wilson. »Jetzt schießen Sie!«
Aber der andere Bulle entfernte sich stetig in gleichförmigem Galopp, und er verfehlte ihn und warf Erdspritzer auf, und Wilson fehlte, und der Staub hob sich in einer Wolke, und Wilson schrie: »Kommen Sie, er ist zu weit weg!« und packte ihn am Arm, und sie waren wieder im Auto; Macomber und Wilson hingen zu beiden Seiten und schleuderten schwankend über den unebenen Boden und holten mit dem gleichmäßigen, stampfenden, schwernackigen, vorwärtsgaloppierenden Bullen auf.
Sie waren hinter ihm, und Macomber lud sein Gewehr, ließ Patronen zu Boden fallen; der Verschluß klemmte; er beseitigte die Ladehemmung, und dann waren sie fast auf gleicher Höhe mit dem Bullen, als Wilson »Halt!« brüllte, und das Auto schlitterte so, daß es sich beinahe um sich selber drehte, und Macomber fiel vornüber auf die Füße, spannte und hielt so viel vor, daß er gerade noch in den galoppierenden, runden schwarzen Rücken zielen konnte, zielte und schoß noch einmal, noch einmal und noch einmal, und die Kugeln, die alle einschlugen, schienen dem Bullen anscheinend nichts anzuhaben. Dann schoß Wilson, das Krachen betäubte ihn, und er sah, wie der Bulle taumelte, Macomber schoß noch einmal; er zielte sorgfältig, und er ging nieder, auf die Knie.
»Gut«, sagte Wilson. »Saubere Arbeit. Das wären die drei.«
Macomber fühlte eine trunkene Freude.
»Wie oft haben Sie geschossen?« fragte er.
»Genau dreimal«, sagte Wilson. »Sie haben den ersten Bullen geschossen, den größten. Ich half Ihnen die beiden anderen erledigen. Hatte Angst, daß sie in Deckung gelangen würden. Erledigt haben Sie sie. Hab nur ein bißchen aufgeräumt. Sie haben verflucht gut geschossen.«
»Kommen Sie zum Auto«, sagte Macomber. »Ich möchte etwas trinken.«

»Müssen erst den Büffel da erledigen«, sagte Wilson. Der Büffel war auf den Knien, und er warf wütend den Kopf hin und her und fauchte in schweinsäugiger, brüllender Wut, als sie sich ihm näherten.
»Passen Sie auf, daß er nicht hochkommt«, sagte Wilson. Dann: »Stellen Sie sich ein bißchen seitlich, und treffen Sie ihn in den Hals, gerade hinterm Ohr.«
Macomber zielte sorgfältig auf die Mitte des riesigen, zuckenden, wutgetriebenen Halses und schoß. Auf den Schuß hin fiel der Kopf vornüber.
»Das tut's«, sagte Wilson. »Haben das Rückgrat gekriegt. Sehen toll aus, die Biester, was?«
»Jetzt wollen wir etwas trinken«, sagte Macomber. In seinem Leben hatte er sich nicht so wohl gefühlt.
Macombers Frau saß sehr weißgesichtig im Auto. »Du warst großartig, Liebling«, sagte sie zu Macomber. »Das war aber eine Fahrt.«
»War es holprig?« fragte Wilson.
»Es war furchtbar. Ich hab mich in meinem Leben nicht so gefürchtet.«
»Wir wollen alle etwas trinken«, sagte Macomber.
»Gewiß«, sagte Wilson. »Geben Sie der Memsahib die Feldflasche.« Sie trank den puren Whisky und schauderte ein bißchen, als sie schluckte. Sie reichte Macomber die Feldflasche, der sie Wilson reichte.
»Es war furchtbar aufregend«, sagte sie. »Ich hab schreckliches Kopfweh davon bekommen. Ich wußte aber nicht, daß man sie von Autos aus schießen darf.«
»Kein Mensch hat von Autos aus geschossen«, sagte Wilson kalt.
»Ich meine, sie mit Autos jagen.«
»Würde man auch für gewöhnlich nicht«, sagte Wilson. »Schien mir jedoch sportlich genug, während wir's taten. Riskierten mehr, derart quer über die Ebene voller Löcher und allem möglichen zu fahren, als zu Fuß zu jagen. Der Büffel hätte, wenn er's gewollt hätte, bei jedem Schuß auf uns losgehen können. Gaben ihm jede Chance. Würde es aber lieber

keinem gegenüber erwähnen. Ist gesetzwidrig, falls Sie das meinen sollten.«
»Ich fand es sehr unfair«, sagte Margaret, »diese großen, hilflosen Dinger mit dem Auto zu jagen.«
»Fanden Sie?« sagte Wilson.
»Was würde geschehen, wenn man es in Nairobi erführe?«
»Erst mal würde ich meine Lizenz verlieren. Noch allerhand andere Unannehmlichkeiten sonst«, sagte Wilson und nahm einen Schluck aus der Flasche. »Ich wäre meinen Beruf los.«
»Wirklich?«
»Ja, wirklich.«
»Na«, sagte Macomber, und er lächelte zum erstenmal an diesem Tag, »jetzt kann sie Ihnen eins auswischen.«
»Du hast eine so reizende Art, Sachen zu sagen, Francis«, sagte Margaret Macomber.
Wilson sah beide an. Wenn ein Scheißkerl ein Miststück heiratet, dachte er, was für Dreckspatzen die wohl als Kinder haben werden? Er sagte aber nur: »Wir haben den einen Gewehrträger verloren. Haben Sie's bemerkt?«
»Mein Gott, nein«, sagte Macomber.
»Da kommt er«, sagte Wilson. »Es ist ihm nichts passiert. Er muß heruntergefallen sein, als wir den ersten Bullen hinter uns ließen.«
Der ältliche Gewehrträger kam auf sie zu; er humpelte in seiner gestrickten Mütze, seiner Khakijacke, seiner kurzen Hose und seinen Gummisandalen daher; er blickte finster vor sich hin und sah verärgert aus. Als er herankam, rief er Wilson auf Suaheli etwas zu, und alle sahen die Veränderung im Gesicht des weißen Jägers.
»Was hat er gesagt?« fragte Margaret.
»Daß der erste Bulle aufgestanden und in den Busch gezogen ist«, sagte Wilson ohne Ausdruck in der Stimme.
»Oh«, sagte Macomber bestürzt.
»Dann wird's genau werden wie mit dem Löwen«, sagte Margaret voller Vorfreude.
»Es wird ganz und gar nicht so werden wie mit dem Löwen«, sagte Wilson zu ihr. »Wollen Sie etwas trinken, Macomber?«

»Danke, ja«, sagte Macomber. Er erwartete, daß das Gefühl, das er beim Löwen gehabt hatte, wiederkommen würde, aber es kam nicht. Zum erstenmal in seinem Leben fühlte er sich wirklich völlig furchtlos. An Stelle von Furcht hatte er ein ausgesprochenes Gefühl ungemischter, froher Erregung.

»Wir wollen gehen und uns nach dem zweiten Bullen umsehen«, sagte Wilson. »Ich werde dem Fahrer sagen, daß er den Wagen in den Schatten fährt.«

»Was wollt ihr machen?« fragte Margaret Macomber.

»Uns den Büffel ansehen«, antwortete Wilson.

»Ich komme mit.«

»Kommen Sie.«

Zu dritt gingen sie hinüber zu der Stelle, wo der zweite Büffel schwarz in der Lichtung ragte, den Kopf vornüber auf dem Gras, die massiven Hörner weit geschwungen.

»Er hat ein sehr gutes Gehörn«, sagte Wilson. »Das ist dicht an die fünfzig Zoll Auslage.«

Macomber sah ihn begeistert an.

»Er sieht widerwärtig aus«, sagte Margaret. »Können wir nicht in den Schatten gehen?«

»Natürlich«, sagte Wilson. »Sehen Sie mal«, sagte er zu Macomber und zeigte mit der Hand. »Sehen Sie das Stück Busch da?«

»Ja.«

»Da ist der erste Bulle hineingegangen. Der Gewehrträger hat gesagt, daß der Bulle am Boden lag, als er vom Auto fiel. Er beobachtete uns, wie wir wie der Teufel davongepest sind und wie die beiden anderen Büffel galoppierten. Als er aufsah, war der Bulle auf den Beinen und blickte ihn an. Der Gewehrträger ist wie der Teufel gerannt, und der Bulle ist langsam in den Busch da hineingegangen.«

»Können wir ihm jetzt nach?« fragte Macomber begierig.

Wilson sah ihn prüfend an. Verdammt noch mal, wenn das nicht ein seltsamer Kauz ist, dachte er. Gestern ist ihm übel vor lauter Angst, und heute ist er ein ausgekochter Feuerfresser.

»Nein, wir wollen ihm Zeit lassen.«

»Bitte, laß uns in den Schatten gehen«, sagte Margaret. Ihr Gesicht war weiß, und sie sah elend aus.
Sie gingen zum Auto zurück, das unter einem einzelnen, weitausladenden Baum stand, und kletterten hinein.
»Sehr gut möglich, daß er da drinnen tot ist«, bemerkte Wilson. »Wollen bald mal nachsehen.«
Macomber verspürte ein wildes, unbändiges Glücksgefühl, das er nie zuvor gekannt hatte.
»Weiß Gott, das war eine Hatz!« sagte er. »Ich habe nie zuvor so ein Gefühl gehabt. War es nicht wunderbar, Margot?«
»Ich fand es scheußlich.«
»Warum?«
»Ich fand es scheußlich«, sagte sie bitter. »Einfach widerwärtig.«
»Wissen Sie, ich glaube nicht, daß ich je wieder vor etwas Angst haben werde«, sagte Macomber zu Wilson. »Etwas ging in mir vor, nachdem wir den Büffel zuerst sahen und hinter ihm herliefen. Wie ein Damm, der bricht. Es war nichts als Aufregung.«
»So was reinigt die Leber«, sagte Wilson. »Verdammt komische Sachen, die einem Menschen so passieren.«
Macombers Gesicht strahlte. »Wissen Sie, irgend etwas ist wirklich mit mir passiert«, sagte er. »Ich fühl mich völlig anders.«
Seine Frau sagte nichts und musterte ihn seltsam. Sie saß weit zurückgelehnt auf dem Sitz, und Macomber saß vornübergelehnt und redete mit Wilson, der sich halb umgedreht hatte und über die Lehne des Vordersitzes hinweg sprach.
»Wissen Sie, ich würde es gern noch einmal mit einem Löwen versuchen«, sagte Macomber. »Ich habe jetzt wirklich keine Angst vor ihnen. Schließlich, was können sie einem schon anhaben?«
»So ist es«, sagte Wilson. »Das Schlimmste, was er tun kann, ist, einen töten. Wie geht es noch? Shakespeare. Verdammt gut. Sehen, ob ich mich erinnern kann. Hm, verdammt gut. Pflegte es mir seinerzeit selber vorzuzitieren. Warten Sie. ›Meiner Treu, was geht's mich an; ein Mann kann nur einmal

sterben; wir schulden Gott einen Tod, und wie's auch gehen mag, wer dieses Jahr stirbt, braucht's im nächsten nicht mehr zu tun.‹ Verdammt schön, was?«

Er war sehr verlegen, nachdem er dies herausgebracht hatte, dem er nachgelebt hatte, aber er hatte schon vorher Menschen erwachsen werden sehen, und es ging ihm immer nahe. Es handelte sich nicht um ihren 21. Geburtstag.

Es hatte eines besonderen Jagdabenteuers bedurft, eines jähen Sturzes ins Handeln, ohne eine Gelegenheit, sich vorher Gedanken zu machen, um dies bei Macomber fertigzubringen, aber wodurch es auch geschehen sein mochte, geschehen war es ganz bestimmt. Sieh dir den Kerl jetzt an, dachte Wilson. Es liegt daran, daß manche so lange kleine Jungens bleiben, dachte Wilson. Manchmal ihr Leben lang. Ihre Körper sind noch jungenhaft, wenn sie fünfzig sind. Die berühmten amerikanischen »Knaben-Männer«. Verdammt komische Menschen. Aber er mochte diesen Macomber jetzt. Verdammt komischer Kerl. Bedeutete vielleicht auch das Ende des Hahnreitums. Na, das wäre verdammt gut. Verdammt gut. Der Kerl hatte wahrscheinlich sein Leben lang Angst gehabt. Ich weiß nicht, womit es anfing. Aber jetzt war's vorbei. Hatte keine Zeit gehabt, vor dem Büffel Angst zu haben. Das, und weil er dazu die Wut hatte. Auch das Auto. Autos machten es zu etwas Alltäglichem. Würde jetzt ein verdammter Feuerfresser sein. Er hatte es im Krieg genauso funktionieren sehen. Eine größere Veränderung, als je der Verlust der Jungfernschaft. Angst weg wie durch Operation. Etwas anderes wuchs an ihrer Stelle. Das Wesentlichste, was ein Mann hatte. Machte ihn zum Mann. Frauen kannten es auch. Keine Scheißangst.

Aus der Wagenecke blickte Margaret Macomber auf die beiden. Wilson hatte sich nicht verändert. Sie sah Wilson so, wie sie ihn tags zuvor gesehen hatte, als ihr zum erstenmal aufging, was seine große Begabung war. Aber sie sah jetzt die Veränderung in Francis Macomber.

»Kennen Sie das Glücksgefühl in bezug auf das, was geschehen wird?« fragte Macomber, der weiter seinem neuen Reichtum nachspürte.

»Man sollte nicht darüber reden«, sagte Wilson und sah in das Gesicht des anderen. »Viel schicker zu sagen, daß man Angst hat. Wohlgemerkt, Sie werden auch noch Angst haben, und zwar wieder und wieder.«
»Aber Sie *kennen* dieses Glücksgefühl vor der Tat?«
»Ja«, sagte Wilson, »das gibt es. Tut aber nicht gut, über all das viel zu reden. Zerredet das Ganze. Das Beste von allem geht verloren, wenn man es zuviel beredet.«
»Ihr redet beide Quatsch«, sagte Margaret. »Nur weil ihr gerade ein paar hilflose Tiere mit dem Auto gejagt habt, redet ihr wie Helden.«
»Verzeihung«, sagte Wilson. »Ich hab zuviel geschwatzt.« Sie macht sich jetzt bereits Sorgen darüber, dachte er.
»Wenn du nicht weißt, worüber wir reden, warum mischst du dich dann ein?« fragte Macomber seine Frau.
»Du bist ja plötzlich furchtbar tapfer geworden«, sagte seine Frau geringschätzig. Aber ihre Geringschätzung war nicht echt. Sie hatte vor etwas große Angst.
Macomber lachte, ein sehr natürliches, herzhaftes Lachen. »Weißt du, ich bin's *wirklich*«, sagte er. »Ich bin's wirklich.«
»Ist es nicht ein bißchen spät?« sagte Margaret bitter. Denn sie hatte sich Jahre hindurch die größte Mühe gegeben, und daran, wie sie jetzt miteinander standen, war nicht einer allein schuld.
»Nicht für mich«, sagte Macomber.
Margaret sagte nichts, sondern setzte sich in ihrem Sitz zurück.
»Glauben Sie, daß wir ihm jetzt Zeit genug gelassen haben?« fragte Macomber Wilson munter.
»Wir können mal nachsehen«, sagte Wilson. »Haben Sie noch Vollmantelgeschosse?«
»Der Gewehrträger hat welche.«
Wilson rief etwas auf Suaheli, und der ältere Gewehrträger, der einen der Köpfe abhäutete, richtete sich auf, holte eine Schachtel Vollmantelgeschosse aus der Tasche und brachte sie zu Macomber hinüber, der das Magazin füllte und die übrigen Patronen in die Tasche steckte.

»Sie könnten geradesogut mit der Springfield schießen«, sagte Wilson. »Sie sind an die gewöhnt. Wir wollen die Mannlicher bei der Memsahib im Auto lassen. Ihr Gewehrträger kann Ihnen Ihre schwere Büchse tragen. Ich hab diese verdammte Kanone. Jetzt lassen Sie mich Ihnen noch was über die Büffel da erzählen.» Er hatte dies bis zum Schluß aufgespart; er hatte Macomber nicht beunruhigen wollen. »Wenn ein Büffel angreift, kommt er mit erhobenem, vorgestrecktem Kopf auf einen zu. Der Buckel der Hörner schützt ihn gegen jede Art von Kopfschuß. Der einzige Schuß ist direkt ins Maul. Der einzige andere Schuß ist in die Brust oder, wenn Sie seitlich stehen, in den Hals oder aufs Blatt. Wenn sie erst einmal angeschossen sind, gehört allerhand dazu, sie zu töten. Versuchen Sie keine Kunststücke. Nehmen Sie den leichtesten Schuß, der sich Ihnen bietet. Sie sind jetzt mit dem Aushäuten von dem Kopf da fertig. Wollen wir losgehen?«

Er rief den Gewehrträgern etwas zu, die sich die Hände abwischten und herankamen. Der Ältere stieg hinten ein.

»Ich nehme nur Kongoni mit«, sagte Wilson. »Der andere kann aufpassen und die Vögel verscheuchen.«

Als das Auto langsam durch das freie Gelände auf die Insel von Bäumen und Unterholz zufuhr, die wie eine belaubte Zunge an einem ausgetrockneten Wasserlauf, der die offene Niederung schnitt, entlanglief, fühlte Macomber das Hämmern seines Herzens, und sein Mund war wieder trocken, aber es war Aufregung, nicht Angst.

»Hier ist die Stelle, wo er reingegangen ist«, sagte Wilson. Dann auf Suaheli zu dem Gewehrträger: »Nimm die Schweißfährte auf.«

Das Auto stand parallel zu dem Stück Busch. Macomber, Wilson und der Gewehrträger stiegen aus. Macomber blickte zurück und sah, daß seine Frau mit dem Gewehr neben sich ihn anblickte. Er winkte ihr zu, aber sie winkte nicht zurück.

Das Buschwerk vor ihnen war sehr dicht, und der Boden war trocken. Der ältliche Gewehrträger schwitzte heftig, und Wilson hatte den Hut tief ins Gesicht gezogen, und sein roter Nakken leuchtete dicht vor Macomber. Plötzlich sagte der Ge-

wehrträger irgend etwas auf Suaheli zu Wilson und rannte vorwärts.
»Er ist tot da drinnen«, sagte Wilson. »Gute Arbeit«, und er wandte sich um und packte Macombers Hand, und während sie einander die Hände schüttelten und sich angrinsten, brüllte der Gewehrträger wie wild, und sie sahen ihn aus dem Busch herauskommen, seitwärts, schnell wie eine Krabbe, und den Bullen kommen, Nase geradeaus, festgeschlossenes Maul, bluttriefend, den massigen Kopf vorgestreckt, im Angriff kommen, und die kleinen Schweinsaugen blutunterlaufen, als er sie anblickte. Wilson, der zuvorderst war, kniete und schoß, und Macomber, der bei dem Krachen von Wilsons Büchse den eigenen Schuß nicht hörte, sah, als er schoß, Stücke wie Schiefer von dem riesigen Hornwulst absplittern, und der Kopf schleuderte hin und her, und er schoß noch einmal auf die offenen Nüstern und sah wieder die Hörner rukken und Splitter umherfliegen, und er sah jetzt Wilson nicht und zielte sorgfältig und schoß noch einmal, die riesige Masse des Büffels beinahe auf sich drauf und seine Büchse beinahe auf gleicher Höhe mit dem näher kommenden Kopf, der vorgestreckten Nase, und er konnte die kleinen, bösartigen Augen sehen, und der Kopf begann sich zu senken, und er fühlte einen plötzlichen, weißglühenden, blendenden Blitz in seinem Kopf explodieren, und das war alles, was er noch fühlte.
Wilson hatte sich etwas zur Seite geduckt, um einen Blattschuß anzubringen. Macomber hatte unbeweglich dagestanden und aufs Maul geschossen und immer eine Spur zu hoch geschossen und die schweren Hörner getroffen, sie zersplittert und abgebröckelt, als ob er ein Schieferdach getroffen hätte, und Mrs. Macomber im Auto hatte mit der 6.5 Mannlicher auf den Büffel geschossen, als er gerade Macomber zu durchbohren schien, und hatte ihren Mann ungefähr fünf Zentimeter und ein bißchen seitlich über der Schädelbasis getroffen.
Francis Macomber lag jetzt mit dem Gesicht nach unten, keine zweieinhalb Meter von der Stelle, wo der Büffel niederge-

streckt lag, und seine Frau kniete über ihm, mit Wilson neben sich.
»Ich würde ihn nicht umdrehen«, sagte Wilson.
Die Frau weinte hysterisch.
»Ich würde mich wieder ins Auto setzen«, sagte Wilson. »Wo ist die Büchse?«
Sie schüttelte den Kopf; ihr Gesicht war verzerrt. Der Gewehrträger hob die Büchse auf.
»Laß alles, wie's ist«, sagte Wilson. Dann: »Geh, hol Abdullah, damit er über die Art des Unfalls aussagen kann.«
Er kniete nieder, zog sein Taschentuch heraus und breitete es über Francis Macombers kurzgeschorenen Kopf, so wie er lag. Das Blut sickerte in die trockene, lockere Erde.
Wilson stand auf und sah den Büffel auf der Seite liegen, die Beine ausgestreckt, den dünnbehaarten Leib von Zecken krabbelnd. Prachtkerl von einem Bullen, vermerkte sein Verstand automatisch. Gut fünfzig Zoll oder mehr. Mehr. Er rief den Fahrer und hieß ihn eine Decke über die Leiche breiten und bei ihr bleiben. Dann ging er zum Auto hinüber, in dem die Frau weinend in einer Ecke saß.
»Das haben Sie ja fein gemacht«, sagte er mit tonloser Stimme. »Er *hätte* Sie auch verlassen.«
»Seien Sie still«, sagte sie.
»Natürlich ist es ein Unfall«, sagte er. »Das weiß ich.«
»Seien Sie still«, sagte sie.
»Machen Sie sich keine Sorgen«, sagte er. »Es wird ein gewisses Maß an Unannehmlichkeiten geben, aber ich werde ein paar Aufnahmen machen lassen, die beim Verhör sehr nützlich sein werden. Dann haben wir ja auch noch die Zeugenaussagen der Gewehrträger und des Fahrers. Es passiert Ihnen nichts.«
»Seien Sie still«, sagte sie.
»Gibt eine verdammte Menge zu erledigen«, sagte er. »Ich muß einen Lastwagen zum See schicken, um nach einem Flugzeug zu funken, das uns drei nach Nairobi bringen kann. Warum haben Sie ihn nicht vergiftet? So macht man's in England.«

»Seien Sie still. Seien Sie still. Seien Sie still!« schrie die Frau. Wilson sah sie mit seinen flachen blauen Augen an.

»Jetzt bin ich fertig«, sagte er. »Ich war ein bißchen ärgerlich. Ich fing gerade an, Ihren Mann gern zu haben.«

»Ach bitte, seien Sie still«, sagte sie. »Bitte, bitte, seien Sie still.«

»So ist's besser«, sagte Wilson. »Bitte ist viel besser. Jetzt werde ich still sein.«

Leider war es Mord

Janwillem van de Wetering

»Ein toter Professor«, sagte die Telefonistin des Amsterdamer Polizeihauptquartiers in den Telefonhörer. »Hübscher Auftrag für Sie, Adjutant. Außerdem ganz in der Nähe. Ein Fünf-Minuten-Spaziergang.«
Grijpstra versuchte sich immer noch durch den dichten Nebel seines tiefen Schlafs zu kämpfen. »Whuh?«
»Wo? Also, er lebt – äh, lebte, ist das nicht traurig? Der arme Kerl – am Leyden Kai 143. Ist das nicht nahe genug?«
»Huh.«
»Schlafen Sie noch, Adjutant? Es ist noch nicht einmal dreiundzwanzig Uhr.«
»Auf den Beinen den ganzen Tag«, murmelte Grijpstra. »Jetzt außer Dienst. Erschöpft. Brigadier de Gier anrufen. *Er* im Dienst.«
»Er ist jetzt dort, Adjutant. Der Commissaris sagt, daß Sie ebenfalls dorthin gehen sollen, weil die Leiche ein Professor gewesen ist. Das beweist unseren großen Einsatz, finden Sie nicht auch?«
»Na ja.« Grijpstra stellte das Telefon an seinen Platz zurück. Unglücklich blickte er zuerst seinen dunkelblauen, dreiteiligen Anzug an, dann seinen Pistolengurt, bevor er alles anlegte. Er strich sich mit einem fast zahnlosen Kamm durch seine kurzen, stoppeligen weißen Haare, die aufrecht stehen blieben, als er sie erstaunt im Spiegel anblickte.
»Was ist los?« befragte er sein unbeholfenes Spiegelbild. »Selbstmord? Das wäre in Ordnung.«
Er wiederholte diesen Gedanken, als er unter den Ulmen entlangschlenderte, die ihm mit dem Rauschen ihrer Blätter in der

weichen und warmen Brise antworteten. Enten, die darauf hofften, gefüttert und angesprochen zu werden, folgten ihm enorm paddelnd längsseits im Kanal. Professoren lassen sich so etwas durch den Kopf gehen, dachte Grijpstra. Sie wissen, daß die Welt ringsherum dabei ist, zu verblassen oder zu zerbrechen. Sie sind zu intelligent; sie können sich die Zukunft ausrechnen. Sie ahnen die totale Zerstörung dieser Umwelt. Könnte ihre Einsichten nicht teilen – ich werde dies in meinem Bericht bekräftigen, den de Gier dann abtippen und in meinem Namen unterschreiben kann.
Währenddessen werde ich wieder im Bett liegen, auf Grund des höheren Dienstgrades den rechtmäßigen Anteil an Vergessenheit meiner Person genießen.
Er stolperte, fiel beinahe und tänzelte über einen Fast-Dachs-Hund, der sich unauffällig im Unkraut duckte.
»Oh.«
Der Hund kläffte freundlich. Sie gingen zusammen zu dem Haus des toten Mannes, schon erfaßt von den weitreichenden blauen Lichtern zweier Streifenwagen. Es hatte sich eine nach Blut gierende Menschenmenge gebildet.
»Zur Seite«, sagte Grijpstra, sich langsam vordrängend. Die Polizisten, die eine mächtige Eichentür bewachten, salutierten zackig.
»Selbstmord?« fragte Grijpstra hoffnungsvoll.
»Mord.«
»Wieso?« Grijpstra legte die Stirn in Falten.
»Wir fanden keine Waffe. Dem Mann wurde in die Stirn geschossen. Die Nachbarin hörte den Schuß und rief sofort an. Das war um halb elf. Wir kamen fünf Minuten später an.«
»Hätten Sie mit einem Unfall gerechnet?« Grijpstra hatte die Stirn immer noch in Falten gelegt. »Von Streifenwagen erwartet man vermutlich, daß sie langsam sind. Haben Sie irgend jemand das Haus verlassen sehen?«
»Nein.«
»Wie sind Sie hineingekommen?«
»Die Nachbarin besitzt einen Zweitschlüssel, Adjutant.«
»Keine schreiende Ehefrau oder ein Liebesnest?«

»Ungefähr eine Million Muscheln, Adjutant«, sagte der Polizist.
»Nur Aquarien. Überall. Sogar im Badezimmer. Und dieses entsetzliche grüne Licht und diese kleinen sprudelnden Schläuche und Pumpen, die ansaugen und ausspritzen. Die Muscheln öffnen und schließen sich, gähnen und schnappen zu. Einfach unheimlich.«
»Muscheln«, sagte Grijpstra. »In Ordnung. Genau das habe ich erwartet. Ist mein Brigadier im Haus?«
»Jawohl, Adjutant.«
»Und die Spurensicherung?«
»Auf dem Weg, da bin ich mir sicher.«
Grijpstra las einen Namen, der mit schönen handschriftlichen Buchstaben auf der schimmernden grünen Oberfläche der Tür angebracht war: HANS STROOM.
»Ein Muschel-Professor«, sagte der eine Polizist, und der andere nickte.
»Muscheln sind unlängst teuer geworden«, sagte Grijpstra.
»Logisch«, sagte der Polizist, der bisher noch nicht gesprochen hatte. »Wenn erst die vornehmen Leute mit irgend etwas anfangen, gehen sofort die Preise hoch, richtig? Muschelogisten müssen ein Vermögen verdienen.«
Die Tür war nicht verschlossen, und de Gier wartete in der Eingangshalle. Brigadier Rinus de Gier ist ein hochgewachsener, breitschultriger Mann mit schmalen Hüften. Er trägt maßgeschneiderte Jeans und Jacketts, die er durch farbige Seidenkrawatten verschönert. Sein welliges Haar glänzt sanft, und sein riesiger Schnauzbart ist sorgfältig gebürstet. Die hohen Wangenknochen drängen seine freundlichen braunen Augen etwas in die Höhe. Sein Alter bleibt unbestimmbar, wenngleich er weiß, daß er auf die Vierzig zugeht. Grijpstra geht auf die Fünfzig zu, auch er hat seine besten Jahre hinter sich. De Gier ist angeblich immer noch auf der Suche nach dem Glück. Grijpstra kümmert sich angeblich nicht mehr darum.
»Also?« fragte Grijpstra.
»Also«, antwortete de Gier, »unser Mann ist tot. Der Doktor

wird seine totale Leblosigkeit bestätigen.« Er machte eine Handbewegung.

Grijpstra ging durch die ihm gewiesene Tür und beugte sich vor. »Ach, du meine Güte.« Er steckte die Hände in seine Taschen. »Ausgezeichnet niedergestreckt. Auf den Rücken. Mund geschlossen. Augen offen.« Er hob seine Stimme an, um sich selbst hören zu können, weil das Wasser in den Pumpen laut blubberte. Er erhob ebenfalls die Hände, als wolle er sich vor dem grünlichen Licht schützen, das die Aquarien mit ihrem welligen Wasser erleuchtete. »Läßt die kleinen Freunde wachsen«, erklärte de Gier. »Stimuliert Pflanzenwachstum – vielleicht ernähren sich Muscheln von Algen. Unser Professor ist ein Meeresforscher. Das hier ist eine staatlich geförderte Muschelfarm. Er lebte hier und teilte sein Leben mit diesen schwarzen und blauen Kerlchen.«

»TV?« fragte Grijpstra, als er einen Bildschirm entdeckte.

»Ein Computermonitor. Muß mit ihm gearbeitet haben. Diese Diagramme müssen so etwas wie Muschel-Futter-Regeln sein.«

Grijpstra setzte sich auf eine gelbe Plastikkiste.

»Erzähl mir mehr.«

»Die Nachbarin war schon hier, als wir ankamen. Sie rief sofort die Polizei an, als sie den Schuß hörte, und kam dann hierher. Eine ältere Dame – der gegenwärtige Zustand des Professors hat sie umgeworfen, und so ging sie nach Hause, um eine halbe Überdosis Valium zu schlucken.«

»Eine Verdächtige?«

»Ziemlich unwahrscheinlich.«

»Aber sie besaß einen Schlüssel.«

»Damit sie sich hier um alles kümmern konnte, wenn der Professor einmal weg war. Sie fütterte die Muscheln, prüfte die Wassertemperaturen, den Sauerstoffgehalt, was auch immer. Sie wurde für ihre Unannehmlichkeiten bezahlt.«

»Gutaussehendes Bürschchen«, sagte Grijpstra, sich in Richtung Leiche beugend. »Bedeutender Bart. Gut gebräunt. Athletisch.«

»Sporttaucher«, sagte de Gier und öffnete einen Schrank.

»Siehst du die Ausrüstung? Ich habe seinen Paß überprüft – liegt auf dem Tisch dort drüben. Erreichte ein Alter von neunundvierzig. Ledig. Lebt alleine, laut der Nachbarin. Aber er scheint Freundinnen zu haben, zwei. Beide sind seine Assistentinnen, eine ihm untergeordnete Mitarbeiterin und eine wesentlich besser aussehende Studentin.«
»Wie heißen sie?«
De Gier überprüfte seine Notizen. »Bakini Khan, Ende Zwanzig, und Truus Vermuul, eine Dame von unbestimmtem Alter. Hab die Adressen.« Er pochte auf sein Notizbuch. »Die Telefonnummern auch. Beide leben hier in der Nähe.«
»Hör zu«, sagte Grijpstra. »Das Ganze wird ganz einfach sein.« Er kratzte sich am Kinn. »Kurz vor dem Schuß ereignete sich ein Streit. Irgend jemand wird es schon gehört haben.«
»Niemand hat einen Streit gehört«, antwortete de Gier. »Die Nachbarn von der anderen Seite sind im Urlaub, und meine Zeugin ist ein wenig schwerhörig. Sie hörte den Schuß, und sie hörte das Schlagen der Haustür. Ich stimme allerdings mit dir überein, daß die Bakini, diese Studentin, auf eine exotische Art äußerst attraktiv wirkt.« Er deutete auf die Leiche. »Dieser Professor nutzte seine Chance. Sie begehrten einander. Bakini wollte die Gefühle in Liebe verwandeln. Aber der Professor schien seine Muscheln mehr zu lieben. Bakini haßte nun diese ewig auf- und zuklappenden kleinen Biester. Sie unterbreitete ihrem Freund einen Vorschlag, den er unmöglich zurückweisen konnte, doch er tat es. So mußte er sterben.«
Grijpstra ging in die Hocke.
»Klassischer Fall, denkst du das nicht auch? Eine wahrhaft mörderische Wunde, Brigadier – habe so etwas schon lange nicht mehr gesehen. Heutzutage geschieht doch alles vollautomatisch. Erinnere dich an den Chinesen letzte Woche, der mit seinen sechzehn Schußwunden. Das halbe Magazin einer Uzi wahllos abgefeuert. Das hier ist professionelle Arbeit. So etwas mag ich mehr.«
De Gier ging ebenfalls in die Hocke. »Volltreffer, na schön! Erster Preis. Aber sag mal, denkst du, daß er wie ein Professor aussieht?«

»Mehr wie ein Pirat«, stimmte Grijpstra zu. »Einschließlich des goldenen Ohrrings. Sehr verwegen. Die Frauen scheinen Zuhälter und Piraten zu bevorzugen. Die helfen sich selbst und erledigen alles schnell und lächelnd. Frauen mögen so etwas, aber du weißt ja, früher oder später kriegen sie sie doch.«
»Ein Verbrechen aus Leidenschaft«, sagte de Gier. »Das denkst du doch ebenfalls. Dieser Leichnam verging sich an einer gierigen Frau.«
»Sind die Schnüffler mit dem Schnüffeln fertig?« fragte ein Herr etwas vorgebeugt durch die offene Tür. »Können meine Kollegen und ich jetzt wissenschaftlich vorgehen?«
»Wir haben einige Fingerabdrücke hinterlassen«, sagte de Gier, »konnten aber bis jetzt noch nicht die Patronenhülse finden.« Der Herr fand die Patronenhülse. »Kaliber 48.«
»Eine typisch weibliche Waffe.« De Gier rieb sich die Hände. »Versteckt in einer Handtasche. Kommen Sie mit, Adjutant? Wir können auch in einem Café telefonieren.«
»Einen Augenblick«, sagte Grijpstra. »Sie, mein Herr. Da ist doch eine Polaroid, richtig? Bitte ein schauerliches Bild von diesem schauerlichen Leichnam. Und bringt das Blut gut heraus.«
Ein Blitzlicht flammte auf. Das Bild entwickelte sich vor ihren Augen.
»Hübsch«, sagte Grijpstra. »Blut quillt aus seinen Nasenlöchern und seinem Mund. Genau das, was ich wollte.«

Grijpstra benutzte das Telefon im Café, während de Gier an seinem Kaffee nippte und Diagonalen auf eine Serviette malte. Linie 1: ein toter Professor. Linie 2: eine Million Muscheln. Linie 3: zwei unbekannte weibliche Verdächtige. Die Waffe hatte sich keine eigene Linie verdient – sie war lediglich die Verlängerung eines tötenden Arms. Was sonst?
»Mevrouw Khan«, fragte Grijpstra die Sprechmuschel in seiner Hand. »Es tut mir leid, daß ich Sie so spät noch störe. Hier spricht Adjutant Grijpstra von der Polizei, Mord-Kommission. Etwas wirklich Unerfreuliches hat sich ereig-

net, und mein Brigadier und ich würden gerne kurz bei Ihnen vorbeischauen. Ja? . . . Jetzt? Das ist nett.«
»Das ist nett«, sagte de Gier nur eine halbe Minute später. »Kein Kaffee für mich? Dann möchte ich deinen haben. Danke schön – ein sehr netter Kaffee. Die nette Dame mit der netten Adresse wohnt gerade um die nette Ecke. Wir können laufen. Nettes Wetter heute. Ha, ha.«
»Du liebst deinen Beruf, nicht wahr?« fragte de Gier verbittert.
»Nein«, entgegnete Grijpstra.
»Ich habe wieder nachgedacht«, sagte de Gier. »Hast du diese gelben harten Plastikkisten beim Professor bemerkt.«
»Ich saß auf einer, oder nicht?« fragte Grijpstra. »Na und? Keine Spur.«
»Ich dachte, daß diese Kisten irgendwie deplaziert aussahen«, sagte de Gier. »Diese nüchterne, kommerzielle Farbe inmitten all dieser weichen Grün- und Blautöne.«
Grijpstra schob die leere Kaffeetasse zur Seite. »Du bemerkst Farben? Ich bin doch der Künstler.«
»Du?« fragte de Gier. »Vielleicht solltest du mal solche Muscheln malen. Den reinen weißen Sand, diese sich wiegenden dunklen Schatten. Aber dann waren dort diese schrecklichen gelben Kisten mit diesen aufgestempelten chinesischen Buchstaben auf ihren Seiten. Und die Nachbarin hat ausgesagt, daß der Professor gerade aus Taiwan zurückgekehrt war.«
»Zwischen den Kisten besteht ein Zusammenhang?«
»Die Kisten bilden einen Gegensatz«, erklärte de Gier. »Verbrechen stehen immer im Zusammenhang mit Gegensätzen. Erinnere dich an den Junkie, der einen Rolls-Royce fuhr! Erinnere dich an die klasse Frau, die barfuß um den Palast der Königin lief! Unsere besten Fälle des Jahres.«
»Kisten?« fragte Grijpstra.
»Schon gut.« De Gier bezahlte den Kaffee.
Während sie gingen, murmelte Grijpstra vor sich hin. »Hi«, sagte de Gier zu dem Fast-Dachs-Hund. Das Hündchen wedelte mit dem Schwanz.
»Einer unserer Freunde?« fragte de Gier.
Grijpstra nickte. »Du weißt, was wir sind? Ich wundere mich

gerade darüber, jetzt, wo ich älter bin und mir der Sache mehr bewußt bin. Wir sind Leichenschänder. Und wir mögen es. Gerade in diesem Moment, als ich mit dieser netten Dame telefonierte. Ich habe die nette Dame zu Tode erschreckt.«
»Ich habe dich gehört«, sagte de Gier, sich niederbeugend, um den Hund zu streicheln. »*Mord-Kommission;* da ist *etwas sehr Unerfreuliches* geschehen.«
»Wir sind Werwölfe«, sagte Grijpstra traurig, »und schleichen umher, um als unheimliche Existenzen nette Damen aus der Fassung zu bringen.«
»Sie ist also unschuldig?« fragte de Gier.
»Natürlich«, antwortete Grijpstra. »Warum würde eine reizende junge Dame ihren einzigen Geliebten und Lehrer erschießen? Wegen dieses furchtbaren Banns, in den er sie geschlagen hat? Sie bekam keine guten Noten mehr, weil sie es ablehnt, ihren sensiblen Charakter zu erniedrigen, weil sie seinen sadistischen Sexualpraktiken nicht nachgeben wollte?«
»Richtig«, sagte der Gier. »Ganz mein Eindruck. Vielleicht hat die ihn ja umgebracht, aber sie hat eine gute Entschuldigung. Mag den Burschen selbst nicht besonders. Ziemlich unheimlich. Falls jemand dafür verantwortlich gemacht werden sollte, sind *wir* es. Korruption und liberale Gesetze haben die Polizei geschwächt, so daß sich die Einwohner in zunehmendem Maße auf ihre eigene Verteidigung verlassen müssen. Sie wußte, daß ihre eigene Lage nur noch schlimmer werden würde, wenn sie uns gerufen hätte. So erschoß sie ihn selbst.«
Grijpstra stolperte.
»Verdammter Köter.« Er drohte mit dem Finger. »Was ist los mit dir? Ist deine Blase zu klein? Hör auf, vor meinen Füßen herumzuhocken. Hau ab.« Der Fast-Dachs-Hund humpelte weg.
Grijpstra nahm ihn hoch, fühlte die entzündete Pfote, kraulte den Hundenacken und setzte ihn wieder auf die Erde.
»Hab dich nicht so, kleiner Pisser«, sagte de Gier barsch. Der kleine Hund fletschte die Zähne.
»Häßliche gelbe Kisten«, sagte de Gier. »Im Innern aufgeteilt, überall Spiralfedern. Zu welchem Zweck?«

Grijpstra drückte auf den Klingelknopf. Die Tür öffnete sich automatisch. Zierliche nackte braune Füße zeigten sich auf einer steilen Treppe und verlängerten sich in schlanke Fesseln und lange Beine. Eine junge Frau stand vor ihnen. Sie mußte Anfang Zwanzig sein. Sie hatte rehbraune Augen und langes schwarzes Haar, daß ihr kaskadenartig über die schmalen Schultern fiel. Ein Sarong aus Batikstoff war um ihren Körper geschlungen.
Die beiden Beamten zeigten ihre Ausweise, die sie sorgfältig las. Manchmal mag sogar ich meine Arbeit, dachte de Gier, als er Bakini die Stufen hinauf folgte. Das Verbrechen ist normalerweise unattraktiv. Verdächtige beschmutzen die Gesellschaft, und wir halten uns die Nasen zu und bemühen uns andauernd darum, alles in Ordnung zu bringen, dabei machen wir alles nur noch schlimmer. Wir befassen uns mit Ungeheuerlichkeiten, ausgebrütet von Perversität, aber es existiert immer eine Ausnahme. Betrachte nun dies: eine anmutige Verdächtige, herabgestiegen aus einem orientalischen Himmel. Ist unsere private Umgebung nicht immer das Resultat der eigenen Projektion? Also? Wie steht es um diese geschmackvollen Räume?
»Tee?« fragte Bakini freundlich. Sie goß ihn aus einem roten Kupferkessel in kleine Schalen. »Es tut mir leid, aber Milch und Zucker würden den Duft des Jasmins verderben. Würden Sie so freundlich sein, sich ein Kissen zu nehmen und sich auf den Boden zu setzen? Ich besitze keine Stühle.«
Will nicht einmal wissen, um was es sich handelt, dachte de Gier. Ein wahrhaft kultivierter Charakter. Die stille Zustimmung, ausgehend von den philosophischen Erkenntnissen des Fernen Ostens. Wir brechen hier ungehobelt ein mit dem Vorsatz, sie für unsere egoistischen Ziele zu mißbrauchen. Würden wir ihr nicht gerne die Handschellen anlegen, um sie in unseren Bau zu schleppen? Sie weiß es, aber sie verhält sich schön ruhig. Eine gute Strategie – wahrhafte Liebenswürdigkeit ist eine weitaus schrecklichere Waffe. Er rümpfte die Nase über den Weihrauch, der ihn von einem Altar auf einem kleinen Tisch erreichte, nahe einem Aquarium, in dem Muscheln

sich lautlos öffneten und schlossen. Bakini hatte sich gesetzt, ihre Beine ineinander verschränkt, sie unter einer Falte ihres Sarong versteckt.
»Ein guter Tee«, sagte Grijpstra.
»Ihre Räume gefallen mir«, sagte de Gier und versuchte das allumfassende Lächeln der kleinen Buddhastatue auf dem Tischchen nachzuahmen.
Bakini lächelte.
»Professor Hans Stroom?« fragte Grijpstra.
»Ist er tot?«
»Ja«, antwortete de Gier. »Erschossen, mitten in den Kopf.«
Bakini sah ihn gefaßt an.
Da haben wir es wieder, dachte de Gier. Die Orientalen haben die bessere Art zu reagieren. Ich fahre erschrocken zusammen, wenn mich eine schlechte Nachricht erwischt, aber sie bleibt gerade sitzen. Mir flattern die Hände; sie faltet sie. Meine Augen werden immer größer; sie schließt ihre beinahe. Es stimmt alles überein mit dem Geruch des Weihrauchs und dem Blubbern der Wasserpumpe.
Grijpstra unternahm eine Anstrengung, weiterhin streng auszusehen. Was nun? dachte der Adjutant. Wir dürfen jetzt nicht lockerlassen.
»Sind Sie hier geboren?« fragte er.
»Ich wurde in Ihrer früheren südamerikanischen Kolonie Surinam geboren«, sagte Bakini sanft. »Meine Vorfahren waren geachtete Arbeiter aus Pakistan. Ich kannte den Professor gut. Ich arbeitete in seiner Muschelzucht an der Küste und assistierte ihm zu Hause bei seinen Experimenten. Wir reisten zusammen – wir waren zuvor in diesem Jahr in Karatschi.«
»Nicht in Taiwan?«
»Nein, Truus reiste mit ihm nach Taiwan. Wir reisen viel in unserem Fachbereich.«
Grijpstra räusperte sich. »Sie sind sehr gefaßt. Wollen Sie nicht erfahren, wie Ihr Lehrer ermordet wurde?«
»Ja.« Bakinis Stimme zitterte leicht. De Gier gestand sich ein, daß ihm ein angenehmer Schauer den Rücken herunterlief. Bakini senkte den Kopf. »Der Tod ist ein Teil des Lebens. Be-

sonders Wissenschaftler sollten dies akzeptieren. Leben und Tod rühren voneinander her. Es wäre undenkbar, sich an irgendeines von beiden festzuklammern.«

»Warum mußte der Professor reisen?« fragte de Gier und versuchte, seine Stimme ausdruckslos und kalt erscheinen zu lassen.

»Er besuchte meistens Muschelzuchtfarmen.«

»Sie waren die ganze Nacht zu Hause?«

»Ja.«

»Sie sprachen mit ihm?«

»Am Telefon.« Sie nickte. »Ich sollte zu ihm kommen, aber ich antwortete ihm, daß dazu keine Veranlassung mehr bestand.«

»Eine Affäre?« fragte de Gier.

»Ja.«

»Wann hörte sie auf?«

»Gestern«, antwortete Bakini ruhig. Sie stand in einer einzigen geschmeidigen Bewegung, ohne den Fußboden mit den Händen zu berühren, auf.

»Noch ein wenig Tee?«

Sie goß ihn in die kleinen Becher, die von den Polizisten ehrerbietig hochgehalten wurden.

»Ich habe mit Hans Schluß gemacht, weil ich glaubte, daß er zu gierig wurde. Unsere Welt ist zu Dreiviertel mit Wasser bedeckt. Die Ozeane könnten die gesamte Menschheit ernähren, wenn sie sorgfältig verwaltet werden würden. Aber egoistisch rauben und rauben wir sie aus, verschmutzen sie, geben nicht das zurück, was wir entnommen haben. Immer weniger Nahrung ist täglich verfügbar. Wissenschaftler können dem Fortschritt entgegenwirken.«

»Der Professor teilte nicht Ihre Ideale?« fragte de Gier.

»Nein.« Bakini stellte die Teekanne unsanft zurück. »Hans wurde als Universitätsprofessor gut bezahlt, weit über dem maximalen Einkommen, das ein Land zur Verfügung stellen kann, aber er mußte auch ein Geschäftsmann sein, der billige Muscheln in Karatschi kaufte, um sie hier durch seine eigene Firma mit großem Profit weiterzuverkaufen. Als er und Truus aus Taiwan zurückkehrten, brachte er Aufzuchtbehälter aus

Plastik mit, die von einem chinesischen Muschelzüchter entwickelt worden waren. Er hatte eine Sublizenz für Westeuropa abschließen können und war dabei, sie hier herstellen zu können.«
»Zum privaten Profit?« fragte de Gier. »Das zerstörte Ihre Beziehung. Sie wollten nicht länger sein Schüler sein?«
»Aber selbstverständlich«, sagte Bakini. »Ich wollte meinen akademischen Abschluß. Er will mich auch weiterhin unterrichten.«
»Er ist tot«, erwiderte Grijpstra.
»Ich zweifle ziemlich«, sagte Bakini, »an dem linearen Verlauf der Zeit. Viel von dem, was er mir gezeigt hat, wird weiterwirken.«
De Gier sah auf. »Ich vergaß Sie zu fragen. Sind Sie eine gute Schützin?«
Sie lächelte. »Ja, ich glaube schon.«
»Mit einer Pistole?«
»Mit einer Harpune.«
Ihre Hand schwang zur Seite und wies auf eine stattliche Reihe metallener Pfeile, die dekorativ an der Wand arrangiert waren. Die Harpune selbst lag auf dem Boden, tödlich aussehend und in gutem Zustand.
»Um welche Uhrzeit hat Sie Hans angerufen?« fragte Grijpstra.
»Um 22 Uhr.« Sie arrangierte eine Haarsträhne über ihre Schläfe. »Ich erinnere mich, weil ich mir eine naturwissenschaftliche Sendung im Fernsehen ansehen wollte. Eigentlich tat ich es nicht. Statt dessen saß ich genau hier.«
»Sie hatten so ein Gefühl?« fragte de Gier.
»Ich wußte fast genau, daß irgend etwas sehr falsch war«, sagte Bakini, »aber ich hatte nicht die geringste Ahnung, was.«
Grijpstra zeigte ihr mit einer höchst dramatischen Geste das Polaroidfoto. Sie nahm es und drückte es ehrerbietig an ihre Stirn, irgend etwas in einem Singsang murmelnd.
»Wie bitte?« fragte de Gier.
»Ich habe ihm eine gute Reise gewünscht.«
De Gier entlastete ein verkrampftes Bein. »Sie wissen«, sagte er langsam, »daß in einigen Ländern Verbrechen gegen die

Menschen mit dem Tod bestraft werden. Welche Sorte Fisch haben Sie geschossen, wenn Sie auf Jagd waren?«
»Haie«, antwortete Bakini. »Vielleicht sollte ich das nicht tun, aber ich mag die Herausforderung.«
»War nicht auch Hans ein Hai?«
»Die Stammesgesetze der Niederlande«, sagte Bakini, »mißbilligen das Töten von Mitgliedern der eigenen Spezies. Mein eigenes Gesetz lautet warten, bis ich legal all das tun kann, was ich will.«

»Sie muß nicht mehr lange warten«, sagte Grijpstra, als sie wieder auf der Straße waren. »Eine nette Dame, aber ich bin glücklich, daß ich kein Hai bin.«
»Hmm?«
»Hallo?« fragte Grijpstra, de Gier am Arm schüttelnd. »Hallo? Sollen wir uns die andere vornehmen? Oder zuerst anrufen? Die Cafés hier in der Gegend werden bald geschlossen.«
De Gier überprüfte sein Notizbuch. »Laß uns der Dame eine Falle stellen.«
Dr. Truus Vermuuls Apartment lag im obersten Stockwerk eines kleinen restaurierten Giebelhauses in einer eleganten Gegend.
»Beide Verdächtige leben im Umkreis von zehn Minuten vom Haus des Toten entfernt«, bemerkte Grijpstra. »Vielleicht ein Zufall?«
»Bestimmt.« De Gier drückte auf den Klingelknopf. »Hat sie es getan?«
»Du hattest recht mit den Kisten«, sagte Grijpstra. »Hat sie?«
De Gier zuckte die Achseln. »Weiß nicht. Ich hoffe doch. Ich werde Bakini nicht verhaften. Welche Strafe steht auf Beihilfe zur Flucht einer Kriminellen?«
»Haut ab«, schrie eine Frau vom oberen Ende der Treppe. »Ich will nicht an Krishna glauben. Verpißt euch, oder ich werde euch kochendes Öl über eure Köpfe schütten.«
»Polizei, Gnädigste«, rief Grijpstra, mit seiner Erkennungskarte wedelnd.
»Auch der andere Kerl? Der sieht aus wie ein Krishna.«

»Bist du einer?« fragte Grijpstra de Gier. »Errettest du diese reizende Dame?«
»Ich würde nicht einmal dich erretten«, rief de Gier, »selbst wenn du mich auf den Knien darum anflehen würdest.«
Grijpstra war auf der Hälfte der Stufen angelangt. De Gier rannte an ihm vorbei und hielt auf den Topf zu, den sie in Händen hielt.
»Es ist alles in Ordnung«, sagte Truus brummig, »ich koche gerade ein Muschelgericht, ein neues Rezept. Was ist los?«
»Professor Hans Stroom wurde heute nacht erschossen«, japste Grijpstra. »Wir führen die Ermittlungen durch. Darf ich mich setzen?«
»Haben Sie einen Durchsuchungsbefehl?« fragte Truus. Sie war eine üppig proportionierte große Frau in den Vierzigern. Ihre großen blauen Stielaugen wirkten ausgesprochen kurzsichtig.
»Den kann ich besorgen«, sagte de Gier. »Der ist im Handumdrehen hier.«
Sie wies ihn zu einem Stuhl mit hoher Rückenlehne, der an einem kahlen Tisch stand unter einer hohen weißen Decke. Der ziemlich große Raum wurde von fluoreszierenden Röhren erleuchtet.
»Erschossen?« fragte Truus. »Sie wollen mich auf den Arm nehmen. Ich habe Hans heute in der Universität gesehen. Wer würde diesen Narren erschießen?«
De Gier fragte, ob er das Telefon benutzen könne. »Wißt ihr Typen irgend etwas über das Kaliber?«
»Es ist noch nicht sicher«, sagte die Ballistiker-Stimme. »Möglicherweise eine Walther PPK. Wir haben auch die Kugel aus dem Schädel geholt. All diese dreckigen, kleinen Revolverhelden haben heutzutage eine PPK. Diese Waffe ist en vogue. Du kannst eine Walther PPK überall in den Café-Läden kaufen, wo auch Pot verdealt wird. Irgend jemand muß eine Lastwagenladung dieser Trottel rangekarrt haben.«
»Eine Walther PPK«, sagte de Gier zu Grijpstra. »Paßt in die Handtasche einer Dame.«
Truus hatte sich ebenfalls gesetzt. »Beabsichtigen Sie, mir das in

die Schuhe zu schieben?« fragte sie. »Sind Sie verrückt? Wir waren Freunde. Wir sind gerade zusammen in Taiwan gewesen.«
»Sie wirken nicht besonders traurig«, erwiderte Grijpstra.
»Sollte ich das?« Sie schlug mit der Handfläche auf den Tisch. »Morgen werden wir einen neuen dieser Professoren-Typen haben. Es gibt hier eine Menge dieser Professoren-Typen. Sie zu erschießen hilft nicht.«
»Freunde?« sagte de Gier. »Sie sagten, Sie waren Freunde.«
Sie zog die Schultern hoch. »Freunde ... na ja ... aber ich würde ihn nicht erschießen. Ich wäre nicht in der Lage, wieder so einen Job zu bekommen. Die Universität benutzt Frauen nur für die niederen Arbeiten.«
Es war ruhig in dem kahlen Raum geworden. Truus brachte Besteck und Teller aus einem Geschirrschrank mit. »Ein paar Muscheln, Jungs? Ihr könnt mir auch ein bißchen helfen. Ich probiere gerade ein paar neue Rezepte aus, um unsre muschligen Freunde anzupreisen. Ich habe ebenfalls einen weißen Beaujolais – kein besonders raffinierter Wein, aber anschließend kriegt man einen schönen Brummschädel.«
»Nur Muscheln bitte«, sagte Grijpstra.
Sie füllte ihr eigenes Glas auf. De Gier winkte ab. Er stach in die Muscheln.
»Phantastisch.«
Truus probierte den Beaujolais. »So ist es. Sind Sie sich sicher? Sie wissen gar nicht, was Sie verpassen.«
»Sie leben hier allein?« fragte Grijpstra.
»Hurrraa.« Sie erhob ihr Glas. »Auf den alten Hans. Selbstverständlich lebe ich allein. Brauch hier keine So-geht's-lang-Typen. Umweltverschmutzer des guten, alten Planeten. Vermehrer der schlechten Brut. Weg mit all den Männern. Wir werden uns bald selbst klonen. Wär das nicht lustig?«
»Kann ich mich irgendwo verstecken und zuschauen?« fragte de Gier.
Sie langte nach der Flasche.
»Bitte keine Pornographie. Klonen ist ein sauberes Vergnügen. Jedesmal, wenn ein Körper alt wird, wird er durch einen geklonten ersetzt. Den alten wirft man weg.«

»Wo war Ihr Körper heute abend um 22.40 Uhr?« fragte Grijpstra.
»Genau hier.« Sie starrte wie eine alte Eule in ihr Glas, während der Weinpegel anstieg. »Hab die ollen Muscheln gekocht.« Die Flasche leerte sich. »'tschuldigung.« Sie brachte eine neue. Der Korkenzieher funktionierte nicht richtig. Ungeduldig drückte sie den Korken in die Flasche.
»Sie essen all diese Muscheln alleine?« fragte de Gier.
»Ich verkaufe sie an einen Delikatessenladen, weit unten in der Allee«, sagte Truus. »Kleiner Nebenverdienst. Lernte das von Hans und machte es. Aber er konnte es besser. Jaaa woll, Jungs.« Sie trank.
Grijpstra schob das Polaroidfoto des Leichnams quer über den Tisch. Sie sah es sich an.
»Gut, gut.« Sie zeigte auf die in der Ecke des Raumes gestapelten gelben Muschelkisten. »Was wird nun aus denen, hä? Seiner hübschen neuen Verkaufsmasche?«
»Nun, meine Liebe«, sagte Grijpstra, »wer hätte ein Interesse daran gehabt, Ihren Vorgesetzten zu erschießen? Warum erzählen Sie es uns nicht?«
»Hätte?« fragte Truus. »Interesse? Vorgesetzter? Erschießen? Starke Wörter benutzen Sie da. Der Chinese vielleicht?«
»Bitte«, sagte Grijpstra. »Müssen Sie denn so weit gehen? Und es gibt so viele von Ihnen. Warum ein Chinese, meine Liebe?«
»Liebkosen Sie mich nicht«, brüllte Truus, mit beiden Fäusten auf den Tisch einschlagend, so daß die Schüsseln und Gläser hüpften. »Diese Muschelkisten sind ein gutes Geschäft. Die verkaufen sich von selbst. Um die Hunderttausend. Die Chinesen waren verrückt, ihre Lizenz nach Westeuropa zu verkaufen. Die müssen das gerade jetzt kapiert haben, sind rübergekommen und peng.« Sie blinzelte. »Hä?«
»So passiert das bei Heroin«, sagte de Gier. »Nicht um Muschelkisten. Sie bringen da einiges durcheinander.«
»Ach ja?« Das Blinzeln wurde stärker. »Noch ein paar Muscheln, mein Junge? Was dagegen, wenn ich trinke? Los geht's.« Sie starrte glasig in die Ferne, Tropfen schimmerten auf ihrem Kinn.

Grijpstra beugte sich zu de Gier. »Ich glaube, daß unsere Gastgeberin nervös ist«, sagte er vernehmlich. »Warum? Vielleicht hat sie kein Alibi?«
»Brauch kein Alibi«, platzte es besäuselt aus Truus heraus. »Ist hübsch, eins zu besitzen, aber besteht wirklich keine Notwendigkeit. Nicht, wenn ich es nicht getan habe. Ich lebe hier, und hier kann ich sein, solang ich es will.«
De Gier nickte todernst. »Sie könnten recht haben, Adjutant. Sie kannte den Professor intim, reiste mit ihm die ganze Zeit herum, die Hotelzimmer, Sie wissen ja, wie sich so etwas entwickelt.«
»Tun Sie das?« fragte Truus. Sie streckte ihre Zunge heraus. »Pfui Teufel.« Sie versuchte de Gier so lange anzustarren, bis er verlegen wurde, aber ihre Augen schweiften immer wieder ab. »Ich habe immer ein eigenes Zimmer besessen, und Hans klopfte immer wieder an die Tür, und ich habe nie geöffnet. Ha!«
Grijpstra schürzte seine Lippen. »Jah.«
»Jah, was?« rief Truus. »Noch mehr Muscheln?«
»Eifersucht?« sagte Grijpstra. »Der große Beweggrund menschlicher Missetaten. Wir treffen immer wieder darauf, nicht wahr, Brigadier?« Er hielt die Fotografie hoch. »Hans sieht nicht mehr ganz so gut aus, aber wir können noch erkennen, daß er gut aussah. Und intelligent – ein Professor muß schließlich intelligent sein ... Diese ältere Frau wollte ihn besitzen, und das junge Ding war ihr dabei im Weg, dieses exotische junge Ding. Was für eine Schönheit – diese Bakini, nicht wahr?«
»Was?« schrie Truus. »Ich? Verliebt? In einen *Mann*?«
»Eine verschmähte Frau«, sagte de Gier bekümmert.
»Noch mehr Muscheln?« brüllte Truus.
»Nein, danke. Gnädigste«, sagte Grijpstra. »Wirklich nicht. Sie waren vorzüglich, aber ich bin vollkommen satt. Wie steht's mit Ihnen, Brigadier?«
»Nicht im Moment«, antwortete de Gier.
»Eifersucht«, sagte Truus. »Was für ein Unsinn. Sie meinen moralische Empörung. Es ist schwer, einen Schwindler wie

Hans zu tolerieren, aber wir waren ihm unterstellt – zu rebellieren würde uns nur schaden.« Sie wurde heiterer. »Na los. Ein kleines Glas voll? So ein schöner Abend. Es ist so schön, daß Sie gekommen sind. Sollen wir . . .«
Sie dachte nach.
»Ich sag dir was«, erzählte Grijpstra de Gier. »Dies ist vermutlich nicht einmal Mord. Sie ging los, um ihren Geliebten zu sehen. Sie war wieder einmal zurückgewiesen worden. Sie wußte nicht um die schreckliche Macht ihres sexuellen Verlangens. Sie hatte eine Pistole dabei. Ein Schuß löste sich.«
»Tatsächlich?« fragte de Gier. »Traf ihn genau zwischen die Augen. Wow. Tolles Verlangen.«
». . . feiern«, sagte Truus. »Konnte mich an das Wort nicht erinnern. Wollt ihr Jungs feiern? Okay, nun habt ihr auch einen Grund dazu. Ich habe einmal dieses Buch über Ermittlungsarbeit gelesen. Was kommt als nächstes? Die Tatwaffe?«
»Die Fingerabdrücke«, sagte Grijpstra. »Sie müssen einige dort hinterlassen haben.«
Truus lachte. »Selbstverständlich. Schließlich habe ich oft dort gearbeitet.«
»Vielleicht sollten wir nach Hause gehen«, meinte de Gier. »Ein faires Spiel versuchen. Nicht mit einer betrunkenen Verdächtigen.«
»Ich fühle mich gut«, sagte Truus. »Bemitleidet mich nicht.« Sie grinste. »Denkt ihr wirklich, daß ich mich betrinken würde, wenn ich schuldig wäre?«
»Gut.« De Gier faltete seine Hände. »Die Waffe kommt als nächstes. Sie haben recht. Wo ist sie? Wo ist das schreckliche Werkzeug, benutzt in *la crime passionnelle?*«
»*Crime* ist männlich«, sagte Truus. *»Le crime.«*
»Die Pistole?« sagte Grijpstra. »Ist hier. Sie hätte sie wegwerfen können, aber es liegt nur ein kurzer Abschnitt des Kanals zwischen dem Haus des Professors und ihrem. Unsere Taucher hätten sie gefunden. Nein, sie ist hier, glaubst du das nicht auch?«
»Eine Walther PPK ist teuer«, sagte de Gier. »Sie würde sie auch zur Selbstverteidigung benötigen. Passen Sie besser auf,

Adjutant. Betrunken. Gewalttätig. Eine geladene halbautomatische hochqualitative Mordmaschine kann jeden Augenblick losgehen.« Grijpstra sah sich um. »Ach, du liebe Zeit.«
»Muscheln?« fragte Truus und schaute in die Schüssel. »Es sind noch etliche übriggeblieben. Mögen Sie meine Gewürze nicht? Bringen sie nicht das Aroma voll zum Ausdruck?«
»Erinnerst du dich daran, wie du deine Zehenspitze verloren hast?« fragte de Gier. »Laß uns überlegen. Der Verdächtige versteckt die Pistole in deinem Mantel. Wir durchsuchen alles. Wir schauen aber nicht in deinem Mantel nach. Dann hilft der Verdächtige dir in deinen Mantel und nimmt die Pistole heraus. Ich habe es einmal gesehen. Ich schlug ihm aufs Handgelenk, die Pistole fiel zu Boden und ging los.«
»Ich trage heute keinen Mantel«, sagte Grijpstra. »Du ebenfalls nicht.«
»Ich versteh euch beide nicht«, sagte Truus. »Ihr wißt, was die Marktverkäufer heutzutage für gebratene Muscheln verlangen. Fünf vierzig die Portion. Meine sind umsonst.« Sie stützte ihren Kopf mit den Händen. Ihr Ellbogen rutschte, und ihr Kopf fiel, zuckte dann aber ruckartig wieder hoch.
»Paß auf«, sagte de Gier. »Es tut mir leid. Sie haben es uns ständig erzählt, und wir haben Ihnen nicht zugehört.« Er nahm ihr den Löffel aus der Hand und rührte damit in der Schüssel. Es war das Klirren von Metall zu hören.
»Sei vorsichtig«, sagte Grijpstra. »Ich will nicht, daß die Patronen in der heißen Brühe explodieren. Vorsichtig jetzt.«
De Gier drehte die Schüssel um. Grijpstra säuberte die Pistole mit einem Geschirrtuch. Er schüttelte seinen Kopf.
»Also wirklich, ein Wissenschaftler, der ein Werkzeug nicht respektiert. Schau dir das an. Komplett geladen, Patrone in der Kammer, entsichert. So, das ist mir lieber.« Er hatte das Magazin entfernt, und die Patrone in der Kammer sprang heraus.
»Sie muß sie dort hineingeworfen haben, als sie mein Klingeln hörte.«
»Ich werde nicht mit euch kommen«, sagte Truus. »Ihr müßt mich schon wegzerren.«
De Gier telefonierte.

Zwei Polizistinnen arbeiteten sich die Stufen hinauf.
»Wo ist die Patientin?«
»Drinnen«, antwortete de Gier.
»Konntet ihr sie nicht selbst auf die Wache bringen?« fragte die ältere.
»Schämt euch.«
»Trauten uns nicht«, erwiderte de Gier.
»Anklage?«
»Totschlag. Sie erschoß ihren Freund. Vielleicht war es Mord.«
»Sie ist betrunken«, sagte de Gier, als die Polizistinnen hereinmarschierten.
Truus wirkte auf sie schläfrig, warf dann aber den Tisch um. Sie lief in die Küche und kam mit einem großen Messer zurück. Die Constables zogen ihre Waffen.
»Nein, nein«, sagte de Gier. »Truus?«
Sie schwang das Messer in einem großen Bogen auf ihn zu, und er stoppte die Bewegung, indem er zur Seite trat, seinen Arm um den Arm der Verdächtigen schlang und mit seiner Hand ihr Handgelenk umklammerte. Eine scharfe Drehung und Truus brüllte auf. Das Messer fiel klappernd zu Boden. De Gier trat einen Schritt hinter die Verdächtige zurück und legte ihr raffiniert die Handschellen an.
»Das war's.«
Der Fast-Dachs-Hund hatte draußen auf sie gewartet. Grijpstra stolperte. De Gier fing ihn ein.
»Blödes Hundchen«, sagte Grijpstra, »bringst du mir Wachsamkeit bei?«
De Gier nahm den kleinen Hund hoch, untersuchte ihn von allen Seiten und stellte ihn wieder auf die Beine.
»Der weibliche Geist ist verschlagen und unbarmherzig. Wenn sie sich anbietet, dann rate ich dir, sie ja nicht abzuweisen.«
»Tatsächlich?« fragte Grijpstra den Fast-Dachs-Hund, der eine Hündin war. Sie legte den Kopf zur Seite, begann mit ihrem langen Schwanz zu wedeln und bellte.
»Arme Truus«, sagte de Gier.
»Arme Bakini«, sagte Grijpstra.

»Warum gerade Bakini?«
»Willst du dich nicht an sie heranmachen?« fragte Grijpstra. »Sie trösten?«
»Sie könnte mich trösten«, sagte de Gier. »Sie hat Zugang zum Himmel.«
»Vielleicht«, sagte Grijpstra. Er begann zu seufzen und zu grummeln.
»Sei nicht sauer«, sagte de Gier. »Schau, wer dich trösten will.« Er deutete zu Boden. Der Fast-Dachs-Hund, der eine Hündin war, machte Männchen und bot ihm beide Pfoten an. Grijpstra ging in die Hocke und schüttelte sie. Die Hündin trug keine Hundemarke und sah aus, als ob sie ein ungeordnetes und bedürftiges Leben führe.
»Ein Streuner?« fragte Grijpstra.
»Sie gehört dir«, sagte de Gier. »Schlaft gut, ihr beide.«
Er drehte sich um und ging davon.
Der Hund knurrte einladend und machte einen glaubwürdigen Versuch herumzutoben.
»Bist du sicher?« fragte Grijpstra. »Ich bin kein einfacher Mann.« Die kleinen Ohren der Hündin wackelten, und der Schwanz wedelte. »Du hast nichts mit Muscheln am Hut? Du wirst nicht fett werden? Du glotzt kein Fernsehen?«
Beide warteten.
»Na, dann komm«, sagte Grijpstra. Sie gingen los.

Heute und morgen und in alle Ewigkeit

William Faulkner

Onkel Gavin war nicht immer Bezirksanwalt gewesen. Doch die Zeit, als er es noch nicht gewesen war, lag über zwanzig Jahre zurück und hatte nicht lange gedauert, so daß nur die alten Männer sich daran erinnerten und auch bloß einige von ihnen. Denn in jener Zeitspanne hatte er nur einen einzigen Fall gehabt.

Er war damals ein junger Mann von achtundzwanzig Jahren, erst seit einem Jahr von der juristischen Fakultät der Staatsuniversität zurückgekehrt, wohin er auf Großvaters Betreiben nach seiner Rückkehr von Harvard und Heidelberg gegangen war; und er hatte den Fall freiwillig übernommen und Großvater überredet, ihm zu erlauben, ihn allein zu bearbeiten, was Großvater auch tat, da jedermann glaubte, der Prozeß würde nur eine bloße Formsache sein.

Er führte also den Prozeß. Noch nach Jahren sagte er stets, es sei der einzige Prozeß gewesen, den er je – als privater Verteidiger oder als öffentlicher Ankläger – verloren habe. Eigentlich hatte er ihn nicht verloren – eine fehlerhaft durchgeführte Untersuchung während der Herbstsession, ein Freispruch in der folgenden Frühjahrssession – der Angeklagte ein rechtschaffener, wohlhabender Farmer und Ehemann und Vater namens Bookwright aus dem Franzosenwinkel, einem entlegenen Stück Staatsland in der Südostecke unsres Bezirks; das Opfer, ein großmäuliger Bandit, der Buck Thorpe hieß und von den andern jungen Leuten, die er sich während seines dreijährigen Aufenthalts im Franzosenwinkel mit den Fäusten unterworfen hatte, Bucksnort genannt wurde; war ohne Angehörige, über Nacht von Nirgendwoher aufgetaucht, ein Raufbold, ein Glücksspieler, bekannt als Hersteller von illegalem Whisky, und einmal auf der Landstraße nach Memphis mit einer kleinen Herde gestohlener Rinder erwischt worden, die der wahre Besitzer sofort als seine eigenen erkannte. Thorpe konnte einen Kaufvertrag vorweisen, aber keiner in der ganzen Gegend kannte die Unterschrift.

Und die Geschichte selbst war eine alte Geschichte, eine gar nicht originelle Geschichte; ein siebzehnjähriges Mädchen vom Land, dessen Phantasie durch die Prahlerei und Tollkühnheit und Verwegenheit und den Zungenschlag entflammt worden war; der Vater, der ihr Vernunft beizubringen versuchte und genausoweit kam, wie Eltern in einem solchen Falle meistens kommen; dann das Verbot, der untersagte Zutritt, die unvermeidliche Entführung um Mitternacht; und am nächsten Morgen um vier weckte Bookwright den Friedensrichter und obersten Beamten des Wahldistrikts, Will Varner, und reichte ihm seine Pistole und sagte: »Ich möchte mich stellen. Hab vor zwei Stunden den Thorpe erschossen.« Und ein Nachbar namens Quick, der als erster am Tatort gewesen war, hatte in Thorpes Hand die halb gezogene Pistole gesehen; und eine Woche nach Erscheinen des kurzen Berichts in den Memphiser Zeitungen tauchte eine Frau im Franzosenwinkel auf und behauptete, Thorpes Frau zu sein; sie bewies es mit einem Trauschein und erhob Anspruch auf alles, was er an Geld und Besitztümern hinterlassen haben mochte.

Ich kann mich an die Überraschung erinnern, daß die Geschworenen sogar eine richtige Anklageschrift fanden, und als der Gerichtsschreiber die Anklage verlas, wetteten wir zwanzig gegen eins, daß die Geschworenen keine zehn Minuten draußen bleiben würden. Der Staatsanwalt ließ den Fall sogar nur durch einen Assistenten führen, und es nahm keine Stunde in Anspruch, um den Tatbestand vorzutragen. Dann erhob sich Onkel Gavin, und ich erinnere mich, wie er die Geschworenen anblickte – die elf Farmer und Ladenbesitzer und den zwölften Mann, der ihm den Prozeß verderben sollte – ebenfalls ein Farmer, ein magerer Mensch, klein, mit schütterem grauem Haar und der äußeren Erscheinung aller Bergfarmer – gleichzeitig abgearbeitet und zerbrechlich und doch merkwürdig unzerstörbar –, die mit fünfzig Jahren Greise zu werden scheinen und sich dann nie von der Zeit unterkriegen lassen. Onkel Gavins Stimme war ruhig, fast eintönig, nicht hochtrabend, wie es uns Strafprozesse eigentlich zu erwarten gelehrt hatten; nur die Worte unterschieden sich ein wenig von denen, die er in späteren Jahren benutzte. Doch selbst damals – obwohl er erst ein Jahr lang zu ihnen gesprochen hatte – konnte er schon so sprechen, daß alle Leute unsrer Gegend, die Neger, die Bergler und die reichen Plantagenbesitzer der Ebene, verstanden, was er sagte.

»Uns allen in diesem Land, dem Süden, sind von Geburt an ein paar Dinge beigebracht worden, an die wir uns vor allem halten. Einer dieser Grundsätze – nicht der beste, nur einer der ersten – lautet, daß getötetes Leben nur mit dem Leben vergolten werden kann; daß der eine Tod nur etwas Halbes ist. Wenn dem so ist, dann hätten wir die beiden Menschenleben dadurch retten können, daß wir diesen Angeklagten hinderten, heute nacht sein Haus zu verlassen; wir hätten mindestens ein Menschenleben retten können, selbst wenn wir diesen Angeklagten hätten ums Leben bringen müssen, um ihn zu hindern. Nur wußten wir es nicht rechtzeitig. Und darüber möchte ich jetzt sprechen – nicht über den Toten und seinen Charakter und die moralische Seite der Tat, die er vorhatte; auch nicht über Notwehr und ob dieser Angeklagte berechtigt war, den Streit so weit zu treiben, daß er ein Leben vernichten mußte; sondern über uns alle, menschliche Geschöpfe, die im Grunde recht handeln wollen und andern nicht Schaden zufügen wollen, menschliche Geschöpfe mit aller Vielschichtigkeit menschlicher Leidenschaften und Gefühle und Ansichten, die anzunehmen oder abzulehnen wir keine Wahl hatten, mit ihnen oder ihnen zum Trotz versuchend, das Beste zu tun, was wir tun können – und über diesen Angeklagten mit der gleichen Vielschichtigkeit menschlicher Leidenschaften und Instinkte und Ansichten, der sich vor ein Problem gestellt sah, das unvermeidliche Unglück seiner Tochter (die mit der starrköpfigen Torheit der Jugend – wiederum mit der gleichen alten Vielschichtigkeit, die auch sie nicht zu erben begehrt hatte – unfähig war, sich selbst zu schützen), und der nun das Problem nach seinem besten Können und Glauben löste, von keinem Hilfe verlangte und dann zu seiner Entscheidung und zu seiner Tat stand.«

Er setzte sich. Der Assistent des Staatsanwalts erhob sich nur, um sich vor dem Gerichtshof zu verbeugen, und setzte sich wieder. Die Geschworenen gingen hinaus, und wir wollten den Gerichtssaal gar nicht erst verlassen. Selbst der Richter zog sich nicht zurück. Und ich erinnere mich an den hörbar langen Seufzer oder dergleichen, der durch den Saal ging, als der Uhrzeiger über der Richterbank die Zehn-Minuten-Grenze überschritt und dann die Dreißig-Minuten-Grenze, und wie der Richter einen Gerichtsdiener heranwinkte und mit dem flüsterte, und wie der Gerichtsdiener hinausging und zurückkehrte und dem Richter etwas zuflüsterte, und wie der Richter aufstand und heftig mit seinem Hammer klopfte und die Verhandlung vertagte.

Ich eilte nach Hause und aß mein Mittagsbrot und eilte wieder ins Städtchen zurück. Das Büro war leer. Sogar mein Großvater, der sonst nach dem Mittagessen seinen Verdauungsschlaf hielt, ohne Rücksicht darauf, ob die Jury »festhing« oder nicht, kehrte zurück, als erster; nach drei Uhr wußte es dann das ganze Städtchen, daß Onkel Gavins Geschworene sich wegen eines einzigen Mannes nicht einigen konnten, denn sie waren elf zu eins für den Freispruch; dann trat mein Onkel schnell ein, und Großvater sagte: »Ein Glück, Gavin, daß du rechtzeitig zu reden aufgehört hast, so daß nur deine Geschworenen ›hängen‹ und nicht auch noch dein Klient.«

»Jawohl, Sir«, sagte Onkel Gavin unaufmerksam. Denn eigentlich blickte er mit seinen gescheiten Augen, dem schmalen, beweglichen Gesicht und dem wilden Haar, das schon weiß zu werden begann, nur zu mir hin. »Komm her, Chick!« sagte er. »Ich brauch dich eine Minute!«

»Frag doch den Richter, Frazier, ob er gestattet, daß du deine Schlußrede zurückziehst, dann kann Charley für dich zusammenfassen!« sagte Großvater. Aber da waren wir schon auf der

Treppe draußen, und Onkel Gavin blieb auf dem Treppenabsatz stehen, so daß wir genau in der Mitte der beiden Stockwerke standen, und legte die Hand auf meine Schulter, und seine Augen sahen gescheiter und eifriger denn je aus.

»Es ist kein Kricket-Spiel«, sagte er, »und doch wird die Gerechtigkeit wer weiß wie oft durch Methoden erlangt, die man nicht zu nah betrachten darf. Die Geschworenen sitzen jetzt im Hofzimmer von Mrs. Rouncewells Pension, also im Zimmer genau gegenüber von dem Maulbeerbaum. Wenn du dich in den Hof schleichen könntest, ohne daß dich einer sieht, und vorsichtig auf den Baum klettern könntest . . .«

Niemand sah mich. Ich aber konnte zwischen den flatternden Maulbeerblättern ins Zimmer blicken und alles sehen und hören: die neun zornigen und angewiderten Männer, die sich am andern Ende des Zimmers auf ihren Stühlen räkelten; dazu Mr. Holland, der Obmann, und ein anderer Mann, die beide vor dem Stuhl standen, auf dem der kleine abgearbeitete, ausgedörrte Bergler saß. Er hieß Fentry. Ich erinnerte mich an all ihre Namen, denn Onkel Gavin sagte immer, wenn man in unserm Land ein erfolgreicher Anwalt und Politiker werden will, braucht man keine Rednergabe und nicht mal Verstand: Man braucht nur ein unfehlbares Gedächtnis für Personennamen. Aber ich hätte mich sowieso an seinen Namen erinnert, denn er hieß Stonewall Jackson – Stonewall Jackson Fentry.

»Müssen Sie nicht zugeben, daß er mit Bookwrights siebzehnjähriger Tochter durchbrennen wollte?« sagte Mr. Holland. »Müssen Sie nicht zugeben, daß er eine Pistole in der Hand hatte, als sie ihn fanden? Müssen Sie nicht zugeben, daß er kaum begraben war, als schon eine Frau auftauchte und bewies, daß sie seine Frau war? Müssen Sie nicht zugeben, daß er nicht nur ein Taugenichts, sondern gemeingefährlich war und daß, wenn's nicht Bookwright gewesen wäre, früher oder später jemand anders es hätte tun müssen und daß Bookwright einfach Pech hatte?«

»Ja«, sagte Fentry.

»Was wollen Sie denn dann noch?« rief Mr. Holland. »Was wollen Sie noch?«

»Ich kann's nicht ändern«, erklärte Fentry, »ich stimme nicht dafür, daß Mr. Bookwright freikommt.«
Und das tat er denn auch nicht. Und am gleichen Nachmittag entließ Richter Frazier die Geschworenen und verschob den Fall zwecks erneuter Untersuchung auf die nächste Gerichtssession; und am folgenden Morgen kam Onkel Gavin, noch ehe ich mit dem Frühstück fertig war, um mich abzuholen.
»Sag deiner Mutter, wir bleiben vielleicht über Nacht fort«, rief er mir zu. »Sag ihr, ich verspreche, daß du weder erschossen noch von Schlangen gebissen, noch mit Limonade überfüttert wirst . . . denn ich muß nämlich etwas herausbringen.«
Wir fuhren rasch die Nordost-Straße entlang, und seine Augen waren strahlend, nicht verblüfft, einfach gespannt und eifrig. »Da draußen am andern Ende des Bezirks, dreißig Meilen hinter dem Franzosenwinkel, wurde er geboren und wuchs dort auch auf und verbrachte sein ganzes Leben dort. Er hat unter Eid ausgesagt, er habe Bookwright vorher noch nie gesehen, und wenn man ihn betrachtet, dann sieht man auch, daß ihm die harte Arbeit nie so viel Zeit gelassen hat, daß er hätte lernen können, wie man lügt. Ich bezweifle, ob er überhaupt Bookwrights Namen vorher je gehört hat.«
Wir fuhren, bis es fast Mittag war. Wir waren jetzt in den Bergen, nicht mehr im üppigen Tiefland, sondern zwischen Kiefern und Farnkraut auf kargem Boden mit kleinen schrägen und armseligen Stückchen Mais- und Baumwoll-Landes, das irgendwie durchhielt, wie auch die Menschen durchhielten, die das Land kleidete und nährte. Die Straßen, über die wir fuhren, waren kaum Feldwege zu nennen, so krumm und schmal waren sie, voll tiefer, im Staub erstickter Furchen, so daß der Wagen die Hälfte der Zeit im zweiten Gang fahren mußte. Dann sahen wir den Briefkasten und die ungelenken Buchstaben G. A. FENTRY; dahinter das Holzhaus mit den zwei Räumen und einem offenen Gang, und sogar ich, ein zwölfjähriger Junge, konnte sehen, daß hier seit Jahren keine Frauenhand gewaltet hatte. Wir traten durchs Tor.
Dann rief eine Stimme: »Bleibt stehen! Bleibt auf der Stelle stehen!« Und dabei hatten wir ihn noch gar nicht erblickt, den

alten Mann: barfuß, mit einem wilden weißen Stoppel-Schnurrbart, in geflicktem Drillich, der fast zur Farbe abgerahmter Milch verblaßt war, noch kleiner sogar und magerer als sein Sohn – so stand er am Rand seiner morschen Veranda, hielt sein Gewehr quer vor dem Magen und flog vor Wut – oder vielleicht auch vor Altersschwäche – an allen Gliedern.

»Mr. Fentry . . .«, begann Onkel Gavin.

»Sie haben ihn genug gequält und belästigt!« rief der alte Mann. Es war also doch Wut; die Stimme schien sich plötzlich zu noch wilderem, zu gänzlich unbeherrschtem Jähzorn zu steigern. »Scheren Sie sich hier raus! Scheren Sie sich von meinem Land! Raus!«

»Komm!« sagte Onkel Gavin ruhig. Und seine Augen waren noch immer lebhaft und eifrig, aufmerksam und ernst. Wir fuhren jetzt nicht schnell. Bis zum nächsten Briefkasten war es keine Meile weit, und dieses Haus war sogar angestrichen und hatte Petunienbeete neben der Treppe, und der Boden ringsum war viel besser, und diesmal erhob sich auf der Veranda ein Mann und kam ans Tor hinunter.

»Tag, Mr. Stevens«, sagte er. »Jackson Fentry hat also Ihre Jury ›hängen‹ lassen?«

»Tag, Mr. Pruitt«, grüßte Onkel Gavin. »Ja, es hat fast den Anschein. Und nun erzählen Sie mal!«

Und Pruitt erzählte ihm, was er wußte, obwohl sich Onkel Gavin zu jener Zeit noch manchmal vergaß und mit seiner Sprache hin und wieder nach Harvard und sogar nach Heidelberg zurückrutschte. Doch stets war's, als blickten die Leute in sein Gesicht und als wüßten sie sofort, daß er seine Fragen nicht aus eigener Neugier oder zu seinem eigenen, selbstsüchtigen Gebrauch stellte.

»Ma weiß eben mehr darüber als ich«, sagte Pruitt. »Kommen Sie auf die Veranda!«

Wir folgten ihm auf die Veranda, wo eine rundliche, weißhaarige Dame in einer Sonnenhaube und einem Kleid aus sauberem Gingham und mit einer sauberen weißen Schürze in einem niedrigen Schaukelstuhl saß und Erbsen in eine Holzschüssel palte. »Das ist Anwalt Stevens«, sagte Pruitt. »Hauptmann Stevens' Sohn aus der Stadt. Er möchte gern etwas über Jackson Fentry erfahren!«

Wir saßen also auf der Veranda, während sie es uns erzählten – Sohn und Mutter immer abwechselnd.

»Der ihr Anwesen«, sagte Pruitt, »das haben Sie ja von der Straße aus gesehen. Und was Sie nicht gesehen haben, das ist auch nicht schöner. Aber sein Pa und sein Opa haben ihr Land bestellt, haben ihren Lebensunterhalt davon gehabt und Familien großgezogen und Steuern bezahlt und sind keinem Menschen etwas schuldig geblieben. Ich weiß nicht, wie sie's geschafft haben, aber geschafft haben sie's. Und Jackson hat mitgeholfen, sobald er groß genug war, daß er zu Pfluggriffen rauflangen konnte. Und viel größer ist er dann sowieso nicht geworden. Keiner von ihnen. Deshalb ist's ja dann wohl so gekommen, scheint mir. Und Jackson hat auch den Boden bestellt, bis er fünfundzwanzig war und schon wie vierzig aussah; hat keinen um nichts nicht gebeten, war nicht verheiratet und rein gar nichts, und er und sein Pa lebten ganz allein und haben selbst gewaschen und gekocht, denn wie könnt sich's ein Mann auch leisten, noch zu heiraten, wenn er und sein Pa zusammen bloß ein einziges Paar Stiefel haben. Falls es überhaupt der Mühe wert war, eine Frau zu nehmen, da das Anwesen schon seine Ma und seine Oma umgebracht hat, beide, noch eh sie vierzig waren. Bis er dann eines Abends . . .«

»Unsinn!« sagte Mrs. Pruitt. »Als dein Pa und ich heirateten, haben wir nicht mal ein Dach überm Kopf gehabt. Wir zogen in ein Pächterhaus, auf gepachtetes Land.«

»Ja, gut«, sagte Pruitt. »Bis er dann eines Abends zu mir kam und mir erzählte, er hätte einen Posten bei der Sägemühle unten im Franzosenwinkel.«

»Im Franzosenwinkel?« sagte Onkel Gavin, und jetzt waren seine Augen viel heller und lebhafter, und nicht bloß aufmerksam. »Aha«, sagte er.

»Im Tagelohn«, fuhr Pruitt fort. »Nicht so viel, daß er davon hätt reich werden können – bloß, um vielleicht ein bißchen Geld nebenbei zu verdienen, ein jahr oder zwei wollt er riskieren, um ein bißchen Geld nebenbei zu verdienen, vorzubauen gegen die Art Leben, die sein Opa führte, bis daß er eines Tages zwischen den Pfluggriffen starb, ein Leben, das auch sein Pa führen würde, bis daß er eines Tages in einer Ackerfurche starb, und dann wär die Reihe an ihm, und nicht mal keinen Sohn nicht da, der kommt und ihn aus'm Dreck aufhebt. Und sagte noch, daß er mit einem Nigger abgemacht hätte, er soll seinem Pa beim Landbestellen helfen, solange er weg wär, und ob ich wohl manchmal raufgehen könnte, 'n bißchen nachsehen, ob's seinem Pa gutgeht.«

»Hast du auch getan«, sagte Mrs. Pruitt.

»Ich bin dicht genug rangegangen«, erzählte Pruitt. »Bin dicht genug ans Feld rangegangen und hab gehört, wie er den Nigger beschimpft hat, weil er nicht schneller arbeitet, und hab den Nigger beobachtet, wie der versucht hat, mit ihm Schritt zu halten, und hab gedacht, ein Glück, daß Jackson nicht zwei Nigger besorgt hat, die auf dem Land arbeiten sollen, solange er weg ist, denn wenn der alte Mann – er war damals fast sechzig – einen ganzen langen Tag so hätt zubringen müssen, bloß auf'm Stuhl im Schatten sitzend und nichts in der Hand, wo er mit hacken oder häufeln kann, dann wär er vor Sonnenuntergang gestorben. Jackson ging also weg. Zu Fuß. Sie hatten bloß ein Maultier. Hatten nie mehr als bloß ein Maultier gehabt. Aber 's sind ja bloß etwa dreißig Meilen. Er ist so an die zweieinhalb Jahr weggeblieben. Und eines Tages dann . . .«

»Das erste Weihnachten ist er heimgekommen . . .«, warf Mrs. Pruitt ein.

»Stimmt«, sagte Pruitt. »Er ist die dreißig Meilen nach Haus gegangen und den Weihnachtstag dageblieben und dann wieder die dreißig Meilen zur Sägemühle zurückgelaufen.«

»Wessen Sägemühle?« fragte Onkel Gavin.

»Quicks«, antwortete Pruitt. »Dem alten Ben Quick hat sie gehört. Und beim zweiten Weihnachten ist er nicht heimgekommen. Und dann, so Anfang März, wenn im Franzosenwinkel das Flußbett allmählich bis zu der Stelle austrocknet, wo man die Stämme durchschleifen kann, und man gedacht hätte, jetzt hat er sein drittes Jahr in der Sägemühle angefangen, da kommt er nach Haus und bleibt zu Haus. Diesmal ist er nicht gelaufen. Kam in einem gemieteten Bockwagen. Denn er hatte nämlich die Ziege und das Baby.«

»Halt!« sagte Onkel Gavin.

»Wir wissen nicht, wie er nach Haus gekommen ist«, warf Mrs. Pruitt ein. »Er war nämlich schon länger als eine Woche zu Hause, eh wir überhaupt merkten, daß er das Baby hat.«

»Warten Sie bitte!« sagte Onkel Gavin.

Sie warteten und sahen ihn an; Pruitt saß auf dem Verandageländer, und Mrs. Pruitts Finger palten noch immer Erbsen aus den langen, spröden Schoten. Sie blickte Onkel Gavin an. Seine Augen waren jetzt nicht voller Triumph, genausowenig wie sie vorher verdutzt oder auch nur sehr nachdenklich gewesen wären; sie leuchteten einfach lebhafter, als ob das, was hinter ihnen stecken mochte, plötzlich aufloderte, stark und wild und doch noch gelassen – als ob es schneller voranmachte als die Erzählung.

»Ja«, sagte er. »Erzählen Sie weiter!«

»Und als ich schließlich davon hörte und hinaufging«, sagte Mrs. Pruitt, »da war das Baby noch keine zwei Wochen alt. Und wie er's am Leben erhalten hat, bloß mit Ziegenmilch . . .«

»Ich weiß nicht, ob Sie's wissen?« sagte Pruitt. »Eine Ziege ist nämlich nicht wie 'ne Kuh. Eine Ziege muß man alle zwei Stunden melken. Das bedeutet, auch die ganze Nacht durch!«

»Ja«, sagte Mrs. Pruitt. »Er hatte nicht mal Windeln. Er hatte ein paar zertrennte Mehlsäcke, und die Hebamme hatte ihm gezeigt, wie man die anlegen muß. Darum hab ich kleine Sachen genäht und bin raufgegangen; er hat den Nigger behalten, denn er mußte seinem Pa auf dem Feld helfen, und er selbst hat gekocht und gewaschen und das Baby gepflegt und die Ziege gemolken, damit er das Baby füttern konnte, und ich hab ihm gesagt: ›Geben Sie's mir! Wenigstens, bis es entwöhnt ist! Sie können selbst solange in mein Haus ziehen, wenn Sie wollen!‹, und er sieht mich bloß an – klein und mager, abgearbeitet, ein Geschöpf, das sich in seinem Leben noch nie an einen Tisch gesetzt und so viel gegessen hat, bis es nicht mehr kann – und sagt: ›Besten Dank, Ma'am! Ich kann's schon schaffen.‹«

»Und das stimmte!« sagte Pruitt. »Ich weiß nicht, wie er in der Sägemühle war, und er hatte auch nie so eine Farm, daß man hätt sagen können, was für 'n Farmer er war – aber den Jungen, den hat er großgezogen!«

»Ja«, fuhr Mrs. Pruitt fort, »und ich hab ihn weiter ausgefragt: ›Wir hatten nicht mal gehört, daß Sie geheiratet haben‹, sagt ich so. ›Ja, Ma'am‹, sagt er, ›voriges Jahr haben wir geheiratet. Als das Baby kam, ist sie gestorben.‹ – ›Wer war sie?‹ hab ich gefragt. ›War sie eine aus dem Franzosenwinkel?‹ – ›Nein, Ma'am‹, sagt er. ›Sie ist von weiter südlich.‹ – ›Wie hieß sie denn?‹ hab ich gefragt. ›Miss Smith‹, sagt er.«

»Seine harte Arbeit hat ihm nicht mal so viel Zeit gelassen, um lügen zu lernen«, sagte Pruitt. »Doch den Jungen hat er großgezogen. Nachdem sie im Herbst die Ernte eingebracht hatten, schickte er den Nigger weg, und im nächsten Frühling haben er und der alte Mann die Feldarbeit so wie früher gemacht. Er hat eine Art Tasche gebastelt, wie sie ja wohl die Indianer haben, um den Jungen da drin zu verwahren. Ich bin hin und wieder mal raufgegangen, solange der Boden noch kalt war, und hab gesehen, wie Jackson und sein Pa gepflügt und Gestrüpp gerodet haben, und die Tasche hing an einem Zaunpfosten, und der Junge schlief da so kerzengerade drin, als wär's 'n Federbett. Damals im zweiten Frühling hat er laufen gelernt, und ich stand am Zaun und hab den verflixten kleinen Kerl mitten in 'ner Furche beobachtet, wie er sich Mühe gegeben hat, mit Jackson Schritt zu halten, bis Jackson am Ende der Furche den Pflug angehalten und umgewendet hat und zurückgegangen ist, und da hat er ihn aufgelesen und ihn sich huckepack auf den Rücken gesetzt – und hat den Pflug genommen und hat weitergepflügt. Im Spätsommer konnte der Kleine schon ganz nett laufen. Jackson hat ihm aus 'nem Stock und 'ner Schindel eine kleine Hacke gemacht, und nun konnte man Jackson in der hüfthohen Baumwollreihe arbeiten sehn, aber den Jungen konnte man überhaupt nicht sehn; man sah bloß, daß sich die Baumwolle an der Stelle bewegte, wo er war.«

»Jackson hat ihm Kleider gemacht«, erzählte Mrs. Pruitt. »Er hat sie selbst genäht, mit der Hand. Ich hab ihm ein paar Sachen genäht und sie ihm raufgebracht – hab's aber nur einmal und nie wieder gemacht. Er hat sie genommen und sich bedankt. Aber man merkte es deutlich. Es war so, als ob er sogar der Erde nicht gönnte, daß sie dem Kind zu essen gab, damit's am Leben blieb. Und ich wollte Jackson überreden, den Jungen in die Kirche zu bringen und taufen zu lassen. ›Er hat schon einen Namen‹, sagt er. ›Er heißt Jackson und Longstreet Fentry. Alles beides sind Pas Namen!‹«

»Er ist nie nicht wohingegangen«, sagte Pruitt. »Aber wo man Jackson sah, da sah man auch den Jungen. Wenn er den Jungen im Franzosenwinkel gestohlen hätte, könnt er ihn nicht besser verwahrt haben. Der alte Mann mußte sogar nach Haven Hill rüberreiten und Vorräte kaufen, und das einzige Mal im Jahr, wo Jackson und der Junge 'ne Sekunde getrennt waren, das war, wenn Jackson nach Jefferson geritten ist, um die Steuern zu bezahlen, und als ich den Jungen mal zu Gesicht bekam, da mußt ich an einen jungen Jagdhund denken, bis ich eines Tages merkte, Jackson ist fort, Steuern zahlen, und da bin ich rauf, und der Junge lag unterm Bett und rührte sich nicht, lag bloß ganz hinten in der Ecke und sieht mich an. Er hat nicht mit der Wimper gezuckt. Er war genau wie das Junge von 'nem Fuchs oder Wolf, das sich jemand gerade am Abend vorher gefangen hat.«

Wir schauten ihm zu, wie er aus seiner Jackentasche eine Dose mit Tabak holte und eine Portion in den Deckel schüttete und dann in seine Unterlippe steckte und das letzte Krümelchen Tabak vorsichtig und behutsam vom Deckel klopfte.

»Schön, und was dann?« fragte Onkel Gavin.

»Das ist alles«, sagte Pruitt. »Im nächsten Sommer war er mitsamt dem Jungen verschwunden.«

»Verschwunden?« wiederholte Onkel Gavin.

»Stimmt! Eines Morgens waren sie einfach weg. Wann, das weiß ich auch nicht. Und eines Tages konnt ich's nicht länger aushalten und bin rauf, und das Haus war leer, und da ging ich weiter, aufs Feld, wo der alte Mann gepflügt hat, und im ersten Moment hab ich gedacht, die Sprosse zwischen den Pfluggriffen wär ihm zerbrochen und er hätt ein Stämmchen quer drü-

bergebunden, aber da sah er mich und riß das Stämmchen hoch, und da war's das Gewehr, und wahrscheinlich hat er zu mir das gleiche gesagt, was er vorhin zu Ihnen gesagt hat, als Sie durch sein Tor gingen. Im folgenden Jahr hat ihm dann wieder der Nigger geholfen. Und etwa fünf Jahre drauf war Jackson wieder da. Ich weiß nicht, wann – er war einfach eines Morgens da. Und der Nigger war wieder weg, und er und sein Pa haben das Land bestellt, wie sie's früher gewohnt waren. Und eines Tages konnt ich's nicht länger aushalten und bin rauf und stellt mich an den Zaun, wo er gepflügt hat, bis ihn die Furche, die er umgebrochen hat, zu mir führte, an den Zaun, aber er hatte noch immer nicht aufgeblickt und pflügt einfach so an mir vorbei, keine drei Meter weg, sieht mich immer noch nicht an, und dann wendete er und kommt zurück, und ich frag ihn: ›Ist er gestorben, Jackson?‹, und da sieht er mich an. ›Der Junge‹, sag ich. Und er sagt: ›Was für 'n Junge?‹«
Sie luden uns ein, zum Essen zu bleiben.
Onkel Gavin dankte ihnen. »Wir haben einen kleinen Happen mitgebracht«, sagte er. »Und bis zu Varners Laden sind's noch dreißig Meilen, und von dort noch zweiundzwanzig bis nach Jefferson. Und unsre Landstraßen haben sich noch nicht recht an Automobile gewöhnt.«
Es war also gerade um Sonnenuntergang, als wir vor Varners Laden im Dorf Franzosenwinkel vorfuhren; wieder erhob sich auf der verlassenen Veranda ein Mann und kam die Stufen herunter an den Wagen.
Es war Isham Quick, der Zeuge, der als erster Thorpes Leiche gesehen hatte – ein großer, schlaksiger Mann Mitte Vierzig, mit einer Art verträumtem Gesicht und kurzsichtigen Augen, bis man merkte, daß etwas Verschmitztes dahintersteckte, sogar ein bißchen was Spöttisches.
»Hab auf Sie gewartet«, sagte er. »Sieht aus, als hätten Sie den Bock gemolken?« Er blinzelte Onkel Gavin an. »Mit dem Fentry!«
»Ja«, bestätigte Onkel Gavin. »Warum haben Sie's mir nicht gesagt?«
»Hab's selber nicht begriffen«, sagte Quick. »Erst als ich ge-

hört habe, daß Ihre Geschworenen ›festhingen‹, und zwar wegen dem einen Mann – erst da hab ich die Namen in Zusammenhang gebracht!«
»Die Namen?« rief Onkel Gavin. »Was für Na . . . Einerlei! Erzählen Sie nur!«
Wir setzten uns also auf die Veranda vor dem zugesperrten und verlassenen Laden, während die Zikaden in den Bäumen schrillten und quarrten und die Glühwürmchen flimmerten und über die staubige Landstraße flogen, und Quick erzählte, auf der Bank hinter Onkel Gavin so schlapp hingefläzt, als müßten ihm alle Glieder vom Leibe fallen, sowie er sich rührte, erzählte mit träger, spöttischer Stimme, als hätte er den ganzen Abend zur Verfügung, die Geschichte zu erzählen, und als wäre der ganze Abend nötig, sie zu erzählen. Aber so lang war sie dann doch nicht. Sie war lang genug für das, was dahintersteckte. Doch Onkel Gavin sagt immer, um die Summe eines Menschenlebens auszudrücken, bedürfe es nicht vieler Worte; jemand habe es schon mal in acht Worten ausgedrückt: Er wurde geboren, er litt und er starb.
»Pap war's, der ihn angestellt hatte. Doch als ich erfuhr, wo er herstammt, da wußt ich, daß er arbeiten kann, denn die Leute von der Berggegend da oben haben nie Zeit gehabt, was anderes als schwere Arbeit zu lernen. Und ich wußt auch, daß er ehrlich sein würde – aus dem gleichen Grund: Denn in seinem Land gab's nichts, was einer sich so sehr wünschen könnte, daß er's stehlen lernt. Was ich anscheinend nicht richtig eintaxiert hab, das war sein Liebesbedürfnis. Vielleicht hab ich mir so gedacht, wenn einer von dort herkommt, wo er herstammt, dann hat er nie kein Liebesbedürfnis gehabt, und wieder aus dem gleichen Grund: daß sogar der Sinn für die Liebe ihm ganz abhanden gekommen ist, seit Generationen schon, als der erste ihrer Art sich entscheiden mußte und wählen zwischen der Jagd nach der Liebe und dem Kampf ums nackte Dasein.
Er kam also bei uns arbeiten, und er machte die gleiche Arbeit und erhielt den gleichen Lohn wie die Nigger. Bis ich dann im Spätherbst, als die Flußniederung feucht wurde und wir über

Winter die Arbeit einstellen wollten, von Pap hörte, daß er mit ihm abgemacht hatte, er sollte bis zum Frühjahr als Nachtwächter und Aufseher bleiben, ausgenommen drei Tage über Weihnachten, wenn er nach Haus gehen wollte. Und das tat er denn auch, und als wir im nächsten Jahr wieder anfingen, da hatte er inzwischen so viel gelernt und sich so eingesetzt, daß er im Mittsommer die ganze Sägemühle allein in Gang halten konnte, und gegen das Ende von jenem Sommer ging Pap überhaupt nie mehr raus, und ich ging nur manchmal hin, wenn ich gerade Lust hatte, vielleicht einmal die Woche oder so; und im Herbst sprach Pap schon davon, ihm eine Hütte zu bauen, in der er wohnen könnte, statt wie bisher im Boiler-Schuppen mit der Maisstroh-Matratze und dem alten klapprigen Kochofen. Und er blieb auch noch über Winter. Wann er Weihnachten nach Haus ging, das wußten wir nicht, wann er ging, nicht, wann er zurückkam, weil nämlich seit dem Herbst sogar ich nicht mehr draußen gewesen war.
Eines Nachmittags dann im Februar – das Wetter war gerade milde, und ich war wohl unruhig – bin ich nach draußen geritten. Das erste, was ich sehe, war sie, und es war auch 's erstemal, daß ich sie sah: eine Frau, jung vielleicht sogar hübsch, wenn sie bei Gesundheit gewesen wäre – ich weiß nicht recht. Sie war nämlich nicht bloß mager, sie war abgezehrt. Sie war krank, schlimmer als bloß ausgemergelt, auch wenn sie sich noch auf den Füßen halten konnte, und es war auch nicht bloß deshalb, weil sie das Baby bekommen würde, und bald, längst keinen Monat mehr. Und ich frag ihn: ›Wer's 'n das?‹ Und er sieht mich an und sagt: ›Das 's meine Frau.‹ Und ich frag ihn: ›Seit wann? Im Herbst hatten Sie noch keine Frau, und mit dem Kind, das dauert längst keinen Monat mehr!‹ Und er fragt: ›Möchten Sie, daß wir gehn?‹, und ich sag: ›Warum sollt ich denn so was wollen?‹ Und was ich Ihnen jetzt erzähle, das hab ich herausgebracht, nachdem die zwei Brüder drei Jahre drauf hier aufgetaucht sind, die mit ihrem Polizei-Papier – und nicht von dem, was er mir erzählt hat, denn der hat nie keinem Menschen nichts erzählt.«
»Schön«, sagte Onkel Gavin. »Erzählen Sie's!«

»Ich weiß nicht, wo er sie gefunden hat. Ich weiß nicht, ob er sie irgendwo gefunden hat oder ob sie einfach mal morgens oder abends in die Sägemühle spaziert ist, und er blickt auf und sieht sie, und es ging ihm, wie's der Bewußte so schön gesagt hat: Keiner kann wissen, wann oder wo die Liebe oder der Blitz ihn treffen, ausgenommen, daß es bei dem einen Mal bleibt, denn ein zweites Mal ist's nicht mehr nötig. Und ich glaube nicht, daß sie dem Mann nachgelaufen ist, der sie im Stich gelassen hat – wahrscheinlich ist er auf und davon, sowie sie ihm von dem Baby erzählt hat –, und ich glaub auch nicht, daß sie sich gefürchtet oder geschämt hat heimzugehen, bloß, weil ihre Brüder und ihr Vater zuerst versucht hatten, sie dran zu hindern, sich mit dem Mann zu verheiraten. Ich glaube, es war einfach die gleiche Art von dunkelhäutigem und nicht supergescheitem und verflixt rücksichtslosem Familienstolz, mit dem auch die beiden Brüder damals etwa 'ne Stunde lang hier herumgewedelt haben.
Jedenfalls war sie da, und ich stell mir vor, sie wußte, daß sie's nicht mehr lange machen würde, und er sagt zu ihr: ›Woll'n heiraten!‹, und sie antwortet: ›Ich kann dich nicht heiraten, ich hab schon einen Mann!‹ Und dann war ihre Stunde da, und sie auf der Maisstrohmatratze, und er füttert sie wohl mit 'nem Löffel, und ich stell mir vor, sie wußte, daß sie drauf liegenbleiben würde, und er holt die Hebamme, und das Kind wurde geboren, und wahrscheinlich wußten sie und die Hebamme schon, daß sie von der Matratze nie wieder würd aufstehn können, und vielleicht haben sie's sogar ihm schließlich klargemacht, oder sie wußte, daß es doch keinen Unterschied mehr ausmachen würde, und sagte ja, und er nahm das Maultier, das Pap ihm für die Mühle erlaubt hat, und ritt die sieben Meilen zum Prediger Whitefield, und gegen Tagesanbruch bracht er den Prediger mit zurück, und Whitefield hat sie getraut, und sie ist gestorben, und er und Whitefield haben sie begraben. Und am gleichen Tag kam er abends zu Pap und sagte ihm, er gäb's auf, und ließ das Maultier bei uns, und ein paar Tage drauf bin ich zur Mühle raus, und er war fort – bloß die Maisstrohmatratze und der Kochofen waren da, und das

Geschirr und der Kochtopf, alles abgewaschen und sauber und ordentlich aufs Bord gestellt. Und im dritten Sommer danach, da kamen die beiden Brüder, die Thorpes . . .«

»Thorpes . . .«, wiederholte Onkel Gavin. Nicht laut. Es wurde jetzt rasch dunkel, wie es in unserm Land so üblich ist, und ich konnte überhaupt nichts mehr von seinem Gesicht erkennen. »Erzählen Sie weiter!« sagte er.

»Dunkelhäutig wie sie – der Jüngere sah ihr mächtig ähnlich –, so kamen sie in ihrem Wagen an, und der Deputy oder Gerichtsdiener oder so einer bei ihnen, und das Dokument schön schriftlich ausgestellt und gestempelt und gesiegelt, und ich sag zu ihnen: ›Das können Sie nicht machen! Sie 's aus freien Stücken hergekommen, krank und ohne nichts, und er nimmt sie bei sich auf und ernährt sie und pflegt sie und holt Hilfe, das Kind auf die Welt zu bringen, und holt einen Prediger, sie zu begraben, und sie wurden sogar noch getraut, eh sie starb. Der Prediger und die Hebamme können's beide bezeugen.‹ Und der ältere Bruder sagt: ›Er konnte sie nicht heiraten. Sie hatte schon einen Mann. Um den haben wir uns schon gekümmert.‹ Und ich sag: ›So, so! Und er hat den Jungen zu sich genommen, als keiner kam und ihn haben wollte. Er hat den Jungen aufgezogen und ernährt und gekleidet, über zwei Jahre lang!‹ Und der Älteste zieht einen Geldbeutel schon halb aus seiner Hosentasche und läßt ihn wieder reinplumpsen. ›Wir haben im Sinn, auch das in Ordnung zu bringen‹, sagt er, ›sowie wir den Jungen gesehen haben. Er ist von unserm Blut. Wir möchten ihn haben und werden ihn bekommen.‹ Und nicht zum erstenmal in meinem Leben mußt ich denken, daß es in dieser Welt wer weiß wie oft nicht so zugeht, wie's zugehn sollte, und ich sag zu ihnen: ›Bis nach da oben sind's dreißig Meilen. Ich stell mir vor, daß Sie hier übernachten wollen, damit Ihre Pferde sich ausruhen.‹ Und der Ältere sieht mich an und sagt: ›Das Gespann ist nicht müde. Wir wollen uns hier nicht aufhalten.‹ – ›Dann komme ich mit‹, sag ich. ›Das können Sie gern‹, sagt er.

Wir fuhren bis Mitternacht. Und ich dachte, vielleicht ergibt sich dann eine Gelegenheit für mich, selbst wenn ich gar nichts zum Fahren oder Reiten hätte. Aber als wir ausgespannt hatten und uns auf den Boden legten, wollt sich der ältere Bruder nicht hinlegen. ›Ich bin nicht müde‹, sagt er. ›Ich bleib noch ein Weilchen auf.‹ Es hatte also keinen Zweck, und ich bin eingeschlafen, und dann war's zu spät, denn die Sonne stand schon am Himmel, und im Lauf des Vormittags kamen wir zu dem Briefkasten mit dem Namen, den man nicht übersehen kann, und das Haus war leer, und keiner zu sehen oder zu hören, bis wir die Axt hörten und hintenrum gingen, auf die Rückseite, und da blickt er von seinem Holzstoß auf und sieht, was er wohl jetzt bald drei Jahr lang zu sehn erwartet hat, tagtäglich, wenn die Sonne aufging. Denn er überlegte gar nicht erst. Er sagte gleich zu dem kleinen Jungen: ›Lauf! Lauf zu Opa auf den Acker! Lauf!‹ und geht sofort auf den älteren Bruder los, mit geschwungener Axt, die schon niedersausen will, aber ich konnt sie gerade eben beim Stiel erwischen, während der ältere Bruder ihn packte und wir ihn dann beide hochhoben und festhielten oder es wenigstens versuchten. ›Gib nach, Jackson!‹ sag ich. ›Gib nach! Sie sind im Recht!‹

Dann spür ich ein winziges Ding um meine Beine, das mich tritt und kratzt: Es war der kleine Junge. Ohne einen Laut springt er um mich und den Bruder herum und schlägt, so hoch er nur reichen kann, mit einem Holzscheit auf uns ein, das Fentry gespalten hatte. ›Fang ihn, und bring ihn auf den Wagen!‹ sagt der Ältere. Der Jüngere fing ihn also: Er war fast ebenso schwer wie Fentry festzuhalten und stieß und schlug noch um sich, nachdem der jüngere Bruder ihn schon aufgehoben hatte, und immer noch ohne einen Laut; und Fentry stößt und ringt für zweie, bis der jüngere Bruder und der Junge nicht mehr zu sehen sind. Da brach er zusammen. Es war, als ob all seine Knochen zu Wasser geworden wären, und ich und der andere ließen ihn sachte neben den Hauklotz sinken, als hätt er überhaupt keine Knochen im Leibe, und lehnt sich gegen das Holz, das er gespalten hat, und keucht und hat ein bißchen Spucke in jedem Mundwinkel. ›Sie haben das Gesetz auf ihrer Seite, Jackson‹, sag ich. ›Ihr Mann lebt noch.‹

›Ich weiß‹, sagt er, 's war nicht viel lauter als geflüstert. ›Ich war drauf gefaßt. Deshalb hat's mich wohl so erschreckt. Jetzt geht's wieder.‹

›Es tut mit leid‹, sagte der Bruder. ›Aber wir haben's erst vorige Woche entdeckt. Er ist von unserm Blut. Wir wollen ihn bei uns daheim haben! Sie haben gut an ihm gehandelt. Dafür danken wir Ihnen. Seine Mutter dankt es Ihnen. Hier!‹ sagt er. Er holt den Geldbeutel aus der Tasche und steckt ihn Fentry in die Hand. Dann drehte er sich um und ging weg. Nach einem Weilchen konnt ich hören, wie der Wagen wendet und bergab fährt. Dann konnt ich gar nichts mehr hören. Ich weiß nicht, ob Fentry es auch gehört hat.

›Sie sind im Recht, Jackson‹, sag ich. ›Aber jedes Gesetz hat seine zwei Seiten. Woll'n in die Stadt gehn und mit Hauptmann Stevens sprechen! Ich geh mit dir!‹

Dann hat er sich auf den Holzklotz gesetzt, ganz steif und langsam. Er hat jetzt nicht mehr so laut gekeucht, und er hat jetzt besser ausgesehn, ausgenommen die Augen, und die sahen vor allem verstört aus. Dann hob er die Hand auf, in der er den Geldbeutel hielt, und wischte sich mit dem Beutel übers Gesicht, als wär's ein Taschentuch; ich glaube, bis dahin hat er überhaupt nicht gewußt, daß er was in der Hand hält, denn er ließ die Hand sinken und sieht den Geldbeutel an, vielleicht fünf Sekunden lang, und dann warf er ihn weg – hat ihn nicht fortgeschleudert, bloß weggeworfen, wie man eine Handvoll Erde wegwirft, die man untersucht hat, wie sie beschaffen sein könnte – warf ihn hinter den Holzklotz und stand auf und ging über den Hof auf den Wald zu, ging geradeaus und nicht schnell, sah nicht viel größer als der kleine Junge aus, und ging in den Wald. ›Jackson!‹ hab ich gerufen. Aber er hat sich nicht umgedreht.

Und ich bin über Nacht bei Rufus Pruitt geblieben und hab mir ein Maultier von ihm geborgt; hab ihm erzählt, ich hätt mich ein bißchen umgesehn, denn mir war's nicht sehr nach Reden zumute, und am nächsten Morgen hab ich das Maultier ans Tor drüben angebunden und wollte den Gartenweg raufgehn, und den alten Fentry auf der Veranda hab ich zuerst überhaupt nicht gesehn.

Als ich ihn dann gesehn hab, ist er so schnell gelaufen, daß ich nicht mal merkte, was er in der Hand hat, bis es ›Bäng!‹ machte und der Schuß über meinem Kopf in die Blätter prasselte und Rufus Pruitts Maultier sich verflixt viel Mühe gab, den Zaum durchzureißen oder sich am Torpfosten aufzuhängen.

Und eines Tages viele Jahre später, nachdem der Bucksnort sich so etwa sechs Monate hier rumgedrückt und an Trinken und Raufen und Tricks mit andrer Leute Vieh sein möglichstes geleistet hatte, war er wieder mal hier auf der Veranda, wie immer betrunken und große Reden schwingend, und etwa ein halb Dutzend von denen bei ihm, die er von Zeit zu Zeit mit unsauberen Kniffen k. o. schlug, und gelegentlich auch mal mit saubern, wenn's die Not so wollte – und lachte jedesmal, wenn er mit Reden aufhören mußte, um Atem zu holen. Und zufällig blick ich auf, und da draußen auf der Landstraße war Fentry und saß auf seinem Maultier.

Der Staub von den dreißig Meilen hatte sich mit dem Schweiß des Maultiers verkleistert, und er saß einfach da und sah Thorpe an. Ich weiß nicht, wie lange er schon dort gesessen hatte, ohne ein Wörtchen zu sagen, saß bloß immer so da und schaute Thorpe an; dann hat er das Maultier umgelenkt und ist den Weg zurückgeritten, in die Berge rauf, die er niemals hätt verlassen sollen. Außer, es wär vielleicht wirklich so, wie's der Bewußte gesagt hat, und es gibt nirgends keinen Fleck nicht, wo man sich vor der Liebe oder dem Blitz verstekken könnt. Und damals wußt ich nicht, warum. Ich hab den Namen nicht in Zusammenhang gebracht. Irgendwie kam mir der Name Thorpe bekannt vor, aber die andre Geschichte hatte sich vor zwanzig Jahren abgespielt, und ich hatt ihn vergessen, bis ich von Ihren Geschworenen gehört hab, und daß sie ›festhängen‹. Natürlich konnt er nicht dafür stimmen, daß Bookwright freikam ... Es ist dunkel geworden. Woll'n essen gehn!«

Doch bis zur Stadt waren's jetzt nur noch zweiundzwanzig Meilen, und wir waren nun auf der Überlandstraße, auf guter Chaussee; wir würden in anderthalb Stunden zu Hause sein, denn manchmal konnten wir dreißig und fünfunddreißig Meilen die Stunde fahren, und Onkel Gavin sagt, eines Tages hätten alle Hauptlandstraßen in Mississippi solch Pflaster wie die Straßen in Memphis, und jede Familie hätte ihr eigenes Auto. Wir fuhren jetzt schnell.

»Natürlich konnt er's nicht«, sagte Onkel Gavin. »Die Geringen und Unüberwindlichen dieser Erde – sie dauern dort, heute und morgen und in alle Ewigkeit. Natürlich konnte er Bookwright nicht freisprechen.«

»Ich hätt's getan«, sagte ich. »Ich hätt ihn freigesprochen! Denn Buck Thorpe war schlecht. Er ...«

»Nein, das hättest du nicht getan«, sagte Onkel Gavin. Er packte mein Knie mit der einen Hand, obwohl wir schnell fuhren und der gelbe Scheinwerferstrahl flach über die gelbe Straße flog und die Insekten in den Lichtstrahl niederschwirrten und fortkreiselten. »Für ihn war's nicht Buck Thorpe, der Erwachsene, der Mann. Den Mann hätte er ebenso rasch erschossen, wie es Bookwright tat, wenn er an Bookwrights Stelle gewesen wäre. Sondern irgendwo in dem entwürdigten und verrohten Fleisch, das Bookwright erschlug, lebte noch immer – vielleicht nicht der Geist des kleinen Jungen, aber doch mindestens die Erinnerung an ihn, an jenen Jackson und Longstreet Fentry, auch wenn der Mann, zu dem der Junge herangewachsen war, es nicht mehr wußte – und nur Fentry es wußte. Und du hättest ihn auch nicht freigesprochen. Vergiß das nie. Niemals.«

Der Sarg wartet schon

Ron Goulart

Die Berichte gerieten alle etwas bizarr und übertrieben wegen des Eichenpflocks, den er im Herzen hatte.
Das und die Tatsache, daß man ihn tot in einem Sarg auffand, verführte die Medien dazu, alle möglichen wilden Geschichten über Vampire und Ritualmorde und Familienflüche zu verbreiten. Die zweite Leiche, die in dem mit Krimskrams vollgestopften alten Herrenhaus hinter einem Sofa lag, trug auch nicht gerade zur Förderung rationaler Überlegung bei. Die Polizei selbst machte Anspielungen, daß man es da mit Okkultismus und möglicherweise mit Teufelsverehrung zu tun haben könnte, aber das ist etwas, was die Polizei von Los Angeles immer wieder mal tut. Selbst nachdem der wahre Mörder sich gestellt und ein umfassendes Geständnis abgelegt hatte, wurde die Sache nicht viel klarer. Er war zu dem Zeitpunkt ziemlich verdreht und hatte sowieso nie richtig kapiert, was eigentlich vorging.
Einmal mehr scheine ich so ziemlich der einzige lebende Mensch zu sein, der weiß, was sich an jenem Abend in der unheimlichen alten Villa ereignet haben muß. Wenn ich den Mund aufmachen würde, könnte ich eine ganze Reihe von Unklarheiten beseitigen, aber ich würde mich in eine unangenehme Lage bringen. Viel besser, ich bewahre Stillschweigen wie immer und lasse einfach Gras über die ganze Geschichte wachsen.
Jerry Hoban erzählte mir das erstemal letzte Woche von dem Eichenpflock, als ich ihn ganz zufällig vor einer Pfandleihe mitten im Zentrum von Los Angeles traf. Er stand dicht vor dem staubigen Fenster und schien einen Fernsehapparat zu

betrachten, der drinnen stand. Er war ein hochgewachsener Mann von sechsunddreißig Jahren, ein bißchen aufgedunsen, und er trug einen zerknitterten Sommeranzug aus Köper. Es war ein grauer Wintermorgen, die Temperatur nicht weit über Null, und Jerry stand mit hochgezogenen Schultern da, die Hände tief in den Hosentaschen.
Ich sprudelte selber nicht gerade über vor Frohsinn. Meine Werbeagentur hatte mich in diesen heruntergekommenen Teil der Stadt geschickt, weil ich überprüfen sollte, ob die hiesigen Spirituosengeschäfte die Werbeplakate aufgehängt hatten, die wir für unseren neuen Kunden, eine Winzerei, verteilt hatten. Die ersten drei Händler gestanden, niemals von Bombardier-Weinen gehört zu haben, der vierte Laden war verrammelt, und als ich den fünften erreichte, wurde der zusammengeschossene Eigentümer gerade von den Sanitätern auf einer Bahre weggetragen. Daraufhin beschloß ich, meine Inspektion zu beenden, und machte mich schleunigst auf den Weg zu der relativ sicheren Garage, wo ich den Firmenwagen abgestellt hatte. Und unterwegs stieß ich, wie gesagt, auf Jerry. Er sah sich irgendeine Unterhaltungssendung an und murmelte gerade mit Bogart-Simme: »Auf dich, Puppe.«
»Jerry?«
Er straffte die Schultern und drehte sich um. »Als Bogart bin ich doch immer noch gut, nicht?« Er streckte mir die Hand hin.
»Einmalig.« Die Hand war feucht und kalt. »Was tun Sie hier in dieser miesen Gegend . . .«
»›Die große Chance‹ versäum ich nie.«
»Wäre es nicht einfacher, Sie würden sie sich zu Hause ansehen, an Ihrem eigenen Apparat?«
»Das ist mein eigener Apparat, der da im Fenster steht.« Noch als er mit dem Kopf auf den Fernsehapparat wies, erschien im Fenster eine dürre, knorrige Hand und zwängte einen vergoldeten Siegerpokal zwischen eine elektrische Gitarre und einen Rasierapparat in die Auslage. »Was Sie jetzt zu sehen bekommen, ist einer der Preise, die ich während meiner Schulzeit in Sportwettkämpfen gewonnen habe.«
»Immer noch keine Arbeit, hm?«

»Hören Sie, ich will Ihnen und der Agentur weiß Gott keine Vorwürfe machen, daß Sie meine Stimme nicht mehr nehmen.« Sein Blick war schon wieder auf den Bildschirm im Schaufenster gerichtet. »Ich hab 'ne richtige Flaute.«
»Ich habe wirklich versucht, die Leute zu überreden, es noch einmal mit Ihnen zu versuchen«, erwiderte ich, und das stimmte auch. »Aber die letzten Rundfunkspots, die Sie für uns gemacht haben – also, wir konnten keinen einzigen davon verwenden. Die Kosten –«
»Natürlich, ich weiß.« Ein schönes rothaariges Mädchen in einem von Pailletten glitzernden Bikini stand neben einem blitzenden Sportwagen auf einer Drehbühne, wo eine dicke Frau ekstatische Freudensprünge vollführte, während der Showmaster strahlend lächelte. »Gott, sie ist wirklich schrecklich hübsch«, sagte Jerry in vollendeter Jimmy-Stewart-Imitation. Ich trat näher. »Ach, ist das nicht Frilly? Wann hat sie denn –«
»Vor zwei Monaten. Sie haben sie als neue Assistentin engagiert. Das ist echt ein Sprung nach dem gräßlichen Strumpfhosenspot.« Er wechselte zu James Mason. »Ironie des Schicksals, nicht wahr? Frilly Sancastles Stern geht leuchtend auf, während der Jerry Hobans in die Nacht des Vergessens stürzt.«
»Aber hören Sie, Sie sind immer noch einer der besten Stimmenimitatoren in Hollywood. Sogar Mel Blanc ist der Meinung, daß Sie –«
»Ich bin der Beste überhaupt«, korrigierte er mich. »Oder ich war es zumindest. Erinnern Sie sich, wie ich den Marshmallow-Mann sprach? Diese kleinen Zwanzigsekundenspots haben reihenweise Preise gewonnen. Ich war der perfekte Marshmallow-Mann, ich bin richtig in das Marshmallow reingeschlüpft und hab ihm einen vielschichtigen Charakter gegeben.«
»Das ändert leider nichts daran, Jerry, daß von den Hundefutterspots nicht einer zu verwenden war.«
»Natürlich, Sie haben vollkommen recht, es war meine Schuld«, gestand er niedergeschlagen, während er zusah, wie

die schöne Frilly sich weit herunterbeugte, um die Kühlerhaube des Gewinnautos zu öffnen. »Absolut umwerfend, diese Schönheit, mein Junge«, erklärte er mit der Stimme von W.C. Fields.

»Sie sind also immer noch mit Frilly zusammen?«

»Na ja, wir leben nicht mehr direkt zusammen . . .«

»Das kann nur gut sein. Sie müssen zugeben –«

»Okay, okay, Frilly und ich haben uns nicht immer vertragen. Aber –«

»Ha, das ist wirklich die Untertreibung des Jahres. Wenn ich nur an die ewigen Streitereien und Auseinandersetzungen zwischen Ihnen denke, an die Kräche in aller Öffentlichkeit, wo einer lauter gebrüllt hat als der andere. Einmal zog Frilly aus, dann zogen Sie aus; einmal kam Frilly zurück, dann kamen wieder Sie zurück. Ich sag's Ihnen, dieser ganze Streß ist schuld daran, daß Sie jetzt so in der Patsche sitzen. Vor zwei Jahren, bevor Frilly auftauchte, haben Sie für die besten Agenturen und Trickfilmstudios in Hollywood gearbeitet und lokker Ihre zweihunderttausend im Jahr verdient.«

»Gefällt mir, Kumpel, daß Sie aus Ihrem Herzen keine Mördergrube machen«, sagte er mit John-Wayne-Stimme. Er stand wieder mit hochgezogenen Schultern da und betrachtete Frilly, wie sie zwischen den Bergen von Waren herumhüpfte, die in »Die große Chance« an diesem Morgen noch unter die Leute gebracht werden mußten. »Aber im Grunde ist die Situation ganz einfach. Ich liebe sie, und sie liebt mich. Wenn ich erst wieder verdiene, wenn ich wieder auf die Beine komme, werden wir – kennen Sie den Song *My Shoeleather Done Wore So Thin I'm Back on My Feet Again*?«

»Was ist mit Ihrem Onkel? Könnte er Ihnen nicht unter die Arme greifen?«

»Mein Onkel?« Er wandte den Blick von Frilly und funkelte mich ungehalten an. »Sie meinen Hurford Mildrew, den ehemaligen Präsidenten von Mildrew & Askew, der größten Talentagentur in dieser Stadt der Illusionen? Onkel Hurford, der mindestens seine sechsundzwanzigeinhalb Millionen Eier wert ist? Meinen Onkel Hurford, der wie ein Raubritter in seiner verrückten alten Burg in Altadena lebt, die fast überquillt von Erinnerungsstücken aus alten Filmen?«

»Er hat Ihnen doch vor Jahren schon einmal geholfen, als Sie gerade angefangen –«

»›Einmal‹ ist das Schlüsselwort.« Jerry schüttelte den Kopf und äffte seinen Onkel nach. »Laß die Finger von diesem berechnenden Frauenzimmer, das es nur auf Geld abgesehen hat, Jerrold, dann können wir vielleicht – ich sage vielleicht – miteinander reden.«

»Könnten Sie sich nicht an den ehemaligen Geschäftspartner Ihres Onkels, Marco Askew, wenden? Hat er nicht immer noch mit der Talentagentur zu tun?«

»Nein, Marco hat vor zwei Jahren aufgehört. Außerdem haßt er Onkel Hurford und mich wie die Pest, soviel ich weiß.« Er runzelte die Stirn, als ein Werbespot für Buds Gefriersalat über den Bildschirm flimmerte. »Beinahe hätten sie mich als Salatstimme für den Spot genommen. Die sind beide völlig bekloppt. Onkel Hurford genauso wie Marco. Kaum hatte mein Onkel sein Haus in ein Museum für alte Filmrequisiten verwandelt, da beschloß Marco ebenfalls, unter die Sammler zu gehen. Es gibt keine zwei Leute, die sich so von Herzen hassen wie zwei rivalisierende Sammler.«

»Trotzdem könnte es –«

»Marco setzt meinem Onkel schon seit Jahren zu, ihm eins der berühmten Requisiten aus *Schloß der Vampire* zu verkaufen.« Jerry schüttelte traurig den Kopf. »Man stelle sich das vor, da streiten sich zwei schwerreiche alte Herren um den Eichenpflock, mit dem Igor Zarb erstochen wurde, als er in diesem vermoderten alten Film den ehrenwerten Grafen Dracula spielte.«

»Ich werd's noch mal bei der Agentur versuchen«, versprach ich, während ich mich langsam zurückzog. »Vielleicht kann ich die Leute überreden –«

»Vielleicht brauche ich nach heute nachmittag gar keine Wohltätigkeit mehr«, unterbrach er mich hoffnungsvoll. »Ich habe später einen Termin, auf einem ganz neuen Gebiet – Frilly hat es für mich arrangiert. Obwohl wir im Augenblick nicht so un-

zertrennlich sind, wie wir es früher mal waren, denkt sie immer noch an mich.«
»Na schön, dann Hals- und Beinbruch.« Ich ging den von Sprüngen durchzogenen Bürgersteig hinunter.
Er deklamierte Ronald Colmans Rede auf der Guillotine aus *Zwei Städte* hinter mir her.

Obwohl das geschäftliche Gespräch, das Jerry an diesem Nachmittag führte, nur kurz war, hatte es eine tiefgreifende Wirkung auf sein Leben.
Hugh Gonzer war der Verleger und Chefredakteur des äußerst erfolgreichen und angesehenen Wirtschaftswochenblatts *The Gonzer Report.* Sein Büro befand sich hoch oben in einem Wolkenkratzer aus Glas am Rand von Beverly Hills. Die Empfangssekretärin in dem weißen Vorzimmer war eine hinreißend schöne Chinesin von neunzehn Jahren.
»Er kann Sie in acht Minuten empfangen«, sagte sie zu Jerry, nachdem dieser sich vorgestellt hatte, und bedachte ihn mit einem betörenden und beinahe nichtssagenden Lächeln.
»Vielen Dank«, erwiderte er automatisch mit der Stimme von Warner Oland als Charlie Chan.
Sie machte sich rasch eine Notiz auf einem Block, riß das Blatt ab und schob es in eine der unteren Schubladen ihres Metallschreibtischs.
Setzt mich wahrscheinlich auf ihre Spießerliste, sagte er sich, während er sich in einem der Sessel aus Chrom und Plexiglas niederließ.
Sämtliche Zeitschriften, die auf den blitzenden Chrom- und Glastischen auslagen, waren den Freuden des Skifahrens, Fliegens und anderer Freizeitbeschäftigungen gewidmet, die er sich längst nicht mehr leisten konnte. Die Hände auf die Knie gestützt, saß er da und starrte auf die winterliche Pracht Hollywoods und seiner Umgebung hinaus.
Auf die Sekunde genau acht Minuten nach seiner Ankunft befand er sich in Gonzers riesigem Büro.
»Sie wollten mich –«, begann er.
»Setzen Sie sich.« Gonzer war einundfünfzig, breit und gut-

aussehend. Er trug einen 900-Dollar-Anzug und war braungebrannt. Auf dem wuchtigen Stahlschreibtisch vor ihm lag nur ein einziger gelber Holzbleistift.
Jerry setzte sich in einen weißen Ledersessel und sagte: »Ich hab Betriebswirtschaft studiert, ehe ich umgesattelt habe und zum Theater gegangen bin. Ich bin sicher, ich kann –«
»Es geht um Zarbs Eichenpflock.«
»Was?«
»Ich will ihn haben.«
Jerry setzte sich auf.
»Den Eichenpflock aus *Schloß der Vampire*? Den mein Onkel Hurford in seinem privaten Horrormuseum hat?«
»Genau den.«
»Aber nach dem, was Frilly mir sagte, dachte ich, Sie wollten mit ein Angebot geschäftlicher –«
»Ich zahle hundertfünfzigtausend Dollar für den Pflock.« Gonzer gab dem Bleistift einen leichten Stoß, so daß er zehn Zentimeter nach links rollte.
»Das ist ein Haufen –«
»Ihnen, Hoban, zahle ich fünfzehntausend, falls es Ihnen gelingt, die Verhandlungen mit Ihrem unmöglichen Onkel erfolgreich abzuschließen.«
Jerry beugte sich vor und starrte Gonzer an. »Sammeln Sie etwa auch dieses alte Filmgelumpe?«
»Sie lesen mein Blatt nicht.« Es war keine Frage. »Sie wissen nicht, daß Nostalgieartikel bald die beste Kapitalanlage sein werden. Besser noch als Geld. In zehn Jahren wird dieser Pflock mindestens dreihunderttausend Dollar wert sein. Aber sagen Sie das nicht Ihrem senilen alten Onkel oder seinem ehemaligen Geschäftspartner, der sich ebenfalls für Zarbs Pflock interessiert.«
»Onkel Hurford ist ziemlich tatterig, das stimmt«, sagte Jerry zu dem Finanzgenie an dem Stahlschreibtisch. »Marco Askew hingegen ist immer noch ein großer, kräftiger Bursche. Er ist über einsachtzig groß, hat ein Temperament wie ein Tatar und macht nach wie vor Marathonläufe. Das sind jedesmal fünfundzwanzig Meilen.«

»Sechsundzwanzig. Ich wiederhole noch einmal mein Angebot. Wenn es Ihnen gelingt, Ihren verrückten Onkel zu überreden, mir den Pflock zu verkaufen, bekommen Sie fünfzehntausend. Er bekommt einhundertfünfzigtausend Dollar.«
Fünfzehntausend Dollar war zwar keine Riesensumme, doch sie würden ausreichen, um Jerry in Zukunft weitere Ausflüge zu den Pfandleihen von Los Angeles zu ersparen.
»Mein Onkel hat leider nicht gerade einen Narren an mir gefressen, aber ich bin überzeugt, ich –«
»Sie können jetzt gehen. Rufen Sie mich unter meiner Privatnummer an, wenn Ihr Onkel bereit ist, das Geschäft zu machen. Miss Sancastle hat die Nummer. Und jetzt, auf Wiedersehen.«
Jerry musterte ihn einige Sekunden lang stumm, dann stand er auf und ging aus dem riesigen Raum. Die Vorzimmerdame gab ihm ein letztes blendendes Lächeln mit auf den Weg.

Sie kennen Hurford Mildrews Villa wahrscheinlich aus Zeitschriften; es sind ja überall Berichte über sie erschienen. Man hat ihm und seinen Schätzen vor einigen Monaten sogar sechs Minuten in der Fernsehsendung »Merkwürdig, nicht?« eingeräumt. Nachdem Mildrew als einer von Hollywoods geschäftstüchtigen Talentagenten ein Vermögen gemacht hatte, widmete er sich fast zwanzig Jahre lang der Sammlung von Requisiten und Kostümen aus Horrorfilmen und machte seine Villa zu seinem privaten Museum. Die Erinnerungsstücke stammten aus allen Epochen der Filmgeschichte, von der Stummfilmzeit bis heute. Irgendwo in diesem nicht katalogisierten Durcheinander befanden sich der schwere Buckel, den Lon Chaney sich als Glöckner von Notre-Dame auf den Rükken geschnallt, das Cape, das Bela Lugosi sich in *Dracula* um die finstere Gestalt geworfen, und drei Alben, in die Boris Karloff seine Pressekritiken eingeklebt hatte. Es waren Rüstungen darunter, Mumiensarkophage, sogar ein mit Seide ausgeschlagener Sarg. Man munkelte, daß der alte Mildrew häufig in diesem Sarg schlief.
Daran dachte Jerry, als er am späten Nachmittag dieses Tages

über das schmiedeeiserne Tor in der hohen Mauer des Landsitzes kletterte. Der Tag hatte sich eingetrübt, es lag Regen in der Luft. Jerry eilte den weißen Kiesweg entlang, der sich durch eine dichte Wildnis von Sträuchern und Bäumen zum weitläufigen, im marokkanischen Stil erbauten Herrenhaus seines Onkels schlängelte.
Als er über den von Unkraut überwucherten, rotgepflasterten Hof auf die schwere Eichentür des Haupttrakts zulief, öffnete sich diese knarrend, und ein alter Mann in einem Nadelstreifenanzug, der ihm um einiges zu groß war, trat in den Hof.
»Konntest du dich nicht über die Sprechanlage am Tor anmelden, du Trottel? Vierhundertfünfzig im Monat kostet mich die Anlage.«
»Wenn Mrs. Braff im Dienst wäre, würde sie es sowieso nicht hören, weil sie praktisch stocktaub ist, Onkel Hurford«, antwortete Jerry, während er näher kam. »Wenn du dich gemeldet hättest – na ja, manchmal bittest du mich nicht herein. Darum bin ich einfach eingebrochen.«
»Und um wieviel willst du deinen armen, schmerzgeplagten Onkel diesmal anhauen, Jerrold?«
»Jetzt genießt du schon seit so vielen Jahren deinen Ruhestand, Onkel, und redest immer noch wie ein Geizkragen aus den vierziger Jahren.« Er pirschte sich näher an den schrumpeligen alten Mann heran. »Sag mal, ich hätte dir gern eine persönliche Frage gestellt.«
»Du erbst keinen Cent von mir.«
»Das weiß ich bereits«, erklärte Jerry. »Aber während ich hier durch deinen Park marschiert bin, um dich und deine Samlung zu besuchen, hab ich überlegt, ob es stimmt, daß du in einem Sarg schläfst.«
Mildrew lachte keckernd. »Warum nicht? Ich bin sowieso fast tot, da kann ich mich auch gleich daran gewöhnen.«
»Na, irgendwie find ich das morbide.«
»Der Sarg wurde 1942 in *Die Braut des Zombie* eingesetzt. Er ist gut um die fünfzigtausend Dollar wert, besonders so fanatischen Sammlern wie Marco Askew, diesem Hund. Möchtest du ihn sehen?«

»Klar.«
»Dann komm durch die Seitentür hier rein, und stoß nichts um.« Hurford schlurfte zu einer Terrassentür und zog sie mit beiden Händen auf. »Ich hab nicht vergessen, wie du damals die Urne aus *Ich heiratete eine Leiche* zerbrochen hast.«
»Damals war ich acht Jahre alt, Onkel.« Er folgte dem alten Mann in einen schattendunklen Raum, in dem es nach Moder und stehengelassenem Essen roch. »Du könntest endlich aufhören, mich deswegen – hoppla!«
»Einmal ein Tolpatsch, immer ein Tolpatsch.«
Jerry wäre beinahe auf eine Mumie getreten, die neben der verrosteten oberen Hälfte einer Ritterrüstung auf dem Perserteppich lag.
»Wenn die Sammlung wirklich Millionen wert ist, wie du immer behauptest, könntest du schon ein bißchen mehr Ordnung und System –«
»*Ich* weiß, wo alles ist.« Sie hatten das Zimmer durchquert und traten in die riesige Vorhalle. »Du warst seit fast drei Monaten nicht mehr hier, um mir was vorzujammern, du Taugenichts. Was ist los? Hat dich diese dumme Ziege mit der roten Perücke wieder mal vor die Tür gesetzt?«
»Frilly hat echtes rotes Haar.«
»An der ist überhaupt nichts echt, außer daß sie eine echt dumme Ziege ist.« Der Alte stieg sehr langsam eine breite Marmortreppe hinauf, wobei er sich auf der einen Seite auf seinen Stock, auf der anderen auf das Geländer stützte. »Die Namen, die sich diese Gänse heutzutage zulegen. Wirklich zum Lachen! Frilly. Das hört sich an wie eine Nudelsorte. Namen wie Joan, Judy, Loretta – das sind Starnamen.«
»Damals gab es auch noch Stars«, erklärte Jerry mit der Stimme von Gloria Swanson.
»Kein – Wunder, daß – du – keine – Arbeit – bekommst.«
»Was ist denn, Onkel Hurford?« Er nahm zwei Stufen auf einmal und blieb neben dem Alten stehen. »Du keuchst ja wie –«
»Ich – bin – alt. Du wirst – auch mal – alt, wenn du nicht – vorher – unter einem Auto – landest, so – ungeschickt – wie – du bist.«

Jerry faßte den dünnen Arm seines Onkels und half dem Alten das letzte Stück nach oben.
»Vielleicht rufe ich am besten deinen Arzt –«
»Auf den Zimperling kann ich verzichten.« Mildrew blieb stehen und holte ein paarmal röchelnd Atem. Dann schüttelte er Jerrys Hand ab und schlurfte zur nächsten Tür. Er schwang seinen Stock und öffnete sie.
»Da kannst du dir den Sarg ansehen.«
»Ach, du schläfst jetzt in einem anderen Zimmer?«
»War einfacher, als den Sarg noch eine Treppe höher zu schleppen.«
Das muffig riechende Schlafzimmer war düster, aber Jerry sah den Pflock sofort. Er lag auf einem Tisch mit Klauenfüßen und Marmorplatte dicht bei dem Sarg. Mit scharfer Spitze und durchaus noch gebrauchsfähig. Der Sarg selbst ruhte auf einem Eisengestell. Auf dem geschlossenen unteren Ende stand ein alter Wecker mit vielen Beulen, der noch von Hand aufgezogen werden mußte.
»Na, wie findest du mein Schlafgemach, Jerrold?« erkundigte sich der Alte mit pfeifender Stimme.
»Hinreißend.« Jerry ging zu dem Pflock hinüber, der unter einer verstaubten Glasglocke lag. »Ich wollte eigentlich etwas Wichtiges mit dir besprechen, Onkel Hurford«, sagte er im aufrichtigsten Ton, den er zustande brachte.

Später am selben Abend rief Jerry mich an. Vorher hatte er mit Frilly Sancastle telefoniert, das heißt, er hatte zunächst nur ihren neuen Auftragsdienst erwischt und dann in seiner kleinen, nahezu leeren Wohnung in Westwood herumgepusselt. Siebenundzwanzig Minuten später hatte sie ihn zurückgerufen.
»Wo bist du denn, Frilly?«
»In der Kirchenbibliothek in Santa Monica.«
»Ich höre Eiswürfel in Gläsern klirren.«
»Du warst bei Gonzer, nicht wahr?« fragte Frilly.
»Ja, aber ein Job war da nicht zu holen. Der wollte keinen Stimmenimitator, sondern –«

»Hast du schon mit deinem Onkel gesprochen?«
»Dann weißt du also, daß dieser Irre von mir nur –«
»Und besorgst du ihm das Ding?«
»Nein, fällt mir nicht ein.«
Sie seufzte enttäuscht. »Warum denn nicht?«
»Weil, wie sich herausstellte, der ehemalige Geschäftspartner meines Onkels, Marco Askew, schon seit Jahren hinter dem Pflock her ist. Er will ihn unbedingt für seine Igor-Zarb-Sammlung haben.« Jerry war absolut sicher, im Hintergrund flotte Klaviermusik zu hören. »Und der Alte ist anscheinend etwas sentimental geworden. Er hat jedenfalls nun endlich Marcos Bitten nachgegeben und verkauft ihm das verdammte Ding. Morgen abend. Von meinem Angebot wollte er überhaupt nichts hören.«
»Und wieviel bekommt er dafür?«
»Das hat er mir nicht verraten.«
»Ich frage mich wirklich, warum ich mich überhaupt noch für dich bemühe! Da baue ich dir eine goldene Brücke nach der anderen, und du bist so unfähig wie diese schwachsinnigen Leute in der ›Großen Chance‹, die –«
»Frilly, bitte, ich will mich nicht schon wieder mit dir streiten«, sagte er. »Es tut mir in der Seele leid, daß ich Gonzer den Pflock nicht beschaffen kann. Fünfzehntausend Eier wären eine Hilfe –«
»Ich würde dir raten, deinen Onkel zu überreden, Gonzer den Pflock zu verkaufen, sonst ist es zwischen uns – also, ich hab wirklich keine Lust, mit dir zu reden, wenn du in dieser defätistischen Stimmung bist. Dazu ist mir meine Zeit zu schade.«

Als Jerry mich eine Stunde später anrief, berichtete er mir, was sich seit unserer zufälligen Begegnung vor der Pfandleihe ereignet hatte.
»Sie haben doch immerhin noch gewisse ethische Grundsätze«, sagte er. »Ich würde gern wissen, was Sie von dem Plan halten, den ich mir überlegt habe.« Ich hörte mir seine Darlegungen an und sagte ihm, er würde höchstwahrscheinlich geschnappt werden und im Knast landen.

»Für Sie wäre es das beste, Frilly zu vergessen«, riet ich ihm. »Kehren Sie Los Angeles ein paar Wochen den Rücken. Wenn Sie wiederkommen, kann ich Ihnen vielleicht Arbeit hier bei der –«
»Ich kann sie nicht vergessen«, entgegnete er. »Und ich habe nicht die Absicht, diese Gelegenheit auszulassen, auf leichte Art fünfzehntausend Eier zu verdienen. Aber vielen Dank trotzdem. Sie haben mir geholfen, mir über meine Vorstellungen klarzuwerden.«

In Anbetracht von Jerrys besonderer Begabung war sein Plan, wie er sich den Zarb-Pflock aneignen wollte, wahrscheinlich gar nicht schlecht. Nur überschätzte er leider seine Fähigkeiten um einiges und konnte nicht wissen, daß zwischen Marco Askew und Gonzers bildhübscher chinesischer Vorzimmerdame eine besondere Beziehung bestand.
Soweit ich es rekonstruieren kann, hat Jerry folgendes getan: Am späten Nachmittag des nächsten Tages führte er vier Telefongespräche. Er mußte dazu in die Zelle des Drugstores gleich um die Ecke von seiner Wohnung gehen, da sein eigenes Telefon wegen Nichtbezahlung der Rechnung an diesem Morgen gesperrt worden war.
Zuerst rief er Marco Askew, den sportlichen Expartner seines Onkels, in seinem Haus am Strand von Malibu an. Beinahe makellos imitierte er die Stimme seines Onkels.
»Marco, mein Junge«, sagte er, »es geht mir dreckig.« Er röchelte überzeugend. »Wir müssen unsere Verabredung verschieben. Heute abend um acht kann ich nicht.«
»Aha«, knurrte Askew. »Es ist also wahr.«
»Was ist wahr? Ich verreise lediglich ein paar Tage. Meiner Gesundheit zuliebe. Wenn ich wieder da bin, machen wir unser Geschäft. Du kannst dich auf mich verlassen.«
»Ich mich auf dich verlassen? Erst versprichst du mir den Pflock, und dann hintergehst du mich. Und da soll ich mich auf dich verlassen?«
»Marco, du bekommst den Pflock. In spätestens einer Woche gehört er dir, ich mein es ehrlich . . .«

»Ha!« brüllte Askew und knallte den Hörer auf.
Daß er sich aufregt, hätte ich nicht gedacht, sagte Jerry zu sich. Na, auf jeden Fall wird der gute Marco heute abend bestimmt nicht in der Villa auftauchen.
Als nächstes rief er bei Gonzer im Büro an, wo er zuerst mit der liebreizenden Vorzimmerdame sprach, dann mit Gonzer selbst.
»Es wäre meinem Onkel lieber, wenn Sie den Preis direkt an mich bezahlen«, erklärte er mit seiner eigenen Stimme. »Ich vermute, das hat steuerliche Gründe. Sie können die Summe also gleich mir übergeben. Einhundertfünfundsechzigtausend Dollar bar auf die Hand. Ich bringe Ihnen das bewußte Stück morgen vorbei. Und – ach ja, es wäre meinem Onkel angenehm, wenn Sie vorläufig die Transaktion nicht an die große Glocke hängen würden.«
»Ich verstehe. Um zehn dann.«
»Morgens? In Ordnung. Und Sie halten das Geld bereit?«
»Selbstverständlich.«
Die nächsten beiden Anrufe waren für Jerry der Beweis, daß er von seinen Fähigkeiten als Stimmenimitator nichts eingebüßt hatte. Beide galten seinem alten Onkel.
»Hurf, Marco hier«, knurrte er. »Wie zum Teufel geht's dir, alter Seeräuber?«
»Ich werd dich noch überleben, mein Junge. Was hast du mir so Dringendes zu sagen? Wir sehen uns doch heute abend sowieso.«
»Das ist genau der springende Punkt. Ich kann heute abend nicht.«
»Wie du willst, mein Freund. Du bist schließlich derjenige, der mir dauernd damit in den Ohren liegt, daß er den Pflock haben will.«
»Es ist was Unvorhergesehenes dazwischengekommen, Hurf«, erklärte Jerry mit der Stimme von Marco Askew. »Ich melde mich morgen oder übermorgen wieder. Unsere Vereinbarung gilt auf jeden Fall.«
»Kommt drauf an«, erwiderte Mildrew. »Wenn du Glück hast, ist der Preis morgen immer noch fünfzigtausend, wenn du

Pech hast, ist er höher. Du wirst es schon merken.« Damit legte er auf.
»Fünfzigtausend?« sagte Jerry zum Telefonhörer. »Aber das Ding ist doch viel mehr wert.«
Er trat aus der Zelle und schlenderte ein paar Minuten durch den Drugstore. An einem Regal mit Erzeugnissen, für die er in glücklicheren Tagen einmal Reklamesendungen gemacht hatte, blieb er kurz stehen.
Als er wieder in der Zelle war, wählte er noch einmal die Nummer der alten Villa in Altadena.
»Sie kennen mich nicht, Mr. Mildrew«, sagte er mit höchst überzeugender Ganovenstimme, »aber ich hab was, was Sie vielleicht interessiert.«
»Das halte ich für höchst zweifelhaft. Sie –«
»Es ist ein Ring.« Alle Sammler sind gleich. Sie mögen eine noch so große Sammlung haben, ein Stück fehlt ihnen immer. Jerry wußte genau, wonach sein Onkel lechzte. »Es ist ein Rubinring mit so 'ner Art Fledermaus drauf.«
Ein erregtes Röcheln kam durch die Leitung.
»Igor Zarbs Vampirring?« fragte der Alte ungläubig. »Aber der wurde doch mit Zarb begraben, als er vor neun Jahren ins Gras biß.«
»Sachen, die begraben werden, kann man wieder ausgraben, Opa.« Hörte sich gut an, so richtig kaltschnäuzig, und er hatte genau den richtigen Ton gefunden. »Na, interessiert Sie das Ding, oder soll ich's bei Marco Askew versuchen?«
Nach ein paar Sekunden Pause sagte der Alte: »Ich würde ihn mir gern ansehen. Kommen Sie bei mir –«
»Nix da, kommt nicht in Frage. Wenn Sie das Stück haben wollen, müssen Sie schon zu uns kommen.«
»Ich bin alt und krank. Ich –«
»Heute abend in Fat Furys Café in Venice. Um neun.«
»Junger Mann, ich weiß nicht mal, wo –«
»Dann fragen Sie.« Er legte auf und lachte. »Oh, eine gar wundersame Gabe ward dir da geschenkt, mein Freund«, sagte er mit der Stimme Barry Fitzgeralds zu sich selbst.
Er wußte, daß sein Onkel auf den Ring genauso verrückt war

wie Askew auf den Pflock. Der Alte würde der Verlockung nicht widerstehen können, ein so seltenes Stück zu ergattern. Er fuhr immer noch selbst Auto, und Jerry war überzeugt, daß er an diesem Abend nach Venice hinausfahren würde. Marco Askew, der glaubte, die Verabredung wäre geplatzt, würde nicht zur Villa kommen, und Mrs. Braff, die Haushälterin, ging nie später als um neun Uhr zu Bett.
Das hieß, die Villa würde an diesem Abend praktisch leer sein.

Mit Einbruch der Dunkelheit hatte es zu regnen angefangen, und als es neun Uhr wurde, fiel der Regen in Strömen. Der Park und die Villa sahen aus wie die Kulisse aus einem der Horrorfilme, die der alte Hurford Mildrew so sehr liebte.
Jerry hatte für das Unternehmen Tennisschuhe angezogen, in die jetzt das Wasser hineinsickerte. Als er die Terrassentür zum Hof erreichte, zog er die Schuhe aus. Dann drehte er vorsichtig den Griff der nächsten Tür. Wie er erwartet hatte, war sie nicht abgeschlossen.
Unter seinem dunklen Pullover trug er eine einigermaßen überzeugende Nachahmung des Pflocks; er hatte sie selbst aus einem Stück Holz geschnitzt, das er sich bei einem Holzhändler besorgt hatte. Nun brauchte er nur noch ins Schlafzimmer hinaufzuschleichen, den falschen Pflock unter die Glasglocke zu legen und den richtigen an sich zu nehmen. Der klapprige Alte würde die Vertauschung wahrscheinlich nie bemerken. Und um neuerliche Verhandlungen zwischen ihm und Askew zu verhindern, brauchte Jerry nur noch einmal ein paar Anrufe zu machen – bei Askew mit der Stimme des alte Mildrew und bei Mildrew mit Askews Stimme. Einige an passender Stelle eingeflochtene Beleidigungen würden die alte Fehde rasch wiederaufflammen lassen.
Gonzer würde vielleicht irgendwann dahinterkommen, daß der Pflock gestohlen war. Aber Jerry glaubte nicht, daß ihm das viel ausmachen würde. Bis Gonzer sich entschloß, das Stück zu verkaufen, in zehn Jahren vielleicht oder so, würde der Alte längst tot sein. Außerdem würde Jerry ja schon am

nächsten Morgen einhundertfünfundsechzigtausend Dollar bar in Händen haben. Wenn der Boden hier wirklich zu heiß werden sollte, würde es ihm sicher gelingen, Frilly zu einer Reise nach Südamerika zu überreden.
Mit einem Grinsen huschte er über die Schwelle ins dunkle Zimmer.
»Das ist ja wohl das Dümmste, du Trottel!« Mit einem Schlag flammten die Lichter auf, und Jerry sah sich seinem Onkel gegenüber, der in der zittrigen welken Hand einen .32er Revolver hielt. »Und was du doch für ein Trampel bist! Beinahe wärst du mit deinen Schweißquanten auf meine Mumie getreten.«
»Onkel Hurford! Hör mir zu, ich wollte nur den Zarb-Pflock. Du wolltest ihn für lumpige fünfzigtausend an Askew verkaufen, ich kann das Dreifache bekommen. Einhundertfünfzigtausend, ja. Mindestens! Das wollte ich dir eigentlich sagen, als ich gestern hier war, aber du hast mir überhaupt keine Gelegenheit dazu gegeben. Ich möchte bei dem Geschäft nur eine kleine Provision von –«
»Ich mache nur mit Leuten Geschäfte, denen ich vertraue. Aber nicht mit Einbrechern.« Er wies mit dem Revolver zum Telefon, das auf einem Grabstein aus Balsaholz stand. »Was dich angeht, du Galgenstrick, rufe ich jetzt die Polizei an –«
»Was redest du da, Onkel? Ich bin dein Neffe, verdammt noch mal, dein einziger lebender –«
»Ein feiner Neffe. Ruft mich an und gibt sich als Marco aus, und als wäre die Vorstellung nicht schon mies genug gewesen, ruft er mich gleich noch mal an und tut, als wäre er Lionel Ständer. Soviel Dummheit auf einem Fleck!«
»Ich dachte, ich hätte dich getäuscht.«
»Genau das wollte ich, du Schwachkopf, um dich dann in flagranti zu schnappen.« Sein Röcheln wurde lauter. »Und jetzt rufe ich die Polizei an, so weh es mir tut.«
»Du willst mich wirklich anzeigen?«
»Ja glaubst du denn, du Trottel, ich hätte zwei Stunden lang hier im Dunkeln herumgesessen, um dann mit dir zu palavern?«

»Du wirst nicht anrufen.« Jerry machte einen Satz und schlug mit der Faust auf die Hand, die die Waffe hielt.
Der Alte schnappte einmal nach Luft und gab dann einen schrecklichen langgezogenen Klagelaut von sich.
»Du hast mich umgebracht«, stöhnte er und klappte neben der Mumie auf dem Boden zusammen.
»Hör auf mit dem Quatsch, Onkel. Dauernd versuchst du, mir ein schlechtes Gewissen zu machen.« Jerry kniete neben dem Alten nieder und umfaßte sein Handgelenk.
Es war kein Pulsschlag zu spüren.
Nach einem Moment der Unschlüssigkeit richtete sich Jerry auf, dann beugte er sich von neuem hinunter und schob seine Hände in die Achselhöhlen des toten alten Mannes. Es war unwahrscheinlich, daß Mrs. Braff den kurzen Wortwechsel gehört hatte, doch er wollte die Leiche auf jeden Fall fürs erste verstecken.
Der Pflock war noch oben. Ehe Jerry ging, wollte er den Toten in einen Sessel setzen. Genau! Er brauchte Gonzer nur zu berichten, er hätte alles mit dem Alten geklärt und wäre dann gegangen. Irgendwann danach, möglicherweise infolge der Aufregung über die Verhandlung, hatte Hurford Mildrew das Zeitliche gesegnet . . .
Nachdem Jerry die Leiche hinter einem Sofa versteckt hatte, das in *Draculas verpatztes Wochenende* eine Rolle gespielt hatte, eilte er nach oben.
Der Pflock lag noch genau da, wo er am Tag zuvor gelegen hatte. Selbst im trüben Licht, das aus dem Flur in das dunkle Zimmer fiel, konnte er ihn erkennen. Er griff gerade nach der Glasglocke, als er von unten das Krachen splitternden Holzes hörte.
»Ha, glaubst du, deine Papiertür könnte mich aufhalten?« brüllte eine Stimme, die Jerry kannte. »So leicht kann man Marco Askew nicht reinlegen.«
Was Jerry nicht wußte, nicht hatte wissen können, war, daß Marco Askew jeden, von dem er vermutete, er könnte ihm den Besitz des Pflocks streitig machen, scharf im Auge behielt. Eine der Personen, die er bestochen hatte, damit sie ihm Nach-

richten lieferte, war Gonzers bildhübsche Vorzimmerdame. Sie hatte ihn nach Jerrys erstem Besuch bei Gonzer angerufen und dann nochmals am folgenden Nachmittag, nachdem Jerry versprochen hatte, den Pflock zu liefern.

Askew, ein jähzorniger Mensch, war nach diesem zweiten Anruf seiner Informantin aus dem Haus gestürzt und hatte einen langen Dauerlauf am Meer entlang gemacht. Als sein Zorn sich nach dreizehn Meilen immer noch nicht gelegt hatte, war er kurz entschlossen in seinen Wagen gesprungen und nach Altadena gefahren, um mit Hurford Mildrew abzurechnen.

Dies alles wußte Jerry nicht, der oben im düsteren Schlafzimmer stand und auf das Poltern lauschte, das die Treppe heraufkam. Er vergaß den Pflock. Er dachte nur daran, sich irgendwo zu verstecken, um mögliche Scherereien zu vermeiden.

Lautlos huschte er zum Sarg und kletterte hinein. Doch ehe er die obere Hälfte des Deckels über sich schließen konnte, stürmte Askew ins Zimmer.

»Du Verräter! Du Judas!« brüllte er. »Da versprichst du mir dieses Stück, das ich zur Vervollkommnung meiner Sammlung noch brauche, und dann verschacherst du es an diesen Idioten, diesen Gonzer. Und wofür? Für Geld! Du hast gewußt, daß ich im Augenblick nicht mehr als fünfzigtausend lockermachen kann. Du gemeiner Verräter!«

Was, dachte Jerry, sollte er tun? Den Deckel so unauffällig wie möglich schließen und abwarten oder sich aufsetzen und dem übergeschnappten Askew die Wahrheit sagen, mehr oder weniger zumindest? Doch das konnte dazu führen, daß man ihn wegen Mordes an seinem Onkel festnahm.

»Ha! Hier ist er ja!« Die Glasglocke fiel klirrend zu Boden, als Askew sich auf den Pflock stürzte.

Da wurde Jerry mit einem Schlag klar, wie er sich retten konnte. Trotz allem nämlich, was sein verstorbener Onkel gesagt hatte, war er ein hervorragender Stimmenimitator. Und alles, was Askew im Grunde wollte, war dieses Stück Holz mit der feinen Spitze. Vom Sarg aus sagte Jerry mit

Hurford Mildrews Stimme laut und vernehmlich: »Okay, nimm den gottverdammten Pflock und mach, daß du nach Hause kommst, du Nervensäge. Laß mich endlich schlafen.«
»Ah, du bist also hier, Judas!« Askew stürmte zum Sarg. »Ich hab dich gewarnt! Ich hab dir immer gesagt, daß du einmal zu weit gehen würdest.«
Selbst in der Düsternis konnte Jerry erkennen, womit Askew ihn töten würde.

Schönen Tod noch, Sammy Luke

Antonia Fraser

In New York waren alle Menschen ausgesprochen höflich zu Sammy Luke.

Zum Beispiel bei seiner Ankunft am Kennedy Airport. Sammy war von der Herzlichkeit der Begrüßung sehr angetan. Er dachte: Zara fiele bestimmt ein Stein vom Herzen! Zara (seine Frau) neigte nämlich dazu, sich um Sammy große Sorgen zu machen – mit einigem Recht, wie er zugeben mußte, jedenfalls, was die Vergangenheit betraf. In der Vergangenheit war Sammy nervös gewesen, empfindlich, angespannt – oder wie der richtige Ausdruck dafür auch immer lauten mochte; Sammy ging davon aus, daß einige von Zaras Freundinnen härtere Worte für sein Problem gefunden hatten. Tatsache war, daß die Dinge häufig schiefgingen, wenn Sammy darin verwickelt war, und oft genug mußte Zara einspringen, um wieder auszubügeln, was er angerichtet hatte. Aber das war in England gewesen. Sammy war sich ziemlich sicher, daß er in Amerika nicht so nervös sein würde; vielleicht würde er sogar, geheilt durch die Neue Welt, seine Nervosität ganz und gar ablegen können.

Oder zum Beispiel die Beamten bei der Paßkontrolle – hatte man Sammy nicht vor ihnen gewarnt?

»Das sind die reinsten Schlägertypen«, hatte Zaras Freundin, die reiche Tess, die regelmäßig in die Staaten reiste, mit dunkler Stimme gemunkelt. Einen Moment lang hatte sich Sammy, noch mit seiner alten englischen Nervosität behaftet, eine Gruppe von Terroristen vorgestellt, die mit Maschinengewehren und eiserner Disziplin ihre Kontrollstellen bewachten. Der Beamte, der Sammy schließlich zu sich rief, saß in einer

Glaskabine. Er war zierlich gebaut, vielleicht sogar zierlicher als Sammy, was sich jedoch wegen der Sichtblende an der Kabine nicht abschließend beurteilen ließ. Der Beamte lächelte sogar, als er Sammy zurief:
»Kommen Sie, kommen Sie, gleich die ganze Familie!« Ein Schild außerhalb der Kabine wies darauf hin, daß nur jeweils eine Person – oder eine Familie – vortreten dürfe.
»Ich fürchte, ich reise diesmal ohne meine Frau«, entschuldigte sich Sammy.
»Ich wünschte, das würde mir auch mal passieren«, antwortete der Beamte mit einem jovialen Grinsen.
Sammy fragte sich verwirrt – schließlich war es ein langer, anstrengender Flug gewesen –, ob er seine Gefühle für seine Frau, die sich von den entsprechenden Gefühlen dieses Beamten deutlich unterschieden, näher erklären sollte – ob er sagen sollte, wie sehr er es bedauerte, daß Zara ihn nicht begleiten konnte. Aber sein neuer Freund prüfte bereits seinen Reisepaß, blätterte in einem dicken, schwarzen Wälzer und sagte:
»Ein Schriftsteller . . . Müßte ich Ihre Bücher kennen?«
Hier bot sich Sammy die Gelegenheit, den Zweck seiner Reise auf intelligente Weise darzulegen. Sammy Luke war der Autor von bislang sechs Romanen. Fünf davon hatten sich in England gut, ja, fast erstaunlich gut verkauft, ohne allerdings in den Vereinigten Staaten besondere Aufmerksamkeit zu erregen. Der sechste Roman, *Women Weeping,* hatte jedoch – vielleicht dank seines auf makabere Weise modischen Themas – in beiden Ländern ins Schwarze getroffen. Schon wenige Wochen nach der Veröffentlichung waren die amerikanischen Verkaufszahlen phänomenal, und sie stiegen weiterhin; eine Option auf die Filmrechte (möglicherweise mit Jane Fonda und Meryl Streep als Masochistinnen?) war bereits erteilt. Und so war Sammys neuer amerikanischer Verleger zu der Ansicht gekommen, daß nur noch eins nötig wäre, um aus dem großen Erfolg von *Women Weeping* in den USA einen *totalen* Erfolg zu machen: Aus dem Autor müsse ein Fernsehstar werden. Indem er auf durchaus seriöse Weise in einer Reihe von Fernsehinterviews und Talk-Shows seine Position zu den Themen

Gewalt und weiblicher Masochismus verfocht, sollte Sammy Luke *Women Weeping* an die Spitzen der Bestsellerlisten katapultieren. So jedenfalls entsprach es der festen Überzeugung von Clodagh Jansen, Sammys Lektorin bei Porlock Publishers. »Sie werden in den Talk-Shows wunderbar ankommen, Sammy«, hatte Clodagh bei ihren Anrufen aus den Staaten ins Telefon gekrächzt. »Sie sind zierlich und telegen. Und dann . . .« Clodagh hatte mit ihren Lippen ein lautes Geräusch gemacht – als ob sie jemanden verschlingen wolle. Aber damit war sicherlich nicht Sammy gemeint. Clodagh war eine überzeugte Feministin, wie sie Sammy erklärte, als sie nach England kam, um *Women Weeping* gegen viel Konkurrenz für eine riesige Summe für den amerikanischen Buchmarkt einzukaufen. Aber sie glaubte an die soziale Funktion, die Bestseller wie *Women Weeping* übernehmen könnten: Erst durch sie ließen sich radikale feministische Werke finanzieren. Sammy hatte versucht, ihr zu erklären, daß sein Buch in keiner Weise antifeministisch sei. Schließlich habe Zara, seine Egeria, keinerlei Einwände erhoben . . .
»Sparen Sie sich das für die Talk-Shows auf, Sammy«, war alles, was Clodagh darauf geantwortet hatte.
Während Sammy sich noch fragte, wie er all dies gegenüber dem Paßbeamten auf dem Kennedy Airport in kurze, aber wohlgesetzte Worte fassen sollte, fragte der Mann in der Glaskabine: »Und der Zweck Ihrer Reise, Mr. Luke?«
Sammy merkte plötzlich, daß er – dank Porlocks Erste-Klasse-Ticket – auf dem langen Flug viel zuviel getrunken hatte, zuviel getrunken und zu tief geschlafen. In seinem Kopf begann sich alles zu drehen. Doch welche Antwort er auch immer gegeben haben mochte, sie stellte den Mann in der Glaskabine offenbar zufrieden. Er drückte einen Stempel auf das weiße Blatt in seinem Paß und gab ihm seine Papiere zurück. Dann sagte er:
»Ich hoffe, Sie werden Ihren Besuch in den Vereinigten Staaten von Amerika in guter Erinnerung behalten, Mr. Luke. Schönen Tag noch!«
»O ja, vielen Dank«, erwiderte Sammy überschwenglich. »Es ist schon jetzt ein schöner Tag für mich.«

Sammys Erfahrungen im berühmten Barraclough Hotel (von Clodagh für ihn gebucht) waren sogar noch erfreulicher. Alle, aber auch wirklich alle im Barraclough wollten, daß Sammy einen besonders angenehmen Aufenthalt hatte.
»Schönen Tag noch, Mr. Luke!« endeten die meisten Gespräche, mit der Telefonistin des Hotels ebenso wie mit dem liebenswürdigen Menschen, der den Lift bediente, oder dem Hotelportier, der sich ebenfalls als echter Gentleman erwies. Selbst die New Yorker Taxifahrer, deren verschlossene Mienen diese Herzlichkeit eigentlich nicht erwarten ließen, wollten unbedingt, daß Sammy einen schönen Tag verbrachte.
»O ja, danke, ja«, gab Sammy begeistert zur Antwort. Und nach einer Weile fügte er hinzu: »New York ist wirklich phantastisch.« Dazu grinste er und versuchte, seinen Worten den Hauch eines amerikanischen Akzents zu verleihen.
»New York ist die freundlichste Stadt der Welt«, erzählte er Zara am Telefon. Er schrie so laut, daß seine Worte von kleinen, vibrierenden Echos begleitet wurden.
»Tess sagt, sie meinen es nicht so.« Zaras Stimme klang erstaunlich dünn, ihre Macht wurde durch die Telefonleitung seltsam verkleinert. »Sie meinen es nicht ernst, weißt du.«
»Na und? Tess hat sich geirrt, was die Schlägertypen bei der Paßkontrolle anging. Warum soll sie sich nicht auch in diesem Punkt irren? Tess gehört nicht das ganze Land, weißt du. Sie hat nur einen kleinen Teil davon geerbt.«
»Liebling, wie redest du denn?« entgegnete Zara. Sam nahm ihre vertraute Besorgtheit wahr, und ihre Stimme klang plötzlich wieder viel mächtiger. »Geht es dir auch gut? Ich meine, schaffst du es, so ganz allein dort drüben . . .«
»Tagsüber bin ich hauptsächlich im Fernsehen«, unterbrach sie Sammy lachend. »Ich bin allein – bis auf die Moderatoren und vierzig Millionen Zuschauer.« Sammy überlegte, ob er wahrheitsgemäß ergänzen sollte, daß nicht alle Shows landesweit ausgestrahlt wurden; manchmal gab es nur eine Million oder anderthalb Millionen Zuschauer. Aber Zaras vorwurfsvoller Tonfall setzte diesem Gedankengang ein Ende:
»Du hast noch gar nicht nach Mummy gefragt!« Es war die

plötzliche Erkrankung von Zaras Mutter gewesen, die Zara im letzten Moment davon abgehalten hatte, Sammy nach New York zu begleiten. Nicht nur Sammy war von Zaras Hilfe abhängig.

Erst nachdem Sammy aufgelegt hatte – natürlich nicht, ohne sich zärtlich nach dem Befinden von Zaras Mutter erkundigt und sich für seine primitive Stichelei gegen Tess entschuldigt zu haben –, wurde ihm klar, daß Zara recht hatte. Auch in seinen Ohren hatte sein Tonfall ungebührlich geklungen. In London hätte er es nie gewagt, eine kritische Bemerkung über Tess zu machen. Gewagt? Sammy mußte sich schon wieder korrigieren.

Zara, seiner starken, wunderbaren Zara, konnte er natürlich alles sagen. Sie war seine Frau. Wie ihnen alle ihre Bekannten immer wieder bescheinigten, standen sie sich ungewöhnlich nahe; ihre Kinderlosigkeit (eine Entscheidung, die aus ihrer anfänglichen Armut entstanden war und später einfach nie widerrufen wurde) hatte diese Intimität nur vergrößern können. Ihre Ehe gründete nicht auf einem sexuellen Strohfeuer – Sex hatte, selbst zum Anfang, in ihrer Beziehung nie eine große Rolle gespielt –, sondern auf etwas Tieferem, einer Seelenfreundschaft, die im Laufe der Jahre immer stärker geworden war. Sammy bezweifelte, daß in London noch ein anderes Ehepaar zu finden war, das sich so eng miteinander verbunden fühlte wie sie.

Das war die Wahrheit, und es war tröstlich, sich daran zu erinnern. Wenn nur Tess nicht im Laufe der letzten Jahre zu einer allgegenwärtigen Macht geworden wäre! Tess' Meinung über Kleider, Tess' Meinung über Inneneinrichtung, insbesondere über Gardinen ... Der letzte Schrott! (Ein neuer Ausdruck, den Sammy von Clodagh aufgeschnappt hatte.) Merkwürdig, wie Tess' Erbschaft ihren Meinungen irgendwie mehr Gewicht verlieh – vor allem, wenn man bedachte, wie sehr Zara unverdienten Reichtum verachtete.

»Inzwischen habe ich auch Geld, sogar mehr als genug, und ich habe es redlich verdient«, dachte Sammy und reckte die schmalen Schultern in der neuen blaßblauen Jacke, zu deren

Kauf ihm Zara, ja, Zara, geraten hatte. Er betrachtete sich in einem der großen, goldgerahmten Spiegel, die die Wände seiner Suite im Barraclough schmückten, und schob das große Blumenarrangement, ein Geschenk der Hoteldirektion (oder von Clodagh?) zur Seite, um besser sehen zu können. Sammy Luke, der Eroberer von New York – oder zumindest des amerikanischen Fernsehens. Dann lachte er über die Absurdität der Situation.

Er trat vom Wohnzimmer der Suite auf den kleinen Balkon und schaute auf das langgestreckte Netz von Straßen hinunter, das ihm zu Füßen lag, betrachtete die Dächer niedrigerer Gebäude und den verschwommenen grünen Fleck in der Mitte, den Central Park. Er war eben einfach sehr, sehr glücklich. Und dieses Glück gründete sich nicht nur auf den Erfolg seines Buches, den von Clodagh vorausgesagten augenblicklichen Werbeerfolg im Fernsehen oder die Aufmerksamkeit der Presse, die das Buch, wie ebenfalls von Clodagh vorausgesagt, teilweise heftig attackierte. Es gründete sich vor allem darauf, daß sich Sammy Luke in New York auf unermeßliche, wundervolle, unpersönliche Art und Weise geliebt fühlte. Es war eine Liebe, die von ihm nichts forderte; sie war wie ein elektrischer Kamin, der selbst im ausgeschalteten Zustand den Eindruck von roten, heißen Kohlen erweckte. New York glühte, aber es konnte ihn nicht verbrennen. Im Innersten seines Herzens wußte Sammy, daß er noch nie zuvor in seinem Leben so glücklich gewesen wäre.

In dem Moment klingelte das Telefon. Sammy verließ den Balkon. Er erwartete drei Anrufe. Der erste und wahrscheinlichste war Clodaghs täglicher Kontrollanruf: »Hi, Sammy, hier ist Clodagh. Die Show war wunderbar. Unser Mädchen aus der Publicity-Abteilung hat mir erzählt, anfangs sei es nicht so gut verlaufen. Sie hatte Angst gehabt, man könnte Sie verreißen ... aber wie Sie dann durchgestartet sind ... wirklich große Klasse!« Es folgten einige interessante Geräusche von Clodaghs beweglichen, sinnlichen Lippen. »Sammy, Sie waren in Topform. Sie hatten das Publikum wieder mal voll im Griff. Wahrscheinlich gefiel sich die Kleine einfach in der Beschützerrolle. Sue-May heißt sie, glaube ich, oder? Nein, Joanie. Genau, Joanie. Sie ist ganz verrückt nach Ihnen. Ich muß dringend mit ihr sprechen. Ich begreife nicht, wie so ein nettes Mädchen auf Männer stehen kann, und dann noch auf einen verheirateten Mann . . .«

Clodaghs Vorliebe für das eigene Geschlecht bildete in ihren Gesprächen den Anlaß für immer neue, witzige Anspielungen. Seltsam, daß ihm auch das in New York so viel harmloser erschien. In England war Sammy insgeheim ziemlich schokkiert gewesen über die Offenheit, mit der sich Clodagh zu ihrer Sexualität bekannte. Einmal war sie sogar auf beunruhigende, zweideutige Weise öffentlich über ihn hergefallen: »Sie sind selbst ein bißchen wie ein Mädchen, Sammy.« Und selbst das war noch gar nichts gegen den peinlichen Moment, als Clodagh lachend eine gewisse Zuneigung für Zara gezeigt und sich gefragt hatte, was Zara – abgesehen natürlich von dem Geld, das jetzt regelmäßig hereinkam – an Sammy finden könnte. In New York stimmte Sammy jedoch begeistert in ihre Späße ein.

Und so wenig ihm das auch bedeuten mochte, er freute sich, daß Joanie, das Mädchen von der Publicity-Abteilung, das den täglichen Ablauf seiner Verabredungen organisierte, verrückt nach ihm war; denn Joanie war anders als die attraktive, räuberische, furchterregende Clodagh, sie war klein und zart.

Die zweite mögliche Anruferin war Joanie selbst. Vielleicht stand sie schon unten in der Lobby des Barraclough, bereit, ihn zur Aufnahme in ein Fernsehstudio am anderen Ende der Stadt zu begleiten. Später würde sie Sammy dann wieder am Hotel absetzen und mit großer Konzentration das Taxi bezahlen, als könnte es Sammys Nerven aus der Ruhe bringen, wenn diese Handlung nicht vollkommen korrekt ausgeführt würde. Vielleicht, dachte Sammy lächelnd, könnte er Joanie eines Tages sogar hinauf in seine Suite bitten . . . Wofür waren Hotelsuiten sonst schließlich da? (Sammy hatte bisher noch nie eine Suite bewohnt, sein englischer Verleger pflegte die altmodische Sitte, seine Autoren auf Werbetouren in schlichten Hotelzimmern unterzubringen.)

Die dritte Möglichkeit war, daß Zara ihn zurückrief. Ihr letztes Gespräch hatte, trotz Sammys unermüdlicher Entschuldigungen, kein befriedigendes Ende gefunden. Allein in London zurückgeblieben, sorgte sich Zara offenbar noch mehr um Sammy als sonst. In seinen Gedanken bemerkte er eine gewisse Selbstgefälligkeit gegenüber Zara. Wenigstens dieses eine Mal gab es keinen Grund, sich Sorgen zu machen (außer vielleicht wegen Joanie, fügte er in Gedanken lächelnd hinzu).
Doch Sammys Selbstgefälligkeit wurde durch die Stimme am Telefon gründlich erschüttert:
»Du Schwein! Ich habe dich gestern abend im Fernsehen gesehen . . .«, flüsterte eine weibliche Stimme. »Warte nur, Sammy Luke, ich komme in dein Zimmer und schneide dir deinen kleinen . . .« Es folgte eine ausführliche anatomische Beschreibung dessen, was die Stimme mit Sammy Luke vorhatte. Die leise geflüsterten, grausamen Obszönitäten, die so schrecklich, so überraschend aus dem unschuldigen weißen Hoteltelefon drangen, schienen gar nicht aufzuhören, bohrten sich erbarmungslos in seine Ohren wie das Rauschen einer gräßlichen Kaurischnecke – bis Sammy darauf kam, den Hörer an die Brust zu drücken und so die Stimme in den Falten seiner neuen blauen Jacke zu ersticken.
Nach einer Weile, als er das Gefühl hatte, es könnte vorbei sein, hob Sammy den Hörer wieder ans Ohr. Er hörte gerade noch, wie die Stimme sagte:
»Schönen Tod noch!«
Dann war Stille.
Sammy wurde übel. Einen Augenblick später rannte er schon würgend durch das prunkvolle Wohnzimmer seiner herrlichen Suite im Barraclough. Das Bad am anderen Ende des großen Schlafzimmers schien ihm meilenweit entfernt zu sein; er erreichte es gerade noch rechtzeitig.
Sammy lag keuchend auf dem Teil des Doppelbetts, das dem Bad am nächsten war – dem Teil, der eigentlich für Zara vorgesehen war –, als wieder das Telefon klingelte. Er nahm ab, hielt den Hörer aber nicht direkt ans Ohr. Dann erkannte er die fröhliche, verbindliche Stimme der Telefonistin.

»Oh, Mr. Luke«, sagte sie, »als bei Ihnen besetzt war, hat Joanie Lazlo von Porlock Publishers angerufen. Sie ruft später noch einmal an. Ich soll Ihnen aber schon ausrichten, daß die Aufnahme heute nachmittag ausfällt, Max Syegrand wurde an der Küste aufgehalten und wird nicht rechtzeitig wieder hier sein. Das ist wirklich schade, Mr. Luke. Seine Show ist hervorragend. Joanie kommt heute abend noch mit ein paar Büchern zu Ihnen, die signiert werden sollen . . . Schönen Tag noch, Mr. Luke!« Diesmal erschauderte Sammy, als er die vertraute, fröhliche Abschiedsformel hörte.
Es schien eine Ewigkeit zu dauern, bis Joanie anrief, um zu sagen, daß sie in der Hotellobby sei. Sie fragte, ob sie die Bücher zu ihm in die Suite bringen solle. Ihr hübsches rosiges Gesicht glühte, als sie, eine schwere mexikanische Einkaufstasche voller Bücher über der Schulter, Sammys Wohnzimmer betrat, und sie begrüßte Sammy auf die übliche enthusiastische Art und Weise. Doch Sammy konnte kaum glauben, daß er je erwogen hatte, sie – oder überhaupt irgend jemanden – zu verführen, hier in seiner vergoldeten Suite, inmitten der kostbaren Blumenarrangements. Das alles schien sehr, sehr lange her zu sein.
Denn in den Stunden vor Joanies Ankunft hatte Sammy zwei weitere Anrufe bekommen. Die flüsternde Stimme und ihre Beschreibungen von Sammys Schicksal waren immer dreister geworden, ohne daß die Stimme jemals lauter geworden wäre. Aus unerfindlichen Gründen lauschte Sammy ihren Worten von Anfang bis Ende. Zum Schluß kam jedesmal die vertraute Floskel. Obgleich er halb damit gerechnet hatte, hatte er heftiges Herzklopfen bei den Worten:
»Schönen Tod noch, Mr. Luke.«
Beim zweiten Anruf knallte er sofort den Hörer auf und rief die Vermittlung an:
»Genug!« sagte er laut und ziemlich atemlos. »Ich habe genug. Ich will nicht mehr.«
»Mr. Luke?«
»Ich meine, ich will diese Anrufe nicht mehr. Ich kann das nicht ertragen.«

»Aber klar doch, wie Sie wünschen, Mr. Luke.« Die Telefonistin war abgelöst worden – es war eine andere Stimme, nicht die fröhliche Frau, die so gern die Max-Syegrand-Show sah, aber sie war genauso freundlich. »Dann stelle ich ab jetzt keine Anrufe mehr durch. Das tu ich liebend gern für Sie, Mr. Luke. Auf Wiederhören. Schönen Abend noch!«
Hätte Sammy die neue Telefonistin nach der Anruferin fragen sollen? Bestimmt hätte sie erklärt, sie würde ihm liebend gern jede Auskunft erteilen. Aber in seinem erschütterten Zustand hatte er Angst vor jeder weiteren fröhlichen, unpersönlichen New Yorker Begegnung. Außerdem war der erste Anruf von der netten Max-Syegrand-Verehrerin durchgestellt worden. Zara. Er mußte mit Zara sprechen. Sie würde wissen, was zu tun war. Oder besser: Sie würde wissen, was *er* zu tun hatte.
»Was ist denn da drüben los?« rief sie verzweifelt. »Ich habe dreimal versucht, dich anzurufen, aber die verdammte Frau in der Zentrale hat sich geweigert, mich durchzustellen. Ist alles in Ordnung? Ich habe zurückgerufen, weil du vorhin so merkwürdig klangst. Irgendwie *high*. Du hast ständig über Sachen gelacht, die gar nicht lustig waren. Das sieht dir gar nicht ähnlich. Ich weiß, in New York sollen mit ganz normalen Leuten die verrücktesten Dinge geschehen, aber ich hätte nie gedacht . . .«
»Es geht mir gar nicht gut, Zara, überhaupt nicht gut«, unterbrach sie Sammy; er merkte, daß seine Stimme hoch und ziemlich zittrig klang. »Vorhin ging es mir gut, sehr gut sogar, aber jetzt nicht mehr, überhaupt nicht mehr.« Zara schien sich auf das, was Sammy ihr erzählte, keinen Vers machen zu können, und nach einer Weile entschloß er sich, alle Erklärungen über seine frühere Hochstimmung wegzulassen. Zara schien nicht zu begreifen, was er sagte, und außerdem mußte sich Sammy schuldbewußt eingestehen, daß Zaras Abwesenheit bei dieser vorübergehenden Verrücktheit eine nicht geringe Rolle gespielt hatte. Also stimmte Sammy ihr bereitwillig zu, als sie sagte, daß er sich seit seiner Ankunft in New York ziemlich merkwürdig verhalten habe, dann flehte er Zara an, ihm zu sagen, was er jetzt tun solle.

Nachdem sie Sammy ein umfassendes Geständnis entlockt hatte, klang sie wieder so forsch und fürsorglich, wie er es von ihr gewohnt war. Sie riet Sammy, sich unverzüglich bei Clodagh zu melden.

»Ehrlich gesagt, Sammy, ich verstehe nicht, warum du sie nicht gleich angerufen hast.« Zara erklärte, auch wenn Sammy dazu offensichtlich nicht in der Lage sei, könne Clodagh der Hotelzentrale bestimmt klarmachen, daß sie die Anrufe filtern und nur die rechtmäßigen Anrufe zu Sammy durchstellen solle.

»Möglicherweise kennt Clodagh diese Frau sogar«, bemerkte Sammy in einem Anfall von Schwäche. »Einige ihrer Freundinnen sind ziemlich merkwürdig.«

Zara lachte. »Nicht *so* merkwürdig, hoffe ich.« Sie hatte jetzt wieder viel bessere Laune. Gewissenhaft dachte Sammy daran, sich nach dem Befinden von Zaras Mutter zu erkundigen, ehe er auflegte; und als er hörte, daß Tess geschäftlich nach Amerika geflogen sei, ging er sogar so weit zu sagen, daß er sich liebend gern auf einen Drink mit ihr treffen würde.

Als Joanie kam, erzählte Sammy ihr als erstes von den Drohanrufen. Ihre Bestürzung verschaffte ihm eine gewisse Genugtuung.

»Aber das ist ja furchtbar, Sammy!« murmelte sie, und ihre haselnußbraunen Augen wurden wäßrig vor zartem Mitgefühl. »Clodagh ist nicht im Büro, aber ich kann ja auch mit dem Hotelmanager sprechen . . .« Verwundert stellte Sammy fest, daß Joanie für ihn jede Anziehungskraft verloren hatte. Ihre Freundlichkeit hatte jetzt fast etwas Süßliches; vielleicht war es die reine Sicherheit, ein oberflächliches Strahlen, hinter dem sich nicht das geringste verbarg; vielleicht hatte Tess recht, und die New Yorker waren tatsächlich unaufrichtig, meinten nichts von dem, was sie sagten, wirklich ernst. Alles in allem war Sammy froh, als sich Joanie, die signierten Bücher in der Schultertasche, von ihm verabschiedete.

Er bot ihr keinen zweiten Drink an, obwohl sie ihm einen Fahnenabzug der *New-York-Times*-Buchseiten vom Sonntag mitgebracht hatte. *Women Weeping* war auf der Bestsellerliste vier Plätze nach vorn gerückt.

»Schönen Abend noch, Sammy«, sagte Joanie sanft, als sie die Tür der Suite hinter sich schloß. »Ich habe auf Clodaghs Anrufbeantworter eine Nachricht hinterlassen, und ich rufe Sie morgen wieder an.«

Aber Sammys Abend war nicht schön. Dummerweise entschloß er sich, in seiner Suite zu Abend zu essen; er hatte entsetzliche Angst, die Frau mit der Flüsterstimme könnte ihm auf der Straße vor dem Barraclough auflauern.

»Schönen Tag noch«, sagte der Kellner automatisch, nachdem er das Essen auf einem vorgeheizten Rollwagen mit weißer Damastdecke ins Zimmer geschoben und Sammy die Quittung zum Unterschreiben vorgelegt hatte. Sammy haßte ihn.

»Der Tag ist vorbei. Es ist jetzt Abend«, versetzte er mit spitzer, fast boshafter Stimme; leider hatte er das Trinkgeld schon auf die Quittung gelegt. Der Kellner verstaute die Dollars mit einer raschen, fachmännischen Bewegung in seiner Jackentasche. Auf dem Weg zur Tür drehte er sich um und lächelte:

»Ja. Gewiß doch. Danke, Mr. Luke. Schönen Tag noch.« Seine Hand lag bereits auf der Klinke.

»Es ist Abend!« schrie Sammy. Er merkte bestürzt, daß er am ganzen Körper zitterte. »Verstehen Sie das nicht? Wollen Sie etwa leugnen, daß es *Abend* ist?« Der Kellner war leicht überrascht, aber offenbar nicht aus der Fassung zu bringen. Er sagte wieder: »Ja. Gewiß doch. Abend. Auf Wiedersehen.« Und damit ging er hinaus.

Sammy ging zur Minibar und goß sich einen Whisky ein. Er hatte keinen Hunger mehr. Der weißgedeckte Eßtisch deprimierte ihn; er erinnerte ihn an seine unerfreuliche Begegnung mit dem Kellner. Andererseits fehlte ihm der Mut, den Rollwagen einfach auf den Korridor zu schieben. Hatte er vorher vermieden, das Barraclough zu verlassen, mußte er jetzt feststellen, daß er es nicht einmal mehr wagte, die Tür seiner eigenen Suite zu öffnen.

Clodagh war nicht im Büro, also war es zweifellos Joanies Schuld, daß die Hotelangestellten ihre Anweisungen noch immer mißachteten. Ein weiterer Flüsteranruf erreichte Sammy gegen zehn Uhr abends, als er sich gerade einen oft von Werbespots unterbrochenen Film mit der jungen Elizabeth Taylor im Fernsehen anschaute. (Wenn er bis Mitternacht aufbliebe, könnte er sich selbst in einer aufgezeichneten Talk-Show sehen.) Die Telefonistin war angewiesen, ihm jeweils den Namen des Anrufers zu nennen, damit Sammy noch im letzten Moment entscheiden konnte, ob er den Anruf entgegennehmen wollte oder nicht. Doch die Flüsterstimme drang direkt an sein Ohr.

In ihrer Ankündigung lag eine widerliche, neue Dringlichkeit: »Schönen Tod noch, Sammy Luke. Ich komme bald, sehr bald vorbei.«

Trotz des Whiskys – er hatte noch eine weitere kleine Flasche aufgemacht – zitterte Sammy am ganzen Körper, als er die Vermittlung anrief, um sich zu beschweren: »Ich bekomme immer noch diese Anrufe. Sie müssen etwas unternehmen. Es ist Ihre Aufgabe, sie mir vom Leibe zu halten.«

Die Telefonistin, eine Stimme, die er nicht wiedererkannte, klang erstaunt, aber voll guten Willens – falschen guten Willens, wie Sammy inzwischen empfand. Auf jeden Fall stellte sie sich dumm und wollte sich nicht daran erinnern, in den letzten Minuten irgendein Gespräch zu Sammy durchgestellt zu haben. Sammy wagte es nicht, sie anzuweisen, überhaupt keine Anrufe mehr weiterzugeben, denn es hätte ja sein können, daß Zara anrief. Oder Clodagh – wo war Clodagh überhaupt, jetzt, wo er sie brauchte, damit sie ihn vor dieser feministischen Irren beschützte? Er war zu verzweifelt, um den Kontakt zur Außenwelt völlig zu kappen. Was würde Zara ihm raten?

Nachdem sie ihm einmal eingefallen war, erschien ihm die Antwort bestechend einfach. Sammy rief die Rezeption an und verlangte den Geschäftsführer. Wie die Telefonistin, gab sich der Geschäftsführer erstaunt, aber extrem höflich.

»Drohungen, Mr. Luke? Ich versichere Ihnen, Sie sind im Barraclough vollkommen sicher. Wir haben hervorragende Sicherheitskräfte ... Aber wenn Sie möchten, komme ich sofort zu Ihnen, um die Angelegenheit persönlich mit Ihnen zu besprechen ... Aber sicher, das tue ich liebend gern für Sie ...«

Wenig später erschien der Geschäftsführer in Sammys Suite. Er war sehr liebenswürdig und erwähnte nicht nur Sammys Auftritte im Fernsehen, sondern auch sein neues Buch. Er sagte, er sei ganz begeistert von dem Buch, ja, mehr noch, er habe es seiner dreiundachtzigjährigen Mutter (die Sammy in der *Today*-Show gesehen hatte) geschenkt, und sie sei ebenfalls ganz hingerissen. Sammy war zu erschöpft, um sich mehr als flüchtig zu fragen, was eine dreiundachtzigjährige Mutter wohl mit *Women Weeping* anfangen sollte. Die außerordentliche Höflichkeit des Geschäftsführers deprimierte Sammy noch mehr; es war absolut nicht klar, ob er Sammys Geschichte glaubte oder meinte, Sammy sei der plötzliche Erfolg ein wenig zu Kopf gestiegen. Vielleicht verhielten sich die Gäste im Barraclough ständig so, riefen aufgeregt bei der Zentrale an und berichteten von imaginären Morddrohungen? Doch auch zur weiteren Erforschung dieser Möglichkeit war Sammy viel zu erschöpft. Gegen Mitternacht stellte er wieder den Fernseher an. Er sah sich in der neuen blauen Jacke in der Talk-Show sitzen, auf dem Stuhl zappeln, über seinen eigenen Humor lachen und ungefähr zum zehntenmal leugnen, daß er selbst eine sadistische Ader habe und *Women Weeping* auf eigenen Erlebnissen beruhe.
Als das Telefon kurz nach dem Ende der Show in der Stille seiner Hotelsuite schrillte, wußte Sammy, daß es seine Verfolgerin war; doch der Anblick seines einstigen New Yorker Selbstbewußtseins hatte ihm wieder ein wenig Kraft verliehen. Seine Hand zitterte nicht mehr, als er den Hörer abnahm.
Es war Clodagh. Sie war gerade nach New York zurückgekehrt und hatte Joanies Nachricht auf ihrem Anrufbeantworter vorgefunden. Aufmerksam hörte sie sich an, was Sammy ihr zu sagen hatte. Sie wirkte ungewöhnlich ernst. Jedenfalls fehlte ihr die sonst übliche, laut jubelnde Begeisterung.
»Das gefällt mir aber ganz und gar nicht!« sagte sie nach einem – für Clodaghs Verhältnisse – ziemlich langen Schweigen. »Seit Andy Warhol müssen wir solche Scherzkekse verdammt ernst nehmen. Wie wär's gleich morgen mit einer Presseerklärung? Wir könnten zwei Fliegen mit einer Klappe schlagen: Die

Publizität würde Sie schützen, und wir könnten damit gleich noch ein paar Bücher mehr verkaufen: Oder vielleicht lieber doch nicht? Ich werde darüber nachdenken und Joanie morgen früh Bescheid sagen.« Sammy war sehr erleichtert, daß Clodagh die Sache endlich selbst in die Hand nahm.
Dann herrschte wieder Schweigen. Als Clodagh erneut das Wort ergriff, klang ihre Stimme freundschaftlich, fast mütterlich; überraschenderweise erinnerte sie Sammy an Zara.
»Hören Sie, Sammylein, bleiben Sie, wo Sie sind, ich komme zu Ihnen. Wir wollen doch nicht unseren wichtigsten Autor verlieren, oder?«
Sammy ging auf den kleinen Balkon seiner Suite und schaute auf die Straßenlichter tief unter ihm. Aber er schaute nicht allzu lange, erstens weil er unter Höhenangst litt (was sich allerdings seit seiner Ankunft in New York stark gebessert hatte), zweitens weil er sich fragte, ob dort unten eine Feindin auf ihn wartete. Sammy glaubte schon lange nicht mehr, daß die Lichter dieser Stadt aus lauter Freundlichkeit blinkten. Er schaute hinunter und dachte an Clodagh, den starken Zara-Ersatz, der zu ihm eilte, um ihm das Leben zu retten.
Als Clodagh ziemlich plötzlich an der Tür seiner Suite erschien – wahrscheinlich hatte sie ihn nicht erschrecken wollen, indem sie von der Hotellobby aus anrief –, sah sie sehr stark aus, stark und sehr attraktiv in den schwarzen Designerjeans und der schwarzen Seidenbluse. Durch die Bluse konnte er ihre Nippel und die Form ihrer flachen, männlichen Brust erkennen, die Brust eines jungen, griechischen Athleten.
»Sammylein«, sagte Clodagh fast zärtlich. »Wem sollte es einfallen, Sie zu bedrohen?«
Die Türen zum Balkon standen noch offen. Clodagh wies Sammy an, ihnen beiden einen Whisky einzugießen (in der Schärfe ihres Befehls glaubte er, eine Spur der alte Clodagh zu erkennen). In gebieterischem Ton nötigte sie Sammy anschließend zwei geheimnisvolle, große Pillen auf. Zusammen mit dem Whisky, versprach sie, würden sie ihm schöne Träume schenken, »und dann können Sie keine häßlichen Anrufe mehr stören«.

Ein wenig unbehaglich war ihm Clodaghs Neigung, dicht neben ihm zu stehen und einen ihrer langen Arme liebevoll um seine Schultern zu legen, und so hatte Sammy nicht das geringste einzuwenden, als Clodagh ihm befahl, ihre beiden Drinks auf den Balkon zu bringen. Er war froh, der leicht beunruhigenden Intimität der Suite entfliehen zu können.
In jeder Hand ein Glas, stand Sammy am Rande der Brüstung und schaute nach unten. Er fühlte sich besser. Sein früheres Wohlwollen gegenüber New York überflutete ihn, als der Whisky und die Pillen zu wirken begannen. Jedenfalls stellte er sich nicht mehr vor, daß dort unten in der Straße vorm Barraclough eine Feindin auf ihn lauerte.
In gewisser Weise hatte Sammy natürlich recht. Seine Feindin stand nicht dort unten auf der Straße, sondern direkt hinter ihm, auf dem Balkon, die schwarzen Handschuhe über die kräftigen Hände gestreift, die aus den Manschetten der schwarzen Seidenbluse ragten.
»Schönen Tod noch, Sammy Luke.« Selbst der vertraute Satz hatte kaum Zeit, in seinem Herzen ein Schaudern hervorzurufen, als Sammy plötzlich spürte, wie er fiel, in die tiefe Schlucht der New Yorker Straße, dreiundzwanzig Stockwerke tief. Die beiden Whiskygläser fielen ihm aus der Hand, und kleine Glassplitter verstreuten sich rund um die Stelle, wo Sammys zierlicher Körper auf den Bürgersteig prallte. Der Whisky löste sich ganz und gar auf; niemand konnte sich später daran erinnern, daß ihm in der Madison Avenue kleine Whiskytropfen ins Gesicht gesprüht wären.
Die weichherzige Joanie weinte, als die Polizei ihr Sammys maschinengeschriebenen Selbstmordbrief zeigte, dessen Unterschrift ihr vom Signieren der Bücher so vertraut war; der Text selbst war das letzte Produkt der verbeulten Reiseschreibmaschine, die Sammy mit nach New York gebracht hatte. Aber Joanie mußte bestätigen, daß Sammy bei ihrem letzten Treffen in seiner Suite einen verzweifelten Eindruck gemacht hatte – einen Eindruck, der durch die Menge an Whisky verstärkt wurde, die Sammy vor seinem Tod getrunken hatte –, beim Sturz hatte er in jeder Hand ein Glas gehal-

ten, sagte die Polizei, von den Beruhigungspillen einmal ganz zu schweigen.
Auch die Aussagen des Kellners vervollkommneten das Bild. »Der Mann wirkte ziemlich angeschlagen, als ich ihm sein Essen brachte.« Nach einer Weile fügte er hinzu: »Wahrscheinlich war er einsam. Wollte reden. Sie kennen ja diese Leute. Wollte mich aufhalten, als ich ging. Wollte ein Gespräch anfangen. Ich hätte dableiben und mit ihm reden sollen, aber ich mußte weiter, hatte viel zu tun.« Der Kellner zeigte aufrichtige Reue.
Auch der Hotelmanager war voller Reue, was angesichts der Tatsache, daß Sammys Tod durch den Sturz von einem Balkon des Barraclough in der Presse große Beachtung fand, nur zu verständlich war.
Eine der Telefonistinnen – Sammys fröhliche Freundin – war völlig fassungslos: »Gott, ich kann es gar nicht glauben! Ich habe ihn doch gerade erst im Fernsehen gesehen!« Die andere Telefonistin reagierte gelassener; sie sagte, Sammy habe an dem Abend einen verwirrten Eindruck gemacht und sich nicht entscheiden können, ob er Anrufe entgegennehmen wollte oder nicht.
Zara Luke in England erzählte allen Freunden und Bekannten von Sammys letztem Lebenstag und seiner abenteuerlichen Geschichte von den Drohanrufen, für die es darüber hinaus keinerlei Beweise gab. Niemand war überrascht, als sie enthüllte, daß Sammy bereits in der Vergangenheit eine ganze Reihe von Nervenzusammenbrüchen gehabt hatte und immer besonders ängstlich gewesen war, wenn er allein verreisen mußte.
»Ich werde mir nie verzeihen, daß ich ihn allein fortgelassen habe«, beendete Zara ihre Erzählungen mit bewegter Stimme.
Clodagh Jansen gab im Namen von Porlock Publishers eine würdevolle Erklärung ab.
Und Clodagh war es auch, die die Witwe des Autors am Flughafen abholte, als sie eine Woche später in New York eintraf, um all die traurigen Anordnungen zu treffen, die der Tod des armen Sammy notwendig machte.

Am Flughafen umarmten sich Clodagh und Zara diskret und mit den angemessenen Tränen der Trauer. Erst später, im Schutz der Abgeschiedenheit von Clodaghs Apartment – denn es wäre doch wirklich unhöflich gewesen, Zara im Barraclough absteigen zu lassen –, wurden ihre Umarmungen intimer und ungestümer. Doch das war nur der Anfang: Keine von beiden hatte einen Grund, die Dinge zu überstürzen.
»Wir haben endlos viel Zeit«, murmelte Sammys Witwe Sammys Lcktorin ins Ohr.
»Und endlos viel Geld«, flüsterte Clodagh; sie mußte Zara unbedingt noch erzählen, daß *Women Weeping* am kommenden Sonntag auf dem ersten Platz der Bestsellerliste stehen würde.

Im Vexierspiegel

Mary Higgins-Clark

Jimmy Cleary kauerte in den Büschen vor Carolines Gartenwohnung in Princeton. Das dichte braune Haar fiel ihm in die Stirn, er strich es mit einer zum Manierismus hochstilisierten Bewegung zurück. Der Maiabend war für die Jahreszeit ungewöhnlich kalt und unwirtlich. Trotzdem hatte er seinen Trainingsanzug durchgeschwitzt. Er fuhr sich mit der Zungenspitze über die trockenen Lippen. Sein ganzer Körper kribbelte in erwartungsvoller Spannung.

Vor genau fünf Jahren hatte er den Irrtum seines Lebens begangen und die Falsche getötet. Er, der beste Schauspieler der Welt, hatte die Schlußszene geschmissen. Diesen Schnitzer würde er jetzt ausbügeln. Diesmal würde es keinerlei Pannen geben.

Die Hintertür von Carolines Wohnung führte auf den Parkplatz. An den vergangenen Abenden hatte er den Schauplatz genau studiert. Letzte Nacht hatte er die Glühbirne vor ihrer Wohnung herausgeschraubt, so daß der Hintereingang jetzt ganz im Dunkeln lag. Es war zwanzig Uhr fünfzehn und an der Zeit, hineinzugehen.

Er zog ein spitzes Instrument aus der Tasche, schob es ins Schlüsselloch und stocherte darin herum, bis er den Zylinder klicken hörte. Mit den durch Handschuhe geschützten Fingern drehte er am Knauf und öffnete die Tür gerade so weit, daß er hineinschlüpfen konnte. Er machte sie zu und schloß wieder ab. Drinnen gab es eine Sicherheitskette, die sie wahrscheinlich nachts vorlegte. Ausgezeichnet. Diesmal wären sie beide eingeschlossen. Der Gedanke, wie Caroline sorgfältig die Wohnung absicherte, verschaffte Jimmy ein Gefühl tiefer

Befriedigung. Es erinnerte ihn an die Geistergeschichte, die so endete: »Nun waren sie die Nacht über eingesperrt.«
Er stand in der Küche, von der ein Torbogen direkt ins Wohnzimmer führte. Am Vorabend hatte er sich draußen vor dem Küchenfenster versteckt und Caroline beobachtet. Wegen der Blumentöpfe auf dem Fensterbrett konnte die Jalousie nicht ganz heruntergelassen werden. Um zehn kam Caroline in einem rot-weiß gestreiften Pyjama aus dem Schlafzimmer. Während sie sich die Nachrichtensendung ansah, machte sie Rumpfbeugen, so daß die blonde Mähne von einer Schulter zur anderen schwang.
Sie ging zurück ins Schlafzimmer, wo sie vermutlich noch eine Weile las, denn das Licht wurde erst nach etwa einer Stunde gelöscht. Er hätte sie mühelos schon jetzt umbringen können, doch sein Sinn fürs Dramatische verlangte, den Jahrestag abzuwarten.
Beleuchtet wurde die Szene nur durch die Straßenlaternen, aber es gab in der Wohnung ohnehin nicht viele Verstecke. Er könnte sich unter das von einem Samtvorhang umrandete Bett zwängen. Eine interessante Idee – dort könnte er warten, während sie las, schläfrig wurde, die Lampe ausknipste, warten, bis sie sich nicht mehr bewegte und gleichmäßig atmete. Dann könnte er geräuschlos hervorkriechen, sich neben ihr hinknien, sie betrachten, wie er die andere betrachtet hatte, und sie schließlich wecken. Doch bevor er sich entschied, wollte er noch andere Möglichkeiten erkunden.
Als er die Tür zum Wandschrank im Schlafzimmer öffnete, schaltete sich die automatische Beleuchtung ein. Ein kurzer Blick auf eine nahezu volle Reisetasche bewog ihn, die Tür hastig wieder zu schließen. Da war kein Platz, wo er sich verstekken könnte.
Stellt euch eine Frau vor, die nur noch knapp zwei Stunden zu leben hat. Spürt sie es? Spult sie ihren normalen Tagesablauf ab?

Diese hypothetischen Fragen hatte Cory Zola eines Abends im Schauspielunterricht gestellt. Cory, ein berühmter Lehrer, nahm nur Schüler auf, in denen er das Zeug zu einer Starkar-

riere witterte. Mich hat er nach dem ersten Vorsprechen in seine Privatklasse gesteckt, erinnerte sich Jimmy jetzt. Er weiß eben genau, wer Talent hat.
Im Wohnzimmer entdeckte er nirgends ein Versteck. Rechtwinklig zur Eingangstür, die direkt hineinführte, befand sich jedoch ein Wandschrank, dessen Tür ein paar Zentimeter offenstand. Er eilte hinüber, um sich die Sache genauer anzusehen.
In diesem Wandschrank gab es keine automatische Beleuchtung. Er zog eine bleistiftdünne Taschenlampe heraus und untersuchte ihn damit systematisch von innen. Der Schrank war überraschend tief. Vorn hing ein schwerer Kleidersack, von etlichen Lagen Plastik umhüllt, was ihn so sperrig machte, daß sich die Tür nicht mehr schließen ließ, ohne das Kleid zu zerdrücken. Das Brautkleid natürlich, ohne den geringsten Zweifel. Als er ihr am Vorabend gefolgt war, hatte sie bei einem Geschäft für Brautmoden gehalten und fast eine halbe Stunde dort verbracht, wahrscheinlich mit einer letzten Anprobe. Vielleicht würde man sie in diesem Kleid beerdigen.
Die voluminösen Plastikhüllen boten ein ideales Versteck. Jimmy betrat den Wandschrank, schlüpfte hinter zwei Wintermäntel und schob sie dicht zusammen. Und wenn Caroline ihn hier fand? Schlimmstenfalls könnte er sie dann nicht mehr genauso wie geplant umbringen. Aber die Reisetaschen in dem anderen Wandschrank waren fast voll, also dürfte sie mit dem Packen so gut wie fertig sein. Wie er wußte, flog sie am nächsten Morgen nach St. Paul. Kommende Woche würde sie heiraten. Sie *glaubte,* daß sie kommende Woche heiraten würde.
Jimmy verließ den Wandschrank wieder. Um fünf Uhr hatte er in seinem Leihwagen vor dem Kapitol in Trenton auf Caroline gewartet. Sie kam spät von der Arbeit. Er war ihr zu dem Restaurant gefolgt, wo sie sich mit Wexton traf, und blieb draußen stehen, bis er durch das Fenster sah, wie sie bestellte. Dann fuhr er direkt hierher. Es würde mindestens eine Stunde dauern, ehe sie nach Hause kam. Er nahm sich

eine Dose Sodawasser aus dem Kühlschrank und machte es sich auf der Couch bequem. Es war an der Zeit, sich auf den dritten Akt vorzubereiten.

Das Ganze hatte vor fünfeinhalb Jahren begonnen, im letzten Semester am Rawlings College of Fine Arts in Providence, wo er im Theater-Seminar ein Schauspielstudium absolvierte. Caroline hatte Regie als Hauptfach belegt. Er wirkte in zwei von ihr inszenierten Stücken mit. Im vorletzten Jahr vor seiner Abschlußprüfung hatte er den Biff in »Tod eines Handlungsreisenden« so phantastisch verkörpert, daß das halbe College anfing, ihn Biff zu nennen.

Jimmy trank einen Schluck Sodawasser. In Gedanken versetzte er sich zurück ins College und sah sich wieder in dem zweiten Stück auf der Bühne stehen. Er spielte die Hauptrolle. Der Präsident hatte einen alten Freund, einen Produzenten der Paramount, zur Premiere eingeladen, der angeblich auf der Suche nach neuen Talenten war. Von Anfang an hatte es zwischen Caroline und Jimmy Unstimmigkeiten wegen seiner Interpretation gegeben. Schließlich hatte sie ihm die Rolle zwei Wochen vor der Premiere weggenommen und mit Brian Kent besetzt. Er sah sie noch deutlich vor sich, das blonde Haar, zu einem Knoten am Hinterkopf aufgesteckt, die buntkarierte, in die Jeans gesteckte Hemdbluse, den ernsthaften, bekümmerten Blick. »Du hast es einfach nicht ganz drauf, Jimmy. Aber ich glaube, in der zweiten Hauptrolle, als Bruder, wärst du genau richtig.«

Die zweite Hauptrolle. Der Bruder hatte ungefähr sechs Zeilen Text. Er wollte argumentieren, bitten, wußte aber, daß es zwecklos war. Wenn Caroline Marshall die Absicht hegte, eine Rolle umzubesetzen, ließ sie sich durch nichts davon abbringen. In diesem Bruchteil einer Sekunde hatte er den Entschluß gefaßt, sie zu töten, und sofort begonnen, eine Schau abzuziehen, mit einem fröhlichen, leicht gekränkten Lachen. »Caroline, ich hab meinen ganzen Mut zusammengenommen, um dir zu beichten, daß ich in diesem Semester mit allem unheimlich im Rückstand bin und nicht mal ans Theaterspielen denken kann.«

Sie war darauf hereingefallen. Und sah so erleichtert aus. Der Produzent von Paramount war tatsächlich erschienen. Er hatte Brian Kent aufgefordert, zu Probeaufnahmen für eine neue Serie an die Westküste zu kommen. Der Rest ist gelaufen, wie wir in Hollywood sagen, dachte Jimmy. Nach fast fünf Jahren rangierte die Serie immer noch unter den ersten zehn, und Brian Kent hatte gerade einen Filmvertrag unterschrieben – drei Millionen Dollar Gage.

Zwei Wochen nach dem Abschluß seines Studiums war Jimmy nach St. Paul gefahren. Carolines Familie bewohnte eine stattliche Villa, doch er fand rasch heraus, daß die Seitentür unverschlossen war. Sein Weg führte durchs Parterre, die breite Freitreppe hinauf, am Elternschlafzimmer vorbei. Die Tür war angelehnt, das Bett leer. Dann hatte er die nächste Schlafzimmertür geöffnet und sie gesehen. Da lag sie im tiefen Schlaf. Vor seinem geistigen Auge erblickte er immer noch deutlich einzelne Umrisse in ihrem Zimmer, das Himmelbett aus Messing, die weichen, teuren Laken aus Perkal, die sich so seidig anfühlten. Er erinnerte sich, wie er sich über sie gebeugt hatte. Da lag sie, zusammengerollt, das blonde Haar schimmerte auf dem Kopfkissen. Er flüsterte: »Caroline«, sie schlug die Augen auf, sah ihn an und erwiderte: »Nein.«

Seine Arme hielten sie fest umspannt, mit beiden Händen verschloß er ihr den Mund. In ihren Augen stand panische Angst, als er ihr zuraunte, er würde sie töten, denn wenn sie ihm nicht die Hauptrolle abgenommen hätte, wäre er anstelle von Brian Kent vom Produzenten der Paramount entdeckt worden. »Du wirst nirgends mehr Regie führen, Caroline«, schloß er. »Du hast eine neue Rolle bekommen. Du spielst das Opfer.«

Sie hatte versucht, sich von ihm loszumachen, doch er stieß sie zurück und legte ihr den Strick um den Hals. Ihre Augen weiteten sich immer mehr, durchbohrten ihn förmlich. Flehend streckte sie ihm die Hände entgegen, bis sie erschlafften und auf das Laken hinunterfielen.

Am folgenden Morgen konnte er es kaum abwarten, die Zeitungen zu lesen: *Tochter eines bekannten Bankiers in St. Paul ermordet.* Er erinnerte sich, wie er zuerst gelacht, dann vor Ent-

täuschung geheult hatte, als er die ersten paar Sätze las. *Die Leiche der einundzwanzigjährigen Lisa Marshall wurde in den frühen Morgenstunden von ihrer Zwillingsschwester entdeckt.*
LISA MARSHALL. ZWILLINGSSCHWESTER.
Weiter hieß es: *Die junge Frau ist erwürgt worden. Die Zwillinge befanden sich allein in der elterlichen Villa. Die Polizei konnte Caroline Marshall bisher nicht verhören. Beim Anblick der Leiche erlitt sie einen schweren Schock. Sie steht noch unter der Einwirkung von Beruhigungsmitteln.*
Das alles würde er Caroline nachher erzählen. Während der ganzen Zeit in Los Angeles hatte er die Zeitungen aus Minneapolis – St. Paul abonniert und eventuelle neue Entwicklungen des Falles verfolgt. Dann las er, daß Caroline verlobt sei und am 30. Mai heiraten werde – nächste Woche. Caroline Marshall, die als Juristin dem Stab des Generalstaatsanwalts in Trenton, New Jersey, angehörte, wollte die Frau Dr. Sean Wexfords werden, eines außerordentlichen Professors an der Princeton University. Wexford war zur gleichen Zeit wie Jimmy in Rawlings gewesen, als Doktorand. Jimmy hatte bei ihm einen Kurs in Psychologie belegt. Er fragte sich, wann die Beziehung zwischen Caroline und Wexford wohl zustande gekommen war. Während Carolines Studienzeit in Rawlings hatte man die beiden nicht zusammen gesehen. Das wußte er ganz genau.
Jimmy schüttelte den Kopf. Er brachte die leere Sodawasserdose in die Küche und warf sie in den Mülleimer. Caroline konnte jetzt jeden Augenblick auftauchen. Er ging ins Badezimmer; die geräuschvolle Wasserspülung ließ ihn zusammenzucken. Dann betrat er mit größter Vorsicht den Wandschrank und verschanzte sich hinter den Wintermänteln. Er tastete nach dem Stück Schnur in der Tasche seines Trainingsanzugs, eine besonders kräftige Angelleine. Es stammte von der gleichen Rolle, die er auch damals genommen hatte – für die Schwester. Er war soweit.

»Capuccino, Darling?« Sean lächelte ihr über den Tisch hinweg zu. Caroline sah nachdenklich ins Kerzenlicht, ihre dunkel-

blauen Augen hatten wieder jenen unsagbar traurigen Ausdruck, den sie von Zeit zu Zeit annahmen. Verständlich an diesem Abend, an dem sich ihr letztes Zusammensein mit Lisa jährte.
Er versuchte sie abzulenken. »Ich kam mir wie ein Elefant im Porzellanladen vor, als ich heute nachmittag dein Kleid abholte.«
Caroline zog die Brauen hoch. »Du hast es doch nicht etwa angeschaut? Das bringt Unglück.«
»Die haben mich ja nicht mal in die Nähe gelassen. Die Verkäuferin hat sich unentwegt entschuldigt, weil sie es nicht liefern konnten.«
»Ich bin im letzten Monat so viel herumgesaust, daß ich abgenommen habe. Sie mußten es enger machen.«
»Du bist zu dünn. Wir müssen dich in Italien wieder aufpäppeln. Dreimal täglich Pasta.«
»Ich kann's kaum erwarten.« Caroline lächelte ihm zu. Sie liebte diesen Hünen mit dem rotblonden, immer etwas zerzaust wirkenden Haar und dem verschmitzten, humorvollen Blick in den grauen Augen. »Meine Mutter hat mich heute morgen angerufen. Sie macht sich immer noch Sorgen über mein ärmelloses Kleid. Zweimal hat sie mir den Standardwitz aus Minnesota vorgehalten: ›An welchem Tag hat doch gleich der Sommer stattgefunden?‹«
»Ich melde mich freiwillig zum Warmhalten. Dein Kleid ist im vorderen Wandschrank. Übrigens sollte ich dir wohl lieber deine Ersatzschlüssel zurückgeben.«
»Behalte sie. Wenn ich irgendwas vergessen habe, kannst du's mir nächste Woche mitbringen.«
Vom Lokal aus fuhr Caroline ihm nach, zu dem geräumigen viktorianischen Haus, das sie nach der Rückkehr von der Hochzeitsreise bewohnen würden. Ihren Wagen wollte sie während ihrer Abwesenheit in der zweiten Garage abstellen. Sean parkte seinen in der Zufahrt, und sie rutschte auf den Beifahrersitz. Er setzte sich ans Steuer und brachte sie nach Hause, den Arm um ihre Schulter gelegt.

Jimmy war stolz darauf, daß er sich auch nach einstündigem Stillstehen noch durchaus wohl fühlte. Er hatte sich eben mit Gymnastik und den vielen Tanzstunden in Form gehalten.
Die letzten fünf Jahre hatte er damit verbracht zu lernen, überall anzuklopfen, Besetzungsbüros abzuklappern, sich mit leeren Versprechungen abspeisen zu lassen. An einen Spitzenagenten konnte man nur herankommen, wenn man nachweislich ein paar gute Rollen gespielt hatte. Und bei den wirklich renommierten Besetzungsbüros konnte man wiederum nur von einem mit allen Wassern gewaschenen Agenten eingeschleust werden. Gelegentlich bekam er dann auch noch den vernichtenden Satz zu hören: »Sie sind ein Brian-Kent-Typ, und das hilft Ihnen nicht gerade.«
Bei der Erinnerung daran geriet Jimmy in Wut. Er schüttelte den Kopf. Und all das, nachdem seine Mutter den Vater überredet hatte, ihm ein Jahr bei diesem »Versuch mit der Schauspielerei«, wie sie es nannte, finanziell unter die Arme zu greifen.
In Jimmy kochte wieder der alte Zorn. Seinem Vater hatte das, was er tat, nie gepaßt. War er etwa auf Jimmys tolle Leistungen im »Tod eines Handlungsreisenden« stolz gewesen? Keine Spur. Sein Vater wünschte sich eine Sportskanone als Sohn, für den hätte er sich die Kehle heiser geschrien.
Jimmy dachte gar nicht daran, seinen Vater um weitere finanzielle Unterstützung zu bitten, nachdem ihm das Geld ausgegangen war. Seine Mutter schickte ihm jeden Monat alles, was sie vom Haushaltsgeld abknapsen konnte. Der Alte mochte zwar betucht sein, aber er war eben ein Geizhals. Wenn jedoch James jr. derjenige gewesen wäre, der letzte Woche den Drei-Millionen-Dollar-Vertrag von Brian Kent unterschrieben hätte, dann wäre er wohl aus dem Häuschen geraten. »Typisch mein Sohn«, hätte er sich gebrüstet.
So wäre es ja auch gelaufen, wenn Caroline ihm nicht vor fünf Jahren die Rolle einfach abgenommen und Brian Kent gegeben hätte.
Jimmy erstarrte. An der Eingangstür erklangen Stimmen. Heiliger Himmel, Caroline war nicht allein. Eine Männerstimme.

Jimmy preßte sich an die Wand. Als die Tür geöffnet und die Beleuchtung eingeschaltet wurde, blickte er entgeistert nach unten. Der Lichtschein drang in den Wandschrank. Ihn konnte man bestimmt nicht sehen, aber die Kappen seiner nach draußen gerichteten ramponierten Joggingschuhe waren ja das reine Alarmsignal.

Sobald es hell wurde, schaute sich Caroline im Wohnzimmer um. Aus unerfindlichen Gründen wirkte das Apartment an diesem Abend irgendwie anders, fremd. Doch das lag nur daran, daß dies Lisas Todestag war. Sie umarmte Sean, der ihr sanft den Nacken massierte. »Du warst den ganzen Abend meilenweit weg, das weißt du doch.«
»Ich hänge immer an deinen Lippen.« Der Versuch, fröhlich und unbeschwert darüber hinwegzugehen, schlug fehl. Ihre Stimme brach.
»Caroline, ich möchte nicht, daß du heute nacht allein bist. Laß mich bei dir bleiben. Schau mal, ich weiß doch, warum du für dich sein willst, und verstehe das auch. Geh du ins Schlafzimmer. Ich lege mich auf die Couch.«
Caroline lächelte gequält. »Nein, ich bin wirklich okay.« Sie schlang die Arme um seinen Hals. »Halt mich ganz fest, nur eine Minute, und dann fährst du nach Hause. Ich stelle den Wecker auf halb sechs. Den Rest packe ich lieber am Morgen. Du kennst mich ja – bis Mittag voller Tatendrang, und dann sinkt die Aktivitätskurve ab.«
»Das hab ich noch gar nicht bemerkt.« Er küßte sie zärtlich auf Hals und Stirn und dann auf den Mund. Während er sie umschlungen hielt, spürte er die ungeheure Spannung in ihrem schlanken Körper.
Vorhin hatte sie ihm erklärt: »Sobald der Todestag vorbei ist, bin ich wieder ganz in Ordnung. Es sind bloß die zwei Tage davor, das ist, als ob Lisa bei mir wäre. Ein Gefühl, das immer stärker wird. Wie heute. Aber ich weiß, morgen wird alles bestens, ich fahre nach Hause, bereite mich auf die Hochzeit vor und bin glücklich.«
Zögernd löste Sean die Umarmung. Sie sah jetzt so müde aus

und wirkte dabei seltsamerweise so jung. In diesem Augenblick hätte sie mit ihren Sechsundzwanzig glatt für eine seiner Studentinnen im ersten Semester gehalten werden können. Er sagte ihr das und fügte hinzu: »Aber du bist bei weitem hübscher als die alle. Ein höchst erfreulicher Gedanke, aufzuwachen und als erstes dich zu sehen – und das mein Leben lang.«
Jimmy Cleary war schweißgebadet. Wenn sie nun zugelassen hätte, daß Wexford die Nacht über hierblieb ... Er wäre entdeckt worden, sobald Caroline das Brautkleid aus dem Wandschrank holte. Sie standen nur knapp dreißig Zentimeter von ihm entfernt. Wenn nun einer von ihnen den Schweißgeruch wahrnähme ... Aber Wexford brach jetzt auf. »Ich bin um sieben hier, Schatz«, erklärte er.
Und du wirst sie so vorfinden, wie sie ihre Schwester vorgefunden hat, dachte Jimmy. So und nicht anders wirst du sie jeden Morgen sehen – dein Leben lang.
Caroline verriegelte die Tür hinter Sean. Sekundenlang war sie versucht, sie gleich wieder zu öffnen, ihm nachzurufen: Ja, bleib bei mir! Ich möchte nicht allein sein. Aber ich bin ja gar nicht allein, dachte sie, als sie den Türknauf losließ. Lisa ist mir so nahe an diesem Abend. Lisa. Lisa.
Sie ging ins Schlafzimmer und zog sich schnell aus. Mit Hilfe einer heißen Dusche löste sich die Verspannung in der Nacken- und Rückenmuskulatur. Sie dachte daran, wie Seans Hände diese Muskeln massiert hatten. Ich liebe ihn so sehr, flüsterte sie stumm. Lieber Gott, ich danke dir, daß du ihn mir geschickt hast. Ihr rot-weiß gestreifter Pyjama hing an der Badezimmertür. Sie hatte ihn in einer Boutique in der Madison Avenue entdeckt, beim Kauf von Unterwäsche und Nachthemden. »Wenn er Ihnen gefällt, sollten Sie lieber rasch zugreifen«, hatte die Verkäuferin gesagt. »In Rot haben wir nur dieses eine Modell hereinbekommen. Es ist bequem und dabei unheimlich flott.«
Nur ein Modell. Das hatte den Ausschlag gegeben. Mit am schwersten war es ihr in diesen letzten fünf Jahren gefallen, nicht mehr – wie gewohnt – alles doppelt zu kaufen. Wann immer sie von einem Stück angetan gewesen war, hatte sie auto-

matisch ein zweites mitgenommen. Und Lisa genauso. Ihre sämtlichen Maße stimmten überein, auch ihr Gewicht. Sogar ihren Eltern bereitete es Schwierigkeiten, sie auseinanderzuhalten. Im vorletzten High-School-Jahr hatte Mutter sie genötigt, sich für den Ball verschiedene Kleider zu kaufen. Sie waren getrennt losgezogen, jede in ein anderes Geschäft, und mit haargenau dem gleichen Kleid aus blau-weiß getupftem Schweizer Musselin nach Hause gekommen.

Ein Jahr später hatten sie unter Tränen ihren Eltern und dem Schulpsychologen zugestimmt, sie würden sich selbst einen Gefallen tun, wenn sie verschiedene Colleges besuchten und nicht ständig ihr Schicksal als eineiige Zwillinge erörterten. »Vertrautheit ist etwas Wunderbares«, hatte der Psychologe gesagt, »aber Sie müssen lernen, sich als Individuen zu sehen. Keine von Ihnen kann zur vollen Entfaltung ihrer Persönlichkeit gelangen, wenn sie weder sich selbst noch der anderen genügend Spielraum läßt.«

Caroline war nach Rawlings gegangen, Lisa nach Südkalifornien. Im College amüsierte sich Caroline köstlich, als alle annahmen, sie habe ihr eigenes Foto mit der Widmung versehen: »Für meine beste Freundin.« Sogar ihre Abschlußfeiern fanden am selben Tag statt. Mutter war zu Lisa gefahren, Vater hatte Caroline besucht, um an der Verleihung der Urkunden teilzunehmen.

Caroline ging ins Wohnzimmer, legte die Sicherheitskette am Hintereingang vor, stellte den Fernseher an und begann lustlos mit ihren Rumpfbeugen seitwärts. Der Werbespot einer Lebensversicherung wurde eingeblendet. »Ist es nicht tröstlich zu wissen, daß Ihre Angehörigen nach Ihrem Tode versorgt sind?« Caroline schaltete den Fernseher ab, löschte das Licht im Wohnzimmer, lief ins Schlafzimmer und schlüpfte unter die Bettdecke. Sie lag auf der Seite, die Beine angewinkelt, das Gesicht in den Händen vergraben.

Sean Wexford wurde das Gefühl nicht los, etwas falsch gemacht zu haben; er hätte es rundweg ablehnen müssen, Caroline allein zu lassen. Etliche Minuten lang saß er im Wagen und schaute zu ihrer Haustür hinüber. Andererseits brauchte

sie dringend ihre Ruhe. Kopfschüttelnd drehte er den Zündschlüssel herum.
Auf der Heimfahrt schwankte seine Stimmungslage dauernd zwischen Sorge um Caroline und Vorfreude auf die Hochzeit in acht Tagen. Er hatte nicht schlecht gestaunt, als sie voriges Jahr über den Campus von Princeton gejoggt war. In Rawlings hatte sie nur eine seiner Vorlesungen besucht. Damals war er vollauf mit seiner Doktorarbeit beschäftigt gewesen und nicht einmal im Traum auf die Idee gekommen, sich mit einem Mädchen zu verabreden. An jenem Morgen vor einem Jahr hatte sie ihm erzählt, sie gehe auf die Columbia-Law-School, volontiere als Schreibkraft bei einem Richter am Superior Court von New Jersey und werde danach im Büro des Generalstaatsanwalts in Trenton arbeiten. Und bei dieser ersten Tasse Kaffee wußten wir beide, was mit uns geschah, dachte Sean, als er Carolines Wagen in die Zufahrt steuerte und hinter seinem parkte. Er ging ins Haus und lächelte vergnügt bei dem Gedanken, daß ihre beiden Autos bald für immer zusammen in der Zufahrt stehen würden.

Es verblüffte Jimmy Cleary, daß Caroline den Fernseher so abrupt ausgeschaltet hatte. Wieder fiel ihm die Frage ein, mit der die Schauspielschüler von Cory Zola konfrontiert worden waren. *Stellt euch eine Frau vor, die nur noch knapp zwei Stunden zu leben hat. Spürt sie es? Spult sie ihren normalen Tagesablauf ab?* Vielleicht witterte Caroline Gefahr. Später würde er die Frage im Unterricht wieder aufs Tapet bringen. »Meiner Meinung nach wirkt es belebend auf den Geist, wenn er sich anschickt, den Körper zu verlassen.« Er vermutete, daß Zola dies als tiefschürfende Erkenntnis werten würde.
Jimmy spürte einen Krampf im Bein. Er war es nicht gewohnt, so lange stillzustehen, aber wenn es sein mußte, konnte er bis zum Schluß durchhalten. Wenn Carolines Intuition sie vor einer drohenden Gefahr warnte, dann würde sie auf jedes noch so geringe Geräusch achten. Diese Gartenwohnung hatte keine dicken Wände. Ein Schrei, und womöglich hörte sie jemand. Zu seiner Erleichterung hatte sie die Schlafzimmertür

offengelassen. Sehen konnte er zwar nichts, aber er brauchte sich wenigstens keine Gedanken zu machen, ob die Tür knarrte, wenn er zu ihr schlich.
Jimmy schloß die Augen. Er wollte sich genau vergegenwärtigen, in welcher Körperhaltung er ihre Schwester aufgeweckt hatte. Ein Knie auf dem Boden neben ihrem Bett, die Arme erhoben, um zuzupacken, die Hände über ihrem Mund, um den Angstschrei zu ersticken. Ein bis zwei Minuten hatte er damals neben der anderen gekniet, bevor er sie weckte. Diesen Luxus könnte er sich jetzt wohl kaum leisten. Caroline schlief bestimmt nicht allzu tief. Ihr Unterbewußtsein würde auf sie einhämmern und ihr dringend raten, sich zu hüten.
Hüte dich. Ein wunderbares Wort. Wie geschaffen, um auf der Bühne geflüstert zu werden. Jetzt stand ihm eine Bühnenkarriere offen. Broadway. Nicht annähernd die Gage, die man für einen Film bekommen würde, aber dafür Prestige. Sein Name in Leuchtschrift über dem Portal.
Caroline brachte ihm Unglück, sie war sein böser Geist und sollte nun beseitigt werden.
Sie lag zusammengekuschelt im Bett und erschauerte. Die weiche Daunendecke vermochte nichts gegen das Zittern, und Caroline hatte Angst. Furchtbare Angst. Warum nur? »Lisa«, flüsterte sie. »War dir auch so zumute, Lisa? Bist du aufgewacht? Wußtest du, was mit dir geschehen würde?« *Habe ich dich in jener Nacht aufschreien gehört und einfach weitergeschlafen?*
Sie konnte sich bis jetzt nicht erinnern. Nur ein flüchtiger Eindruck, ein unscharfes, verschwommenes Bild war in den Wochen nach Lisas Tod mehrmals zurückgekehrt. Sie hatte mit Sean darüber gesprochen. »Ich halte es für möglich, daß ich sie gehört habe. Wenn ich mich doch nur gezwungen hätte, wach zu werden, vielleicht . . .«
Sean hatte ihr klargemacht, daß ihre Reaktion typisch sei für die Angehörigen der Opfer. Das »Wenn-ich-doch-nur«-Syndrom. In diesem letzten Jahr hatte sie durch ihn und mit ihm allmählich Frieden gefunden, die Wunden begannen langsam zu verheilen. Aber nun schienen sie erneut aufzureißen.
Caroline drehte sich im Bett um und zwang sich, Beine und

Arme auszustrecken. »Irrationale Angst und tiefe Traurigkeit sind Symptome von Depressionen«, hatte sie gelesen. Traurigkeit ist durchaus verständlich am Todestag, dachte sie. Aber der Angst werde ich nicht nachgeben, sondern lieber an die glücklichen Zeiten mit Lisa denken. An den letzten Abend.

Mutter und Dad waren zu einem Banker-Seminar nach San Francisco gefahren. Die Zwillinge hatten Pizza mit allen Schikanen bestellt, Wein dazu getrunken und sich die Köpfe heiß geredet über Lisas Entschluß, Jura zu studieren. Caroline hatte die Aufnahmeprüfung ebenfalls gemacht, war sich aber noch nicht klar darüber, was sie tun wollte.

»Ich war wirklich mit Begeisterung in der Theatergruppe«, hatte sie Lisa gestanden. »Ich selbst bin zwar keine gute Schauspielerin, aber ich habe ein Gespür für darstellerische Qualität. Ich glaube, in der Regie könnte ich es zu etwas bringen. Das Stück kam wirklich fabelhaft an, und Brian Kent wurde von einem Produzenten entdeckt. Ich wußte eben, daß er genau die richtige Besetzung für die Hauptrolle war. Sollte ich es andererseits in der Juristerei zu einem akademischen Grad bringen, könnten wir beide vielleicht eine Kanzlei eröffnen und den Mandanten sagen, daß sie für ihr Geld die doppelte Leistung kriegen.«

Gegen elf waren sie zu Bett gegangen. Ihre Zimmer lagen nebeneinander. Meist ließen sie die Verbindungstür offen, doch Lisa wollte sich noch eine Sendung im Fernsehen anschauen, und Caroline war müde, so daß sie nach dem Gutenachtkuß die Tür schloß.

Wenn ich sie doch nur offengelassen hätte, dachte sie. Ich hätte sie bestimmt gehört, falls sie noch aufschreien konnte.

Am nächsten Morgen wachte sie erst nach acht Uhr auf. Sie erinnerte sich, wie sie sich aufgesetzt und gestreckt hatte, in dem angenehmen Gefühl, das College hinter sich zu haben. Zum Studienabschluß hatte sie ebenso wie Lisa eine Europareise geschenkt bekommen, die im Sommer stattfinden sollte.

Caroline erinnerte sich, wie sie aus dem Bett gesprungen war, weil sie Lisa ein Tablett mit Kaffee und Saft bringen wollte. Während der Kaffee durch die Maschine lief, preßte sie fri-

schen Saft aus, stellte dann Gläser, Tassen und Kaffeekanne auf ein Tablett und stieg damit die Treppe hinauf.
Lisas Tür stand einen Spaltbreit offen. Sie stieß sie mit dem Fuß auf und rief: »Aufwachen, mein Schatz! Wir sind in einer Stunde zum Tennis verabredet.«
Und dann hatte sie Lisa gesehen – den unnatürlich verdrehten Kopf, die Schnur um den Hals, die weit aufgerissenen, angsterfüllten Augen, die ausgestreckten Hände, als hätte sie etwas zurückzustoßen versucht. Caroline hatte das Tablett fallen lassen, dabei ihre Beine mit Kaffee bespritzt, sich mühsam zum Telefon geschleppt, den Notruf gewählt und dann geschrien, geschrien, bis ihr nach einem gurgelnden Kehllaut die Stimme brach. Drei Tage später wachte sie im Krankenhaus auf. Die Polizei habe sie neben Lisa liegend gefunden, den Kopf der Schwester an ihre Schulter gebettet, erzählte man ihr.
Als einziger Hinweis der unvollständige Abdruck von einem schmutzigen Joggingschuh, unmittelbar hinter der Seitentür ... »Und dann«, wie ihr der leitende Kriminalbeamte später mitteilte, »war er oder sie so höflich, sich den restlichen Schmutz an der Fußmatte abzutreten.«
Wenn man Lisas Mörder doch nur gefunden hätte, dachte Caroline, als sie im Dunkel dalag und grübelte. Die Kriminalbeamten vertraten alle die Auffassung, es sei jemand gewesen, der Lisa kannte. Keinerlei Hinweise, weder für einen Raub- noch für einen Vergewaltigungsversuch. Sie hatten Lisas Freunde ausgiebig verhört, sämtliche Partner, mit denen sie im College ausgegangen war. Ein junger Mann in der gleichen Studiengruppe war ganz verrückt nach ihr gewesen. Er galt weiterhin als Hauptverdächtiger, doch die Polizei konnte keinerlei Beweis dafür erbringen, daß er sich in der fraglichen Nacht in St. Paul aufgehalten hatte.
Man hatte den Fall im Hinblick auf eine mögliche Verwechslung untersucht, insbesondere, nachdem bekannt geworden war, beide Schwestern hätten ihren Freunden im College gegenüber nie etwas von eineiigen Zwillingen erwähnt. »Zuerst verschwiegen wir es, weil wir doch versprochen hatten, nicht

darüber zu reden. Dann wurde es für uns so eine Art Spiel«, erklärte Caroline.
»Haben Ihre Freunde aus dem College Sie zu Hause besucht?«
»Wir haben einfach niemanden eingeladen, weil wir die Ferien und andere freie Tage nur zu zweit verbringen wollten.«
Ach, Lisa, dachte Caroline jetzt, wenn ich doch nur wüßte, warum! Wenn ich dir doch nur hätte helfen können in jener Nacht! Sie war nicht schläfrig, fühlte sich aber auf einmal wie ausgelaugt.
Schließlich fielen ihr die Augen zu. O Lisa, dachte sie, ich wünschte, du hättest auch ein solches Glück erlebt wie ich. Wenn ich es doch nur wiedergutmachen könnte an dir ...
Das Fenster war ein Stückchen hochgeschoben und durch die seitlichen Haltevorrichtungen abgesichert. Ein heftiger Windstoß ließ die Jalousie klappern, Caroline fuhr hoch, erkannte, was passiert war, und legte sich wieder zurück in die Kissen, was sie einiges an Selbstüberwindung kostete. Hör auf damit, ermahnte sie sich, hör endlich auf. Energisch schloß sie die Augen und fiel nach einer Weile in einen leichten Schlaf voller Träume, einen Schlaf, in dem Lisa versuchte, nach ihr zu rufen, versuchte, sie zu warnen.

Der Augenblick war gekommen. Jimmy Cleary spürte es förmlich. Kein raschelndes Bettzeug mehr. Im Schlafzimmer herrschte völlige Stille. Er kam aus seinem Versteck hinter den Wintermänteln hervor und schob den Sack mit Carolines Brautkleid zur Seite. Als er die Tür des Wandschranks aufdrückte, knarrte sie leise in den Angeln, doch im Schlafzimmer war keinerlei Reaktion zu vernehmen. Er durchquerte den Wohnraum bis zur Schlafzimmertür. Caroline hatte in einer Steckdose eine Nachtbeleuchtung angeschlossen, die gerade genug Helligkeit verbreitete, um ihm zu zeigen, daß sie unruhig schlief. Ihr Atem ging gleichmäßig, aber flach. Sie drehte mehrmals den Kopf von einer Seite zur anderen, als wollte sie gegen irgend etwas protestieren.
Jimmy tastete in seiner Tasche nach der Schnur. Daß sie von derselben Rolle in seinem Angelgerät stammte, die er bei ihrer

Schwester benutzt hatte, verschaffte ihm ein seltsames Gefühl der Genugtuung. Er trug sogar denselben Jogginganzug wie vor fünf Jahren und dieselben Schuhe. Sie zu behalten, war ein bißchen riskant, gar keine Frage, falls ihn die Bullen je verhören sollten, doch er hatte es nie fertiggebracht, das Zeug wegzuwerfen. Statt dessen hatte er es zusammen mit anderen Sachen in einem gemieteten Lagerraum verstaut, wo niemand irgendwelche Fragen stellte. Natürlich hatte er dabei einen anderen Namen benutzt.
Auf den Zehenspitzen schlich er zu Carolines Bett und kniete sich daneben hin. Eine volle Minute konnte er sich den Genuß gönnen, sie zu beobachten, bevor sie die Augen aufschlug und seine Hände sich auf ihren Mund preßten.

Sean sah sich die Zehn-Uhr-Nachrichten an, merkte, daß er nicht das leiseste Bedürfnis nach Schlaf hatte, und nahm sich ein Buch vor, das er gern lesen wollte. Nach wenigen Minuten warf es es ungeduldig beiseite. Irgend etwas stimmte nicht. Es war mit den Händen zu greifen – gerade so, als würde aus dem Nebenzimmer Rauch dringen und einem sofort verraten, daß im Haus Feuer ausgebrochen war. Er würde Caroline anrufen. Sich vergewissern, wie es ihr ging. Andererseits hatte sie es vielleicht doch geschafft, etwas Schlaf zu finden. Er trat an die Hausbar und goß sich ein ordentliches Glas Scotch ein. Nach ein paar Schlucken wurde ihm klar, daß er sich wahrscheinlich wie ein nervöses altes Waschweib aufführte.

Caroline schlug die Augen auf, als sie ihren geflüsterten Namen hörte. Ein Alptraum, dachte sie und wollte losschreien. Da spürte sie die Hand wie eine eiserne Klammer auf ihrem Mund, eine harte, muskulöse Hand, die ihre Wangenknochen zusammenpreßte, ihre Lippen aufeinanderdrückte, ihre Nasenlöcher halb bedeckte. Keuchend rang sie nach Luft. Die Hand rutschte ein winziges Stückchen nach unten, so daß sie atmen konnte. Sie versuchte sich loszureißen, doch da hielt sie der Mann mit dem anderen Arm fest. Sein Ge-

sicht war ganz dicht vor ihrem. »Caroline«, flüsterte er, »ich bin gekommen, um meinen Irrtum zu korrigieren.«
Im Halbdunkel der Nachtbeleuchtung zeichnete sich nur eine unheimliche, schattenhafte Gestalt ab. Doch die Stimme – die hatte sie früher schon gehört. Diese markante Stirn, das quadratische Kinn. Diese kräftigen Schultern. Wer war das?
»Caroline, die Meisterregisseurin.«
Nun erkannte sie die Stimme. Jimmy Cleary. Jimmy Cleary, und in der gleichen Sekunde wurde ihr schlagartig der Grund klar. Wie im Film sah sie die Szene wieder vor sich, als sie Jimmy eröffnet hatte, er sei nicht die richtige Besetzung für die Rolle. Er hatte es so gut hingenommen. Zu gut. Sie wollte es nicht wahrhaben, daß er Theater spielte. Sich vorzumachen, er würde ihre Entscheidung akzeptieren, war einfacher. *Und er hat Lisa getötet, als er eigentlich mich umbringen wollte.* Der tiefe Seufzer, der ihr über die Lippen kam, verhallte ungehört unter seiner Hand. Meine Schuld. Alles meine Schuld.
Und dann hörte sie Lisas Stimme, so deutlich, als ob sie ihr ins Ohr flüsterte, ihr Geheimnisse anvertraute wie in Kindertagen. *Es ist nicht deine Schuld. Aber wenn du es zuläßt, daß er abermals tötet, dann trifft dich daran die Schuld. Erspar Mutter und Dad diesen Schlag. Erspar ihn Sean. Werde alt und grau, um meinetwillen. Bring Kinder zur Welt. Nenn eins nach mir. Du mußt leben. Hör auf mich. Sag ihm, daß er sich nicht geirrt hat. Sag ihm, daß du mich auch gehaßt hast. Ich helfe dir.*
Jimmys heißer Atem berührte ihre Wange. Er sprach von der Rolle, von Brian Kent, den der Produzent unter Vertrag genommen hatte, von Brians neuem Kontrakt. »Ich werde dich töten, genauso, wie ich deine Schwester umgebracht habe. Ein Schauspieler läßt nicht locker, bis er seine Rolle perfekt beherrscht. Möchtest du hören, was ich als letztes zu deiner Schwester gesagt habe?«
Erzähl ihm, du bist ich, Lisa.
Für den Bruchteil einer Sekunde wurde Caroline wieder zur Sechsjährigen. Sie und Lisa spielten auf der Baustelle neben ihrem Haus. Lisa, wie immer die Waghalsigere, Standfestere, kletterte voran über die aufgetürmten Ziegel. »Sei doch kein

solcher Hasenfuß«, drängte sie. »Komm einfach hinter mir her.«
Sie hörte sich flüstern: »Ich würde brennend gern alles genau erfahren. Ich möchte wissen, wie sie starb. Dann habe ich etwas zu lachen. Sie haben Caroline umgebracht. Ich bin Lisa.«
Sie spürte, wie ihr die Hand einen rabiaten Schlag auf den Mund versetzte.
Jemand hatte das Textbuch umgeschrieben. Wütend bohrte ihr Jimmy die Finger in die Wangenknochen. Wessen Wangenknochen? Carolines? Falls er sie tatsächlich bereits ins Jenseits befördert hatte, wieso war dann in seiner Pechsträhne keine Wende eingetreten? Ohne den über ihrer Brust liegenden Arm zu bewegen, zog er die Schnur aus der Tasche seines Trainingsanzugs. Bring's hinter dich, redete er sich zu. Wenn beide tot sind, kannst du ganz sicher sein, daß du Caroline erledigt hast.
Doch es war, als stünde man im dritten Akt auf der Bühne und wüßte nicht, wie das Stück enden würde. Wenn der Schauspieler den Höhepunkt des Dramas nicht kannte, wie konnte man dann beim Publikum irgendwelche Spannung erwarten? Denn es gab ein Publikum. Ein unsichtbares Publikum namens Schicksal. Er mußte ganz sichergehen. »Wenn du zu schreien versuchst, kommst du nicht mal mehr dazu, auch nur aufzujaulen«, erklärte er. »Das war alles, was deine Schwester noch rausgekriegt hat – ein Gejaule.«
Sie hatte Lisa also in jener Nacht gehört.
»Wenn du es versprichst, nicht zu schreien, brauchst du bloß zu nicken. Ich will mir dir reden. Falls du mich überzeugst, lasse ich dich vielleicht am Leben. Wexford möchte dich doch jeden Morgen als erster sehen – bis ans Ende seiner Tage, stimmt's? Ich hab gehört, wie er's gesagt hat.«
Jimmy Cleary war bei ihrer Ankunft bereits in der Wohnung gewesen. Caroline wurde schwarz vor Augen.
Tu, was er sagt! Untersteh dich, in Ohnmacht zu fallen. Lisas Kommandostimme. »Zu Befehl, Fürstin«, war sie dann jedesmal von Caroline aufgezogen worden, und sie hatten gemeinsam gelacht.

Jimmy hob den Arm, mit dem er Caroline niederhielt, legte ihr die Schnur um den Hals und befestigte sie zu einer Schlinge. Sie war zweimal so lang wie das Stück, das er beim vorigen Mal benutzt hatte. Ihm war eingefallen, daß er sie diesmal doppelt verknoten würde, eine eindrucksvolle Geste für den Schlußakt, ein symbolischer Abgesang im Rampenlicht des Todes, ehe der Vorhang fiel.
Die Überlänge gab ihm die Möglichkeit, sie zu manipulieren. Ruhig verlangte er, sie solle aufstehen, er sei hungrig. Er wolle, daß sie ihm ein Sandwich zurechtmache und Kaffee koche, er werde das Ende der Schnur festhalten und die Schlinge zuziehen, um sie zu erdrosseln, falls sie Alarm schlagen oder sonstige Mätzchen versuche.
Tu, was er sagt.
Gehorsam setzte Caroline sich auf, sobald Jimmy den Arm wegnahm, der auf ihr lastete. Ihre Füße berührten den kühlen Holzboden. Automatisch tastete sie nach ihren Hausschuhen. Vielleicht bin ich in wenigen Sekunden tot, und da denke ich noch an meine blöden Füße, dachte sie. Als sie sich vorbeugte, schnitt ihr die Schnur in den Hals. »Nein – bitte.« Sie hörte die panische Angst in ihrer Stimme.
»Halt's Maul!« Sie spürte, wie Jimmy Clearys Hände die Schnur lockerten. »Keine schnellen Bewegungen und ja kein lautes Wort mehr!«
Nebeneinander gingen sie durch das Wohnzimmer in die Küche. Seine Hand lag auf ihrem Nacken. Seine Finger umschlossen die Schnur. Obwohl er sie gelockert hatte, empfand sie den Druck wie einen Stahlreif. Sie sah die graue Kerbe in Lisas Kehle vor sich. Zum erstenmal begann sie sich an den Rest jenes Morgens zu erinnern. Sie hatte die 911 angerufen, zu schreien angefangen und dann den Hörer fallen lassen. Lisas Leiche lag fast auf der Bettkante, als hätte sie im letzten Moment zu fliehen versucht. Ihre Haut ist so blau angelaufen, sie friert, dachte ich, ich muß sie wärmen, erinnerte sich Caroline, als sie den Kühlschrank öffnete. Ich lief um das Bett herum, legte mich hinein, nahm sie in die Arme und fing an, auf sie einzureden, versuchte dabei, ihr

die Schnur vom Hals zu lösen, und dann hatte ich das Gefühl, in die Tiefe zu stürzen.
Jetzt lag die Schnur um ihren Hals. Würde Sean am nächsten Morgen sie so vorfinden wie sie damals Lisa?
Nein. Das darf nicht geschehen. Mach das Sandwich. Koch ihm Kaffee. Tu so, als ob ihr beide eine große Szene spielt. Erzähl ihm, wie herrschsüchtig ich war. Los doch. Verkehre alles, was gut war, ins Gegenteil. Gib mir die Schuld so, wie er sie dir gibt.
Caroline schaute in den Kühlschrank und empfand ein flüchtiges Gefühl der Dankbarkeit, weil sie ihn noch nicht geleert hatte. Sie sorgte immer für genügend Vorräte, um Sean eine schmackhafte Auswahl bieten zu können; die Putzfrau würde morgens vorbeikommen und alles mitnehmen. Sie holte Schinken, Käse und Putenfleisch heraus, dazu Kopfsalat, Mayonnaise und Senf – genau die Zutaten für Jimmys Standardbestellung, wenn sie in Rawlings nach der Probe noch eine Kleinigkeit essen gegangen waren; zu dieser ›Hero‹ genannten Spezialität gehörte ein italienisches Brötchen.
Du erinnerst dich daran, aber woher soll ich das wissen? Frag ihn, was er haben möchte.
Sie blickte hoch. Das einzige Licht kam aus dem Kühlschrank, aber ihre Augen gewöhnten sich an die Dunkelheit. Sie konnte das unverwechselbare quadratische Kinn, das Jimmy Clearys Gesicht diesen harten Zug verlieh, ebenso deutlich sehen wie seine zornige, verwirrte Miene. Ihr Mund war wie ausgedörrt vor Angst, als sie flüsterte: »Was für ein Sandwich möchten Sie? Putenfleisch? Schinken? Ich habe Weizenvollkornbrot oder italienische Brötchen da.«
Sie merkte, daß sie die erste Prüfung bestanden hatte.
»Alles. Auf einem Brötchen garniert.«
Sie spürte, daß die Schnur ein wenig gelockert wurde, und setzte den Wasserkessel auf. Jimmy Cleary trank immer Kaffee, auch wenn alle anderen Sodawasser bestellten. Flink machte sie das Sandwich zurecht, schichtete Lagen von Putenfleisch und Schinken auf den Käse, umlegte das Ganze mit Salatblättern, kleckste Mayonnaise und Senf darüber.
Er setzte sich an den Tisch, zog sie auf einen Stuhl neben sich.

Sie goß sich Kaffee ein, zwang sich, ein paar Schlucke zu trinken. Die Schnur schnitt ihr in den Hals. Sie hob die Hand, um sie zu lockern.
»Nicht anfassen.« Er ließ ihr etwas mehr Spielraum.
»Vielen Dank.« Sie beobachtete ihn, als er das Sandwich hinunterschlang.
Sprich mit ihm. Du mußt ihn überzeugen, bevor es zu spät ist.
»Ich glaube, Sie haben mir Ihren Namen genannt, aber ich habe ihn nicht richtig verstanden.«
Er würgte den letzten Bissen hinunter. »Auf den Plakaten steht James Cleary. Mein Agent und meine Freunde nennen mich Jimmy.«
Gierig stürzte er sich auf den Kaffee. Wie konnte sie erreichen, daß er ihr glaubte, ihr vertraute? Von ihrem Platz aus sah Caroline die Konturen des Wandschranks. Die Tür war doch vorhin fast geschlossen gewesen. Er mußte sich darin versteckt haben. Sean hatte unbedingt bei ihr bleiben wollen. O Gott, wenn sie es doch nur zugelassen hätte! In jenen ersten beiden Jahren nach Lisas Tod hatte es Zeiten gegeben, wo der Kampf, Tag für Tag durchzustehen, beinahe über ihre Kräfte gegangen war. Lediglich die harten Anforderungen des Jurastudiums hatten sie davor bewahrt, in Depression und Selbstmordgedanken zu versinken. Jetzt sah sie Seans Gesicht vor sich, das sie so unaussprechlich liebte. Ich will leben, dachte sie. Ich will mein Leben zu Ende leben.
Jimmy Cleary fühlte sich wohler. Er hatte nicht gemerkt, wie ausgehungert er war. Irgendwie lief es diesmal besser als vor fünf Jahren. Jetzt spielte er ein Katz-und-Maus-Spiel. Jetzt war er der Richter. War dies Caroline? Vielleicht hatte er sich beim letztenmal doch geirrt. Aber wenn er tatsächlich Caroline erwischt hatte, warum wurde er dann weiter vom Pech verfolgt? Er trank den Kaffee aus. Seine Finger umschlossen das Ende der Schnur und zogen die Schlinge eine Spur enger zusammen. Er langte hinüber zur Tischlampe und knipste sie an, um ihr Gesicht besser beobachten zu können. »Also, schieß los«, sagte er leichthin. »Warum sollte ich dir glauben? Und wenn ich dir glaube, warum sollte ich dich am Leben lassen?«

Sean zog sich aus und duschte. Er musterte sich eingehend im Badezimmerspiegel. In zehn Tagen wurde er vierunddreißig. Und Caroline einen Tag später siebenundzwanzig. Sie würden beide Geburtstag in Venedig feiern. Auf dem Markusplatz sitzen, Wein trinken, Geigen schluchzen hören, die vorbeigleitenden Gondeln beobachten. Ein idyllisches Bild, das ihm in den letzten paar Wochen öfter vor Augen gestanden hatte. An diesem Abend jedoch erlitt er offenbar einen Fehlschlag. Das Bild ließ sich einfach nicht heraufbeschwören.

Er mußte mit Caroline reden. In ein dickes Badelaken eingehüllt, ging er zum Telefon neben seinem Bett. Es war kurz vor Mitternacht. Trotzdem wählte er ihre Nummer. Zum Teufel mit den faulen Ausreden, dachte er. Ich sage ihr einfach, daß ich sie liebe.

»Es ist gar nicht so einfach, ein Zwilling zu sein.« Caroline hob den Kopf, so daß sie Jimmy Cleary direkt ins Gesicht sehen konnte. »Meine Schwester und ich haben uns viel gestritten. Ich nannte sie immer die Fürstin. Sie war so herrschsüchtig. Schon in unserer Kindheit stellte sie alles mögliche an und gab mir dann die Schuld. Schließlich begann ich, sie regelrecht zu hassen. Deswegen besuchten wir auch verschiedene Colleges, eins an der Ostküste, das andere an der Westküste, dazwischen der Kontinent. Ich wollte unbedingt weit weg von ihr, denn ich war ihr Schatten, ihr Spiegelbild, eine Unperson. An dem letzten Abend damals wollte sie fernsehen, und ihr Apparat war kaputt, darum tauschten wir die Zimmer. Auf ihren Wunsch natürlich. Als ich sie am nächsten Morgen fand, klappte ich wahrscheinlich einfach zusammen. Aber Sie sehen ja, nicht mal meine Eltern haben den Irrtum erkannt.«

Caroline riß die Augen weit auf, senkte die Stimme, es sollte wie eine persönliche, vertrauliche Mitteilung klingen. »Sie sind Schauspieler, Jimmy. Sie können das verstehen. Als ich wieder zu mir kam, nannten sie mich Caroline. Wissen Sie, was die ersten Worte meiner Mutter waren, als ich aufwachte? ›Ach, Caroline, wir danken Gott, daß es nicht dich getroffen hat!‹«

Ausgezeichnet. Du kommst an ihn heran.

Sie war wieder sechs und spielte mit ihrer Schwester auf der Baustelle. Lisa rannte schneller und schneller. Caroline schaute nach unten, und ihr wurde schwindlig. Aber sie hatte trotzdem versucht, es ihr gleichzutun.
Jimmy amüsierte sich königlich. Er kam sich vor wie ein Agent, der eine Rolle zu besetzen hat und eine vielversprechende Bewerberin auffordert, ihm ihre Auffassung sachlich zu interpretieren. »Du hast dann also einfach beschlossen, von da an Caroline zu verkörpern. Wie bist du damit durchgekommen? Caroline hat das College in Rawlings besucht. Was ist passiert, wenn Carolines Freunde aus Rawlings aufgekreuzt sind?«
Caroline trank ihren Kaffe aus. Sie konnte den flackernden, irren Ausdruck in seinen Augen deutlich erkennen. »Das war wirklich kein Kunststück. Schock. Damit war alles erklärt. Ich gab vor, mich an viele gemeinsame Freunde und Bekannte nicht zu erinnern. Die Ärzte nannten es eine psychisch bedingte Amnesie. Jeder hatte Verständnis dafür.«
Entweder war sie eine verdammt gute Schauspielerin, oder sie sprach die Wahrheit. Jedenfalls faszinierte sie ihn. Seine Wut begann sich teilweise zu verflüchtigen. Dieses Mädchen war anders als Caroline. Sanfter. Netter. Er fühlte sich ihr innerlich verwandt, eine von Bedauern überschattete Verbundenheit. Was es auch sein mochte, er durfte sie nicht am Leben lassen. Der einzige Haken dabei war der – wenn er tatsächlich Caroline getötet hatte, wenn sie nicht log, und da war er sich immer noch nicht sicher –, warum hatte dann das Verhängnis nicht vor fünf Jahren geendet?
Dieser süße rot-weiß gestreifte Pyjama, den sie anhatte. Er legte ihr die Hand auf den Arm, zog sie gleich darauf wieder zurück. Plötzlich fiel ihm etwas ein. »Was ist mit Wexford? Wie seid ihr beide zusammengekommen?«
»Wir sind einfach ineinander reingerannt. Ich hörte ihn ›Caroline‹ rufen und wußte, das war jemand, den ich kennen müßte. Sobald er mich beim Joggen eingeholt hatte, nannte er seinen Namen und erzählte gleich darauf, ich hätte bei ihm Vorlesungen gehabt, also brauchte ich bloß noch mitzuspielen.
Erinnere Jimmy daran, daß Sean sich in Rawlings um die echte Caroline

überhaupt nicht gekümmert hat. Mach ihm klar, daß er sich Hals über Kopf in dich verliebt hat.

Jimmy rutschte unruhig hin und her.

»Ich kann Ihnen gar nicht schildern, wie oft Sean versichert hat, ich wäre so viel netter geworden«, fuhr Caroline fort. »Kein Wunder, ich bin ja auch nicht dieselbe, die er früher gekannt hat. Finden Sie das nicht toll? Ich bin froh, Sie als Mitwisser zu haben, Jimmy. Sie sind in den letzten fünf Jahren mein geheimer Wohltäter gewesen, und nun lerne ich Sie endlich kennen. Möchten Sie noch Kaffee?«

Versuchte sie ihn mit Schmus einzuwickeln? Meinte sie es ehrlich? Er tippte sie an. »Noch eine Tasse Kaffee, das klingt nicht schlecht.« Er stand etwas seitlich hinter ihr, als sie die Heizplatte unter dem Wasserkessel anstellte. Ein bildhübsches Mädchen. Doch ihm war klar, daß er sie nicht am Leben lassen durfte. Er würde den Kaffee austrinken, sie ins Schlafzimmer zurückbringen und töten. Vorher wollte er ihr noch die Sache mit dem Unstern erklären. Er sah auf die Uhr – halb eins. Die andere Schwester hatte er um null Uhr vierzig umgebracht, das Timing war also perfekt. Er hatte wieder das Bild vor Augen, wie die andere die Hände ausstreckte, als wollte sie ihn packen, wie ihre Augen loderten und heraustraten. Manchmal träumte er davon. Bei Tageslicht tat ihm die Erinnerung wohl. Nachts brach ihm der Schweiß aus.

Das Telefon klingelte.

Caroline umklammerte krampfhaft den Henkel des Wasserkessels. Es war Sean; sie wußte es. Er hatte sie des öfteren nachts angerufen, wenn er spürte, daß sie schrecklich bedrückt war und vermutlich nicht schlafen konnte.

Überzeuge Jimmy, daß du unbedingt ans Telefon gehen mußt. Du mußt Sean irgendwie wissen lassen, daß du ihn brauchst.

Das Telefon läutete ein zweites, drittes Mal.

Auf Jimmys Stirn und Oberlippe glänzte Schweiß. »Vergiß es«, sagte er.

»Das ist Sean, da bin ich ganz sicher, Jimmy. Wenn ich mich nicht melde, denkt er bestimmt, es ist irgendwas passiert. Ich will ihn nicht hier haben, ich möchte mit Ihnen reden.«

Jimmy überlegte. Wenn das Wexford war, hatte sie wahrscheinlich die Wahrheit gesagt. Das Telefon klingelte wieder. Es war an einen Anrufbeantworter angeschlossen. Jimmy drückte auf die Konferenzschaltung, hob den Hörer ab und gab ihn ihr. Er ließ die Schnur um ihren Hals etwas locker.
Caroline wußte, daß sie sich kein Beben in der Stimme leisten durfte. »Hallo.« Sie markierte Verschlafenheit und wurde durch einen etwas nachlassenden Druck am Hals belohnt.
»Caroline, Schatz, du hast offenbar schon geschlafen. Entschuldige. Ich hab mir Sorgen um dich gemacht, weil ich weiß, wie scheußlich dir in dieser Nacht zumute ist.«
»Nein, ich freue mich über deinen Anruf. Ich hab nicht richtig geschlafen, war nur gerade im Eindösen.« Was kann ich ihm bloß sagen? Caroline zermarterte sich das Hirn.
Das Kleid. Dein Brautkleid.
»Es ist schon reichlich spät«, hörte sie Sean sagen. »Hast du heute doch noch zu Ende gepackt?«
»Ja, ich war hellwach und hab jetzt alles fertig.«
Jimmy wurde ungeduldig. Er bedeutete ihr, sich kurz zu fassen. Caroline biß sich auf die Lippen. Wenn sie die Situation nicht kaltblütig im Griff behielt, war alles aus. »Es war so lieb von dir, noch mal anzurufen, Sean, und mir geht's wirklich prima. Ich bin pünktlich fertig, um sieben Uhr dreißig. Nur eine Frage. Hast du daran gedacht, die Verkäuferin zu bitten, daß die Ärmel von meinem Brautkleid beim Einpacken ordentlich mit Seidenpapier ausgestopft werden, damit sie nicht knittern?« Bitte, lieber Gott, gib, daß Sean mich jetzt nicht verrät, dachte sie.
Sean fühlte, wie seine Finger, die den Hörer hielten, feucht wurden. Das Kleid. Carolines Brautkleid hatte ja gar keine Ärmel. Und da war noch etwas. Ihre Stimme klang irgendwie hohl. Sie lag nicht im Bett. Sie war am Telefon in der Küche, und die Konferenzschaltung lief. Sie war nicht allein. Mit äußerster Anstrengung hielt er seine Stimme im Zaum. »Schatz, ich kann auf einen Stapel Bibeln schwören, daß die Verkäuferin was in der Richtung gesagt hat. Ich glaube, deine Mutter hat sie auch telefonisch daran erinnert. Jetzt hör mal zu. Du

mußt versuchen, wenigstens ein bißchen zu schlafen. Bis morgen früh, vergiß nicht – ich liebe dich.« Es gelang ihm, den Hörer geräuschlos aufzulegen. Dann warf er das Badelaken beiseite und zog seinen Trainingsanzug aus dem Schrank. Carolines Wohnungsschlüssel lagen neben seinen Wagenschlüsseln auf der Kommode. Sollte er sich die Zeit nehmen, die Polizei anzurufen? Das Autotelefon. Er konnte das unterwegs erledigen. Lieber Gott, laß es nicht zu, bitte ...

Er hatte es begriffen. Caroline legte den Hörer auf und sah Jimmy an. »Gut gemacht«, lobte er. »Weißt du was, ich fange allmählich an, dir zu glauben.« Er führte sie zurück ins Schlafzimmer und zwang sie, sich hinzulegen. Den Arm quer über sie gestreckt, hielt er sie in der Horizontale, genau wie damals ihre Schwester. Dann erläuterte er ihr, was ihm sein Lehrer, Cory Zola, über den Unstern gesagt hatte. »Vergangene Woche spielten wir im Unterricht eine Duell-Szene, und dabei geriet ich ziemlich in Rage. Ich brachte meinem Partner eine Schnittwunde bei. Zola regte sich mordsmäßig über mich auf, ich wollte ihm klarmachen, daß ich an die Person dachte, die mir diese Pechsträhne eingebrockt hatte, und wie seitdem alles schiefging. Daraufhin verlangte er von mir, so lange dem Unterricht fernzubleiben, bis ich mich davon frei gemacht habe. Selbst wenn ich dir also glaube, daß ich voriges Mal Caroline erwischt hab, muß ich trotzdem dieses Gefühl loswerden, denn ich kann erst wieder den Unterricht besuchen, wenn ich davon frei bin. Und auf meiner Tagesordnung, Lisa – das ist doch der richtige Name, wie? – stehst du als Nachfolgerin.« Seine Augen funkelten. Der Blick war leer, kalt. Er ist wahnsinnig, dachte Caroline. Sean braucht fünfzehn Minuten bis hierher. Drei sind verstrichen. Noch zwölf Minuten. Hilf mir, Lisa.

Brian Kent ist die Schlüsselfigur seines Unglücks. Zwei Fremde im Zug.

Ihr Mund war völlig ausgedörrt, Jimmys Gesicht so dicht vor ihrem. Sie konnte den Schweiß riechen, der ihm aus allen Poren quoll, und spürte, wie seine Finger an der Schnur zu ziehen begannen. Es gelang ihr, einen sachlichen Ton anzuschlagen. »Mich umzubringen, das ist keine Lösung. Brian Kent ist der Unstern, nicht ich. Wenn er aus dem Weg geräumt wird, dann haben Sie Ihre Chance. Und wenn ich ihn töte, haben Sie mich genauso fest in der Hand wie ich Sie.«

Er holte tief Luft, sichtlich verblüfft, was ihr Hoffnung gab. Sie berührte seine Hand. »Spielen Sie nicht dauernd mit der Schnur herum, Jimmy, und hören Sie mir zwei Minuten zu. Darf ich mich aufsetzen?« Wieder schoß ihr die Erinnerung durch den Kopf, wie sie als Kinder auf der Baustelle gespielt hatten, Lisa voran, sie hinterher. Einmal waren sie zu einer breit klaffenden Lücke gelangt, die man für ein Fenster ausgespart hatte. Lisa war darüber hinweggesprungen. Caroline, ein paar Schritte hinter ihr, hatte gezögert, die Augen geschlossen und es mit knapper Mühe geschafft. Jetzt setzte sie ebenfalls zum Sprung an. Wenn dieser Sprung hier ihr mißlang, war alles aus. Sean kam. Sie wußte es. Sie mußte die nächsten elf Minuten überleben.

Jimmy lockerte den Arm und erlaubte ihr, sich aufrecht hinzusetzen. Sie zog die Beine an und verschränkte die Hände über den Knien. Die Schnur scheuerte an den Nackenmuskeln, doch sie wagte nicht, ihn um Abhilfe zu bitten. »Sie haben mir erzählt, Jimmy, daß Sie ein großes Problem haben – Sie sind Brian Kent zu ähnlich. Wenn nun Brian irgendwas zustößt? Man würde einen Ersatz für ihn brauchen. Also verwandeln Sie sich in ihn. Treten Sie an seine Stelle, wie ich es mit Caroline gemacht habe. Er hat einen tragischen Unfall, und die werden ganz verzweifelt jemanden suchen, der in dem Film für ihn einspringen kann. Warum sollten Sie nicht diesen Part übernehmen?«

Jimmy schüttelte sich den Schweiß von der Stirn. Das war eine völlig neue Deutung der Rolle, die Brian in seinem Leben spielt. Er hatte sich immer darauf konzentriert, ein Star zu werden, größer als Brian, ihn zu überflügeln, in Restaurants einen besseren Tisch zu bekommen als er, Brians Ruhm verblassen zu sehen. Niemals hatte er daran gedacht, daß Brian einfach von der Bildfläche verschwinden könnte. Und selbst wenn er dieses Mädchen, diese Lisa – denn jetzt glaubte er, daß sie Lisa war – umbrachte, würde Brian Kent trotzdem nach wie vor Verträge unterschreiben, für ganzseitige Zeitschriftenanzeigen posieren. Und schlimmer noch – die Agenten würden ihm, Jimmy, weiterhin unter die Nase reiben, er sei ein Brian-Kent-Typ.

Glaubte er ihr? Caroline versuchte, sich mit der Zunge die Lippen anzufeuchten. Sie waren so trocken, daß sie kaum sprechen konnte. »Wenn Sie mich jetzt töten, Jimmy, wird man Sie erwischen. Die Bullen sind doch nicht blöde. Sie überlegen ständig, ob vielleicht der falsche Zwilling ermordet wurde.«

Er hörte zu.

»Jimmy, wir können das durchziehen. ›Zwei Fremde im Zug‹ – Sie erinnern sich doch an die Handlung. Zwei Leute tauschen Morde, es gibt damit auch kein Motiv. Der Unterschied ist – wir bringen es zu Ende. Sie haben Ihren Teil bereits erledigt, nämlich Caroline für mich aus dem Weg geräumt. Lassen Sie mich jetzt Brian Kent für Sie beseitigen.«

»Zwei Fremde im Zug.« Jimmy hatte eine Szene aus dem Film im Unterricht gespielt. Er war großartig gewesen. Cory Zola hatte gesagt: »Jimmy, du bist ein Naturtalent.« Sein flackernder Blick glitt über ihr Gesicht. Sie lächelte ihm zu. Ein kaltblütiges Luder. Wenn sie es geschafft hatte, ihrer Familie einzureden, sie sei Caroline, dann könnte sie auch durchaus imstande sein, Brian Kent hinters Licht zu führen und die Tat zu begehen. Aber was für eine Sicherheit hatte er, daß sie nicht die Bullen rufen würde, sobald er gegangen war? Er fragte sie danach.

»Na, Jimmy, Sie haben doch die beste Sicherheit, die Sie sich wünschen können. Sie wissen, daß ich Lisa bin. Carolines Fingerabdrücke wurden nie mit denen auf unseren Geburtsurkunden verglichen. Sie könnten mich verraten. Wissen Sie denn, was das für meine Eltern, für Sean bedeuten würde? Glauben Sie im Ernst, daß sie mir je verzeihen würden?« Sie sah ihm direkt in die Augen, wartete auf seinen Urteilsspruch.

Sean stürmte aus dem Haus, biß sich dann auf die Lippen. Verzweifelte Angst um Caroline erfaßte ihn, drohte ihn zu lähmen.

Wieder die Erinnerung an die Sechsjährige, die auf der Baustelle herumturnte. Ein vorsichtiger Blick nach unten – zwei bis drei Meter über dem mit scharfkantigen Bruchstücken aus Beton übersäten Boden. Lisa war zuletzt über eine breite, für ein Fenster ausgesparte Lücke gesprungen . . .
Jimmy öffnete die Tür. Sie fühlte die kalte Nachtluft auf ihrem Gesicht. Er wandte sich zu ihr. »Ich weiß, du hattest nie die Gelegenheit, mich auf der Bühne zu sehen, aber ich bin wirklich ein fabelhafter Schauspieler.«
»Ich weiß, Sie sind ein fabelhafter Schauspieler«, hörte Caroline sich sagen. »Hat Sie nicht das ganze College nach ›Tod eines Handlungsreisenden‹ nur noch Biff genannt?«
Auf der Baustelle hatte sie diese eine Sekunde gezögert, ehe sie Lisa gefolgt war. Bei diesem letzten Sprung hatte sie den Schwung verloren, war abgestürzt und mit der Stirn auf dem Beton aufgeschlagen. Ihr wurde schlecht vor Angst, als sie merkte, daß sie es wieder einmal nicht geschafft hatte, Lisa zu folgen.
Die Tür fiel krachend ins Schloß. Für den Bruchteil einer Sekunde fixierten sie einander. »Lisa hätte das nicht wissen können«, flüsterte Jimmy. »Du hast mich belogen. Du bist Caroline.« Hastig langte er mit beiden Händen nach ihrem Hals. Sie versuchte zu schreien, als sie vor ihm zurückwich, sich umdrehte und zur Eingangstür wankte. Doch sie brachte nur ein leises Ächzen über die Lippen.

Sean raste durch die stillen Straßen. Die Telefonistin vom Notruf fragte ihn nach seinem Namen, von wo er anrufe, worum es sich handle. »Schicken Sie einen Streifenwagen nach Priscilla Lane 81, Apartment 1A«, brüllte er. »Kümmern Sie sich nicht darum, woher ich weiß, daß da was passiert ist. Schicken Sie sofort einen Wagen hin.«
»Und um was für einen Notfall handelt es sich bitte genau?« wiederholte die Telefonistin.

Jimmys Faust stemmte sich gegen die Tür, als sie sich am Schloß zu schaffen machte. Sie duckte sich an ihm vorbei und lief um den Klubsessel herum. Ihr Blick streifte den Spiegel über der Couch, ihr im dämmrigen Licht verschwimmendes Bild, seinen drohend hinter ihr aufragenden Schatten. Sie spürte den heißen Atem im Nacken. Wenn sie nur noch eine einzige Minute am Leben bleiben könnte, wäre Sean hier. Bevor sie zu Ende gedacht hatte, hechtete Jimmy mit einem Satz über den Klubsessel. Er stand vor ihr. Sie sah die Schnur in seinen Händen. Er drehte sie herum. Sie fühlte das Zerren an den Haaren, die Schnur um den Hals, sah ihr Bild im Spiegel über der Couch. Sie fiel auf die Knie, und die Schlinge zog sich fester zu. Sie versuchte, von ihm wegzukriechen, spürte, wie er sich über sie beugte. »Aus, Ende, Caroline. Jetzt bist du unweigerlich dran.«

Sean bog in Carolines Straße. Die Bremsen quietschten, als er vor ihrem Haus hielt. In der Ferne klangen Sirenen auf. Er rannte zur Tür, drehte am Knauf. Ohne Erfolg. Mit einer Faust hämmerte er gegen das Holz, während er in der Tasche nach Carolines Schlüsseln suchte. Das verdammte Sicherheitsschloß ist nicht ordentlich eingebaut worden, erinnerte er sich. Man mußte erst die Tür etwas heranziehen, bevor es funktionierte. In seiner Angst hantierte er so nervös, daß es erst beim drittenmal klappte. Nun noch der reguläre Wohnungsschlüssel. O Gott, bitte ...

Sie lag auf den Knien, packte die Schnur, die sie würgte. Sie hörte Sean an die Tür hämmern, nach ihr rufen. So nahe, die Rettung war so nahe. Ihre Augen weiteten sich, als sie keine Luft mehr bekam. Nachtschwarze Finsternis brach über sie herein, drohte sie zu begraben. Lisa ... Lisa ... Ich hab es versucht.

Nicht wegziehen. Zurücklehnen. Rückwärtsbeugen, sage ich dir.

Um ihr Leben zu retten, beugte sich Caroline in einem letzten Kraftakt zurück, zwang ihren Körper, sich in Richtung auf Jimmy zu bewegen, anstatt sich loszuzerren. Für einen Mo-

ment lockerte sich der Druck, so daß sie einmal Luft holen konnte, bevor sich die Schlinge wieder zuzuziehen begann. Jimmy stellte sich taub gegen das Hämmern und Rufen. Für ihn zählte auf der ganzen Welt nur noch eins – diese Frau, die seine Karriere ruiniert hatte, umzubringen. Sonst nichts.
Der Schlüssel drehte sich. Sean stemmte die Tür auf, so daß sie gegen die offene Wandschranktür krachte. Die Plastikhüllen um das Brautkleid bauschten sich knisternd. Sein Blick fiel auf den Spiegel über der Couch. Er erbleichte.
Ihre Augen loderten, traten aus den Höhlen, ihr Mund stand offen, ihre Nägel an den flehend ausgestreckten Händen krümmten sich wie Krallen. Eine hünenhafte Gestalt im Trainingsanzug beugte sich über sie, strangulierte sie. Eine Schrecksekunde lang blieb Sean wie angewurzelt stehen. Dann blickte der Eindringling hoch. Ihre Augen trafen sich im Spiegel. Sean, immer noch außerstande, sich zu rühren, sah in diesem kurzen Moment, wie er die Schnur fallen ließ, wie er sich die Arme schützend vor den Kopf hielt.
»Bleib mir bloß vom Leib!« kreischte Jimmy. »Komm mir nicht in die Nähe! Keinen Schritt!«
Sean wirbelte herum. Caroline lag auf dem Boden, zerrte an der würgenden Schlinge. Sean hechtete durch den Raum, stürzte sich auf den Angreifer. Die Wucht des Aufpralls schleuderte Jimmy gegen das Fenster. Er brüllte, Glas klirrte, Sirenen heulten, Bremsen kreischten, als die Streifenwagen vor dem Haus hielten.
Caroline spürte, wie Hände an der Schnur rissen. Sie hörte das leise Ächzen, das sich ihrer Kehle entrang. Dann lockerte sich die Schlinge, Luft strömte in ihre Lungen: Dunkelheit, köstliche, wohltuende Dunkelheit umfing sie.
Als sie zu sich kam, lag sie auf der Couch, mit einem eiskalten Halsumschlag. Sean saß neben ihr, rieb ihr die Hände warm. Im Zimmer wimmelte es von Polizisten. »Jimmy?« Ihre Stimme krächzte heiser.
»Sie haben ihn abgeführt. Ach, mein Darling.« Sean zog sie behutsam hoch, schloß sie in die Arme, bettete ihren Kopf an seine Brust, strich ihr beruhigend über das Haar.

»Warum hat er zu schreien angefangen?« flüsterte sie. »Was ist passiert? In ein paar Sekunden wäre ich tot gewesen.«
»Er hat dasselbe gesehen wie ich, dein Bild im Spiegel über der Couch. Es zeigte den spiegelverkehrten Bewegungsablauf. Während er dich nach hinten zog, schienst du auf ihn zuzukommen. Er ist völlig verrückt. Er glaubte Lisa zu sehen und dachte, sie wäre zurückgekehrt, um Rache zu üben.«
Sean wollte sie nicht allein lassen. Nachdem die Polizisten gegangen waren, lag er neben ihr auf der breiten Couch, die Wolldecke fürsorglich über sie beide gebreitet, und hielt Caroline fest umschlungen. »Versuch ein bißchen zu schlafen.« In seinen Armen geborgen, kam sie allmählich zur Ruhe und schlummerte ein.
Um sechs Uhr dreißig weckte er sie. »Steh auf, Darling, es wird Zeit. Du mußt dich reisefertig machen. Wenn du wirklich meinst, daß du ganz auf der Höhe bist, sause ich nach Hause, dusche und ziehe mit um.« Strahlender Sonnenschein erhellte das Zimmer.
Vor genau fünf Jahren war sie morgens zu Lisa hinübergegangen und hatte sie gefunden. Diesmal war sie in Seans Armen aufgewacht. Sie nahm sein Gesicht zwischen ihre Hände, streichelte ihm liebevoll über die stoppeligen Wangen. »Ich bin ganz in Ordnung. Ehrlich.«
Als Sean die Wohnung verließ, ging sie ins Schlafzimmer. Nachdenklich fixierte sie das Bett, rief sich in Erinnerung, wie ihr zumute gewesen war, als sie die Augen aufgeschlagen und Jimmy Cleary gesehen hatte. Sie duschte, ließ das heiße Wasser minutenlang über Körper und Haare laufen, wollte alle Spuren seiner Anwesenheit wegwaschen. Dann schlüpfte sie in einen khakifarbenen Overall und schlang einen geflochtenen Gürtel um ihre Taille. Als sie sich das Haar bürstete, sah sie den purpurroten Striemen um ihren Hals und wandte sich rasch vom Spiegel ab.
Die Zeit schien stillzustehen, als wartete sie darauf, daß Caroline das Unvermeidliche zu Ende brachte. Sie packte ihren Koffer, stellte ihn mit der Handtasche an die Tür. Was sie nun tun mußte, wußte sie, und sie tat es.

Sie kniete sich auf den Boden, genauso wie am Vorabend, als Jimmy Cleary sie zu erdrosseln versucht hatte, bog sich zurück und schaute in den Spiegel. Es war wie erwartet. Der untere Rand des Spiegels befand sich wenige Zentimeter über ihrem Haaransatz. Ausgeschlossen, daß er ihr Bild reflektiert hatte. Jimmys Reaktion stimmte also – er hatte Lisa gesehen.
»Danke, Lisa«, flüsterte sie. Keine Antwort. Die Stimme schwieg. Ihre Schwester war tot, unwiderruflich. Ein letztes Mal ergriff der Gedanke, daß sie Lisas Tod verursacht haben könnte, von ihr Besitz und wurde dann endgültig verbannt. Es war ein schicksalhaftes Verhängnis, sinnlos, weiter zu hadern, sich mit Selbstvorwürfen zu quälen und dadurch Lisas Andenken zu schaden. Sie stand auf, und jetzt zeigte der Spiegel ihr Bild. Sie warf ihm eine zärtliche Kußhand zu. »Adieu, ich liebe dich«, sagte sie laut.
Auf der Straße hörte sie einen Wagen anhalten. Sean. Caroline eilte zur Tür, riß sie auf, schob Koffer und Handtasche hinaus, griff nach dem Plastiksack mit ihrem Brautkleid, legte ihn sorgsam über den Arm, warf die Tür hinter sich zu und lief Sean entgegen.

Ehemann verschwunden

Fletcher Flora

Ich verbrachte einen ruhigen Nachmittag damit, das zehnte Gebot zu brechen. Dieses Gebot, ist, wie Sie sich vielleicht erinnern, ein sehr umfassendes. Zunächst wird eine Anzahl von Dingen aufgezählt, die man nicht begehren soll, falls sie dem lieben Nächsten gehören, und zum Schluß, wohl um ja allen Eventualitäten vorzubeugen, wird einem gesagt, daß man überhaupt nichts begehren darf, was dem Nächsten gehört. Ausdrücklich erwähnt wird unter anderem die Ehefrau, und genau da war mein wunder Punkt.

Mit dem Nächsten ist nicht einfach jemand gemeint, der nebenan oder über der Straße wohnt. Nein, Nächster meint jeden anderen. Diese Tatsache, finde ich, macht die Erfüllung der Vorschrift äußerst schwierig, um nicht zu sagen, unmöglich. Man kann von einem Menschen sicher erwarten, daß er der Versuchung widersteht, das, was er unrechtmäßig begehrt, in seinen Besitz zu bringen; aber mir ist schleierhaft, wie man den Wunsch unterdrücken soll, etwas in seinen Besitz zu bringen – und das ist ja mit »begehren« gemeint –, selbst wenn es sich um die Ehefrau eines anderen handelt, und gerade wenn es sich um eine Ehefrau namens Ann Christopher handelt.

Womit ich zum springenden Punkt komme, nämlich einem komischen Zufall und Ausgangspunkt einer irren Geschichte. Ich gab mich also an diesem ruhigen Nachmittag meinen heimlichen Begierden hin, da klingelte das Telefon. Am Telefon war Ann, und das war der komische Zufall. Ich bekam ein ganz merkwürdiges Gefühl, als hätte sie mich angerufen, um mir zu sagen, ich dürfte solche Sachen nicht denken, und vielleicht, um mir eine runterzuhauen.

»Hallo, Mick«, sagte sie. »Hier ist Ann.«
»Hallo, Ann. Willst du mir eine runterhauen?«
»Sei nicht blöd. Wie kann ich dir übers Telefon eine runterhauen?«
»Keine Ahnung. Da spricht wahrscheinlich mein schlechtes Gewissen. Wenn man ein schlechtes Gewissen hat, erwartet man immer, daß einem die unnatürlichsten Dinge widerfahren.«
»Bist du betrunken, Mick?«
»Nein.«
»Weshalb sollte ich dir überhaupt eine runterhauen wollen?«
»Ach, laß nur. Ich sage nichts mehr. Wolltest du etwas Bestimmtes?«
»Ja. Ich wollte fragen, ob du eine Ahnung hast, wo Cal ist.«
Cal war ihr Mann. Mein Freund. Und Nächster. Ich hielt mir diese Tatsache ständig vor Augen.
»Ich hab Cal seit fünf, sechs Tagen nicht mehr gesehen«, antwortete ich. »Warum?«
»Er ist gestern nacht nicht nach Hause gekommen.«
»Ist das ungewöhnlich?«
»Nein, eigentlich nicht. Wenn er pokert, spielt er oft die Nacht durch, aber spätestens kommt er dann am nächsten Morgen in der Frühe nach Hause. Aber jetzt haben wir schon vier Uhr, und er ist immer noch nicht da.«
»Mach dir um Cal keine Sorgen, Ann. Ich hab schon erlebt, daß er bei so einer Partie vierundzwanzig Stunden durchgespielt hat.«
»Das war vor unserer Ehe. Aber bei unserer Heirat hat er mir versprochen, nie so lange wegzubleiben, und bis jetzt hat er das auch nicht getan.«
»Bis jetzt! Und jetzt hat er's getan. Ann, Schätzchen, Cal kann dieses Versprechen so leicht brechen wie ich das zehnte Gebot.«
»Wie heißt das zehnte Gebot?«
»Ach, das spielt jetzt keine Rolle. Kann ich was für dich tun?«
»Ich ängstige mich und trinke zuviel Gin. Ich wollte dich fra-

gen, ob du nicht ein bißchen rüberkommen kannst, um mich zu trösten oder so.«

»Mit Vergnügen«, versicherte ich.

Und das war der Anfang dieser Wahnsinnsgeschichte. Ich ging runter, setzte mich in meinen Olds und fuhr rüber zu dem Apartmenthaus, wo Ann und Cal Christopher wohnten. Auf der Fahrt dachte ich zuerst über Ann nach und das letzte Stück Weg über Cal. Ich kannte ihn schon lange, seit dem College, und ich mochte ihn. Er war ein großer, schlanker Kerl mit umwerfendem Charme, flexibler Moral und begabten Händen, die mit 52 Karten bemerkenswerte Dinge anstellen konnten. Er gehörte zu dem Typ, den die Frauen unbedingt heiraten wollen, obwohl sie's besser lassen sollten. Ich überlegte, was er jetzt wieder für Sachen machte und wo er sich möglicherweise herumtrieb, denn es konnte ja sein, daß meine Nächstenliebe mich zwang, nach ihm zu suchen. Ich hoffte aufrichtig, daß seine Eskapaden für ihn, ganz gleich, wo er war und was er trieb, keine schlimmeren Folgen haben würde als eine Scheidung.

In dem Apartmenthaus, einem imposanten Bau, nahm ich den Aufzug zum siebten Stock und ging durch den Korridor zu einer hellen Tür, drückte auf die Klingel und hörte mir das melodische Gebimmel des Glockenspiels an. Ann machte sofort auf. Sie trug eine weiße Bluse und eine schwarze Samthose. Ich konnte den Duft ihres Haares riechen, das ungefähr so hell war wie das Holz der Tür. Ihr Anblick war überhaupt nicht dazu angetan, meine Begehrlichkeit abzuschwächen und mich mit meinem Gewissen auf etwas freundschaftlicheren Fuß zu bringen. Sie hob den Kopf, lächelte und bot mir die Hand, die ich augenblicklich nahm, um Trost zu spenden wie erwünscht. Ich hielt ihre Hand bis zur Mitte des Zimmers. Da erst ließ ich sie aus Rücksicht auf den Mann los, der dort saß. Ich hatte ihn nicht erwartet und wollte ihn nicht dahaben, und, wenn ich ganz ehrlich bin, er war mir ein Dorn im Auge. Meiner Meinung nach müßte jeder Mensch spüren, wenn seine Aufmerksamkeit an einem bestimmten Ort angebracht ist und wann nicht.

»Kennst du Wade Hacket?« fragte Ann.
»Nein, ich glaube, ich hatte noch nicht das Vergnügen«, sagte ich.
Wade Hacket stand auf und bot mir die Hand. Ich nahm sie weit weniger eifrig, als ich Anns Hand genommen hatte, und ließ sie viel schneller wieder los. Sie fehlte mir danach auch nicht. Immerhin mußte ich zugeben, daß Hacket ein ganz sympathischer Bursche war. Er war ungefähr so groß wie ich, knapp unter einsachtzig, und hatte den kraftvollen Körper eines ehemaligen Footballspielers, der langsam Ruhestandsspeck ansetzt. Soweit ich seinem gutgeschnittenen, gebräunten Gesicht entnehmen konnte, war ich für ihn kein lästiger Eindringling, den man eben aus Höflichkeit dulden mußte.
»Mick ist ein alter Freund von uns, Wade«, bemerkte Ann. »Mick Mahony. So heißt er wirklich, auch wenn's wie ein irischer Witz klingt.«
»Meine Eltern waren etwas eigen«, sagte ich.
Hacket lächelte höflich und meinte, er freue sich, mich kennenzulernen, und Ann warf ein: »Wade ist unser Arzt, Mick. Er hatte hier im Haus zu tun und kam auf einen Drink vorbei.«
Ich wußte nicht, ob das noch zur Bekanntmachung gehörte oder ob es eine – ganz überflüssige – Erklärung für Hackets Anwesenheit sein sollte. Überflüssige Erklärungen machen mich immer mißtrauisch. Als wollte Hacket Anns Bemerkung wenigstens teilweise bestätigen, beugte er sich zu dem Beistelltisch neben seinem Sessel und hob ein Glas, das der Farbe nach zu urteilen viel Bourbon und wenig Wasser enthielt.
»Ich hab nie gehört, daß ihr krank seid, du und Cal«, sagte ich.
Ann warf mir einen befremdeten Blick zu, der mir durch die Bemerkung nicht gerechtfertigt schien, und Hacket sagte: »Sie sind es leider nicht oft genug«, was ein Witz sein sollte, über den aber keiner lachte.
»Es ist trotzdem gut, daß er vorbeigekommen ist«, fuhr Ann fort. »Da kann er mir was dalassen, das besser ist als Gin.«
»Ann ist ein bißchen aus dem Tritt, weil Cal auf fremden Weiden grast.« Diesmal lachte Hacket selbst über seinen Scherz, um keinen Zweifel daran zu lassen, daß er nicht einen Mo-

ment lang ernstlich an einen Seitensprung Cals glaubte. »Ein leichtes Beruhigungsmittel kann ihr nicht schaden.«
Ich teilte Hackets Gewißheit hinsichtlich Cals Verhalten nicht. Ich kannte Cal lange genug und bin außerdem ein überzeugter Anhänger von Kiplings Theorie über den Leoparden, der seine Flecken nicht wechselt. Cal hatte sich zwar seit seiner Heirat mit Ann, die mittlerweile etwa neun Monate zurücklag, als ein Ausbund an Treue gezeigt; dieser Zustand konnte jedoch meiner Meinung nach selbst unter den günstigen Bedingungen nur begrenzte Zeit anhalten. Das sagte ich natürlich nicht laut. Ich lächelte Ann zu und bemühte mich, Ruhe und Gelassenheit auszustrahlen. Ich wünschte, Hacket würde gehen, damit ich ihr wieder Trost spenden konnte.
»Machst du dir denn richtige Sorgen um Cal?« fragte ich.
»Ich wäre jedenfalls höchst erleichtert«, antwortete Ann, »wenn ich wüßte, wo er ist und was er tut.«
»Er sitzt irgendwo am Pokertisch«, sagte ich. »Und wenn er heimkommt, hat er die Taschen voll Geld und die Arme voll Blumen, du wirst sehen. Du solltest deine Vorteile nutzen lernen, Schätzchen. Aus so einer Situation könnte ein kluges Kind mindestens ein Brillantarmband oder eine Nerzstola rausschlagen.«
Sie sah den Humor nicht und schüttelte den Kopf. »Nein. Er hat mir versprochen, daß er nie so lange ausbleiben würde. Als wir heirateten, wußte ich natürlich, daß er spielt, und war bereit, es zu akzeptieren. Wir haben offen darüber gesprochen und uns auf einen Kompromiß geeinigt. Ich versprach ihm, mich nicht zu beklagen, solange er sich an unsere Vereinbarung hält, und er versprach, sich an die Vereinbarung zu halten, solange ich mich nicht beklage. Die Vereinbarung besagt, daß er nie länger als zwölf Stunden auf einmal ausbleibt.«
»Na schön.« Mit einem Seufzer setzte ich mich. »Ich werde ebenfalls eine Vereinbarung mit dir treffen. Wenn du mir was zu trinken machst, so was Ähnliches, was Dr. Hacket da in seinem Glas hat, dann mach ich mich auf die Suche nach

Cal. Ich werde für meine Mühe wahrscheinlich nichts als Undank ernten, aber das gehört nun mal dazu, wenn man sich in Nächstenliebe übt.«
Während Ann meinen Drink bereitete, leerte Hacket sein Glas und stand auf. Er sagte, er hätte noch einen Besuch zu machen und müsse los. Ann bedankte sich für seine Hilfe und lud ihn ein, jederzeit vorbeizukommen, und er sagte, das wolle er tun, und legte noch ein leichtes Beruhigungsmittel auf den Tisch, ehe er mit seinem schwarzen Köfferchen in der Hand hinausging. Ann warf einen Blick auf das Beruhigungsmittel und entschied sich dann für einen Gin Tonic. Wir setzten uns zusammen aufs Sofa und hielten uns an den Händen, die nicht die Gläser halten mußten. So etwas nennt man harmlosen Kontakt, und das ist unter Freunden durchaus akzeptabel. Es war wonniglich und schrecklich zugleich.
»Wann hast du Cal zuletzt gesehen?« fragte ich.
»Gestern abend. Er ging früh weg. Es war ungefähr sieben.«
»Wohin wollte er?«
»Das sagte er nicht. Er sagte nur, er würde vielleicht ein bißchen spielen, sagte aber nicht, wo. Ich habe auch nicht danach gefragt. Es gehört zu unserer Vereinbarung, bei solchen Einzelheiten nicht zu insistieren.«
»Okay. Ich weiß verschiedene Plätze, wo er sein kann. Sagte er, wann er zurücksein würde?«
»Nein. Es war ja ausgemachte Sache, daß er innerhalb eines bestimmten Zeitraums wieder da sein würde.«
»Ich weiß. Zwölf Stunden. Eurer Vereinbarung gemäß. Ich glaube, ich trinke noch einen, wenn du nichts dagegen hast.«
Ich trank ein zweites Glas und hielt noch ein Weilchen tröstend ihre Hand, dann machte ich mich auf die Suche nach Cal.

Ich erkundigte mich in mehreren Kneipen, die ich kannte, nach ihm, aber er war in keiner gewesen. Schließlich ging ich in einen Laden names *Number Ten Club,* und da war er gewesen. Das erfuhr ich allerdings nicht sofort. Die Bar war geöffnet, der Club selbst und die Spielsäle im oberen Stock aber nicht. Ich setzte mich mit einem Drink an den Tresen und hörte mir die Plauderei zwischen einer Marimba, einem Schlagzeug, einem Baß und einer Klarinette an, die durch die geschlossenen Türen des Hauptsaals herausdrang. Es war eine hübsche kleine Plauderei, und besonders gefiel mir, was die Klarinette der Marimba zu sagen hatte, obwohl die Marimba auch mit ein paar ganz guten Erwiderungen aufwartete. Alle zusammen unterhielten sie sich mit Improvisationen über das Thema »Baby, Won't You Please Come Home?«. Das paßt genau zu meiner Mission und brachte mich auf den Gedanken, daß Baby vielleicht schon heimgekommen war, während ich ihn an Orten gesucht hatte, wo er nie gewesen war. Ich rutschte von meinem Hocker und ging zu der Telefonzelle vor der Herrentoilette. Nachdem ich mein Zehn-Cent-Stück eingeworfen hatte, wählte ich Anns Nummer.

»Bist du's, Mick?« fragte sie, nachdem ich mich mit einem »Hallo« gemeldet hatte.

»Ja. Ist Cal inzwischen gekommen?«

»Nein. Hast du was rausgekriegt?«

»Ich hab rausgekriegt, daß er in sechs Kneipen gestern abend nicht war. Das ist immerhin so 'ne Art ausschließendes Verfahren.«

»Wo bist du jetzt?«

»In der Bar vom *Number Ten Club.* Ich weiß nicht, ob er hier war. Ich hab gerade ein Glas getrunken und ein bißchen den Gesprächen zugehört. Aber jetzt werd ich mal nachfragen.«

»Danke, Mick. Ich bin dir wirklich dankbar.«

»Schon gut, Ann. Betrachte es als gutes Werk zur Wiedergutmachung meiner Sünden.«

»Wie?«

»Nichts, nichts. Ich melde mich später wieder.«

Damit legte ich auf, ging aus der Zelle und versuchte mein Glück an der geschlossenen Tür zum Hauptsaal. Sie war nicht abgesperrt, ich schlüpfte hinein und zog sie hinter mir zu. Außer mir waren nur die Marimba, das Schlagzeug, der Baß und die Klarinette im Raum. Sie achteten nicht auf mich, bemerkten wohl meine Anwesenheit gar nicht, sondern führten einfach ihre Plauderei fort. Zunächst verstand ich die Sprache nicht, aber nach einer Weile glaubte ich den »Potato Head Blues« zu erkennen, eine sehr, sehr alte Sprache, die ungefähr zu Beginn des Jahrhunderts mit Jelly Roll Morton oder so einem Typen aus New Orleans heraufgekommen sein mußte. Zwischen einem Durcheinander kleiner Tische hindurch ging ich quer durch den Saal zu einer Tür am anderen Ende, gelangte von dort in einen kleinen Flur, stieg eine Treppe hinauf zu einem längeren Flur voller geschlossener Türen. An ihnen entlang marschierte ich bis zu einer Tür mit der Aufschrift »Büro«, und da klopfte ich.

Das Büro gehörte einem Mann namens Duane Holland. Der ganze *Numer Ten Club* gehörte ihm. Außerdem gehörten ihm eine Schnapsbrennerei, eine Kette von Süßwarengeschäften, ein weiblicher Varietéstar, zwei Stadträte und die Aktienmehrheit für den Job des Bürgermeisters. Alle diese Besitztümer hatte er vor seinem vierzigsten Lebensjahr angehäuft – das nun allerdings kurz bevorstand –, und das sagt einiges über seine kumulativen Fähigkeiten, insbesondere angesichts der Tatsache, daß er mit nichts als einer alkoholsüchtigen Mutter angefangen hatte, und die er unterdessen verloren hatte. Er war glatt wie ein Aal, hart wie Stahl und schlau wie ein Fuchs. Das sind alles absichtlich banale Vergleiche für einen banalen Typ. Das Leben bringt ihn immer wieder hervor und man muß ihn immer respektieren, aber mit der Zeit wird man es ein bißchen müde, ihn zu bewundern. Auf mein Klopfen forderte mich Holland auf hereinzukommen, und ich trat ein.

Mit einer Serviette unter dem Kinn saß er hinter einem Mahagonischreibtisch. Mit dem kurzgestutzten braunen Haar und dem kleinen, harten Gesicht hätte er Profiboxer, junger Geschäftsmann in leitender Position, Führer einer Pfadfindergruppe oder sonstwas Erfolgreiches sein können, einschließlich dem, der er war.

Vor ihm auf dem Schreibtisch stand ein frühes Abendessen, das man ihm aus der Küche heraufgebracht hatte – Hummer, gebackene Kartoffel mit saurer Sahne und Schnittlauch, Spargelspitzen, gemischter Salat mit knackigen Radieschen- und Gurkenscheiben. Ich wurde mir plötzlich des gähnenden

Hohlraums unter meinem Zwerchfell bewußt. Es war sechs Uhr vorbei; seit meinem leichten Mittagessen waren Stunden vergangen. Holland betrachtete mich ohne Verwunderung und, soweit ich feststellen konnte, auch ohne Feindseligkeit, während er ein Stück Hummer aus der Schale löste, in ein Schälchen mit zerlassener Butter tauchte und dann in den Mund schob. Ich aß im Geiste mit.

»Hallo, Mick«, sagte er.

Ich nickte. »Ich hoffe, ich störe nicht.«

»Keineswegs. Kommen Sie herein und setzen Sie sich.«

Er wies auf einen Sessel schräg vor seinem Schreibtisch, und ich ging hinüber und setzte mich. Der Sessel war mit Schaumstoff gepolstert und mit Leder bezogen und sehr bequem. Ich roch den Hummer und die zerlassene Butter und den Kaffee in der Wärmekanne.

»Hungrig?« fragte er.

»Ziemlich.«

»Hier ist noch ein Stück. Sowieso zuviel für mich. Nehmen Sie meine Salatgabel.«

Ich rückte näher heran und begann zu essen. Wir tauchten unsere Gabeln abwechselnd in das Schälchen mit der zerlassenen Butter. Die gebackene Kartoffel aß er allein, aber ich bekam die Hälfte des Salats und hinterher eine Tasse Kaffee. Es war alles sehr gut, und wir verdarben uns den Genuß nicht damit, daß wir über ernstere Angelegenheiten sprachen als über die Frage, wer die Yankees schlagen sollte.

»Kann ich was Besonderes für Sie tun, Mick?« fragte er schließlich.

»Vielleicht«, antwortete ich. »Ich suche Cal Christopher.«

»Cal? Warum?«

»Seine Frau macht sich Sorgen. Cal ist seit gestern abend nicht mehr zu Hause gewesen.«

Holland lachte und wollte etwas sagen, aber da klopfte es, und ein Kellner kam herein, um abzuräumen. Holland wartete stumm, lachte nur leise vor sich hin, bis der Kellner weg war.

»Was finden Sie so komisch?« fragte ich, als sich die Tür geschlossen hatte.

»Ich hab mir gerade überlegt, daß Cals Frau ein sehr sorgenreiches Leben vor sich hat, wenn sie sich jedesmal, wenn Cal ein Weilchen verschwindet, Sorgen machen will. Sie sollte sich besser daran gewöhnen.«
»Das wird sie sicher früher oder später tun. Aber augenblicklich habe die beiden eine Vereinbarung.«
»Was für eine Vereinbarung?«
»Nichts Wichtiges. Eine private Abmachung. Haben Sie Cal in den vergangenen vierundzwanzig Stunden gesehen?«
Er zuckte die Achseln und inspizierte die Fingernägel seiner linken Hand. Dann nahm er ein kleines goldenes Taschenmesser heraus und machte sich daran, den Nagel des Zeigefingers sorgfältig etwas kürzer zu schneiden.
»Ich muß wissen, was dahintersteckt, Mick. Oder seh ich vielleicht aus wie einer, der einer Ehefrau hilft, ihren Mann dranzukriegen? Soll sie doch einen Detektiv nehmen, wenn sie's so genau wissen will.«
»So ist das nicht. Sie hat Angst um ihn. Sie fürchtet, es könnte ihm was passiert sein.«
»Zum Beispiel?«
»Das hat sie nicht gesagt, und ich hab sie nicht gefragt, und sie hätte es mir auch nicht sagen können, wenn ich gefragt hätte. Sie macht sich eben Sorgen. Ist beunruhigt. Sie wissen doch, wie das ist.«
»Nein, das weiß ich nicht. Wenn jemals einer um mich Angst gehabt hat, dann hat er das strikt geheimgehalten.«
»Schauen Sie, ich persönlich seh das so: Ganz gleich, wo Cal ist oder wo er war, egal, mit wem er zusammen ist oder war, ich will ihm einzig und allein sagen, er soll endlich nach Hause gehen und basta.«
»Na schön, wenn das so ist. Ja, ich hab ihn gestern abend gesehen und wollte, er wäre nie hier aufgetaucht.«
»Wieso?«
»Als er ging, hatte er dreißig Riesen in der Tasche, die er vorher nicht hatte.«
Ich pfiff durch die Zähne. »Das ist 'ne Menge Kohle für ein Pokerspiel. War das eine Runde in einem der privaten Räume?«

»Das hat er nicht beim Pokern gewonnen«, erklärte Holland mit einem Kopfschütteln. »Das kassierte er ruckzuck beim Würfeln. In nicht mal einer Stunde. Der Kerl hatte eine echte Glückssträhne.«
»Ich wußte gar nicht, daß Cal auch würfelt.«
»Gestern aber hat er's jedenfalls getan. Er würfelte und zog dann mit dreißig Riesen ab.«
»Wann ist er gegangen?«
»Das weiß ich nicht. Jedenfalls nicht sofort. Er spielte erst noch eine Weile mit Gail Sullivan Siebzehnundvier, eine Stunde vielleicht, und später sah ich ihn unten an der Bar. Das war, soweit ich mich erinnere, nach elf. Er hatte ganz schön einen sitzen. Feierte wahrscheinlich.«
»War er allein?«
»Es waren ziemlich viele Leute da, aber ich kann nicht sagen, ob er mit jemandem zusammen da war.«
»Ist er allein weggegangen?«
»Das hab ich nicht gesehen. Das sagt ich schon, nicht wahr?« Er klappte das goldene Taschenmesser zusammen und steckte es wieder ein. »Fragen Sie doch mal den Barmann.«
»Danke«, sagte ich. »Ich werd ihn fragen, aber er wird sich wahrscheinlich an nichts erinnern.«
»Tja, das ist bei Barkeepern meistens so«, meinte er.
Ich stand auf und ging zur Tür. Dort drehte ich mich um. »Nochmals vielen Dank«, sagte ich. »Für alles. Den Hummer und so.«
»War mir ein Vergnügen«, erwiderte er.
Als ich nach unten ging, war mir nicht mehr so recht wohl. Man nehme einen Mann mit zuviel Alkohol im Blut und dreißigtausend Dollar in der Tasche, dachte ich, und es ist durchaus denkbar, daß ihm oder dem Geld oder beiden ein Unglück widerfährt.
Im Hauptsaal hatten die Marimba, das Schlagzeug, der Baß und die Klarinette ihre Plauderei beendet. Sie saßen schweigend beisammen, rauchten und tranken einen dazu.

Der Barkeeper hörte sich meine Frage höflich an, aber mit Sicherheit konnte er sich an nichts erinnern. Er hatte eine vage Erinnerung daran, Cal am Tresen bedient zu haben, wußte aber nicht mehr, ob es früh oder spät am Abend gewesen war, ja, um ehrlich zu sein, er konnte nicht einmal mit Gewißheit sagen, ob es am vergangenen Abend gewesen war oder vielleicht schon am Abend zuvor.

»Tut mir leid«, sagte er.

»Schon in Ordnung«, erwiderte ich.

»Sie wissen ja, wie das in so einem Laden wie hier ist«, meinte er. »Jeder hat's eilig. Jeder mit einem Riesendurst, der nicht warten kann. Da kann man schon froh sein, wenn man hinterher noch weiß, welcher Tag gerade ist.«

»Es ist Samstag«, sagte ich.

»Danke. Ich werd versuchen, es mir zu merken, falls jemand fragt.«

»Tun Sie das. Inzwischen nehme ich, vorausgesetzt, Sie können sich an das Rezept erinnern, einen Fünfzig-Dollar-Whisky mit Wasser.«

»Sagten Sie fünfzig Dollar?«

»Ganz recht. Vorausgesetzt, Sie erinnern sich an das Rezept«, sagte ich. »Jemand mit solchen Gedächtnisproblemen wie Sie könnte da Schwierigkeiten haben.« Er mixte den Drink und stellte in vor mir auf den Tresen. Mit zwei Fingern nahm er meinen Fünfziger. Er holte zwei Dollar aus seiner eigenen Tasche, machte Kasse und steckte die fünfzig Dollar in die Tasche, wo vorher die zwei Dollar gewesen waren.

»Jetzt, wo ich mich konzentriere«, sagte er, »wird die Erinnerung ein bißchen klarer.«

»Lassen Sie sich ruhig Zeit«, meinte ich. »Es hat überhaupt keine Eile.«

»Hm«, fuhr er fort, »es war ungefähr elf. Kurz danach. Mir fällt jetzt alles wieder ein. Er hatte oben beim Würfeln einen Mordsreibach gemacht und kam hier runter, um zu feiern. Erst war er allein, aber später, ungefähr Viertel vor zwölf, kam Gail Sullivan runter und setzte sich zu ihm. Kennen Sie Gail?«

O ja, die kannte ich. Eine große, schlanke Rothaarige, die Geberin oben beim Siebzehnundvier. Die, an deren Tisch Holland zufolge Cal noch eine Stunde gespielt hatte, nachdem er von den Würfeltischen weggegangen war. Selbst für einen Mann, der mit einer Frau wie Ann was Festes hatte, wäre Gail eine interessante Abwechslung gewesen, und so langsam bekam ich eine Vorstellung davon, wo Cal vielleicht die Nacht verbracht hatte und möglicherweise immer noch war.

»Ja, die kenn ich«, sagte ich. »Hübsche Rothaarige. Gibt oben beim Siebzehnundvier.«

Der Barkeeper nickte. »Genau. Tja, also, wie ich schon sagte, sie kam so gegen Viertel vor zwölf runter. Im Mantel. War so'n dunkler Pelz. Sie hat sich oben anscheinend ablösen lassen, denn es war lange vor Ladenschluß. Sie und Cal tranken was zusammen, dann sind sie gegangen. Seitdem hab ich die beiden nicht mehr gesehen.«

»Jetzt sind Sie aber schwer auf Draht. Ihr Gedächtnis funktioniert richtig gut.«

»Wie gesagt, mit fällt so langsam vieles wieder ein. Ich erinnere mich sogar, daß ich noch dachte, was für ein Schwein der Kerl hat. Zu der ganzen Kohle auch noch die Puppe. Verstehen Sie, was ich meine?«

»Klar. Manche Leute haben überall Glück. Im Spiel und in der Liebe. Tja, ich muß weiter. Danke für die geistigen Bemühungen.«

»Keine Ursache.«

Ich trank den Fünfzig-Dollar-Drink aus, der nicht besser war als viele andere, die mich nur zwei Dollar gekostet hatten, stand auf und ging aus der Bar zu meinem Wagen hinaus.

Zwanzig Minuten später parkte ich ihn vor dem Apartmenthaus, im dem Gail Sullivan wohnte. Ich wußte, daß sie dort wohnte, weil ich schon einmal dagewesen war, und ich war schon einmal dagewesen, weil auch ich zu denen gehörte, die gelegentlich die Abwechslung suchten. Ich wage jedoch zu behaupten, daß ich, wäre ich Anns Ehemann gewesen, keine Abwechslung gesucht hätte, nicht einmal bei Gail, obwohl sie echt starke Konkurrenz war. Doch das war sowieso eine rein akademische Frage, die Ann herzlich wenig und Cal noch weniger interessiert hätte.

Vor Gails Tür angekommen, klopfte ich und wartete. Nach einer Weile klopfte ich noch einmal und wartete wieder. Ich sagte mir gerade, daß die Wohnung entweder leer war oder die Leute drinnen nicht gestört werden wollten, als ohne irgendein vorangehendes Geräusch plötzlich die Tür geöffnet wurde. Ich sah sogleich, daß ich Gail bei einer wichtigen Tätigkeit gestört hatte; sie war gerade dabei, sich für die Arbeit anzukleiden. Darum hatte ich auch warten müssen. Sie trug ein blaßgoldenes, beinahe hautenges Kleid, in dem sie so großartig aussah, daß jeder, der an ihrem Tisch saß, das Gefühl haben mußte, mit ihr Siebzehnundvier zu spielen, sei ein Privileg und das Verlieren eine Wonne oder zumindest ein angemessener Preis für einen solchen Anblick. Ihr rotes Haar war ein wenig zerzaust, da sie gerade das Kleid über den Kopf gezogen hatte, und der blaßgoldene Stoff schleifte auf dem Boden, da sie auf Strümpfen zur Tür gekommen war. Sie wirkte nicht direkt feindselig, aber auch nicht sonderlich erfreut.
»Hallo, Mick«, sagte sie. »Was gibt's?«
»Kann ich reinkommen?« fragte ich.
»Nicht, wenn ich's verhindern kann«, entgegnete sie. »Herrgott, Mick, ich arbeite abends, das weißt du doch. Ich ziehe mich gerade an, weil ich gleich gehen muß.«
»Ich halte dich nicht auf«, versprach ich. »Ich kann ja durch den Türspalt mit dir reden.«
»Ach Mensch, dann komm eben rein«, sagte sie gar nicht gastfreundlich.
Sie trat zur Seite, und ich ging an ihr vorbei in die Wohnung, wartete dann, um sie vorausgehen zu lassen. Ich folgte ihr ins Schlafzimmer und hockte mich auf den Bettrand, während sie sich vor den Toilettentisch setzte und anfing, ihr Haar zu bürsten. Ihr Haar war von einem tiefen, tiefen Rot. Unter den Bürstenstrichen begann es förmlich zu glühen. Im Spiegel sahen wir einander an.
»Also, was willst du, Mick?« fragte sie endlich.
»Eine Auskunft«, antwortete ich. »Ich such im Auftrag einer Freundin einen Freund.«
»Kenne ich denn überhaupt Freunde von dir?«

»Ich denke schon.«
»Tja, die Welt ist klein. Und du meinst, ich kann dir über diesen besonderen Freund etwas sagen?«
»Ich hoffe es jedenfalls. Soll ich taktvoll sein oder ganz direkt?«
»Frag ruhig direkt.«
»Gut. War Cal Christopher in der vergangenen Nacht hier?«
»Soll ich taktvoll sein oder ganz direkt?«
»Sei ruhig direkt.«
»Das geht dich einen Dreck an.«
»Stimmt. Ich geb's ja zu. Ich möcht's ja auch nur wissen, um die Gewißheit zu haben, daß Cal nichts passiert ist.«
»Cal ist kein kleiner Junge. Weshalb sollte ihm was passiert sein?«
»Du hast wahrscheinlich recht, aber er hat sich seit vierundzwanzig Stunden nicht mehr zu Hause blicken lassen, ist seit ungefähr achtzehn Stunden nicht mehr gesehen worden und hatte dreißigtausend Dollar in der Tasche, die er bei Holland am Würfeltisch gewonnen hatte.«
Sie hielt im Bürsten inne und drehte sich nach mir um. »So viel? Ich wußte, daß er eine Menge gewonnen hatte, aber ich hatte keine Ahnung, daß es so viel war.«
»Die Zahlen hat mir Holland geliefert. Und ich kann mir nicht denken, daß er übertreibt.«
»Nein, sicher nicht.« Sie legte die Bürste nieder, stand abrupt auf und ging durch das Zimmer zu einem Wandschrank. Mit einem Paar goldener Sandalen kehrte sie zum Toilettentisch zurück, setzte sich und zog die Schuhe an. »Also gut, Mick, ganz unter uns und nicht zur weiteren Verbreitung bestimmt: Er war hier. Er war bis ungefähr elf Uhr heute morgen hier, und als er ging, war er bei guter Gesundheit und hatte alles bei sich, womit er gekommen war. Reicht dir das oder bestehst du auf Einzelheiten?«
»Einzelheiten sind nicht nötig. Aber vielleich kannst du mir verraten, ob er was davon sagte, wohin er von hier aus wollte.«
»Er sagte nichts darüber. Und mich interessierte es auch nicht weiter.«

»Hm, das kann ich verstehen.« Ich stand auf und ging zu ihr. Einen Moment lang legte ich ihr die Hand auf den Kopf. Ich hatte mir vorgestellt, ich würde das Feuer in ihrem Haar spüren können, aber es fühlte sich nicht anders an als ganz gewöhnliches Haar. »Danke für die Beichte, Schatz.«
»War mir ein Vergnügen. Es heißt, das tut der Seele gut.«
»Wir sehen uns?«
»Vielleicht. Komm mal vorbei, wenn ich mehr Zeit habe.«
»Werd ich tun. Bis dann.«
Ich ging zu meinem Wagen und blieb eine Weile darin sitzen, ohne irgend etwas zu tun. Es war gegen acht, und ich wußte nicht, wo ich noch suchen, mit wem ich noch sprechen, was ich überhaupt noch tun sollte. Schließlich beschloß ich, mich auf jeden Fall noch einmal bei Ann zu melden. Ich fuhr darum zu einem Drugstore und rief sie von dort aus an. Aber Cal war noch immer nicht aufgetaucht und hatte auch nicht von sich hören lassen. Ann meinte, sie wolle jetzt anfangen, die Krankenhäuser anzurufen und vielleicht auch die Polizei. Ich sagte, das mit den Krankenhäusern solle sie ruhig tun, aber mit dem Anruf bei der Polizei solle sie noch warten; denn erstens hätte sie ja nichts zu berichten, was den Bullen mehr als ein gelangweiltes Gähnen entlocken würde, und zweitens würde Cal toben, wenn er heil und gesund nach Hause kommen sollte und davon erfuhr. Ich legte auf, ohne etwas von Cal und Gail und den dreißigtausend Dollar gesagt zu haben.
Danach klapperte ich, da ich keinen besseren Plan oder eigentlich überhaupt keinen Plan hatte, sämtliche Kneipen und Spelunken ab, wo Cal meiner Meinung nach gewesen sein konnte, auch die sieben Lokale, wo ich schon nach ihm gesucht hatte, und als ich damit endlich fertig war, war es ein Uhr vorbei. Von der letzten Pinte aus versuchte ich, Ann noch einmal anzurufen, um ihr zu sagen, daß ich jetzt nach Hause fahren und mich am Morgen bei ihr melden würde, aber das Telefon läutete und läutete, ohne daß sie sich meldete. Da fuhr ich eben nach Hause.

Am folgenden Morgen stand ich um acht auf und war nach

einer Tasse Kaffee und einem Brötchen in einem Drugstore gegen neun bei Ann. Nachdem sie mir die Tür geöffnet hatte, wandte sie sich ohne ein einziges Wort um, ging seltsam steif, als kostete es sie höchste Anstrengung, ihre Bewegungen zu beherrschen, durch das Zimmer und setzte sich auf einen Stuhl mit hoher, gerader Rückenlehne. Sie saß völlig verkrampft auf der Stuhlkante, die Knie zusammengedrückt, die Hände auf den Knien gefaltet.

Sie trug ein einfaches dunkles Kostüm, und ihr Gesicht wirkte abgespannt und müde, die Augen waren dunkel, umschattet. Sie sah aus, fand ich, als hätte sie versucht, mit Seife und Wasser und peinlicher Pflege die Verheerungen einer tagelangen Sauftour zu vertuschen.

»Was ist denn mit dir los?« fragte ich.

Ich ging zu ihr und nahm ihre Hand. Sie war eiskalt. Ann sah mich nicht an, sondern starrte wie gebannt auf einen Brandfleck im Teppich, wo irgendwann einmal irgend jemand die glühende Asche einer Zigarette hatte fallen lassen.

»Sie haben einen Toten gefunden«, sagte sie.

»Einen Toten? Wen denn?«

»Es muß Cal sein.«

»Woher willst du das wissen? Haben sie es dir gesagt?«

»Nein. Ich fühle es.«

»Du bildest es dir ein. In Wirklichkeit ist es wahrscheinlich gar nicht Cal.«

Sie schüttelte nur den Kopf, den Blick weiter auf den Brandfleck gerichtet.

»Wer hat den Toten gefunden?« fragte ich.

»Irgend jemand. Draußen auf dem Land. Der Sheriff oder jemand.«

»Woher weißt du das?«

»Ich habe heute morgen die Polizei angerufen, und sie erzählten es mir. Ein gewisser Sergeant Durham. Gestern abend habe ich das Beruhigungsmittel genommen, das Wade Hacket mir dagelassen hatte, und es hat offenbar geholfen, denn ich konnte wenigstens schlafen. Allerdings habe ich ständig Alpträume gehabt und bin immer wieder aufgewacht. Heute mor-

gen war mir klar, daß ich diesen Zustand nicht noch länger ertragen kann, deshalb rief ich die Polizei an. Und da erfuhr ich, daß man einen Toten gefunden hatte. Dieser Sergeant Durham sagte, es wäre das beste, ich käme vorbei und sähe ihn mir an.«
»Dann konnten sie den Toten bisher nicht eindeutig identifizieren?«
»Nein, ich glaube nicht. Ich glaube, der Tote ist irgendwie entstellt, so daß sie nicht feststellen können, wer er ist.«
»Siehst du? Du rufst wegen eines verschwundenen Ehemanns an, und sie haben einen unbekannten Toten. Ist doch klar, daß sie dich bitten, ihn dir anzusehen. Das ist reine Routine, Ann.«
»Du willst mich beruhigen, Mick, und ich bin dir dankbar, aber ich habe nun mal so ein Gefühl. Es ist ein ganz schreckliches Gefühl.«
»Und fährst du nun zur Polizei?«
»Ich muß doch. Ich muß Gewißheit haben. Sergeant Durham holt mich ab.«
»Soll ich mitkommen?«
»Ach ja, wenn's dir nichts ausmacht. Das wäre sehr lieb von dir.«
Ich versuchte, ihre Hand warmzureiben, aber es war sinnlos. Die Hand blieb kalt und steif. Sie fühlte sich an wie einbalsamiert. Ich hätte gern etwas Vernünftiges und Beruhigendes gesagt, aber mir wollte nichts einfallen, das sie auch so aufgefaßt hätte. Ich war immer noch am Grübeln, als es läutete. Ich ging hin und machte auf. Ein kleiner dünner Mann im blauen Anzug, mit grauem Hut und schwarzen Stiefeln stand vor mir. Er nahm den Hut ab und blieb auf einem Bein stehen, während er die Schuhspitze des anderen an der Wade des Standbeins auf und ab rieb. Er schien sich gar nicht bewußt, daß er das tat.
»Ich hätte gern Mrs. Christopher gesprochen«, sagte er.
»Da sind Sie hier richtig«, erwiderte ich. »Kommen Sie herein.«
Er trat ein, und als er Ann sah, ging er direkt auf sie zu. »Mrs. Christopher?« fragte er und blieb ungefähr einen Meter von ihr entfernt stehen.
»Ja.« Sie drehte sich um und sah ihn an, aber ich hatte den Ein-

druck, daß sie ihn gar nicht richtig wahrnahm. »Sie sind wohl Sergeant Durham?«
»Richtig. Wir haben miteinander telefoniert.«
»Ja, ich weiß. Ich erinnere mich. Das ist Mr. Mahony. Ein Bekannter. Ich möchte gern, daß er mich begleitet.«
»Das geht schon in Ordnung.« Er warf mir einen flüchtigen Blick zu. Die Iris seiner Augen waren hell und gesprenkelt, wie ausgeblichene blaue Farbe auf altem Mörtel. »Es ist immer angenehm, wenn man einen Freund dabei hat.«
»Wollen wir gleich fahren?« fragte sie.
»Nein, nicht gleich. Ich möchte erst noch mit Ihnen sprechen, wenn Sie nichts dagegen haben.«
»Bitte. Nehmen Sie doch Platz.«
»Danke.«
Er sah sich nach einer Sitzgelegenheit um, rührte sich aber nicht von der Stelle. Ich holte ihm deshalb einen Stuhl wie der, auf dem Ann saß. Er nickte dankend und setzte sich, wobei er seinen Hut achtsam auf seine Knie legte.
»Es wird vielleicht ein Schock für Sie werden«, sagte er. »Ich meine, wenn Sie die Leiche sehen. Ich denke, es ist besser, ich sage Ihnen, was Sie erwartet.«
»Ist das nötig?«
»Es ist empfehlenswert.«
»Gut, dann sagen Sie es mir.«
»Also, es ist so: Der Tote wurde am Indian River gefunden, außerhalb der Stadt, an einer Stelle, wo der Fluß ziemlich seicht ist. Die Ufer sind dort flach und kiesig, und auf beiden Seiten sind Felswände von ungefähr zehn bis zwölf Metern Höhe. Der Tote lag am Ostufer, am Fuß der Felswand. Es ist da ziemlich einsam, rundherum ist Gebüsch. Es war reines Glück, daß die Leiche so schnell entdeckt wurde. Reiner Zufall. Da draußen lebt nämlich in einer Hütte ein alter Mann – die Wasserratte wird er allgemein genannt –, und der war auf dem Wasser, weil er Katzenfisch fangen wollte. Mit den Händen, verstehen Sie. Ja, und wie er da so seine Fische fing, fuhr er um eine Biegung im Fluß und sah plötzlich ein Stück stromaufwärts hellen Lichtschein. Es war ein Feuer. Neugierig wie

er war, ruderte er hin, weil er sehen wollte, was da brannte, und da sah er, daß es die Leiche war. Die da brannte, mein ich. Irgend jemand hatte sie da hingeschleppt, mit Benzin übergossen und in Brand gesteckt.«
Durham schwieg und musterte Ann scharf, aber sie zeigte keinerlei Zeichen von Erschütterung, schwankte nicht einmal, regte sich überhaupt nicht, schien nur wie unter der Einwirkung eines tödlichen chemischen Prozesses auf der Kante ihres Stuhls zu schrumpfen und schrecklich klein zu werden.
»Der Alte«, fuhr Durham fort, »bekam einen Riesenschrecken, nehme ich an. Ganz natürlich. Es hätte ja sein können, daß der Täter noch in der Nähe war und irgendwo im Dunkeln lauerte und ihn beobachtete. Er tat, was beinahe jeder getan hätte –, er machte sich so schnell wie möglich davon. Vom nächsten Telefon aus rief er den Sheriff an, und als der Sheriff eine halbe Stunde später mit seinem Mitarbeiter kam, fuhren die drei zu der Stelle, wo der Alte die Leiche gesehen hatte. Da war von dem Toten nicht mehr viel übrig. Er war praktisch bis zur Unkenntlichkeit verbrannt. Aber man kann einen menschlichen Körper auf diese Weise natürlich nicht völlig zerstören. Es bleiben die Knochen. Und die Zähne. Mit Hilfe der Knochen und der Zähne kann man einiges feststellen. War am Knochenbau oder an den Zähnen Ihres Mannes irgend etwas Besonderes, Mrs. Christopher?«
Wieder hielt er inne und beobachtete sie aufmerksam, während er wartete und ich ihn im stillen verfluchte. Und da antwortete ihm Ann schon mit kleiner, dünner Stimme, die nicht körperlichen Ursprungs zu sein schien.
»Am rechten Fuß fehlt ihm das erste Glied der mittleren Zehe«, sagte sie. »Er hat mir erzählt, daß er als Kind einen Unfall hatte. Wie es genau passierte, hat er nicht gesagt.«
»Hm.« Durham streckte sein rechtes Bein vor und sah auf seinen Fuß, als wolle er Schuh und Strumpf mit seinem Blick durchbohren, um sich der Normalität seiner eigenen mittleren Zehe zu vergewissern. Dann stand er unvermittelt auf und sagte so abrupt, daß es fast brutal wirkte: »Gut, fahren wir. Sind Sie soweit, Mrs. Christopher?«

Ann bejahte mit dieser kleinen, fernen Stimme, und wir fuhren mit Durham im Polizeiwagen zum Leichenhaus. Dort sahen wir uns den verkohlten Leichnam an, und es war eigentlich leichter als gedacht, denn dieses Ding konnte unmöglich auch nur im entferntesten etwas mit einem Menschen zu tun haben, den wir gekannt hatten. Aber die Größe stimmte ungefähr, der Körperbau hätte passen können, es fehlte das erste Glied der mittleren Zehe am rechten Fuß. Ann stand etwas abseits, und sie schien mir so zerbrechlich, so aufs äußerste gespannt, daß ich fürchtete, sie würde sich in Staub auflösen, wenn ich sie nur berührte. Als wir fertig waren und in Durhams Wagen wieder heimwärts fuhren, saß sie in der äußersten Ecke des Sitzes, die Augen geschlossen, das Gesicht wie das einer Toten. Sobald wir in der Wohnung waren, ging sie ins Schlafzimmer und legte sich aufs Bett. Ich folgte ihr und sah sie schweigend an, wie sie dalag. Sie schien mir viel zu still zu sein. In meinen Augen war das ein schlechtes Zeichen. Wenn da nichts unternommen wurde, mußte bald der Zusammenbruch kommen, und es war bestimmt besser, dem vorzubeugen.

Ich ging wieder ins Wohnzimmer, wo Durham saß.

»Ich rufe ihren Arzt an«, sagte ich.

»Ja, tun Sie das.«

Ich schlug die Nummer von Hackets Praxis nach und wählte. Seine Sprechstundenhilfe teilte mir mit, er sei im Augenblick unterwegs, habe aber angerufen, um sie wissen zu lassen, daß er bald in der Praxis sein würde. Ich gab ihr Anns Adresse und bat sie, ihn schleunigst hierherzuschicken. Dann setzte ich mich und starrte Durham an, und er starrte mich an. So saßen wir ungefähr ein, zwei Minuten.

»Welche Rolle spielen Sie eigentlich in dieser Angelegenheit?« fragte er schließlich.

»Das hat sie Ihnen doch gesagt«, erwiderte ich. »Ich bin ein Freund. Erst war ich mit ihm befreundet. Dann auch mit ihr. Ein Freund von beiden.«

»Aha. Was sagte sie, wann er zuletzt hier war? Vorgestern abend gegen neunzehn Uhr, ist das richtig?«

»Richtig.«
»Hat sie versucht, ihn ausfindig zu machen, ehe sie uns heute morgen anrief?«
»Ja. Sie wurde schon gestern nachmittag unruhig. Zumindest rief sie mich da an. Ich hab ihn in der ganzen Stadt gesucht, aber das einzige, was ich herausbekam, war, daß er einen Teil des vorangegangenen Abends im *Number Ten Club* verbracht hat.«
»Ah, Duane Hollands Club. Hat's da vielleicht was gegeben, was eine Erklärung sein könnte?«
Ich erzählte ihm von den dreißigtausend Dollar. Erst wollte ich ihm auch von Gail Sullivan erzählen, daß Cal die Nacht bei ihr verbracht hatte, aber dann tat ich es doch nicht. Ich wollte lieber noch ein bißchen warten. Die dreißigtausend Dollar interessierten Durham. Man sah ihm an, daß ihm allerhand im Kopf herumging.
»Das ist ein Haufen Geld«, bemerkte er. »Mehr Geld, als ich vermutlich in meinem Leben je zu sehen bekomme. Das könnte einen Mord schon erklären, aber dieser besondere Mord hat einiges an sich, das dadurch noch lange nicht erklärt wird. Ein Gangster, der wegen des Geldes tötet, überlegt sich hinterher nicht lange, was er mit der Leiche anfangen soll; er läßt sie einfach irgendwo liegen.«
Das war selbst mir klar, und dieser Punkt machte mir bereits einige Zeit zu schaffen; genau wie er Durham offensichtlich zu schaffen machte.
»Vielleicht waren die dreißigtausend gar nicht das Motiv«, meinte ich. »Vielleicht wurde er aus einem ganz anderen Grund umgebracht.«
»Genau«, sagte er. »Das ist mir auch schon durch den Kopf gegangen.«
Mit einem beinahe höhnischen Ausdruck in den blaßblauen Augen musterte er mich langsam von oben bis unten. Im ersten Moment begriff ich nicht, was das sollte. Als mir die Erleuchtung kam, war ich erst schockiert, dann erschrocken, schließlich ärgerlich.
»Hören Sie mal«, sagte ich energisch, »ich hab Ihnen gesagt,

daß ich mit den Christophers befreundet bin. Und zwar mit beiden. Ich war nie mehr als ein Freund der Familie. Fangen Sie also bitte nicht an, irgendwelche schlauen Theorien auszubrüten.«

»Ich? Ich bin noch nie schlau gewesen. Mit Theorien ist es bei mir nicht weit her, schon gar nicht mit schlauen. Was zum Teufel reden Sie da?«

»Sie wissen genau, was ich da rede. Das Zehnte nehm ich vielleicht manchmal ein bißchen auf die leichte Schulter, aber vom Sechsten laß ich schön die Finger.«

»Was soll das heißen? Ich verstehe nur Bahnhof.«

»Sie dachten doch, ich könnte es Anns wegen getan haben. So 'ne richtige Schnulze für die Regenbogenpresse. Das sollten Sie lieber gleich vergessen, wenn Sie nicht einen Haufen Zeit vertun wollen.«

»Ach was, hab ich das wirklich gedacht? Ich kann mich nicht erinnern, etwas dergleichen gesagt zu haben.«

»Sie ließen es durchblicken.«

»Tatsächlich? Ich wußte gar nicht, daß ich ein Talent für indirekte Anspielungen habe. Meistens hab ich schon Schwierigkeiten genug, das, was mir auf dem Herzen liegt, geradeheraus zu sagen.« Er stand plötzlich auf und sah mich grinsend an. »Na, lassen Sie sich deshalb keine grauen Haare wachsen. An Ihrer Bemerkung darüber, daß die dreißigtausend vielleicht gar nicht das Motiv sind, sehe ich schon, daß Sie klar denken, und ich hab so eine Ahnung, daß wir auf jedes bißchen Hilfe angewiesen sind, wenn wir den Fall abschließen wollen. Sollte Ihnen noch was Neues einfallen, dann melden Sie sich bei mir, ja?«

Er sagte das absolut freundlich und allem Anschein nach völlig aufrichtig; es war nicht festzustellen, wieviel Sarkasmus hinter seinen Worten steckte, ja, ob Sarkasmus überhaupt beabsichtigt war.

Er setzte seinen Hut auf und ging. Sobald er draußen war, ging ich zur Schlafzimmertür, um nach Ann zu sehen. Sie lag immer noch reglos auf dem Bett und sah aus wie eine Tote. Ich sprach leise ihren Namen, aber sie antwortete nicht, öffnete

auch nicht die Augen. Ich kehrte zu meinem Sessel im Wohnzimmer zurück, setzte mich und wartete auf Hacket, der endlich etwa eine Viertelstunde später kam.
»Was gibt's?« fragte er. »Ist Cal wiederaufgetaucht?«
»Ja, er ist aufgetaucht«, antwortete ich. »Aber nicht er braucht Ihre Hilfe, sondern Ann. Sie hat eine Menge mitgemacht.«
»Was ist denn geschehen?« fragte er. »Sagen Sie schon.«
»Cal ist tot. Er ist umgebracht worden. Seine Leiche wurde dann aufs Land hinausgeschleppt und angezündet. Sie wurde gestern abend gefunden.«
»O Gott!«
Der Mund blieb ihm offenstehen nach dem Ausruf, und sein Gesicht war plötzlich grau und schlaff und sehr häßlich. Nach ein paar Sekunden der Erstarrung kam wieder Leben in ihn, und er ging mit energischem Schritt an mir vorbei ins Schlafzimmer. Ich hörte ihn sprechen, aber eine Antwort von Ann hörte ich nicht. Danach hörte ich ihn herumgehen, hörte verschiedene gedämpfte Geräusche, die seine Tätigkeit im Zimmer begleiteten, und nach ungefähr zehn bis fünfzehn Minuten kam er wieder aus dem Zimmer heraus. Er hatte seine Sicherheit wiedergefunden, sein Gesicht hatte wieder Farbe, seine Stimme klang sachlich.
»Sie haben recht«, sagte er. »Es geht ihr schlecht.«
»Kein Wunder«, meinte ich.
»Natürlich. Ich habe ihr etwas gegeben, das sie erst mal eine Weile ruhigstellt. Eine Spritze.«
»Ich hatte schon Angst, sie würde durchdrehen.«
»Das wäre sicher geschehen. Es war gut, daß Sie mich angerufen haben.«
»Und wenn sie aufwacht, geht es ihr dann besser?«
»Sie wird auf jeden Fall die Belastung etwas besser ertragen können. Wie entsetzlich, daß das geschehen mußte!«
»Ja«, sagte ich seufzend.
»Wieso kam es dazu? Gibt es überhaupt einen Grund dafür?«
»Da es geschah, wird es auch einen Grund dafür gegeben haben.«

»Ja. Natürlich. Hat irgend jemand eine Ahnung, was der Grund war?«
»Er gewann vorgestern abend beim Würfeln dreißigtausend Dollar.«
»Er wurde des Geldes wegen getötet?«
»Vielleicht. Es ist jedenfalls eine einleuchtende Theorie.«
»Ja, wahrscheinlich.« Er ließ sich in einen Sessel fallen und stützte einen Moment lang den Kopf in die Hände. Dann richtete er sich auf und sagte: »Kann ich etwas zu trinken haben? Nur einen kleinen Whisky.«
»Aber sicher. Ich trinke auch einen.«
Wir tranken unsere Whiskys, die doch nicht so klein waren, und danach stand er auf und nahm sein Köfferchen, das er neben seinem Sessel auf den Boden gestellt hatte. Mit dem Koffer in der Hand ging er noch einmal zur Tür des Schlafzimmers und warf einen Blick hinein.
»Sie schläft«, sagte er. »Bleiben Sie hier?«
»Nein. Ich muß bald gehen.«
»Sie sollte aber jetzt nicht allein gelassen werden, und es sollte auch jemand dasein, wenn sie aufwacht. Auf jeden Fall die nächsten ein, zwei Tage. Sie sollte entkleidet und richtig zu Bett gebracht werden. Könnten Sie wenigstens noch so lange hierbleiben, bis ich eine Pflegerin schicke? Ich werde dafür sorgen, daß sie so rasch wie möglich kommt.«
»In Ordnung«, sagte ich. »Ich warte.«
Mit einem kurzen Nicken ging er. Als die Pflegerin kam, ging auch ich.
Spätestens zu diesem Zeitpunkt hätte ich aussteigen sollen, denn die Sache lag ja nun in Händen der Polizei, genau da also, wohin sie gehörte. Aber ich stieg nicht aus; aus dem einfachen Grund, weil ich es nicht fertigbrachte, plötzlich die Hände in den Schoß zu legen. Ich setzte mich vielmehr in meinen Olds und fuhr aufs Land hinaus, um mit dem Sheriff zu sprechen. Ich fand ihn in seinem Büro im Erdgeschoß des County-Gefängnisses.
Er war ein unheimlich dicker Mensch, der sich mit bemerkenswerter Behendigkeit bewegte und mit hoher, blecherner

Stimme zuviel redete. Als ich ihm eröffnete, wer ich war, zeigte er sich wenig beeindruckt; dafür beeindruckte es ihn um so mehr, daß ich ihn über die Person des Toten aufklären konnte. Und es machte ihn wütend. Es sei eine Schande, schimpfte er, daß ein rechtmäßig gewählter Gesetzesvertreter des County so etwas von wildfremden Menschen erfahren müsse. Diese aufgeblasenen Stadtpolizisten hätten die verdammte Pflicht und Schuldigkeit, ihn in dieser Sache auf dem laufenden zu halten, da die Leiche in seinem Zuständigkeitsbereich gefunden worden sei, und die verdammten Kerle sollten sich bloß nicht einbilden, sie könnten von ihm Zusammenarbeit erwarten, wenn sie ihn derart unverschämt behandelten.

Ich sagte, ich verstünde seine Empörung, fügte aber hinzu: »Wissen Sie, soviel Zeit ist seit der Identifizierung noch gar nicht vergangen. Ich weiß das, weil ich dabei war. Wir waren zu zweit dort, seine Frau und ich. Die Polizei ist wahrscheinlich einfach noch nicht dazu gekommen, Sie zu informieren.«

»Vielleicht«, meinte er und warf mir einen abschätzenden Blick zu, wobei er die Lippen vorschob wie zu einem ekligen, nassen Kuß. »Sie waren also ein Freund von ihm, sagen Sie? Von diesem Cal Christopher, mein ich.«

»Ja.«

»Haben Sie eine Ahnung, wer das getan hat?«

»Nein.«

»Üble Geschichte. Hab so was noch nie gesehen. Ich meine, wie die Leiche da unten am Wasser brannte. Und ich hoffe von Herzen, ich seh so was auch nie wieder.«

»Kann ich mir vorstellen.«

»Gestunken hat das! Furchtbar.«

»Ich würde mir die Stelle eigentlich gern mal ansehen«, sagte ich.

»Wozu denn das?«

»Ich weiß selbst nicht genau. Ich würde sie mir nur gern mal ansehen. Wie gesagt, er war mein Freund. Der beste Freund, den ich je hatte. Irgendwie würde ich mich, glaub ich, besser fühlen, wenn ich sehen könnte, wo es passiert ist.«

»Das versteh ich nicht. Ich würde meinen, daß Sie sich dann um so schlechter fühlen.«
»Gefühle sind eben nicht immer mit der Vernunft zu fassen. Manchmal hat der Mensch Bedürfnisse, die er nicht erklären kann.«
Er starrte mich ein paar Sekunden lang an, während er überlegte und dabei die Lippen bald vorschob, bald einsog.
»Hm«, machte er schließlich und zuckte die Achseln, »ich wüßte nicht, warum ich es Ihnen verwehren sollte. Ich find's verrückt, wenn Sie meine Meinung dazu wissen wollen, aber ansonsten ist ja nichts dabei. Ich fahr Sie gleich selber hin.«
Wir fuhren mit seinem Dienstwagen, einem Ford, und brauchten ungefähr fünfundzwanzig Minuten. Den längsten Teil der Strecke befanden wir uns auf einer schmalen, betonierten Landstraße, die nach einiger Zeit anstieg und durch kiesige, spärlich mit Krüppeleichen bewachsene Hügel führte. Als wir von ihr abbogen, gelangten wir auf einen beinhart getretenen Trampelpfad und fuhren auf ihm durch hohes Gras und Gebüsch zu den Felsen über dem Flußufer. Der Kiesstreifen, wo die brennende Leiche gefunden worden war, bildete eine Art Sims zwischen Wasser und Felswand. Die Wand war ziemlich steil, aber keineswegs unbegehbar; im Gegenteil, ein Fußweg schlängelte sich an ihrer Flanke zum Fluß hinunter. Es konnte nicht allzu schwierig gewesen sein, über diesen Weg die Leiche in die Tiefe zu schleppen, und das Feuer wäre sicher ungesehen verglüht, wäre nicht der alte Flußfischer gerade an dem Abend auf den Gedanken gekommen, Katzenfisch zu fangen.
Wir stiegen den Pfad hinunter und sahen uns um, aber es gab nicht viel zu sehen – nur den Fluß, die Felsen und auf den Steinen unter der Felswand die verkohlte Brandstelle. Der Mörder mußte mindestens zweimal, wenn nicht häufiger, die Wand hinauf- und hinuntergeklettert sein. Erst mit dem Toten hinunter, dann allein hinauf, dann wieder mit dem Brennstoff hinunter. Benzin, hatte Durham gesagt. Vielleicht ließ sich feststellen, wer in den letzten Tagen eine größere Menge Benzin gekauft hatte. Viele Leute zweifellos. Und alle bis auf einen in aller Unschuld. Na, das war Sache der Polizei.

Ich drehte mich um und kletterte vor dem Sheriff die Wand wieder hinauf. Wir setzten uns in den Ford und fuhren zurück. Als ich vor dem Gefängnis in meinen Olds stieg, blieb der Sheriff neben der Tür stehen.

»Zufrieden?« fragte er.

»Könnte man sagen«, antwortete ich. »Vielen Dank.«

»Keine Ursache. Und wenn Sie diese Blödmänner aus der Stadt sehen, dann sagen Sie ihnen, was ich von ihnen halte.«

»Wird gemacht«, versprach ich.

Es war sechs Uhr, als ich wieder in die Stadt kam. Ich dachte daran, irgendwo einzukehren und etwas zu essen, aber allein bei dem Gedanken wurde mir übel. Deshalb fuhr ich direkt zu Gail Sullivan. Es war schon ziemlich spät, beinahe Zeit für Gail, sich zur Arbeit fertigzumachen. Sie würde mir sicher kein herzliches Willkommen bereiten.

Tat sie auch nicht.

»Mick«, sagte sie, wobei sie mir die Tür versperrte, »du bist ein netter Kerl, wirklich, und ich mag dich, aber allmählich wirst du zur Plage.«

»Tut mir leid«, erwiderte ich. »Ich weiß, ich bin im falschen Moment gekommen, und du hast keine Zeit. Aber ich wollte dir nur sagen, daß mir wahrscheinlich nichts anderes übrigbleiben wird, als dich anzuschwärzen. So leid mir das tut.«

»Was soll das heißen?«

»Das heißt, daß ich bei kleineren Sünden gern den Mund halte, aber nicht bei Mord.«

Ich hörte förmlich, wie ihr der Atem stockte, und ihre Augen waren plötzlich wie erstarrt. Dann stieß sie den Atem in einem tiefen Seufzer aus und trat zur Seite, um mich hineinzulassen.

»Vielleicht kommst du doch besser rein«, sagte sie.

Ich ging hinein und setzte mich. Sie folgte mir ein paar Schritte, dann blieb sie stehen und sah zu mir herunter. Sie trug nur einen Bademantel aus weißem Frottee, und ihre Füße waren nackt. Mir schoß der Gedanke durch den Kopf, daß sie zu den wenigen Frauen meiner Bekanntschaft gehörte, die immer gut aussahen, ganz gleich, was sie anhatten oder nicht anhatten.

»Ich wollte gerade ein Bad nehmen«, bemerkte sie.
»Tut mir leid. Ich glaube, das habe ich schon gesagt.«
»Schon gut. Möchtest du was trinken? Du siehst ganz erschlagen aus.«
»Nein danke. Ich möchte auf leeren Magen lieber nichts trinken.«
»Zu essen hab ich leider nichts da.«
Ich schüttelte den Kopf. »Mir hat's ziemlich den Appetit verschlagen.«
»Wo war er?«
»Cal?«
»Du weißt, daß ich von Cal spreche.«
»Bis gestern vormittag elf Uhr war er hier. Das hast du mir gesagt.«
»Und nach elf?«
»Ich weiß es nicht. Das heißt, ich weiß nicht, wo er während des Tages war. Abends lag er draußen am Fluß und brannte wie eine Fackel. Irgend jemand hat ihn dort hingebracht, mit Benzin übergossen und angezündet. Jetzt liegt er im Leichenhaus.«
»Mein Gott«, sagte sie leise und drückte eine Hand auf ihr Gesicht.
Ich versuchte, mir vorzustellen, was in einer Frau vorging, die sich an Zärtlichkeiten mit einem Mann erinnerte, der jetzt nur noch eine verkohlte Leiche war. Es war keine angenehme Vorstellung.
»Deshalb mußt du wahrscheinlich der Polizei sagen, daß er hier war«, sagte ich.
»Natürlich, wenn es sein muß. Das macht mir nicht allzuviel aus.«
»Macht es dir auch nichts aus, wenn du zur sogenannten logischen Verdächtigen avancierst? Er war hier. Er hatte dreißigtausend Dollar in der Tasche, und bisher hat sich niemand gefunden, der ihn seitdem gesehen hat. Man kann wohl mit Recht vermuten, daß du das Geld gebrauchen könntest. Du siehst, mein Schatz, daß du dich nicht gerade in guter Position befindest.«

»Verdammt noch mal, Mick, willst du mir angst machen?«
Ich schüttelte den Kopf. »Nein.«
»Was ich dir gesagt habe, ist wahr. Er kam mit mir hierher, und zwischen uns war alles bestens. Gegen elf Uhr am folgenden Morgen ist er dann gegangen.«
»Ich weiß genau, was du gesagt hast. Wie gut kennst du Duane Holland?«
»Ich arbeite bei ihm. Wie gut kann man seinen Chef schon kennenlernen? Oder überhaupt einen anderen Menschen.«
»Was meinst du, wie weit würde er gehen, um sich dreißigtausend Dollar zurückzuholen?«
»Mach dich nicht lächerlich, Mick. Duane hat schon viel höhere Beträge verloren und wird in Zukunft noch höhere Beträge verlieren; aber dazwischen gewinnt er mehr, als er je insgesamt verlieren wird. Außerdem, wenn wir wirklich mal annehmen, daß er aus so einem Grund einen Menschen umbringen würde, dann würde er einen Killer bezahlen – so gut kenne ich ihn immerhin –, und der würde sich mit der Leiche bestimmt keine Umstände machen. Und im übrigen wäre es noch in derselben Nacht passiert, in der Cal das Geld gewonnen hatte. Unmittelbar danach. Wo man sicher sein konnte, daß er das Geld bei sich hatte.«
»Das klingt auf jeden Fall einleuchtend. Die Bullen werden das auch so sehen.«
»Aber es ist nicht in derselben Nacht passiert. Cal war nämlich die ganze Zeit hier bei mir.«
»Das sagst du. Aber du bist bei Holland angestellt, mein Schatz. Ich könnte mir denken, daß die Bullen das in Betracht ziehen.«
Sie holte tief und zitternd Atem. »Vielen Dank für dein Vertrauen, Mick. Und jetzt verschwinde. Ich brauch das Bad dringender denn je.«
»Reg dich nicht auf. Ich beschuldige dich ja nicht. Ich will doch nur ... Verstehst du, ich frag mich, warum die Leiche verbrannt werden mußte. Warum landete sie nicht einfach im Fluß oder in einer dunklen Gasse oder sonst an einem Ort, wo Gangster, die des Geldes wegen morden, ihre Opfer liegenzu-

lassen pflegen? Verstehst du, was ich meine? Wenn man berücksichtigt, daß Cal das ganze Geld bei sich hatte, drängt sich einem sofort die Möglichkeit des Raubmords auf, aber das Getue mit der Leiche verdunkelt das Motiv. Das lenkt die Spekulationen automatisch in andere Bahnen. Vielleicht sollte die Identifizierung verhindert werden; vielleicht war es ein Versuch, zu vertuschen, auf welche Art Cal getötet wurde; aber das paßt beides nicht ins Muster eines Raubmords. Ich finde das alles sehr verwirrend.«

»Dann überlaß es doch der Polizei, sich darüber den Kopf zu zerbrechen. Das ist schließlich ihre Aufgabe.«

»Ich weiß. Ich sollte die Hände von der Sache lassen. Es würde mich interessieren, ob Cal das Geld tatsächlich bei sich hatte, als er hier war.«

»Er muß es bei sich gehabt haben. Er erwähnte es nicht, und ich bekam es auch nicht zu sehen, aber er kann es in den Taschen gehabt haben, wenn es ihm in großen Scheinen ausgezahlt worden ist.«

»Stimmt. Dann fragt sich, wohin er von hier aus gefahren ist. Ja, das ist die Preisfrage, mein Schatz. Und für dich von entscheidender Wichtigkeit. Das ist dir doch wohl klar?«

»Ich hab keine Ahnung, wohin er von hier aus gefahren ist. Er sagte nichts darüber. Ich hab das Gefühl, ich muß dir alles wiederholen.«

»Hat er nicht wenigstens eine Bemerkung gemacht, die uns als Hinweis dienen könnte?«

»Nicht daß ich – Moment mal!«

Sie stand erstarrt, von einem plötzlichen Gedanken, einer unvermuteten Erinnerung in Bann geschlagen. Ihre Augen waren wie leer, während sie sich ganz auf ein inneres Bild konzentrierte, und ohne sich dessen bewußt zu sein, hob sie die Hand und zupfte in Gedanken versunken an ihrer Unterlippe.

»Er hatte Male am linken Arm«, sagte sie.

»Was?«

»Male! Einstiche, viele, ganz kleine Einstiche. Zuerst dachte ich, er wäre ein Fixer.«

»Cal? Du bist ja verrückt!«

»Ich weiß. Aber ich sah die Einstiche an seinem Arm, und das war der erste Gedanke, der mir kam. Ich hab für Rauschgiftsüchtige nichts übrig, deshalb fragte ich ihn danach. Aber da lachte er nur. Er sagte, er müsse sich Injektionen geben, aber nicht mit Heroin, sondern mit Insulin. Er sagte, er sei Diabetiker.«
Ich war wie vom Donner gerührt, und plötzlich fiel mir der befremdete Blick ein, den Ann mir zugeworfen hatte, als ich gesagt hatte, ich hätte nie etwas davon gehört, daß sie und Cal krank seien.
»Bist du sicher?«
»Natürlich bin ich sicher. Er sagte, er brauche alle vierundzwanzig Stunden eine Spritze. Er gäbe sie sich selbst. Und dann sagte er, dabei fiele ihm ein, daß er kein Insulin mehr hätte und sich wieder welches besorgen müsse.«
»Gut«, sagte ich. »Schön. Es ist schon spät. Wenn du dich jetzt anziehst, fahr ich dich nachher rüber zum Club.«
»Mach dir keine Mühe.«
»Das ist keine Mühe für mich. Ich möchte Wiedergutmachung leisten. Dafür, daß ich dir so zugesetzt habe. Zieh dich an, dann fahren wir.«
Sie ging ins Schlafzimmer. Ich konnte sie herumgehen hören. Vom Schlafzimmer ging sie ins Badezimmer. Ich setzte mich und lauschte dem Rauschen des fließenden Wassers. Sie brauchte vielleicht zwanzig Minuten, um ihr Bad zu nehmen und sich anzukleiden. Als sie aus dem Schlafzimmer kam, sah sie aus, als hätte sie Stunden mit ihrer Toilette zugebracht.
Im *Number Ten Club* ging sie gleich nach oben, und ich ging in die Bar. Duane Holland saß mit einem Whisky Soda am Tresen.
»Hallo, Mick«, sagte er. »Wie ich höre, hat man Ihren Freund Cal gefunden.«
»Ja«, antwortete ich. »Das, was von ihm übrig war.«
»Verrückt«, sagte er. »Ich versteh das nicht.«
»Ich glaube, mir dämmert's langsam«, entgegnete ich. »Vielleicht.«
Er trank einen Schluck von seinem Whisky und warf mir einen schrägen Blick zu.

»Tatsächlich? Na, Cal war ein netter Kerl. So ein Ende hat er nicht verdient.«
»Nein«, sagte ich. »Bestimmt nicht. Vielleicht können Sie mir helfen, ein paar Dinge zu klären. So in der Art einer Leichenschau. Obwohl das Cal jetzt natürlich nichts mehr hilft.«
»Sagen Sie mir doch einfach, was Ihnen vorschwebt.«
»Sie führen ein Spielkasino. Hier spielen viele Leute, und die meisten verlieren dabei Geld, und einige verlieren mehr Geld, als sie haben. Ich würde gern wissen, von wem Sie gegenwärtig Schuldscheine haben.«
»Es sind nicht viele. Duane Holland schuldet keiner lange Geld. Man könnte die Summe aller gegenwärtigen Schuldner an den Fingern abzählen.«
»Mich interessiert nur ein Finger.«
»Okay. Geben Sie dem Finger einen Namen, und ich sage Ihnen, ob Sie richtig liegen.«
Ich sagte es ihm, und ich lag richtig. Danach aß ich noch ein Sandwich, trank einen Whisky und fuhr nach Hause. Von dort rief ich die Polizei an. Ich hatte keine Ahnung, ob ich eine Abteilung oder eine Person verlangen sollte, und entschied mich kurzerhand dafür, nach Sergeant Durham zu fragen. Zu meiner Überraschung wurde ich prompt mit ihm verbunden. Ich hatte geglaubt, um diese Zeit sei er längst nach Hause oder in seine Stammkneipe gegangen, aber Bullen haben anscheinend keine geregelte Arbeitszeit.
»Hallo«, sagte ich, »hier ist Mick Mahony.«
»Mick Mahony? Oh, ach so. Natürlich. Mick Mahony. Was gibt's denn?«
»Ist Cal Christopher obduziert worden?«
Einen Moment war es ganz still. Ich hörte nur das gedämpfte Rauschen in der Leitung. Dann meldete sich der Sergeant wieder.
»Komisch, daß Sie das fragen. Wozu wollen Sie es wissen?«
»Warum sollte ich es nicht wissen wollen? Finden Sie es so merkwürdig, wenn jemand wissen möchte, wie sein Freund ums Leben gekommen ist?«
»Äh – nein, eigentlich nicht, wenn ich mir's recht überlege.

Wenn man länger bei der Polizei ist, wird man für solche Dinge ganz blind, wissen Sie. Also, um zur Sache zu kommen, es ist ihm nichts zugestoßen, was im Rahmen der Erwartung gelegen hätte. Kein Schädelbruch. Keine Schußverletzung. Keine Messerstiche. Er wurde vergiftet. Trotz der Verbrennung waren noch Spuren des Gifts feststellbar. Zyanid.«
»Danke«, sagte ich.
»Augenblick noch«, rief er. »Sie wollen doch jetzt nicht mit einem Dankeschön und Wiedersehen auflegen.«
»Ich bin müde«, entgegnete ich. »Ich will ins Bett. Und damit ich endlich zu Bett gehen kann, muß ich auflegen. Ich komme morgen vorbei und erzähle Ihnen, was mir vorschwebt.«
Damit legte ich auf. Ehe ich zu Bett ging, rief ich bei Ann an. Die Pflegerin sagte, sie schlafe noch.

Die Sprechstundenhilfe war nicht da, als ich am folgenden Tag zwischen halb zwölf und zwölf in Wade Hackets Praxis kam. Und auf den hell gebeizten Eichenstühlen warteten auch keine Patienten. Aus den Behandlungsräumen hinter dem Vorzimmer drang kein Geräusch; es gab keinerlei Anzeichen dafür, daß überhaupt jemand hier war.
Ich ging am Schreibtisch der Sprechstundenhilfe vorbei, öffnete eine Tür und warf einen Blick in den Raum dahinter. Wade Hacket im weißen Kittel saß, den Kopf in die Hände gestützt, an einem Schreibtisch. Beim Geräusch der sich öffnenden Tür hob er den Kopf. Sein Gesicht war aschfahl und schlaff.
»Mahony«, sagte er, als wäre er meines Namens nicht sicher und probiere ihn nur der Wirkung halber mal aus, »ich habe jetzt keine Sprechstunde.«
»Ich weiß«, erwiderte ich, während ich ins Zimmer trat und mich in einem Sessel vor seinem Schreibtisch niederließ. »Sind Ihre Mitarbeiterinnen um diese Zeit immer weg?«
»Ja. Ja, immer. Das ist ihre Mittagspause. Warum?«
»Dann müssen sie auch nicht dagewesen sein, als Cal Christopher vorgestern hier war.«
»Cal? Cal war hier? Ach ja, möglich. Ich hab's vergessen.«

»Hatten Sie es auch schon am Nachmittag desselben Tages vergessen, als Sie in seiner Wohnung waren und Ann besuchten? Obwohl sie beunruhigt war, weil er noch nicht nach Hause gekommen war? Mir scheint, das hätte doch ausreichen müssen, Sie zu erinnern.«
»Ja, wahrhaftig, nicht wahr? Dann wird er wohl an dem Tag doch nicht hiergewesen sein. Sonst hätte ich mich bestimmt daran erinnert.«
»O doch, er war hier. Er hatte kein Insulin mehr und brauchte neues. So etwas kann man nicht auf die lange Bank schieben. Wie lange behandeln Sie Cal schon wegen seiner Diabetes?«
»Das weiß ich gar nicht genau. Ich könnte nachsehen, wenn es wichtig ist. Seit er das erstemal zu mir in die Praxis kam.«
»Das ist ein Punkt, der mich interessiert. Wie kam Cal überhaupt zu Ihnen in die Praxis?«
»Mir scheint, Sie wollen mich ins Verhör nehmen, Mahony. Bin ich Ihnen Rechenschaft schuldig?«
»Ach, lassen Sie nur. Ich kann mir vorstellen, wie es war. Er lernte Sie in einem der Clubs kennen, wo er verkehrte. Vielleicht im *Number Ten Club.* Und nachdem Sie sich angefreundet hatten, war es für Cal ganz natürlich, daß er als Patient zu Ihnen kam. Das war so Cals Art. Bei ihm hatte Freundschaft keine Grenzen. Es ist interessant, daß Sie beide von der Leidenschaft gepackt waren, Sie genauso wie Cal.«
»Von der Leidenschaft? Ich verstehe nicht.«
»Von der Spielleidenschaft, meine ich. Glauben Sie, man wird je eine Wunderdroge entdecken, die die Menschen davon heilen kann? Meiner Meinung nach ist das unwahrscheinlich.«
»Das ist ja lächerlich. Ich spiele hin und wieder mal ganz gern, aber das ist auch alles. Und ich kann es mir leisten.«
»Wirklich? Warum zahlen Sie dann Ihre Schulden nicht? Die zwanzigtausend, die Sie Duane Holland schulden. Und was Sie vielleicht anderen noch schuldig sind.«
Er machte eine verzweifelte Anstrengung, den in seiner Ehre Gekränkten zu spielen, aber die Wirkung war nur erbarmungswürdig. Das graue Gesicht verfiel noch mehr. Er sah krank aus. In seinen Augen war kein Schimmer von Furcht

oder Wut, sondern statt dessen nur ein Ausdruck verständnisloser Verwunderung über die schreckliche Verletzlichkeit, die er sich infolge dessen, was er getan hatte und was aus ihm geworden war, zugezogen hatte.
»Sie haben ja den Verstand verloren«, sagte er. »Wie können Sie sich unterstehen, einfach hier in meine Praxis zu kommen und in diesem Ton mit mir zu reden! Bitte gehen Sie auf der Stelle.«
»Aber gern«, sagte ich. »Ich bin nicht hergekommen, weil ich das Verlangen danach hatte, und ich möchte auf keinen Fall länger bleiben, als ich unbedingt muß. Ich wünsche von Herzen, ich könnte Sie vollkommen aus meinem Gedächtnis streichen, sobald ich hier weggehe, aber das wird leider nicht möglich sein. Doch ehe ich gehe, möchte ich eines wissen. Ich möchte wissen, warum Sie durch Ihre übertriebene Raffinesse alles verpfuschen mußten? Warum haben Sie ihm nicht einfach mit irgendeinem Gegenstand eins über den Schädel gegeben? Das wäre doch viel einfacher gewesen. Hinterher, meine ich. Sie hätten die Leiche in eine Kammer oder einen Wandschrank einsperren können, wie Sie das ja sowieso getan haben, und sie dann bei Nacht wegbringen und irgendwo in einer finsteren Gasse deponieren können. In Anbetracht der dreißigtausend Dollar hätte alle Welt an einen Raubüberfall geglaubt und keiner hätte auch nur einen Gedanken an Dr. Wade Hacket verschwendet.
Aber so haben Sie es nicht gemacht, und ich glaube, Sie brauchen mir doch nicht zu erklären, warum nicht. Ich denke nämlich, ich weiß es bereits. Es war eine Art Zwang. Es war ein Mord, der praktisch von selbst geschah. Sie waren nur das ausführende Organ, wenn man so sagen kann.
Cal Christopher war bei Ihnen in der Praxis. Außer Ihnen beiden war kein Mensch hier. Er beging den Fehler, mit den dreißigtausend in seiner Tasche zu prahlen – sozusagen von Spieler zu Spieler. Vielleicht zeigte er Ihnen die Scheine sogar. Verlockende dreißigtausend Dollar, ohne jede Verpflichtung und steuerfrei, und Sie brauchten das Geld so dringend. Es war die perfekte Gelegenheit, als hätte der Teufel persönlich

alles arrangiert, und so töteten Sie ihn um des Geldes willen. Es war getan, ehe Sie sich's versahen. Er brauchte eine Insulinspritze, und Sie verabreichten ihm Zyanid. Das ging schnell und einfach.«

Er sah zu mir auf. Sein Mund zuckte, aber kein Laut kam über seine Lippen. Mir war plötzlich klar, daß er niemals ungestraft davongekommen wäre. Selbst wenn kein Verdacht auf ihn gefallen wäre, hätte seine Schuld ihn in Fesseln geschlagen und sein Geist ihn mit der Zeit zerstört. Er hatte sich von Schwäche, Gier und perfekter Gelegenheit zum Mord verführen lassen, und das hätte er niemals überleben können. Seine Schuld, sagte ich mir, hatte ihn gezwungen, knappe vier Stunden nach dem Mord die Wohnung aufzusuchen, in der Cal gelebt hatte, mit der Frau Kontakt aufzunehmen, mit der Cal verheiratet gewesen war.

»Da standen Sie nun mit der Leiche«, fuhr ich fort, »und nach einer Weile werden Sie erkannt haben, daß Sie einen schweren Fehler begangen hatten. Niemals würde die Polizei an einen simplen Raubüberfall glauben, wenn das Gift in seinem Körper entdeckt wurde. Und sollte es gar gelingen, seine Spur bis zu Ihnen zu verfolgen und nicht weiter, so würde das Gift Sie als Täter entlarven. Es war klar, daß die Leiche vernichtet werden mußte. Als Arzt hätten Sie sie zerstückeln und sich der einzelnen Teile entledigen können, aber das brachten Sie wohl nicht über sich. Es gab andere Möglichkeiten, und Sie wählten die Verbrennung wahrscheinlich aus dem einfachen Grund, weil Sie sich für eine der Möglichkeiten entscheiden mußten. Mir erschien es verrückt, eine Leiche so zu verbrennen, aber Sergeant Durham von der Polizei sagte mir, daß so was schon unzählige Male vorgekommen ist. Er sagte, daß es gar nichts Ungewöhnliches ist. Haben Sie Sergeant Durham schon kennengelernt? Er wartet draußen im Vorzimmer, und wenn Sie ihn noch nicht kennen, dann wird es höchste Zeit, daß Sie ihn kennenlernen.«

Mit einem einzigen Satz sprang er hinter seinem Schreibtisch auf, und ich dachte schon, er wollte sich auf mich stürzen; aber das tat er nicht. Sehr langsam setzte er sich wieder nieder und

stützte den Kopf in die Hände. Dann kam Sergeant Durham ins Zimmer, und ich ging hinaus.
»Danke«, sagte Durham. »Haben Sie gut gemacht.«
Ich antwortete nicht.
Auf der Straße blieb ich am Bordstein stehen und fragte mich, was ich jetzt tun solle. Ich dachte an Ann, dachte daran, sie zu besuchen, mit ihr zu sprechen und ihr zum Trost die Hand zu halten, aber der Gedanke hatte jetzt nichts Prickelndes mehr, nichts Verlockendes. Das war durch das, was geschehen war, unmöglich geworden. Ich dachte an Gail Sullivan, aber auch das hatte nichts Verlockendes, und es erschien unter den Umständen nicht passend, zu ihr zu gehen. Schließlich überlegte ich mir, daß ich ebensogut nach Hause fahren könnte, und das tat ich dann auch. Und als ich einmal zu Hause war, trank ich viele einsame Stunden lang ein einsames Glas nach dem anderen.

Urlaub auf Rhodos

Agatha Christie

Hercule Poirot saß im weißen Sand und sah auf das glitzernde blaue Meer hinaus. Er wirkte sehr gepflegt in seinem dandyhaften Anzug aus weißem Flanell und mit dem breiten Panamahut. Er gehörte zu jener altmodischen Generation, die glaubte, sich sorgfältig vor der Sonne schützen zu müssen. Miss Pamela Lyall, die neben ihm saß und ununterbrochen redete, verkörperte den modernen Typ, denn sie trug nur ein äußerstes Minimum an Kleidung auf ihrer sonnengebräunten Haut.

Ab und zu versiegte ihr Redestrom, wenn sie sich mit dem öligen Inhalt einer Flasche eincremte, die neben ihr stand.

Auf der anderen Seite von Miss Pamela Lyall lag mit dem Gesicht nach unten ihre Busenfreundin Miss Sarah Blake auf einem kühn gestreiften Tuch. Miss Blakes Bräune war absolut perfekt, und ihre Freundin warf ihr mehr als einmal einen neidischen Blick zu.

»Ich bin immer noch so fleckig«, murmelte sie bedauernd. »Monsieur Poirot – wenn es Ihnen nichts ausmacht? Nur unter dem rechten Schulterblatt – ich kann mich dort nicht richtig einreiben.«

Monsieur Poirot kam der Bitte nach und wischte sich anschließend die ölige Hand sorgfältig am Taschentuch ab. Miss Lyall, deren Hauptinteresse im Leben der Beobachtung ihrer Mitmenschen und dem Klang der eigenen Stimme galt, fuhr zu reden fort.

»Ich hatte recht mit der Frau – der in dem Chanel-Kostüm. Es ist tatsächlich Valentine Dacres – vielmehr Chantry. Sie ist wirklich wunderschön, nicht wahr? Ich kann verstehen, daß die Männer verrückt nach ihr sind. Sie erwartet das einfach und hat damit schon die halbe Schlacht gewonnen. Die anderen Leute, die gestern ankamen, heißen Gold. Er sieht schrecklich gut aus.«

»Auf Hochzeitsreise?« murmelte Sarah dumpf.

Miss Lyall schüttelte wissend den Kopf.

»O nein – ihre Kleider sind dafür nicht neu genug. Daran kann man eine Braut sofort erkennen! Finden Sie nicht auch, Monsieur Poirot, daß es das Faszinierendste von der Welt ist, Menschen zu beobachten und etwas über sie in Erfahrung zu bringen?«

»Du beobachtest sie nicht nur, Liebste«, sagte Sarah süß. »Du fragst sie auch ganz schön aus.«

»Ich habe mit den Golds noch gar nicht gesprochen«, sagte Miss Lyall indigniert. »Auf jeden Fall sehe ich nicht ein, warum man an seinen Mitmenschen nicht interessiert sein soll. Der menschliche Charakter ist so faszinierend. Finden Sie nicht auch, Monsieur Poirot?«

Diesmal schwieg sie so lange, daß ihr Nachbar antworten konnte.

Ohne seinen Blick vom blauen Wasser zu wenden, antwortete Monsieur Poirot:

»Ça dépend.«

Pamela war entsetzt.

»O Monsieur Poirot! Ich finde, nichts ist interessanter – und so unberechenbar wie der Mensch!«

»Unberechenbar? Nein.«

»Ich finde doch. Gerade dann, wenn man meint, man kennt ihn, tut er etwas völlig Unerwartetes.«

Hercule Poirot schüttelte den Kopf.

»Nein, nein, das ist nicht wahr. Es ist sehr selten, daß jemand etwas tut, das nicht *dans son caractère* liegt. Mit der Zeit ist es langweilig.«

»Ich bin da gar nicht mit Ihnen einverstanden!« erklärte Miss Pamela Lyall.

Sie schwieg beinah anderthalb Minuten lang, bevor sie zur nächsten Attacke ansetzte.

»Sobald ich Menschen sehe, frage ich mich, wie sie wohl sind – in welcher Beziehung sie zueinander stehen, was sie denken und fühlen. Oh, es ist so aufregend.«

»Selten«, entgegnete Hercule Poirot. »Der Mensch wiederholt sich öfter, als man glaubt. Das Meer hat unendlich viel mehr Variationen«, fügte er nachdenklich hinzu.

»Glauben Sie, daß die Menschen dazu neigen, gewisse Verhaltensmuster zu wiederholen? Immer wieder die gleichen?«

»Précisément«, sagte Poirot und zeichnete mit dem Finger eine Figur in den Sand.

»Was zeichnen Sie da?« fragte Pamela neugierig.

»Ein Dreieck.«

Aber Pamelas Interesse war schon wieder abgelenkt.

»Da sind die Chantrys.«

Eine Frau kam zum Strand herunter – groß und sehr selbstbewußt. Sie nickte kurz, wobei sie lächelte, und setzte sich etwas abseits. Das rot-goldene Seidentuch glitt ihr von den Schultern. Sie trug einen weißen Badeanzug.

Pamela seufzte.

»Hat sie nicht eine schöne Figur?«

Aber Poirot betrachtete ihr Gesicht – das Gesicht einer Frau von neununddreißig, die sich seit ihrem sechzehnten Lebensjahr ihrer Schönheit bewußt war.

Wie alle Welt wußte auch er über Valentine Chantry Bescheid. Sie war für vieles berühmt – für ihre Launen, ihren Reichtum, ihre riesigen saphirblauen Augen, ihre Abenteuer. Sie hatte eine Menge Ehemänner und zahllose Liebhaber gehabt. Sie war mit einem italienischen Grafen, einem amerikanischen Stahlmagnaten, einem Tennislehrer und einem Rennfahrer verheiratet gewesen. Von diesen vieren war der Amerikaner gestorben, die andern hatte sie irgendwann beim Scheidungsrichter abgelegt. Vor sechs Monaten hatte sie zum fünftenmal geheiratet, einen Marinekapitän.

Er kam hinter ihr zum Strand herunter. Schweigend, düster – mit sehr energischem Kinn und mürrischem Gesicht. Er hatte etwas von einem Urweltaffen an sich.

Sie sagte:

»Tony, Liebster – mein Zigarettenetui ...«
Er hielt es ihr hin – gab ihr Feuer – half ihr, die Träger ihres weißen Badeanzugs von den Schultern zu streifen. Mit ausgebreiteten Armen lag sie in der Sonne. Er saß neben ihr wie ein wildes Tier, das seine Beute bewacht.
Pamela sagte etwas leiser:
»Wissen Sie, die beiden interessieren mich schrecklich ... Er ist so ein Primitiver! So schweigsam und – irgendwie lauernd. Wahrscheinlich hat eine Frau wie sie das gern. Es muß wie Tigerbändigen sein. Ich frage mich, wie lange das hält. Sie hat sie immer bald satt, vor allem neuerdings. Wenn sie versucht, ihn loszuwerden, könnte er gefährlich werden.«
Ein weiteres Paar kam zum Strand herunter – ziemlich schüchtern. Es waren die Neuankömmlinge vom Vorabend, Mr. Douglas Gold und seine Frau, wie Miss Lyall bei ihrer Inspektion des Hotelregisters herausgefunden hatte. Sie wußte auch – weil die italienischen Gesetze das verlangten – Vornamen und Alter, wie man sie vom Paß ins Register eingetragen hatte. Mr. Douglas Cameron Gold war einunddreißig, Mrs. Marjorie Emma Gold fünfunddreißig.
Miss Lyalls Hobby war, wie gesagt, das Studium der Menschen. Im Gegensatz zu den meisten Engländern war sie fähig, Fremde sofort anzusprechen, und wartete nicht vier Tage bis eine Woche, um den ersten zaghaften Vorstoß zu wagen, wie es in England üblich ist. Als sie daher das leichte Zögern und Mrs. Golds Schüchternheit bemerkte, rief sie:
»Guten Morgen. Ein herrlicher Tag, nicht wahr?«
Mrs. Gold war eine kleine Frau – unscheinbar wie eine Maus. Sie sah nicht schlecht aus, ihre Züge waren regelmäßig und ihre Gesichtsfarbe rosig. Aber sie hatte etwas Mißtrauisches und Unauffälliges, so daß man sie leicht übersah. Ihr Mann dagegen sah auffallend gut aus, auf fast theatralische Art: sehr blond, mit dichtem Lockenhaar, blaue Augen, breite Schultern, schmale Hüften. Er wirkte eher wie ein jugendlicher Liebhaber auf der Bühne als im wirklichen Leben, aber sobald er den Mund aufmachte, verschwand dieser Eindruck. Er war ganz natürlich, ja, vielleicht sogar ein wenig dumm.

Mrs. Gold sah Pamela dankbar an und setzte sich neben sie.
»Sind Sie schön braun! Ich fühle mich dagegen ganz minderwertig!«
»Man muß sich schrecklich viel Mühe geben, um gleichmäßig braun zu werden«, seufzte Miss Lyall.
Sie schwieg ein Weilchen und fuhr dann fort:
»Sie sind erst angekommen, nicht wahr?«
»Ja, gestern abend. Wir kamen mit dem Dampfer aus Italien.«
»Waren Sie früher schon mal auf Rhodos?«
»Nein. Es ist hübsch hier, nicht?«
»Schade, daß es so weit weg ist«, bemerkte ihr Mann.
»Ja, wenn es doch näher bei England wäre –«
»Wie schrecklich«, bemerkte Sarah dumpf von ihrer Decke her. »Dann lägen die Leute so eng wie die Fische in der Dose.«
»Das stimmt natürlich«, gab Douglas Gold zu. »Wie unangenehm, daß der italienische Kurs im Augenblick so hoch ist.«
»Es macht viel aus, nicht wahr?«
Die Unterhaltung folgte genau dem konventionellen Muster. Man hätte sie wirklich nicht als brillant bezeichnen können. Etwas entfernt von ihnen setzte Valentine Chantry sich auf. Mit der einen Hand hielt sie den Badeanzug über der Brust zusammen. Sie gähnte, ein breites und doch zartes, katzenhaftes Gähnen, und dann sah sie gleichgültig den Strand entlang. Ihre Augen glitten über Marjorie Gold hin – und blieben nachdenklich an Douglas Golds blondem Lockenkopf hängen. Sie bewegte geschmeidig die Schultern und sagte, etwas lauter als nötig:
»Tony, Liebster, ist sie nicht herrlich – die Sonne? Ich bin früher sicher einmal eine Sonnenanbeterin gewesen, glaubst du nicht auch?«
Ihr Mann brummte eine Antwort, die die anderen nicht verstehen konnten. Valentine Chantry fuhr mit ihrer hohen, schleppenden Stimme fort:
»Bitte, zieh doch das Handtuch gerade, ja, Liebster?«
Sie nahm sich unendlich viel Mühe, ihren schönen Körper wieder in die richtige Lage zu bringen. Douglas Gold sah jetzt zu ihr hin. Sein Blick war höchst interessiert.

»Was für eine schöne Frau!« zwitscherte Mrs. Gold heiter, zu Miss Lyall gewandt.
Pamela war ebenso froh, Informationen weitergeben zu können wie zu erhalten, und antwortete daher, ziemlich leise: »Das ist Valentine Chantry, Sie wissen schon, die ehemalige Dacres. Sie ist wirklich wunderschön. Er ist ganz verrückt nach ihr – läßt sie keinen Augenblick aus den Augen.«
Mrs. Gold sah wieder den Strand entlang. »Das Meer ist herrlich, so blau!« sagte sie. »Ich glaube, wir sollten jetzt hineingehen, meinst du nicht auch, Douglas?«
Er sah immer noch zu Valentine Chantry und brauchte eine Weile für seine Antwort.
»Hineingehen? Ja, schon, gleich«, erwiderte er dann ziemlich geistesabwesend.
Marjorie Gold stand auf und lief zum Wasser.
Valentine Chantry drehte sich ein wenig zur Seite und sah Douglas Gold an. Ihr roter Mund verzog sich zu einem kleinen Lächeln.
Douglas Golds Nacken lief etwas rot an.
»Tony, Lieber«, sagte Valentine, »macht es dir etwas aus? Ich hätte gern den kleinen Topf Gesichtscreme, er steht auf meinem Frisiertisch. Ich wollte ihn mitnehmen. Bitte, hol ihn doch – sei ein Engel!«
Der Kapitän erhob sich gehorsam und stapfte zum Hotel.
Marjorie Gold tauchte ins Wasser und rief: »Es ist wunderbar, Douglas. So warm! Komm doch!«
»Gehen Sie nicht rein?« fragte Pamela Lyall.
»Ich heize mich lieber erst noch etwas auf«, antwortete Mr. Gold vage.
Valentine bewegte sich. Sie hob den Kopf, als wolle sie ihrem Mann etwas nachrufen, doch er verschwand gerade hinter der Mauer des Hotelgartens.
»Am liebsten gehe ich erst zum Schluß ins Wasser«, erklärte Gold.
Mrs. Chantry setzte sich wieder auf und ergriff eine Flasche Sonnenöl. Sie hatte etwas Mühe mit dem Öffnen – der Deckel schien sich all ihren Anstrengungen zu widersetzen. »Mein

Gott, ich krieg's nicht auf!« sagte sie laut. Dann sah sie zu der Gruppe hinüber. »Könnte vielleicht ...«
Galant wie immer erhob sich Poirot, doch Douglas Gold hatte den Vorteil auf seiner Seite, jünger und beweglicher zu sein. Im Handumdrehen war er bei ihr.
»Darf ich Ihnen helfen?«
»O danke ...« Wieder dieses süße, träge Schleppen der Stimme. »Sie sind wirklich sehr freundlich! Ich bin so ungeschickt in solchen Dingen. Ich schraube sie immer verkehrt zu. Oh, Sie haben es geschafft? Vielen Dank ...«
Hercule Poirot lächelte in sich hinein.
Er stand auf und wanderte in der entgegengesetzten Richtung am Meer entlang. Er ging nicht weit und sehr gemächlich. Als er umdrehte, kam Mrs. Gold aus dem Wasser und gesellte sich zu ihm. Sie war geschwommen. Ihr Gesicht, eingerahmt von einer besonders unvorteilhaften Badekappe, strahlte.
»Ich liebe das Meer!« rief sie atemlos. »Es ist so warm und schön hier!«
Sie war eine begeisterte Schwimmerin, wie Poirot feststellte.
»Douglas und ich sind völlig verrückt aufs Schwimmen. Er kann stundenlang im Wasser bleiben.«
Während ihrer letzten Worte glitt Poirots Blick über ihre Schulter hinweg zu jenem Punkt am Strand, wo der begeisterte Schwimmer, Mr. Douglas Gold, saß und sich mit Valentine unterhielt.
»Ich verstehe gar nicht, warum er nicht mitgekommen ist ...« sagte seine Frau. In ihrer Stimme klang eine Art kindlichen Staunens mit.
Poirots Augen ruhten nachdenklich auf Valentine Chantry. Ihm fiel ein, daß schon andere Frauen zu ihrer Zeit die gleiche Bemerkung gemacht hatten.
Er hörte, wie Mrs. Gold neben ihm scharf den Atem einzog.
»Sie gilt ja wohl als sehr attraktiv«, sagte sie kühl. »Aber Douglas macht sich nichts aus diesem Typ Frau.«
Poirot antwortete nicht.
Mrs. Gold stürzte sich wieder ins Wasser und schwamm in

langen, ruhigen Zügen vom Strand weg. Man konnte sehen, daß sie das Wasser liebte.
Poirot kehrte zu der Gruppe zurück.
Sie hatte sich jetzt vergrößert durch das Erscheinen von General Barnes, einem Veteranen, der gern mit jungen Menschen zusammen war. Er saß zwischen Pamela und Sarah. Mit sichtlichem Vergnügen waren Pamela und er damit beschäftigt, sich Skandalgeschichten zu erzählen und sie in allen Einzelheiten auszuschmücken.
Kapitän Chantry war zurückgekehrt und saß wieder neben seiner Frau. Auf ihrer anderen Seite saß Gold.
Valentine saß sehr gerade zwischen den beiden Männern und redete. Sie sprach schnell und lebhaft und wandte sich mit ihrer süßen Stimme bald an den einen, bald an den anderen. Sie war gerade beim Ende einer Geschichte.
»– und was glaubt ihr, sagte der verrückte Mann? ›Es war vielleicht nur eine Minute, aber ich würde mich überall an Sie erinnern, Madam!‹ Nicht wahr, Tony, es stimmt doch? Ich fand ihn süß! Ich finde, die Welt ist so freundlich ... ich meine, alle Leute sich immer schrecklich nett zu mir, ich weiß nicht, warum ... sie sind einfach so. Aber, wie ich zu Tony sagte – erinnerst du dich, Liebster? › Tony, wenn du nur ein winziges bißchen eifersüchtig sein könntest, dann auf diesen Träger.‹ Denn er war wirklich reizend!«
Es entstand eine Pause.
»Unter den Trägern gibt es gute Typen«, sagte Douglas Gold dann.
»Ja. Er gab sich solche Mühe, wirklich, enorm viel Mühe ... und es schien ihm direkt Spaß zu machen, mir zu helfen ...«
»Das ist nichts Ungewöhnliches«, meinte Gold. »Jeder würde Ihnen helfen, da bin ich sicher.«
»Wie nett von Ihnen, das zu sagen!« rief sie erfreut. »Tony, hast du das gehört?«
Kapitän Chantry brummte nur etwas Unverständliches.
Seine Frau seufzte.
»Tony macht mir nie Komplimente ... nicht wahr, mein Schäfchen?«

Ihre weiße Hand mit den langen roten Nägeln fuhr ihm durch das dunkle Haar.
Chantry warf ihr plötzlich einen Seitenblick zu. Sie murmelte: »Ich weiß wirklich nicht, wie er es mit mir aushält. Er ist einfach schrecklich klug ... hat soviel Verstand! Und ich rede immer nur Unsinn, aber es scheint ihm nichts auszumachen. Niemand nimmt mir übel, was ich tue oder sage ... alle Leute verwöhnen mich. Manchmal denke ich, so was bekommt mir nicht.«
Kapitän Chantry sagte über den Kopf seiner Frau hinweg zu Gold: »Ist das dort draußen im Meer nicht Ihre Frau?«
»Ja. Es wird wohl Zeit, daß ich mich um sie kümmere.«
»Aber es ist so hübsch hier in der Sonne«, sagte Valentine leise. »Sie brauchen noch nicht ins Wasser zu gehen. Tony, Liebling, ich glaube nicht, daß ich heute schon bade – nicht am ersten Tag. Ich könnte mich erkälten oder so. Aber warum gehst du nicht hinein, Liebling? Mr. – Mr. Gold wird hierbleiben und mir Gesellschaft leisten, nicht wahr, Mr. Gold?«
»Nein, danke!« antwortete Chantry etwas wütend. »Noch nicht. Ihre Frau scheint Ihnen zu winken, Gold.«
»Wie gut Ihre Frau schwimmen kann«, sagte Valentine. »Sicher gehört sie zu diesen schrecklich tüchtigen Wesen, die immer alles können. Sie schüchtern mich so ein, weil ich spüre, daß sie mich verachten. Ich bin so schrecklich ungeschickt in allem – eine absolute Null, nicht wahr, Tony?«
Wieder brummte der Kapitän nur etwas Unverständliches.
»Du bist zu liebenswürdig, um es zuzugeben«, fuhr seine Frau zärtlich fort. »Männer sind so wunderbar loyal – das mag ich an ihnen. Ich finde wirklich, daß Männer viel loyaler sind als Frauen, sie sagen nie häßliche Sachen. Frauen sind so kleinlich!«
Sarah Blake rollte sich zur Seite und flüsterte Poirot zwischen den Zähnen zu:
»Anscheinend ist es ein Zeichen von Kleinlichkeit, sich vorzustellen, daß die liebe Mrs. Chantry nicht in jeder Hinsicht absolut vollkommen ist! Was für ein Dummkopf diese Frau ist! Ich glaube, Valentine Chantry ist die dümmste Frau, die mir je

begegnet ist. Sie kann nur immer sagen ›Tony, Liebling‹ und die Augen rollen. Die hat nur Watte im Kopf.«
Poirot hob seine ausdrucksvollen Augen. *»Un peu sévère!«*
»Ja, ja. Legen Sie es nur als Neid aus, wenn Sie wollen. Natürlich macht sie es sehr geschickt. Aber kann sie *keinen* Mann in Ruhe lassen? Ihr eigener sieht aus wie ein Gewitter.«
»Mrs. Gold schwimmt gut«, sagte Poirot, aufs Meer hinausblickend.
»Ja, sie ist nicht wie wir, die es lästig finden, naß zu werden. Ich frage mich, ob Mrs Chantry je ins Wasser geht, solange wir hier sind.«
»Sicherlich nicht«, bemerkte General Barnes rauh. »Sie wird es nicht riskieren, daß sich ihr Make-up verwischt. Aber sie ist trotzdem eine sehr schöne Frau, wenn auch nicht mehr ganz neu.«
»Sie sieht zu Ihnen her, General«, sagte Sarah schelmisch. »Und was das Make-up betrifft, da täuschen Sie sich: Heutzutage sind wir alle wasser- und kußecht.«
»Mrs. Gold kommt heraus«, verkündete Pamela.
»Fuchs, du hast die Gans gestohlen, gib sie wieder her –«, brummte Sarah.
Mrs. Gold kam direkt den Strand herauf. Sie hatte eine hübsche Figur, aber ihre glatte, wasserdichte Badekappe sah wirklich nur praktisch und unvorteilhaft aus.
»Warum kommst du nicht, Douglas?« fragte sie ungeduldig. »Das Meer ist herrlich und warm.«
»Sicher.«
Douglas Gold erhob sich hastig. Er hielt einen Augenblick inne, und Valentine Chantry sah mit einem süßen Lächeln zu ihm auf.
»Au revoir«, sagte sie.
Gold und seine Frau gingen ins Wasser.
Sobald sie außer Hörweite waren, bemerkte Pamela kritisch: »Ich glaube nicht, daß das klug war. Einer Frau den Ehemann wegzunehmen, ist immer schlechte Politik. Es wirkt so besitzergreifend. Und Ehemänner hassen das.«

»Sie scheinen ja von Ehemännern viel zu verstehen, Miss Pamela«, sagte General Barnes.
»Von denen anderer Leute – nicht von meinem eigenen!«
»Aha! Das ist ein Unterschied.«
»Ja, General, aber so habe ich schon viele Spielregeln kennengelernt.«
»Nun«, bemerkte Sarah, »ich würde schon mal auf keinen Fall so eine Badekappe tragen ...«
»Die ist doch sehr vernünftig«, sagte der General. »Scheint überhaupt eine nette, vernünftige kleine Frau zu sein.«
»Das ist sie bestimmt, General«, antwortete Sarah. »Aber Sie wissen, daß die Vernunft einer vernünftigen Frau ihre Grenzen hat. Ich habe das Gefühl, sie wird nicht so vernünftig sein, wenn es sich um Valentine Chantry handelt.«
Sie wandte den Kopf und fügte leise hinzu:
»Seht ihn euch an! Ist der wütend! Er macht den Eindruck, als hätte er ein gefährliches Temperament ...«
Kapitän Chantry sah tatsächlich grollend hinter dem Ehepaar her, auf eine höchst unangenehme Weise.
Pamela sah zu Poirot auf. »Nun? Welchen Vers machen Sie sich drauf?«
Hercule Poirot antwortete nicht, sondern zeichnete nur eine Figur in den Sand. Wieder das Dreieck.
»Das ewige Dreieck!« sagte Pamela nachdenklich. »Vielleicht haben Sie recht. Falls es stimmt, werden die nächsten Wochen ganz schön aufregend sein.«

Hercule Poirot war von Rhodos enttäuscht. Er war zum Urlaubmachen hergekommen und um sich zu erholen. Vor allem vom Verbrechen. Im späten Oktober, hatte man ihm versichert, sei Rhodos fast menschenleer, ein friedliches, abgeschiedenes Fleckchen Erde.
Das stimmte eigentlich auch. Die Chantrys, die Golds, Pamela und Sarah, der General, er selbst und zwei italienische Ehepaare waren die einzigen Gäste. Aber innerhalb dieses kleinen Kreises glaubte sein kluger Verstand bereits die ersten Schatten zu sehen, die ein unvermeidliches Drama vorauswarf.

»Ich denke nur noch an Verbrechen«, schimpfte er sich aus. »Ich habe eine schlechte Verdauung und bilde mir schon die seltsamsten Dinge ein.«
Trotzdem – er machte sich Sorgen.
Eines Morgens kam er auf die Terrasse hinunter und stieß dort auf Mrs. Gold, die stickte. Während er auf sie zuschritt, glaubte er ein Batisttaschentuch aufblitzen zu sehen, das Mrs. Gold hastig wegsteckte.
Mrs. Golds Augen waren trocken, glänzten aber verdächtig. Ihr Benehmen kam ihm etwas zu fröhlich vor. Die Heiterkeit wirkte eine Spur übertrieben.
»Guten Morgen, Monsieur Poirot!« rief sie so gezwungen munter, daß ihm Zweifel kamen.
Er merkte, daß sie keineswegs so erfreut über sein Erscheinen war, wie sie tat. Schließlich kannte sie ihn nicht besonders gut. Und obwohl Hercule Poirot ein eingebildeter kleiner Mann war, wenn es um seinen Beruf ging, so war er sehr bescheiden, was die Einschätzung seiner privaten Vorzüge anbetraf.
»Guten Morgen, Madame«, antwortete er. »Wieder ein herrlicher Tag.«
»Ja, wie schön. Aber Douglas und ich haben mit dem Wetter immer Glück.«
»Ach, tatsächlich?«
»Ja. Wir haben überhaupt viel Glück. Wissen Sie, Monsieur Poirot, wenn man soviel Sorgen und Unglück sieht, so viele Ehepaare, die sich scheiden lassen und so, nun, dann ist man dankbar, daß man selbst so glücklich ist.«
»Was für eine Freude, das zu hören, Madame.«
»Ja, Douglas und ich sind so schrecklich glücklich zusammen. Wir sind jetzt seit fünf Jahren verheiratet, wissen Sie, und das ist heute eine lange Zeit . . .«
»Zweifellos kann das manchmal eine Ewigkeit sein, Madame«, erwiderte Poirot trocken.
»Doch eigentlich glaube ich, daß wir heute glücklicher sind als am Anfang unserer Ehe. Wir passen so gut zusammen, in jeder Beziehung.«
»Das ist natürlich die Hauptsache.«

»Darum tun mir die Leute leid, die nicht glücklich sind.«
»Sie meinen ...«
»Ich spreche ganz allgemein, Monsieur Poirot.«
»Ich verstehe. Ich verstehe.«
Mrs. Gold nahm einen Strang Seide, hielt ihn ins Licht, nickte und sagte: »Zum Beispiel Mrs. Chantry ...«
»Ja?«
»Ich glaube, sie ist keine nette Frau.«
»Nun, vielleicht nicht.«
»Eigentlich bin ich mir sogar sehr sicher. Aber auf gewisse Weise kann sie einem leid tun. Trotz ihres Geldes, ihres guten Aussehens und so weiter ...« Mrs. Golds Finger zitterten so, daß sie nicht einfädeln konnte, »... gehört sie nicht zu den Frauen, bei denen die Männer auf die Dauer bleiben. Sie ist der Typ, den Männer schnell satt bekommen. Glauben Sie nicht auch?«
»Mich persönlich würde ihre Unterhaltung über kurz oder lang ermüden«, erwiderte Poirot vorsichtig.
»Ja, eben das meine ich! Natürlich hat sie so etwas Gewisses ...« Mrs. Gold zögerte, ihre Lippen zitterten, sie fuhr mit der Nadel unsicher durch die Luft. Auch ein nicht so genauer Beobachter wie Hercule Poirot hätte jetzt ihren Kummer bemerken müssen.
»Männer sind solche Kinder!« rief sie übergangslos. »Sie glauben immer *alles* ...«
Sie beugte sich über ihre Arbeit. Ein kleiner Zipfel des Batisttaschentuchs blitzte dabei wieder auf.
Es war wohl besser, das Thema zu wechseln, überlegte Poirot. Deshalb fragte er:
»Schwimmen Sie heute vormittag nicht? Und Ihr Mann, ist er unten am Strand?«
Mrs. Gold sah auf, blinzelte, nahm sich zusammen und sagte in beinahe trotzig heiterem Ton:
»Nein, heute morgen nicht. Wir wollten die alte Stadtmauer besichtigen gehen. Aber irgendwie scheinen wir uns verpaßt zu haben. Sie sind weg ohne mich.«
Das »Sie« war bedeutsam, doch ehe Poirot antworten konnte,

kam General Barnes vom Strand herauf und ließ sich in einen Sessel fallen.

»Guten Morgen, Mrs. Gold. Guten Morgen, Poirot. Sie sind desertiert, Sie beide. Es fehlen eine Menge – Sie beide und Ihr Mann, Mrs. Gold – und Mrs. Chantry.«

»Und Kapitän Chantry?« fragte Poirot harmlos.

»Nein, nein, der ist unten am Strand. Miss Pamela hat ihn mit Beschlag belegt.« Der General kicherte. »Sie findet, daß er etwas schwierig ist. Einer von den starken, schweigsamen Typen, von denen man immer in Romanen liest.«

»Er macht mir angst, dieser Mann«, sagte Marjorie Gold und erschauerte leicht. »Er – er sieht manchmal so düster aus. Als – als ob er zu allem fähig wäre.«

»Nur Verdauungsbeschwerden, nehme ich an«, meinte der General munter. »Die sind häufig die Ursache für romantische melancholische Anfälle oder Wutausbrüche.«

Marjorie Gold lächelte ein höfliches kleines Lächeln.

»Und wo ist Ihr lieber Mann?« fragte der General.

Sie antwortete ohne zu zögern – mit fröhlicher Stimme.

»Douglas? Ach, er ist mit Mrs. Chantry in die Stadt gegangen. Ich glaube, sie wollten die alte Stadtmauer besichtigen.«

»Ja, ja, sehr interessant. Die Zeit der edlen Ritter und so weiter. Sie hätten mitgehen sollen, meine kleine Dame.«

»Ich fürchte, ich war etwas zu spät dran.«

Plötzlich stand Mrs. Gold mit einer gemurmelten Entschuldigung auf und lief ins Hotel.

General Barnes sah ihr mit besorgtem Gesicht nach und schüttelte leicht den Kopf.

»So eine nette kleine Frau. Zehnmal mehr wert als die bemalten Puppen. Doch wir wollen keine Namen nennen. Ha! Ihr Mann ist ein Dummkopf! Er weiß gar nicht, wie gut er es hat.«

Er schüttelte wieder den Kopf. Dann stand er auf und verschwand im Innern des Hauses.

Sarah Blake, die vom Strand heraufkam, hatte die letzten Worte des Generals gehört. Während sie dem Rücken des abmarschierenden alten Kriegers eine Grimasse schnitt, ließ sie sich in einen Sessel fallen.

»Nette kleine Frau . . . nette kleine Frau!« rief sie. »Die Männer mögen unscheinbare Frauen – aber wenn es um die Hauptsache geht, gewinnen immer die aufgedonnerten Puppen, ohne auch nur einen Finger zu rühren. Traurig, aber wahr!«

»Mademoiselle«, sagte Poirot. Seine Stimme klang brüst. »So was schätze ich nicht.«

»Nein? Ich auch nicht. Ach, seien wir ehrlich, wahrscheinlich gefällt mir so was doch. Man hat auch eine schlechte Seite, die sich freut, wenn Freunde Unfälle oder Pech haben oder ihnen was Unangenehmes zustößt.«

»Wo steckt denn Kapitän Chantry?« fragte Poirot.

»Am Strand, wo ihn Pamela auseinandernimmt. Und es genießt, falls Sie es wissen wollen. Seine Laune wird dadurch nicht besser. Er sah wieder aus wie ein Gewitter. Da gibt's noch Krach, das können Sie mir glauben.«

»Etwas verstehe ich einfach nicht . . .« brummte Poirot.

»Zu verstehen ist es ganz leicht«, sagte Sarah. »Aber was passiert – das ist die Frage.«

Poirot schüttelte den Kopf.

»Wie Sie sagen, Mademoiselle, es ist die Zukunft, die mich beunruhigt.«

»Das haben Sie hübsch gesagt«, meinte Sarah und ging hinein. Unter der Tür stieß sie mit Gold zusammen. Der junge Mann sah sehr zufrieden mit sich aus, wirkte aber gleichzeitig leicht schuldbewußt.

»Hallo, Monsieur Poirot«, sagte er und fügte selbstsicher hinzu: »Ich habe Mrs. Chantry die Mauern aus der Ritterzeit gezeigt. Marjorie hatte keine Lust, mitzukommen.«

Poirots Brauen hoben sich etwas, aber selbst wenn er gewollt hätte, wäre ihm keine Zeit für eine Antwort geblieben. Valentine Chantry fegte auf die Terrasse und rief mit ihrer hellen Stimme:

»Douglas, einen Pink Gin! Wirklich, ich brauche dringend einen Pink Gin!«

Douglas Gold verschwand, um den Cocktail zu bestellen. Valentine sank neben Poirot in einen Sessel. An diesem Vormittag wirkte sie besonders strahlend.

Als sie sah, daß ihr Mann und Pamela vom Strand heraufkamen, winkte sie ihnen zu und rief:
»Bist du schön geschwommen, Tony, Liebster? Ist der Morgen nicht herrlich?«
Kapitän Chantry antwortete nicht. Er eilte die Stufen hinauf, ging schweigend, ohne sie eins Blickes zu würdigen, vorbei und verschwand in der Bar. Seine Hände waren geballt, was seine leichte Ähnlichkeit mit einem Gorilla noch verstärkte. Valentine Chantrys vollkommener, doch etwas dümmlich wirkender Mund klappte auf. »Oh!« sagte sie ziemlich geistlos.
Pamela Lyalls Gesicht verriet, daß sie die Situation sehr genoß. Sie verstellte sich, so gut ihr das bei ihrer Einfallslosigkeit möglich war, setzte sich zu Valentine Chantry und fragte:
»Haben Sie einen schönen Vormittag verbracht?«
Während Valentine antwortete: »Einfach herrlich. Wir ...«, stand Poirot auf und schlenderte seinerseits langsam auf die Bar zu. Der junge Gold stand mit gerötetem Gesicht an der Theke und wartete auf seinen Pink Gin. Er wirkte beunruhigt und wütend.
»Der Mann ist ein Rohling!« sagte er zu Poirot und wies mit dem Kopf in die Richtung, in der Kapitän Chantry gerade verschwand.
»Möglich«, sagte Poirot. »Ja, das ist gut möglich. Aber die Frauen, *les femmes,* ihnen gefallen sie, denken Sie immer daran.«
»Es würde mich nicht wundern, wenn er sie mißhandelte«, brummte Gold.
»Vielleicht gefällt ihr das auch.«
Gold starrte ihn verblüfft an, nahm das Glas mit dem Pink Gin und ging hinaus.
Hercule Poirot schob sich auf einen Barhocker und bestellte einen *sirop de cassis.* Während er ihn mit begeisterten Seufzern schlürfte, kam Chantry herein und trank rasch hintereinander mehrere Pink Gin.
Plötzlich rief er wütend, mehr ins Leere gesprochen als an Hercule Poirots Adresse:
»Wenn Valentine glaubt, sie kann mich loswerden wie die vie-

len anderen Idioten, dann täuscht sie sich. Sie gehört mir, und ich werde sie behalten. Ein anderer bekommt sie nicht – nur über meine Leiche.«
Er warf ein paar Geldstücke auf die Theke, machte auf dem Absatz kehrt und lief hinaus.

Drei Tage später fuhr Hercule Poirot auf den Berg des Propheten. Es war eine kühle, angenehme Fahrt durch goldgrüne Fichten, höher und immer höher hinauf, weit über das kleinliche Gewimmel der Menschen hinaus. Der Wagen hielt vor dem Restaurant. Poirot stieg aus und wanderte durch den Wald. Schließlich erreichte er eine Stelle, die tatsächlich der höchste Punkt der Erde zu sein schien. Tief unter ihm schimmerte das Meer in gleißendem Blau.
Hier hatte er endlich Ruhe – fern von allen Sorgen, hoch über der Welt. Er faltete seinen Mantel ordentlich zusammen, legte ihn auf einen Baumstumpf und setzte sich.
»Zweifellos weiß *le bon Dieu,* was er tut. Aber es ist komisch, daß er es sich gestattet hat, gewisse menschliche Wesen zu erschaffen. *Eh bien,* hier bin ich wenigstens für eine Weile weg von allen quälenden Fragen.« So oder ähnlich überlegte er.
Plötzlich fuhr er herum. Eine kleine Frau in braunem Mantel und Rock kam auf ihn zugelaufen. Es war Marjorie Gold, und diesmal verstellte sie sich nicht mehr. Ihr Gesicht war naß von Tränen.
Für Poirot gab es kein Entkommen. Schon stand sie vor ihm.
»Sie müssen mir helfen, Monsieur Poirot! Mir ist so elend zumute, und ich weiß nicht, was ich tun soll. Ach, was mache ich nur? Was mache ich nur?«
Sie sah ihn mit gequältem Gesicht an und klammerte sich an seinen Ärmel. Dann, als sie seine abweisende Miene sah, wich sie betroffen ein wenig zurück.
»Was – was haben Sie?« stammelte sie.
»Wollen Sie meinen Rat, Madame? Fragen Sie mich um Rat?«
»Ja . . . ja . . .«
»*Eh bien* – ich gebe ihn Ihnen.« Seine Stimme war schneidend.
»Verlassen Sie die Insel – *ehe es zu spät ist.*«

»Wie bitte?« Sie starrte ihn verblüfft an.
»Sie haben es gehört. Verlassen Sie die Insel.«
»Die Insel verlassen?« echote sie.
»Genau das sagte ich.«
»Aber warum – warum?«
»Das ist mein Rat – *wenn Ihnen Ihr Leben lieb ist.*«
Sie seufzte. »Was meinen Sie damit?« rief sie. »Sie jagen mir Angst ein – ja, Sie machen mir angst.«
»Genau das ist meine Absicht.«
Sie sank zu Boden und vergrub das Gesicht in den Händen. »Aber das ist unmöglich! Er kommt nicht mit! Douglas würde nicht mitkommen. Sie würde es nicht zulassen. Sie hat zuviel Macht über ihn – über seinen Körper und seine Seele. Er duldet nicht, daß man etwas gegen sie sagt. Er glaubt ihr jedes Wort – alles! Daß ihr Mann sie schlecht behandelt ... daß er sie mißversteht, daß sie wehrlos ist ... daß kein Mensch sie versteht. Er denkt schon gar nicht mehr an mich ... ich zähle nicht ... ich existiere für ihn nicht mehr. Ich soll ihm seine Freiheit wiedergeben, mich scheiden lassen. Er bildet sich ein, daß sie sich scheiden läßt und ihn dann heiratet. Aber ich glaube ... Chantry wird sie nie hergeben. Er ist nicht der Typ. Gestern abend zeigte sie Douglas die Druckstellen auf ihrem Arm ... angeblich hat ihr Mann es getan. Douglas war außer sich. Er ist so ritterlich ... ach, ich habe solche Angst! Was soll bloß werden? Sagen Sie mir, was ich tun soll!«
Hercule Poirot stand da und blickte über das Wasser bis zu der blauen Linie der Hügel des asiatischen Festlands.
»Das sagte ich schon. Verlassen Sie die Insel, *ehe es zu spät ist.*«
Sie schüttelte den Kopf.
»Ich kann nicht – ich kann nicht ... nur wegen Douglas ...«
Poirot seufzte tief und zuckte mit den Schultern.

»Das Dreieck wird immer deutlicher«, sagte Pamela Lyall nicht ohne eine gewisse Befriedigung. Sie und Hercule Poirot saßen am Strand. »Gestern abend, als die drei zusammen waren, belauerten sich die Männer ständig. Chantry hatte zuviel getrunken. Er hat Gold richtig beleidigt. Gold benahm sich sehr ordentlich und verlor nicht die Beherrschung. Diese Valentine genoß die Situation, klar. Schnurrte wie eine menschenfressende Tigerin, und das ist sie ja auch. Was glauben Sie, Monsieur Poirot – was passiert nun weiter?«

»Ich fürchte, ich fürchte . . .« Poirot schüttelte den Kopf.

»Ja, ja, wir alle machen uns Sorgen«, antwortete Miss Lyall scheinheilig. Und fügte hinzu: »Aber die Sache fällt mehr in *Ihr* Fach. Oder vielmehr *wird* in Ihr Fach fallen. Können Sie denn nichs unternehmen?«

»Ich habe getan, was in meiner Macht steht.«

Miss Lyall beugte sich eifrig vor. »Was haben Sie denn unternommen?« fragte sie mit einem angenehmen Schauder.

»Ich riet Mrs. Gold abzufahren, ehe es zu spät sei.«

»Hm – aha – Sie glauben also . . .« Sie schwieg.

»Nun, Mademoiselle?«

»Also, Sie glauben, daß *das* passieren wird!« sagte Pamela zögernd. »Aber er kann doch nicht . . . so was würde er nie . . . Er ist so reizend, wirklich. Daran ist nur diese Chantry schuld. Er würde nie . . . niemals –«

Sie schwieg. Und dann meinte sie leise:

»*Mord?* Ist das – wirklich, denken Sie tatsächlich an so was?«

»Jemand denkt dran, Mademoiselle. Das kann ich Ihnen versichern.«

Pamela fröstelte plötzlich. »Ich glaube es nicht«, erklärte sie.

Die Reihenfolge der Ereignisse in der Nacht vom neunundzwanzigsten Oktober war völlig klar.

Es fing an mit einem Streit zwischen den beiden Männern – Gold und Chantry. Chantrys Stimme wurde lauter und lauter. Seine letzten Worte wurden von vier Personen gehört – dem Mann am Empfang, dem Direktor, General Barnes und Pamela Lyall.

»Sie verdammtes Schwein! Wenn Sie und meine Frau glauben, Sie können mich reinlegen, dann irren Sie sich! *Solange ich lebe,* bleibt Valentine meine Frau!«

Dann war er mit wutverzerrtem Gesicht aus dem Hotel gestürzt.

Die Auseinandersetzung fand vor dem Abendessen statt. Danach versöhnte man sich wieder. Wie das arrangiert wurde, wußte kein Mensch. Valentine bat Marjorie Gold, eine Mondscheinfahrt im Auto mit ihr zu machen. Pamela und Sarah kamen mit. Gold und Chantry spielten Billard. Danach gesellten sie sich zu Hercule Poirot und General Barnes, die in der Halle saßen.

Chantrys Gesicht verzog sich – eigentlich zum erstenmal – zu einem Lächeln. Er schien guter Laune zu sein.

»War es ein spannendes Spiel?« fragte der General.

»Der Bursche ist viel zu gut«, sagte der Kapitän. »Er gewann haushoch.«

Douglas Gold spielte den Bescheidenen.

»Reine Glückssache. Glauben Sie mir. Was möchten Sie trinken? Ich geh mal den Kellner suchen.«

»Für mich Pink Gin, vielen Dank.«

»Gut. Und Sie, General?«

»Danke. Whisky mit Soda.«

»Für mich das gleiche. Und Sie, Monsieur Poirot?«

»Sie sind sehr freundlich. Ich möchte einen *sirop de cassis.*«

»Einen Sirup aus was?«

»*Sirop de cassis.* Saft aus schwarzen Johannisbeeren.«

»Ach, einen Likör! Ich verstehe. Haben die den hier überhaupt? Ich habe nie davon gehört.«

»Sie haben ihn, ja. Aber es ist kein Likör.«

»Klingt merkwürdig«, sagte Gold und lachte. »Aber jedem sein eigenes Gift! Ich werde mal bestellen.«

Chantry setzte sich. Obwohl er von Natur aus kein gesprächiger oder umgänglicher Mensch war, gab er sich eindeutig die größte Mühe, freundlich zu sein.

»Seltsam, wie man sich daran gewöhnen kann, ohne die neuesten Nachrichten auszukommen«, stellte er fest.

»Ich kann nicht benaupten, daß eine vier Tage alte *Continental Daily Mail* mich sehr interessiert!« brummte der General. »Natürlich lasse ich mir die *Times* nachschicken. Und den *Punch* bekomme ich jede Woche. Aber des dauert verteufelt lange, bis sie eintreffen.«

»Ich frage mich, ob wir wegen der Palästinafrage allgemeine Wahlen bekommen?«
»Die ganze Angelegenheit ist ziemlich verfahren«, erklärte der General. Da tauchte Douglas Gold wieder auf, gefolgt von einem Kellner mit den bestellten Drinks.
Der General erzählte eine Geschichte aus seiner militärischen Karriere in Indien, im Jahr 1905. Die beiden Engländer hörten ihm höflich zu, wenn auch ohne großes Interesse. Hercule Poirot schlürfte seinen *sirop de cassis.*
Der General kam zur Pointe seiner Geschichte, und man lachte pflichtschuldig.
Da tauchten die Damen im Hoteleingang auf. Alle vier schienen bester Stimmung zu sein. Sie redeten und lachten.
»Tony, Liebling, es war herrlich«, rief Valentine, während sie sich neben ihn in einen Sessel fallen ließ. »Eine glänzende Idee von Mrs. Gold! Ihr hättet alle mitkommen sollen!«
»Was möchtest du trinken?« fragte ihr Mann. Dann sah er fragend in die Runde.
»Für mich Pink Gin, Liebling«, sagte Valentine.
»Ich möchte Gin mit Ingwerbier«, erklärte Pamela.
»Einen Sidecar«, bestellte Sarah.
»In Ordnung.« Chantry erhob sich und schob seinen unberührten Pink Gin seiner Frau zu. »Trink ihn. Ich bestell für mich einen neuen. Was möchten Sie, Mrs. Gold?«
Mrs. Gold ließ sich gerade von ihrem Mann aus dem Mantel helfen. Sie wandte sich um und sagte: »Könnte ich bitte eine Orangeade haben?«
»Kommt sofort. Eine Orangeade.«
Er ging zur Tür. Mrs. Gold lächelte zu ihrem Mann auf.
»Es war so schön. Ich wünschte, du wärst mitgekommen.«
»Ich auch. Wir werden es nachholen, ja?«
Valentine Chantry nahm ihr Glas und trank es aus. »Hm! Den habe ich gebraucht«, sagte sie und seufzte.
Douglas Gold nahm Marjories Mantel und legte ihn auf einen Sessel. Während er zu den andern zurückging, fragte er scharf: »He, was ist denn?«
Valentine Chantry hatte sich in ihrem Sessel zurückgelehnt.

Ihre Lippen waren blau. Sie griff sich mit der Hand an die Brust. »Ich fühle mich so – so komisch ...« Sie keuchte und rang nach Luft.
Chantry betrat wieder die Halle. Mit eiligen Schritten lief er auf die Gruppe zu. »Hallo, Val, was ist mit dir?«
»Ich – ich weiß nicht ... der Pink Gin – er schmeckte so komisch ...«
»Der Pink Gin?«
Chantry wirbelte herum. Sein Gesicht war wutverzerrt. Er packte Douglas Gold bei den Schultern und schüttelte ihn. »Das war *mein* Drink! Was, zum Teufel, haben Sie hineingeschüttet?«
Douglas Gold starrte entgeistert auf das zuckende Gesicht der Frau im Sessel. Er war totenbleich geworden. »Ich habe – ich habe doch nicht ...«
Valentine Chantry sank in sich zusammen.
»Wir müssen einen Arzt holen – schnell ...« rief General Barnes.
Fünf Minuten später war Valentine Chantry tot.

Am nächsten Vormittag badete niemand.
Pamela Lyall, deren Gesicht immer noch blaß war, lauerte Hercule Poirot in der Halle auf und zog ihn in das kleine Schreibzimmer. Sie trug ein einfaches schwarzes Kleid.
»Es ist entsetzlich!« rief sie. »Entsetzlich! Sie haben es vorausgesagt! Sie sahen es kommen! Mord!«
Poirot senkte ernst den Kopf.
»Ja!« sagte sie und stampfte mit dem Fuß auf. »Sie hätten es verhindern müssen! Irgendwie. Sie hätten etwas unternehmen müssen!«
»Was?« fragte Poirot.
Einen Augenblick war sie um eine Antwort verlegen. »Hätte man nicht die Polizei ...« begann sie dann.
»Und weiter? Was hätte man sagen können – *bevor* es passiert? Daß jemand Mord in seinem Herzen trug. Ich verrate Ihnen etwas, *mon enfant,* wennn ein Mensch entschlossen ist, einen andern umzubringen –«

»Sie hätten das Opfer warnen können«, erklärte Pamela dickköpfig.
»Manchmal sind solche Warnungen völlig nutzlos.«
»Oder Sie hätten den Mörder warnen können – andeuten, daß Sie von einem Plan wußten.«
Poirot nickte beifällig. »Ja, das ist schon besser. Aber auch dann muß man noch mit der größten Schwäche des Verbrechers rechnen.«
»Mit was denn?«
»Mit seiner Eitelkeit! Ein Verbrecher ist immer überzeugt, daß er seinen Plan erfolgreich durchführen kann.«
»Aber das ist absurd – das ist dumm!« rief Pamela. »Das ganze Verbrechen war kindisch. Gestern abend hat die Polizei Douglas Gold sofort verhaftet.«
»Ja«, sagte Poirot nachdenklich. »Douglas Gold benahm sich reichlich dumm.«
»Unglaublich dumm! Angeblich wurde der Rest des Gifts bei ihm gefunden. Was war es noch gleich?«
»Etwas ähnliches wie Strophanthin. Ein Herzmittel.«
»Hat man es tatsächlich in seiner Smokingjacke gefunden?«
»Ja.«
»Unglaublich dumm!« wiederholte Pamela. »Vielleicht hatte er es loswerden wollen, aber der Schock, daß es die falsche Person erwischt hatte, lähmte ihn. Wirklich, eine bühnenreife Szene: Der Liebhaber schüttet Strophanthin in das Glas des Ehemanns, und dann trinkt es die Ehefrau, weil der Liebhaber nicht aufgepaßt hat. Wenn ich nur an den entsetzlichen Anblick denke, als Douglas Gold sich umwandte und feststellen mußte, daß er die Frau, die er liebte, getötet hatte . . .«
Sie erschauerte.
»Das Dreieck! Die ewige Dreiecksgeschichte! Wer konnte ahnen, daß es so enden würde!«
»Ich hatte es befürchtet«, murmelte Poirot.
Pamela ging wieder auf ihn los. »Sie warnten *sie* – Mrs. Gold. Warum warnten Sie ihn nicht auch?«
»Sie meinen Douglas Gold?«
»Nein, Kapitän Chantry. Sie hätten ihm sagen können, daß er

in Gefahr sei – schließlich galt der Anschlag eigentlich ihm. Ich bin überzeugt, daß Douglas Gold glaubte, er könne seine Frau so bearbeiten, daß sie in die Scheidung einwilligen würde. Sie ist sanft und schüchtern und hat ihn schrecklich gern. Aber Chantry ist ein dickköpfiger Teufel. Er war fest entschlossen, Valentine nicht freizugeben.«

Poirot zuckte mit den Schultern.

»Es hätte nichts genützt, wenn ich mit ihm gesprochen hätte.«

»Vielleicht nicht«, gab Pamela zu. »Vermutlich hätte er nur erklärt, er könne auf sich selbst aufpassen und Sie sollten sich zum Teufel scheren. Aber ich kann mich einfach des Eindrucks nicht erwehren, daß man etwas hätte tun können.«

»Ich dachte daran«, sagte Poirot langsam, »Valentine Chantry zu überreden, die Insel zu verlassen, aber sie hätte meinen Argumenten nicht geglaubt. Sie war so dumm und hätte nichts begriffen. *Pauvre femme* – ihre Dummheit brachte sie um.«

»Ich bin der Meinung, daß das auch nichts genützt hätte. Er wäre einfach hinterhergereist.«

»Wer?«

»Douglas Gold.«

»Sie glauben, Douglas Gold wäre ihr gefolgt? Oh, nein, Mademoiselle, da täuschen Sie sich – Sie täuschen sich sehr! Sie haben den Kern der Sache nicht erkannt. Wenn Valentine Chantry abgereist wäre, hätte ihr Mann sie begleitet.«

Pamela war verblüfft. »Stimmt«, sagte sie. »Natürlich!«

»Und dann, verstehen Sie, hätte das Verbrechen einfach an einem anderen Ort stattgefunden.«

»Ich begreife gar nichts mehr.«

»Ich möchte damit sagen, daß es sich bei dem Verbrechen um die Ermordung von Valentine Chantry durch ihren Mann handelt.«

Pamela starrte ihn entgeistert an.

»Wollen Sie mir einreden, daß Kapitän Chantry – Tony Chantry – der Täter ist?«

»Ja. Sie sahen ihm sogar dabei zu! Douglas Gold brachte ihm sein Glas und stellte es vor ihm ab. Als die Frauen auftauchten, sahen wir alle zu ihnen hin. Chantry hatte das Strophanthin griffbereit und schüttete es in den Pink Gin. Dann schob er das Glas höflich seiner Frau hin, und sie trank.«

»Aber der Rest des Strophanthins wurde in Golds Jackentasche gefunden!«

»Die einfachste Geschichte von der Welt! Chantry steckte es ihm hinein, als wir uns alle um die Sterbende scharten.«

Es dauerte fast zwei Minuten, bis Pamela die Sprache wiederfand.

»Ich begreife es nicht. Das Dreieck – Sie sagten doch selber . . .«

Hercule Poirot nickte heftig.

»Ich sprach von einem Dreieck – das stimmt. Aber Sie – Sie dachten an das falsche. Sie fielen auf ein sehr geschicktes Täuschungsmanöver herein. Sie nahmen an – und das sollten Sie auch –, daß sowohl Tony Chantry wie Douglas Gold Valentine liebten. Sie glaubten, und auch das sollten Sie, daß Douglas Gold, der Valentine Chantry liebte, und deren Mann niemals in die Scheidung einwilligen würde – daß also Douglas Gold in seiner Verzweiflung Chantry ein starkes Herzmittel einflößen wollte und durch einen fatalen Irrtum Valentine Chantry das Gift trank. Das ist eine schöne Illusion. Schon seit einiger Zeit hatte Chantry den Plan, seine Frau umzubringen. Sie langweilte ihn tödlich, das merkte ich von Anfang an. Er hatte sie wegen ihres Geldes geheiratet. Jetzt wollte er eine andere Frau heiraten – deshalb mußte er sie loswerden. Doch ihr Geld wollte er behalten. Und so kam es zu dem Mord.«

»Also eine andere Frau?«

»Ja. O ja! Die kleine Marjorie Gold. Es stimmt schon – es ist die ewige Dreiecksgeschichte! Aber sie sahen es falsch. Keiner der beiden Männer interessierte sich in Wahrheit für Valentine Chantry. Wegen ihrer Eitelkeit und den wirklich äußerst gerissenen Manövern von Mrs. Gold glaubten Sie es. Eine kluge Frau, diese Mrs. Gold, und erstaunlicherweise sehr attraktiv auf ihre zurückhaltende Art. Die kleine arme Madonna! Ich kenne vier Frauen, vier Verbrecherinnen, die ihr sehr ähnlich waren. Mrs. Adams, die vom Mord an ihrem Mann freigesprochen wurde, obwohl alle Welt wußte, daß sie schuldig war. Mary Parker brachte eine freundliche Tante um die Ecke und dazu zwei Brüder, bevor sie etwas leichtsinnig wurde und man sie erwischte. Dann ist da noch Mrs. Rowden. Sie wurde tatsächlich gehängt. Mrs. Lecray entging dem gleichen Schicksal nur um Haaresbreite. Mrs. Gold ist genau derselbe Typ! Ich merkte es sofort, als ich sie kennenlernte. Solche Frauen lieben das Verbrechen wie die Enten das Wasser! Und ganz schön gerissen eingefädelt. Verraten Sie mir doch: Welche Beweise haben Sie, daß Douglas Gold diese Valentine Chantry wirklich liebte? Wenn Sie es sich genau überlegen, müssen Sie zugeben, daß Sie es nur aufgrund von Mrs. Golds Vertraulichkeiten und Chantrys Eifersüchteleien glauben. Na? Sehen Sie?«

»Es ist entsetzlich!« rief Pamela.

»Ein gerissenes Paar, diese beiden!« bemerkte Poirot mit der Sachlichkeit des Fachmannes. »Ihr Plan war, sich hier zu ›treffen‹ und das Verbrechen dann zu inszenieren. Diese Marjorie Gold ist eiskalt, eine Teufelin! Ohne mit der Wimper zu zukken hätte sie ihren armen, unschuldigen Dummkopf von Mann zur Schlachtbank geschickt.«

»Aber er wurde gestern abend doch von der Polizei verhaftet und abgeführt!« rief Pamela.

»Ach«, sagte Hercule Poirot, »danach hatte ich mit der Polizei eine kleine Unterhaltung. Es stimmt, daß ich nicht beobachtete, wie Chantry das Strophanthin ins Glas tat. Wie alle andern sah ich zu den Damen hin, die gerade in die Halle kamen. Aber in dem Augenblick, als ich begriff, daß Valentine Chantry vergiftet worden war, beobachtete ich ihren Mann. Ich ließ keinen Blick von ihm. Und deshalb, verstehen Sie, sah ich tatsächlich, wie er das Strophanthin-Päckchen in Douglas Golds Jackentasche steckte . . .«

Mit grimmigem Gesicht fügte er hinzu: »Ich bin ein guter Beobachter. Mein Name ist überall bekannt. Sobald die Polizei meine Geschichte erfuhr, begriff man, daß sich durch sie ein völlig neuer Aspekt ergab.«

»Und weiter?« fragte Pamela gespannt.

»*Eh bien,* dann stellten sie Kapitän Chantry ein paar Fragen. Er versuchte, sich herauszureden, aber er ist eigentlich nicht besonders intelligent, und schließlich brach er zusammen.«

»Douglas Gold ist also wieder frei?«

»Ja.«

»Und – seine Frau?«

Poirots Gesicht wurde ernst. »Ich hatte sie gewarnt!« Er schwieg einen Augenblick. »Ja, ich warnte sie, oben auf dem Berg des Propheten. Das war die einzige Chance, um das Verbrechen zu verhindern. Ich sagte ihr ziemlich deutlich, daß ich sie verdächtigte. Sie verstand mich genau. Aber sie hielt sich für klüger. Ich riet ihr, die Insel zu verlassen, wenn ihr ihr Leben lieb sei. Sie wollte bleiben . . .«

Nagelprobe mit einem Toten

Stanley Ellin

Es war ein schlimmer Augenblick. Das Café in der Rue de Rivoli hatte verlockend ausgesehen, ich hatte mich an einen der Tische draußen an der Straße gesetzt, und als ich dann zufällig zum Nebentisch hinüberblickte, merkte ich, daß ich einer jungen Frau in die Augen starrte, die mich in überraschtem Wiedererkennen ansah. Es war Madame Sophia Kassoulas. Plötzlich ragte die Vergangenheit über mir auf wie ein ungeheurer Geist aus der Flasche. Der Schock war so groß, daß ich fühlte, wie mir das Blut aus dem Gesicht wich.

Madame Kassoulas war augenblicklich an meiner Seite.

»Monsieur Drummond, was ist? Sie sehen so krank aus. Kann ich irgend etwas für Sie tun?«

»Nein, nein. Etwas zu trinken, das ist alles. Kognak, bitte.«

Sie bestellte mir einen Kognak, setzte sich dann und knöpfte mir besorgt das Jackett auf. »Oh, ihr Männer. Wie ihr euch in dieser Sommerhitze anzieht!«

Unter anderen Umständen hätte das durchaus angenehm sein können, aber ich stellte mit Verlegenheit fest, daß ich den anderen Cafébesuchern das Bild eines bedauernswerten weißhaarigen alten Großvaters bieten mußte, der von seiner weichherzigen Enkelin umsorgt wurde.

»Madame, ich versichere Ihnen –«

Sie drückte mir einen Finger fest auf die Lippen. »Bitte! Kein Wort mehr, bis Sie Ihren Kognak haben und wieder in Ordnung sind. Kein einziges Wort.«

Ich gab nach. Außerdem war eine Umkehrung der Verhältnisse nur fair. Bei der alptraumhaften Szene vor sechs Monaten, als wir zuletzt zusammengewesen waren, hatte sie Schwä-

che gezeigt, und ich war derjenige gewesen, der sie wieder auf die Beine gebracht hatte. Bei unserer jetzigen Begegnung mußte sie ebenso jäh wie ich von bösen Erinnerungen befallen worden sein. Aber sie hielt sich gut; ich bewunderte sie. Man brachte mir den Kognak, und obwohl ich mich sozusagen *in extremis* befand, hielt ich ihn automatisch gegen die Sonne, um die Farbe zu prüfen. Madame Kassoulas' Lippen verzogen sich zu einem schwachen Lächeln.
»Der gute Monsieur Drummond«, murmelte sie. »Immer ein Connaisseur.«
Das war ich wirklich. Und das hatte auch – ich erkannte es in grimmiger Erinnerung – das Ganze ins Rollen gebracht, an einem Tag, so sonnig wie dieser, voriges Jahr in Paris ...

Es war der Tag, an dem mich ein Mann namens Max de Marechal im Büro meiner Firma, Broulet und Drummond, Weinhandlung, in der Rue de Berri aufsuchte. Ich kannte de Marechal flüchtig als Herausgeber der teuren kleinen Zeitschrift *La Cave,* die einzig und allein zur Unterrichtung von Weinkennern publiziert wurde. Kein Fachorgan, sondern eine Art Sprachrohr für *La Société de la Cave,* einen kleinen, auserlesenen Zirkel von Weinkennern und Weinliebhabern. Da ich die Ansichten der Zeitschrift im allgemeinen teilte, freute ich mich, ihren Herausgeber kennenzulernen.
Als ich ihn dann sah, stellte ich allerdings fest, daß ich ihn ganz und gar nicht mochte. Er war Mitte Vierzig, einer dieser adretten, übergesunden Typen, die wie abgedankte Heldendarsteller wirken. Außerdem hatte er einen fieberhaften Bewegungsdrang, der mich nervös machte. Ich selbst bin eher langsam und phlegmatisch. Menschen gegenüber, die ständig in höchster Aufregung herumspringen wie ein Pingpongball auf einem Wasserstrahl, fühle ich mich höchst unbehaglich.
Er sei gekommen, sagte er, um ein Interview mit mir zu machen. Er bereite eine Artikelserie in seiner Zeitschrift vor und frage verschiedene Weinexperten, welches nach ihrer Meinung der größte Wein sei, den sie je gekostet hätten. So

könne man vielleicht zu einer Übereinstimmung kommen und sie festlegen. Falls ...

Ich unterbrach ihn: »Falls es überhaupt möglich ist, Einigkeit über den größten Wein zu erzielen. Wenn Sie ein Dutzend Experten fragen, bekommen Sie auch ein Dutzend verschiedener Meinungen.«

»Anfangs sah es in der Tat so aus. Inzwischen habe ich aber festgestellt, daß mehrere sich für nur zwei bestimmte Weine entschieden haben.«

»Und für welche?«

»Beide sind Burgunder. Einer ist der Richebourg 1923. Der andere ist der Romanée-Conti 1934. Ohne Frage gehören beide zu den edelsten Weinen.«

»Ohne Frage.«

»Würden auch Sie einen davon als den Ihrer Ansicht nach größten bezeichnen?«

»Ich lehne es ab, eine Wahl zu treffen, Monsieur de Marechal. Bei solchen Weinen sind Vergleiche nicht nur idiotisch, sie sind unmöglich.«

»Dann glauben Sie nicht, daß es einen Wein gibt, der ganz allein, ohne Konkurrenz, an der Spitze steht?«

»Doch, es ist möglich, daß es einen solchen Wein gibt. Ich habe ihn zwar nie probiert, aber die Beschreibungen, die von ihm existieren, loben ihn ohne Einschränkung. Ein Burgunder natürlich, von einem Weingut, das niemals wieder etwas Ähnliches produziert hat. Können Sie sich denken, welchen Wein ich meine?«

»Ich glaube, ja.« De Marechals Augen glänzten. »Der glorreiche Nuits Saint-Oen 1929. Stimmt's?«

»Ja.«

Er zuckte die Achseln. »Aber was nützt es mir, das zu wissen, wenn ich noch niemand getroffen habe, der ihn wirklich probiert hat? Ich möchte mich in meiner Artikelserie mit lebenden Experten befassen. Alle, die ich fragte, haben von diesem legendären Saint-Oen gehört, aber kein einziger hat eine Flasche davon auch nur gesehen. Welch ein Unglück, wenn von einem solchen Jahrhundertwein – dem möglicherweise allergrößten

– nur eine Legende bleibt. Wenn es doch nur noch eine, eine einzige Flasche auf Erden gäbe –«

»Warum sind Sie so sicher, daß es keine mehr gibt?« fragte ich.

»Warum?« De Marechal lächelte mitleidig. »Weil es nicht sein kann, mein lieber Drummond. Vor nicht allzulanger Zeit war ich selbst auf dem Weingut Saint-Oen. Die Unterlagen des *vigneron* weisen aus, daß insgesamt nur vierzig Dutzend Kisten des 1929ers produziert wurden. Überlegen Sie! Jämmerliche vierzig Dutzend Kisten, über all die Jahre von damals bis heute verteilt, und Tausende von Weinkennern, die nach ihnen gierten. Ich versichere Ihnen, die letzte Flasche wurde schon vor einer Generation geleert.«

Ich hatte nicht vorgehabt, es zu verraten, aber sein herablassendes Lächeln ging mir auf die Nerven.

»Ich fürchte, Sie liegen mit Ihren Berechnungen ein wenig daneben, mein lieber de Marechal. In diesem Augenblick nämlich ruht eine Flasche Nuits Saint-Oen 1929 in den Kellern meiner Firma.«

Die Enthüllung traf ihn so hart, wie ich es mir gewünscht hatte. Sein Unterkiefer fiel herunter; mit offenem Mund starrte er mich in sprachloser Verwunderung an. Dann zog Argwohn über sein Gesicht.

»Sie machen einen Scherz«, sagte er. »Das kann nicht stimmen. Gerade haben Sie mir erzählt, daß Sie den Jahrgang noch nie gekostet haben. Und jetzt behaupten Sie –«

»Es ist die Wahrheit. Nach dem Tod meines Partners im letzten Jahr fand ich die Flasche in seinem Privatvorrat.«

»Und Sie waren nicht versucht, sie zu öffnen?«

»Ich widerstehe der Versuchung. Der Wein ist gefährlich alt. Es wäre äußerst schmerzlich, ihn zu öffnen und dann zu entdecken, daß er schon tot ist.«

»Nicht doch!« De Marechal schlug sich an die Stirn. »Sie sind Amerikaner, Monsieur, das ist Ihr Problem. Nur ein Amerikaner kann so reden, nur jemand, der die obszöne Freude der Puritaner an der Selbstverleugnung geerbt hat. Ein Jammer, daß die letzte vorhandene Flasche Nuits Saint-Oen 1929 einen solchen Besitzer hat! Das geht nicht! Das geht absolut nicht!

Monsieur Drummond, wir müssen zu einer Einigung kommen. Welchen Preis verlangen Sie für den Saint-Oen?«
»Keinen. Er ist unverkäuflich.«
»Er muß verkäuflich sein!« brauste de Marechal auf. Mit Mühe beherrschte er sich wieder. »Sehen Sie, ich will offen mit Ihnen sprechen. Ich bin kein reicher Mann. Für diese Flasche Wein können Sie tausend Franc, möglicherweise sogar zweitausend Franc bekommen, und ich bin nicht in der Lage, soviel Geld auszugeben. Aber ich bin gut bekannt mit einem Mann, der auf jede Ihrer Forderungen eingehen kann. Monsieur Kyros Kassoulas. Vielleicht haben Sie von ihm gehört.«
Da Kyros Kassoulas einer der reichsten Männer Europas war, jemand, dem sich andere große Herren nur mit Ehrfurcht näherten, war es schwer, ihn nicht zu kennen, trotz seiner überall und ständig verbreiteten Bemühungen, in strikter Abgeschiedenheit zu leben.
»Natürlich«, sagte ich.
»Und kennen Sie auch das eine große Interesse in seinem Leben?«
»Woher sollte ich? Nach den Zeitungsberichten scheint er ein geheimnisvolles Wesen zu sein.«
»Eine dumme Journalistenphrase für einen reichen Mann, der es vorzieht, seine Privatangelegenheiten für sich zu behalten. Nicht daß sie skandalös sind. Sehen Sie, Monsieur Kassoulas ist ein fanatischer Weinliebhaber.« De Marechal zwinkerte mir bedeutungsvoll zu. »Deshalb habe ich ihn dafür interessieren können, unsere *Société de la Cave* zu gründen – und deren Zeitschrift.«
»Und Sie zum Herausgeber zu machen.«
»Ganz recht«, sagte de Marechal ruhig. »Natürlich bin ich ihm dafür dankbar. Er seinerseits ist mir dankbar, weil ich ihn gut berate, was die großen Weine betrifft. Ganz unter uns, er war ein trauriger Fall, als ich ihn kennenlernte. Ein Mann ohne den geringsten Hang zu einem Laster, ohne die Fähigkeit, Literatur, Musik oder Kunst zu genießen. Die Leere seines Lebens trieb ihn zur Verzweiflung. An jenem Tag, als ich ihn darauf hinwies, er müsse seinen außerordentlich feinen Geschmack

für guten Wein kultivieren, füllte ich diese Leere aus. Seitdem ist die Erforschung der wertvolleren Jahrgänge für ihn die Reise durch ein Wunderland gewesen. Heute ist er, wie gesagt, ein fanatischer Connaisseur. Auch ohne ausdrücklichen Hinweis wüßte er, daß Ihre Flasche Nuits Saint-Oen 1929 im Vergleich zu anderen Weinen das ist, was die Mona Lisa unter den Gemälden darstellt. Ist Ihnen klar, wie sich das in dieser Sache für Sie auswirken wird? Er ist ein harter Geschäftspartner, aber er wird schließlich zweitausend Franc für diese Flasche zahlen. Darauf gebe ich Ihnen mein Wort.«

Ich schüttelte den Kopf. »Ich kann nur wiederholen, Monsieur de Marechal, der Wein ist unverkäuflich. Er hat keinen Preis.«

»Ich bestehe darauf, daß Sie einen Preis nennen!«

Das war zuviel.

»Also gut«, sagte ich, »dann beträgt der Preis hunderttausend Franc. Und ohne Garantie, daß der Wein nicht tot ist. Genau einhunderttausend Franc.«

»Aha«, sagte de Marechal wütend. »Sie wollen ihn nicht wirklich verkaufen! Aber –«

Plötzlich wurde er starr. Seine Züge verzerrten sich, seine Hände krallten sich in seine Brust. Sein Gesicht, das eben noch rot vor Wut und Eifer gewesen war, erschien jetzt totenbleich und blutleer. Er ließ sich schwer in seinen Stuhl fallen.

»Mein Herz«, keuchte er mühsam. »Nichts Besonderes. Ich habe Tabletten –«

Die Tablette, die er sich unter die Zunge legte, war sicher Nitroglyzerin. Ich hatte einen solchen Anfall einmal bei meinem Partner Broulet erlebt.

»Ich rufe einen Arzt«, sagte ich, aber als ich ans Telefon ging, wehrte de Marechal mit einer heftigen Geste ab.

»Nein, machen Sie sich nicht die Mühe. Ich kenne mich aus. Es ist nicht das erste Mal.«

Er sah auch schon wieder besser aus.

»Wenn Sie so etwas öfter haben, sollten Sie sich anders verhalten«, sagte ich. »Für einen Herzkranken sind Sie viel zu leicht erregbar.«

»Ach ja? Und wie würden Sie sich fühlen, mein Freund, wenn

vor Ihnen plötzlich ein legendärer Wein auftauchte, an den Sie nicht herankommen? Nein, verzeihen Sie mir bitte. Es ist Ihr gutes Recht, Ihre Waren nicht zu verkaufen, wenn Sie es nicht wollen.«
»So ist es.«
»Aber einen kleinen Gefallen können Sie mir tun. Würden Sie mir wenigstens erlauben, die Flasche Saint-Oen zu sehen? Ich zweifle nicht an ihrer Existenz. Aber die Freude, sie zu betrachten, sie in Händen zu halten –«
Einen so kleinen Gefallen konnte ich ihm tun. Die Weinkeller von Broulet und Drummond lagen nahe den Halles au Vin, eine kurze Autofahrt vom Büro. Ich geleitete ihn durch das kühle Steinlabyrinth, das an die Seine grenzte, führte ihn zu den Regalen der Nuits Saint-Oen, wo, getrennt von den weniger großen Weinen späterer Jahre, die einzige noch existierende Flasche von 1929 in einsamer Majestät ruhte. Ich holte sie vorsichtig herunter und reichte sie de Marechal, der sie voll Ehrfurcht entgegennahm. Er prüfte das Etikett mit dem Auge des Experten und fuhr mit der Fingerspitze sacht über den Korken.
»Der Korken ist in gutem Zustand.«
»Und wenn schon. Das rettet den Wein nicht, wenn seine Zeit abgelaufen ist.«
»Natürlich nicht. Aber es ist ein ermutigendes Zeichen.« Er hielt die Flasche gegen das Licht. »Und der Bodensatz scheint normal zu sein. Denken Sie daran, Monsieur Drummond, daß einige große Burgunder fünfzig Jahre gelebt haben. Manche sogar noch länger.«
Er gab mir die Flasche widerwillig zurück. Als ich sie wieder ins Regal legte, blieben seine Augen so intensiv darauf gerichtet, daß er wie ein Mann unter Hypnose wirkte. Um den Bann zu brechen, mußte ich ihn anstoßen, bevor ich ihn nach oben in die sonnige Außenwelt führen konnte.
Dort trennten wir uns.
»Ich bleibe in Verbindung«, sagte er, als wir uns die Hand schüttelten. »Vielleicht können wir gegen Ende der Woche zusammen essen.«

»Bedaure«, sagte ich wahrheitswidrig, »aber Ende der Woche bin ich in New York, in meinem dortigen Büro.«
»Schade. Aber Sie werden mich natürlich informieren, sobald Sie nach Paris zurückgekehrt sind.«
»Natürlich«, log ich.

Max de Marechal ließ sich jedoch nicht abschütteln – nicht jetzt, wo er den Nuits Saint-Oen 1929 leibhaftig vor Augen gehabt hatte. Er muß eine Angestellte in meinem Pariser Büro bestochen und von ihr erfahren haben, wann ich aus den Staaten zurückkehrte, denn er rief mich an, sobald ich wieder an meinem Schreibtisch in der Rue de Berri saß. Er begrüßte mich überschwenglich. Welch ein Glück, daß er gerade jetzt anrief! Ein Glück für ihn – und auch für mich! Warum? Weil *La Société de la Cave* am kommenden Wochenende ein Dinner geben würde, eine regelrechte Weinproben-Orgie, und weil der Vorsitzende der Gesellschaft, Kyros Kassoulas selbst, um meine Anwesenheit gebeten hatte.
Mein erster Impuls war, die Einladung abzulehnen. Immerhin wußte ich, was dahintersteckte. Kassoulas hatte von dem Nuits Saint-Oen 1929 gehört und beschied mich auf sein Territorium, wo er persönlich ohne Gesichtsverlust darum feilschen konnte. Außerdem waren diese Weinproben, wie sie von verschiedenen Experten-Zirkeln veranstaltet werden, nichts für mich. Sicher, einen seltenen und exzellenten Wein zu probieren, gehört zu den lohnendsten Erfahrungen des Lebens; aber eine Weinprobe in Gesellschaft von Mit-Enthusiasten scheint aus unerfindlichen Gründen alle falschen, snobistischen Reaktionen, die in der Seele auch des ehrenwertesten Bürgers versteckt sind, ans Licht zu bringen. Es war mir schon immer ein Greuel, herumzusitzen und ansonsten ganz vernünftige Männer miteinander wetteifern zu sehen, wer sich wohl am ekstatischsten über einem Glas Wein gebärdete, zu sehen, wie sie die Augen verdrehen, die Nüstern blähen, sich anstrengen, die widersinnigsten Adjektive zu finden, um den Wein zu beschreiben.
Auf der anderen Seite stand schlichte Neugier. Kyros Kassou-

las war eine interessante Figur, und mir wurde hier die Chance geboten, ihn leibhaftig kennenzulernen. Am Ende siegte die Neugier. Ich nahm an dem Dinner teil, ich traf Kassoulas und stellte bald erfreut fest, daß wir großartig miteinander auskamen.

Der Grund dafür war leicht zu verstehen. Kyros Kassoulas war, wie de Marechal es ausgedrückt hatte, ein Weinfanatiker, ein Mann mit aufrichtigem Interesse an den Eigenschaften des Weines, an seiner Geschichte und allem, was dazugehörte. Und ich konnte ihn besser informieren als irgendein anderer in seinem Bekanntenkreis. Sogar besser, wie er mir sagte, als der beschlagene Max de Marechal.

Im Verlauf des Essens stellte ich mit Interesse fest, daß alle im Saal sich nach Kassoulas richteten, vor allem der schamlose Kriecher de Marechal, während Kassoulas selbst sich nach mir richtete. Das gefiel mir. Es dauerte nicht lange, und ich fand ihn nicht nur eindrucksvoll, sondern sogar sympathisch.

Eindrucksvoll war er natürlich auch. Etwa fünfzig, klein, mit gewaltigem Brustkasten, ein dunkles Gesicht mit tiefen Furchen und fast affenartigen Ohren – er war häßlich auf eine Art, die so manche intelligente Frau faszinierend findet. Irgendwie erweckte er die Vorstellung eines alten, aus einem Mahagoniblock roh herausgehauenen Götzenbildes, bisweilen gemildert durch einen Schimmer von Interesse in seinen verhangenen, stets wachsamen Augen. Dieser Schimmer wurde intensiv, als er im Gespräch schließlich auf meine Flasche Saint-Oen kam.

Man habe ihm den Preis genannt, bemerkte er trocken, und er sei der Meinung, hunderttausend Franc seien vielleicht doch ein klein wenig übertrieben. Wenn ich mich also mit zweitausend Franc zufriedengeben könne . . .

Ich schüttelte lächelnd den Kopf.

»Das ist ein gutes Angebot«, sagte Kassoulas. »Nebenbei gesagt mehr, als ich für jedes andere halbe Dutzend Weinflaschen in meinem Keller bezahlt habe.«

»Das will ich nicht bestreiten, Monsieur Kassoulas.«

»Aber verkaufen wollen Sie auch nicht. Wie groß ist die Chance, daß der Wein sich noch trinken läßt?«

»Wer kann das sagen? Der 1929er Saint-Oen ist spät ausgereift, deshalb lebt er möglicherweise länger als die meisten anderen. Er könnte aber auch schon tot sein. Deshalb öffne ich die Flasche selbst nicht und verkaufe auch niemand das Recht, sie zu öffnen. Auf diese Weise bleibt sie ein einzigartiger, ein herrlicher Schatz. Wenn man sie öffnet, ist sie vielleicht nur noch eine Flasche verdorbenen Weins.«
Es sprach für ihn, daß er mich verstand. Und als er mich für das nächste Wochenende auf sein Gut bei Saint-Cloud einlud, sagte er mir direkt, er suche nur meine Gesellschaft und nicht eine weitere Möglichkeit, um nochmals um die Flasche Saint-Oen zu feilschen. Dieses Thema würde er nicht mehr anschneiden. Ich solle nur versprechen, ihm als erstem Gelegenheit zu geben, ein Angebot zu machen, falls ich mich je zum Verkauf der Flasche entschlösse. Und das sagte ich ihm gern zu.
Es war ein für mich angenehmes Wochenende auf seinem Gut, das erste von vielen, die ich dort verbrachte. Das Anwesen war riesig, wurde aber reibungslos von einer Schar tüchtiger Angestellter bewirtschaftet, die unter der Leitung eines stämmigen grauhaarigen Majordomus namens Joseph standen. Joseph war offensichtlich Kassoulas' ergebener Sklave. Ich war nicht überrascht, als ich erfuhr, daß er Sergeant in der Fremdenlegion gewesen war. Er reagierte auf Befehle, als sei sein Herr der Oberst seines Regiments.
Eine Überraschung war für mich die Dame des Hauses, Sophia Kassoulas. Ich weiß nicht mehr genau, wie ich mir Kassoulas' Frau vorgestellt hatte – jedenfalls nicht als ein Wesen, das jung genug war, seine Tochter zu sein, sanft, schüchtern, mit einer leisen, fast flüsternden Stimme. Nach heutigen Maßstäben, die eine junge Frau dazu verurteilen, ein Knochengestell mit langen, glatten Haaren zu sein, war sie vielleicht ein wenig zu üppig, mit etwas zu ausgeprägten Rundungen, aber ich bin ein altmodischer Mann und glaube, daß Frauen ausgeprägte Rundungen haben sollten. Und wenn sie außerdem, wie Sophia Kassoulas, blasse, dunkeläugige, leicht errötende Schönheiten sind, um so besser.
Als ich im Laufe der Zeit ein immer engerer Freund der Familie

wurde, konnte ich ihr die Geschichte ihrer inzwischen fast fünfjährigen Ehe entlocken. Sophia Kassoulas war eine entfernte Kusine ihres Mannes. Als Kind armer Eltern in einem griechischen Gebirgsdorf geboren, im Kloster erzogen, war sie Kassoulas zum ersten Mal bei einem Familientreffen in Athen begegnet; als noch sehr junges Mädchen hatte sie ihn bald darauf geheiratet. Sie war, so versicherte sie mir mit ihrer weichen, leisen Stimme, eine sehr glückliche Frau. Von einem Mann wie Kassoulas erwählt zu werden, sei gewiß das größte Glück.
Aber das sagte sie, als ob sie sich verzweifelt bemühte, sich selbst davon zu überzeugen. In Wirklichkeit schien sie vor Kassoulas eine Todesangst zu haben. Wenn er eine ganz normale Bemerkung an sie richtete, schrak sie vor ihm zurück. Immer wieder sah ich diese Szene – und ich sah, wie er in Reaktion darauf sie mit eiskalt-höflicher Nichtachtung behandelte, die sie nur noch mehr einschüchterte.
Das ergab eine ungesunde Situation, weil, wie ich aus den Augenwinkeln sah, der charmante Max de Marechal stets zur Stelle war, um Madames Angst zu verscheuchen. Nach einer Weile kam es mir zu Bewußtsein, wie oft ein Abend in Saint-Cloud damit endete, daß in einer Ecke Kassoulas und ich diskutierend über unserem Kognak saßen, während Madame Kassoulas und Max de Marechal sich eng nebeneinander in einer anderen Ecke unterhielten. An diesen Tête-à-têtes war nichts Ungehöriges, aber sie gefielen mir trotzdem nicht. Die junge Frau wirkte so naiv wie ein Reh, und de Marechal hatte alle Eigenschaften eines erfahrenen Wilddiebs.
Kassoulas selbst merkte entweder nichts oder war erstaunlich uninteressiert. Mit Sicherheit mochte er de Marechal. Er erwähnte es mehrmals mir gegenüber, und einmal, als de Marechal sich in einer Diskussion mit mir über die Vorzüge eines bestimmten Weins erregte, sagte Kassoulas in ernsthafter Sorge zu ihm: »Ruhig, Max, ruhig! Denk an dein Herz! Wie oft hat der Arzt dich vor Aufregung gewarnt!« Es war ungewöhnlich, daß Kassoulas seine Gefühle so deutlich zeigte. Im allgemeinen schien er, wie so viele Männer seiner Art, völlig unfähig, auch nur die geringste Emotion auszudrücken.

Er sprach denn auch nur ein einziges Mal von seinen Gefühlen, soweit sie seine schwierige Ehe betrafen; das geschah, als ich mit ihm seinen Weinkeller inspizierte und ihn darauf hinwies, daß ein Dutzend Volnay-Cailleret 1955, die er gerade eingelagert hatte, sich wahrscheinlich als äußerst unausgeglichen erweisen würden. Es sei ein Fehler gewesen, diesen Wein zu kaufen, sagte ich; man wisse nie, ob er nicht verdorben sei, wenn man die Flasche öffne.
Kassoulas schüttelte den Kopf.
»Das Risiko habe ich einkalkuliert, Monsieur Drummond! Ich mache keine Fehler.« Er zuckte kaum merklich die Achseln. »Nun, ja, einen vielleicht. Wenn ein Mann ein halbes Kind heiratet –«
Er unterbrach sich. Es war das erste und letzte Mal, daß er dieses Thema berührte. Ihm lag daran, über Wein zu reden, obwohl er gelegentlich, weil ich ihn anregte und mich als guter Zuhörer erwies, Geschichten aus seiner Vergangenheit erzählte. Mein eigenes Leben war eintönig. Es faszinierte mich, Bruchstücke aus Kassoulas' Leben zu erfahren, einer Hafenratte vom Piräus, der als Kind ein Dieb gewesen war, in seiner Jugend ein Schmuggler, und der vor seinem dreißigsten Lebensjahr zum Multimillionär geworden war. Ich empfand dabei die gleiche dramatische Spannung wie auch Kassoulas, wenn ich ihm Geschichten über einige der großen Weine erzählte, die, wie der Nuits Saint-Oen 1929, sich im Faß launisch und zweifelhaft verhalten hatten, bis sie durch ein Naturwunder plötzlich zu voller Größe erblüht waren.
Bei solchen Themen war auch Max de Marechal in Hochform. Wenn ich sah, wie er sich in den Diskussionen ereiferte, mußte ich innerlich lächeln und daran denken, wie er Kassoulas damals herablassend als Weinfanatiker beschrieben hatte. Diese Bezeichnung paßte auf ihn selbst noch besser. Was auch immer an Max de Marechal falsch sein mochte, seine Gefühle für große Weine waren echt.
Während dieser Monate hielt Kassoulas Wort. Er hatte gesagt, er werde nicht mehr mit mir um die kostbare Flasche Saint-Oen feilschen, und er tat es auch nicht. Gewiß, wir diskutier-

ten den Saint-Oen oft genug – de Marechal war von diesem Thema besessen –, aber wie sehr Kassoulas auch versucht sein mochte, mir erneute Angebote zu machen, er sagte nichts.
Dann geschah folgendes: An einem trüben, kalten Regentag öffnete meine Sekretärin die Tür zu meinem Büro und verkündete mit Ehrfurcht in der Stimme, Monsieur Kyros Kassoulas wolle mich sprechen. Das war eine Überraschung. Obwohl Sophia Kassoulas, die außer de Marechal und mir keine Freunde auf der Welt zu haben schien, mehrmals mit mir gegessen hatte, wenn sie zum Einkaufen in der Stadt war, hatte ihr Gatte sich bisher nie herabgelassen, mich in meinem Reich zu besuchen, und ich hatte ihn auch jetzt nicht erwartet.
Er trat ein, begleitet von dem stets adretten de Marechal, der sich, wie ich mit wachsender Verblüffung feststellte, in einem Zustand fieberhafter Erregung befand.
Wir hatten uns kaum begrüßt, als die Marechal direkt aufs Thema kam.
»Die Flasche Nuits Saint-Oen 1929, Monsieur Drummond«, sagte er. »Sie erinnern sich sicher, daß Sie einmal einen Preis für sie nannten: hunderttausend Franc.«
»Nur weil sie für einen solchen Preis niemand kauft.«
»Würden Sie sie für weniger verkaufen?«
»Ich habe bereits klargemacht, daß das nicht in Frage kommt.«
»Mit Ihnen zu handeln ist nicht leicht, Monsieur Drummond. Aber Sie werden sich freuen zu hören, daß Monsieur Kassoulas jetzt Ihren Preis zahlen will.«
Ungläubig sah ich Kassoulas an. Bevor ich etwas sagen konnte, zog er einen Scheck aus der Tasche und reichte ihn mir, ungerührt wie immer. Unwillkürlich warf ich einen Blick darauf: Ein Scheck über hunderttausend Franc. Nach dem augenblicklichen Wechselkurs waren das zwanzigtausend Dollar.
»Das ist lächerlich«, brachte ich schließlich hervor. »Das kann ich nicht annehmen!«

»Aber Sie müssen es«, sagte de Marechal bestürzt.
»Ich bedaure. Kein Wein ist auch nur einen Bruchteil der Summe wert. Vor allem kein Wein, der vielleicht schon tot ist.«
»Ah«, sagte Kassoulas leichthin, »vielleicht zahle ich gerade dafür – daß ich feststellen kann, ob er tot ist oder nicht.«
»Wenn das Ihr Beweggrund ist –«, protestierte ich.
Kassoulas schüttelte den Kopf.
»Nein. Die Wahrheit, mein Freund, ist, daß dieser Wein ein für mich schwieriges Problem löst. Bald tritt ein großes Ereignis ein, nämlich mein fünfter Hochzeitstag, und ich habe überlegt, wie meine Frau und ich ihn angemessen feiern können. Da hatte ich einen Einfall. Wie kann man ihn besser feiern als dadurch, daß man den Saint-Oen öffnet und entdeckt, daß er sich noch in perfekter Blüte, in makelloser Reife befindet? Was könnte bei einem solchen Anlaß bewegender und bedeutungsvoller sein?«
»Dann ist es um so schlimmer, wenn der Wein tot ist«, argumentierte ich. Der Scheck in meiner Hand wurde allmählich warm. Ich wollte ihn zerreißen, konnte mich aber nicht dazu durchringen.
»Macht nichts. Das Risiko liegt allein bei mir«, sagte Kassoulas. »Natürlich werden Sie dabeisein und selbst Ihr Urteil über den Wein abgeben. Darauf bestehe ich. Es wird ein denkwürdiges Ereignis sein, ganz gleich, wie es ausgeht. Ein intimes Dinner für uns vier und der Saint-Oen als Krönung des Festes.«
»Der Hauptgang muß ein Entrecôte sein«, hauchte de Marechal. »Das paßt ausgezeichnet zu dem Wein.«
Irgendwie konnte ich nicht mehr zurück. Ich faltete langsam den Scheck über hunderttausend Franc und steckte ihn in meine Brieftasche. Schließlich und endlich war ich Weinhändler und lebte davon.
»Wann soll das Dinner stattfinden?« fragte ich. »Denken Sie daran, daß der Wein einige Tage stehen muß, bevor er umgefüllt wird.«
»Natürlich, das habe ich berücksichtigt«, sagte Kassoulas.

»Heute ist Montag. Das Dinner findet am Samstag statt. Da bleibt mehr als genug Zeit, jedes Detail perfekt vorzubereiten. Am Mittwoch werde ich dafür sorgen, daß die Temperatur im Speisezimmer genau reguliert, der Tisch gedeckt und die Flasche Saint-Oen aufrecht darauf plaziert wird, damit sich der Bodensatz setzen kann. Der Raum wird abgeschlossen, damit nichts passiert. Bis Samstag sollte er abgelagert sein. Aber ich plane nicht, den Wein zu dekantieren. Ich habe vor, ihn direkt aus der Flasche zu servieren.«
»Riskant«, sagte ich.
»Nicht wenn man mit ruhiger Hand gießt. Zum Beispiel mit dieser.« Kassoulas hielt mir seine kräftige Hand mit kurzen, dicken Fingern hin; sie zitterte nicht. »Ja, dieser grandiose Wein verdient die Ehre, aus der eigenen Flasche eingeschenkt zu werden, so riskant das auch sein mag. Jetzt ist Ihnen doch sicher klar, Monsieur Drummond, daß ich ein Mann bin, der jedes Risiko eingeht, wenn er meint, die Sache sei es wert.«

Bei einem Treffen mit Sophia Kassoulas später in der Woche hatte ich guten Grund, an diese Schlußworte zu denken. Sie rief früh am Morgen an und fragte, ob ich sie zum Mittagessen treffen könne, zu einer Zeit, in der man im Restaurant noch unter sich sei. Ich nahm die Einladung gern an, denn ich glaubte, sie wolle über ihre eigenen Pläne für die große Feier mit mir sprechen. Meine freudige Stimmung verlor sich allerdings, sobald ich mich zu ihr an den Tisch setzte, der im Hintergrund des schwach beleuchteten, fast leeren Raums stand. Sie war offensichtlich in Panik.
»Irgend etwas stimmt nicht«, sagte ich zu ihr. »Was ist los?«
»Alles«, sagte sie jämmerlich. »Und Sie sind der einzige, an den ich mich um Hilfe wenden kann, Monsieur Drummond. Sie waren immer so nett zu mir. Wollen Sie mir jetzt helfen?«
»Mit Freuden. Wenn Sie mir erzählen, was los ist und was ich dabei tun kann.«
»Ja. Es geht nicht anders. Sie müssen alles erfahren.« Madame Kassoulas holte tief Atem. »Es ist schnell gesagt. Ich hatte eine Affäre mit Max de Marechal. Kyros hat es jetzt entdeckt.«

Das war schlimm. In eine solche Geschichte wollte ich auf gar keinen Fall verwickelt werden.
»Madame«, sagte ich unglücklich, »das ist eine Angelegenheit, die Sie und Ihr Gatte allein regeln müssen. Bitte, sehen Sie ein, daß mich das nichts angeht.«
»Oh, wenn Sie nur verstünden –«
»Ich sehe nicht, was es da zu verstehen gibt.«
»Sehr viel. Was Kyros betrifft, mich, meine Ehe. Ich wollte Kyros nicht heiraten, ich wollte niemand heiraten. Aber meine Familie arrangierte die Sache – was konnte ich tun? Und es war schrecklich, von Anfang an. Für Kyros bin ich nur eine nette kleine Dekoration in seinem Haus. Er hat für mich nichts übrig. Er macht sich mehr aus dieser Flasche Wein, die er bei Ihnen gekauft hat, als aus mir. Wenn es um mich geht, ist er kalt wie Stein. Aber Max –«
»Ich weiß«, sagte ich müde. »Bei Max war es anders. Max machte sich sehr viel aus Ihnen. Oder wenigstens erzählte er Ihnen das.«
»Ja, das hat er erzählt«, sagte Madame Kassoulas trotzig. »Und ob es nun wahr war oder nicht, ich hatte es nötig. Wenn eine Frau keinen Mann hat, der ihr sagt, daß sie ihm etwas bedeutet, hat sie nichts. Aber es war schlecht von mir, Max in Gefahr zu bringen. Und jetzt, wo Kyros Bescheid weiß, ist Max in großer Gefahr.«
»Weshalb glauben Sie das? Hat Ihr Gatte Drohungen geäußert?«
»Nein, er hat nicht einmal gesagt, daß er von der Affäre weiß. Aber er weiß es. Ich schwöre es. Es ist die Art, wie er sich mir gegenüber in den letzten Tagen verhalten hat, es sind die Bemerkungen, die er macht, als ob er sich über einen Witz amüsiert, den nur er versteht. Und das Ganze scheint etwas mit dieser Flasche Saint-Oen zu tun zu haben, die im Speisezimmer eingeschlossen ist. Deshalb bin ich zu Ihnen gekommen. Sie müssen helfen. Sie kennen sich in diesen Dingen aus.«
»Madame, ich weiß nicht mehr, als daß der Saint-Oen für Ihre Dinner-Party am Samstag vorbereitet wird.«
»Ja, das hat Kyros auch gesagt. Aber *wie* er es sagte –« Madame

Kassoulas beugte sich zu mir. »Sagen Sie mir eines: Ist es möglich, Gift in eine Flasche Wein zu praktizieren, ohne den Korken herauszuziehen? Ist das irgendwie möglich?«
»Ach, Unsinn. Können Sie denn wirklich glauben, daß Ihr Gatte Max vergiften will?«
»Sie kennen Kyros nicht so gut wie ich. Sie wissen nicht, wozu er fähig ist.«
»Auch zu einem Mord?«
»Auch zu einem Mord, wenn er sicher ist, ungeschoren davonzukommen. In meiner Familie erzählt man sich eine Geschichte, wie er in sehr jungen Jahren einen Mann umbrachte, der ihn um eine kleine Summe betrogen hatte. Er stellte sich dabei so geschickt an, daß die Polizei nie herausfand, wer der Mörder war.«
Da fielen mir plötzlich wieder Kassoulas' Worte ein, daß er jedes Risiko einginge, wenn er glaube, die Sache sei es wert; ich spürte, wie es mir kalt über den Rücken lief. Viel zu deutlich sah ich vor meinem inneren Auge, wie die Nadel einer Spritze den Korken jener Flasche Saint-Oen durchstach und wie tödliches Gift in den Wein tropfte. Dann wurde mir plötzlich klar, wie unsinnig dieses Bild war.
»Madame«, sagte ich, »ich will Ihre Frage so beantworten: Ihr Gatte hat nicht vor, irgend jemand auf Ihrer Dinner-Party zu vergiften, es sei denn, er wolle uns alle vergiften; aber ich bin sicher, daß ich auch eingeladen bin, um meinen Anteil am Saint-Oen zu kosten.«
»Und wenn nur in Max' Glas Gift getan wird?«
»Das wird nicht geschehen. Ihr Gatte hat zuviel Respekt vor Max' Geschmackssinn, um mit einem so plumpen Trick zu arbeiten. Wenn der Wein tot ist, wird Max es sofort merken und ihn nicht trinken. Wenn er noch gut ist, würde er jeden Zusatz beim ersten Schluck entdecken und den Rest nicht anrühren. Übrigens, warum besprechen Sie die Angelegenheit nicht mit Max? Er ist doch derjenige, den sie am meisten angeht.«
»Ich habe es versucht, aber er hat mich bloß ausgelacht. Er sagte, ich bilde mir alles nur ein. Ich weiß, warum er so rea-

giert. Er ist darauf versessen, diesen Wein zu probieren, und will sich durch nichts davon abhalten lassen.«
»Ich kann diese Haltung verstehen.« Ich war bemüht, von dem unangenehmen Thema loszukommen. »Und er hat recht, was Ihre Einbildung betrifft. Wenn Sie wirklich einen Rat von mir wollen, dann halte ich es für das beste, daß Sie sich Ihrem Gatten gegenüber so benehmen, als sei nichts geschehen, und sich in Zukunft von Monsieur de Marechal fernhalten.«
Es war unter den Umständen der einzige Rat, den ich ihr geben konnte. Ich hoffte nur, daß sie nicht zu sehr in Panik geraten war, um ihn zu befolgen. Oder zu verliebt in Max de Marechal.

Da ich mehr wußte, als gut für mich war, fühlte ich mich am Abend der Party äußerst unbehaglich. Daher sah ich mit Erleichterung, daß Madame Kassoulas sich glänzend in der Hand hatte, als ich zur Gesellschaft stieß. Bei Kassoulas konnte ich überhaupt keine Veränderung in seinem Verhalten ihr oder de Marechal gegenüber entdecken. Das schien mir ein überzeugender Beweis dafür, daß Madames schlechtes Gewissen zu lange und zu stark auf ihre Phantasie eingewirkt hatte und daß Kassoulas von ihrer Affäre überhaupt nichts ahnte. Er war kaum der Mann, der sich gleichmütig Hörner aufsetzen ließ, und er war äußerst ruhig. Als wir zum Essen Platz nahmen, war es klar, daß ihn nur das Menü interessierte und, vor allem, die Flasche Nuits Saint-Oen 1929, die vor ihm stand.
Die Flasche hatte drei Tage gestanden. Alles, was man nur hatte tun können, um den Zustand ihres Inhalts zu sichern, war geschehen. Die Raumtemperatur war mäßig warm; sie war konstant gehalten worden, seit die Flasche ins Zimmer gebracht worden war, und Max de Marechal hatte sie, wie er versicherte, täglich in regelmäßigen Abständen überprüft. Und dabei gewiß entzückt und entrückt die Flasche angestarrt und die Stunden bis zu ihrer Öffnung gezählt.
Da überdies die Tafel, an der unsere kleine Gesellschaft Platz nahm, groß genug für achtzehn oder zwanzig Menschen war,

gab es große Abstände zwischen unseren Plätzen, aber auch Raum für die Flasche, die in einsamer Pracht außer Reichweite unbedachter Hände stand, die sie hätten umwerfen können. Die Diener machten deutlich einen weiten Bogen um sie. Joseph, der stämmige, verbissene Majordomus, der sie mit dräuendem Blick in den Augen überwachte, mußte ihnen wohl Fürchterliches angedroht haben, falls sie ihr zu nahe kämen.
Jetzt mußte Kassoulas zwei gefährliche Prozeduren, die Vorspiele für das Ritual der Weinprobe, vornehmen. Normalerweise bleibt ein großer Wein wie der Nuits Saint-Oen 1929 stehen, bis sich der ganze Bodensatz unten, am Flaschenboden, abgesetzt hat. Dann wird er in eine Karaffe umgefüllt. Dieses Umfüllen sorgt nicht nur dafür, daß Sediment und Korkenreste zurückbleiben, es bedeutet auch, daß der Wein gehörig Luft bekommt. Je älter ein Wein ist, desto länger muß er an die Luft, um die in der Flasche angesammelte Muffigkeit loszuwerden. Aber Kassoulas war entschlossen, den Saint-Oen zu ehren, indem er ihn direkt aus der Originalflasche servierte; daher hatte er sich die delikate Aufgabe gestellt, den Wein am Tisch so sorgsam zu entkorken, daß keine Korkenreste in die Flüssigkeit geraten würden. Nachdem der Wein bis zum Entrée offen gestanden hatte, würde er ihn so umsichtig einschenken müssen, daß der Weinstein in der Flasche nicht aufgestört würde. Er hatte drei Tage gebraucht, sich abzusetzen. Die geringste Panne beim Entkorken oder Einschenken, und es würde noch drei Tage dauern, bis man den Wein trinken konnte.
Sobald wir saßen, ging Kassoulas an seine erste Aufgabe. Wir beobachteten mit angehaltenem Atem, wie er den Flaschenhals fest ergriff und den Korkenzieher in der Mitte des Korkens aufsetzte. Dann drehte er langsam, sehr langsam, mit der Konzentration eines Sprengmeisters, der eine Bombe entschärft, den Korkenzieher. Er hatte vor, tief genug einzudringen, um einen Halt im Korken zu haben, so daß er gezogen werden konnte, wollte aber vermeiden, den Korken ganz zu durchbohren. Nur so konnten keine Korkstückchen in den Wein geraten.
Man braucht große Kraft, einen nicht ganz durchbohrten Korken aus einer Weinflasche zu ziehen, die jahrzehntelang ver-

schlossen war. Die Flasche muß aufrecht und unbeweglich gehalten werden, das Ziehen muß vertikal und gleichmäßig geschehen, ohne Drehbewegung, die den Korken spalten würde. Ein altmodischer Korkenzieher ist das richtige Instrument dafür, weil er das Gefühl für exakte Korkenbewegung vermittelt. Kassoulas' Hand ergriff die Flasche so fest, daß seine Knöchel weiß hervortraten. Seine Nackenmuskeln waren gespannt, die Schultern vorgeneigt. Trotz seiner gewaltigen Kraft schien es ihm unmöglich zu sein, den Korken zu bewegen. Aber er gab nicht nach, und am Ende war es der Korken, der nachgab. Langsam und sanft wurde er aus dem Flaschenhals gezogen, und zum ersten Mal, seit der Wein vor vielen Jahren aus dem Faß gezapft worden war, konnte er jetzt wieder an der Luft atmen.

Kassoulas bewegte den Korken unter seiner Nase hin und her und roch daran. Er zuckte die Achseln, als er ihn an mich weiterreichte.

»Unmöglich, auf diese Weise etwas festzustellen«, sagte er, und er hatte natürlich recht. Der Duft feinen Burgunders, der dem Korken entströmte, bedeutete gar nichts, denn auch toter Wein kann ein gutes Bukett haben.

De Marechal machte sich nicht einmal die Mühe, den Korken anzusehen.

»Nur der Wein ist von Bedeutung«, sagte er erregt. »Ganz allein der Wein. Und in einer Stunde werden wir sein Geheimnis kennen, sei es nun gut oder schlecht. Die Stunde wird uns lang erscheinen, fürchte ich.«

Mir kam es zunächst nicht so vor. Das Essen, das uns vorgesetzt wurde, war für mich eine mehr als ausreichende Ablenkung. Die Speisefolge war, als Tribut für den Nuits Saint-Oen 1929, etwa so arrangiert worden, wie ein klassischer Dirigent ein kurzes Programm leichterer Kompositionen als Vorbereitung für ein Meisterwerk von Beethoven arrangieren würde. Artischockenherzen in *sauce blanche,* Languste mit Champignons und, um den Gaumen zu reinigen, ungewöhnlich saures Zitroneneis. Einfache Gerichte, makellos zubereitet.

Und die Weine, die Kassoulas dazu ausgewählt hatte, sollten

seinem Diamanten offenbar als Fassung dienen. Ein ordentlicher Chablis, ein respektabler Muscadet. Beide waren gut, keiner war dazu angetan, einem Connaisseur mehr als ein knappes zustimmendes Nicken zu entlocken. Das war Kassoulas' Art, uns zu sagen, daß nichts die herrliche Verheißung jener offenen Flasche Nuits Saint-Oen dämpfen dürfe.
Dann gerieten meine Nerven allmählich außer Kontrolle. Ich wurde immer gespannter, und während das Essen seinen Fortgang nahm, zog die Flasche Saint-Oen meine Augen magnetisch auf sich. Es wurde bald zur Qual, auf den Hauptgang zu warten und darauf, daß der Saint-Oen eingeschenkt würde. Wem, fragte ich mich, würde die Ehre zuteil werden, den ersten Tropfen zu kosten? Kassoulas war als Gastgeber dazu berechtigt, aber er konnte jeden anderen, dem er seine Achtung erweisen wollte, dazu ausersehen. Ich war mir nicht sicher, ob ich ausersehen werden wollte oder nicht. Ich war zwar auf das Schlimmste gefaßt, aber ich wußte, daß ich, wenn ich bei Tisch als erster entdeckte, der Wein sei tot, ein Gefühl haben würde, als müßte ich über den Wolken ohne Fallschirm aus einem Flugzeug aussteigen. Doch als erster zu entdecken, daß dieser größte aller Weine die Jahre überlebt hatte ... Max de Marechal, der rot war vor zunehmender Erregung und sich ständig den Schweiß von der Stirn wischen mußte, hatte vermutlich dieselben Gedanken.
Endlich wurde das Hauptgericht aufgetragen, das *entrecôte de bœuf,* das de Marechal vorgeschlagen hatte.
Dazu gab es lediglich eine Platte mit *petits pois.* Dann gab Kassoulas Joseph einen Wink, und der Majordomus schickte das Personal aus dem Zimmer. Es durfte nicht die geringste Störung geben, während der Wein eingeschenkt wurde, keine wie immer geartete Ablenkung. Als sich die massiven Türen des Speisezimmers hinter der Dienerschaft geschlossen hatten, kehrte Joseph zur Tafel zurück und nahm bei Kassoulas Aufstellung, bereit für jeden Dienst, der von ihm verlangt würde.
Der Augenblick war gekommen.
Kassoulas nahm die Flasche Nuits Saint-Oen 1929. Er hob sie langsam, mit unendlicher Vorsicht, um den tückischen Boden-

satz nicht aufzustören. Rubinrotes Feuer ging von ihr aus. Er hielt sie auf Armeslänge von sich entfernt und starrte sie gedankenvoll an.
»Monsieur Drummond, Sie hatten recht«, sagte er abrupt.
»Ja?« sagte ich überrascht. »Inwiefern?«
»Daß Sie sich weigerten, das Geheimnis dieser Flasche zu erschließen. Sie haben einmal gesagt, daß diese Flasche, solange sie ihr Geheimnis bewahre, ein außergewöhnlicher Schatz sei, daß sie aber nach dem Öffnen sich vielleicht nur als eine Flasche schlechten Weins entpuppen könne. Ein Desaster. Schlimmer noch, ein Witz. Das war die Wahrheit. Und angesichts dieser Tatsache merke ich jetzt, daß ich nicht den Mut habe festzustellen, ob das, was ich hier in Händen halte, ein Schatz oder ein Witz ist.«
De Marechal wand sich fast vor Ungeduld.
»Dafür ist es jetzt zu spät!« protestierte er heftig. »Die Flasche ist schon offen!«
»Dennoch gibt es noch einen Ausweg aus meinem Dilemma«, sagte Kassoulas zu ihm. »Passen Sie auf. Sehen Sie gut hin.«
Sein Arm bewegte sich und nahm die Flasche aus dem Bereich des Tisches. Die Flasche kippte langsam. Völlig verblüfft sah ich Wein aus ihr fließen und sich auf das Parkett ergießen. Tropfen spritzten auf Kassoulas' Schuhe, näßten seine Hosenaufschläge. Die Lache auf dem Fußboden wuchs. Ein unmenschlicher gurgelnder Laut von de Marechal riß mich aus meiner Erstarrung. Dann ein wilder Schrei des Entsetzens von Sophia Kassoulas.
»Max!« schrie sie. »Kyros, hör auf! Um Gottes willen, hör auf! Siehst du nicht, was du ihm antust?«
Sie hatte Grund zum Entsetzen. Auch ich geriet in Entsetzen, als ich de Marechals Zustand sah. Sein Gesicht war aschfahl, sein Mund stand weit offen, seine Augen waren auf den roten Strahl fixiert, der sich erbarmungslos aus der Flasche in Kassoulas' unerschütterlicher Hand ergoß, und traten ihm in wahnwitzigem Schrecken aus dem Kopf.
Sophia Kassoulas lief zu ihm, aber er stieß sie schwach zur

Seite und versuchte, auf die Beine zu kommen. Seine Hände streckten sich flehend nach der jetzt fast leeren Flasche Nuits Saint-Oen 1929 aus.
»Joseph«, sagte Kassoulas ungerührt, »kümmern Sie sich um Monsieur de Marechal. Der Arzt hat ihm verboten, sich während seiner Anfälle zu bewegen.«
Josephs eiserner Griff hinderte de Marechal am Aufstehen, aber ich sah, wie seine blasse Hand in einer Tasche herumsuchte. Ich fand meine Geistesgegenwart wieder.
»In seiner Tasche!« rief ich. »Er hat Tabletten!«
Es war zu spät. De Marechal griff sich plötzlich mit der bekannten Geste unerträglichen Schmerzes an die Brust; dann wurde sein ganzer Körper schlaff, sein Kopf sank nach hinten, seine Augen verdrehten sich und starrten blind an die Decke. Das letzte, was sie wahrscheinlich gesehen hatten, war, wie der Strahl des Nuits Saint-Oen zu einem Tröpfeln wurde, das Tröpfeln zu einem Sickern von Weinstein, das sich in der großen Lache auf dem Boden verdickte.
Für de Marechal konnte man nichts mehr tun, aber Sophia Kassoulas war am Rande einer Ohnmacht. Obwohl ich selbst schwach in den Knien war, half ich ihr auf ihren Stuhl und ließ sie den Rest des Chablis in ihrem Glas trinken.
Der Wein drang durch ihre Betäubung. Sie saß da, atmete schwer und starrte ihren Mann an, bis sie die Kraft fand, etwas zu sagen.
»Du wußtest, daß es ihn umbringen würde«, flüsterte sie. »Deshalb hast du den Wein gekauft. Deshalb hast du ihn ausgeschüttet.«
»Das reicht«, sagte Kassoulas kühl. »Du weißt nicht, was du redest. Und du bringst unseren Gast mit deinem Ausbruch in Verlegenheit.« Er wandte sich an mich. »Traurig, daß unser kleines Fest so enden mußte, Monsieur, aber solche Dinge passieren eben. Der arme Max. Bei seiner Veranlagung hat er sich das Unglück selbst zugezogen. Und Sie sollten jetzt besser gehen. Der Arzt muß gerufen werden, um ihn zu untersuchen und die nötigen Papiere auszufüllen. Diesen medizinischen Dingen beizuwohnen kann unangenehm sein. Es ist

nicht nötig, Sie einer solchen Unannehmlichkeit auszusetzen. Ich werde Sie zur Tür bringen.«

Wie ich das Haus verließ, weiß ich nicht mehr. Ich hatte gesehen, wie ein Mord begangen wurde, und es gab nichts, was ich in dieser Sache tun konnte. Ganz und gar nichts. Allein laut auszusprechen, daß das, was ich hatte geschehen sehen, Mord war, würde vor jedem Gericht ausreichen, mich wegen Verleumdung zu verurteilen. Kyros Kassoulas hatte seine Rache fehlerlos geplant und durchgeführt. Nach meiner bitteren Berechnung kostete sie ihn nicht mehr als hunderttausend Franc und den Verlust einer untreuen Ehefrau. Es war unwahrscheinlich, daß Sophia Kassoulas noch eine Nacht in seinem Hause verbringen würde, und wenn sie es nur mit dem, was sie auf dem Leibe trug, verlassen mußte.

Nach dieser Nacht hörte ich nie wieder von Kassoulas. Dafür wenigstens war ich dankbar ...

Nun, sechs Monate später, saß ich an einem Tisch in einem Café in der Rue de Rivoli mit Sophia Kassoulas, die, wie ich, den Mord miterlebt hatte und, wie ich, hilflos zum Schweigen verurteilt war. Angesichts des Schocks, den mir unser Zusammentreffen verursachte, mußte ich ihre Gefaßtheit bewundern, als sie sich besorgt um mich bemühte, darauf achtete, daß ich einen Kognak trank und dann noch einen zweiten, lebhaft über Unwesentliches plauderte, als ob dadurch das Vergangene in unseren Köpfen ausgelöscht werden könnte.

Sie hatte sich verändert, seit ich sie zuletzt gesehen hatte. Zum Besseren verändert. Aus dem scheuen jungen Mädchen war eine schöne Frau geworden, die Selbstbewußtsein ausstrahlte. Das war nicht schwer zu erklären. Irgendwo, dessen war ich mir sicher, hatte sie den richtigen Mann gefunden, und diesmal war es kein Untier wie Kassoulas und kein Casanova-Verschnitt wie Max de Marechal.

Nach dem zweiten Kognak war ich fast wieder ich selbst, und als ich meine Samariterin auf ihre kleine juwelenbesetzte Armbanduhr schauen sah, entschuldigte ich mich, daß ich sie aufgehalten hatte, und dankte ihr für ihre Freundlichkeit.

»Eine kleine Gefälligkeit für einen so guten Freund«, sagte sie vorwurfsvoll. Sie erhob sich und sammelte Handschuhe und Tasche ein. »Aber ich habe Kyros versprochen, daß ich ihn –«
»Kyros?«
»Aber natürlich. Kyros. Mein Mann.« Madame Kassoulas sah mich verwundert an.
»Also leben Sie noch mit ihm zusammen?«
»Ja, sehr glücklich.« Dann hellte sich ihr Gesicht auf. »Sie müssen entschuldigen, daß ich so schwer von Begriff bin. Ich habe etwas Zeit gebraucht, um zu verstehen, warum Sie eine solche Frage stellen.«
»Madame, ich muß um Entschuldigung bitten. Schließlich –«
»Nein, nein, Sie hatten alles Recht, sich danach zu erkundigen.« Madame Kassoulas lächelte mir zu. »Aber ich erinnere mich manchmal nur noch schwer daran, daß ich jemals mit Kyros unglücklich war. In jener Nacht hat sich alles für mich so völlig verändert –«
Sie sah mich an. »Aber Sie waren doch dabei, Monsieur Drummond. Sie haben selbst gesehen, wie Kyros die Flasche Saint-Oen auf den Fußboden gegossen hat, nur meinetwegen. Welch eine Offenbarung! Welch ein Erwachen! Und als mir dämmerte, daß ich ihm wirklich mehr bedeutete als selbst die letzte Flasche Nuits Saint-Oen 1929 auf der Welt, als ich den Mut fand, an diesem Abend in sein Zimmer zu gehen und ihm zu sagen, welche Gefühle das bei mir ausgelöst hatte – oh, lieber Monsieur Drummond, seitdem haben wir den Himmel auf Erden!«

Die Affaire vom Boulevard Beaumarchais

Georges Simenon

Zehn Minuten vor acht, als Martin vom Spieler-Dezernat sein Büro verließ, sah er zu seinem Erstaunen, daß der Korridor noch voll von Journalisten und Fotografen war. Es war kalt; einige hatten den Mantelkragen hochgeschlagen und aßen ein Sandwich.

»Ist Maigret fertig?« fragte er im Vorbeigehen.

Ganz hinten am Ende des breiten Flurs stieß Martin, anstatt die Treppe hinunterzugehen, eine Glastür auf. Wie in allen Räumen der Kriminalpolizei war die Beleuchtung auch hier eher spärlich. In der Mitte des Raumes – es war das Vorzimmer der Direktion – thronte ein riesiges rundes, mit rotem Plüsch bezogenes Sofa. Ein Mann in Mantel und Hut saß darauf. In einigen Metern Entfernung standen zwei Inspektoren und rauchten Zigaretten, während der alte Gerichtsdiener in seinem Glaskäfig sein Abendbrot verzehrte.

Martin stopfte sich eine Pfeife. In einer Viertelstunde würde er zu Hause sein und mit seiner Familie zu Abend essen. Wenn er hierhergekommen war, um sich ein wenig umzusehen, dann tat er es nur, weil seit zwei Tagen von nichts anderem gesprochen wurde.

»Wie geht's?« fragte er einen der Inspektoren mit halblauter Stimme. Dieser deutete mit einem Seufzer auf die zweite Tür, die von Maigrets Büro.

»Wer ist bei ihm?«

»Immer noch die Schwägerin.«

Der Mann, der sie flüstern hörte, hob langsam den Kopf und warf ihnen einen düsteren, beinahe vorwurfsvollen Blick zu. Er war ein magerer, kränklich aussehender Mensch, etwa vier-

zig Jahre alt, vielleicht auch etwas weniger, mit tiefen Ringen unter den Augen und einem kleinen braunen Schnurrbart.
»Er ist seit heute morgen da!« flüsterte der Inspektor Martin zu. In diesem Augenblick ging Maigrets Tür auf. Der Kommissar erschien, und weil er die Tür nicht zumachte, sah man das verrauchte Büro und in einem grünen Sessel die Silhouette einer ganz jungen blonden Frau.
»Lucas!« rief Maigret, indem er die Inspektoren mit den Blikken suchte wie jemand, der nicht mehr klar sehen kann. »Hol mir schnell ein paar Sandwiches! Geh in der Brasserie vorbei und laß ein paar Halbe Bier heraufbringen!«
Martin benützte die Gelegenheit, um seinem Kollegen die Hand zu drücken.
»Kommst du gut voran?«
Maigret war hochrot im Gesicht, und seine Augen tränten. Man hätte schwören können, daß er viel für einen Schwall frischer Luft gegeben hätte.
»Hör zu«, murmelte er, indem er die Stimme senkte. »Ich werde dir ein großes Geheimnis verraten. Wenn ich heute abend nicht mit dieser Untersuchung fertig bin, gebe ich auf. Das verstehst du nicht, wie? *Eh bien,* ich halte es da drin nicht mehr länger aus.«
Der Mann auf dem Sofa, der diese Worte nicht hören konnte, wartete zitternd vor Erregung, aber der Kommissar ging in sein Büro zurück, und die Tür schloß sich hinter ihm. Martin entfernte sich endlich, während der Zeiger der Uhr um eine weitere Minute vorrückte und die lauten Stimmen der Journalisten heraufdrangen.

Dabei hatte der Fall zu Beginn ganz banal ausgesehen. Am vergangenen Sonntag war am Boulevard Beaumarchais, in einem Haus, in dessen Erdgeschoß sich ein Pfeifengeschäft befindet, im vierten Stock die sechsundzwanzigjährige Louise Voivin plötzlich gestorben. Die Tote wies alle Anzeichen einer Vergiftung auf. In der bürgerlich eingerichteten, komfortablen Wohnung, die gemütlich hätte sein können, lebten außer Louise Voivin ihr Mann, Ferdinand Voivin, der mit Edelsteinen handelte, und ihre achtzehnjährige Schwester Nicole.

Eben diese Nicole saß seit mehreren Stunden in Maigrets Büro, und sie hielt sich tapfer. Obwohl sie nervös war und an ihrem Taschentuch kaute, behielt sie trotz der erstickenden Atmosphäre einen kühlen Kopf.

Auf dem Schreibtisch stand eine Lampe, deren großer grüner Lampenschirm das grelle Licht milderte. Maigrets Gesicht, das über den Lampenschirm hinausragte, blieb im Halbdunkel. Das junge Mädchen hingegen, das in einem ziemlich niedrigen Sessel saß, war dem vollen Licht ausgesetzt. Die Fenstervorhänge waren nicht zugezogen, so daß man die Regentropfen sah, die auf die schwarzen Scheiben fielen und von dem Widerschein der Straßenlaternen am Quai wie Sterne blinkten.

»Man wird uns etwas zu trinken bringen«, sagte Maigret mit einem Seufzer der Erleichterung.

Ihm war so warm, daß er gerne seinen Kragen abgenommen und die Jacke ausgezogen hätte. Seine Besucherin trug hingegen immer noch ihren grauen Pelzmantel und eine Kappe aus dem gleichen Pelz, was ihr ein um so nordischeres Aussehen verlieh, als sie ganz hellblonde Haare hatte.

Welche Frage könnte er ihr stellen, die er ihr noch nicht gestellt hatte? Und doch brachte er es nicht fertig, sie gehen zu lassen. Er verspürte das vage Bedürfnis, sie bei sich zu behalten, um sie jederzeit bei der Hand zu haben, während ihr Schwager im Vorzimmer wartete.

Er blätterte anstandshalber in einer Akte, als könne die Tatsache, daß er immer wieder die gleichen Details las, eine plötzliche Eingebung bei ihm hervorrufen.

Schon dem ersten Protokoll der Polizei des Viertels, das die Ereignisse vom Sonntag betraf, haftete trotz seiner Unkompliziertheit etwas Verdächtiges an.

». . . Im vierten Stock, in einem Hinterzimmer der Wohnung, finden wir die auf dem Boden liegende Leiche der Louise Voivin. Dr. Blind, den die Familie eine halbe Stunde zuvor geholt hatte, erklärte, sie sei vor einigen Minuten unter entsetzlichen

Krämpfen gestorben. Ihr Tod ist ihm zufolge eindeutig das Resultat einer Vergiftung (die ein Verbrechen oder ein Unfall sein kann). Diese Vergiftung wurde zweifellos durch eine hohe Dosis von Digitalin bewirkt.«

Etwas weiter hieß es:
». . . verhörten den Ehemann, den siebenunddreißigjährigen Ferdinand Voivin, der behauptet, nichts zu wissen. Er hat uns jedoch bestätigt, daß seine Frau seit mehreren Monaten Symptome einer Nervenkrankheit an den Tag gelegt hat . . . verhörten die Schwester von Louise Voivin, Nicole Lamure, achtzehn Jahre alt, geboren in Orléans, die die gleichen Erklärungen abgegeben hat wie ihr Schwager . . . verhörten die Concierge, die behauptet, daß Louise Voivin, der es gesundheitlich schlechtging, seit langem fürchtete, vergiftet zu werden . . .«

Es war übrigens Sonntag, Allerheiligen. Ein kalter Regen fiel, und die Luft roch nach Chrysanthemen und Weihrauch, während gegen Abend die Vertreter der Staatsanwaltschaft durchnäßt und mit schmutzigen Schuhen den Boulevard Beaumarchais hinuntergingen, zu dem Pfeifengeschäft, das geschlossen war.
Das aber war das Drama des Alltags, die Atmosphäre, von der fast alle Kriminalfälle geprägt waren. Von der wahren Tragödie hingegen ahnten die wartenden Journalisten noch nichts, weil Maigret sie in seinem überheizten Büro soeben entdeckt hatte.
Er wartete ungeduldig auf ein erfrischendes Bier. Er vermied es, das junge Mädchen mit den abgespannten Zügen anzusehen, dessen Blick eine Ecke des Schreibtisches fixierte.
»Herein!« rief er.
Der Kellner der Brasserie Dauphine brachte das Bier und die Sandwiches und warf einen Blick auf Maigrets Besucherin.
»Ist es recht so?«
»Ja. Bringen Sie dem Herrn, der draußen im Vorzimmer wartet, auch etwas.«

Doch als man Voivin zu essen und zu trinken anbot, schüttelte er den Kopf wie jemand, der den Mut dazu nicht aufbringt.

Maigret kaute im Stehen sein Sandwich in großen Bissen, während seine Besucherin an dem ihren knabberte.
»Wie lange waren die beiden verheiratet?«
»Acht Jahre.«
Eine gewöhnliche Geschichte von ganz gewöhnlichen Leuten. Ferdinand Voivin, ein kleiner Edelsteinhändler, hatte bei einem Aufenthalt in Orléans, wo er mehrere Gutachten durchführen mußte, Louise Lamure kennengelernt, deren Eltern ein Schuhgeschäft besaßen.
»Da waren Sie selbst sozusagen noch ein kleines Mädchen?«
»Ich war zehn Jahre alt.«
»Ich nehme an«, versuchte er zu scherzen, »daß Sie da noch nicht in Ihren Schwager verliebt waren.«
»Ich weiß es nicht.«
Er sah sie von der Seite an. Ihm war nicht nach Lachen zumute.
»Vor einem Jahr, als Ihr Vater gestorben ist, haben Ihre Schwester und ihr Mann Sie also bei sich aufgenommen?«
»Ich bin zu ihnen gezogen, das stimmt.«
»Und seit wann genau sind Sie Voivins Geliebte?«
»Seit dem siebzehnten Mai.«
Sie sagte es ohne Umschweife, fast stolz.
»Sie lieben ihn?«
»Ja.«
Wer sie so sah, zart und leidenschaftlich, mußte sich einen schönen, romantischen Voivin vorstellen, einen, der die Voraussetzungen dazu besaß, eine solche Liebe einzuflößen. Der Edelsteinhändler aber – und das war eine der verwirrenden Seiten dieser Geschichte – war ein so durchschnittlicher Mann, daß man sich anstrengen mußte, um sich an sein Gesicht zu erinnern. Schon sein Beruf war prosaisch. Er hielt sich stundenlang in den Cafés der Rue La Fayette auf, wo sich die Edelsteinbörse befindet, und hatte sich erst vor einem Monat einen bescheidenen Gebrauchtwagen zugelegt. Noch dazu war er kränklich.

»Und Ihre Schwester?«
»Meine Schwester war eifersüchtig.«
»Liebte sie ihn?«
»Ich weiß es nicht.«
»Was hat sie gesagt, als sie euch beide überraschte?«
»Sie hat nichts gesagt. Sie hat mir geschrieben. Seitdem haben wir kein Wort mehr miteinander gesprochen.«
»Wann war das also?«
»Am zweiten Juni. Es war das dritte Mal, daß es passiert ist.«
»Am Boulevard Beaumarchais?«
»Ja, in meinem Zimmer. Ferdinand dachte, Louise sei ausgegangen. Dabei war sie mit der Putzfrau in der Küche.«
»Haben Sie nie daran gedacht, sich eine andere Wohnung zu nehmen?«
»Ich wollte schon. Aber meine Schwester verlangte von mir, daß ich bleibe.«
»Warum?«
»Um uns besser überwachen zu können. Sie behauptete, wenn ich auszöge, wäre es zu leicht für ihren Mann, mich heimlich zu besuchen.«
»Und in der Wohnung?«
»Sie ließ uns nie allein. Sie trug immer Filzpantoffeln, so daß man sie nicht kommen hörte.«
»Wie konnten Sie monatelang zusammenleben, ohne ein Wort miteinander zu sprechen?«
»Wir schrieben uns Zettel. Meine Schwester schrieb zum Beispiel: ›Richte deine Schmutzwäsche für morgen her‹ oder: ›Nimm kein Bad. Die Wanne hat ein Leck.‹«
»Und Voivin?«
»Er war sehr unglücklich. Er hat sich von Anfang an geweigert, im Zimmer seiner Frau zu schlafen, und hat eine Couch ins Wohnzimmer gestellt. Er hat mir geschworen, daß sie nicht mehr miteinander schlafen.«
Maigret zählte an den Fingern ab:
»Juni, Juli, August, September, Oktober. Fünf Monate! Sie haben also fünf Monate lang so gelebt?«
Sie nickte mit dem Kopf, als verstehe sich das von selbst.

»Hat Ferdinand Voivin nie zu Ihnen gesagt, er wolle sich seiner Frau entledigen?«
»Nie! Ich schwöre es!«
»Und er hat Ihnen auch nie vorgeschlagen, mit ihm wegzugehen?«
»Sie kennen ihn nicht«, seufzte sie kopfschüttelnd. »Er ist ein anständiger Mann, verstehen Sie? In seinen Geschäften ist er genauso. Wenn er einen Vertrag unterschrieben hat, führt er ihn aus, koste es, was es wolle. Fragen Sie die Leute, mit denen er zusammenarbeitet.«
»Und doch schien Ihre Schwester seit Monaten ihr Ende vorausgesehen zu haben. Sie hat drei Briefe an eine Freundin aus dem Pensionat geschrieben, und in allen dreien ist von Vergiftung die Rede.«
»Ich weiß! Meine Schwester benahm sich allmählich, als sei sie verrückt geworden. Das kam davon, daß sie uns dauernd belauerte. Fast jede Nacht machte sie geräuschlos die Tür zu meinem Zimmer auf, und in der Dunkelheit spürte ich ihre Hand auf meinem Gesicht. Sie wollte sich davon überzeugen, daß ich in meinem Bett und allein war.«
»Eine Frage. Seit dem zweiten Juni haben Sie Voivin nicht mehr allein gesehen?«
»Drei- oder viermal, außerhalb der Wohnung. Aber meine Schwester hat es erfahren. Jedesmal wartete sie vor dem Eingang des Hotels auf uns. Sie folgte mir auf Schritt und Tritt. Einmal ist sie in Pantoffeln in die Stadt gekommen, weil sie keine Zeit mehr gehabt hatte, ihre Schuhe anzuziehen.«
Maigret hatte sich die Wohnung angesehen. Sie war ebenso gewöhnlich wie Voivin selbst. Er stellte sich das Leben der drei Menschen vor, und er kam immer wieder auf die gleichen Fragen zurück, so wie sich Pferde auf einem Karussell immer im Kreis drehen.
»Wußten Sie, daß sich in dem Medikamentenschränkchen im Badezimmer ein Paket doppeltkohlensaures Natron befand?«
Das war der springende Punkt. Nach Louise Voivins Tod war die Wohnung durchsucht worden. Dabei hatte man ein Glas mit Resten eines Medikaments gefunden. Die Analyse hatte

ergeben, daß es sich um in etwas Wasser aufgelöstes Digitalin handelte. Nur: Neben dem Glas lag eine Schachtel mit der Aufschrift *Doppeltkohlensaures Natron*. Und diese Schachtel enthielt genügend Digitalin, um damit etwa hundert Menschen zu töten.

»Was haben Sie letzten Sonntagnachmitag gemacht?«

»Was ich jeden Sonntag tue. Es war immer der schlimmste Tag von allen. Ferdinand war im Salon und sah Rechnungen durch. Ich las in meinem Zimmer, und meine Schwester hielt sich sehr wahrscheinlich in ihrem auf.«

»Was hatten Sie zu Mittag gegessen?«

»Daran erinnere ich mich sehr gut: einen Hasen, den ein Kunde von Ferdinand ihm geschickt hatte.«

Sie sprach den Namen Ferdinand jedesmal voller Inbrunst aus, als sei er der schönste und außergewöhnlichste Mann für sie.

»Hat Sie der Tod Ihrer Schwester sehr mitgenommen?«

»Nein!«

Sie versuchte nicht, es zu verbergen. Sie hob sogar den Kopf, um Maigret in ihr Gesicht sehen zu lassen. »Er hat ihretwegen sehr gelitten.«

»Und sie?«

»War es seine Schuld? Ich weiß, daß er sie nie geliebt hat. Er hat acht Jahre mit ihr zusammengelebt, aber glücklich ist er nie gewesen. Meine Schwester war immer schwermütig und leidend. Gleich nach dem ersten Ehejahr mußte sie operiert werden, und danach war sie keine hundertprozentige Frau mehr.«

Maigret ging noch einmal für einen Augenblick hinaus und sah, daß der Mann auf dem Sofa in sich zusammengesunken dasaß. Er war am Vortag schon einmal verhört worden, aber nur kurz, und Maigret konnte sich nicht dazu entschließen, eines jener endlosen Verhöre mit ihm zu beginnen, die für beide Teile gleich aufreibend sind.

»Hat er nichts essen wollen?« fragte er leise einen der beiden Inspektoren.

»Nein. Er behauptet, er habe keinen Hunger.«

»Allons!«

Maigret, der versuchte, sich selbst Mut zu machen, ging wieder in sein Büro. Nicole saß nach wie vor da, ohne sich zu rühren.

»A propos ... Weil wir gerade von Krankheiten sprachen: Wer von euch dreien war magenleidend?«

»Ferdinand!« antwortete sie, ohne zu zögern. »Es kam zwar selten vor, doch manchmal hatte er eine Krise, vor allem wenn er Herzklopfen gehabt hatte.«

»Litt er denn unter Herzklopfen?«

»Das heißt ... Er ist wegen seines Herzens in Behandlung gewesen, vor zwei Jahren, glaube ich. Er hatte aber seither so gut wie keine Beschwerden mehr.«

»Sie wissen nicht, ob Ihr Schwager in den vergangenen Wochen Magenschmerzen gehabt hat?«

»Doch«, sagte sie in dem gleichen entschiedenen Ton.

»An welchem Tag?«

»An dem Tag, als uns allen schlecht war.«

»Wissen Sie noch, was Sie gegessen haben?«

»Ich kann mich nicht mehr erinnern.«

»Haben Sie den Arzt geholt?«

»Nein. Ferdinand wollte es nicht. In der Nacht hatten wir alle Kopfschmerzen und Brechreiz, und Ferdinand hat gedacht, es ströme vielleicht irgendwo Gas aus.«

»War das das einzige Mal?«

»Ja. Jedenfalls das einzige Mal, daß es so schlimm war.«

»Heißt das, daß das Unwohlsein noch öfter aufgetreten ist?«

»Ich verstehe, worauf Sie hinauswollen, Herr Kommissar. Aber Sie werden mich nicht aus der Fassung bringen. Ich werde durchhalten, trotz allem, weil ich weiß, daß Ferdinand unschuldig ist. Wenn jemand einen Grund gehabt hätte, meine Schwester zu vergiften, dann war es nicht er, sondern ich. Wie Sie sehen, gebe ich das ohne weiteres zu.«

»Aber Sie haben es nicht getan?« fragte er mit seltsam klingender Stimme.

»Nein. Ich habe nicht einmal daran gedacht. Ich hätte sie auf andere Art umgebracht, wie, weiß ich auch nicht. In letzter Zeit waren wir alle krank, das stimmt. Nur: Ich möchte wissen, was Sie an unserer Stelle getan hätten ... Können Sie sich das

Leben vorstellen, das wir führten? Bei den Mahlzeiten gab es immer einen von uns dreien, der nicht essen wollte. Wissen Sie, wie viele Putzfrauen wir in fünf Monaten gehabt haben? – Acht! Sie sagten, in einem Irrenhaus wollten sie nicht bleiben . . .«

Sie weinte vor Erregung. Es war nicht das erste Mal seit Beginn des Verhörs. Aber sie faßte sich schnell wieder und sah Maigret in die Augen, als wolle sie seinen Fragen zuvorkommen. »Ich weiß nicht einmal, ob wir die Fenster überhaupt noch geöffnet haben. Und ich wagte nicht einmal, bis an die Straßenecke zu gehen, weil ich wußte, daß meine Schwester hinter mir her war.«

»Ihrer Meinung nach hat Ihre Schwester also Selbstmord begangen?«

Sie antwortete nicht sofort; offensichtlich hatte die Frage sie verwirrt.

»Mit anderen Worten: Sie behaupten also, daß es Ihrer Schwester gelungen ist, sich eine große Menge Digitalin zu verschaffen, und daß sie freiwillig aus dem Leben geschieden ist?«

»Ich weiß es nicht«, gestand sie.

Man spürte, daß sie auch davon nicht überzeugt war, weil es nicht zum Charakter ihrer Schwester paßte.

»Nun?«

»Es ist ein Rätsel. Ferdinand jedenfalls hat niemanden umgebracht.«

»Und Sie?«

Aber wenn er geglaubt hatte, sie damit aus dem Gleichgewicht zu bringen, dann täuschte er sich. Wieder hob sie den Kopf und sah ihn leicht ironisch an.

»Ich glaube, wir sollten lieber Ihren Schwager holen«, brummte Maigret. »Oder vielmehr . . . Warten Sie. Gehen Sie bitte ins Vorzimmer, während ich mit ihm spreche.«

»Was haben Sie ihm zu sagen?« Sie war aufgestanden. Sie begann ungeduldig zu werden und riß mit den Zähnen kleine Fetzen aus ihrem Taschentuch.

»Lassen Sie ihn hereinkommen!« rief Maigret, indem er die

Tür einen Spalt weit öffnete. »Mademoiselle wird inzwischen warten.«
Er ließ sie vorausgehen und bedeutete Voivin, auf dem Sessel Platz zu nehmen, auf dem das junge Mädchen soeben gesessen hatte.
»Ein Glas Bier?«
Voivin begnügte sich damit, den Kopf zu schütteln.
»Keinen Hunger? Entschuldigen Sie bitte, daß ich Sie habe warten lassen. Ihre Schwägerin hatte mir so viel zu erzählen ... A propos, was wollen Sie jetzt eigentlich tun?«
Der Edelsteinhändler hob mit Mühe den Kopf und sah den Kommissar zuerst verblüfft und dann mißtrauisch an, als wäre es klar, daß man ihn nicht auf freien Fuß setzen würde.
»Eine Frage, Voivin: Da Nicole Ihrer Frau wegen nicht mit Ihnen sprechen konnte, wann sie wollte, nehme ich an, daß sie Ihnen schrieb?«
Voivin versuchte zu begreifen, worauf Maigret hinauswollte, und schüttelte den Kopf.
»Nein.«
»Warum nicht? Verliebt wie sie ist, und wie Sie es sind ...«
»Es war unmöglich. Meine Frau hätte die Briefe gefunden. Sie durchsuchte andauernd die Wohnung, meine Kleider, ja sogar meine Schuhe.«
Maigret seufzte. Er hätte viel darum gegeben, wenn Nicole ihre Liebe jemand anderem geschenkt hätte, irgend jemandem, aber nicht diesem gewöhnlichen Mann, der in allem gewöhnlich war, sogar in seiner Verzweiflung.
»Hätten Sie nicht ein Versteck finden können?«
»Ich sage Ihnen ja, Louise hätte es gefunden.«
Für den Kommissar war die Sache damit scheinbar erledigt.
»Na gut. Ich wollte Sie übrigens noch etwas anderes fragen: Als Sie die Herzbeschwerden hatten ...«
Ferdinand lächelte schmerzlich.
»Diese Frage habe ich erwartet.«
»Nun, dann beantworten Sie sie!«
»Na ja, man hat mir Digitalin verschrieben. Aber ich nehme seit über zwei Jahren keines mehr.«

»Trotzdem kennen Sie seine Wirkung. Sie wurden auch bestimmt darauf hingewiesen, daß es in großen Mengen . . .«
»Glauben Sie mir, Herr Kommissar, ich habe meine Frau nicht getötet.«
»Ich bin davon überzeugt, daß auch Nicole sie nicht vergiftet hat.«
»Sie haben sie also verdächtigt?«
»Aber nein. Beruhigen Sie sich. Sie sagen, Sie hätten Ihre Frau nicht getötet. Nicole hat sie nicht getötet. Und jetzt werde ich Ihnen eine Frage stellen, auf die Sie nicht zu antworten brauchen. Hören Sie mir gut zu, Voivin: Wenn man bedenkt, daß Sie Ihre Frau sehr gut kennen, eifersüchtig, wie sie war, eine Frau, die lieber ihre Schwester bei sich zu Hause erträgt, als daß sie ihr die Möglichkeit gibt, sich heimlich mit Ihnen zu treffen. Wenn man bedenkt, daß Sie all das wissen, würden Sie es wagen zu behaupten, daß sie einfach daran gedacht haben könnte, sich umzubringen und Ihnen beiden damit den Weg freizugeben? Denken Sie nach!«
»Ich weiß es nicht.«
»Aber, aber! Antworten Sie oder antworten Sie nicht, aber keine Lügen, Voivin, keine Ausflüchte!«
Die Lippen des Mannes zitterten. Plötzlich verriet ein übler Geruch, der sich im Zimmer verbreitete, die physischen Auswirkungen seiner Panik.
Maigret erhob sich, öffnete wortlos das Fenster, ging zum Schreibtisch zurück, stopfte langsam seine Pfeife und trank den letzten Rest Bier.
»Ich werde Ihnen helfen, ja?« sagte er mit sanfter Stimme. »Ich nehme an, es ist Ihnen lieber, wenn ich Ihre Schwägerin nicht hereinrufe?« Voivin weinte, vielleicht ebensosehr aus Scham wie aus Schmerz. Maigret ging auf und ab und redete, wobei er es vermied, den anderen anzusehen. »Wenn ich mich täusche, unterbrechen Sie mich. Aber ich glaube nicht, daß ich mich täusche. Sie fahren von Zeit zu Zeit nach Antwerpen?«
»Ja.«
»Das habe ich mir gedacht. Nach Antwerpen und nach Amsterdam, wo sich die wichtigsten Diamantenbörsen befinden.

Da war es für Sie leichter und weniger riskant, sich eine bestimmte Menge Digitalin zu verschaffen als in Frankreich. Das erklärt auch, warum unsere Nachforschungen in Paris und Umgebung erfolglos geblieben sind.«

»Ich bin durstig!« stöhnte Voivin, dem die Kehle wie zugeschnürt war.

Er war so unterwürfig, daß es Maigret peinlich berührte. Er holte eine Flasche Kognak aus dem Schrank und goß dem Edelsteinhändler ein großes Glas ein.

»Sie haben schon von Natur aus keinen fröhlichen Charakter. Sie heiraten ein junges Mädchen, das schon nach dem ersten Ehejahr infolge einer Operation mit einem Schlag um Jahre altert. Sie tun weiterhin Ihre Arbeit, ohne Freude, aber gewissenhaft, wie Sie alles tun, und irgendwann einmal stellt sich eine Herzschwäche ein. Stimmt das?«

»Es war nichts Ernstes.«

»Das spielt keine Rolle ... Da aber taucht Ihre Schwägerin auf, und plötzlich entdecken Sie die Jugend, die Lebensfreude ... Sie lieben! Sie lieben wie ein Wahnsinniger! Aber die Tatsache, daß Sie einmal Ihr Wort gegeben haben, ist zu wichtig für Sie, als daß Sie Ihre Frau verlassen und ein neues Leben hätten beginnen können. Sie sind ein Schwächling, ja, ich würde sogar sagen, ein Feigling. An dem Tag, als Sie von Ihrer Frau überrascht werden, reagieren Sie nicht ...«

»Ich möchte gern wissen, was Sie an meiner Stelle getan hätten!«

»Darum geht es hier nicht ... Das Leben am Boulevard Beaumarchais, jeder Tag, ja jede einzelne Minute dort wird zur Qual. Wenn Sie unfähig sind, Ihre Frau zu verlassen, so sind Sie noch weniger imstande, auf Ihre Schwägerin zu verzichten. Unterbrechen Sie mich, falls ...«

»Es stimmt.«

»Sie gehören zu der Sorte von Schwächlingen, die Katastrophen geradezu provozieren. Ich kenne mich da aus ... Ja, Sie gehören zu der Sorte von Menschen, die aus Angst vorm Alleinsein imstande sind, einen Haufen anderer mit sich in den Tod zu ziehen. Weil dieses Leben kein Leben mehr war, dachten Sie, es wäre das beste, wenn Sie alle drei stürben. Das erklärt auch, warum Sie eine solche Menge Gift gekauft haben. Ist das richtig?«

»Wie haben Sie das erraten?«

»Bis jetzt war es einfach. Einzig und allein den Tod Ihrer Frau konnte ich mir nicht erklären. Aber Sie haben mir selbst die Erklärung gegeben. Ich komme noch darauf zurück. Zuallererst geben Sie zu, daß Sie mindestens zweimal eine Art Generalprobe veranstaltet haben, das heißt, Sie haben kleine Mengen Digitalin ins Essen geschüttet, worauf Ihnen allen schlecht wurde.«

»Ich wollte wissen . . .«

»Richtig. Sie hatten Angst. Sie waren nicht bereit zu sterben. Und Sie versuchten, zu einem Entschluß zu kommen, indem Sie ganz kleine Mengen . . . Über den Rest hat mir Ihre Antwort auf eine meiner letzten Fragen Aufschluß gegeben. Ihre Frau überwachte alles, was Sie taten, durchsuchte jeden kleinsten Winkel, ja sogar Ihre Schuhe. Wo sollten Sie unter diesen Umständen das Digitalin hintun? Und welches Medikament nahmen nur Sie?«

Voivin, der ganz verstört aussah, hob den Kopf, sagte aber nichts.

»Von da an paßt alles zusammen. Das Digitalin verbirgt sich hinter der harmlosen Aufschrift *Doppeltkohlensaures Natron*. Und Sie hätten zweifellos noch Wochen, ja vielleicht sogar Monate gezögert . . .«

»Ich glaube, ich hätte es nie fertiggebracht!« seufzte der Edelsteinhändler.

»Wie auch immer . . . Auf jeden Fall hätten Sie noch lange gezögert, wenn nicht der Unfall passiert wäre. Einer Ihrer Kunden hat Ihnen einen Hasen geschenkt. Ihre Frau, die kränklich war, verträgt ihn nicht, geht zum Medikamentenschränkchen, sieht das doppeltkohlensaure Natron und gibt einen Löffel in ein Glas.«

Voivin verbarg das Gesicht in den Händen.

»Das ist alles!« sagte Maigret in endgültig klingendem Ton und machte das Fenster weiter auf. »Sagen Sie mal . . . Nebenan ist ein Waschraum. Wollen Sie hineingehen, bevor ich Ihre Schwägerin rufe?«

Voivin glitt wie ein Schatten in den Nebenraum. Maigret öffnete die Tür.

»Würden Sie bitte hereinkommen, Mademoiselle Nicole? Ihr Schwager kommt gleich.«

Und ganz ohne Übergang:

»Sie haben keine Lust zu sterben?«

»Nein!«

»Um so besser! Passen Sie auf.«

»Auf was?«

»Auf nichts. Darauf, sich nicht mit hineinziehen zu lassen.«

»Was hat er Ihnen gesagt?«

»Er hat mir nichts gesagt!«

»Halten Sie ihn immer noch für schuldig?«

»Machen Sie das mit ihm aus.«

»Wo ist er?«

Maigret mußte den Kopf abwenden, um ein Lächeln zu verbergen. »Er . . . er versucht seine Fassung wiederzuerlangen«, sagte er. Und er zündete seine erkaltete Pfeife wieder an, während Voivin wie jemand, der vom Licht geblendet ist, unsicher tappend ins Büro zurückkam.

»Ferdinand!« rief Nicole.

»Nein! Nicht hier, ich bitte Sie . . .«, brummte Maigret.

Meteorologenmord

Edward D. Hoch

Es war so eine verqualmte, überfüllte Singles-Bar, wie Libby Knowles sie immer schon gehaßt hatte, und während sie sich zurücklehnte, um den Mann mustern zu können, der ihr am Tisch gegenübersaß, fragte sie sich, was sie eigentlich hier tat.

»Ich habe Angst«, sagte der Mann zu ihr. Er hieß Bryan Metzger und war Meteorologe bei Sunny Days, einem privaten Wettervorhersagedienst. »Ich möchte Sie engagieren.«

»Dazu bin ich da«, erwiderte Libby bereitwillig. »Ich verlange Tageshonorar, und die Spesen gehen extra.«

»Sergeant O'Bannion hat Sie mir empfohlen«, erklärte Metzger und befeuchtete seine Lippen mit nervöser Zunge. »Er sagte, Sie wären die beste Leibwächterin in der Branche.«

»Nun ja«, antwortete sie und wußte nicht, ob sie O'Bannion dafür danken oder verfluchen sollte, daß er ihr diesen Menschen geschickt hatte, »ich bin die einzige hier am Ort, die sich darauf spezialisiert hat. Detekteien und private Wachgesellschaften bewachen im allgemeinen lieber Sachen als Menschen. Und wenn sie tatsächlich mal einen Leibwachenauftrag übernehmen, setzen sie meistens einen muskelbepackten Riesenkerl ein, dem man den Leibwächter schon aus weiter Ferne ansieht. Ich schmeichle mir, da ein bißchen subtiler zu sein.«

»Sie sind auf jeden Fall kein muskelbepackter Riesenkerl«, pflichtete er bei.

»Also, wovor haben Sie Angst?« fragte sie.

»Daß ich umgebracht werde.«

»Von wem?«

Er brauchte lange für die Antwort. Sie sah einem Paar zu, das in der Nähe der Bar zum harten Beat des Trios am anderen Ende des Raumes tanzte.
»Vor mir«, sagte er schließlich so leise, daß sie es kaum hörte. »Ich habe Angst, daß ich mich selbst umbringe.«

Libby hatte als Polizeibeamtin angefangen. Ihre Hauptaufgabe war es gewesen, berühmte Gäste der Stadt und ihre Familien zu bewachen. In einer Zeit, wo jeder Prominente Freiwild war, braucht man für diese Aufgabe schnelle Reflexe und die Fähigkeit, rasch und richtig zu entscheiden. Libby hatte damals einen Freund gehabt – es war gerade erst zwei Jahre her, aber es kam ihr vor wie eine Ewigkeit. Sie hatten vorgehabt zu heiraten. Er war bei der Sitte gewesen und bei einer dienstinternen Untersuchung mit einem Pfund reinen Kokains geschnappt worden, das er einem Zuhälter auf der East abgenommen hatte. Er hatte versucht, auf dem Crosstown Expressway zwei Polizeifahrzeugen davonzufahren, und war in einen Brückenpfeiler gerast. Drei Stunden später war er gestorben, und Libby hatte am nächsten Tag den Dienst quittiert.
O'Bannion war einer von denen gewesen, die sie gedrängt hatten zu bleiben. Schließlich glaubte kein Mensch, daß sie in die Sache verwickelt gewesen war, und ihre Karriere bei der Polizei hatte eben erst ihren Anfang genommen. Doch Libby sah die ganze Sache von einem anderen Gesichtspunkt. Sie war zwar nicht schuldig, aber sie war dumm gewesen, und keiner würde vergessen, daß sie mit einem korrupten Polizeibeamten liiert gewesen war. In puncto Menschenkenntnis und Urteilsvermögen hatte sie versagt. Sie hatte deshalb mit dem bißchen Geld, das ihre Mutter ihr hinterlassen hatte, ein kleines Büro in der Innenstadt gemietet. Die Firma »Libby Knowles, Bewachungen« lockte zwar kaum Kunden an, aber mit etwas Hilfe von O'Bannion bekam sie doch ihre ersten Aufträge. Meistens mußte sie Leute überwachen, die nur vorübergehend in der Stadt waren – häufig betuchte Geschäftsleute, denen es Spaß machte, eine hübsche junge Frau im Schlepptau zu haben, noch dazu eine, die eine kurzläufige Cobra in ihrer Handta-

sche hatte und auch noch damit umzugehen verstand. Im vergangenen Jahr war sie an der Bewachung eines Mannes beteiligt gewesen, der sich um einen Sitz im Senat bewarb, und eines anderen, der mit allen Mitteln die absolute Aktienmehrheit einer ortsansässigen Kapitalgesellschaft zu erlangen suchte. Sie hatte mit einem berühmten Rocksänger zu Abend gegessen und war sogar mit einer Fernsehschauspielerin, die nicht gern allein reiste, nach Miami geflogen. In dieser ganzen Zeit hatte Libby ihre Pistole nur einmal abfeuern müssen, als ein mit einem Messer bewaffneter Räuber den Fehler begangen hatte, einen nicht mehr jungen schwarzen Politiker zu überfallen, der in die Stadt gekommen war, um die Ehrendoktorwürde der Universität in Empfang zu nehmen. Libby hatte den Räuber ins Bein geschossen und die Polizei angerufen. Aber Bryan Metzger war etwas anderes.

Das hätte sie eigentlich schon in dem Moment wissen müssen, als er sie anrief und als Treffpunkt eine Singles-Bar vorschlug. Im allgemeinen kamen die Klienten in ihr Büro, oder man holte sie am Flughafen ab, nachdem man zuvor in einem Ferngespräch alle Einzelheiten abgesprochen hatte. Niemals traf man sich in einer Singles-Bar. Und nie zuvor hatte jemand sie engagiert, weil er sich vor sich selbst beschützt wissen wollte.

»Ich glaube nicht, daß ich Sie davon abhalten kann, Selbstmord zu verüben, wenn Sie das wollen«, sagte sie. »Schließlich gehört es nicht zu meinen Aufgaben, bei Ihnen im Zimmer zu schlafen. Ich kann vor dem Badezimmer kampieren und dafür sorgen, daß niemand Sie beim Rasieren stört, aber ich kann Sie nicht daran hindern, sich mit dem Rasiermesser die Kehle durchzuschneiden.«

»Ich habe einen Elektrorasierer.«

»Sie wissen schon, was ich meine. Sie brauchen einen Psychiater, aber keinen Leibwächter. Wieso fürchten Sie überhaupt, daß Sie sich selbst umbringen könnten?«

»Weil es ein guter Freund von mir erst letzte Woche getan hat. Und weil ich es schon einmal versucht habe.«

»Erzählen Sie mir erst von dem Freund.«

»Horace Fox. Wir hatten ein gemeinsames Büro bei Sunny

Days. Am vergangenen Samstag, kurz vor Mitternacht, sprang er aus dem Fenster.« Bryan schüttelte den Kopf mit einem Ausdruck der Verständnislosigkeit, den Libby begreiflich fand. »Er hatte nicht den geringsten Grund, sich das Leben zu nehmen, und doch hat er's getan.«

»War er zur fraglichen Zeit allein?«

»Ganz allein. Ich war rausgegangen in den Flur, weil ich mir am Automaten einen Kaffee holen wollte.«

»Haben Sie beide samstags immer so lang gearbeitet?«

»Nein. Wir machten die Fünftageberichte für die Westküste. Es gibt eine große Anzahl von Unternehmen, besonders in der kalifornischen Weinbaugegend, die auf private Wettervorhersagen angewiesen sind. Sie brauchen detailliertere Berichte, als sie das Nationale Wetteramt liefern kann. Unsere besondere Spezialität bei Sunny Days sind die Fünftageberichte. Unser Genauigkeitsgrad liegt volle zehn Prozent höher als der des amtlichen Wetterbüros.«

»Erzählen Sie mir noch etwas von Mr. Fox.«

»Als ich mit dem Kaffee zurückkam, war er weg, und das Fenster stand offen. Er war hinausgesprungen. Das Büro ist im siebten Stock.«

»Und das war kurz vor Mitternacht?«

Er nickte. »Ungefähr Viertel vor. Wir wollten um zwölf Schluß machen, aber ich wollte vor der Heimfahrt noch einen Kaffee trinken.«

»Und er deutete durch nichts an, daß er vorhatte, sich das Leben zu nehmen?«

»Nein, mit keinem Wort. Mir war allerdings aufgefallen, daß er ungewöhnlich düster wirkte. Im allgemeinen frotzelten wir eine Menge bei der Arbeit, aber an diesem Abend war er sehr ernst. Wir haben fast schweigend gearbeitet.«

»Und sonst war niemand im Büro?«

Metzger schüttelte den Kopf.

»Julie Wade, unsere Sekretärin, ist gegen zehn gegangen. Und Chris Romeo, der Chefmeteorologe, war gar nicht dagewesen.«

»Und jetzt zu Ihnen«, sagte Libby. »Warum glauben Sie, daß auch Sie sich das Leben nehmen könnten?«

»Horace sprang am Samstag abend. Am Montag morgen, als ich Tagschicht hatte, spürte ich, wie es mich zum Fenster hinter seinem Schreibtisch zog. Ich sah lange hinaus, und einen Moment lang dachte ich daran, ebenfalls hinauszuspringen.«
»Das ist nichts Ungewöhnliches«, versuchte Libby ihn zu beruhigen. »Ich glaube, jeder hat in einem hohen Gebäude oder auf einer hohen Brücke schon einmal solche Gefühle gehabt. Es ist völlig unsinnig, mich nur deswegen zu engagieren.«
»Ich habe das Geld gleich mitgebracht«, sagte er und zog die Brieftasche heraus. »Schauen Sie, heute ist Mittwoch. Ich schlage vor, ich bezahle für fünf Tage im voraus, das Wochenende eingeschlossen. Vielleicht haben sich dann meine Ängste gelegt.«
Normalerweise hätte Libby abgelehnt. Doch als er das Geld über den Tisch schob, nahm sie es und hoffte dabei, daß niemand es bemerkte und sie für ein hochbezahltes Callgirl hielt. Sie nahm es, weil sie wußte, daß er log. Er hatte keine Angst vor Selbstmord – er hatte Angst, von derselben Person umgebracht zu werden, die Horace Fox ermordet hatte.

Libby begann ihre Tätigkeit für Bryan Metzger damit, daß sie sich seine Wohnung gründlich ansah. Er wohnte in einer preisgünstigen Wohnung im zweiten Stock eines sanierten Altbaus nicht weit vom Zentrum. Einen Lift hatte das Haus nicht. Im Wohnzimmer hatte er ein Klappbett, und sie beschloß sofort, dort die Nacht zu verbringen.
»Heißt das, daß Sie tatsächlich über Nacht bleiben wollen?« fragte er erstaunt.
»Sie haben mich für fünf Tage Bewachung bezahlt, und die bekommen Sie. Ich werde wie eine Klette an Ihnen kleben, Mr. Metzger.«
»Dann nennen Sie mich am besten gleich Bryan.«
»Gut, Bryan. Aber damit Sie sich keine falschen Vorstellungen machen, ich knüpfe niemals persönliche Beziehungen zu meinen Klienten an.«
»Natürlich nicht.«
»Nur damit wir uns verstehen.«

Libby verbrachte eine ereignislose Nacht auf dem Klappbett, die Finger immer dicht bei der Cobra-Pistole unter ihrem Kopfkissen. Am folgenden Morgen stand sie früh auf, sah nach ihrem Klienten, der schnarchend auf dem Rücken lag, und machte Frühstück. Er kam in die Küche, als der Toast gerade fertig war.

»Hm, könnten wir daraus nicht eine Dauereinrichtung machen?«

Libby lächelte. »Nie im Leben. Wollen Sie Ihren Toast mit Butter oder ohne?«

»Mit. Aber lassen Sie mich das machen. Ich bin es gewohnt, mir selbst das Frühstück zuzubereiten.«

»Vielleicht treibt Sie das zum Selbstmord.«

»Machen Sie darüber keine Witze.«

Libby leerte den eisgekühlten Orangensaft in einen Krug.

»Wenn Sie Selbstmordtendenzen haben, bin ich ein Affe. Sie sind einer der normalsten Menschen, die mir je begegnet sind.«

Metzger lachte. »Wenn ich so stinknormal wäre, hätte ich gestern nacht einen Annäherungsversuch gemacht.«

Libby ließ Wasser in den Krug laufen, ohne zu antworten.

»O'Bannion hat mir erzählt, daß Sie früher bei der Polizei waren. Wieso haben Sie aufgehört?«

Libby stellte den Orangensaft auf den Tisch und setzte sich.

»Das ist eine lange Geschichte. Die erzähl ich Ihnen mal beim Abendessen, aber nicht jetzt.«

»Sie sind der Chef«, erwiderte er und setzte sich ihr gegenüber.

»Wann fangen Sie an zu arbeiten?« fragte sie.

»Diese Woche arbeite ich von neun bis fünf.«

»Dann müssen wir uns beeilen.«

»Sie bleiben doch nicht den ganzen Tag an meiner grünen Seite, oder?«

»Mal sehen, wie's läuft«, antwortete Libby.

Der private Wetterdienst Sunny Days hatte mehrere Büros im siebten Stockwerk des Midway-Bank-Gebäudes. Libby fuhr mit Bryan im Aufzug hinauf und ließ sich von ihm mit einigen seiner Mitarbeiter bekannt machen. Der Chefmeteorologe, Chris Romeo, war ein großer, dunkelhaariger Mann mit einem besonderen Lächeln, das er, wie Libby argwöhnte, speziell für junge Frauen parat hatte. Bryan stellte sie als seine Cousine vor, die vorübergehend zu Besuch da war und das Büro sehen wollte. Romeo schien die Geschichte anstandslos zu schlukken.

Julie Wade, die Sekretärin, war eine blonde Frohnatur, die mit Bryan ein paar Scherze tauschte, Libby jedoch mit ausgesprochen mißtrauischen Blicken musterte.

»Heute ist der erste Mai«, erinnerte sie Bryan. »Sie müßten die Dreißigtagevorhersagen rausschicken.«

»Keine Sorge, das wird erledigt. Ich möchte nur Libby ein bißchen rumführen.«

Libby folgte ihm in sein Büro. Julie Wade blieb mit mißmutigem Gesicht zurück.

»Ich glaube, sie mag mich nicht«, stellte Libby fest.

»Julie? Sie kann ziemlich besitzergreifend sein, aber ich versuche immer, das zu ignorieren.«

»Waren Sie einmal verheiratet?«

Er schüttelte den Kopf, während er die Post auf seinem Schreibtisch durchsah. »Ich habe drei Jahre mit einer Frau zusammengelebt, aber dann ging die Beziehung in die Brüche.«

Libby sah sich aufmerksam in dem großen Büro mit den Meßinstrumenten und Computerterminals um. Vor zwei großen Fenstern standen zwei gleichartige Schreibtische. Metzger saß an dem Schreibtisch rechts – der Schreibtisch auf der linken Seite war leer.

»Sie hatten also jeder ein Fenster, um festzustellen, ob es draußen regnete. Gut. Aber wie können Sie von hier aus das Wetter an der Westküste vorhersagen?« fragte Libby.

Statt einer Antwort wandte er sich dem Terminal neben seinem Schreibtisch zu und drückte auf mehrere Tasten mit Zahlen. Augenblicklich erschien ein Bild auf dem großen Schirm.

»Im Grund ist es ganz einfach. Die Radarbilder des Wetteramts von zahlreichen Städten im ganzen Land können mit dem

Computer abgerufen werden. Im Augenblick haben Sie das Gebiet von San Francisco vor sich. Sehen Sie die Regenfront, die da vom Meer hereinzieht? Das ist natürlich nur eines der Instrumente, deren wir uns bedienen, aber es ist ein wichtiges. Mit dem Computer können wir die ständig wechselnde Wetterlage im ganzen Land überblicken. Wir haben außerdem eine Reihe von Leuten in den verschiedensten Gegenden sitzen, die uns Informationen zukommen lassen . . .«

»Und die Leute bezahlen für diesen Sonderdienst, weil er den amtlichen Wettervorhersagen überlegen ist?«

»Ganz recht. Die Obstpflanzer in Florida, die Weinbauern in Kalifornien, sogar die Fernfahrer müssen Einzelheiten über das Wetter in bestimmten Gegenden wissen, und diese Gegenden sind oft weit entfernt von den großen Ballungszentren, die vom Wetteramt bedient werden.«

Libby ging zu dem anderen Schreibtisch.

»Und das hier war Horace Fox' Arbeitsbereich?«

»Ja.« Metzger starrte einen Moment ins Leere. »Als ich mit meinem Kaffee zurückkam, stand sein Fenster weit offen. Aber da ahnte ich noch nicht, daß er aus dem Fenster gesprungen war. Das erfuhr ich erst, als sie von der Straße heraufkamen.«

»Woher wußte man, daß er von hier aus gesprungen war?«

»Unser Büro war das einzige, in dem Licht brannte.«

Libby öffnete das Fenster und beugte sich vorsichtig hinaus.

»Schade, daß das Haus nicht diese modernen Fenster hat, die man nicht öffnen kann.«

Sie blickte direkt auf die gestreifte Markise über dem Eingang zum Gebäude hinunter, dann zog sie rasch den Kopf zurück.

»Er hätte wahrscheinlich eine andere Möglichkeit gefunden«, meinte Metzger, »wenn er so entschlossen war.«

»Hören Sie, Bryan, ich möchte ein paar Dinge überprüfen. Glauben Sie, daß Sie es schaffen, diesen Fenstern ungefähr eine Stunde fernzubleiben, bis ich zurück bin?«

»Ja, ich denke schon. Ich fühle mich heute viel besser. Es hat mir schon sehr geholfen, Sie in der Nähe zu haben.«

»Das ist meine Spezialität – Selbstvertrauen zu liefern.«

»Und meine Spezialität ist es, das Wetter zu liefern.«
Libby lächelte. »Ja, ja, wir leben im Zeitalter der Spezialisten.«

Sergeant O'Bannion beendete gerade eine Gegenüberstellung und führte das tränenüberströmte Opfer einer Vergewaltigung von dem Einwegspiegel weg, durch den die Frau ein halbes Dutzend Männer in Jeans und T-Shirts gemustert hatte, ehe sie schließlich einen von ihnen als den identifizierte, der sie überfallen hatte.
»Hallo, Libby«, sagte er, als sie allein im Korridor standen. »Wie geht's?«
»Dank Ihrer Fürsorge habe ich einen neuen Klienten.«
»Gut. Wer ist es?«
»Bryan Metzger, Meteorologe bei Sunny Days, dem privaten Wetterdienst.«
»Wo sich letztes Wochenende einer umgebracht hat?«
Sie nickte. »Ich wollte Sie eigentlich fragen, ob Sie mir da ein bißchen weiterhelfen können, da Sie mich ihm ja empfohlen haben.«
Die Art, wie er die Stirn runzelte, kannte sie gut. O'Bannion hatte sie gern, das wußte sie, aber manchmal war er allzu fürsorglich, fast wie eine Glucke.
»Ich weiß nicht, ob dieses Leibwächtergeschäft das richtige für Sie ist, Libby. Warum machen Sie nicht ein Geschäft auf, das weniger riskant ist?«
»Sergeant!«
»Okay, okay. Wie kann ich Ihnen helfen?«
»Könnte es sein, daß Horace Fox ermordet wurde?«
»Möglich ist alles, aber es gibt keine Indizien dafür. Warum fragen Sie?«
»Weil mein Klient vor irgend etwas Angst hat. Er behauptet, Angst zu haben, daß er sich umbringen könnte, genau wie Fox, aber ich glaube, da steckt mehr dahinter. Vielleicht fürchtet er, daß der Killer ihn als nächsten auf dem Kieker hat.«
»Tja, wenn es wirklich Mord war, hat der Mörder seine Spu-

ren gut verwischt. Soweit wir feststellen konnten, war zur fraglichen Zeit außer Ihrem Klienten und Fox kein Mensch im Haus.«

»Wie steht es mit Chris Romeo, dem Chefmeteorologen von Sunny Days? Und mit Julie Wade, der Sekretärin? Metzger sagte mir, daß sie früher am Abend da war.«

»Sie ist um zweiundzwanzig Uhr acht gegangen. Das zeigt die Stechkarte. Romeo scheint überhaupt nicht im Haus gewesen zu sein, wobei ich allerdings zugeben muß, daß die Wachleute in diesen Häusern leicht zu überlisten sind. Wenn die auf die Toilette gehen oder sonstwohin verschwinden, kann praktisch ein Elefant durchs Foyer marschieren.«

»Hat man in den Taschen des Toten etwas gefunden?«

»Nichts Besonderes. Ich zeige es Ihnen, wenn Sie möchten. Die Familie hat die Sachen noch nicht angefordert.«

»Was für eine Familie hatte Fox denn?«

»Nur eine geschiedene Frau. In Las Vegas. Soviel ich weiß, ist sie beim Theater oder so.«

Er ging mit Libby in sein Büro hinauf und holte aus dem Dienstraum einen braunen Umschlag, der Horace Fox' Namen trug.

»Behält nicht im allgemeinen der Coroner diese Dinge?«

»Tod unter verdächtigen Umständen«, murmelte er.

»Dann gab es also doch Anlaß zu näherer Untersuchung.«

»Libby, Sie kennen doch das Schema. Metzger behauptet steif und fest, der Mann hätte keinen Grund gehabt, sich das Leben zu nehmen. Das allein ist schon Grund zu einer näheren Untersuchung.«

»Eine Aussage konnte er wohl nicht mehr machen?«

»Nach einem Sturz aus dem siebten Stock? Er schlug direkt vor dem Gebäude auf, gleich links von der Markise über dem Eingang.«

O'Bannion öffnete den Umschlag, während er sprach, und schüttelte die Dinge, die man in den Taschen des Toten gefunden hatte, auf seinen Schreibtisch.

Libby sah gleich, daß nichts Besonderes darunter war: ein Taschentuch, ein Schlüsselbund, eine Brieftasche mit Kreditkar-

ten und einigen Scheinen, etwas Kleingeld, eine Armbanduhr. Dann fiel ihr etwas auf.
»Die Uhr ist um zehn vor eins stehengeblieben.«
O'Bannion zuckte die Achseln.
»Sie blieb wahrscheinlich stehen, als er auf dem Boden aufkam.«
»Aber das war vor Mitternacht.«
Er warf einen Blick in den Polizeibericht.
»Sie haben recht. Der erste Anruf kam um elf Uhr einundfünfzig. Dann muß seine Uhr falsch gegangen sein.«
»Wieso?«
»Libby!« sagte O'Bannion ungeduldig.
»Ja, ja, schon gut. Ich weiß. Ich hab ja nur gefragt. Ich find es komisch.«
»Libby, Metzger hat Sie nicht engagiert, weil Sie einen Kriminalfall aufklären sollen. Sie sollen ihn lediglich beschützen.«
»Ich weiß«, antwortete sie unwillig.
»Sie sind nicht mehr bei der Polizei, Libby.«
»Das weiß ich auch.«

Am Freitag abend, als sie sich auf ihre dritte Nacht auf dem Klappbett in Bryan Metzgers Wohnung vorbereitete, nachdem sie vorher zusammen in einem nahe gelegenen französischen Restaurant gegessen hatten, sagte er plötzlich: »Ich glaube, ich habe es überwunden, Libby. Die zwei Tage mit Ihnen haben mir gutgetan. Meine Angst ist weg.«
»Gut«, sagte Libby.
»Sind alle Ihre Aufträge so langweilig wie dieser hier?«
»Man bezahlt mich, damit ich dafür sorge, daß es langweilig bleibt, verstehen Sie?«
»Dann gestalten wir es doch ein bißchen aufregender. Schlafen Sie mit mir.«
»Nein.«
»Sie haben wohl einen Freund?«
»Nein, im Augenblick nicht, aber das ist nicht das Entscheidende. Ich bin im Dienst.«

»Sie haben mich gefragt, ob ich mal verheiratet war. Wie steht's mit Ihnen?«
»Ich war mit einem Kollegen verlobt, als ich noch bei der Polizei war. Er kam bei einem Autounfall ums Leben. So, jetzt kennen Sie meine Lebensgeschichte.«
»Das kann doch nicht alles sein.«
»Vielleicht erzähle ich Ihnen den Rest, wenn unsere fünf Tage um sind. Jetzt gehe ich erst mal zu Bett.«
»Aus Ihnen wird man wirklich nicht klug, Libby.«
»Man braucht mich nur zu kennen. Gute Nacht, Bryan.«
Sie hatte einige Stunden geschlafen, als sie plötzlich hochfuhr, alle Sinne gespannt. Sie wußte sofort, daß es kein gewöhnlicher nächtlicher Lärm war, der sie geweckt hatte. Sie blieb reglos liegen und lauschte, bis sie es wieder hörte.
Ein Schritt.
Jemand schlich sehr leise durch das Zimmer, auf dem Weg zur Schlafzimmertür.
Libby packte ihre Pistole und spannte alle Muskeln zum Sprung. Sie hatte keine Mühe, im Halbdunkel des Zimmers zu sehen, und konnte einen Mann erkennen, der eine dunkle Hose und einen dunklen Pullover trug. Er hielt einen länglichen Gegenstand in der rechten Hand, möglicherweise eine Pistole mit aufgesetztem Schalldämpfer.
Mit einem Satz sprang sie aus dem Bett und stieß dazu einen Schrei aus, der den Eindringling erschrecken sollte. Er wirbelte herum, und sie sah den Feuerblitz der Pistole in seiner Hand. Dann war sie schon bei ihm und drückte ihm den Arm an die Wand, ehe er noch einmal schießen konnte. Mit einem Schlag gegen die Schläfe versuchte sie, ihn zu betäuben.
Metzger kam aus dem Schlafzimmer gestürzt. Er knipste die Deckenbeleuchtung an. Libbys Hand lockerte sich nur eine Sekunde, und der Eindringling riß sich los. Sie hielt noch seine Pistole umklammert, doch die ließ er zurück und sprang zum offenen Fenster, durch das er eingestiegen war.
»Ist Ihnen auch nichts passiert?« rief Metzger, als sie zum Fenster rannte.
Sie hätte den Flüchtenden gern verfolgt, aber sie wußte, daß

ihre erste Sorge ihrem Klienten zu gelten hatte. Der Eindringling war vielleicht in Begleitung gekommen. Sie konnte es nicht riskieren, Metzger allein zu lassen.
»Nein, nein«, antwortete sie nur auf seine Frage. »Nur ist er leider entwischt. Haben Sie ihn erkannt?«
Er schüttelte den Kopf.
»Ich habe ihn noch nie gesehen.«
»Er hatte einen Schalldämpfer auf seiner Pistole. Das bedeutet wahrscheinlich, daß er ein Profi war, ein Berufskiller. Gibt es einen Grund, warum man es auf Sie abgesehen haben könnte?«
Er wandte sich von ihr ab.
»Nein, nicht den geringsten.«
»Sie waren mir gegenüber nicht ehrlich, Bryan. Sie hatten keine Angst davor, daß Sie Selbstmord begehen könnten. Sie haben Angst, ebenso ermordet zu werden, wie Horace Fox ermordet wurde.«
»Wer sagt, daß Horace Fox ermordet wurde?«
»Ich, und ich kann es beweisen.«
Metzger kam zum Fenster und sah hinaus.
»Er ist über das Dach des Nachbarhauses gekommen und hat mit einem Glasschneider gearbeitet. Meinen Sie, wir sollten die Polizei alarmieren?«
»Das kommt darauf an, was Sie ihr erzählen wollen.«
Mit einem Seufzer drehte er sich um und ging in die Küche.
»Machen wir uns Kaffee und reden wir. Vorläufig können wir doch nicht schlafen.«
»Gut.«
Während er Wasser für den Pulverkaffee aufsetzte, fragte er:
»Wie kommen Sie auf den Gedanken, daß Horace ermordet wurde?«
»Ich war auf der Polizeidienststelle und habe mir seine Sachen angesehen. Seine Armbanduhr ist um zehn vor eins stehengeblieben, eine Stunde nachdem er dem Polizeibericht zufolge aus dem Fenster gesprungen ist. Das machte mir eine Weile zu schaffen, bis mir das Datum einfiel. Der Samstag war das letzte Wochenende im April – als auf Sommerzeit umgestellt wurde. Er hatte seine Uhr bereits eine Stunde vorgestellt. Ich glaube

nicht, daß er sich die Mühe gemacht hätte, wenn er die Absicht gehabt hätte, sich umzubringen.«
»Nein, wahrscheinlich nicht«, stimmte Metzger nachdenklich zu.
»Und, wollen Sie mir jetzt nicht reinen Wein einschenken?« fragte Libby, während sie Pulverkaffee in die Tassen löffelte.
»Sie sind eine richtige Detektivin, wie?«
»Mir fallen Ungereimtheiten auf, das ist alles.«
»Ist Ihnen im Büro eine Ungereimtheit aufgefallen?«
Libby zuckte die Achseln.
»Wie steht's mit Julie Wade und Chris Romeo – läuft da was?«
Metzger runzelte die Stirn.
»Wie kommen Sie denn darauf?«
Sie lachte. »Vielleicht wegen der Namen. Romeo und Julie. Es ging mir nur so durch den Kopf. – Sie war an dem Abend im Büro, als Fox getötet wurde, nicht wahr?«
»Sie war vorher gegangen.«
»Aber vielleicht ist sie zurückgekommen. Oder vielleicht hat sich Romeo unten am Wachmann vorbeigeschmuggelt.«
Der Kessel pfiff, und Bryan goß kochendes Wasser in die Tassen.
»Sie stecken voller Einfälle, hm?«
»Aber sie gefallen mir alle nicht. Ich möchte gern, daß Sie mir sagen, wer Fox getötet hat und warum man Sie töten will.«
»Ehrlich, ich weiß es nicht.«
Er setzte sich mit seinem Kaffee an den Tisch und nahm sich Zucker.
Libby schüttelte den Kopf. »Fox hatte eine geschiedene Frau in Las Vegas, eine Revuetänzerin, die möglicherweise Verbindungen zur Unterwelt hat. Vielleicht ließ sie ihn umbringen, und Sie haben zuviel gesehen und müssen deshalb ebenfalls dran glauben.«
»Hm, das würde einiges erklären«, meinte er nachdenklich. »Aber wenn ich tatsächlich etwas gesehen haben sollte, so bin ich mir dessen nicht bewußt.«
Libby ging zum Telefon. »Wir informieren besser die Polizei über den Zwischenfall von heute nacht.«

»Das bringt uns auch nicht weiter. Die Polizei veranlaßt diese Leute höchstens dazu unterzutauchen. Vielleicht versuchen sie ihr Glück bald noch einmal, und dann schnappen Sie sie. Ich kann mir nämlich Ihr Honorar nicht bis in alle Ewigkeit leisten.«
»Ich weiß. Sie haben mich für fünf Tage engagiert, und die Hälfte der Zeit ist um.«
»Halten Sie durch bis zum Schluß?«
»Aber klar«, antwortete sie. »So, und jetzt trinken wir unseren Kaffee aus und schlafen ein bißchen.«
»Hält der Kaffee Sie nicht wach?«
»Nie«, antwortete sie fröhlich.

Den ganzen Samstag blieben sie in der Wohnung. Gegen Abend rief sie Sergeant O'Bannion zu Hause an und berichtete ihm in Kürze, was sich in der vergangenen Nacht ereignet hatte. Bryan stand unter der Dusche und hatte die Badezimmertür geschlossen, sie konnte also ungehindert sprechen.
»Und das haben Sie nicht gemeldet?« knurrte O'Bannion ins Telefon. »Was ist los mit Ihnen, Libby?«
»Es kann doch sein, daß Bryan recht hat und es besser ist, wenn wir versuchen, sie zu einem zweiten Versuch zu verleiten. Aber ich wollte Ihnen auf jeden Fall Bescheid sagen, für den Fall, daß irgend etwas schiefgeht.«
»Für den Fall, daß was schiefgeht! Wunderbar. Mit anderen Worten, falls wir Sie beide irgendwo tot auffinden sollten.«
»Das passiert bestimmt nicht«, entgegnete sie selbstsicher.
»Hoffentlich. Aber da Sie schon mal angerufen haben – ich habe da etwas für Sie.«
»Was denn?«
»Eigentlich dürfte ich es Ihnen nicht erzählen, aber es kann sein, daß da eine Verbindung besteht. Die Küstenwache hat vor drei Tagen nachts in den Gewässern vor Kalifornien eine Riesenladung Heroin sichergestellt – im Wert von nahezu fünf Millionen Dollar.«
»Was soll das denn –«

»Auf dem Schiff fand man Wettervorhersagen von Sunny Days.«
Libby schwieg einen Moment. Dann sagte sie: »Vielen Dank, Sergeant.«
»Merkwürdig – die letzte Fünftagevorhersage von Sunny Days hat nicht gestimmt. Sie enthielt keinen Hinweis auf einen Frühjahrssturm, der plötzlich im Golf von Kalifornien aufkam. Und genau dieser Sturm war schuld daran, daß das Schmuggelschiff auf Grund lief, wo es dann von der Küstenwache gesichtet wurde.«
»Das könnte allerhand erklären«, mutmaßte Libby. Das Rauschen der Dusche hinter der Badezimmertür hörte auf. »Ich muß jetzt Schluß machen. Ich melde mich später wieder.«
»Seien Sie vorsichtig.«
Wenige Minuten später trat Bryan aus dem Badezimmer. Er hatte sich ein Badetuch um die Hüften gewickelt.
»Ich finde«, sagte er, »wir sollten heute abend zum Essen ausgehen.«
»Das wäre vielleicht eine Herausforderung des Schicksals«, entgegnete Libby. »Wir haben genug zu essen da. Warten wir bis morgen.«
Sie spielten Karten und sahen sich um elf die Spätnachrichten an, ehe sie zu Bett gingen. In der Nacht rührte sich nichts, obwohl Libby nicht so gut schlief wie in den vergangenen Nächten. Sie stand immer wieder auf, ging durch das Wohnzimmer und die Küche, sah zu den Fenstern hinaus, lauschte auf unerwartete Geräusche. Aber der Eindringling kam nicht wieder.
Am folgenden Morgen, als sie gerade zu einem späten Frühstück in ein Hotel in der Nähe gehen wollten, erschien unerwartet Chris Romeo.
»Tut mir leid, Sie an Ihrem freien Wochenende zu stören, Bryan, aber ich muß Sie sprechen.«
»Das geht schon in Ordnung«, versicherte Bryan. »Kommen Sie herein. Sie erinnern sich an meine Cousine Libby Knowles.«
»Natürlich. Gefällt es Ihnen noch bei uns?«

»Sehr«, antwortete Libby und fragte sich, ob Romeo die Geschichte wirklich geschluckt hatte.
»Bitte entschuldigen Sie uns ein paar Minuten«, sagte er höflich und wandte sich Metzger zu. »Bryan, die Polizei hat Ermittlungen wegen Fox' Selbstmord angestellt, und das hat Julie und mich veranlaßt, auf eigene Faust ein bißchen nachzuforschen. Wir haben eine Anzahl geheimer Kunden entdeckt, hauptsächlich an der Westküste und in Florida, die von Fox ohne unser Wissen bedient wurden.«
Bryans Gesicht zeigte Verständnislosigkeit.
»Das begreife ich nicht.«
»So richtig verstehen wir es auch nicht. Ich hoffte, Sie könnten uns weiterhelfen. Haben Sie Fox vielleicht einmal geschäftlich mit jemandem telefonieren hören, den Sie nicht kannten? Haben Sie mal beobachtet, daß er Karten und Fünftagevorhersagen für Gegenden machte, in denen wir keine Kunden haben?«
Bryan überlegte und schüttelte den Kopf.
»Nein, ich erinnere mich an nichts dergleichen.«
»Das ist wirklich sehr wichtig, Bryan«, betonte Romeo. »Die Polizei schnüffelt überall herum. Ein Skandal könnte die Firma kaputtmachen.«
Libby mischte sich ein. »In was für eine Art von Skandal könnte denn ein Wetterdienst verwickelt werden? Ich kann mir da nichts vorstellen.«
Romeo ignorierte sie; doch er ging auf ihre Frage ein, indem er die Antwort an Metzger richtete.
»Wir glauben, er hat Wettervorhersagen für alle möglichen illegalen Unternehmungen geliefert. Zum Beispiel für den Drogenschmuggel vor der Küste von Kalifornien und Florida, für Nachtflüge mit Drogen oder illegalen Einwanderern über die mexikanische Grenze und dergleichen mehr.«
Bryan schüttelte verblüfft den Kopf.
»Das würde natürlich einiges erklären, aber ich hatte davon bis jetzt keine Ahnung.«
»Was könnte es erklären?«
»Nun, warum er getötet wurde, zum Beispiel. Libby hat mich fast überzeugt, daß es Mord war.«

»Libby?« Nun richtete Romeo seine Aufmerksamkeit doch auf sie. »Ich würde Ihnen raten, sich da herauszuhalten. Das ist klüger.«

»Ich bemühe mich.«

Romeo ging zur Tür.

»Wenn Ihnen etwas einfällt, das uns in dieser Sache weiterhelfen kann, dann rufen Sie mich an, Bryan. Ich bin entweder in meiner oder in Julies Wohnung.«

Als er weg war, bemerkte Bryan: »Mir scheint, Sie haben recht gehabt in bezug auf ihn und Julie.«

»Ja, offenbar.«

»Aber das mit Horace kann ich immer noch nicht glauben. Ich –«

Es läutete, und Bryan ging zur Tür.

»Das ist sicher noch mal Romeo. Er hat wahrscheinlich etwas vergessen.«

Libby wollte ihn warnen, aber sie kam zu spät. Das Läuten war diesmal anders gewesen, zaghafter. Es war nicht noch einmal Romeo. Bryan öffnete die Tür und wich gleich darauf mit erhobenen Händen zurück. Diesmal waren es zwei, der nächtliche Eindringling und ein anderer Mann, der sein Bruder hätte sein können. Beide hatten sie Schußwaffen.

»Nimm ihr die Pistole ab«, sagte der, den sie schon kannte.

Libby war wütend auf sich selbst, daß sie nicht vorsichtig genug gewesen war. Der zweite Mann packte ihre Handtasche und nahm die Cobra heraus.

Bryan sah elend aus. »Libby –«

»Machen Sie sich keine Sorgen, Bryan. Mir fällt schon was ein.«

Der erste Mann lachte laut.

»Eine richtige Emanze, was? Leg ihn erst um, Joe. Das Mädchen will ich für mich haben.«

»Nein! Nicht –« Libby ließ sich seitwärts auf das noch aufgeklappte Bett fallen, in dem sie in der Nacht gelegen hatte.

»Leg sie um!« schrie der zweite Mann, und der andere schwang seine Pistole, um auf sie zu zielen.

Libby fiel auf die zerknitterten Laken und fand das, was sie

suchte, die zweite Pistole, die unter dem Kopfkissen lag. Sie feuerte zweimal durch die Bettdecke hindurch, und der erste Mann fiel um.
»Werfen Sie die Waffe weg, oder es geht Ihnen genauso«, schrie sie den anderen an.
»Mein Gott«, hauchte Bryan. »Sie haben ihn erschossen.«
»Nur angeschossen, hoffe ich. Rufen Sie die Polizei an, und verlangen Sie Sergeant O'Bannion. Er müßte jetzt eigentlich im Dienst sein. Sagen Sie ihm, er soll einen Krankenwagen schicken.«

Eine halbe Stunde später sagte O'Bannion zu ihr: »Gut gemacht, Libby. Sie haben den Arm und die Seite getroffen, aber er ist nicht in Lebensgefahr. Meinen Sie, es waren diese Kerle, die Fox aus dem Fenster gestoßen haben?«
Sie sah Bryan an. »Was glauben Sie, Bryan?«
»Es erscheint einleuchtend, besonders in Anbetracht dessen, was Romeo uns erzählt hat. Fox hat Wettervorhersagen an verbrecherische Organisationen geliefert. Seine Informationen stimmten nicht, und sie büßten ein Schiff ein, das Drogen geladen hatte. Deshalb brachten sie Fox um, da sie nicht wußten, ob die Fehlinformation nicht vielleicht Absicht gewesen war. Und mich wollten sie ebenfalls töten, weil sie fürchteten, ich könnte zuviel wissen.«
O'Bannion nickte. »Wir sehen uns morgen gleich mal Fox' Bankkonto an. Wenn er regelmäßige Zahlungen erhielt, müßte sich das feststellen lassen.«
Er begleitete die Sanitäter mit der Bahre nach unten, nachdem er versprochen hatte, gleich wiederzukommen.
»Es war schon richtig, daß ich Sie engagiert habe«, sagte Bryan zu Libby. »Als es ernst wurde und ich Sie brauchte, waren Sie voll da. Woher hatten Sie eigentlich die zweite Pistole?«
»Genau wie Sie hatten die Kerle vergessen, daß ich dem einen von ihnen neulich nachts seine Waffe abgenommen hatte. Ich hatte sie unter meinem Kopfkissen, und als die Burschen meine Handtasche nahmen, wußte ich, daß ich versuchen mußte, die andere Pistole zu erwischen.«

»Sie haben mir das Leben gerettet.«
Libby schüttelte den Kopf.
»Nein, ich habe es vielleicht nur ein wenig verlängert. In diesem Staat können Sie für den Mord an Horace Fox die Todesstrafe bekommen.«
»Was?«
»Ich bin nicht blöd, Bryan. Sie sprachen eben von dem Schmuggelschiff, das hopsging, weil die Wettervorhersage nicht gestimmt hatte. Aber diese Geschichte erzählte mir O'Bannion am Telefon, und ich hatte Ihnen kein Wort davon gesagt. Und das Schiff strandete auch erst mehrere Tage nach Fox' Tod, folglich kann er daran nicht schuld sein. Sie kamen Fox auf die Schliche und fanden das Arrangement ganz toll. Eine prächtige Möglichkeit, auf sicherem Weg schnell viel Geld zu verdienen. Also brachten Sie Fox um und übernahmen die illegalen Geschäfte des Wetterdienstes Sunny Days an seiner Stelle. Aber Fox rächte sich noch vom Grabe aus. Ein Schmuggelschiff lief im Sturm auf Grund und fiel der Küstenwache in die Hände. Da wußten Sie, daß die Gangster versuchen würden, Sie zu töten. Sie konnten aber mit Ihrer Geschichte schlecht zur Polizei gehen, deshalb heuerten Sie mich als Leibwächterin an.«
Bryan Metzger wandte sich ab.
»Sie haben recht, ich wollte das Geschäft selbst machen. Weshalb sollte er das ganze Geld einstecken, wo ich doch ebenso akkurate Vorhersagen machen konnte wie er. Aber mit dem Bericht für Kalifornien hat er mich reingelegt. Er gab mir die falschen Informationen, und als ich nach seinem Tod die Fünftagevorhersage herausgab, führte die Fehlinformation dazu, daß das Schiff mit der Heroinladung auf Grund lief.«
»Warum haben sich diese Leute die Vorhersagen nicht auf regulärem Weg liefern lassen?«
»Dazu hätten sie ja das genaue Gebiet angeben müssen, wo das Schiff anlegen oder die Maschine mit der Ware landen sollte. Sie konnten es nicht riskieren, daß die Behörden davon erfuhren, daß sie diese Informationen haben wollten. Sie zahlten lieber für absolute Geheimhaltung. Das war ihnen die Sa-

che wert. – Aber Libby, die Tatsache, daß ich mir Horaces Tod zunutze machte, heißt nicht, daß ich ihn getötet habe. Er sprang wirklich aus dem Fenster.«
Libby schüttelte den Kopf.
»Nein, Bryan. Die Markise des Eingangs befindet sich direkt unter seinem Fenster. Wenn er da hinausgesprungen wäre, wäre er auf der Markise gelandet und hätte sie durchschlagen. O'Bannion berichtete mir, daß er links von der Markise aufschlug. Er stürzte aus dem Fenster hinter *Ihrem* Schreibtisch, rechts, wenn man zur Straße hinaussieht – links von der Markise von O'Bannions Blickpunkt aus. Sie lockten ihn unter irgendeinem Vorwand zu Ihrem Fenster, stießen ihn hinaus, schlossen das Fenster und öffneten das andere, weil er, hätte er Selbstmord begangen, vermutlich aus seinem eigenen Fenster gesprungen wäre.«
O'Bannion stand an der Tür und hörte zu.
»Ich habe Sie engagiert, damit Sie mich beschützen«, sagte er, »nicht, damit Sie mich des Mordes überführen.«
»Ich habe Sie ja vor diesen Ganoven auch beschützt. Aber vor sich selbst konnte ich Sie nicht schützen.«
»Dann lassen Sie mich weg!« rief er und stürzte zum Fenster.
Es war nicht das zum Dach, durch das der Revolverheld eingestiegen war, sondern eines, das zur Straße hinausging, zwei Stockwerke hoch.
»Halten Sie ihn!« rief O'Bannion von der Tür her.
Libby zögerte nur einen Augenblick. Bryan Metzger hatte sie schließlich für fünf Tage Personenschutz bezahlt, und die fünf Tage waren noch nicht um. Kurz bevor er das Fenster erreichte, packte sie ihn und hielt ihn zurück.

Fortuna ist keine Lady

Robert Bloch

Frankie klammerte sich mit beiden Händen an die Bar. Wenn er sie losließe, kippte er höchstwahrscheinlich um. Und das durfte auf keinen Fall passieren, weil der alte Professor ihm einen langen Vortrag hielt. Und solange er zuhörte, würde der Professor vermutlich fortfahren, ihm Drinks zu spendieren.

»Das Glück«, sagte der alte Professor, »ist eine seltsame Sache. Es verändert das ganze Leben – in die eine oder die andere Richtung. Vor fünf Jahren noch war ich ein geschätztes Mitglied der Fakultät an der hiesigen Universität. Heute bin ich dank der Tücken des Schicksals . . .«

Er hielt inne und seufzte. Frankie seufzte ebenfalls. »Ich weiß, was Sie meinen«, sagte Frankie. »Mir selber geht es nicht viel anders. Ich bin dieses Leben auch nicht gewohnt.« Was natürlich eine Lüge war. Frankie war noch nie etwas anderes gewesen als ein Vagabund. Aber er hatte sich vorgenommen, freundlich zu sein, weil er weitertrinken wollte. Und prompt, als habe er Frankies Gedanken erraten, machte er alte Professor dem Barkeeper ein Zeichen, zog einen halben Dollar aus der Tasche und hielt ihn in die Höhe.

»Kopf oder Zahl«, sagte der Professor. »Wer kann schon vorhersagen, was kommt, wenn ich die Münze jetzt auf den Tisch fallen lasse? Ich kann es nicht. Sie können es nicht. Und der Barkeeper kann es ebenfalls nicht. Ein Mathematiker würde sagen, die Wahrscheinlichkeit sei eins zu eins. Aber niemand kann es mit Bestimmtheit voraussagen. Und da haben Sie das große, undurchdringliche Geheimnis des Universums. Niemand kann vorhersagen, was Fortuna uns in nächster Zeit beschert. Denken Sie daran!«

Frankie bemühte sich, die Welt wieder in klaren Umrissen zu sehen. Und es gelang ihm auch. Sein Blick folgte der Münze, wie sie auf den Tisch fiel. Sie schlug auf, sprang noch einmal in die Höhe – und blieb dann, beinahe an der Kante des Tresens, liegen.

»Glück«, sagte der alte Professor und lachte zufrieden in sich hinein. »Das Glück ist der Antriebsmotor, der unser aller Leben regiert. Wenn Lincoln sich zum Beispiel gebückt hätte, um seinen Schuh zuzubinden, als der Attentäter Booth auf ihn schoß – oder, wenn der Vogel nicht erschienen wäre, als Columbus den Meuterern gegenüberstand – wenn! Aber wir sind alle Opfer der Tyche! Das ist dieselbe Göttin, die bei den Römern Fortuna hieß. Sie ist eine der Schicksalsgöttinnen, eine Schwester der Parzen.«

»Bin der Dame nie begegnet.«

»Das kann ich mir lebhaft vorstellen«, sagte der alte Professor und lächelte Frankie über den Rand seines Glases zu. »Aber die alten Griechen erkannten ihre Bedeutung. Sie gaben jedes Jahr ihr zu Ehren ein Fest. Am vierundzwanzigsten Juni, wenn ich mich recht erinnere. Ich habe Darstellungen von ihr gesehen: sie trug ein Füllhorn in der Hand und stand auf einer Kugel. Sie war sehr schön. Und überhaupt, diese Feste!«

»Ich möchte auch auf ein Fest«, murmelte Frankie. »Noch einen Drink, und ich bin in der besten Stimmung für ein Fest.«

»Sie sollten nicht so viel trinken«, sagte der alte Professor.

Frankie zuckte die Achseln. »Warum nicht? Was soll man sonst schon tun? Ich habe nie eine echte Chance gehabt. Nicht ein einziges Mal. Sehen Sie mich an – ich sehe aus wie ein elender, ausgezehrter Trinker. Ich zittere wie ein alter Mann – dabei bin ich erst dreiunddreißig. Wenn ich nur einmal eine wirkliche Chance gehabt hätte . . .«

Der Professor nickte. »Ich weiß«, sagte er. »Ich könnte Ihnen ein Dutzend ähnlicher Fälle aufzählen. Jeder kennt solche Geschichten. Zum Beispiel folgende: Ein Mann kauft sich mit seinen letzten hundert Dollar einen alten Schuppen am Strand, sechs Monate später wird er verhungert dort aufgefunden. Ein anderer macht haargenau dasselbe: sechs Monate später wird auf seinem Stück Strand Öl gefunden, und er verkauft sein Grundstück für eine Million, zuzüglich erheblicher Ertragsanteile. Ein Mann geht eine Straße hinunter und findet eine mit reichlich Geld versehene Brieftasche. Ein anderer geht dieselbe Straße ein paar Sekunden später hinunter und wird von einem Ziegelstein erschlagen. Das Schicksal ist eine launische Göttin, mein Freund. Aber wer weiß. Eines Tages ändert sie, weil sie launisch ist, ihre Haltung und überschüttet einen möglicherweise mit Glück und Reichtum. Wer weiß . . .«

»Blödsinn!« sagte Frankie.

»Ich gebe lediglich die wissenschaftliche Betrachtungsweise wieder«, erklärte der alte Professor. »Sicher bin ich mir selber nicht. Wenn ich nur dem Geheimnis auf die Spur käme, wie das Schicksal sich bestechen ließe, würde ich nichts anderes mehr tun. Vielleicht ist es lediglich eine Angelegenheit echten Glaubens oder echter Anbetung. Das Schicksal ist eine Göttin. Und eine Göttin verlangt Anbetung. Und da sie eine Frau ist, verlangt sie außerdem Beständigkeit. Ist es nicht möglich, daß die Menschen, die vom Glück gesegnet sind, dieses Geheimnis erfaßt und ihr umgekehrt ewige Treue geschworen haben?«

»Für eine Frau«, murmelte Frankie, »die mir Glück bringt, würde ich ebenfalls alles tun.«

Er ergriff sein Glas, leerte es und drehte sich zu dem Professor um. Aber der Professor hatte sich davongemacht. Kopfschüttelnd kam der Barkeeper auf Frankie zu und meinte: »Komisch, was manchmal so in die Leute fährt, was?«

»Ja«, meinte Frankie. »Aber ich begreife nicht, was dieser Mann eigentlich in so einer Kneipe verloren hat.«

»Das weiß ich auch nicht«, sagte der Barkeeper. »Aber er ist nicht der einzige von der Sorte. Das hängt alles mit dem Spielsalon zusammen, den wir im Hinterzimmer haben.«

Und dann fiel es Frankie wieder ein. Natürlich, den Spielsalon hatte er total vergessen. Er war in dem Raum hinter der Bar. Und es gab Roulett und einen Tisch, wo man würfeln, und einen andern, an dem man pokern konnte. Aber er war nie dort gewesen, weil er nie Geld gehabt hatte. Nachträglich fiel ihm auf, daß er die ganze Zeit über Leute im Hinterzimmer hatte verschwinden sehen. So wie diesen Glatzkopf, der gerade hineinging, oder wie den Student mit der Brille, oder wie die Frau im roten Abendkleid. Die Frau im roten Abendkleid ...

Frankie hatte seit Monaten keine Frau mehr angesehen. Das tut man automatisch nicht, wenn einem das Wasser bis an den Hals steht. Aber diesmal war es anders.

Sie trug ein aufregendes rotes Abendkleid, hatte eine Haut, die so kühl und weiß war wie Marmor, und pechschwarzes Haar. Auch ihre Augen waren schwarz. Und als sie an ihm vorbeikam, sah sie ihn an und lächelte ihm zu.

Sie lächelte ihm zu, ihm! Und sein abgerissener Aufzug schien sie nicht im mindesten zu stören.

Frankie war beschwipst, sonst hätte er es nie getan. Aber er hatte einen Schwips. Und so folgte er ihr. Er folgte ihr durch die Tür in das Hinterzimmer, und er blieb hinter ihr stehen, während er sie pausenlos fasziniert anstarrte. Und er folgte ihr bis in den hintersten Winkel des Zimmers – und niemand hinderte ihn daran. Im Gegenteil, er hatte den Eindruck, als gälten alle Blicke nur ihm und nicht ihr.

Das Hinterzimmer war größer, als er angenommen hatte. Und es wurde tatsächlich was geboten. Diese kümmerliche Bar war lediglich eine Attrappe. Es gab drei Roulettische und vier weitere – jeweils in den Ecken –, wo man würfeln konnte. Und es befanden sich mindestens fünfzig Leute im Raum.

Der Raum war voller Rauch, dafür war es verhältnismäßig leise. Selbst die Würfelspieler verhielten sich ruhig. Und als die Roulettkugel klapperte, herrschte eine solche Stille, daß man deutlich hören konnte, wie sie ins Fach fiel. Frankie folgte der Frau im roten Abendkleid an einen der Roulettische, an dem eine Menge feist aussehender und gut angezogener Bürger saßen, die alle einen ganzen Haufen Chips vor sich liegen hatten. Und in der Mitte drehte sich das Rad mit seinen sechsunddreißig Zahlen und der Null und den beiden Farben Rot und Schwarz. Und jedesmal, wenn es sich drehte, wurde einer der Chips-Haufen größer und ein anderer kleiner. Warum?

Schicksal? Glück? Jetzt begriff er, was den alten Professor veranlaßt hatte, darüber zu philosophieren. Ein paar von den Männern hatten offensichtlich eine Glückssträhne gehabt, dem Riesenstapel von Chips nach zu schließen. Und sie fuhren fort, pausenlos zu gewinnen. Und andere fuhren fort, pausenlos zu verlieren und neue Chips zu kaufen: weiße zu einem Dollar, rote zu zehn und blaue zu zwanzig Dollar.

Und sie waren alle auf eine seltsame Weise erregt, egal, ob sie verloren oder gewannen. Frankie konnte ihre Erregung wie in Wellen auf sich zukommen spüren. Jeder von ihnen verfolgte mit brennenden Augen jede Drehung, jedes Spiel. Und er verfolgte es ebenfalls und ließ sich einfangen von diesem seltsamen Zwang. Wenn er doch nur Geld gehabt hätte!

Er sah zu der Frau im roten Abendkleid hinüber und stellte fest, daß sie ebenfalls zusah. Wie er. Das heißt, doch nicht ganz so wie er. Sie schien von der Erregung nicht erfaßt zu sein. Ihre Haltung war kühl, und sie machte beinahe den Eindruck, als sei sie eine Statue. Außer ihm schien kein Mensch sie zu beobachten, obgleich sie das aufregendste Geschöpf war, das sich in diesem Raum befand. Man hätte glauben können, daß niemand sie sah, weil kein Mensch sich nach ihr auch nur umdrehte. Alle Blicke waren ausnahmslos auf das Roulett geheftet und auf die kleine Silberkugel.

Während sie das Spiel und die Spieler beobachtete, blieb der Ausdruck ihrer Augen immer gleich. Sie wirkte seltsam unbeteiligt. Ihre Hände ballten sich niemals zu Fäusten, ihr Atem ging niemals schneller und ihr Blick zeigte nicht das geringste Aufflackern plötzlichen Interesses. Beinahe erweckte sie den Eindruck, als wisse sie im voraus, wer jeweils gewann oder verlor.

Frankie suchte ihren Blick. Eine Weile reagierte sie nicht darauf. Er versuchte es noch einmal, und plötzlich wandte sie den Kopf und blickte ihn an. Ihre Augen sahen aus wie zwei schwarze Steine. Er wollte seinen Blick abwenden, aber sie kam ihm zuvor. Ihr Blick richtete sich auf den Boden.

Frankie beugte sich vor, um nachzusehen, was ihre Aufmerksamkeit erregt hatte. Und da sah er es.

Genau zu seinen Füßen lag ein Chip. Er mußte unbemerkt vom Tisch gefallen sein. Frankie bückte sich, hob ihn auf und hielt ihn unschlüssig in der Hand. Der Chip war blau – zwanzig Dollar. Und er konnte ihn gleich gegen Geld eintauschen.
Er sah sich nach dem Mann mit der Kasse um, der von Zeit zu Zeit mit seinem Kasten voll Wechselgeld durch die Menge wanderte, aber er konnte ihn nirgends entdecken. Und dann wurde ein neues Spiel angesagt. *»Faites votre jeu, Mesdames, Messieurs«,* sagte der Croupier. *»Faites votre jeu!«*
Und warum eigentlich nicht? Er hatte zwanzig Dollar gefunden, weil er Glück gehabt hatte. Und vielleicht blieb das Glück ihm treu. Mit zwanzig konnte er vierzig gewinnen. Aber auf was sollte er setzen, auf Rot oder auf Schwarz?
Frankie sah wieder zu der Frau im roten Abendkleid hinüber. Ihr Kleid war rot, das sprach für Rot. Aber ihre Augen und ihr Haar waren schwarz, und das sprach für Schwarz. Und diese schwarzen Augen blickten ihn beschwörend an.
Also auf Schwarz! Frankie machte sich daran, seinen Chip auf Schwarz zu setzen, aber seine Hand fing an zu zittern und der Chip rollte auf Zahl – auf die schwarze 33.
Er machte eine Bewegung auf den Chip zu, aber der Croupier erklärte: *»Rien ne va plus!«,* und das Rad begann sich zu drehen. Und nun konnte er nur noch hilflos danebenstehen und zusehen. Zwanzig Dollar hatte er einfach mir nichts, dir nichts verschleudert. Sein Glück hatte er verschenkt. Und das Rad drehte sich, die Kugel drehte sich – das ganze Zimmer drehte sich.
Dann blieb die Kugel stehen. Und das Rad blieb stehen. Und der ganze Raum blieb stehen. Und Frankie konnte den Croupier sagen hören: »Die schwarze Dreiunddreißig!«
Seine Zahl!
Und dann ging es los. Der Croupier schob einen Riesenstapel Chips in seine Richtung. Und die Frau im roten Abendkleid lächelte. Also schob er die Hälfte der Chips auf Rot. Rot kam. Er ließ seine Chips liegen, und Rot kam wieder. Hintereinander dreimal. Nach dieser Rotserie sah er zu der Frau hinüber, aber sie schüttelte den Kopf und entfernte sich von dem Tisch.

Daraufhin nahm er alle seine Chips an sich und begab sich zur Kasse. Für seine Chips bekam er Zwanziger-, Fünfziger- und Hunderternoten ausgezahlt. Insgesamt dreitausendundzwanzig Dollar! Bar! Frankie stopfte die Scheine hastig in seine Taschen und bahnte sich einen Weg durch die Menge, weil er die Frau wiedersehen wollte, um sich bei ihr zu bedanken oder ihr einen Teil davon anzubieten.
Der Aufpasser hielt ihm die Tür auf, und die Frau schlüpfte vor ihm hinaus. »He!« rief Frankie. »Warten Sie doch!« Und der Aufpasser blickte ihn befremdet an.
»Was wollen Sie denn?« fragte er.
»Sie habe ich nicht gemeint«, sagte Frankie. »Ich habe mit der Dame gesprochen.«
»Welche Dame?« fragte der Aufpasser.
Frankie gab keine Antwort, weil er sie bereits die Bar verlassen sah. Er eilte hinter ihr her und holte sie an der Ecke ein. Die frische Luft haute ihn fast um – sein Magen rebellierte, aber er brachte es trotzdem fertig, sie einzuholen.
»Vielen Dank«, sagte er. »Sie haben mir Glück gebracht.«
Sie lächelte, sagte aber nichts. Und ihre schwarzen Augen erschienen ihm noch dunkler als zuvor.
»Ich meine es wirklich ernst«, sagte Frankie, während er ihr eine Handvoll Scheine hinhielt. »Nehmen Sie das.«
Aber sie nahm sie nicht.
»Wirklich«, wiederholte Frankie. »Nehmen Sie sie bitte.« Dann blieb er stehen. »Was ist los? Sind Sie taub oder was?«
Er erhielt keine Antwort. Na schön, dann war sie also taub. Aber man stelle sich vor: ein solches Wesen, schön, chic, aber taub! Aber konnten sie einem nicht im allgemeinen die Worte von den Lippen lesen?
»Wohin gehen Sie?« fragte er sie.
Wieder keine Antwort.
Vielleicht war die Dame ein bißchen beschränkt. Kein Wunder, daß sie keinen Begleiter hatte.
»Wollen Sie mit mir kommen?« fragte Frankie weiter. Irgendwie kam es ihm widersinnig vor, daß eine Frau wie sie, eine Dame, sich auflesen ließ von einem Vagabund, wie er es war.

Aber inzwischen kam ihm überhaupt alles widersinnig vor. Schließlich war das einzig Wichtige im Moment, daß er erst einmal seinen Rausch ausschlafen konnte. Falls sie also mitkommen wollte, war das ihre Sache. In dem lausigen Hotel, wo er wohnte, würde sich niemand darüber wundern. Auf alle Fälle mußte er ins Bett. Alles andere war zweitrangig.
Also machte er sich auf den Weg, und – tatsächlich – sie folgte ihm. Aber so lautlos, wie er es bei noch keiner Frau erlebt hatte. Er vernahm nicht einmal das Klappern von hohen Absätzen. Sie trug Sandalen. Und sie trug auch keine Ringe und keinen Schmuck, die irgendwelche Geräusche hätten verursachen können. Ja, sie war schön. Aber schön wie eine Statue. Und wie eine Statue stand sie auch mitten in seinem schmutzigen Zimmer.
Erwartete sie vielleicht, daß er ihr den Hof machte? Er wußte es nicht. Er wußte nur, daß er so todmüde war, daß ihm alles andere gleichgültig blieb. Er schleppte sich quer durchs Zimmer und ließ sich auf sein Bett fallen. Und sobald er auf dem Bett lag, wußte er, daß nichts ihn mehr davon abhalten konnte, tief und traumlos einzuschlafen.

Er mußte die ganze Nacht so geschlafen haben, seinen Kopf auf ihrem Schoß. Und sie mußte die ganze Nacht neben ihm gewacht haben. Denn inzwischen war es heller Morgen, und sie lächelte zu ihm herunter.
Ihr Lächeln begleitete ihn auch, als er sich wusch und rasierte und anzog, er versuchte wieder, sich mit ihr zu unterhalten. Aber sie gab keine Antwort. Sie lächelte und wartete, wartete, bis er den Mantel angezogen und seinen Hut aufgesetzt hatte.
»Kommen Sie«, sagte er. »Ich bin hungrig.«
Sie gingen hinunter auf die Straße hinaus. Und Frankie schlug die übliche Richtung zum *Ace Lunch* ein, wo er sonst immer zu Mittag zu essen pflegte. Dann jedoch fiel ihm ein, daß er ja dreitausend Dollar in der Tasche hatte und es sich leisten konnte, in eines der feinen Restaurants essen zu gehen. Warum eigentlich nicht? Aber natürlich konnte er in so einem Aufzug nicht dort erscheinen.

»Warten Sie einen Moment«, sagte er zu ihr. »Ich muß noch schnell vorher was einkaufen.«
Und sie wartete lächelnd, während er in ein Herrenausstattungsgeschäft ging und sich neu einkleidete. Von unten bis oben – angefangen bei Schuhen bis zu einem Zwanzig-Dollar-Hut. Alles paßte vorzüglich, und er sah aus, als hätte er mindestens eine Million ausgegeben und nicht nur hundertunddreißig Dollar.
Der Portier war ziemlich höflich, aber er ignorierte die Frau. Im ersten Moment fiel es Frankie nicht sonderlich auf. Erst als es sich nachher bei der Bedienung wiederholte. Sie brachte ihm ein Glas Wasser und ein Menü, ihr hingegen nichts.
Aber es stellte sich heraus, daß sie sowieso nichts essen wollte. Er deutete auf sein Menü, und sie schüttelte verneinend den Kopf.
Also beendete er seinen Lunch allein. Dann lehnte er sich in seinem Sessel zurück und begann, über seine Lage nachzudenken. Von seinen dreitausend Dollar hatte er beinahe noch den ganzen Betrag. Aber auch die Frau hatte er noch bei sich. Miss Hört-nicht-spricht-nicht-schläft-nicht-ißt-nicht. Was sollte er nur mit ihr anfangen?
Sie lächelte ihm freundlich zu, und Frankie lächelte freundlich zurück. Aber er begann, sich ernsthaft Gedanken zu machen. Sicher, sie hatte ihm Glück gebracht. Aber irgend etwas an ihr war äußerst verrückt. Sogar ganz schrecklich verrückt. Er mußte irgendeinen Weg finden, sie loszuwerden, bevor er in ernsthafte Schwierigkeiten geriet.
Er verließ das Restaurant, und sie trottete hinter ihm her. Für gewöhnlich pflegte er sich um diese Zeit nach einer ruhigen Parkbank umzusehen, heute aber zögerte er. Die Frau hielt seinen Arm fest und blickte auf ein Firmenschild mit der Aufschrift: *Acme Metallprodukte!* Ja und?
Daneben hing in einem Schaufenster ein Plakat. Und darauf blickte sie jetzt. *Männliche Arbeitskräfte gesucht.*
Er wollte weitergehen, aber sie hielt ihn fest. Und als das nicht half, deutete sie mit dem Finger auf das Plakat. Frankie blinzelte nervös. Was wollte sie denn? Sollte das etwa heißen, daß

er hineingehen und sich um einen Arbeitsplatz bemühen sollte?
Natürlich war das eine Möglichkeit. Aber wie kam sie bloß auf die Idee, er hätte Lust, sich halbtot zu arbeiten, nachdem er so viel Geld hatte?
Also schüttelte er den Kopf. Aber sie hörte nicht auf, ihn ermunternd anzulächeln und ihn energisch am Ärmel zu ziehen. Plötzlich hatte er einen Einfall. »Also gut«, sagte er. »Ich werde hineingehen. Aber Sie warten draußen.«
Er deutete auf den Eingang. Und tatsächlich, sie ging hinüber und blieb abwartend dort stehen. Als er an ihr vorbeiging, lächelte sie ihn groß an.
Kaum hatte er das Haus betreten, als er ebenfalls lächeln mußte. Er wußte genau, was er jetzt tun würde. Ganz sicher hatte dieses Gebäude einen Hinterausgang. Er mußte ihn nur finden und dann hinausgehen. So einfach war das!
Aber der Mann, der im Flur stand, hielt ihn auf, als er ihn kommen sah, und fragte: »Sind Sie zufällig Metallarbeiter oder Maschinist?«
»Dreher«, sagte Frank. Es war ihm herausgerutscht, ehe er etwas dagegen tun konnte. »Aber ich bin nicht in der Gewerkschaft . . .«
»Macht nichts«, sagte der Mann. »Kommen Sie und füllen Sie diesen Antrag aus. Der ist zwar nur behelfsmäßig, aber der Boss ist völlig aufgeschmissen und braucht dringend Hilfe. Und wenn nicht gleich etwas passiert, geht er ganz drauf. Also – füllen Sie aus –«
Und bevor er wußte, was mit ihm geschah, hatte der Mann ihn in ein Büro geführt, wo er einem dicken Mann namens Chesley vorgestellt wurde, der ihm ein Formular vorlegte.
Frankie wollte sich gerade aus der Sache herausreden, als sich die Tür hinter ihm öffnete und zwei Leute gleichzeitig hereinstürmten, die sich wie zwei Marionetten auf ihn zubewegten.
Sie trugen schwarze Halbmasken, die sie sich draußen auf dem Flur übergezogen haben mußten, ehe sie ihre Waffen gezückt hatten.
Jetzt hielten sie die Waffen schußbereit – und sie zeigten auf

die vier Leute im Büro, auf Frankie, Chesley und auf einen alten Buchhalter und den Mann, der ihn hierhergebracht hatte. Hinter ihren Halbmasken hervor befahl der eine der beiden: »Los, durchsuch sie«, und zu den anderen gewandt: »Rührt euch nicht!«

Erschrocken erhoben sie alle die Hände.

»Rüber an die Wand mit euch«, befahl die eine Halbmaske. »Und halt sie in Schach!« Er selber ging auf den großen Wandsafe zu und wartete.

Gehorsam wichen sie alle bis an die Wand zurück. Der alte Buchhalter war kreideweiß und sah aus, als würde er jeden Moment umkippen. Und das tat er auch prompt.

»Fang ihn auf!« schrie Chesley. »Er hat ein schwaches Herz!«

Die beiden Halbmasken drehten sich um und sahen seelenruhig zu, wie er zu Boden sank. Frankie sah sich das Schauspiel ebenfalls an. Deshalb bemerkte er den leeren Metallpapierkorb auch nicht, der vor ihm stand.

Er stolperte. Und der Korb fiel mit einem Scheppern um und rollte davon, dem einen der beiden Banditen vor die Füße. Frankie stolperte und fiel. Noch im Fallen griff er nach dem nächstbesten Gegenstand. Und der stellte sich als der Hals des anderen Banditen heraus. Danach ging alles drunter und drüber. Frankie wälzte sich mit dem Gangster am Boden und bemerkte zu seinem großen Entsetzen, daß dessen Revolver genau vor seiner Nase auf und nieder tanzte. Er griff danach, weil er solche Angst hatte und ihm im Augenblick nichts Vernünftigeres einfiel.

Das sah der andere Gangster. In dem Moment war der Papierkorb genau vor seinen Füßen gelandet. Er drehte sich um. Jetzt allerdings wandte er den Rücken Chesley zu, was Chesley natürlich ausnützte. Er sprang ihn von hinten an. Frankie riß dem anderen Gangster den Revolver aus der Hand, drehte ihm das Handgelenk herum und hielt die beiden Ganoven in Schach, während Chesley die Warnanlage auslöste.

Die nächste halbe Stunde herrschte wilde Aufregung. Als die Polizisten Frankie vernommen hatten, meldeten sich die Zeitungsreporter zu Wort, und als diese mit ihren Fragen fertig waren, kam Chesley wieder an die Reihe. Chesley war selig, daß Frankie bei ihm zu arbeiten anfangen würde.

Frankie war so durcheinander, daß er schließlich auf die Tür zuging und hinausmarschierte. Bis er merkte, was er tat, war es schon zu spät, und er hatte keine Möglichkeit mehr, nach dem Hinterausgang zu suchen und sich davonzustehlen. Sie stand immer noch draußen. Sie hatte die ganze Zeit auf ihn gewartet.

Wie der alte Professor behauptet hatte: alles war Glückssache. Das Roulett, sein Stolpern über den Papierkorb, seine neue Stelle und sein Leben als anständiger Mensch. Alles Glückssache.

Er starrte sie groß an. Immer, wenn etwas geschah, war sie in der Nähe.

Frankie bat sie mit einer Kopfbewegung, mitzukommen. Und sie lächelte und kam mit. Sie gingen zusammen die Straße hinunter, und dann kaufte er sich einen Koffer und ein paar Sachen zum Anziehen und ging ins *Ardmoor Hotel* und mietete sich ein möbliertes Apartment. Einfach so. Für zweihundert Dollar, ohne daß irgend jemand ihm irgendwelche Fragen stellte. Die Frau sah der Portier nicht einmal an. Und der Liftboy fuhr die beiden nach oben, ohne die Miene auch nur zu verziehen, wie es sonst im allgemeinen üblich gewesen wäre.

Frankie warf dem Boy einen halben Dollar zu und setzte sich aufs Bett. Seine Glücksgöttin stand in der Mitte des Raumes und lächelte ihm zu.

»Da wären wir, hm?« meinte Frankie. »Also, machen Sie sich's gemütlich!«

Er versuchte, sich eine Zigarette anzuzünden, aber es ging ihm so sehr auf die Nerven, sie vor sich sitzen zu sehen – und wie sie ihn anlächelte, wie eine holzgeschnitzte Statue! Vielleicht war die Gute ein bißchen schwachsinnig.

Was er brauchte, war ein Drink. Einen netten, kleinen Drink vor dem Essen. Unten im Hotel war eine Bar. Eine von den feinen, ruhigen Bars, in denen eine so zurückgezogene und vornehme Atmosphäre herrscht wie in einer Kirche. Wo man sich wirklich in aller Seelenruhe einem Drink hingeben kann.

Frankie stand auf. »Warten Sie eine Sekunde, bis ich zurück bin«, erklärte er. »Ich gehe nur ins Foyer hinunter und hole mir eine Zeitung.«
Sie machte keine Anstalten, ihn zurückzuhalten. Sie lächelte nur.
Er ging die Treppe hinunter und betrat die Bar. Der Barkeeper erkundigte sich nach seinen Wünschen, und Frankie wollte schon einen roten Wermut bestellen, als ihm einfiel, daß er es gar nicht mehr nötig hatte, billigen Wermut zu trinken.
»Whisky on the rocks«, sagte er forsch.
Der Whisky schmeckte ausgezeichnet.
»Noch einen«, sagte er nach einer Weile.
Der Barkeeper tat, wie ihm geheißen. Und auch der zweite war ausgezeichnet. Wie überhaupt alles hier ausgezeichnet war. Im Hintergrund vernahm er sanfte, angenehme Musik. Und er hatte das Gefühl, als habe er sich noch nie in seinem Leben so wohl gefühlt.
»Dasselbe noch einmal«, sagte er zu dem Barkeeper. Er fühlte sich sogar in zunehmendem Maße wohler. Schließlich, warum nicht? Bei dem Glück, das er hatte, konnte ja gar nichts schiefgehen. Nicht einmal mit dieser Frau.
Oder wegen dieser Frau?
Und nach dem dritten Drink dämmerte es ihm plötzlich. Vermutlich hatte er es schon die ganze Zeit im Unterbewußtsein geahnt. Nur, daß es ihm nach dem dritten Drink nicht mehr so absurd vorkam. Die Frau im roten Abendkleid war Fortuna höchst persönlich.
»Noch einen«, erklärte er dem Barkeeper.
Was hatte der alte Professor ihm erzählt? Wenn man fest an sie glaubt, dann kommt sie zu einem. Und am vergangenen Abend hatte er irgendwie wirklich daran geglaubt. Es war widersinnig. Aber auf der anderen Seite ist das Glück immer eine widersinnige Angelegenheit. Und wie der alte Professor gesagt hatte, manche Menschen haben immer Glück, und andere gehen immer auf der Schattenseite des Lebens.
Widersinnig oder nicht, er hatte Glück gehabt. Fortuna hatte ihm zugelächelt, sie war auf seiner Seite.

»Noch einen«, sagte Frankie.

Es war ein erhebendes Gefühl, dazusitzen und zu wissen, daß das Glück ihn im Moment begleitete und ihm wohlgesinnt war. Ein Glück, das blind und unbesonnen war, aber ihm zulächelte. Bereit, ihm alles zu geben, was sein Herz begehrte.

Und er dachte an all die Dinge, die er sich immer, durch Jahre hindurch, gewünscht hatte. Zum Beispiel einen dieser schnittigen, irrsinnig schnellen englischen Sportwagen. Oder eine Jagdhütte in den Bergen mit einem dazugehörigen See zum Angeln. Und darüber hinaus hatte er sich eine Blonde gewünscht – mehr als alles andere. Ein Mädchen wie das, das dort drüben am anderen Ende der Bar saß.

Das Mädchen war groß und blond und hatte lange, lange Beine. Im Mund hielt sie eine dieser unbeschreiblich modischen Zigarettenspitzen. Und sie war so rassig, daß Frankie sich unter normalen Umständen nicht einmal getraut hätte, sie auch nur anzusehen.

Aber jetzt. Warum eigentlich nicht? Jetzt lagen die Dinge grundlegend anders. Das Glück stand ihm zur Seite. Was er sich wünschte, bekam er. Vielleicht war sie es sogar gewesen, die ihm die Blonde beschert hatte, weil sie wußte, wie sehr er sich ein solches Mädchen wünschte.

Das war's. Er brauchte sich nur zu ihr hinüberzulehnen und sie zu fragen, ob sie einen Drink haben wolle. Oder, um es eleganter zu formulieren: »Haben Sie etwas dagegen, wenn ich Sie zu einem Drink einlade?« Das klang wirklich besser.

Und die Wirkung war ebenfalls sehr beachtlich. Sie kam zu ihm. Frankie erhob sich höflich. Irgendwie fühlte er sich etwas benommen, dann half er ihr auf den Barhocker, setzte sich wieder und bestellte zwei weitere Drinks. Er fühlte sich großartig.

Und dieses Gefühl steigerte sich sogar noch. Es fiel ihm nicht schwer, eine zwanglose Unterhaltung in Gang zu bringen. Sie hieß Margot. Nicht Margaret, sondern Margot. Und das ›t‹ wurde nicht ausgesprochen. Es blieb stumm wie die Frau im roten Abendkleid, die oben in seinem Zimmer auf ihn wartete. Vielleicht sollte er wieder zu ihr hinaufgehen. Aber wozu eigentlich? Er konnte sie ja nicht einmal zum Essen einladen. Sie aß nicht, sie trank nicht. Das Glück braucht man schließlich nicht zu verpflegen. Das Glück war ungebunden und frei. So frei und ungebunden, wie er sich jetzt selber fühlte. Und es machte Spaß, sich mit Margot zu unterhalten. Er erzählte ihr, was für ein Glück er hatte. Und wie alles, was er berührte, sich unter seinen Händen zu Gold wandelte, wie bei König Midas, oder wie dieser alte griechische König hieß.

Er erzählte ihr das alles. Und nebenher tranken sie, und er vergaß auch nicht, den Raubüberfall zu erwähnen, bei dem er sich heute nützlich gemacht hatte – und daß er gestern so viel Geld gewonnen hatte und daraufhin hier ins Hotel eingezogen war.

»Und dann«, fügte er hinzu, »ist das erst der Anfang. Warten Sie es nur ab.«

Sie sagte, sie hätte nichts dagegen, das abzuwarten. Und sie nannte ihn Frankie-Boy und erklärte, daß sie so ganz langsam einen Schwips bekäme.

Und dann füllte die Bar sich zusehends. Und Frankie schlug vor, eine Flasche zu kaufen und damit auf sein Zimmer zu gehen und sie oben gemütlich auszutrinken.

Aber sie machte Einwände. Oh, und nein, und das ginge doch nicht. Aber Frankie wußte, daß sie sich nur nach außen hin zierte. Und tatsächlich bedurfte es nur geraumer Zeit, bis sie doch darauf einging.

Der Barkeeper wickelte ihnen eine Flasche ein. Und Margot trug sie, weil er sich nicht mehr richtig auf den Beinen halten konnte. Als sie die Treppe hinaufgingen, lehnte er sich leicht gegen sie. Und er spürte ihre Haut unter ihrem Ärmel und wußte plötzlich mit unbedingter Sicherheit, daß es das war, was er sich am allermeisten wünschte.

Beim Hinaufgehen aber erinnerte er sich wieder an die Frau im roten Abendkleid, und er bat das Mädchen, doch einen Moment hier stehenzubleiben und zu warten. Er müsse noch etwas erledigen. Er bog in den nächsten Korridor ein und ging vor bis zu seinem Zimmer.

Er schloß auf – und da saß sie. Lächelnd und in genau derselben Haltung wie vorher.
Er torkelte auf sie zu und sagte: »Vielen Dank, tausend Dank für alles. Aber jetzt müssen Sie gehen. Wir möchten nämlich allein sein. Kapiert?«
Still saß sie vor ihm, ohne ihn gehört zu haben. Er wiederholte, was er eben gesagt hatte, nur wesentlich lauter. Als sie immer noch nicht reagierte, riß er sie aus dem Sessel und schob sie zur Tür hinaus. Obwohl sie sich steif machte wie eine Statue, gelang es ihm, sie hinauszutransportieren. Er schob sie den Gang entlang und um die Ecke. Und er hoffte inständig, sie würde die blonde Margot nicht sehen.
Trotzdem mußte sie sie entdeckt haben, denn sie blieb stehen, sah ihn an und hörte auf zu lächeln. Ihre schwarzen Augen blickten gläsern und durchdringend. Aber ihr Blick ging durch ihn hindurch.
Er versuchte ein Grinsen und stieß sie von sich. »Jetzt gehen Sie schon«, sagte er. »Und kommen Sie morgen wieder. Seien Sie schön brav, Liebling.«
Daraufhin entfernte sie sich langsam. Und Frankie ging zu der Blondine zurück, nahm sie am Arm und steuerte mit ihr zusammen auf sein Zimmer zu.
»Mit wem haben Sie eigentlich gerade gesprochen?« fragte Margot. »Führen Sie öfters Selbstgespräche?«
»Selbstgespräche?«
Aber Margot bestand auf keiner weiteren Antwort, und sie gossen sich zur Abwechslung wieder einen Drink ein. Danach zeigte er, weil er ihr imponieren und ihr auch beweisen wollte, daß er ihr nichts vorgemacht hatte, sein ganzes Geld. Und augenblicklich gestalteten sich die Dinge zwischen der Blondine und ihm noch besser.
Sie sagte, sie habe ihn wirklich gern. Und noch viel mehr als das. Aber er war so betrunken und so müde, daß er kaum mehr die Augen offenhalten konnte.
Es war komisch. Genau in diesem Augenblick hatte Frankie das Gefühl, als habe jemand an seine Tür geklopft. Und einen kurzen Moment lang hielt er es durchaus für möglich, daß das

die Frau im roten Abendkleid gewesen sein könnte. Aber ehe er noch dazu kam, dieses Gefühl nachzuprüfen, war er schon eingeschlafen.
Als Frankie aufwachte, war es heller Morgen. Die Sonne strahlte, und die Blonde war weg. Das Geld auch. Und nicht nur das. Auch sein neuer Koffer war verschwunden. Zufällig fand er noch einen Dollar und fünfunddreißig Cents in seiner Gesäßtasche. Und das war's.
Aus der Traum. Noch ehe er sich seiner Lage richtig bewußt geworden war, beklagte sich bereits der Geschäftsführer am Telefon über die nächtliche Ruhestörung und legte ihm nahe, augenblicklich das Hotel zu verlassen.
Frankie wollte irgend etwas über Rückerstattung von Geld sagen, nachdem er für einige Tage im voraus bezahlt hatte, aber der Geschäftsführer erklärte, noch ein Wort und er würde die Polizei holen. Im übrigen habe er keine Lust, in seinem Haus Ex-Sträflinge als Gast zu haben.
Frankies Schädel brummte. Er konnte sich nicht vorstellen, woher der Mann das plötzlich wußte.
Er begriff es erst, als er hinunterging, sich eine Zeitung kaufte und die Geschichte über den Raubüberfall entdeckte. *Ex-Sträfling vereitelt Raubüberfall* lautete die Schlagzeile. Und die Geschichte, die sie anschließend brachten, handelte ausschließlich von ihm. Nur von ihm. Dieser neunmalkluge Reporter mußte Nachforschungen über ihn angestellt haben und war dabei ausgerechnet auf einen Artikel gestoßen, der vor ziemlich langer Zeit erschienen war, als er gerade wieder mal eingesperrt wurde.
Es war also daraufhin ziemlich aussichtslos, zu Chesley zu gehen und sich um die neue Stelle zu bemühen. Und das Geld war auch weg – und alles wegen dieser fatalen Blonden. Gut – dann war eben alles futsch! Na und? Das gehörte mit zum Spiel. Er kam schon wieder zu Geld – und auch zu Blondinen. Bei seinem Glück!
Bei seinem Glück?
Aber sie war ja ebenfalls verschwunden. Und sie bedeutete sein Glück.

Die Leute mußten geglaubt haben, Frankie sei übergeschnappt, als er im *Ardmoor* zum Geschäftsführer rannte und erregt nach einer Dame in einem roten Abendkleid fragte.
Der Geschäftsführer hatte sie natürlich nicht gesehen. Niemand hatte sie gesehen. Nur er – Frankie.
Er ging in das Restaurant, wo sie gegessen hatten. Und zu der alten Kneipe – kurz, überallhin, wo er gewesen war. Aber niemand hatte sie gesehen.
Wie hatte der alte Professor sie genannt? Fortuna, die Göttin der Unbeständigkeit. Unbeständig, ja. Nur daß er derjenige gewesen war, dem man Unbeständigkeit vorwerfen mußte. Er hatte sie einer Blondine geopfert, einer diebischen, nichtsnutzigen Blondine. Den ganzen Tag lief er die Straßen auf und ab und suchte die Frau im roten Abendkleid. Aber er konnte sie nirgends finden. Schließlich wurde er sterbensmüde. Er hatte Kopfschmerzen und führte Selbstgespräche.
Schließlich entschloß er sich, den Spielsalon aufzusuchen. Dort hatte er sie das erstemal gesehen. Und vielleicht befand sie sich im Hinterzimmer und schaute den Roulettspielern zu.
Es wurde schon dunkel, und Frankie war vollständig pleite. Ihm war übel von der ganzen Herumlauferei, dazu kam sein Kater von gestern – und das eigenartig schlechte Gewissen, das ihn befallen hatte. All das bewirkte, daß er die Wirklichkeit kaum mehr von seinen Träumen unterscheiden konnte. Und so glaubte er, plötzlich die Frau im roten Abendkleid gesehen zu haben. Er befand sich kaum mehr einen Block von der Kneipe mit dem Spielsalon entfernt, als er sie sah. Das war sie! Sie kam gerade aus der Kneipe heraus.
Aber dann war sie es bei genauer Betrachtung doch nicht. Es war die Blonde – Margot! Sie hatte mit seinem Geld gespielt! Und sie ging schnell in die andere Richtung davon. Er lief hinterher, aber sie sah ihn nicht. Kurz vor einer kleinen Seitenstraße holte er sie schließlich ein.
Jetzt, glaubte Frankie, wurde doch noch alles gut. Obgleich er den ganzen Tag die Frau im roten Abendkleid nicht gesehen hatte, war sie offensichtlich noch auf seiner Seite. Sicher

war es ihr zu verdanken, daß er Margot wieder begegnet war. Er hatte sich nicht in ihr getäuscht.
Also gab es nur eins zu tun!
Er ergriff die Blonde an ihrem Pferdeschwanz und zerrte sie in die dunkle Seitengasse. Sie drehte sich erschrocken um – und als sie ihn erkannte, weiteten sich ihre Augen vor Entsetzen, und ihr Mund blieb vor Verblüffung offen.
»Wo ist mein Geld?« schrie Frankie sie an, während er sie an ihrem Pferdeschwanz hin und her zerrte. »Wo ist mein Geld?«
Aber die Blonde konnte nicht antworten, weil er sie so heftig schüttelte. Sie ließ die Handtasche fallen, und der gesamte Inhalt ergoß sich auf die Straße. Ein Haufen Zeug fiel heraus, Lippenstift und Kosmetikkram. Und Margot zeigte keuchend auf die Tasche. Frankie verpaßte ihr einen wütenden, letzten Stoß. Dann kniete er sich auf das Pflaster und begann, in den Sachen, die aus der Tasche gefallen waren, herumzukramen. Aber außer einem Dollar und zwei Cents fand er nichts.
»Du hast alles verspielt!« schrie Frankie. »Alles verspielt, so eine Schweinerei!«
Er sah zu ihr hinüber.
Sie saß auf dem Bürgersteig und lehnte mit dem Rücken gegen eine Mauer. Als Frankie ihr den letzten Stoß verpaßt hatte, war sie hingefallen und mit dem Kopf gegen die Mauer geschlagen, ziemlich heftig, was sich daraus schließen ließ, daß ihr ein roter Blutfaden an der linken Seite des Gesichts herunterrann. Frankie beugte sich zu ihr hinab, um ihr auf die Beine zu helfen, aber als er sie berührte, sank ihr Kopf nach vorn, und Frankie mußte zu seinem nicht gelinden Schrecken feststellen, daß sie tot war.
Frankie gab sich große Mühe, so schnell wie möglich aus der Gasse zu verschwinden. Am liebsten wäre er weit weggerannt. Aber er wußte beim besten Willen nicht wohin. Früher oder später würde man das Mädchen finden und ihre Spur bis ins Hotel und zu ihm zurückverfolgen, sie identifizieren und ihn daraufhin einsperren. Und bei dem Pech, das er neuerdings hatte, passierte das eher noch früher als später.
In der Hand hielt er immer noch das Kleingeld, das sich in

Margots Handtasche befunden hatte. Es würde gerade für zwei Drinks reichen. Deshalb ging er zu seiner Stammkneipe zurück und setzte sich auf den Platz, auf dem er immer saß.
Der alte Professor war auch da. Und Frankie verspürte ein unbändiges Bedürfnis, ihm seine Geschichte anzuvertrauen. Vielleicht konnte der Professor das Rätsel lösen oder ihm einen vernünftigen Ratschlag geben, wie diese verfahrene Situation sich wieder einrenken ließ. Und vielleicht konnte er ihm auch sagen, ob die Dame im roten Abendkleid wirklich existierte – oder ob es sie vielleicht nur in seiner Einbildung gab.
Also begann er zu erzählen und sprudelte seine Geschichte heraus. Der Professor war ziemlich angetrunken – so wie Frankie neulich. Trotzdem schien er den Sinn von dem, was Frankie ihm aufgeregt erzählte, zu erfassen.
»Alles Einbildung«, erklärte er. »Existiert alles nur in Ihrer Phantasie. Höchstens daß es für Sie eine Art von privater Wirklichkeit darstellt. Eine subjektive Wirklichkeit. Aber was ist denn objektiv? Gibt es denn überhaupt eine objektive Wirklichkeit? Das, mein lieber Freund, ist hier die Frage.«
Und dann setzte er sein Glas ab und starrte auf die Tür, die zum Eingang des Spielsalons führte, und sagte: »Hallo. Augenblick mal. Wen von uns beiden meint sie denn?«
»Ich kann niemand sehen«, sagte Frankie.
»Dann meint sie offensichtlich mich«, sagte der Professor. Er kletterte von seinem Hocker herunter und ging in Richtung der Tür davon. Dann sah Frankie ihn einen Augenblick lang davor stehenbleiben, während er grundlos irgendwelche Gesten machte. Außerdem bewegten sich seine Lippen, und er machte den Eindruck, als ob er sich mit jemand unterhielte. Schließlich nickte er mit dem Kopf, öffnete die Tür, um irgendein unsichtbares Wesen höflich vorbeizulassen, trat beiseite und machte die Tür hinter sich zu. Frankie sah immer noch niemand. Aber dann fiel es ihm wie Schuppen von den Augen. Der Professor hatte ihm erzählt, Fortuna sei eine unbeständige Göttin und so. Und vielleicht hatte sie ihre Gunst diesmal ihm zugewandt – vielleicht, weil sie hoffte, von ihm

besser behandelt zu werden. Auf der anderen Seite bestand die Möglichkeit, daß der Professor von seinen, Frankies, Hirngespinsten angesteckt worden war wie von einer Epidemie. So wie andere Leute sich von Masern oder Typhus oder sonstwas anstecken ließen. Wer wußte es schon?

Eine dritte Möglichkeit gab es auch noch. Vielleicht lag alles nur daran, daß sie alle beide zuviel Phantasie besaßen, daß sie alle beide ein bißchen verrückt waren. Wahrscheinlich gehörten solche Dinge überhaupt ins Reich der Phantasie.

Möglicherweise war auch die Blonde ein Hirngespinst, und er hatte sie nur in seiner Einbildung umgebracht.

Frankie war an einem Punkt angelangt, wo er einfach nicht mehr wußte, was er für wirklich halten sollte und was nicht.

Bis er plötzlich das Aufheulen einer Sirene vernahm. Und dann wurde ihm klar, daß wenigstens ein Teil der Geschichte nicht seiner Einbildung entsprungen war.

Das Aufheulen der Sirene wurde immer lauter. Und Frankie hob sein Glas.

»Auf das Glück!« sagte er.

Und in diesem Moment betrat die Polizei die Bar.

Bestechung und Korruption

Ruth Rendell

In London weiß jeder, der oft und gern zum Essen ausgeht, daß *Potters* in der Marylebone High Street eines der kostspieligsten Restaurants ist. Nicholas Hawthorne, der gewöhnlich seine Mahlzeiten in seinem möblierten Zimmer oder in einem Steakhouse einnahm, ließ sich durch den bescheiden klingenden Namen täuschen. Als Annabel sagte: »Gehen wir zu *Potters*«, war er sofort einverstanden.

Er führte sie zum erstenmal aus. Sie war ein kleines, hübsches Mädchen, für das eigentlich nicht viel sprach. Ein schmales Gesichtchen, riesige, sprechende Augen – ein Fledermausgesicht, dachte Nicholas. Sie schlug vor, ein Taxi zu nehmen, »weil *Potters* so schwer zu finden ist«. Als Nicholas das große Gebäude direkt in der Mitte der Marylebone High Street sah, stellte er bei sich fest, daß es zu Fuß nicht schwerer zu finden gewesen wäre als mit dem Taxi, aber er sagte nichts.

Schon fing er sich an zu fragen, was das Essen wohl kosten werde. *Potters* war ein vornehmes und imposantes Restaurant. Die Fenster waren aus dem klaren, aber leicht fehlerhaften Glas, das auf ein hohes Alter schließen läßt, und das dunkelrote Holz der Tür sah aus, als sei es während der vergangenen fünfzig Jahre jeden Tag auf Hochglanz poliert worden. Weil die Vorhänge zugezogen waren und man von draußen nicht in das Lokal hineinsehen konnte, hatte man den Eindruck, sich einem Privathaus zu nähern, dem Stadthaus eines reichen Mannes vielleicht.

Gleich hinter der Tür lag die Bar. In den schwarzen Ledersesseln saßen lässig drei Paare. Ein Ober nahm Annabel den Mantel ab und führte sie zu einem Tisch im Restaurant. Obwohl noch jung, war Nicholas sehr scharfsinnig. Er hatte erwartet, das Lokal werde Annabel genauso einschüchtern wie ihn, der voller Hemmungen war, doch sie überließ dem Ober ihren Mantel ganz ohne Scheu. Und als die Ober mit Speise- und Weinkarte kamen, erklärte sie unverfroren, sie fange mit einem Pernod an.

Was würde das alles nur kosten? Unglücklich studierte Nicholas die Preise und war dankbar, daß er seine erst kürzlich erworbene Kreditkarte bei sich hatte. Leb jetzt, zahle später – aber, o Gott, zahlen mußte er trotzdem.

Als Vorspeise wählte Annabel Spargel und als zweiten Gang gebratenes Waldhuhn. Das Waldhuhn war das teuerste, das die Speisekarte zu bieten hatte. Nicholas begnügte sich mit Gemüsesuppe und einem Schweinekotelett. Er fragte Annabel, ob sie lieber Weißwein oder Rotwein trinke, und sie antwortete, eine Flasche sei ohnehin nicht genug, warum also nicht von jeder Sorte eine bestellen?

Während sie aßen, sprach sie kein Wort. Er erinnerte sich, einmal ein Gedicht gelesen zu haben, in dem ein Dichter über einen Schulmeister bewundernd sagte, er begreife nicht, wie man in einen einzigen kleinen Kopf so viel Wissen speichern könne. Nicholas fragte sich, wie ein einziger kleiner Körper mit alldem fertig wurde, was Annabel aß. Zu ihrem Waldhuhn nahm sie Bratkartoffeln, Rotkraut, grüne Bohnen, und als sie hörte, daß der Ober den Leuten am Nebentisch geschmorte Artischocken empfahl, sagte sie, sie wolle auch ein paar. Er betete im stillen darum, daß sie nicht noch einen Gang wollte. Aber dieser katzbuckelnde, schmeichlerische Ober mußte natürlich mit dem Servierwagen daherkommen, auf dem die Desserts ausgestellt waren.

»Wir haben frische Erdbeeren, Madam.«

»Im November?« sagte Annabel, endlich ihr Schweigen brechend. »Das ist ja phantastisch!«

Natürlich wollte sie Erdbeeren haben. Während er den allerletzten Rest seines Weins trank, sah Nicholas zu, wie sie Erdbeeren mit Schlagsahne verzehrte und sich dann noch ein Stück Schokoladenbisquit aussuchte. Nicholas bestellte Kaf-

fee. Wünschten Sir und Madam vielleicht noch ein kleines Likörchen? Nicholas schüttelte heftig den Kopf. Annabel sagte, sie trinke einen grünen Chartreuse. Nicholas wußte, daß das die Krone aller Liköre war – und selbstverständlich der allerteuerste.
Inzwischen jagte der Gedanke an die Rechnung ihm so große Angst ein, und gleichzeitig widerte Annabels hemmungslose Trinkerei ihn so an, daß er sich unbedingt ein paar Minuten von ihr absetzen mußte. Es war klar, daß sie nur mit ihm ausgegangen war, um sich vollzustopfen und bis zur Bewußtlosigkeit zu betrinken. Er entschuldigte sich, stand auf und entfernte sich in Richtung der Herrentoilette.
Um sie zu erreichen, mußte er an einem Ende der Bar vorbeigehen. Sie war noch immer halb leer, aber während der vergangenen Stunde – es war jetzt neun Uhr – war noch ein Paar hereingekommen und hatte an einem Tisch in der Mitte Platz genommen. Ein Mann im mittleren Alter mit dichten silbergrauen Haaren und einem straffen, leicht gebräunten Gesicht. Den rechten Arm hatte er seiner Begleiterin, einem sehr jungen, sehr hübschen blonden Mädchen, um die Schultern gelegt und flüsterte ihr etwas ins Ohr. Nicholas erkannte ihn sofort. Es war der Präsident der Firma, bei der Nicholas' Vater bis vor zwei Jahren Verkaufsdirektor gewesen war. Dann hatte man ihn unter einem lächerlichen Vorwand entlassen. Die Firma hieß Sorensen-McGill, und der Silberhaarige war Julian Sorensen.
Nicholas haßte ihn mit der ganzen Leidenschaft eines jungen Menschen, der bedingungslos zum Vater hielt, den er liebte. Doch Nicholas war auch noch sehr jung und brachte es nicht fertig, Sorensen zu schneiden. Er murmelte steif »guten Abend« und stürmte in die Herrentoilette, wo er seine Taschen ausleerte, die Banknoten in seiner Brieftasche zählte und versuchte zu überschlagen, wieviel er der Kreditkartengesellschaft bereits schuldete. Wenn nötig, mußte er seinen Vater anpumpen, obwohl ihm das furchtbar gegen den Strich ginge, weil er wußte, daß sein Vater, seit dieses Biest Sorensen ihn gefeuert hatte, von einem viel geringeren Einkommen le-

ben mußte als früher. Seinen Vater anpumpen, vielleicht – wenn möglich – die Miete einen Monat schuldig bleiben, weniger rauchen oder das Rauchen sogar ganz aufgeben ... Ihm war beinahe übel, als er aus der Toilette herauskam. Sorensen und das Mädchen saßen jetzt nicht mehr so eng beieinander. Sie sahen ihn nicht an, und Nicholas schaute ebenfalls auf die andere Seite. Annabel trank ihren zweiten grünen Chartreuse und schaufelte *petit fours* in sich hinein. Er hatte ihr Gesichtchen mit dem einer Fledermaus verglichen, doch jetzt fiel ihm ein, daß zur Gattung der Fledermäuse auch die Vampire gehörten. Sie verschlang eben eine Marzipanorange und sah dabei wie ein raubgieriger kleiner Vampir aus. Und sie war sehr betrunken.
»Ich bin furchtbar schläfrig, und mir ist so komisch«, sagte sie. »Vielleicht habe ich irgendein Virus erwischt. Laß dir die Rechnung bringen, ja?«
Nicholas mußte lange warten, bis der Ober einmal zu ihm hersah. Und als er Nicholas' Blick endlich aufgefangen hatte, rückte er mit der Kaffeekanne an. Aber Nicholas bewies Entschlossenheit, worüber er selbst am meisten überrascht war. »Die Rechnung bitte«, sagte er im Ton eines Menschen, der einem Mächtigeren zurief, daß er, ein dem Tode Geweihter, ihn begrüßte – *morituri te salutant.*
Der Ober kam schon nach einer halben Minute wieder. Ob Nicholas wohl so freundlich wäre, ihn zu begleiten? fragte er. Der Maître d'hôtel wünsche ihn zu sprechen. Nicholas nickte beklommen. Was war passiert? Was hatte er angestellt? Annabel war auf ihrem Stuhl zusammengesackt, ihr Kopf hing nach hinten, ihre Augen waren halb geschlossen, und aus ihrem Mund tröpfelte ein orangefarbenes Rinnsal. Man würde ihm nahelegen, sie aus dem Restaurant zu entfernen, weil sie sich unmöglich benommen habe. Und bestimmt bekam er Hausverbot. Mit geballten Händen ging er hinter dem Ober her.
Der Maître d'hôtel war ein riesiger Mann mit der Nase und dem prachtvollen Habitus eines Königspinguins. »Ihre Rechnung ist bereits beglichen, Sir.«

Nicholas starrte ihn verständnislos an. »Wie meinen Sie das, Sir?«
»Ihr Vater hat das erledigt, Sir. Mir wurde aufgetragen, Ihnen zu sagen, Ihr Vater habe Ihre Rechnung bezahlt.«
Nicholas war ungeheuer erleichtert. Er schien wieder zu wachsen, fühlte sich unbeschwert und frei. Es war, als habe ihm jemand – wieviel mochte es gewesen sein – sechzig, siebzig Pfund? – geschenkt. Und er begriff sofort. Sorensen hatte die Rechnung bezahlt und sich als sein Vater ausgegeben. Es war eine kleine Entschädigung für das, was Sorensen seinem Vater angetan hatte, als er ihn entließ. Er hatte sechzig Pfund lockergemacht, um zu zeigen, daß er es gut meinte, um zu zeigen, daß er seine Ungerechtigkeit auf bescheidene Weise wiedergutmachen wollte.
Sehr aufrecht, frei und selbstsicher sagte Nicholas: »Rufen Sie mir bitte ein Taxi.« Dann ging er und schüttelte auf höchst vornehme Art Annabel wach.
Seine Euphorie hielt noch fast eine Stunde an, nachdem er die schlaftrunkene Annabel durch ihre Wohnungstür geschoben hatte, die Treppe zu dem möblierten Zimmer hinaufgestiegen war, in dem er zur Miete wohnte, und es sich mit einem Kreuzworträtsel aus der Zeitung gemütlich machte. Alles wäre ganz anders gekommen, hätte er dieses Kreuzworträtsel nicht angefangen. Zwölf waagrecht: moralischer Verfall mit zehn Buchstaben. Der dritte Buchstabe »R« und der neunte Buchstabe »O« hatten sich schon ergeben. Nicholas fand die Lösung schon nach ein paar Sekunden. Sie lautete »Korruption«. Einundzwanzig senkrecht: »hängt gewöhnlich mit zwölf waagrecht zusammen«, hieß es da. Der Begriff hatte ebenfalls zehn Buchstaben, und der neunte war das »N« aus Korruption. Auch er war nicht schwer zu erraten. Er lautete »Bestechung«.
Nicholas legte die Zeitung aus der Hand und starrte auf die gegenüberliegende Wand. Bestechung hing mit Korruption zusammen. Wie hatte er nur ein solcher Idiot sein können, ein so naiver und argloser Idiot! Wie hatte er nur annehmen können, ein Mann wie Sorensen mache sich Gedanken über Ungerechtigkeit, denke je an eine ungerechte Entlassung oder

glaube auch nur einen Moment, er könne unrecht getan haben? Selbstverständlich hatte er auch nicht versucht, an Nicholas etwas gutzumachen, und ebensowenig hatte er die Rechnung bezahlt, weil er ein anständiger Mensch war und bereute, was er Nicholas' Vater angetan hatte. Es war ein Bestechungsversuch gewesen.
Er hatte Nicholas bestechen wollen, damit er den Mund hielt, weil niemand erfahren sollte, daß er mit einem jungen Mädchen in einer Bar gewesen war, daß er ein junges Mädchen umarmt hatte, das nicht seine Frau war. Es war reinste Bestechung, die Art von Bestechung, die korrupt macht.
Vor ungefähr drei Jahren war Nicholas einmal mit seinen Eltern bei einer Party gewesen, die Sorensen für seine Angestellten gegeben hatte und bei der Mrs. Sorensen als Gastgeberin fungiert hatte. Eine kleine, unscheinbare, braunhaarige Frau in Nicholas' Augen. Sorensen hatte die Rechnung bezahlt, weil seine Frau nicht erfahren sollte, daß er eine Freundin hatte, die jung genug war, seine Tochter zu sein.
Er hat mich gekauft, dachte Nicholas, hat mich bestochen und korrumpiert – oder hat es zumindest versucht. Doch es sollte ihm nicht gelingen. Er brauchte sich nicht einzubilden, er könne die Familie Hawthorne auch jetzt noch nach seinem Belieben herumstoßen. Er hatte es einmal getan, und das hatte genügt.
Es war ein angenehmer Gedanke gewesen, daß er nicht mehr als die Hälfte seines Wochengehalts an dieses gräßliche Mädchen verschwenden mußte, aber seine Ehre war ihm wichtiger. Ehre bedeutete schließlich nichts anderes, als materielle Dinge einem Prinzip zu opfern. Nicholas hatte eine schlechte Nacht, denn er wurde häufig wach und dachte an die materiellen Dinge, die er sich während der nächsten Wochen verkneifen mußte, um seiner Ehre Genüge zu tun. Dennoch war am nächsten Morgen sein Entschluß gefaßt. Mit einem Griff in die Tasche überzeugte er sich, daß er sein Scheckbuch eingesteckt hatte, dann ging er zur Arbeit.
Ein paar Stunden vergingen, ehe er den Mut aufbrachte, bei Sorensen-McGill anzurufen. Was sollte er tun, wenn Soren-

sen sich weigerte, ihn zu empfangen? Hätte er nur ein mit fünfhundert Pfund gut gepolstertes Bankkonto gehabt, hätte er Sorensen mit großer Geste einen Blankoscheck mit einem kurzen, verächtlichen Begleitschreiben schicken können.
Die Telefonistin, die schon zu Zeiten seines Vaters in der Firma gewesen war, meldete sich auch jetzt.
»Sorensen-McGill. Was kann ich für Sie tun?«
Mit vor Erregung heiserer Stimme fragte Nicholas, ob er noch heute in einer dringenden Angelegenheit einen Termin bei Mr. Sorensen bekommen könne. Er wurde zu Sorensens Sekretärin weiterverbunden. Es gab eine Verzögerung. Klingeln schrillten und Schalter klickten. Das Mädchen meldete sich wieder, und Nicholas war überzeugt, es werde ihm eine abschlägige Antwort geben.
»Mr. Sorensen läßt fragen, ob Ihnen ein Uhr paßt?«
In der Mittagspause? Selbstverständlich paßte es ihm da. Aber was, in aller Welt, konnte Sorensen bewogen haben, seinetwegen auf den Lunch zu verzichten, der zu Lasten seines fetten Spesenkontos ging? Nicholas brach zum Berkeley Square auf und rätselte unterwegs daran herum, wieso der Mann so entgegenkommend war. Eine schwache, hoffnungsvolle innere Stimme begann ihm wieder die Argumente vorzuhalten, die im Lauf des Abends von seinem gesunden Menschenverstand so unbarmherzig zerpflückt worden waren.
Vielleicht hatte Sorensen es wirklich gut gemeint, vielleicht würde er Nicholas erklären, er habe die Rechnung nicht bezahlt, um ihn zu bestechen, sondern um dem Sohn eines hochgeschätzten früheren Angestellten ein kleines Geschenk zu machen. Das hübsche Mädchen war vielleicht Sorensens Tochter gewesen. Nicholas wußte nicht, ob der Mann Kinder hatte. Es war durchaus möglich, daß er eine Tochter hatte. Dann wäre es keine Korruption, kein Verrat an seiner Ehre, er müßte das Rauchen nicht aufgeben und bei seinem Hauswirt nicht um gut Wetter bitten.
Man kannte ihn bei Sorensen-McGill. Er war mit seinem Vater dagewesen, und außerdem war er seinem Vater wie aus dem Gesicht geschnitten. Das hübsche blonde Mädchen hatte So-

rensen überhaupt nicht ähnlich gesehen. Eine Sekretärin führte Nicholas ins Büro des Firmenchefs. Sorensen saß in einem gelben Ledersessel hinter einem Rosenholzschreibtisch mit einer Platte aus intarsiertem gelbem Leder. Die Wand hinter ihm bedeckte ein Wandgemälde im Stil von Modigliani, und auf dem Schreibtisch stand ein übervoller Aschenbecher aus dunkelgrüner Jade. Die Sekretärin nahm ihn weg und ersetzte ihn durch einen sauberen aus hellgrüner Jade.

»Hallo, Nicholas«, sagte Sorensen, ohne zu lächeln. »Setzen Sie sich.«

Die einzige andere Sitzgelegenheit war eines jener niedrigen Hightech-Gebilde aus Leder, das an einem Metallrahmen aufgehängt war. Neben diesem Sessel stand ein niedriger Kaffeetisch aus schwarzem Glas mit schwarzen ledergepolsterten Kanten, und auf dem Tischchen lag ein in der Mitte aufgeschlagenes Magazin, auf dessen Faltblatt ein nacktes Mädchen zu sehen war. Es gibt Menschen, die es verstehen, anderen die Befangenheit zu nehmen, und solche, die wissen, wie man andere in Schwierigkeiten bringt. Nicholas setzte sich, und er saß tief, sehr tief – etwa sieben Zentimeter über dem Boden.

Sorensen zündete sich eine Zigarette an, ohne Nicholas eine anzubieten. Er sah Nicholas an und bewegte ganz langsam den Kopf von einer Seite auf die andere.

»Darauf hätte ich eigentlich gefaßt sein müssen«, sagte er schließlich.

Nicholas öffnete den Mund, um etwas zu sagen, aber Sorensen hob die Hand. »Nein, zuerst hören Sie mir zu, dann können Sie reden.« Sein Ton wurde hart und schroff. »Das Mädchen, mit dem Sie mich gestern abend gesehen haben, war eine ... Um es nicht ganz so unverblümt zu sagen – ich habe sie in einer Bar aufgelesen. Ich habe sie vorher nie gesehen, und ich werde sie nie wiedersehen. Sie ist in keinem Sinn des Wortes meine Freundin oder Geliebte. Warten Sie«, warf er ein, als Nicholas ihn unterbrechen wollte. »Lassen Sie mich zu Ende sprechen. Meine Frau ist nicht gesund. sollte ihr je zu Ohren kommen, wo und mit wem ich gestern abend zusammen war, wäre sie zweifellos sehr unglücklich. Wahrscheinlich würde sie wieder krank. Wobei ich selbstverständlich von einer seelischen, nicht von einer körperlichen Krankheit rede, aber . . .«

Er zog ausgiebig an seiner Zigarette. »Trotz allem aber, und was auch die Konsequenzen sein mögen – ich lasse mich um keinen Preis erpressen. Ist das klar? Ich habe gestern abend Ihr Essen bezahlt, und das ist genug. Ich möchte nicht, daß meine Frau erfährt, was Sie gesehen haben, aber Sie dürfen es ihr ruhig sagen, Sie dürfen es in alle Welt schreien, von mir bekommen Sie keinen Penny mehr.«

Bei dem Wort »erpressen« hatte Nicholas' Herz zu hämmern begonnen. Das Blut schoß ihm ins Gesicht. Er war gekommen, um seine Ehre zu schützen, und man hatte sein Motiv völlig mißverstanden. Mit erstickter Stimme stieß er hervor:

»Sie haben keinen Grund – es war nicht . . . Warum sagen Sie so etwas zu mir?«

»Es ist kein schönes Wort, nicht wahr? Aber es anders zu nennen wäre reine Spiegelfechterei. Sie sind doch hier, weil Sie mehr Geld haben wollen, nicht wahr?«

Nicholas sprang auf. »Ich bin hier, um Ihnen Ihr Geld zurückzugeben!«

»Ach ja?« Sorensen sagte das in einem sehr seltsamen Ton – skeptisch, verbindlich, zynisch und zugleich erstaunt. Er drückte seine Zigarette aus. »Ich verstehe. Jugend ist moralisch. Unerfahrenheit ist puritanisch. Sie werden es meiner Frau auf jeden Fall sagen, weil Sie nicht käuflich sind. Hab ich recht?«

»Nein, ich bin nicht käuflich.« Nicholas zitterte. Er legte die Hände flach auf Sorensens Schreibtisch, aber sie zitterten immer noch. »Ich werde keiner Menschenseele erzählen, was ich gesehen habe, das versichere ich Ihnen. Aber ich kann mir von Ihnen nicht mein Abendessen bezahlen lassen, und Sie dürfen sich auch nicht als mein Vater ausgeben.« Hinter seinen Augenlidern brannten Tränen.

»Oh, setzen Sie sich, setzen Sie sich doch. Warum zum Teufel sind Sie denn hergekommen, wenn Sie mich nicht erpressen wollen und Ihre Lippen versiegelt sind? Ist es ein rein gesellschaftlicher Besuch? Oder soll's ein kleines Schwätzchen von Mann zu Mann über die Damen sein, die wir ausgeführt haben? Wie Sie wissen, gehört Ihre Familie nicht gerade zu meinen engsten Freunden.«

Nicholas wich ein Stückchen zurück, er fühlte die Macht dieses Mannes. Es war die Macht des Geldes und die Macht, die jenen selbstverständlich ist, die immer Geld gehabt hatten. Sorensen hatte etwas an sich, was Nicholas bisher nie aufgefallen war, das aber jetzt deutlich zutage trat: Er sah aus, als sei er aus Metall – die Haut Kupfer, das Haar Silber, der Anzug Zinn.

Dann verschleierten sich Nicholas' Augen so sehr, daß er alles nur noch verschwommen sah. »Wie hoch war meine Rechnung?« fragte er mühsam.

»Ach, um Himmels willen!«

»Wie hoch?«

»Siebenundsechzig Pfund und ein paar Zerquetschte«, antwortete Sorensen. Es klang belustigt.

Für Nicholas war es ein kleines Vermögen. Er nahm das Scheckbuch heraus, füllte den Scheck auf J. Sorensen aus und schob ihn über den Tisch. »Hier haben Sie Ihr Geld«, sagte er. »Aber Sie brauchen sich keine Sorgen zu machen. Ich werde keinem sagen, daß ich Sie gesehen habe. Das verspreche ich Ihnen.«

Während er das sagte, kam er sich edel und heldenhaft vor. Er schluckte die Tränen hinunter. Sorensen betrachtete den Scheck und zerriß ihn.

»Sie sind ein lästiger junger Mann. Ich will Sie hier nicht haben. Gehen Sie!«

Nicholas ging. Er verließ das Gebäude mit hocherhobenem Kopf. Er dachte noch immer daran, Sorensen einen zweiten Scheck zu schicken, als er, zwei Tage später, morgens im Zug die Zeitung las und den verhaßten Namen entdeckte. Zuerst sah er keinen Zusammenhang zwischen dem Artikel und »seinem« Sorensen – und dann erkannte er, daß es kein anderer sein konnte. Die Schlagzeile lautete: *Frau tot im Wald aufgefunden. Ehefrau eines Industriekapitäns ermordet.*

Und darunter der Bericht:

Gestern abend wurde in einem verlassenen Wagen im Hatfield Forest, Herefordshire, die Leiche einer Frau entdeckt. Die Frau war erdrosselt worden. Heute ist es der Polizei gelungen, sie als Mrs. Winifred Sorensen, 45, wohnhaft am Eaton Place, Belgravia, zu identifizieren. Sie war die Frau von Julius Sorensen, Präsident von Sorensen-McGill, einer Büromöbelfabrik.
Mrs. Sorensen war bei ihrer Mutter, Mrs. Mary Clifford, in Much Hadham zu Besuch gewesen. Mrs. Clifford hat ausgesagt: »Meine Tochter wollte noch zwei Tage bei mir bleiben. Ich war sehr überrascht, als sie mir am Dienstag abend sagte, sie wolle nach London zurückfahren, nach Hause.«
»Ich habe meine Frau am Dienstag abend nicht erwartet«, erklärte Mr. Sorensen. »Daß sie nicht mehr bei ihrer Mutter war, wußte ich nicht und habe es erst erfahren, als ich gestern dort anrief. Als mir klar wurde, daß sie vermißt wurde, habe ich sofort die Polizei informiert.«
Die Mordkommission hat die Ermittlungen aufgenommen.

Diese arme Frau, dachte Nicholas. Während sie zu ihrem Mann nach Hause fuhr, sich wahrscheinlich nach ihm sehnte, seine Nähe brauchte, bei ihm Geborgenheit suchte, trieb er sich mit einem Mädchen herum, das er irgendwo aufgelesen hatte, einem Mädchen, von dem er nicht einmal den Familiennamen kannte. Er mußte jetzt von Reue überwältigt sein. Nicholas hoffte nur, daß es ätzende, peinigende Reue war. Der Kontrast war es, den Nicholas so furchtbar fand: Sorensen, Wange an Wange mit diesem Mädchen, mit dem er getrunken und später bestimmt auch geschlafen hatte. Und seine Frau, die allein war, und sich an einem einsamen Ort in der Dunkelheit gegen einen Angreifer zur Wehr setzte.
Nicholas wäre natürlich überrascht gewesen, wenn Sorensen es selbst getan hätte. Nichts, was Sorensen tun konnte, hätte ihn überrascht. Dieser Mann war zu jeder Schändlichkeit fähig. Nur konnte er diese nicht begangen haben, das wußte niemand besser als Nicholas. Daher war es ein kleiner Schock für ihn, daß zwei Polizeibeamte ihn ansprachen, als er am Abend nach Hause kam. Sie hatten in einem Wagen gewartet, der vor der Gartentür parkte, und stiegen aus, als er näher kam.

»Nur keine Sorge, Mr. Hawthorne«, sagte der ältere der beiden, der sich als Detective Inspector vorstellte. »Es handelt sich um eine reine Routinesache. Haben Sie heute zufällig in Ihrer Zeitung vom Tod einer Mrs. Winifred Sorensen gelesen?«
»Ja, das hab ich.«
»Dürfen wir hineinkommen?«
Sie folgten ihm nach oben. Was konnten sie von ihm wollen? Nicholas las manchmal Detektivgeschichten, und er stellte sich vor, daß sie vielleicht von seiner oberflächlichen Verbindung mit Sorensen-McGill wußten und sich bei ihm nach Sorensens Charakter und Familienleben erkundigen wollten. In diesem Fall waren sie an den richtigen Zeugen geraten.
Er konnte ihnen einiges erzählen. Er konnte ihnen sagen, warum es sich die arme Mrs. Sorensen, eifersüchtig und mißtrauisch – denn das war sie bestimmt gewesen – in den Kopf gesetzt hatte, zwei Tage früher als vorgesehen nach Hause zu fahren. Sie hatte ihren Mann in flagranti ertappen wollen. Und sie hätte ihn ertappt. Hätte festgestellt, daß er nicht zu Hause war oder vielleicht sogar dieses Mädchen in ihr gemeinsames Heim mitgenommen hatte. Nur war sie nie daheim angekommen. Ein Mörder war vorher zu ihr ins Auto gestiegen. O ja, Nicholas konnte einiges erzählen!
In seinem Zimmer setzten sie sich. Sie mußten sich auf dem Bett niederlassen, denn er hatte nur einen Stuhl.
»Es steht fest«, sagte der Inspector, »daß Mrs. Sorensen am Dienstag abend zwischen acht und zehn Uhr ermordet wurde.«
Nicholas nickte. Er konnte seine Erregung kaum unterdrükken. Was für ein Schock würde es für sie sein, wenn er ihnen vom Privatleben dieses angeblich so respektablen Geschäftsmannes berichtete. Nur einen Sekundenbruchteil später fühlte Nicholas sich nur noch klein und häßlich und sah den Inspector sprachlos an.
»An diesem Abend hielt sich ihr Mann, Mr. Julius Sorensen, um neun Uhr in Begleitung einer jungen Dame im Restaurant *Potters* in der Marylebone High Street auf. Das hat er bei uns zu Protokoll gegeben.«

Sorensen hatte es ihnen gesagt. Er hatte gestanden. Nicholas' Enttäuschung war kaum zu überbieten.
»Ich glaube, Sie waren um diese Zeit auch in diesem Restaurant.«
»O ja, das war ich«, antwortete Nicholas mit zaghaft klingender Stimme.
»Am nächsten Tag, Mr. Hawthorne, erschienen Sie im Büro von Sorensen-McGill, wo Sie eine längere Unterredung mit Mr. Sorensen hatten. Wollen Sie mir sagen, um was es bei dieser Unterredung ging?«
»Darum, daß ich ihn am Abend vorher im *Potters* gesehen hatte. Er wollte, daß ich . . .« Nicholas unterbrach sich. Er wurde rot.
»Einen Moment, Sir. Ich glaube, ich kann erraten, warum Ihnen deshalb so unbehaglich zumute ist. Sie sind noch sehr jung, wenn ich das, ohne Sie zu kränken, sagen darf, und junge Menschen sind manchmal ein bißchen unsicher, wenn es sich um Fragen der Loyalität handelt. Habe ich recht?«
Nicholas nickte verblüfft.
»Ihre Pflicht liegt klar auf der Hand. Sie müssen die Wahrheit sagen. Werden Sie es tun?«
»Ja, selbstverständlich.«
»Gut. Hat Mr. Sorensen versucht, Sie zu bestechen?«
»Ja.« Nicholas holte tief Atem. »Ich habe ihm ein Versprechen gegeben.«
»Dem Sie kein Gewicht beimessen dürfen, Mr. Hawthorne. Lassen Sie mich wiederholen: Mrs. Sorensen wurde zwischen acht und zehn ermordet. Mr. Sorensen hat uns gesagt, er habe um neun Uhr im *Potters* gesessen. In der Bar. Das Personal dort kann sich nicht an ihn erinnern. Den Familiennamen der Dame, die ihn begleitet hat, kennt er angeblich nicht. Aber er behauptet, Sie seien dagewesen und hätten ihn gesehen.« Der Inspector schaute zu seinem Kollegen hinüber und sah dann wieder Nicholas an. »Nun, Mr. Hawthorne. Das ist eine sehr ernste Sache.«
Nicholas verstand. Erregung wallte wieder in ihm auf, doch er ließ es sich nicht anmerken. Ihnen würde klar sein, warum er zögerte. Endlich sagte er:

»Ich war von acht bis gegen halb zehn im *Potters.*« Sorgfältig hielt er sich streng an die Wahrheit. »Am Mittwoch waren Mr. Sorensen und ich in seinem Büro verabredet, und wir unterhielten uns darüber, daß ich im *Potters* gewesen war und ihn dort gesehen hatte. Und – er bezahlte mir mein Abendessen.«

»Ich verstehe.« Was der Inspector für scharfe Augen hatte! Wieviel er über Jugend und Alter, Weisheit und Naivität, Unschuld und Korruption zu wissen glaubte. »Also, bitte – haben Sie Mr. Sorensen am Dienstag abend wirklich im Restaurant *Potters* gesehen?«

»Ich kann mein Versprechen nicht brechen«, sagte Nicholas. Natürlich konnte er das nicht. Er brauchte dieses Versprechen nur zu halten, und die Polizei würde Sorensen wegen Mordes anklagen. Er schlug die Augen nieder.

»Ich habe ihn nicht gesehen«, sagte er mit schuldbewußt und bekümmert klingender Stimme. »Selbstverständlich habe ich ihn nicht gesehen.«

Die schwarzen Felsen

Joan Aiken

Es war kalt auf der Überfahrt, aber windstill; beißender Frost lag in der Luft. Es wurde schon dunkel, als die beiden Amerikaner auf die Fähre gingen, trotzdem blieben sie fast die ganze Fahrt nach Rosslare hinüber an Deck und sahen zu, wie der Himmel langsam mit dem Meer verschmolz und sich dann allmählich mit großen, weißen, leuchtenden Sternen füllte, so daß er schließlich aussah wie ponciert. Diesen Satz murmelte Irving halblaut vor sich hin.

»Ponciert?« fragte Charley. »Was is'n das für 'n verrücktes Wort, Irv? Hab ich noch nie gehört. Was heißt 'n das?«

»Es kommt aus dem Lateinischen«, antwortete Irving zerstreut. »Heißt ursprünglich durchlöchern oder mit Krallen durchbohren – daher poncieren, was bedeutet, eine perforierte Zeichnung durchpausen. Es hat den gleichen Stamm wie das englische Wort *to pounce,* was soviel heißt wie plötzlich herabstoßen, um zu packen.«

»He, Irv, ist ja unheimlich, was du alles weißt«, rief Charley bewundernd. »Plötzlich herabstoßen, um zu packen – so ungefähr, hm?«

Und er packte den Freund mit rauher, scherzhafter Herzlichkeit.

»Paß doch auf – du stößt uns noch über die Reling.«

Irving warf einen raschen Blick zur offenen Tür des Gesellschaftsraums, wo ein halbes Dutzend anderer Passagiere mit Gläsern in den Händen dastand und den funkelnden Himmel bewunderte. Wenn diese Leute nicht gewesen wären ... Die Reling war nicht sehr hoch. Aber sie waren nun mal da. Ohne sich zu bemühen, den ätzenden Ton in seiner Stimme zu mil-

dern, sagte Irving zu Charley: »Bitte denk daran, drüben nicht so demonstrativ zu sein. Das mögen die Iren vielleicht nicht.«
»Ach, Quatsch, Irv. Warum denn nicht?«
»Und nenn mich nicht Irv.«
Sein voller, sehr distinguierter Name lautete Irving Christopher St. John und hatte seit kurzem durch den Zusatz Professor noch an Würde gewonnen. Er konnte es nicht mehr hören, wenn Charley ihn »Irv« nannte.
»Entschuldige, Bimbo«, sagte Charley zerknirscht. »Ich werd's mir merken.«
Ein wandernder Lichtstrahl, der durch den Spalt der Schwingtür fiel, erleuchtete flüchtig Charleys unscheinbare, unerhört plebejische Züge; die glänzende kahle Stirn, über die in hoffnungsvollem Bemühen eine strähnige strohblonde Locke geklebt war; die flehentlich dreinblickenden Hundeaugen, ganz auf den Freund konzentriert, der sich dieser Tage kaum bemühte, Gereiztheit und Langeweile zu verbergen.
»Ach, komm, gehen wir essen, ehe diese Rowdys alles kahlgefressen haben.«
Zwei Busladungen irischer Fußballfans kehrten von einem Länderspiel in Wembley heim. Alle hatten sie bunte Papierhüte auf den Köpfen und grölten und lachten, daß die Wände wackelten. Kaum war die Bar geöffnet worden, hatten sie geschlossen zum Zapfhahn gedrängt. Jetzt lagen einige von ihnen wie vom Sturm angespültes Strandgut im Gesellschaftsraum herum und sangen *In Dublin's Fair City,* während Gruppen anderer mit ihren Gläsern in den Händen zielstrebig zum Selbstbedienungsrestaurant marschierten. Als Irving und Charley sich in die Schlange vor der Theke einreihten, waren nur noch *fish and chips* da.
Und die ganze Überfahrt ging es so weiter – Erbrochenes in den Toiletten, überall am Boden leere Bierdosen. Als die Fähre anlegte und die Leute hinuntergingen, um ihre Autos zu holen, gab es eine endlose, beklemmende Verzögerung, weil einer der betrunkenen Sportsfreunde, dessen Wagen am Fuß der Abfahrtsrampe stand, sich irgendwo zusammengerollt hatte, um in süßem Vergessen Trost für die Niederlage seiner

Mannschaft zu suchen, und nicht gefunden werden konnte. Irving, der in dieser stickigen, von Auspuffgasen erfüllten Höhle, wo es vom Heulen ungeduldig aufgedrehter Motoren nur so vibrierte, am Steuer des Mietwagens saß, hätte laut schreien mögen vor nervöser Gereiztheit über diesen Aufenthalt; noch eine solche Störung seines Plans, und er würde völlig außer Rand und Band geraten, Amok laufen, etwas total Verrücktes und nicht wieder rückgängig zu Machendes tun. Nur bis zur Westküste will ich kommen, dachte er.

Endlich ging es los, und sie fuhren schnell, aber vorsichtig durch die neblige irische Nacht.

»Es ist schon so spät, daß es eigentlich gar keinen Sinn mehr hat, ein Hotel zu nehmen«, meinte Irving. »Wir müßten für eine halbe Nacht den vollen Preis bezahlen. Das wäre Geldverschwendung. Was meinst du, sollen wir nicht gleich weiterfahren, hinüber auf die andere Seite? Das Landesinnere von Irland ist sowieso langweilig, da können wir ebensogut im Dunkeln fahren. Ich fahre gern, wenn du schlafen möchtest.«

Charley war mit diesem Plan natürlich einverstanden, bestand aber darauf, selbst auch ein Stück zu fahren. »Ganz wie du meinst, Irv. Ich fahre das erste Stück wenn du möchtest.«

»Nein, erst fahre ich. Ich bin hellwach. Schlaf du ruhig erst eine Runde.«

»Ehrlich? Na schön, wenn du meinst, Bimbo.« Fügsam drehte Charley seine Rückenlehne nach hinten und wickelte sich in die Decke, die sie mitgenommen hatten. Sie wollten zelten, wenn das Wetter mitmachte; wenn nicht, wollten sie auf Bauernhöfen, in Hotels oder Privatzimmern übernachten, je nachdem, was sich anbot. Ihr Plan war, die Sehenswürdigkeiten an der Westküste zu besuchen, in aller Gemächlichkeit nach Irvings Vorfahren zu forschen – die angeblich aus einem kleinen Ort namens Lismaley in County Clare stammten – und dann ohne Eile Richtung Dublin zu fahren, wo Irving ein Jahr lang als Austauschprofessor der Universität Chicago Gastvorlesungen über amerikanische Literatur am Trinity College halten sollte. Ein angenehmes Programm ohne Hektik; sie hatten zwei Wochen der Muße vor sich.

Ursprünglich hatte Irving nicht beabsichtigt, Charley nach Dublin mitzunehmen.
»Ich glaube wirklich, es wäre besser, wenn du nicht mitkämst. Ein Jahr ist keine so lange Zeit. Und es täte dir gut, eine Weile allein zu sein. Du hättest Zeit, ein paar Kurse zu machen.«
Charley hatte ihn gar nicht ernst genommen.
»Na hör mal, Bimbo, das soll wohl 'n Witz sein! Ich soll hier bleiben? Bei dir piept's wohl? Ich kann den großen Tag kaum erwarten. Ich möchte doch das Land meiner Väter kennenlernen.« Charleys Vorfahren waren aus Schweden gekommen. »Ich komm dir schon nicht in die Quere, Kumpel. Mach dir mal um den guten alten Charley keine Sorgen.«
»Ja, aber was willst du denn da drüben anfangen?«
»Ich sag doch, mach dir keine Sorgen. Ich such mir 'n Job. In 'nem Drugstore oder so.«
»So etwas gibt es da drüben nicht«, erklärte Irving gereizt.
»Na, dann eben in 'nem Waschsalon oder so was. irgendwas find ich immer«, behauptete Charley nicht ohne Stolz, und es stimmte, er fand immer etwas. Bereit, alles anzupacken, was sich bot, gegen Langeweile anscheinend immun, konnte Charley an der Werkbank oder am Fließband arbeiten, als Babysitter oder als Zeitungsausträger. Duldsam, gutmütig und schlichten Geistes, wie er war, tat er mit Vergnügen jede Arbeit, und wenn sie noch so niedrig war.
Es hatte eine Zeit gegeben, da hatte Irving das positiv gefunden. Damals, als Charley seine ganze Wohnung gestrichen, Möbel abgebeizt und mit Schmirgelpapier bearbeitet, Wände tapeziert hatte. Jetzt aber fielen einem seine blöde Fügsamkeit und die ewige Freundlichkeit doppelt auf die Nerven.
Dunstverhangen ging hinter ihnen der Vollmond auf. Mit aufeinandergepreßten Lippen fuhr Irving durch die Dunkelheit. Kein Fahrzeug begegnete ihnen. Kilometerweit kamen sie an keinem Haus vorbei. Ungepflegte Hecken, mit Heu behangen, das von den Fuhrwerken herabgefallen war, glitten ohne Ende zu beiden Seiten vorüber.
Charley schlief den Schlaf des Gerechten. Mit offenem Mund und leise schnarchend, lag er wie ein Kind zusammengerollt

unter der Decke, völlig entspannt im Vertrauen auf die Fahrkunst seines Freundes.
Und Irving fuhr mit gerunzelter Stirn weiter durch Wexford und County Cork und Limerick. Lange, verbissene Analyse seines Problems hatte keine klare Lösung gebracht; immer war da nur ein unbestimmter Drang. Er sagte sich stets von neuem, daß er Charley loswerden mußte. Diese blamable Freundschaft, dieses Gefängnisleben mußten ein Ende haben. Seine neuen Kollegen in Dublin sollten ihn nicht als Charleys Freund, Charleys Gönner kennenlernen und aus diesem Bild ihren ersten Eindruck von ihm gewinnen. Im riesigen Chicago – okay; im Chaos einer solchen Stadt waren alle Leben anonym und daher frei. Aber bei seinem Einführungsbesuch in Dublin hatte er augenblicklich gespürt, daß hier eine kleine, aufmerksame, wache, redselige Gemeinde war, wo man stets bereit war, sich auf die Schwächen anderer zu stürzen, sie ausführlich zu beklatschen und dann entweder prüde die Nase zu rümpfen oder kräftig zu lästern. Irving wollte sich weder der einen noch der anderen Reaktion aussetzen. Nein, es mußte ein Schlußstrich gezogen, Charley dazu gebracht werden, einen solchen zu akzeptieren.

Als der Morgen kam, waren sie schon weit im Westen. Sie frühstückten in Limerick, einer grauen, lebendigen Stadt mit vielen Kirchtürmen. Charley maulte, er könne nicht ein Wort von dem verstehen, was die Iren sprachen, doch Irving war entzückt von ihrer Sprechweise und stellte zahlreiche Fragen, um immer wieder diesen poetisch klingenden Redestrom zum Fließen zu bringen, der zu jedem beliebigen Thema so leicht sprudelte.
»*Yerrah, Sir!* Zum hintersten Ende von Erin wollen Sie also? Und wie wollen Sie je so ein gottverlassenes kleines Nest wie Lismaley finden, wenn ich fragen darf? Bleiben Sie lieber in Limerick – es ist bestimmt die schönste Stadt im Westen –, und machen Sie sich eine schöne Zeit, solang Sie können.«
Sie beherzigten den guten Rat nicht, sondern waren schon am späten Vormittag wieder unterwegs und fuhren am nördli-

chen Ufer des Shannon-Deltas entlang. Trotz der Gedanken, die ihm ständig im Kopf herumspukten, wurde sich Irving bewußt, daß ihm dieses friedliche kleine Land gefiel – die Haselnuß- und Fuchsienhecken, die Stille und Einsamkeit, die von Gräsern überwucherten Felsen am Ufer, die Schwäne und Möwen, die sich auf dem Wasser der Flußmündung tummelten. Doch Charleys Anwesenheit wurde immer lästiger.

Wie konnte ich nur sein Geschwätz so lange ertragen? fragte sich Irving, während er sich mit Widerwillen die pubertären Witze anhörte, die albernen Kommentare über Dinge an der Straße, die dummen Fragen.

»Wieso sehen die irischen Dörfer so ärmlich aus? Warum reparieren sie ihre kaputten Kirchen nicht – das ist bestimmt schon die sechste, an der wir seit dem Mittagessen vorbeigekommen sind? Wieso gibt es in Irland keine Fabriken?«

Charley war unfähig, eine Karte zu lesen, und Wegweiser verwirrten ihn; er konnte einfach nicht verstehen, daß ein Straßenschild, auf dem zwei Orte aufgeführt waren, die in diametral entgegengesetzten Richtungen lagen, eine Straßengabelung anzeigte.

»Aber Irv, wieso kann die Straße nach Dublin *und* nach Kilkee führen? Dublin ist drüben im Osten, und Kilkee muß direkt vor uns liegen.«

Folglich verfuhren sie sich dauernd und mußten immer wieder anhalten, um die Karte zu studieren. Ein Königreich für einen Begleiter, der für diese Reise Sinn hätte, dachte Irving wutentbrannt und fragte sich sogleich, wie ein solcher Begleiter sein müßte. Ein ruhiger, unaufdringlicher, intelligenter Mensch, der das Land kannte und darüber erzählen konnte; nicht dieser Ausbund an Ignoranz und plumpem Humor.

»Mann, hab ich einen Kohldampf. Ich könnt ein Pferd fressen, Bimbo«, platzte Charley plötzlich am späten Nachmittag heraus. »Hast du keinen Hunger, Bimbo? Was meinst du, wollen wir nicht langsam anfangen, uns ein Quartier zu suchen?«

»Warum hast du das nicht in Killane vorgeschlagen?« fragte Irving kalt.
»Nee, Irv. Das war ja 'n grausiges Loch. Nicht ein einziges anständiges Gasthaus in dem ganzen üblen Nest.«
Irving war recht angetan gewesen von Killane, einem geheimnisvollen kleinen Hafen, wo es totenstill gewesen war und man auf der ganzen ungeheuer breiten Hauptstraße, die zu zwei offenbar unbenutzten Lagerhäusern hinunterführte, keine Menschenseele gesehen hatte. Hätte er es nicht so eilig gehabt voranzukommen, hätte er sich den Ort gern näher angesehen. Doch einem Zugvogel ähnlich fieberte er danach, weiterzuziehen, keinen Augenblick auf der Straße zu rasten, jenen Punkt zu erreichen, an dem das Land ein abruptes Ende nahm.
»Nun, hier jedenfalls sind die Chancen, ein Bett zu finden, gering«, sagte er.
Charley saß am Steuer, und sie durchquerten gerade ein großes Moorgebiet, wo Torf gestochen wurde. Die schwarzen Streifen lagen in Haufen gestapelt. Es war ein einsamer, düsterer Landstrich.
»Wozu brauchen die denn den ganzen Torf?« fragte Charley.
Nach einer weiteren Stunde Fahrt kamen sie endlich zu einem melancholisch wirkenden, langgezogenen Dorf namens Ballybaha: schiefergedeckte, einstöckige Häuser hinter Fuchsienhecken, die weit auseinanderstanden. Hier und dort konnte man hinter grasgetupften Sanddünen in der Ferne das Meer sehen.
»Wenn man hier wohnen müßte!« sagte Charley mit Abscheu.
»Wieso ham die hier nicht so malerische Dörfer, wie wir sie in England gesehen haben? Mit strohgedeckten alten Tudorhäusern und so?«
»Die Iren waren arme Leute«, erklärte Irving. »Sie lebten in Lehmhütten, als die Engländer ihre hübschen alten Tudorhäuschen mit den Strohdächern bauten – von den Steuern der Iren. Die einzigen bäuerlichen Gebrauchsgegenstände, die aus dieser Zeit übrig sind – die einzigen Gegenstände, die nicht vom ständigen Gebrauch völlig abgenützt wurden –, sind die, die ins Moor gefallen sind.«

Moor! dachte er plötzlich. Warum bin ich da nicht gleich darauf gekommen? Aber der Sommer war kalt gewesen und ungewöhnlich trocken; die Moore, an denen sie vorüberkamen, waren ausgetrocknet und erinnerten in der Beschaffenheit an dunkles Früchtebrot. Außerdem ist ein Moor allzu unzuverlässig, seine Umarmung nicht vollkommen; es kann leicht geschehen, daß es das, was es nimmt, wieder hergibt. Wogegen direkt vor ihm, gleich dort vorn ...

»Da ist ein Gasthaus mit Übernachtung!« rief Charley triumphierend.

»Und? Ist es dir gut genug?« erkundigte sich Irving ätzend.

»Na klar. Mir ist alles gut genug, das weißt du doch, Irv.« Charleys selbstgefällige Seelenruhe war ungebrochen. Er lenkte den Wagen von der Straße auf einen ungepflasterten Platz vor dem ziemlich großen ebenerdigen Haus mit dem Schild »Gästehaus Inishkeen, Übernachtung mit Frühstück, Ferienunterkünfte«.

»Gib mir die Wagenschlüssel, Charley, dann hole ich das Gepäck heraus«, sagte Irving.

Aber das wollte Charley unbedingt selber tun – wie immer. Während Irving dastand und ihn betrachtete, wie er gebückt und mit hochrotem Gesicht im Kofferraum kramte, überkam ihn eine wilde Lust, einfach wieder in den Wagen zu springen, auf und davon zu fahren und Charley hilflos und allein in Ballybaha zurückzulassen.

Die stille, ärmlich vornehme Dame mit dem traurigen Gesicht, die das Gästehaus Inishkeen führte, empfing sie ohne Kommentar und versprach das Abendessen für sieben Uhr.

»Wenn Sie vorher etwas trinken möchten, bekommen Sie im Angler's Arms alles, was Sie wünschen.«

Da das Zimmer im Gästehaus winzig und der Aufenthaltsraum bedrückend war, marschierten die beiden Reisenden die übliche breite, menschenleere, staubige Straße hinunter zu einem unfreundlich wirkenden Gasthaus an der Straßenkreuzung in der Mitte des Dorfes. Unterwegs fiel ihnen ein Neubau von so avantgardistischer Architektur auf, daß es ihnen buchstäblich die Sprache verschlug. Da er nicht weit von der

grauen Ruine der alten Dorfkirche stand, konnte es sich eigentlich nur um die neue Kirche handeln – ein sechseckiger, niedriger Bau, dicht an den Boden geschmiegt, so, als wolle er sich dem ständig wehenden Wind entziehen, doch mit einem spitzen Giebeldach von merkwürdiger Form, aus rötlichem Schiefer. Die neue Kirche hatte schmale Fensterschlitze, die an Schießscharten erinnerten, und in der Mitte des Daches ein kurzes Horn.
Wie eine Antenne, dachte Irving, um mit den himmlischen Gefilden Kontakt aufzunehmen.
Charley sagte wie erwartet: »Hey, Mann, das is ja 'n irrer Bau! Soll das 'ne Kirche sein? Sieht aus wie so 'n Papierschiffchen, wie wir sie als Kinder immer gefaltet haben – du weißt schon, was ich meine.«
Irving wußte sehr wohl, was er meinte, doch er erwiderte: »Ich habe nie mit Papierschiffchen gespielt.«
»Schauen wir sie uns mal an?«
»Ich würde lieber einen trinken. Außerdem ist es sowieso zu dunkel, um viel zu sehen.«
»Klar, Bimbo, du hast natürlich recht – wie immer.«

Zu dieser frühen Stunde waren sie die einzigen Gäste im Schankraum, so daß ihnen die ganze freundliche Aufmerksamkeit des weißhaarigen Wirts zuteil wurde. Thomas Roche hieß er, wie er ihnen sagte, und freute sich wirklich sehr, Leute aus Amerika kennenzulernen. Sein eigener Bruder lebte ja in Boston und sein Vetter in Cleveland, aber er selber hatte den großen Teich noch nie überquert. Was er ihnen denn bringen dürfe?
Charley, der nur höchst selten Alkohol trank – er blieb meistens bei Cola –, bestellte sich einen Sherry, der grauenvoll aussah. Irving nahm Whisky. Sein feines, trockenes Aroma belebte ihn, und er gratulierte dem Wirt höflich zu der bemerkenswerten modernen Kirche, die für eine so kleine Gemeinde äußerst ungewöhnlich sei. Zu ihrer Überraschung verfinsterte sich Mr. Roches Gesicht.
»Das kann man wohl sagen, daß das eine bemerkenswerte Kir-

che ist. Am bemerkenswertesten an ihr ist, daß sie das Dorf langsam, aber sicher auslaugt.«
Er brannte offensichtlich darauf, sich darüber auszulassen, und ein paar Fragen brachten die ganze Geschichte ans Licht. Als die alte Kirche bei einem Wintersturm vor fünf Jahren endlich völlig eingestürzt war, hatte der Priester, Pater Hegarty, extra aus Dublin einen Architekten kommen lassen, der einen Kostenvoranschlag für den Bau einer neuen Kirche machen sollte. – »Der Architekt war ein Freund von ihm, verstehen Sie!« – Und diesem Burschen, der reden konnte wie ein Buch, gelang es tatsächlich, die ganze Gemeinde zu beschwatzen, so daß alle ihm glaubten, als er behauptete, er könne ihnen für zwanzigtausend die schönste Kirche in ganz Westirland hinstellen.
»Zwanzigtausend! Lang soll seine Seele für diese Lüge im Fegefeuer schmachten! Bei Gott, man sollte wirklich meinen, daß die, die ihm glaubten, alle behext waren.«
»Wie viele Einwohner hat das Dorf?«
»Höchstens dreihundert.«
»Und was geschah also?«
»Seine Lordschaft, der Bischof, genehmigte den Plan, und die Arbeit begann. Wirklich großartig, wie da gearbeitet wurde. Nur dauerten die Arbeiten drei Jahre länger als veranschlagt und kosteten fünfmal soviel. Und was es während des Baus für Scherereien gab, können Sie sich überhaupt nicht vorstellen. Zweimal krachte der Giebel runter, bis sie sich schließlich mit dem Ding zufriedengeben mußten, das jetzt zu sehen ist. Dreimal sackte der Boden unter dem Bau weg. Heiliger Bimbam, man mußte sich wirklich fragen, ob die Kirche vor dem Tag des Jüngsten Gerichts überhaupt noch fertig werden würde. Und als sie dann endlich doch fertig war, was meinen Sie wohl? Da stellte sich heraus, daß Pater Hegartys feiner Freund vollkommen vergessen hatte, eine Heizung einzubauen. Also mußte wieder alles aufgehauen und aufgerissen werden.«
»Und ist sie jetzt wirklich fertig?« erkundigte sich Irving.
»Ja, jetzt ist sie fertig – recht und schlecht. Im Sommer, wenn

die Feriengäste kommen, ist sie nicht groß genug, und im Winter macht das neue Heizsystem, das soviel Geld gekostet hat, einen solchen Krach, daß man manchmal Pater Hegartys Stimme gar nicht mehr hört – und trotzdem friert wie ein nackter Schneider. Der Bau hat das Dorf in so riesige Schulden gestürzt, daß wir sie frühestens abzahlen können, wenn unsere Kinder verdienen. Ist das nicht eine Affenschande? Den jungen Leuten eine solche Bürde aufzuhalsen!«

Roches Augen blitzten zornig. Die Amerikaner erkannten allmählich, daß Pater Hegarty, der oberste geistliche Machthaber im Dorf, in Thomas Roche, dem Wirt, seinen heftigsten weltlichen Widersacher hatte. Er erzählte weiter, redete immer schneller, während er berichtete, wie den Dorfbewohnern bei jeder Gelegenheit das Geld für den Kirchenfonds aus der Nase gezogen wurde; wenn der eine eine Ladung Heu verkaufte oder der andere für ein paar Fische einen guten Preis bekam, kreuzte prompt Pater Hegarty auf und verlangte eine zusätzliche Spende.

»Es ist wirklich eine Unverschämtheit, da müssen Sie mir doch zustimmen, oder?«

Irving, den das Thema schon vor einer Weile zu langweilen begonnen hatte, erwiderte geschickt, es wäre ja wirklich eine traurige Angelegenheit, aber sie müßten nun leider ins Gästehaus zurückkehren, da Mrs. Kelleher mit dem Abendessen auf sie wartete.

»Kommen Sie hinterher noch auf einen Sprung vorbei, dann erzähl ich Ihnen mehr.«

Das verhüte der Himmel, dachte Irving. Er erklärte, sie müßten früh zu Bett gehen, da sie die vorangegangene Nacht kaum geschlafen hätten, und dann flohen sie. Charley schien überraschenderweise etwas störrisch. »Du wolltest doch nicht etwa bleiben und dir sein Gelaber über das Unrecht anhören, das den Dorfbewohnern angetan worden ist?« fragte Irving, als sie wieder draußen auf der breiten, leeren Straße waren.

»Ich fand es interessant. Diese heimtückischen Pfaffen legen die Leute wirklich rein«, brummte Charley. »Immer setzen sie ihren Kopf durch . . .«

Den ganzen Rückweg verbreitete er sich über dieses Thema. Irving marschierte mit gesenktem Kopf und den Händen in den Hosentaschen neben ihm her und achtete nicht auf das Gerede. Bald, dachte er. Und im Geist sah er die Felsen vor sich, die Felsen von Scath, wo das Land so plötzlich aufhört, als wäre es mit dem Fallbeil abgeschnitten worden. Neunhundert Fuß vertikale schwarze Felswand. Die Große Wand von Thomond. Das ist der Ort. Morgen. Es reicht.

In der Nacht schlief er schlecht. Unruhig wälzte er sich in dem schmalen, kalten Bett von einer Seite auf die andere, während Charley, auf der anderen Seite des Zimmers, ruhig auf dem Rücken lag, die zu Fäusten geballten Hände über dem Kopf wie ein Säugling, friedlich schnarchend. Das bißchen Ruhe, das Irving fand, wurde von Träumen gestört: Er mühte sich ab, einen gewaltigen steinernen Turm zu bauen, aber immer wieder lösten sich Felsbrocken im heulenden Sturm und stürzten donnernd und bedrohlich rund um ihn herab. Dann begann der ganze Turm von einer Seite auf die andere zu schwanken. Er wachte gerade noch auf, bevor das labile Bauwerk einstürzte und ihn unter sich begrub. Wach, stellte er fest, daß tatsächlich ein Sturm aufgezogen war. Wie würde das seine Pläne beeinflussen? Nur günstig, sagte er sich – bei Sturm geht kein Mensch auf Besichtigungsfahrt. Und endlich fiel er in einen schweren Schlaf.
Als er erwachte, war Charley schon auf. Vor sich hin pfeifend, rasierte er sich. Diese Gewohnheit Charleys, tonlos vor sich hin zu pfeifen, pflegte Irving sonst bis zur Weißglut zu reizen, aber an diesem Tag konnte er sie ertragen, indem er sich sagte: das letzte Mal.
Nachdem sie gefrühstückt und ihre Rechnung bezahlt hatten, wollte Charley unbedingt die neue Kirche besichtigen.
»Wozu denn nur? Du weißt doch bereits alles darüber.« Irving wollte schnellstens los.
»Nach alldem, was er uns erzählt hat, würde ich sie mir aber gern ansehen, Irv. Mensch, du wirfst mir doch sonst immer vor, daß ich mich für nichts interessiere.«

»Na ja, aber das bezieht sich auf Dinge von Bedeutung.«
»Schön, das hier ist für mich von Bedeutung«, entgegnete Charley stur.
Widerstrebend begleitete Irving ihn. Der Sturm hatte sich mittlerweile verzogen. Nasses Laub, Fuchsienzweige und Strähnen von Heu bedeckten den Boden; ein schwerer, feuchter Dunst hing in der Luft. Schade, dachte Irving, die Aran-Inseln werden wir nicht sehen können.
Vor der Kirche bemerkten sie eine hochgewachsene, schwarzgekleidete Gestalt, die den gepflasterten Zugangsweg fegte. Das muß der schlimme Pater Hegarty sein, dachte Irving, der die armen Dorfbewohner so schamlos ausplündert. Ich bin gespannt, wie Charley sich ihm gegenüber verhalten wird.
Der Priester richtete sich auf, musterte sie kurz, lächelte höflich. Er war ein kräftig gebauter Mann – in den Vierzigern vielleicht – mit einem ausdruckslosen Gesicht, das nichts verriet, und scharfblickenden grauen Augen, die ziemlich klein waren und dicht an der Nase saßen. Er wirkte sehr selbstbewußt und locker, und das ist ja auch kein Wunder, dachte Irving, man braucht sich nur anzusehen, was er erreicht hat. Immerhin wäre es interessant zu wissen, was ihn hierher verschlagen hat; er macht den Eindruck eines äußerst fähigen Mannes, dessen Talente in dieser kleinen Gemeinde vergeudet sind. Werden Priester nicht aus disziplinarischen Gründen in so abgelegene Orte gesandt?
»Guten Morgen, Pater«, sagte er. »Wir waren gestern abend so beeindruckt von Ihrer Kirche, daß wir sie uns gern bei Tageslicht näher ansehen wollten.«
»Aber bitte, gern.« Sein Blick glitt über sie hin.
Was hielt er von zwei so wenig zusammenpassenden Freunden? Irving, der sich unter dem forschenden Blick des Priesters unbehaglich fühlte, war froh, ins Innere der Kirche treten zu können, um die erwarteten Banalitäten zu begutachten; die nachgemachten byzantinischen Mosaiken, die kitschigen Glasfenster mit den abstrakten Motiven, die pompösen Leuchter, das Betonkreuz mit seiner Karikatur von Jesus Christus. Das ganze Innere der Kirche hatte etwas Aufdringliches

und zugleich Verlegenes, wie ein junges Mädchen, das sich zum erstenmal die Lippen geschminkt hat und zum erstenmal raucht, weil es hofft, damit seine Mutter zu schockieren.
Und noch etwas war da. Irgend etwas, das nicht paßte. Etwas Seltsames, Höhnisches, Falsches . . .
Charley war, wie zu erwarten, höchst beeindruckt. Er lief überall herum und sah sich alles an.
»Wow!« brummte er. »Die ham schon was gekriegt für ihr Geld, auch wenn sie schwer blechen mußten.«
»Es ist ein einziges banales, kitschiges Durcheinander. Schlimmer. Irgendwas stimmt da nicht. Komm, machen wir, daß wir hier rauskommen.«
Irving schritt zur Tür, ohne den Abscheu zu verbergen, den die Kirche in ihm weckte. Bedauerlicherweise kam in diesem Augenblick der Priester herein. Nachdem er geknickst hatte, fragte er, was sie von dem Bau hielten.
»Sehr ungewöhnlich«, sagte Irving, und Pater Hegarty warf ihm einen raschen Blick zu.
»Ein toller Bau, Sir«, platzte Charley heraus. »Das muß ich wirklich sagen. Aber wenn ich ehrlich sein soll – mußte man dafür wirklich den armen Leuten hier das ganze Geld rausquetschen? Hätte es eine schlichte Gemeindehalle aus Holz nicht genauso getan? Da hätten die jungen Leute dann an Regentagen Volleyball spielen können oder so was.«
Irving wünschte, er wäre Charley nahe genug gewesen, um ihm einen Tritt zu geben. Doch der Priester war keineswegs gekränkt. An Kritik dieser Art offensichtlich bereits gewöhnt, blieb er vollkommen freundlich und neutral bei der nachfolgenden Diskussion, während Charley immer leidenschaftlicher wurde. Irving, der sich nicht hineinziehen lassen wollte, stand etwas abseits und lächelte fein mit hochgezogenen Brauen, während Charley, ganz wie zu erwarten gewesen war, sich bald von Pater Hegarty in die Enge getrieben sah.
»Wofür würden denn die Leute sonst ihr Geld ausgeben? Ist es nicht das beste, seinen Wohlstand der Herrlichkeit Gottes zu weihen?«
Im Lächeln des Priesters war ein Hauch von Ironie.

»Ein paar Annehmlichkeiten – Vergnügungen – in diesem einsamen Dorf am Ende der Welt«, murmelte Charley.
»Und was wäre in fünfzig Jahren von eben diesen Annehmlichkeiten und Vergnügungen noch übrig? Wer wird sich daran erinnern, daß Mrs. O'Brien einmal einen Fernsehapparat hatte? Diese Kirche jedoch wird von Generation zu Generation bestehen bleiben.«
Wirklich? fragte sich Irving skeptisch.
»Glauben Sie nicht, daß die Erbauer von Chartres, von Burgos und Sankt Peter zu ihrer Zeit auf einige Annehmlichkeiten und Vergnügen verzichtet haben – und daß das Ergebnis ihnen recht gegeben hat?«
»Aber, Pater, da kann man doch wohl kaum einen Vergleich –«, warf Irving unklugerweise ein und wurde mit einem so messerscharfen Blick der kleinen grauen Augen bedacht, daß er abbrach. Und was, in Gottes Namen, war das für ein kleines Ding an der Uhrkette des Priesters?
Pater Hegarty sagte: »Wir können nur unser Bestes tun und hoffen, daß es den Beifall zukünftiger Generationen findet. Und den unseres Herrn. Aber jetzt erzählen Sie mir etwas von sich. Ich sehe auf den ersten Blick, daß Sie –« Er machte eine winzige Pause und fügte hinzu: »Sie wirken wie Akademiker auf mich – habe ich recht?«
»Klar, mein Kumpel ist Professor«, erklärte Charley so eifrig wie ein zutraulicher Hund. »Er soll ein Jahr an der Universität in Dublin unterrichten –«
»Ach, tatsächlich? Von der Universität in Chicago kommen Sie? Sehr schön. Und Professor St. John will ein wenig Ahnenforschung betreiben. Das ist sehr interessant. Da dürfen wir wohl hoffen, Sie häufiger hier in der Gegend zu sehen?«
»Kann sein«, antwortete Irving, während er im stillen den Entschluß faßte, das Dorf Ballybaha nie wieder zu betreten. Irgend etwas an Pater Hegartys Fragen flößte ihm tiefes Unbehagen ein; ein Anflug leicht gönnerhafter Belustigung, als sagte der Priester: Bilden Sie sich nur ja nicht ein, Sie könnten mich täuschen – ich habe Sie längst durchschaut.
Aber ich habe dich auch durchschaut, dachte Irving.

»Und jetzt müssen Sie sich in unser Gästebuch eintragen.«
Charley schrieb augenblicklich seinen Namen und steckte eine Pfundnote in den Sammelkasten. Irving gelang es, dies zu vermeiden, als Charley naiv fragte: »Die Diskussion hat Sie doch nicht verärgert, Sir?«
»Aber nein. Es ist immer ein Vergnügen, mich mit Fremden zu unterhalten – wenn ich auch nur wenig Zeit dafür habe. Und wohin wollen Sie von hier aus, wenn ich fragen darf?«
»Oh, wir fahren nach Lismaley«, antwortete Charley. »Aber vorher will Irv sich noch die Felsen von Scath ansehen. Mich reizt das wenig. Ich hab was gegen Höhen.«
»Ach ja? Nun, da kann ich Ihnen wünschen, daß die Sicht sich bessert. Die Felsen sind ein großartiger Anblick. So, und jetzt muß ich mich verabschieden – ich muß noch eine ganze Reihe von Besuchen machen. Manchmal fahre ich bis zu fünfundsiebzig Kilometer am Tag . . .«
Er hatte sie zum Tor begleitet und nickte ihnen höflich zu, als er auf sein Fahrrad stieg, das an der Kirchhofsmauer stand.
»Eigentlich ganz in Ordnung, der Mann, nicht wahr?« meinte Charley, nachdem der Priester davongefahren war.
Irving erwiderte kalt: »Meiner Meinung nach ist er ein Hexer.«
»Du immer mit deinen Witzen, Irv«, prustete Charley und schlug seinem Freund auf die Schulter.

Hin und wieder lichtete sich der Dunst, als sie an der Küste entlang nach Norden fuhren, und sie erhaschten immer wieder flüchtige Ausblicke auf ihr Ziel. Das Panorama der gebogenen Küste, das sie von der Höhe eines Kaps besichtigten, wurde von einem schwarzen, jäh endenden Balken durchkreuzt, der aussah wie ein dicker Arm mit einer geballten Faust. Wie ein dicker schwarzer Arm.
»Großer Gott«, murmelte Charley, während er in die Ferne spähte, »und das ist ein Fels? Wie weit ist es noch?«
»Oh, vielleicht dreißig Kilometer.«
»Müssen wir da wirklich hin, Irv? Ich hab fürs Empire State Building noch nie viel übrig gehabt.«

»Natürlich müssen wir da hin. Diese Felsen gehören zu den hervorragendsten Sehenswürdigkeiten des ganzen Landes.«
»Also gut, meinetwegen. He«, fügte Charley hinzu, um zu einem erfreulicheren Thema zurückzukehren, »der Priester war echt kein übler Kerl, hm? Er war überhaupt nicht wütend, daß ich nicht seiner Meinung war.«
»Das hätte ja auch gegen seinen Beruf verstoßen. Außerdem wollte er dein Geld haben. Es lag nicht in seinem Interesse, dich gegen ihn einzunehmen.«
»Hm, da hast du wahrscheinlich recht«, stimmte Charley langsam zu. »Für ihn waren wir reiche Amis. Er wußte 'ne ganze Menge über die Gehälter an den Unis in Amerika, nicht wahr? Glaubst du, daß er wirklich einen Vetter an der Uni in Chicago hat?«
»Wahrscheinlich. Die irischen Familien sind groß.«
»Du hättest ihm auch 'ne Spende geben sollen, Irv.«
»Warum denn? Ich sehe keine Verpflichtung, seine kitschige Kirche zu unterstützen.« Was er wirklich von der Kirche hielt und wozu sie seiner Ansicht nach diente, sagte er nicht.
Die ersten Straßenschilder tauchten auf, die den Weg zu den Felsen von Scath wiesen.
»Was Scath wohl heißt?« meinte Charley ohne sonderliches Interesse.
»Das war die Königin der Finsternis«, erklärte Irving kurz.

Nach einer weiteren halben Stunde Fahrt erreichten sie den öffentlichen Parkplatz für die Touristen, die die Felsen besichtigen wollten. Er war, wie Irving gehofft hatte, völlig leer; das Wetter war feucht und regnerisch, die Urlaubszeit war vorbei. Das Ende des Parkplatzes lag ziemlich dicht am Rand der Felsen. Ein Pfeil wies den Besucher zum Souvenirkiosk, doch Irving sah mit Genugtuung, daß ein Schild mit der Aufschrift »Den Winter über geschlossen« darübergeklebt war.
»Wollen wir nicht zu Mittag essen, ehe wir uns die Felsen ansehen?« schlug Charley vor. Er schwitzte ein wenig und fuhr sich mit der Hand über die glatte, glänzende Stirn. »Du weißt doch, daß mir bei so großen Höhen immer mulmig wird,

Bimbo – mit einem harten Ei im Bauch könnt ich's wahrscheinlich besser vertragen.«
»Verdammt noch mal, Charley. Wir haben schon einen Haufen Zeit in der dämlichen kleinen Bank vertan, wo wir die Schecks eingelöst haben, und jetzt –«
»Bitte, Irv.«
»Also gut.«
Wenigstens, dachte Irving, ist es das letzte Mal.
Es war zu feucht und zu kalt, um sich auf den Rasen zu setzen. So blieben sie im Wagen sitzen, während sie die harten Eier und das Brot verzehrten, das ihnen Mrs. Kelleher mitgegeben hatte. Irving erstickte beinahe an seiner Ungeduld. Jeden Augenblick konnte jemand kommen und ihm alles verderben. Obwohl das bei diesem Wetter nicht sehr wahrscheinlich war. Zum Nachtisch brachte Charley zwei Tafeln Schokolade zum Vorschein, die er im Dorf gekauft hatte. Er hatte eine kindliche Schwäche für Süßigkeiten.
»Willst du mal beißen, Irv? Nein? Bestimmt nicht?«
Er hatte außerdem einen Biskuitkuchen dabei, den er jetzt mit einem aus dem Selbstbedienungsrestaurant auf der Fähre entwendeten Plastikmesser zerteilte und dabei vor sich hin grummelte, wie er das auf der ganzen Fahrt durch Irland getan hatte.
»Warum hast du mich nicht daran erinnert, daß ich mein Schweizer Armeemesser mitnehme, Irv? Das könnten wir jetzt gut gebrauchen. Das Ding hier taugt ja überhaupt nichts.«
Auch das werde ich in Zukunft nicht mehr ertragen müssen, dachte Irving.
Er sah hinunter zu den Windungen der leeren Straße, die zum Parkplatz führte, und sagte: »Komm, Charley, ich glaube, der Nebel lichtet sich ein bißchen. Gleich kann man die Aran-Inseln sehen. Leg die Sachen hinten in den Kofferraum und komm mit.«
Langsam und recht widerwillig packte Charley die Überreste der Mahlzeit wieder in die Plastiktüte. Dann ging er nach hinten zum Kofferraum und hob den Deckel.

»Klemm die Tüte ganz hinten zwischen den Koffern ein«, sagte Irving. »Ich hasse es, wenn ich beim Fahren dauernd leere Milchflaschen herumrollen höre.«

Er paßte den genauen Zeitpunkt sorgfältig ab. Als Charley, nachdem er dem Befehl gehorcht hatte, Kopf und Schultern zurückzuziehen begann, drückte Irving mit aller Kraft den Kofferraumdeckel herunter. Die scharfe Kante traf Charley direkt auf den Kopf und spaltete ihn, als wäre er nur eines der hartgekochten Eier, die sie soeben gegessen hatten.
Irving hatte einen großen Plastikbeutel parat. Mit einem hastigen Blick in die Runde – noch immer kein Auto zu hören oder zu sehen – stülpte er den Beutel über Charleys Kopf, dann hievte er mit Mühe den Körper in die Höhe – Gott sei Dank war der Weg nicht weit – und schleppte ihn schwankend zum Felsrand, der durch einen mit schweren Steinplatten verstärkten Erdwall gesichert war. Es war nicht allzu schwierig, Charley über die Brüstung zu wälzen. An einer Stelle war sie nur ungefähr knapp einen Meter hoch – er hatte sich den günstigsten Punkt ausgesucht, während sie zu Mittag gegessen hatten. Von dort bis zum richtigen Abgrund führte nur ein schmaler Pfad.
Er stieß Charley in den Abgrund und sah ihn in bodenlose Tiefe stürzen, ehe er die Ausbuchtung der Felswand passierte und seinen Blicken entschwand. Die schwarze, seidige See, die ab und zu durch den Dunst sichtbar wurde, war so tief unten, daß kein Geräusch, kein Aufklatschen zu ihm heraufdrang – selbst das Tosen der Brandung war hier oben nur als ein schwaches Seufzen vernehmbar.
Geschwind reinigte sich Irving die Hände an einem Büschel Grasnelken, stieg wieder über den Erdwall und lief zum Mietwagen zurück. Er wischte den Kofferraumdeckel mit einem Papiertuch ab. Keine Spur mehr zu sehen. Das Tuch konnte er später verbrennen. Was sollte mit Charleys Gepäck geschehen? Sollte er es ebenfalls in den Abgrund werfen? Nein; er würde sich etwas anderes einfallen lassen, um es loszuwerden.

Er klappte den Deckel herunter. Als er sich umdrehte, sah er mit Schrecken die schwarzgekleidete Gestalt Pater Hegartys den Hügel heraufkommen. Der Priester ging zu Fuß und schob sein Fahrrad neben sich her. »Ganz schön steil dieses letzte Stück«, bemerkte er mit einem Nicken zur Straße.

»Nun, Sie haben doch sicher nicht in Ihrer Eigenschaft als Seelsorger hier zu tun, Pater«, meinte Irving, der Mühe hatte, die Sprache wiederzufinden. Wie zum Teufel kam der Mann plötzlich hierher? Hatte eine der Windungen in der Straße ihn verborgen? Und was konnte er gesehen haben, wenn er überhaupt etwas mitbekommen hatte.

»Nein, aber zwei meiner Gemeindemitglieder wohnen nicht weit von hier. Ab und zu bekomme ich Lust, hier heraufzukommen und Gottes mächtiges Werk zu betrachten. Ihr Besuch hat mich diesmal auf den Gedanken gebracht. Sagen Sie, ist Ihnen eigentlich der Gedanke gekommen, sich zu fragen, wo der andere Teil des Felsens geblieben ist?«

»Der andere Teil des Felsens?« wiederholte Irving dümmlich.

»Wir sehen diese gewaltige Kante – wie von einem Laib Brot. Was hat Gott mit der anderen Hälfte getan?«

»Könnten die Aran-Inseln vielleicht ein Teil sein, der sich gelöst hat?« meinte Irving vage, während er aufs Meer hinausblickte. Doch der Dunst war wieder dichter geworden. Die Inseln waren nicht zu sehen.

»Und weil wir gerade von der anderen Hälfte sprechen – wo ist denn Ihr junger Freund? Doch hoffentlich nicht abgestürzt?« sagte Pater Hegarty scherzhaft.

»Oh –« Irving hatte Zeit gehabt, zu Atem zu kommen, und war jetzt ruhiger. »Wir beschlossen, getrennte Wege zu gehen. Er hat einen Bus genommen.«

»Ach was, tatsächlich?« Pater Hegartys bedächtige Worte und sein stählerner Blick wirkten wie ein Eimer eiskaltes Meerwasser zwischen den Schulterblättern. Scheinbar ganz ohne Zusammenhang fügte der Priester hinzu: »Da ich das Glück hatte, Ihnen noch einmal zu begegnen, darf ich vielleicht erwähnen, daß Sie vorhin in der Kirche möglicherweise vergaßen, uns eine kleine Spende für den Kirchenfonds zu geben.

Ihr junger Freund war so großzügig, daß es von Ihrer Seite sicherlich nur Vergeßlichkeit war –«
»Ach, ja – ich glaube, ich habe es wirklich vergessen. Selbstverständlich – zwei Pfund. Natürlich, ich würde mich freuen –«
Mit nasser, zitternder Hand kramte Irving in seiner Hüfttasche.
»Äh, nun – ich dachte eigentlich mehr an einen regelmäßigen Beitrag«, erklärte Pater Hegarty mit ernster Miene. »Mit den Details brauchen wir uns im Moment nicht zu befassen – ich rühre mich später bei Ihnen. Sie brauchen mir Ihre Dubliner Adresse nicht zu geben – ich habe einen Vetter an der englischen Abteilung im Trinity College. Ich werde ihn bitten, Sie aufzusuchen. Er ist ein feiner junger Mensch – er wird Ihnen gewiß gefallen. Ach, du lieber Gott, so spät schon – ich muß weiter.«
Damit schwang sich der Priester auf sein Fahrrad und sauste den Hügel hinunter. So lautlos, als wäre er auf schwarzen Schwingen davongeflogen, verschwand er im Nebel.

Reflektierter Ruhm

Kay Nolte Smith

Er brauchte jetzt keine Minute länger zu warten. Seine Nachmittagsklasse hatte im Zeitlupentempo Platz genommen, so war es ihm vorgekommen, und die Heimfahrt vom College hatte sich noch dadurch weiter verzögert, daß er in dem Spirituosenladen so lange hatte warten müssen; aber all das lag jetzt hinter ihm, während vor ihm, abgesehen von dem hohen Glas mit Whisky und ein bißchen Soda, um ihn zügiger trinken zu können, jetzt ein Wochenende lag, in dem er das literarische Magazin so richtig und ausgiebig genießen konnte.

Er schlug das Heft auf, von dem Millionen Exemplare überall im Land verteilt, verkauft oder sonstwie an den Mann gebracht worden waren – Hunderte würden allein an das College geliefert werden –, und hatte den Artikel über sich selbst auch sofort gefunden. Ungläubig starrte er auf das Farbfoto von sich, das eine ganze Seite einnahm. Es war im Innenhof seines Hauses aufgenommen worden, er hatte in diesem Augenblick so dagesessen wie jetzt, doch das Foto war aus einem solchen Winkel und mit solcher Brennweite geschossen worden, daß seine in Wirklichkeit kleine und dickliche Gestalt hoch aufzuragen und Haus und Grund zu beherrschen schien. Erst als er seinen unwillkürlich angehaltenen Atem wieder in Gang gebracht hatte, wurde ihm bewußt, welche Erleichterung er empfand; wie ihm quasi ein Stein vom Herzen fiel. Ein Lächeln zeichnete sich auf seinen runden, rosigen Wangen ab, und seine Augen, sonst meist von zu vielen vorzeitigen Altersfältchen eingezwängt und verkniffen, schienen für einen Moment richtiggehend blau zu strahlen.

Schließlich sah er endlich auch auf die Seite, seinem Foto gegenüber, und las die Artikelüberschrift: »Ein Besuch bei Jasper Krylers Sohn.« Und ebenso las er den Untertitel: »Während die Jugend den Literaturlöwen der dreißiger Jahre zu entdekken beginnt, erinnert sich sein Sohn.« Das Lächeln auf seinen Wangen verschwand, ließ nur die runde Wangenform zurück, die jetzt auf einmal gar nicht mehr so rosig, sondern vielmehr fahl wirkte. Er nahm erst einmal einen gehörigen Schluck, und dann begann er mißtrauisch den Text zu lesen, das heißt, erst einmal zu überfliegen.

Im ersten Absatz wurde er als Professor für kreatives Schreiben am Bentham College bezeichnet, der aufgrund der Herausgabe der Memoiren über seinen berühmten Vater und dessen literarisches Werk auf diesen Posten berufen worden war. Mit Erleichterung stellte er fest, daß weder sein Alter noch das der Memoiren angegeben war; letztere waren nämlich schon vor zwölf Jahren erschienen, als er selbst noch in den Dreißigern gewesen war, und diese Memoiren waren sein bis heute erstes und einziges Buch gewesen. Er konnte niemals daran zurückdenken, ohne sich des literarischen Agenten seines Vaters zu erinnern, der die Memoiren herausgegeben und darauf bestanden hatte, das von ihm, dem Sohn, gelieferte Manuskript völlig umzuschreiben. Er kniff bei diesem Gedanken den Mund zu einem schmalen Strich zusammen, doch dann fiel ihm ein, daß jener Agent inzwischen gestorben war, und daraufhin begann er wieder zu lächeln.

Er wandte sich wieder dem Text des Artikels zu, einer Beschreibung des Städtchens Bentham und »des hübschen Hauses in den Neuengland-Hügeln, in dem Jasper Kryler bis zu seinem Tod gelebt hat«. Dann folgte eine längere Diskussion der neuen Generation von College-Studenten, die den »Kryler-Kult« begründet hatte, aber seine eigenen Klassen wurden nicht erwähnt, mit keinem Wort, und so las er eilig weiter, überflog die Schilderung der Karriere seines Vaters: die anfänglichen Kämpfe, sich durchzusetzen, die Eskapaden in Paris, die Kriegsjahre, das Schreiben der Trilogie, die Verleihung des Nobelpreises und den verhängnisvollen Alleinflug über die Berge. Schluß der Vorstellung für den alten Mann, dachte

er und blätterte hastig um, aber der Artikel war damit schon beendet. Er selbst war kaum ein dutzendmal zitiert worden und wenn, dann immer im Zusammenhang mit dem Leben seines Vaters. Wie Ameisen schienen die Anführungszeichen in dem Artikel zu wimmeln.
Natürlich hatte er genau gewußt, daß er nur interviewt worden war, weil er Jasper Krylers Sohn war. Und, wie das meist typisch ist, dachte er, hatte man seine Leistung, weil im Schatten seines großen Vaters stehend, völlig übersehen, nicht mit einem einzigen Wort gewürdigt. Er konnte sich noch gut an das Interview erinnern: Das exzellente Mittagessen, das dabei serviert worden war; die Beschreibung seiner eigenen Studentenklassen; und die Kritiken der Bücher, die er geschrieben hatte. Ausführlich war darüber gesprochen worden, aber warum stand dann jetzt, hier in dem Artikel, davon, von ihm selbst und was *er* in seinem Leben geleistet hatte, nicht ein Wort?
Die Antwort darauf wußte er natürlich selbst. Er leerte sein Glas und schleuderte es in den Innenhof hinaus. Mit einem leisen Patschen landete es dort irgendwo, noch heil und ganz, in der feuchten Erde und rief ihm in Erinnerung zurück, daß sein Alter Herr auch immer mit Gläsern geworfen hatte, aber die waren meist klirrend in tausend Splitter zerbrochen. Also nicht einmal im Gläserwerfen kam er an seinen Vater auch nur annähernd heran.
Die Türglocke schrillte laut. Obwohl er niemanden erwartete, kam er sofort zu dem Schluß, daß einer seiner Kollegen den Artikel gelesen haben mochte und deshalb jetzt vorbeikam. Und er dachte an die amüsierte Toleranz und Nachsicht, mit denen ihn seine Kollegen behandelten; er hatte gehofft, daß ihnen der Artikel, wenn er erschien, endlich Respekt auch vor ihm und seinen eigenen Leistungen einflößen und sich dann auch in ihren Gesichtern abzeichnen würde, doch auch daraus war nichts geworden, und so fühlte er sich jetzt förmlich gelähmt, unfähig, zur Tür zu gehen und aufzumachen. Schließlich konnte er sich aber doch dazu bringen, indem er daran dachte, daß zumindest auf den Namen Kryler allgemein neuer Ruhm und neuer literarischer Glanz gefallen waren.

Es war ein junger Mann, der vor der Tür stand und krampfhaft ein Päckchen in der Hand hielt. Es war keiner der Bentham-Studenten, obwohl er gekleidet war wie manche von ihnen. Ein zerknitterter Poncho hing ihm von den dürren Schultern, und seine Füße waren nackt. Auch sein Gesicht wirkte irgendwie nackt und leer, wie eine leere, noch unbemalte Leinwand, von langem schwarzem Haar eingerahmt.
»Ja, Sie wünschen?« erkundigte sich Jasper zurückhaltend.
»Ich muß dringend mit Ihnen sprechen. Sie sind der einzige Mann, der dafür in Frage kommt.«
»Oh? Und worüber wollen Sie mit mir reden?«
»Literatur.«
Jasper zögerte. »Gut, kommen Sie rein.«
Als sie im Wohnzimmer Platz genommen hatten, starrte der junge Mann schweigend auf dessen Art-déco-Einrichtung.
»Also dann«, sagte Jasper lächelnd, »wieso bin ich der einzige Mann, mit dem Sie reden können?«
»Weil Sie sein Sohn sind. Aber ähnlich sehen Sie ihm nicht gerade.«
Jasper rutschte nervös in seinem Sessel herum, doch der junge Mann mit dem bleichen Gesicht, den Blick in die Ferne gerichtet, bemerkte davon nichts und fuhr fort: »Vor zwei Jahren habe ich seine Arbeiten erstmals gelesen, und damit hat sich mein Leben völlig verändert. Vorher wußte ich nicht, wer ich überhaupt war. Er löste in mir das unwiderstehliche Verlangen aus, selber zu schreiben. Und das tat ich denn auch. Dieses Buch hier.« Er streckte das Päckchen vor, das er so verkrampft in der Hand gehalten hatte. »Sie müssen es lesen.«
»Wenn Sie literarische Kritik über Ihre Schreibversuche suchen, besuchen Sie doch meine Vorlesungen und nehmen Sie an den Übungen teil.«
Der junge Mann schien ihn nicht gehört zu haben, stand auf und trat noch näher auf ihn zu. »Sie müssen das unbedingt lesen. Es liest sich fast wie eines von ihm. Das ist der Grund, warum ich es Ihnen bringe, ausgerechnet Ihnen. Jemand anderem könnte ich nie etwas davon sagen; sie würden mich

auslachen. Und das ist der Grund. Deshalb bin ich zu Ihnen gekommen.«

»Wer sind Sie überhaupt? Hat jemand Sie zu mir geschickt?«

Der junge Mann schüttelte verwirrt den Kopf. »Nein, niemand weiß, daß ich daran geschrieben habe. Und immer wenn meine Nachbarn mich zu fragen begannen, was ich da eigentlich mache, zog ich schnell irgendwo anders hin.«

»Wohin? Woher kommen Sie überhaupt? Woher kommen Sie jetzt, zum Beispiel?«

»Oh, von überall her«, entgegnete der junge Mann vage. »Aus L. A. – Los Angeles, meine ich –, Chicago, New Mexico – eine Weile lebte ich auch in New York. Manchmal findet man sich zu einer Gruppe, einem Freundeskreis, zusammen, aber am besten bleibt man allein. Zwischendrin nimmt man manchmal einen Job an, denn von irgend etwas muß man ja schließlich leben, und dann zieht man eben weiter. Alles, was man möchte, wonach es einen drängt, ist zu schreiben. Genau wie es bei ihm war.«

»Und wieso meinen Sie, all dies würde gerade mich interessieren?«

»Nun, weil Sie sein Sohn sind. Das versteht sich doch wohl von selbst.«

Jasper stand auf, auf jeder Wange einen roten brennenden Flecken. »Ich glaube, Sie sollten lieber gehen. Jetzt gleich.«

»Ja, selbstverständlich«, sagte der junge Mann freundlich. »Natürlich wollen Sie mein Buch in Ruhe lesen und dabei nicht von mir gestört werden.« Er legte das Buch langsam und bedeutungsvoll auf den Couchtisch, an dem sie gesessen hatten. »Sie werden etwa zwei Stunden brauchen, schätze ich«, sagte er. »Dann komme ich wieder.« In heiterer, gelöster Stimmung schlenderte er in den Flur hinaus, und gleich darauf klickte die Haustür hinter ihm zu.

»Der Kerl hat vielleicht Nerven!« murmelte Jasper vor sich hin. »Kommt da einfach reinmarschiert, als ob ihm hier alles gehört.« Aber auch ein wenig Bewunderung mischte sich unter seine Wut, heizte diese damit aber nur noch mehr an. Er überlegte schon, ob er das Päckchen nicht einfach wegwerfen

sollte, aber dann fiel ihm etwas Besseres ein: Das betroffene Gesicht dieses größenwahnsinnigen, unverschämten jungen Mannes wollte er sehen, wenn er ihm ins Gesicht sagte, daß sein Buch nichts taugte.
Lächelnd ging Jasper mit dem Buch in sein Arbeitszimmer hinüber, schaltete dort die Leselampe am Schreibtisch an und zog seine goldgerahmte Brille hervor. Er wickelte das Päckchen aus; ein Manuskript war darin, noch nicht einmal getippt, sondern säuberlich handgeschrieben. Auf der Titelseite stand: *Treibjagd auf den Jäger,* von Luke Blount.

Als er zum Ende von Kapitel eins kam, war ihm das Lächeln vergangen. Und als er die letzte Seite gelesen hatte und das Manuskript zuklappte, war sein Mund zu einem schmalen Strich verkniffen. Obwohl er sich verzweifelt dagegen gewehrt hatte, war ihm nichts anderes übriggeblieben und er mußte es unumwunden zugeben: Dieses Bürschchen, was immer man von ihm halten mochte, hatte ein Kryler-Buch geschrieben, einen echten, ja sogar typischen Kryler-Roman. Die Sätze waren kurz und prägnant; der Held war ein zäher, sardonischer Typ; und die Handlung war mit jeder Menge Action erfüllt und endete mit einer Niederlage für den Helden. Wenn darin nicht Zeitumstände der Gegenwart, des Heute, enthalten gewesen wären, hätte man tatsächlich meinen können, sein Alter Herr habe es geschrieben.
Er blätterte zur Titelseite zurück: »... von Luke Blount.« Von einem literarischen Niemand, sagte er sich. Aber er wußte, die Kritiker konnten aus Blount einen literarischen Jemand machen; sie konnten ihn als Helden feiern, dem es gelungen war, literarische Vergangenheit und Gegenwart miteinander zu versöhnen. Jasper schloß die Augen. Schlagzeilen tauchten im Geiste vor ihm auf: KRYLER WIEDERAUFERSTANDEN ... KRYLERS LITERARISCHER ERBE ... KRYLER LEBT ... Und Luke Blounts Gestalt tauchte vor seinem geistigen Auge auf, dann die des Alten Herrn; ihre beiden Gestalten verschmolzen zu einem. Er konnte diesen Anblick, diese Aussicht, nicht mehr ertragen.

Rasch öffnete er wieder die Augen. Im Zimmer war alles still, alles unverändert, Gott sei Dank. Ein Lächeln begann um seinen einen Mundwinkel zu spielen. Er hatte eben unwillkürlich vorausgesetzt, überlegte er, daß *Treibjagd auf den Jäger* tatsächlich einen Verleger fand und als Buch herauskam – aber war nicht gerade er selber der Mann, dem man die Entscheidung überlassen würde, ob das geschehen sollte oder nicht? Im Geiste begann er sich schon die Phrasen zurechtzulegen, mit denen er Luke Blounts Manuskript nicht gerade als wertlos, aber als billigen Abklatsch der Werke seines Vaters abtun würde, als praktisch indiskutabel.

Doch diese Phrasen verblaßten vor seinem geistigen Auge, als er an die Entschlossenheit des jungen Mannes und dessen Selbstvertrauen zurückdachte und daran, welche Ressentiments das bei ihm selbst sofort ausgelöst hatte. So leicht würde der sich nicht kleinkriegen und abwimmeln lassen. Und eine neue, andere Angst stand vor ihm auf: Blount, wurde ihm schlagartig bewußt, konnte mit dem Manuskript ja auch zu jemand anderem gehen, einem Kritiker oder Lektor, und den bitten, für das Buch einen Verleger zu finden. Und dann, wenn das zum Erfolg führte und hinterher bekannt wurde, daß Krylers eigener Sohn das Manuskript gelesen und als indiskutabel abgelehnt hatte, dem Autor jede Hoffnung auf Veröffentlichung hatte nehmen wollen, konnte die Sache für ihn, Krylers Sohn und Literaturprofessor, peinlich werden. Sogar verdammt peinlich.

Nervös trommelten seine Finger auf das Manuskript. Hier ging es buchstäblich um Sein oder Nichtsein, wie bei Shakespeare. Und irgendwie fand er es unfair, daß gerade er vor diese, dazu auch noch so schwere Entscheidung gestellt wurde. Wieviel leichter würde hier die Entscheidung hingegen gewesen sein, ging es ihm durch den Sinn, wenn er selbst dieses Manuskript geschrieben hätte? Wenn *Treibjagd auf den Jäger* aus der Feder von Jasper Kryler Jr. stammen würde, wäre die Sache natürlich eine ganz andere ...

Unwillkürlich setzte er sich ruckartig auf, und vor seinem geistigen Auge sah er schon die balkendicken Überschriften der

Kritiken: KRYLER TOT – LANG LEBE KRYLER! oder LITERARISCHE WIEDERAUFERSTEHUNG – SOHN VERDRÄNGT DEN VATER. Und wenn er dann an die Menschenmassen dachte, und nicht etwa nur im Hörsaal, die ihm auf der Rednertribüne zu Zehntausenden zujubelten. Und erst, was das in finanzieller Hinsicht, was die Tantiemen betraf, für Auswirkungen haben würde!
Er sah hinunter. In seinem Schoß hatte er Blounts Manuskript liegen.
Es dauerte ein paar Sekunden, bevor er sich bewußt wurde, daß er Mordgedanken hegte, wartete auf den Schock, den ihm diese Erkenntnis eigentlich hätte versetzen müssen, aber vergeblich. Der Schock bestand vielmehr darin, daß er darüber nicht schokkiert war, nichts dergleichen fühlte. »Das ist so, weil ich es gar nicht ernstlich erwäge«, sagte er laut, um sich zu beruhigen, stand aber auf und begann nervös auf und ab zu gehen.
Natürlich würde das gehen, dachte er. Wenn Blount wirklich das war, wofür er sich ausgegeben hatte, ein Einzelgänger, um dessen literarisches Erstprodukt es sich handelte, würde ihm niemand eine Träne nachweinen. Und von dem Manuskript würde überhaupt niemand etwas wissen. So gesehen, ließ sich die Sache geradezu perfekt an, nur mußte man andererseits bedenken ...
Er blieb neben seinem Schreibtisch stehen und begann auf einem Notizblock zu kritzeln. Diese Kritzeleien, entschied er, waren ein Abbild seiner Gedanken; sie waren wirr und abstrakt. Unpraktisch, nicht in die Tat umsetzbar.
Er seufzte und ging ans Fenster, zog die Vorhänge beiseite. Der Morgen dämmerte draußen herauf. Unwillig, das Zimmer zu verlassen und die normale Tätigkeit eines frühen Samstagvormittags aufzunehmen, starrte er unruhig auf den Rasen und die Gartenbeete. Dann wurde sein Blick von einem merkwürdigen, großen, dunklen Objekt in der Nähe des Pflanzenschuppens angezogen. Erst dachte er, es sei ein längeres Stück Baumstamm, aber dann sah er, daß da jemand lag und schlief – Luke Blount. Wieder begann er im Zimmer auf und ab zu gehen, diesmal langsamer, konzentrierter.

Zwei Stunden später ging er hinaus und rüttelte den Schläfer wach. »Los, Luke, werden Sie endlich wach und kommen Sie ins Haus«, sagte er. »Und während wir frühstücken, können Sie mir ein bißchen mehr von sich erzählen.«

Zwei Jahre später war *Treibjagd auf den Jäger* von Jasper Kryler Jr. erschienen und in jeder Buchhandlung zu haben.

Mehrere Monate nach Lukes Besuch hatte Jasper das Manuskript vorgesucht, ein paar geringfügige Änderungen vorgenommen und dann begonnen, es auf seiner Schreibmaschine abzutippen, nachdem er am College hatte diskret verlauten lassen, daß er dabei sei, einen Roman zu schreiben. Er hatte sich dagegen entschieden, es einem literarischen Agenten zur Auswertung zu übergeben, hatte sich vielmehr direkt an einen jungen, progressiven Verleger gewandt, der auf den Namen Kryler hin auch sofort zugegriffen hatte, ihm eine umfangreiche Werbung und Publicity zugesagt hatte.

Nach einigen Monaten waren dann auch tatsächlich von einem Zeitungsausschnittdienst die ersten literarischen Meldungen und Anmerkungen zu Jasper Kryler Jr. gekommen, vorerst nur darin bestehend, daß im Frühjahr ein Roman von ihm erscheinen würde, ganz in der Tradition seines berühmten Vaters. Er war daraufhin zu mehreren Talkshows im Fernsehen eingeladen worden, ebenso zu Partys, auf denen die anderen Gäste ebenfalls wichtige Gestalten der literarischen Welt waren. Ihm war es dabei eindeutig so vorgekommen, als ob sich immer mehr Augen auf ihn, den neuerdings vielversprechenden Sohn eines literarischen Riesen, zu richten begannen; so, als ob er jetzt zwar noch nicht im Scheinwerferlicht, dafür aber im neugierigen Zentrum der Blicke all jener stand, die in der literarischen Welt etwas zu sagen hatten oder sonstwie an dieser interessiert waren.

In der literarischen Sonntagsbeilage der größten Zeitung des Landes wurde *Treibjagd auf den Jäger* von einem berühmten Romanautor besprochen. Über dieser Buchbesprechung stand die Schlagzeile: *Trockenes Sägemehl vom alten Stamm.*

Ein maßgebendes literarisches Magazin tat das Buch als »ein kindliches Plagiat von Kryler Seniors Werken ab«. Und eine

Literaturzeitschrift in Los Angeles gab einer ziemlich vernichtenden Buchbesprechung die Überschrift: *Vererblich scheint die Begabung jedenfalls nicht zu sein.*

Jasper sah sich Vorauskopien einiger Besprechungen bei seinem Verleger an. Und er benötigte dazu weit mehr Zeit als normalerweise üblich, denn zwischendrin bekam er immer wieder heftiges Herzklopfen, und sein Puls jagte, so daß ihm regelrecht schwindlig wurde – aber vielleicht kam das auch von dem Wortlaut der Kritiken. Als er endlich fertig war, warf er seinem Verleger vor, der hätte das Ganze heraufbeschworen, weil er bei der Werbung für das Buch allzu oft den Namen seines Vaters benutzt, ihn regelrecht mißbraucht habe, bis zum Geht-nicht-mehr ausgeschlachtet hätte. Es folgte dann eine längere, äußerst heftige Diskussion.

In jener Nacht, allein in seinem Arbeitszimmer, las er dann noch einmal *Treibjagd auf den Jäger* und kam zu der Einsicht, daß auch er selbst keine allzu hohe Meinung davon hatte. Er versuchte sich zu erklären, wie er seinerzeit zu einer viel positiveren Beurteilung gekommen war, und es brachte ihn zu dem Schluß, daß damals wahrscheinlich der Wunsch der Vater des Gedankens gewesen war. Aber so verspätet nützte ihm diese Einsicht herzlich wenig, und um so schwerer plagte, ja, tyrannisierte ihn jetzt regelrecht sein Gewissen. Die Schuldgefühle lagen ihm wie schwere Steine auf der Brust.

Und diese Gewissenslast führte zu immer noch weiteren zwangsläufigen Überlegungen, was diese Last noch steigerte, schier unerträglich machte: Er hatte den Roman für gut gehalten, gut genug jedenfalls, seinen Namen als Autor zu tragen. Und er hatte sich immer für einen ausgezeichneten Literaturkritiker gehalten, was – als Literaturprofessor – ja zweifellos auch die dringendste Voraussetzung für seinen Beruf war. Und was sollte nun werden? Als was wollte er sich jetzt bezeichnen? Und wer und was gab ihm in Zukunft noch das Recht, anderer Autoren Bücher zu kritisieren?

Er verdrängte diese Frage fürs erste dadurch, daß er das Buch, *seinen großen Roman*, quer durchs Zimmer schleuderte.

Wütend starrte er ihm nach und flüsterte zornig: »Ich habe das verdammte Ding doch gar nicht geschrieben!«
Als die ersten Buchkritiken im Druck erschienen, in Zeitungen und Magazinen im Zeitungshandel, blieb er dem College zwei Tage lang fern, rief lediglich an, um zu sagen, daß er erkrankt sei. Die Stimme seiner Sekretärin triefte daraufhin förmlich vor Ironie, und er entschied, daß er alles nur noch schlimmer machen würde, wenn er sich jetzt drückte und seine Professorenkollegen in seiner Abwesenheit über sich verhandeln ließ. Einige von ihnen ließen, als er dann doch im College auftauchte, allerlei spitze oder amüsierte Bemerkungen fallen, und die Studenten tuschelten, wenn er den Vorlesungssaal betrat, stellten ihm dann besonders viele Fragen zu *Treibjagd auf den Jäger.* Bis zum Ende der Woche fühlte er sich von vernichtenden, abwertenden Blicken förmlich aufgespießt, und am liebsten hätte er, wenn er abends das Collegegelände verließ, nicht geflüstert, wie er es tat, sondern laut hinausgeschrien, so daß alle es hörten: »Aber ich hab' das verdammte Ding doch überhaupt nicht geschrieben!«
Das Zeitungsausschnittbüro schickte ihm jetzt, neben anderen, auch ein paar günstig ausgefallene Besprechungen. *Treibjagd auf den Jäger* wurde von einer Wochenzeitung aus Vermont mit dem Besten gleichgestellt, was Kryler Sr. jemals geschrieben hatte. Und in einer Sportzeitung wurde der Roman als guter Zeitvertreib für einen verregneten Tag im Campinglager empfohlen.
Jasper war inzwischen fest überzeugt, daß seine Kollegen hinter all diesen abwertenden bis vernichtenden Kritiken standen, und weigerte sich daraufhin, überhaupt noch das Haus zu verlassen.
Er begann zu trinken, und zwar stetig und schwer, aber irgendwie schien der Alkohol an seinem Hirn vorbeizufließen, immer direkt in den Magen. Stundenlang saß er vor dem Fernseher, immer darauf wartend, daß ihm der Alkohol die Sinne benebeln, ihn vergessen lassen würde, aber umsonst. Dann sah er eines Abends im Fernsehen eine Talkshow, in der er vor einem Monat aufgetreten war. Der Talkmaster und die gelade-

nen Gäste diskutierten den kurz bevorstehenden Vatertag, und dann sagte der Talkmaster: »Und dann gibt es Söhne, die wollen unbedingt genau wie Papi werden. Ich glaube, man nennt das inzwischen den Kryler-Komplex.« Die Studiogäste schüttelten sich daraufhin vor Lachen.
»Aber ich hab' das verdammte Ding doch nicht geschrieben!« schrie Jasper, vor seinem Fernseher sitzend, aufgebracht. Bei der Talkshow selbst hatte er das nicht tun können; da hatte er mitlachen müssen.
Dafür schlichen sich in sein Gedächtnis die Erinnerungen daran ein, *was* er getan hatte, jene eine in den Augen der Menschen verdammungswürdigste aller Taten.

Benthams Polizeichef wollte sich nach einem langen, hektischen Arbeitstag gerade auf die Heimfahrt machen, als der Sergeant vom Dienst in sein Dienstzimmer reinkam.
»Tut mir leid, Sie noch einen Augenblick aufhalten zu müssen«, sagte der Sergeant, »aber da draußen ist ein Kerl, der darauf besteht, den Dienststellenleiter persönlich zu sprechen. Er ist vom College, heißt Kryler oder so ähnlich, und ich muß sagen, Sir, er benimmt sich höchst merkwürdig.«
»Kryler?« sagte der Chef. »Ich glaube, den kenne ich, oder vielmehr die Familie, wenn auch nur flüchtig. Hab' die meisten Romane des alten Kryler gelesen. Ganz spannend fand ich sie damals.«
»Soll ich ihn also reinlassen?« fragte der Sergeant. Polizeichef Corey nickte.
Ein kleiner pummeliger Mann wurde durch die Tür in sein Büro geschoben. Nachdem er sich, hastig und aufgeregt atmend, in den Sessel hatte sinken lassen, erklärte er: »Ich will beweisen, daß ich es nicht getan habe!« sagte er mit vor Erregung zittriger Stimme.
Eine halbe Stunde später hatte sich Polizeichef Coreys Stirn in dicke Falten gelegt ob eines Geständnisses, das er nur Stückchen für Stückchen, mit zäher Mühe, aus dem freiwillig bei ihm Erschienenen hatte herausholen können. »Rekapitulieren wir jetzt erst einmal, um zu sehen, ob ich Sie da auch wirklich

richtig verstanden habe. Sie behaupten, vor zwei Jahren ein Bürschchen namens Luke Blount ermordet zu haben. Sie wissen nicht, wo er herstammte, jedenfalls war er nicht von hier, hatte keine Familie und zumindest im Augenblick auch keinen festen Wohnsitz. Sie wissen auch nicht, wo seine Leiche geblieben ist, denn nachdem Sie ihn mit Unkrautvertilgungsmittel vergiftet hatten, legten Sie ihn in den Pflanzenschuppen in Ihrem Garten und zündeten den an. Am nächsten Tag zerstükkelten Sie, was von der verbrannten Leiche übriggeblieben war, und warfen die einzelnen Leichenstücke, schön verteilt, in die Mülltonne, und die wurde routinemäßig geleert und, was darin war, weggekarrt. Dann holten Sie sich Leute, die die Brandstelle aufräumten, und ließen an genau derselben Stelle einen neuen Pflanzenschuppen hinbauen.«
»Ja«, sagte der kleine pummelige Mann.
Die Falten auf der Stirn des Polizeichefs vertieften sich noch, als er die Notizen überflog, die er sich zwischendurch gemacht hatte. »Ich verstehe nicht ganz, komme da nicht ganz mit. Aber womit wollen Sie nun eigentlich beweisen, daß Sie es nicht getan haben?«
»Ich habe das Buch nicht geschrieben! Diesen Roman – *Treibjagd auf den Jäger* –, ich habe den nicht geschrieben. Ich schwöre es! Luke Blount hatte den geschrieben, brachte mir das Manuskript, damit ich es lesen und meine Meinung dazu sagen sollte, aber ich tötete ihn und stahl ihm das Manuskript!«
Polizeichef Coreys Augenbrauen gingen hoch. »Meinen Sie Ihr Buch, das gerade herausgekommen ist? Sie behaupten, jemand anderer hat es geschrieben?«
Der späte Besucher nickte.
Dem Polizeichef begannen die Lippen zu zittern, und um sein Gegenüber das nicht merken zu lassen, biß er schnell drauf. »Professor«, brachte er schließlich heraus, »mein ältester Sohn sagt mir, den Leuten gefällt Ihr Buch nicht, und ich möchte wetten, das ist ein harter Schlag für Sie. Ich möchte sogar wetten, Sie wünschten, dieses Buch nie geschrieben zu haben. Aber jetzt kommen Sie mit einer solchen verrückten Geschichte zu mir und erwarten, daß ich sie ernst nehme? Geste-

hen hier aus heiterem Himmel, völlig freiwillig, einen Diebstahl und einen Mord, nur damit die Leute nicht denken sollen, daß Sie einen Roman geschrieben haben, der nichts taugt?«

»Aber ich habe das Buch nicht geschrieben! Wirklich nicht!« Der kleine pummelige Mann stand auf, und sein Blick richtete sich in die Ferne, so als ob er vor einer großen Versammlung sprach. »Die Leute müssen das doch endlich einsehen, begreifen. Nicht ein Wort von dem Buch habe ich geschrieben. Aber etwas viel Schlimmeres habe ich getan, kaltblütig geplant und ausgeführt. Einen Mord!« Sein Blick wandte sich zu dem Polizeichef zurück. »Deshalb müssen Sie mir jetzt diesen Mord beweisen.«

»Wie stellen Sie sich das vor?« Nur mit Mühe konnte sich Polizeichef Corey das Lachen verbeißen. »Sie haben doch sämtliche Spuren beseitigt, schon vor Jahren. Deshalb seien Sie bitte so freundlich, wenn Sie wieder mal jemanden umbringen, und lassen Sie ein bißchen was an Spuren übrig, vor allem die Leiche. Haben Sie Mitleid mit einem kleinen Polizeichef wie mir. Ohne Leiche, ohne die mindeste zurückgebliebene Spur ist der absolut machtlos.«

»Aber könnten Sie nicht Erkundigungen nach diesem Luke Blount einziehen lassen? Wo er herkam und wo er jetzt abgängig ist? Irgendwoher muß er doch nun mal gekommen sein. Und dort muß er jetzt doch in der Vermißtenliste stehen!«

»Klar!« grinste der Polizeichef. »Aber wo?« Doch dann schnippte er plötzlich mit den Fingern. »Oh, ich glaube, mir kommt eine Ahnung, wo er herstammt! Mir kam der Name, gleich als Sie ihn das erstemal nannten, irgendwie bekannt vor. Sie haben ihn aus den Romanen Ihres Vaters zusammengestellt! Ich erinnere mich, daß es in einem seiner Bücher einen Burschen namens Luke Horn gab, der mir mordsmäßig gut gefiel, und ebenso gab es da jemanden namens Blount, Harold oder Harley mit Vornamen, glaube ich.« Er sah seinen Besucher vorwurfsvoll an, tadelnd den Kopf schüttelnd. »Wissen Sie, Professorchen, hätten Sie sich denn nicht etwas Originelleres einfallen lassen können als ein derart billiges, hergeholtes Garn?«

Dem kleinen pummeligen Mann sanken die Augenlider herab, als ob sie sich plötzlich mit Blei gefüllt hätten. Und seine gedrungene Gestalt schien noch ein Stückchen mehr in sich zusammenzurutschen, wie er da, ein Bild des Jammers, in dem Sessel gegenüber dem Schreibtisch des Polizeichefs saß. So weit war es mit ihm gekommen, sagte dieser Anblick, daß man nicht einmal mehr seine Geständnisse annahm.
Der Polizeichef war aufgestanden, fast von so etwas wie Mitleid gerührt, was ihm in seinem Beruf schon seit Jahren nicht mehr passiert war.
»Wissen Sie was, Professorchen«, sagte er und tätschelte der restlos in sich zusammengesackten Gestalt im Sessel die Schulter. »Wir werden einfach sagen, Sie hätten das perfekte Verbrechen begangen. Okay?«
Als der Sergeant vom Dienst ihn hinausgeführt hatte, stand der kleine pummelige Mann noch eine ganze Weile auf der untersten Stufe der Eingangstreppe. Dann begann er unsicher die Straße hinaufzugehen. Er glaubte, weiter vorne einen Kollegen zu erkennen, der ihm entgegenkam. Daraufhin drehte er sich hastig zur Seite, tat so, als würde er sein Spiegelbild in der Schaufensterscheibe eines Ladens betrachten. Doch inzwischen hatte die Dämmerung eingesetzt, und wenn die Schaufensterbeleuchtung auch noch nicht brannte, so herrschte draußen einfach schon zu wenig Licht, und in der Schaufensterscheibe war deshalb auch keine Spur seines Spiegelbildes mehr zu erkennen.
»Nicht einmal mehr das«, brummelte der kleine geschlagene Mann, als er sich von der Schaufensterscheibe abwandte und mit unsicheren Schritten davonwankte.

Quellenverzeichnis

Joan Aiken: »The Black Cliffs« (Die schwarzen Felsen), aus Ellery Queen (Hrsg.) MORDE NACH ART DES HAUSES, Copyright © 1982 by Joan Aiken Enterprises Ltd., aus dem Amerikanischen übersetzt von Mechtild Sandberg, Scherz Verlag, Bern, München, Wien.

Robert Bloch: »Luck Is No Lady« (Fortuna ist keine Lady), aus Alfred Hitchcock (Hrsg.) MEINE GIFTIGSTEN GRUSELSTUNDEN 1, Copyright © 1957 by H.S.D. Publications, Inc., aus dem Amerikanischen übersetzt von Bruni Sautter, Scherz Verlag, Bern, München, Wien.

Agatha Christie: »Triangle at Rhodes« (Urlaub auf Rhodos), aus Agatha Christie HERCULE POIROT SCHLÄFT NIE, Copyright © 1936 by Agatha Christie, aus dem Englischen übersetzt von Adi Oes, Scherz Verlag, Bern, München, Wien.

Stanley Ellin: »The Last Bottle in the World« (Nagelprobe mit einem Toten) aus Stanley Ellin NAGELPROBE MIT EINEM TOTEN, Copyright © 1968 by Stanley Ellin, aus dem Amerikanischen übersetzt von Helma und Michael Koser, Scherz Verlag, Bern, München, Wien.

William Faulkner: »Tomorrow« (Heute und morgen und in alle Ewigkeit), aus William Faulkner DER SPRINGER GREIFT AN, Copyright © 1962 by Fretz & Wasmuth Verlag, Zürich, aus dem Amerikanischen übersetzt von Elisabeth Schnack. Mit freundlicher Genehmigung des Fretz & Wasmuth Verlags, Zürich.

Fletcher Flora: »A Husband Is Missing« (Ehemann verschwunden), aus Alfred Hitchcock (Hrsg.) MEINE HINTERGRÜNDIGSTEN MORDGESCHICHTEN, Copyright © 1957 by H. S. D. Publications, Inc., aus dem Amerikanischen übersetzt von Mechtild Sandberg, Scherz Verlag, Bern, München, Wien.

Antonia Fraser: »Have a Nice Death« (Schönen Tod noch, Sammy Luke), aus Harriet Ayres (Hrsg.) SCHÖNEN TOD NOCH, SAMMY LUKE, ZEHN MÖRDERISCHE GESCHICHTEN, Copyright © 1984 by Antonia Fraser, aus dem Englischen übersetzt von Irmela Erckenbrecht, Copyright © 1992 by Fischer Taschenbuch Verlag GmbH, Frankfurt am Main. Mit freundlicher Genehmigung des Fischer Taschenbuch Verlags GmbH, Frankfurt am Main.

Ron Goulart: »Back on My Feet Again« (Der Sarg wartet schon), aus Ellery Queen (Hrsg.) MORDE NACH ART DES HAUSES, Copyright © 1983 by Ron Goulart, aus dem Amerikanischen übersetzt von Mechtild Sandberg, Scherz Verlag, Bern, München, Wien.

Ernest Hemingway: (Das kurze glückliche Leben des Francis Macomber), aus Ernest Hemingway GESAMMELTE WERKE, Copyright © 1950, 1977 by Rowohlt Verlag GmbH, Reinbek, aus dem Amerikanischen übersetzt von Annemarie Horschitz-Horst. Mit freundlicher Genehmigung des Rowohlt Taschenbuch Verlags GmbH, Reinbek.

Mary Higgins-Clark: »Double Vision« (Im Vexierspiegel), aus HEYNE JAHRESBAND 1989, Copyright © by Wilhelm Heyne Verlag GmbH, München, aus dem Amerikanischen übersetzt von Lieselotte Julius. Mit freundlicher Genehmigung des Wilhelm Heyne Verlags GmbH, München.

Edward D. Hoch: »Five-Day Forecast« (Meteorologenmord), aus Ellery Queen (Hrsg.) MORDE NACH ART DES HAUSES, Copyright © 1983 by Edward D. Hoch, aus dem Amerikanischen übersetzt von Mechtild Sandberg, Scherz Verlag, Bern, München, Wien.

Kay Nolte Smith: »Reflected Glory« (Reflektierter Ruhm), Copyright © 1974 by Davis Publications, Inc. Originally published in Ellery Queen's Mystery Magazine. Aus dem Amerikanischen übersetzt von Günther Hehemann. Reprinted by permission of the author. Veröffentlicht mit Genehmigung Nr. 48604 der Paul & Peter Fritz AG in Zürich.

Ruth Rendell: »Bribery and Corruption« (Bestechung und Korruption), aus Ruth Rendell DIE NEUE FREUNDIN, (thriller 4 2778 8) Copyright © 1986 by Rowohlt Taschenbuch Verlag GmbH, Reinbek, aus dem Englischen übersetzt von Edith Walter. Mit freundlicher Genehmigung des Rowohlt Taschenbuch Verlags GmbH, Reinbek.

Georges Simenon: »L'affaire du Boulevard Beaumarchais« (Die Affaire vom Boulevard Beaumarchais), aus Georges Simenon SECHS NEUE FÄLLE FÜR MAIGRET, Copyright © 1985 by Diogenes Verlag AG, Zürich, aus dem Französischen übersetzt von Elfriede Riegler. Mit freundlicher Genehmigung des Diogenes Verlags AG, Zürich.

Julian Symons: »The Birthmark« (Das Mal), aus Bernd Jost und Peter Hetzel (Hrsg.) HEIMLICH, STILL UND MÖRDERISCH, Copyright © by Julian Symons. First published 1985 in the ELLERY QUEEN MYSTERIES. Published by arrangement with Curtis Brown, London, and Agence Hoffman, München, aus dem Englischen übersetzt von Klaus Fröba.